烟海尘歌
李莉剧作选（上）

上海市剧本创作中心
海上风·艺术文丛

YANHAI CHENGE
LILI JUZUO XUAN

夏萍 主编
李莉 著

上海人民出版社

目录（上）

现代京剧

党的女儿

（根据同名歌剧改编）

人　物　田玉梅　27 岁，中共党员
鹃　妹　6 岁，田玉梅的女儿
七叔公　68 岁，采药老人
马家辉　32 岁，中共区委书记，叛徒
桂　英　26 岁，马家辉妻，中共党员

二　牛　20 岁，中共党员
老　耿　50 岁，中共党员
程　民　21 岁，游击队联络员
孙团长　36 岁，白军团长
胡连长　30 岁，白军连长
群　角　党员、群众、白匪等龙套若干

序幕　绝地生还

[歌声悠远：一送(里格)红军(介支个)下了山，
秋雨(里格)绵绵(介支个)秋风寒，
树树(里格)梧桐叶落尽，
愁绪(里格)万千压在心间。
问一声亲人，红军啊，
几时(里格)人马(介支个)再回山？

[歌声中迭出剪影：根据地的百姓们依依不舍送别红军。

[字幕：81 年前，红军离开根据地开始长征；游击队撤入深山，困苦坚守；白军反扑猖獗，一时间黑云密布……

[1935 年江西某山区，春夏之际的一个傍晚。

[阴云汹汹，沉雷滚滚，松枝低垂，花色暗淡。

[杜鹃坡前：隐约可见八位被绑缚的共产党员挺立其间。

[白匪孙团长与胡连长几句耳语后，果决地挥手下令，冲锋枪扫射声骤起，八位党员先后倒入杜鹃花丛中。

[一声霹雳炸响，大雨滂沱。

[雨幕中，臂部受伤的田玉梅渐渐醒转。

田玉梅　(唱)沉雷滚，雨倾盆，似死还生……(挣扎而起，又茫然四顾，猛惊觉，摇撼其他几位党员，皆已牺牲；不禁悲愤难抑)(唱)为什么？为什么！杜鹃坡，党支部，突然被袭、尽遭枪杀、全体牺牲!

送盐粮,上东山,行动绝密,

半道上,遭逮捕,是何原因?

若非消息被泄露……(警觉)叛徒!

定然是,叛徒告密引来白匪军。

是谁?是谁——

丧了天良黑了心!

忍伤痛,抹干泪,立下铁誓,

玉梅我,定要查叛徒、除隐患、报仇雪恨、告慰英灵!

[一声炸雷声中收光。

一　谁是叛徒

[沉雷远去,暴雨暂歇,一弯残月在乌云中时隐时现。

[马家辉家中:疯态的桂英手执剪刀,见物便扎,逢衣就剪。

桂　英　(唱)扎扎扎,扎死它,

剪剪剪,剪碎它。

扎死藤儿剪碎芽,

哎呀呀,难舍藤下有苦瓜。

[马家辉一路追着桂英,夺下剪刀,端起药碗。

马家辉　(温存地)桂英,来,先喝药,喝了药你再使劲剪、使劲扎。

桂　英　(惊恐地)血,血呀……(挣扎逃避)

马家辉　(一把揽住)你看,这是刚为你抓的稳胎药。

桂　英　（惊叫）不！我没有胎、没有——

孙团长　（带着胡连长闯进门来）嘿哟，夫妻吵架哪！

马家辉　（惊讶）孙团长！你怎么可以带人到我家里来？

孙团长　放心，半夜三更没人瞧见。（逼向桂英）人生一世，无后为大，马书记盼了八年儿子，你要好好保胎，莫辜负他一片苦心哟。

［桂英惊悚无语地退到墙角。

马家辉　杜鹃坡那些人都处置干净了？

孙团长　放了一个。

马家辉　谁？

孙团长　田玉梅！

马家辉　（急）你怎么可以放她？我们可是说好……

孙团长　是你说的，游击队联络员只与她单线联系！

马家辉　这是红军撤退时定下的纪律。

孙团长　今夜行动，抓住了人却没有截获盐粮，她也是唯一的知情人！

马家辉　那就应该严刑拷问！

孙团长　她连死都不怕，拷问何用？我就把她交给你啦！

马家辉　我？

孙团长　你是区委书记，从她嘴里套出盐粮藏匿处和游击队联络线，应该不是件难事吧？

马家辉　这……

孙团长　只要剿灭了游击队，你就可以放心地升官发财养儿子啦。

马家辉　（一咬牙）说话算话？

孙团长　你就好自为之吧！

[马家辉开门四顾，送孙团长等走后，掩上门。

[桂英突然举起剪刀直向马家辉扎去。

马家辉 （躲过，夺下剪刀）桂英，我走到这般地步，都是为了你呀！你病成这样，我想带你走都走不成。刚才的话你都听见了，升官发财无所谓，我要的是你和孩子，一起过安生日子。

桂　英 （扑倒在桌上恸哭）……

马家辉 （安抚地）来，喝了药，睡一觉就好了。（迫桂英喝下汤药）

[传来轻轻的敲门声。

马家辉 谁？

田玉梅 是我。

马家辉 （开门，故作惊诧）玉梅？

桂　英 （突然冲上前死命推搡田玉梅）滚！滚！你滚啊！

马家辉 （抱住桂英）她是你玉梅姐，你不认得啦？

田玉梅 马书记，桂英她？

马家辉 唉，过门八年，终于怀上啦。不知怎么就得了疯病，问医求药都不管用。

桂　英 （一阵晕眩）……

田玉梅 桂英？

马家辉 没事，刚喝了药，睡睡就好了。（将桂英扶进内间）

[田玉梅找布条，包扎好自己手臂上的伤口。

马家辉 （出）玉梅，你受伤了？

田玉梅 马书记，出大事了……（哽噎）

（唱）未开言，热泪滚，悲愤难抑，

　　杜鹃坡，党支部，惨遭偷袭。

马家辉 啊，这怎么可能？

田玉梅　（唱）昨夜里，聚盐粮，送上山去，

刚进山，被跟踪，情势危急。

同志们，不顾生死将盐粮藏匿，

再欲突围已来不及。

白匪审讯无所获，

枪口下，七位同志尽捐躯。

玉梅大难未曾死，

报仇雪恨当可期。

请求组织查叛徒……

马家辉　叛徒？

田玉梅　（唱）无叛徒，敌人怎知这绝密消息？

马家辉　（唱）一句话，似利刃，直插心脾，

顿觉得，胸中惊惶胆气虚。

反守为攻转话题，

绝不能让她占先机。（白）玉梅！

（念）盐粮藏匿之处是否隐蔽？

田玉梅　（念）山间密道不露半点痕迹。

马家辉　（念）游击队，缺粮少盐境况险峻，

田玉梅　（念）明夜晚，重组运力解救危急。

马家辉　（念）要提防，此次行动再度泄密，

田玉梅　（念）所以要，先查叛徒莫再迟疑。

马家辉　（白）对！

（唱）她咬住叛徒不放弃，

我必须，扰乱她思路设迷局。（白）玉梅哪！

枪口下，七人丧命无生还，

却为何，单放你一人回村里？

田玉梅　（唱）书记竟然怀疑我？

马家辉　（唱）按党纪，严格审查防万一。

田玉梅　（唱）一句话，噎得我，云里雾里，

平生怎堪党怀疑！（白）马书记……

［有人敲门，马家辉示意田玉梅暂避，前去开门；

［老耿、二牛带着几位群众上；

二　牛　马书记，杜鹃坡党支部全都……

马家辉　我知道了。

二　牛　趁着黑夜，我们去收葬八位牺牲的同志，发现少了一个！

马家辉　七叔公的儿子、张书记他？

老　耿　张书记身中数枪，不能看了……（哽噎）

田玉梅　（闻声冲上）老耿、二牛！

二　牛　玉梅姐？你果然还活着！

马家辉　（正色）田玉梅，杜鹃坡党支部全体牺牲，只有你一个人活着，你必须向大家交代清楚：你是怎么逃出来的？

［众人立刻警惕地望着田玉梅，纷纷责问："不错，你是怎么逃出来的？""白匪为啥放过你？""莫非是你出卖……"

田玉梅　（百口莫辩）不，我没有……我不是……我……

马家辉　杜鹃坡一案，肯定出了叛徒！七叔公呢？

老　耿　儿子牺牲了，七叔公守着土坟不肯离开。

马家辉　走，我们去看看他老人家。

田玉梅　马书记，我不是叛徒！

马家辉　这里不是说话的地方，七叔公的儿子是你们的支部书记，生前或许会留下线索……

田玉梅　马书记!

马家辉　怎么,你害怕了?

田玉梅　(被激怒)我怕什么?走!

［田玉梅头也不回地出门而去,众人跟下。

［桂英跌跌撞撞地扑出来,挣扎着想追又晕倒在门边。

二　翻云覆雨

［紧接前场,深山密林中:远处可见七叔公居住的草寮;近处是葬着七位烈士的土坟,没有立碑。

七叔公　儿哪,你说走就走了,扔下我一个孤老汉……(哽噎)我把你们七个葬在咱家边上,爹好天天来看你,陪你说说话……

(唱)倚土坟,止不住,老泪横淌,

父与子,隔阴阳,难话衷肠。

平日里,两相伴,你硬我犟,

到此刻,再难诉,父子情长。

恨白匪,直把那,红军念想,

好日子,何日里,重返山乡?

更疑惑,玉梅她,不知去向,

是生是死她今在何方?

［马家辉带众人上。

马家辉　七叔公!

七叔公　(忙抹泪)马书记……

马家辉 你儿子是好样的，你要节哀！

田玉梅 七叔公！

七叔公 玉梅？

马家辉 七叔公，杜鹃坡党支部集体被害，一定是出了叛徒……

田玉梅 马书记，你盯着我查，只会放过了真正的叛徒！

马家辉 你敢说你活着是因为侥幸？你敢说白匪的枪弹出了偏差？你敢对这七位同志的亡灵起誓，你绝对清白么？

［马家辉的责问，立刻激起七嘴八舌反响："让她在坟前起誓！""但凡有点良心，不敢说谎！""是叛徒，就埋了她！"……

马家辉 七叔公，你是看着玉梅长大的，她的女儿鹃妹又是你在抚养，如今你的儿子又……你就替大家问吧。

七叔公 我？

众　人 七叔公，查出叛徒，为牺牲的同志报仇！

七叔公 哦……玉梅，你跪下！

众　人 跪下！（田玉梅无奈跪地）

七叔公 你敢用你红军丈夫和你女儿鹃妹的名节，向这七位亡灵起誓，今天说的句句都是大实话？

田玉梅 我起誓！

七叔公 好，你就把这件事的起始末梢，一五一十讲给大家听！

田玉梅 七叔公、马书记、众位乡亲哪！

（唱）那日里，送盐粮，秘密商定，

却不料，半途中，发现尾随白匪军。

同志们，急藏盐粮再狂奔，

将敌军引往西山林。

舍命保住盐与粮——

七叔公　你是说，盐粮还在？

田玉梅　（唱）颗粒无损、待送上山救亲人！

七叔公　（唱）一番话，不由人，真假难辨，

直觉得，心底里，绕起疑云。

马家辉　（唱）枪口下，为何你能逃性命？

这缘由必须说分明。

二　牛　（唱）你快将实话当众讲，

老　耿　（唱）头上三尺有神灵。

田玉梅　（唱）田玉梅，自从入党那天起，

生死就是党的人。

任凭柴刀劈与剁，

粉身碎骨不变心！

盐粮待急运，

叛徒要查清。

恳求马书记，

兵分两路行。

十万火急送盐粮，

游击队，切盼救助在深山林。

马家辉　好！在你没有解除嫌疑之前，由我和七叔公负责运送盐粮。

二　牛　最要紧的是取出盐粮，给游击队送去！

马家辉　田玉梅，盐粮藏在哪里？如何与游击队取得联系？

田玉梅　这……

七叔公　不好，有人来了！（众人警戒）

［游击队联络员程民疾上。

田玉梅　小程！

程　民　玉梅姐！我们在东山坳没等到盐粮，王政委不放心，派我来……

马家辉　程民同志！

程　民　马书记！上回我跟王政委到区里开会，见过您。

马家辉　王政委和同志们都好么？

程　民　好，就是缺盐少粮，大家腿都肿了。

马家辉　明晚，（看看天）不，今夜我亲自带人送盐粮上山！

程　民　太好啦！玉梅姐……

马家辉　（阻拦）她正在接受组织审查。

程　民　啊？为啥？

马家辉　情况复杂，一言难尽。你把接头地点与暗号留下，这里的事由区委来处理。

程　民　是。（取出纸条交给马家辉）接头地点、暗号都在上面。

马家辉　回去告诉王政委，我们将不惜一切代价，准时送盐粮上山！

程　民　谢谢马书记！（疾下）

马家辉　（舒了口气）同志们，我们跟着田玉梅，取出盐粮，今夜上山，游击队有救啦！

众　人　（雀跃）好！

田玉梅　（迟疑地）马书记，不查叛徒了？

马家辉　当务之急是运送盐粮！

田玉梅　那些盐粮是十几个村落、上百号乡亲从牙缝里抠出来救命的，要是再被叛徒泄密……

马家辉　田玉梅，我就不明白了，你推三阻四，不肯说出藏匿盐粮，莫非你早已出卖给了白匪！（众人惊诧）

田玉梅　马书记你！

马家辉　（步步紧逼）盐粮到底藏在哪里？

田玉梅　叛徒未查清，玉梅不放心！

马家辉　这里嫌疑最大的就是你！

田玉梅　如果我有嫌疑，盐粮还会在么？

马家辉　你终于说实话了！（激情地）乡亲们，事情已经很清楚了。想想我们七位牺牲的同志，哪个不是致命伤？七叔公的儿子，我们的张书记身子都被打烂了。她，竟然可以在密集的枪弹扫射中逃生！这只能说明一点，是她出卖了杜鹃坡党支部，是她出卖了盐粮，白匪才会放她一命！

［众人恍然，纷纷大骂："叛徒，埋了她！""让她在这里为英烈们守陵""为张书记报仇！"……愤怒的人群一拥而上，架住田玉梅。

［突然传来孩子的哭喊声：妈妈——

田玉梅　鹃妹？

鹃　妹　（披头散发，光着脚丫直扑向田玉梅大哭）妈妈……

田玉梅　鹃妹！

七叔公　伢子，你咋来了？

鹃　妹　我醒了，不见爷爷……妈妈，鹃妹害怕……（哭泣不止）

田玉梅　好孩子，莫怕！

马家辉　七叔公，快将孩子抱走！

［七叔公抱起鹃妹，众人绑缚田玉梅；

鹃　妹　（哭唤）妈妈、妈妈——

［正在此刻有人大呼："玉梅——"随着喊声桂英踉跄奔上。

马家辉　（大惊）桂英？

桂　英　（对众人一字一句地）她，不是叛徒！叛徒是……

马家辉　（紧张地）桂英！

桂　英　叛徒是我！（众人愣住）

马家辉　（大喊）你疯啦！对对对，她是疯了！玉梅，你是知道的，她就是个疯子！

桂　英　（凄楚一笑）马家辉，我的丈夫，你不用再护着我了。（猛地拉开衣袖，手臂上条条血痕清晰可见）

（唱）是桂英，经不起，严刑拷打，

出卖了，党支部，血染山崖。

为逃避，党追查，我装疯卖傻，

却难逃，天良心，自残自杀。

再不能，冤枉田玉梅，

再不忍，鹃妹失亲妈，

再不敢，昧着良心说瞎话，

再不用，含羞抱愧躲在家。

今日当众吐真相，

愿去黄泉受惩罚！（拔出剪刀，扎向自己）

马家辉　（冲上前一把抱住，夺过剪刀扔在地上）快将她绑了！

［众人绑住桂英，一脸迷茫地看着马家辉。

马家辉　大家听好了，这两个人总有一个是叛徒，如果是桂英，我马家辉绝不徇私！眼下最重要的是运送盐粮上山！

七叔公　没有盐粮，我们送什么？

马家辉　区委之前也筹集了一些。大家随我装取盐粮，今夜上山！

众　人　好！

马家辉　七叔公，她俩就交给你了，等我们回来再行彻查。（转对桂英）你要记住了，不管你是不是叛徒，我们的孩子是无辜的。

出发！

［众人答应着随马家辉而去。

三　杀机昭然

［隐秘的山林边，孙团长不耐烦地张望着。

胡连长　（匆匆上）报告，马家辉要的盐粮全都按照指定地点掩蔽好了。

孙团长　好，黄昏他带人来装运时，大部队离远点，等他们上山，你们再紧紧跟上，等游击队前来接应盐粮，就将他们一举全歼！

胡连长　是！

马家辉　（戴着一顶低檐草帽上）孙团长。

孙团长　马家辉！你又来干啥？

马家辉　请胡连长和几位兄弟跟我去一趟七叔公草寮。

孙团长　接你老婆？

马家辉　桂英要接。更重要的是，田玉梅活着我越想越不放心，她若一旦逃上山去，我们岂不前功尽弃。

孙团长　你是说？

马家辉　她必须死，方能保证今夜行动万无一失！

孙团长　（冲胡连长）嘿嘿，我发现这红心一旦变色，比咱还黑哪！

马家辉　孙团长莫要忘了之前约定，我保证你们剿灭游击队，你保证我一家前程安稳！

孙团长　这个……我要的那份区委共党的名单呢？

马家辉　（冷冷一笑）我就知道孙团长的心思。全都准备好了，只要你兑现给我的承诺，就可以得到这份名单。

孙团长　哼哼……

马家辉　呵呵……

胡连长　嘿嘿……

孙团长　哈哈……

马家辉　哈哈哈哈哈……

［在三人各怀心思的笑声中，造型收光。

四　情深义重

［夜色苍茫，山风凛冽。

［田玉梅和桂英被关在七叔公草寮旁的草房内。

［七叔公在门边看守，趴在他身上的鹃妹在睡梦中轻唤妈妈。

［七叔公长长地叹了口气，抱着睡着的鹃妹走进草寮。

田玉梅　（看着一边垂首沉默的桂英）她是叛徒？她真是叛徒么？为什么她会是叛徒？这一天一夜天翻地覆，总觉得哪里不对呀！

（唱）莫名地，遭屈辱，满腹愤怨，

细思量，渐冷静，疑云骤添。

送盐粮，只报告，区委书记，

桂英她，怎知晓，出卖在前？

猛想起，马书记言行多蹊跷，

翻云覆雨、探问盐粮、诬陷玉梅、杀机阴悬……（白）不！

怎可以，怀疑领导生错念，

偏又是，蛛丝马迹隐隐牵。

思绪纷乱迷方向……（一阵狂风冲开木窗，迎风望去）

松涛叠浪万里掀。

似见红旗漫天卷，

犹闻红军唱凯旋。

党的女儿守山乡，

信诺更比磐石坚。

纵然黑云压万重，

点点星火在人间。

拼将性命践夙愿，

誓教这，星星火种竟燎原！

牵挂——牵挂游击队，

困苦少粮盐。

似觉危机伏，

更忧党安全。

我必须，越重障、排艰险、查叛徒、驱迷烟，

吞下屈辱，冷静分辨，为党锄奸！（轻唤）桂英姐，山里风冷，你又有身子，来，靠近些也好互相取暖。

桂　英　（躲闪地）不，我不冷。

田玉梅　我们姐妹，啥时候客套过啦！（拉近桂英）你呀，为了孩子也要好好保护自己！

桂　英　玉梅，我……

田玉梅　放心，我才不相信你是叛徒呢！

桂　英　（急辩）我是叛徒……

田玉梅　你怎么会知道我们运送盐粮的路线和时间？

桂　英　是、是家辉告诉我的。

田玉梅　之后你就被抓了？

桂　英　嗯。

田玉梅　是马书记保你出来的？

桂　英　不、他不知道……

田玉梅　他不知道你被抓？

桂　英　他……

田玉梅　你回家，这身上的伤痕他也没发现？

桂　英　这……

田桂英　桂英，你快说呀！

桂　英　玉梅，我是叛徒，我真是叛徒……（呜咽痛泣）

田玉梅　桂英，你忘了，我们同甘共苦，从小一起长大，你心里有几斤几两我会不清楚吗——

（唱）你家我家一样穷，

双亲早亡命相同。

孤女结伴住山洞，

直盼到，红军来时春意浓。

分田分地打土豪，

念书识字启愚蒙。

最欢欣，双双爱上党的人，

同天成婚披花红。

可记得，并肩宣誓党旗下——

桂　英　（唱）一字一句在心中。

田玉梅　（唱）信仰终身守，

桂　英　（唱）誓言出由衷。

田玉梅　（唱）生为百姓谋，

桂　英　（唱）死为求大同，（合唱）求大同——

田玉梅　（唱）誓罢对望热泪涌，

一声好姐妹，我们紧紧相拥！

桂　英　（再忍不住一声哭唤）玉梅，我的好妹妹——

（唱）泪奔涌，口难开，肠断心痛，

好妹妹，原谅我，庇护真凶。

与家辉，成婚后，情深义重，

遭逮捕，当他面，拷打桂英逼口供。

他为护妻儿成叛徒，

我恨他怜他在自责中。

几回剪刀刺向他，

心生怜悯手又松。

无奈替他顶罪名，

玉梅哪，杀了我、放过他，求你通融！

［未等玉梅开口，七叔公直冲了进来；

七叔公　（一把拽住桂英，举手欲抽）你——

田玉梅　（制止）七叔公！

七叔公　玉梅，我、我……嗐！

桂　英　（扑通跪地）七叔公，桂英对不起您！对不起张书记……（恸哭）

七叔公　那是马家辉造的孽！

田玉梅　桂英，站起来！你站起来！（桂英伏地呜咽，上前一把拖起）桂英你来看——那边埋着七位同志，鲜血未干，尸骨未寒！你再往远处看——深山密林，游击队英勇奋战，苦苦坚守！今夜马家辉运送盐粮，定会引白匪上山，到那时，百条性命，惨遭劫难，尸骨成山，血流成河！你不痛？你不恨？你忍心？你你你还要为马家辉讲情！

桂　英　我……

七叔公　我的糊涂伢子哪！

（唱）七条命已在土中葬，

再不能，重教鲜血染山岗。

红军走，乌云翻卷失依傍，

游击队，是沉沉黑夜、近在眼前一明光。

白发人，送儿未曾痛绝望，

胸膛内，还有那山上好儿郎。

有他们，上山采药心不慌，

敢对枪口挺脊梁。

有他们，乡邻乡亲能抱团，

白匪气焰难嚣张。

有他们，再苦再穷咬牙忍，

总有天，冬去春回日头朗。

伢子哪，莫糊涂、莫泪淌、你要细思量，

问一声，人心天良你拍拍胸膛！

桂　英　七叔公！玉梅……（深深一躬，捡起地上剪刀欲走）

田玉梅　你去哪？

桂　英　去为游击队剪除祸害！

田玉梅　（夺过剪刀）你哪里是他们的对手！

桂　英　（急）马家辉叛变，张书记牺牲，找不到党，我们咋办哪？

田玉梅　桂英，还记得我们送红军走的那天么？（取出党证，桂英亦随之取出）那天，我们举着党证向红军保证：我们是党的女儿！只要我们在，党就一定在！

桂　英　只要我们在，党就一定在！

七叔公　不错，你们两个都是党员，老汉眼中，你们就是党！

桂　英　对呀，我们可以成立党小组，哦，不成，两个人不能成小组……

七叔公　算上我一个！

田玉梅　七叔公，支委会上我们讨论过您的申请，只是您年纪大了，我们做的事太危险……

七叔公　不危险我还不干哪！老汉我一辈子采药为生，见过豺狼虎豹，攀过悬崖绝岭，知道人心黑白，清楚是非好歹！分田分地，我就明白红军好！儿子领着大家为百姓谋事，我就知道共产党好！我是老了，可我想叫咱山里百姓过上踏踏实实的好日子，想帮着你们做成大事，想让我儿子他、他死得安心！我，就是要跟着你们干危险！

田玉梅　（激动地）七叔公，我愿意做你的入党介绍人！

桂　英　我也愿意！

［歌声隐约响起，渐至轰然；

三送（里格）红军（介支个）到拿山，
山上（里格）苞谷（介支个）金灿灿，
苞谷种子（介支个）红军种，
苞谷棒棒咱们穷人掰。
紧紧拉住红军手，红军啊，

撒下的种子(介支个)红了天!

[歌声中,党旗隐隐,染红天色。

[歌声中叠入:田玉梅"我宣誓!"桂英与七叔公"我宣誓——"

三人合 严守秘密,服从纪律,牺牲个人,努力革命,永不叛党!

[歌声罢,宣誓毕。

田玉梅 同志们,来,我们召开第一次党小组会。眼下情况是:游击队急需盐粮,今夜马家辉也一定会带白匪上山。

七叔公 最要紧的是给游击队报信!

田玉梅 我去报信!

桂　英 所有上山的大路小路,都被白匪封锁了!

七叔公 我可以带你走采药山道!

田玉梅 好!桂英,你带着鹃妹,设法寻找区委,报告马家辉叛变的消息,我和七叔公立即进山去给游击队报信!

[三个人的手紧紧握在了一起。

五　夫妻对峙

[紧接前场,悬崖边的山坡道上。

[马家辉与胡连长带着白匪踉跄赶来,气喘吁吁。

马家辉 快!快!!

胡连长 (不耐烦地)我说马书记,这人又不是驴,总得歇口气吧。

众匪兵 (闻言一屁股坐倒)歇啦,歇啦!

马家辉 胡连长,事不宜迟,倘若跑了田玉梅事情就大啦!

胡连长　我看你是想老婆想急了吧？啊！（众匪兵不怀好意地哄笑）

马家辉　（警觉地）有人！（众匪兵拉枪栓）不要开枪！（示意隐蔽）

［桂英牵着鹃妹上。

鹃　妹　桂姨桂姨，我们这是要到哪里去呀？

桂　英　桂姨带你去找党。

鹃　妹　党？党是什么？

桂　英　党就是……就是你爸爸、妈妈、七叔公，还有红军……

马家辉　（闪出）还有我哪！

桂　英　（一惊）马家辉，你不配！

马家辉　你怎么跑出来了？（猛省）不好！胡连长（胡连长等现身），七叔公一定是放田玉梅上山报信去了，快、你们一路去报告孙团长；一路带上这孩子去追田玉梅！

［胡连长指挥两匪兵去报告，其余人一拥而上，抢夺鹃妹，鹃妹哇哇大哭；桂英抵抗不过，趁乱夺过马家辉的手枪。

桂　英　（举枪）放了孩子！

马家辉　（向匪兵喊）快走，这手枪里没有子弹！

［众匪兵分头而去；马家辉趁桂英愣怔间，夺过手枪。

马家辉　嘿嘿，好险哪，这手枪里可是装满了子弹哟。

桂　英　马家辉你！

马家辉　（轻松地）来，我送你回家。

桂　英　我没有家！

马家辉　桂英，我说过，马家辉走到今天可都是为了你和孩子哪！

桂　英　为了我和孩子，你已经出卖了杜鹃坡的全体党员。今天，你还要带白匪进山剿灭游击队，这罪孽你背得起吗！

马家辉　你以为我——还有退路么？

桂　英　家辉，你我夫妻，情投意合，相敬相爱，为了我，为了我们孩子的将来，回头吧！我求你了……（扑通跪地，饮泣不止）

马家辉　（跪扶）桂英，结婚八年，久盼子嗣，得知你身怀有孕，我是喜极而泣哪！那天，看着他们的鞭子一鞭一鞭地抽在你身上、抽在咱们孩子身上！别说当叛徒，就是为你们去死……（哽噎）

桂　英　（泪流满面）我知道，才装疯卖傻纵容于你；我明白，才情愿为你顶替叛徒罪名！可是，我们活在同志的尸骨堆上，孩子生在罪孽的鲜血之中，你我能安心么？将来怎么对孩子说哪……

马家辉　不用说！只要组织不存在了，我封官受赏，你安心享福……

桂　英　家辉！

马家辉　（阴冷地）这罪孽既然背了，我就不怕背到死！

桂　英　天！为什么？为什么会变成这样！过去的家辉、我的丈夫，他、他到哪里去了呀……

（唱）想当年，初相识，你激情无限，

课堂中，讲台上，义正词严。

教诲我，闹革命，理想宏远，

党旗下，你监誓，领我举拳。

桂英是，追崇仰慕情深陷，

更欣慰，同志夫妻肩并肩。

婚后相敬相爱怜，

柔情蜜意整八年。

家辉哪，人生不能步步错，

快回头，莫迟延、阻白匪、救同志、你我以命赎罪愆！

马家辉　（苦笑）桂英，你从来就没有真正了解我！我马家辉来在世上，吃苦受累，忍辱负重，就是要轰轰烈烈、出人头地、为马家、为妻儿成就一番荣耀！

（唱）马家辉，自入党，梦怀高远，

当书记，做领导，从未偷闲。

总以为，革命事成遂宏愿，

谁料想，红军败退变了天。

桂　英　（唱）天阴总有天晴日，

忠贞岂能逐势迁？

马家辉　（唱）为怜妻儿才改变，

这叛徒我也当得冤；

桂　英　（唱）悬崖勒马虽已晚，

金盆洗手在眼前。

马家辉　（唱）红军一去彻底完，

你忍心，空教我壮志化云烟。

识时务、换门庭，

好借轻风，送我直上高峰巅！

桂　英　（唱）你无耻，以同志生命做铺垫，

马家辉　（唱）我信奉，做人当以己为先。

桂　英　（唱）宣誓你将党欺骗，

马家辉　（唱）何必在乎嘴上言。

桂　英　（唱）心口相悖伪君子，

马家辉　（唱）对你真心整八年。

桂　英　（唱）是我瞎了眼，

马家辉　（唱）跟我日后甜。

桂　英　（唱）你藏得深，

马家辉　(唱)你志太浅。

桂　英　(唱)你无义——

马家辉　(唱)我有情——

桂　英　(唱)此情已被鲜血染，

宁愿一死，不与你苟活在人世间！(直向崖边冲去)

马家辉　(一把抱住挣扎的桂英大喊)孩子！我们的孩子还没出世哪——

桂　英　(捂腹大恸)孩子……

孙团长　(带匪兵上)哈哈，真是夫妻情深哪！

马家辉　孙团长？

孙团长　马家辉，恭喜呀，你已被任命为我的中校参谋长！

一匪兵　(啪的一个敬礼，呈函)报告参谋长，这是您的委任状。

[马家辉顿时喜出望外，急忙去接。

孙团长　(抢过委任状)马参谋长，我已兑现承诺，你的那份区委共党名单也该交出来啦！

马家辉　哈哈，带着哪、带着哪！(取出名单)

桂　英　(绝望泣呼)家辉——

马家辉　(忘乎所以地)桂英，我们的好日子来啦！(一手递名单，一手取委任状)

[桂英猛地扑上前，抢过名单塞入自己嘴中。

孙团长　(急叫)快，快给我挖出来！挖出来！(众匪兵拥上前)

马家辉　住手！(推开匪兵，搂住桂英)你傻呀，名单都在我肚子里，你吃得完么？孙团长，拿纸笔来！

桂　英　(反手搂紧马家辉)走，我们回家！(拼尽全力抱住马家辉一起滚下山崖)

［孙团长等追上前，向崖底张望。

孙团长　他娘的，万丈深渊连个鬼影也看不见。绝不能让田玉梅联系上游击队！来呀，全力追捕田玉梅——

六　生死抉择

［初夜漫漫，丛林森森，月光透过叶隙斜射进来，似把把光剑，辉洒在崎岖绵延的山道上；野藤参差不齐地悬荡着，更觉崖深路险。

田玉梅　（内唱）登悬崖，攀绝岭，十万火急——

［七叔公握柴刀上，警惕四顾，向内招手；田玉梅上。

田玉梅　（唱）为报信、救亲人、避封锁、绕道行，顾不得荆棘扎身、野藤羁绊、山道崎岖。

恨的是，叛徒设下阴毒计，

忧的是，游击队急切之间难察析。

我必须，赶在他们接头前，

斩断魔爪解危机。

七叔公　（念）挥刀劈开荆棘路，

心急火燎跨步疾。

田玉梅　（唱）脚底下，临深渊，不敢喘气，

眼面前，蒙雾障，难分东西。（白）哎呀！（跌倒）

七叔公　（返身轻呼）小心！（搀扶造型）

田玉梅　（唱）相扶挽，沿峭壁，小心翼翼，

挪一步，颤一步，虚汗淋漓。

七叔公　（念）越过这架独木桥，

即可冲破封锁区。

田玉梅　（唱）深涧上，独木桥，苔滑露滴，

屏气息，敛精神，蹑步轻移……

［猛然间几声枪响传来，田玉梅一惊踏空，翻身跌下，幸好抓住一根山藤，悬于半坡；七叔公忙拉住山藤，将其救上。

［突然，四面相继亮起火把一片，田玉梅与七叔公左冲右突皆退回。

［远处传来喊话："田玉梅，你被包围了，快出来吧——"

田玉梅　（唱）四面敌人已迫近，

合围中，难脱险、怎报信、生生急煞人！

［大静场中一声枪响，立即传来鹃妹的急哭声"妈妈！妈妈——"

田玉梅　（惊呼）鹃妹！（七叔公忙捂住她的嘴）

［鹃妹的哭喊声："妈妈，我怕，我怕呀——"

田玉梅　我的孩子……（吞声饮泣）

七叔公　鹃妹怎会落到他们手里，莫非桂英……

［又一声枪响，鹃妹的惨叫声："啊——"

［喊话声："田玉梅，给你五分钟时间，你不出来，我就让你的孩子先断胳膊再断腿！"

田玉梅　（唱）霎时间天旋地倾，

声声哭唤，锥心刺骨、刺骨锥心！

孩子幼小遭蹂躏，

更胜为娘受酷刑。

拼一死，冲出密林去……（欲冲）

七叔公 玉梅！

田玉梅 （一颤站住，强自回身）七叔公——（扑向七叔公痛泣不已）

七叔公 好伢子！

（唱）七叔公，替你去，救出亲生！

田玉梅 （唱）一句话顿时冷静，

强抑伤痛泪深噙。（白）七叔公哪！

眼前最急是报信，

游击队，面临危险险万分。

你肩负重任向东去，

我奔西引开白匪军！

七叔公 不！你去报信，我去引开白匪！

田玉梅 他们抓不到我，还会以鹃妹要挟，孩子经受不起，我、更是经受不起了……（哽噎）

七叔公 玉梅……

田玉梅 能和孩子在一起，我安心！

［喊话声："田玉梅，五分钟到啦！"一声枪响，鹃妹的惨哭声："妈妈——"：

田玉梅 （急取出党证与一块银元）七叔公，王政委看到这党证和银元，就会明白一切。你告诉他：东山崖石洞内，藏有七担大米，一担咸菜和盐，那是七位同志用命换来的！记住血债，报仇雪恨！（猛地推开七叔公，边跑边喊）鹃妹！鹃妹——

鹃　妹 （回应声）妈妈！妈妈——

［七叔公一抹泪，咬牙奔相反方向而去。

［"鹃妹！""妈妈！"的呼应声在山间久久回荡，随之迁景。

［孙团长带匪兵上，胡连长手执皮鞭，拖着血迹斑斑的鹃妹。

田玉梅 （冲上）鹃妹——（不顾一切欲抢孩子，被众匪兵用枪逼住）

孙团长 田玉梅你放心，我就抽了她几鞭，没伤筋动骨。

［胡连长挥手一鞭抽向鹃妹，鹃妹挣扎喊了声妈妈，瘫倒在地。

田玉梅 孩子……

孙团长 实话告诉你，马家辉和他老婆跳崖死了，今夜剿灭游击队的计划也泡了汤。我现在要的是你藏匿的那些盐粮，只要盐粮到不了游击队手里，他们就得困死饿死！说吧，有多少盐粮？藏在哪里？

田玉梅 不知道！

［孙团长二话不说，冲鹃妹左胳膊就是一枪；

鹃　妹 妈……（昏晕）

田玉梅 鹃妹——（疯了一般扑向女儿，撕下衣襟边包扎边痛哭）

孙团长 （用枪指着鹃妹）有多少盐粮？藏在哪里？

田玉梅 你打死我吧！

孙团长 我知道你不怕死，我会打断她的双手双脚，让你看着她慢慢死！

田玉梅 畜生！

孙团长 好吧。（举枪对准鹃妹的右臂）

田玉梅 （急喊）不——有、有七担大米，一担盐菜。

孙团长 还真不少哪，藏在哪里？

众匪兵 说！

田玉梅 就在西山那边，昨夜藏得匆忙，具体在哪记不清楚了。

孙团长 （吹了吹枪口）真的记不清楚了？

田玉梅　我、我可以带你们去找。

孙团长　好，带路！

［追光中，田玉梅上前轻轻背起鹃妹，艰难起步。

［阴影中，众匪兵持枪弹压在后。

田玉梅　（唱）轻轻背起小娇儿，

慢挪轻移，怕碰痛我的小心肝。

众匪兵　（齐喝）快走！

田玉梅　（唱）背上娇儿微微颤，

心中似压沉沉山。

孩儿今日有长短，

怎对得起呀，远征的夫郎我泪阑潸。

鹃　妹　（醒转）妈妈，我痛……

田玉梅　好孩子，忍着点，啊。

鹃　妹　妈妈，我们这是要到哪里去呀？

田玉梅　去找……

鹃　妹　是去找党对么？

田玉梅　找党！谁说的？

鹃　妹　桂姨说，爸爸、妈妈、七叔公，还有红军都是党。

田玉梅　桂姨她……说得对。

鹃　妹　那鹃妹是党么？

田玉梅　鹃妹是……（哽噎）是党的女儿！

鹃　妹　这个名字好听，鹃妹喜欢！妈妈，鹃妹要下来自己走。

田玉梅　你受伤了，走不动。

鹃　妹　鹃妹跟着七叔公爬山，走得可快啦！（挣扎要下）

田玉梅　（无奈放下鹃妹，鹃妹晃了晃站定）痛么？

鹃　妹　妈妈，党的女儿可以怕痛么？

田玉梅　（一把搂住女儿，哽噎地）党的女儿可以怕痛，但要学会忍痛！

众匪兵　（齐声吆喝）走！

田玉梅　来，妈妈搀着鹃妹一起走！（母女俩手牵手前行）

（唱）将儿小手紧紧挽，

一步步，引白匪反向西山弯。

党的女儿出儿口，

我三分心酸七分甘。

儿哪儿，你莫害怕，

有娘陪你不孤单；

儿哪儿，你放开胆，

娘与你共踏生死关；

儿哪儿，你仔细听，

游击队捷报频频传。

儿呀儿——你往前看，

爸爸就在山那端，

头顶红星闪闪亮，

照得天下春意还、春意还——

（合唱）杜鹃迎风绽，

党旗似火燃。

红军凯旋归，

山乡尽腾欢。

到那时、到那时——

田玉梅　（唱）到那时！

娘与你，手牵手儿在那杜鹃花丛站，

看天下，红红火火、团团圆圆、平平安安——

我的宝贝心肝！

[母女俩渐渐走向高坡，东方透出的曙光在她们身上形成金色光环。

[十送红军歌的哼鸣声渐渐响起，如泣如诉，满溢深情。

[冲锋枪的扫射声骤然响起。

[田玉梅含笑缓缓倒下。

[鹃妹高呼一声：妈妈——扑倒在田玉梅身旁。

[“妈妈”的呼喊声，在山岳间荡漾开去，久久不散。

[歌声霎时响亮：

十送（里格）红军（介支个）望月亭，

望月（里格）亭上（介支个）搭高台，

台高（里格）十丈白玉柱，

雕龙（里格）画凤放呀放光彩，

朝也盼来晚也想，红军啊，

这台（里格）名叫（介支个）望红台。

[歌声中：近处杜鹃烈烈盛开，远处红旗隐隐招展。

[花丛中，田玉梅、鹃妹、桂英和牺牲的七位同志似雕塑屹立远望。

[游击队整齐排列，肃立于前，排枪向天齐射，致以最高敬礼。

[全剧终。

现代京剧

浴火黎明

人　物　邵　林　女,27 岁,中共地下党邻水县委副书记

许志烨　男,35 岁,中共地下党重庆市委副书记

范文华　男,33 岁,中共地下党邻水县委书记

龙　伢　男,15 岁,中共地下党邻水县委交通员

陈　岗　男,27 岁,中共地下党重庆市委《挺进报》特支书记

贺国成　男,25 岁,邻水县游击纵队三支队长

郑　霞　女,19 岁,中共党员,大学生,游击队卫生员

狱中男、女难友若干

徐远居　保密局西南长官公署二处处长

张　贵　保密局西南长官公署二处中校侦讯股长

杨　兴　中美合作所看守长

徐　用　中美合作所看守

刘国定　中共地下党重庆市委书记,叛徒

监狱看守、特务、行刑队若干

序

[字幕:1949 年 11 月,重庆歌乐山中美合作所监狱。

[灯光隐约中,可见几组难友秘密讨论的造型。

[追光下,戴着镣铐的许志烨沉声道:同志们,中华人民共和国已经成立,重庆即将解放,这"狱中八条"意见,是我们用生命换来的惨痛教训,只要有一个人活着冲出去,一定要报告给我们的党!

[突然,疯狂的机枪扫射声响起,硝烟弥漫,火光闪烁。

[字幕:重庆解放前三天,数百名革命志士在歌乐山被杀,是谁将他们推向死亡深渊?是什么力量使他们蔑视死亡?又是怎样的痛定思痛,让他们给党留下了最后的生命呐喊!

一　被捕

[字幕:1948 年的春末夏初。

[邻水县山下的僻静小院。

[身怀六甲的邵林,正在缝制婴儿衣衫,却又心神不宁地远眺。

邵　林　(唱)望远山,绿荫深,云遮雾漫,游击队，劫军火，生死攸关。

等消息，心焦虑，分秒掐算……（感觉腹中胎动）

老王哪，我与儿，盼你率队凯旋还！

［交通员龙伢奔上。

龙　伢　邵林姐，范书记回来啦！

范文华　（风尘仆仆上）邵林，劫军火的同志们还没回来？

邵　林　正等消息哪。你见到重庆市委刘书记了？

范文华　（兴奋地）见到啦，刘书记描述了全国战局，形势一片大好啊！

邵　林　那，购买武器的经费？

范文华　刘书记说，组织经费紧张，钱都支援前方战场了。

邵　林　老范，游击队发展迅速，枪支弹药奇缺……

范文华　刘书记说，没有武器，可以从敌人手里夺嘛！

邵　林　我们是在夺，只是风险太大……

范文华　刘书记说：我们共产党就是不怕风险！

邵　林　你呀，刘书记、刘书记是说顺口了，万一不慎，那就危险啦！

范文华　嘿，我也是情不自禁。邵林，你是知道的：

（唱）我本是，山间挑夫范二更，

父母惨死绝望深。

病中幸遇刘书记，

嘘寒问暖把路引。

延安学习一年半，

党旗下，他领我宣誓获新生。

为我改名范文华，

他就是，党的化身我的指路明灯！

［贺国成与郑霞冲上。

贺国成　范书记！邵林姐！

范文华　贺队长，成功了？

贺国成　缴获二十支步枪、两挺机关枪，外加十箱弹药。

范文华　好！龙伢，通知游击纵队全体支队长和政委，后天晚上在山涧南集合开会，一为三支队庆功，二要传达刘书记的最新指示！

龙　伢　是！（下）

邵　林　小贺，同志们可都安全？

贺国成　三位同志受伤，王政委他……他带队伍撤回山中……

范文华　这个老王，他应当先来看看邵林。（拎起婴儿衣衫）这里可是有两个人在等他哪。

邵　林　（嗔怪）老范！（转对郑霞）郑霞，救治伤员要辛苦你了。来，我煨着你最喜欢吃的烤红薯呢。

郑　霞　邵林姐……（忍不住哭了）

邵　林　（瞥见贺国成在制止郑霞，有种不祥的预感）郑霞？

郑　霞　（挣开贺国成哭道）王政委他、他……

邵　林　（晃了一晃，定定地望着贺国成）……

贺国成　（无法再瞒）为了掩护大家撤退，王政委他……

邵　林　（迟疑地）你是说？

郑　霞　邵林姐——（扑上前抱住邵林放声痛哭）

［邵林顿时明白了。她扶住郑霞，轻轻替她擦去眼泪，背转身从针线篮中取出一小块白绒布，缓缓卡在鬓边。没有哭声，唯见她颤抖不已的背影，终于扑倒桌边，晕了过去。

范、贺、郑　（三人同声急呼）邵林！邵书记！邵林姐……

龙　伢　(冲上)黑狗子挨家挨户查户口来了!

范文华　小贺、郑霞,你们快扶邵林从后门出去。

贺国成　范书记,我们一起走!

范文华　我是这里的正当居民,走了反让他们怀疑,快走啊!

［郑霞与贺国成扶着邵林匆匆离去。

范文华　龙伢,通知发出去了?

龙　伢　三只信鸽全都放出去啦!

［阵阵砸门声,龙伢开门;张贵带警察与便衣冲进门来团团围住。

张　贵　范文华?

范文华　哎。

张　贵　范书记!

范文华　啊?!

［蓦地几声枪响,一特务奔上。

特　务　报告,后村口抓住三个嫌疑犯,其中有一个孕妇!

［范文华与龙伢焦虑对视。

张　贵　孕妇?(发现桌上婴儿衣衫)一起带走!

［在呼啸的警车声中切光。

二　迷失

［紧接上场,中美合作所徐远居办公室。

徐远居　(看罢一叠材料)呵呵,想不到,真是想不到啊!

（唱）猖獗莫过地下党，

《挺进报》，到处散发势嚣张。

破案限令三天整，

焦头烂额空奔忙。

未料想，无意抓获刘国定，

他竟是，市委书记来投降。

城内共党一锅端，

再追踪、游击队，扫平匪患我战绩辉煌。

张　贵　（匆匆上）处座，范文华已经昏死三回，咬定自己不是共党。

徐远居　呵呵，刑讯不行，那就攻心，执行第二套方案。

张　贵　是。（向门外喊）带范文华！

［范文华刑伤在身，被架上来。

徐远居　范书记，不好意思，徐某原以为你会像刘国定一样与我们合作。

范文华　（冷冷一笑）哼……

徐远居　刘书记是我的朋友，他将你引荐给我，我们就是朋友啦。

范文华　你不用诈我！

徐远居　（直截了当地）你，范文华，原名范二更，中共地下党邻水县县委书记，所辖游击纵队受重庆市委直接领导。刘国定没说错吧？

范文华　（有些惊讶，随即镇定）不错，刘书记是我的领导，他更是一位坚强纯粹的共产党人！

徐远居　（笑）呵，坚强？纯粹？（将桌上材料扔给范文华）这是刘国定的交代材料，你可以鉴定笔迹！

范文华　（看了一眼，震惊，又不相信地再看）……

徐远居 他交代了包括你在内的百余名中共党员。

范文华 不、不可能！

徐远居 张贵，第 3 页倒数第 7 行，念给他听！

张　贵 （接过材料念）邻水县委书记范文华，先后三次来要游击队购买武器经费，皆被我压下。其实，经费都给我的如夫人购买私宅了。游击队缺少武器，发展困难，也算是我对党国的贡献吧……

范文华 （大喊一声）刘国定——

［随着喊声，刘国定出现在另一光区。

范文华 是你！出卖组织、出卖了我？

刘国定 话不要说得这么难听，那叫提供材料。

范文华 是你！领我宣誓：为共产主义奋斗终生！

刘国定 那是我曾经的信仰。

范文华 是你！再三告诫：坚守信仰，就是坚守自己的生命！

刘国定 生命没了，信仰还有何用！

范文华 （无力地）天……

（念）霎时间天塌地陷，

人与鬼说变就变！

刘国定 （念）清苦革命十数年，

受束缚早已心厌倦。

范文华 （念）为什么，引路之人先毁路？

刘国定 （念）识时务者为俊杰。

范文华 （念）为什么，领誓之人悖誓言？

刘国定 （念）生命可贵岂能轻易捐。

范文华 （念）为什么，侵吞组织生命钱，

刘国定 （念）总不能一生白奉献。

范文华 （念）游击队，为劫军火洒热血，

刘国定 （念）自不量力奈何天。

范文华 （念）王政委，慷慨舍身死得冤，

刘国定 （念）人不为己天诛地灭！（隐去）

范文华 （唱）心灯骤然灭，

混沌天地旋。

书记叛变组织毁，

歧路茫茫魂魄散、黑暗无边……

［灯光拉开，徐远居阴笑着冷眼观望。

张　贵 （拽住范文华，示婴儿衣衫）说！那孕妇是不是县委副书记邵林？

范文华 （完全不抵抗了，垂首叹息）唉……

徐远居 邵林的丈夫现在哪里？

范文华 （痛楚）他……没了。

徐远居 （紧逼）游击纵队共有几个支队？

范文华 三个。

徐远居 好！你将三个支队的联络点、行动线、宿营地全部写清楚。（兴奋地）张贵，呈报长官公署，集全部军力，将游击纵队一举歼灭！

范文华 一举歼灭！不……（大颤晕眩）

徐远居 （忙扶）不着急，坐下写。

范文华 （躲闪地）……不，我不清楚。

张　贵 你的属下，你敢说不清楚！

范文华 这……组织规定单线联系，我只管县委这条线。

徐远居 你是说，游击纵队由邵林分管？

范文华 不……

徐远居 不是她，还有谁？

范文华 没、没了。

张　贵 （怒）堂堂县委书记，就知道这点情况？我……（拔枪）

徐远居 （阻止）来呀！（两特务上）带范书记去休息，让他再好好想想！

两特务 是！（押着范文华向门外走去）

徐远居 （伸了个懒腰，喊）立即提审邵林！

［范文华闻言一个趔趄，跌倒在地。

一特务 报告，他晕了！

［徐远居不屑地挥挥手，两特务将范文华拖下。

张　贵 处座，几天没歇，你去睡会儿，女共党就交给我了。

徐远居 记住，不要死人，要口供！

张　贵 是！

［收光。

三　亮节

［紧接上场，中美合作所刑讯室内外。

［随着喝问声及皮鞭声，隐约可见邵林被吊打的剪影。

［张贵拎着皮鞭，衣衫不整地冲上，端起茶杯猛喝。

［徐远居大步上；张贵忙一个立正：处座！

徐远居　有口供吗？

张　贵　没想到这女人骨头这么硬。

徐远居　庸才，一个怀孕的女人都拿不下来！

［行刑室灯亮，在徐远居的示意下，特务解开邵林绑绳。

徐远居　（迎去）邵书记，实在抱歉，徐某没想到属下竟敢如此冒犯于你！

邵　林　不用兜圈子，要命可以拿去，其他一概没有！

徐远居　好，爽快！那徐某就直说了。我们在几天之内，一举捣毁了重庆地下党，抓获共党 180 余名，是因为你们的市委书记贪腐怕死，归属我们党国了……（见邵林没反应）你，不觉得惊讶？

邵　林　江河万里，鱼龙混杂，何需惊讶！

徐远居　高层贪腐，忠诚尽丧，你们的党完了！

邵　林　（冷冷一笑）你抓了 180 余名共产党员，请问：有几个贪腐怕死？有几个忠诚尽丧？！

徐远居　这……徐某听说，你的丈夫不幸身亡，你怀着他的遗腹子，难道就不想为他传宗接代，将孩子抚养成人？

邵　林　想！

徐远居　只要你与我们合作……

邵　林　你们杀死了他的父亲，让他的母亲与仇敌合作？

徐远居　世事多变，等他长大，徐某一定会以党国的名义告诉他……

邵　林　用不着！他的母亲一定会亲自告诉他——

（唱）父母因何要入党，

　　父母为谁拿起枪。

　　告诉他，皆因党内出叛徒，

亲人双双才遭殃。

告诉他，血的教训莫轻忘，

为家为国作担当；

告诉他——娘在九泉般般盼，

盼儿长为好儿郎。

家祭只需话一句：

山河美、百姓安、春秋千载、民富国强！

徐远居 如果不合作，你和你的孩子休想看到这一天！

邵　林 中国几万万孩子一定能看到这一天！

徐远居 你！（示意继续刑讯，自己则气急败坏地来到外间）

张　贵 处座？

徐远居 把姓范的带来，让他们当面对质，范文华一定还有隐瞒！

张　贵 （向外喊）带范文华！（转对徐远居）处座，这招真绝！这女共党见了叛徒，肯定恨之入骨，两个狗咬狗，一定能咬出真相！

［范文华步履蹒跚、形同走尸，一夜之间头发花白，判若两人。

徐远居 （有些惊讶，倒酒）范书记，这一夜该想明白了吧？来，为我们的精诚合作先干一杯！

［范文华似木头人一般，没有任何反应。

徐远居 （撴杯，喊）来人！（一特务抹汗奔上）邵林招了没有？

［范文华触电般抖了一下。

特　务 没、没招。

徐远居 带上来！

特　务 这？（徐远居瞪了他一眼）卑职不小心，把她一条腿给整断了。

［范文华闻言，转身即走。

徐远居 站住！看在曾经共事的情分，你也应该以身说法，好好劝劝她。

范文华 （无力地）我，不想见她。

徐远居 你怕什么？在这里她是阶下囚，你是座上宾。带邵林！

范文华 （突然歇斯底里大喊）不，我没脸见她！

徐远居 后悔了？可惜，这世上什么药都有，就是没有后悔药！

范文华 （哀求）你就放过我吧。

徐远居 （冷酷地）晚啦！出卖一个同党与出卖一百个同党都一样，你以为共党还会放过你吗？

［传来特务们的一声吆喝：走——

邵　林 （内唱）受酷刑，遭摧残，咬紧牙关——

［邵林浑身是伤地被架上来，她拖着一条断腿，硬撑着椅背，傲然挺直身子。当她看见范文华时，暗吃一惊。

徐远居 没想到吧？两位有幸在这里见面！

邵　林 （坚决地）我不认识他！

徐远居 范书记，都这样了，她还在为你掩饰，你就忍心不救她母子么？

范文华 （不敢直视邵林，慌乱地）邵林，我、被刘国定出卖了……

邵　林 （唱）猛惊觉，他已是，志丧骨残！

范文华 邵林，对不起……

邵　林 你对不起的何止我一人！

范文华 市委书记叛变，我……

邵　林 你不憎恨、不自省、不思辨、不自强，也想跟着他堕落嘛！

范文华 重庆市委完了，地下党毁了，我们还有什么指望?!

邵　林 党中央还在，游击纵队还在，全国盼望解放的老百姓还在！

徐远居 好啦邵书记，面对现实吧。游击纵队是你管辖，你只要告诉我联络点、行动线、宿营地，我马上送你去医院疗伤，平安生下你的孩子。

邵、范 （合唱）闻此言，心一凛，

邵　林 （唱）我细作判断；

范文华 （唱）我汗透衣衫。

邵　林 （唱）虽说是，游击纵队我分管，

范文华 （唱）详细情况我了然。

徐远居 （唱）察言观色窥真相；

邵　林 （唱）看起来，他是半吐半藏有隐瞒。

范文华 （唱）面对她，满面羞惭方寸乱；

邵　林 （唱）最揪心，今晚聚会在山涧南！

范文华 （唱）信鸽通知已难改，

邵　林 （唱）若泄露，纵队领导集体被捕逃生难。

心焦急、忙察探……（审视范文华）

范文华 （唱）深垂首、怕看穿……

邵　林 （唱）他身在抖、腿在颤……

范文华 （唱）我说也难、守也难。

徐远居 （唱）顺势再添一把火，

定叫他俩把脸翻。（白）范书记，她怀有身孕，这游击纵队的情况还是你说吧，要不然可是一尸两命哪！

邵　林 （唱）听此言，心稍宽，

他未将，组织秘密彻底翻。

只要坚守这一晚，
我俩失踪警示传。
纵队领导可应变，
撤入深山保平安。
回首再看范文华，
神思颓靡意志残。
同志生命悬一线，
纵队安危重如山。
这天大的责任他已不能担，
我必须，将他喉舌紧紧拴。
轻抚胎儿默默唤，我的儿哪——
娘与你，舍命同守这生死关！

张　贵　（拔枪抵住范文华脑袋）你到底说是不说！

邵　林　范文华，你过来，我有几句话要问你。

［徐远居瞪了范文华一眼，示意他过去，他只得移步挪近邵林。

邵　林　你，还记得在山里做挑夫的日子么？

范文华　……？

邵　林　你还记得，父母饿死病死的惨状么？

范文华　（痛苦地）没……

邵　林　你还记得，游击纵队两次救过你的命么？

范文华　（无地自容）我……

邵　林　（一巴掌抽去，大骂）忘恩负义、贪生怕死的东西！幸好组织没把游击纵队交给你！（转对徐远居）我可以告诉你：游击纵队的全部联络点、行动线、宿营地都在我心里，你，休想让我开口！

徐远居 你就忍心尚未出世的孩子与你一起去死？

邵　林 （轻蔑一笑，有意说给范文华听）以我和孩子两条命，换取游击纵队千百位同志千百条命，孰轻孰重，只要是人，自会掂量！（说完头也不回地转身向刑讯室走去）

［范文华看着邵林拖着断腿挣扎前行的背影，呆若木鸡。

徐远居 范文华！（见他没反应，恼怒开骂）你这种懦夫，别说共党看不起你，就是我也瞧不上你！

［范文华依旧木然。

徐远居 张贵，把他关进监狱，让共党囚犯好好教训他：到时候他就会明白，除了死心塌地为我们工作，别无他路可走！

范文华 （一声惨呼）啊——（抱头瘫跪于地）

［切光。

四　绝食

［清晨，中美合作所男监房内外，斜对面可见女监房。

［压抑的监狱环境中，数支鲜红的石榴花隐约怒放。

［许志烨、陈岗、贺国成、龙伢等众难友，默默伫立铁窗前，朝着审讯室方向焦虑张望。一阵泼水声传来。

龙　伢 第八回了，邵林姐晕过去第八回了！怎么办？怎么办哪？

贺国成 （无语地搂住龙伢）……

许志烨 为保守党的秘密，邵林担当了全部苦难！

龙　伢　（哽咽）龙伢想不通，到底是谁出卖了我们？出卖了邵林姐？

陈　岗　老许，自从刘国定叛变，被捕的180多名党员都关在这里，大家情绪低落，部分同志对组织几乎绝望。

许志烨　来！

［众人围拢，龙伢自觉站到窗边望风。

许志烨　根据目前情况，狱中特支决定：一、设法与游击纵队联系，争取武装越狱（众人一阵兴奋）；二、创建狱中《挺进报》。

贺国成　（兴奋地）《挺进报》！我们游击队只要得到《挺进报》，争相传阅，看了就是让人振奋！

许志烨　陈岗，你是办《挺进报》的元老，这事就交给你了。

陈　岗　太好了！把全国战场上的胜利消息告诉大家，一定能鼓舞人心！

许志烨　最重要的是，狱中《挺进报》可以向大家证明：党没有亡，党组织无处不在……

龙　伢　快看，邵林姐回来了！

［难友们拥向窗口，默默凝望。

［舞台后区，一副担架缓缓过场，白色盖单上透出殷红血迹，拖着的铁链发出瘆人的哐当声。

陈　岗　（含泪高诵）任脚下响着沉重的铁镣，
任你把皮鞭举得高高，
毒刑拷打算得了什么？
哪怕胸口对着带血的刺刀！

［陈岗的朗诵得到了各监房难友的响应。

众合诵　任脚下响着沉重的铁镣，
任你把皮鞭举得高高，

毒刑拷打算得了什么？

哪怕胸口对着带血的刺刀！

陈　岗　对着死亡我放声大笑，

众合诵　魔鬼宫殿在笑声中动摇……

［正押解范文华进来的徐用等被激怒了。

徐　用　（大喊）不准喧哗！不准喧哗——（被淹没在高亢的合诵声中）

［范文华望着远处的担架，听着众人的合诵，颤颤地迈不开脚步。

徐　用　（转向范文华，故意大声训斥）看啥看？要不是你指认了她，她能落到这般下场！（一把向他推去）走啊！

［范文华一个趔趄，跌进男监房中。

龙　伢　是你？出卖了邵林姐！

范文华　（慌乱地）我……

龙　伢　你个狗贼——（扑上去边厮打边泣喊）我打死你！打死你……

［众难友冷眼旁观；范文华任龙伢掐住脖颈，喘息待死。

许志烨　（制止地）龙伢！

龙　伢　许伯伯——（扑进许志烨怀中）许伯伯！龙伢从小没了爹娘，是邵林姐带我长大，她就是龙伢心中的亲娘……（哭得说不下去）

许志烨　龙伢，好孩子！

（唱）是汉子，莫要轻流泪，

是汉子，经得起风雨和炸雷。

这炼狱，可鉴英雄儿女辈，

铮铮铁骨立丰碑；

这魔窟，亦有贪生怕死鬼，

为保命，将多少同志往死路上推。

你要挺起身、昂起首，

恩义仇恨刻心扉。

邵林受难心高贵，

为她赞美，更需坚强你莫放悲。

［范文华在一旁听着，抖着嘴唇想说什么。

［突然，一阵嘹亮的婴儿哭声传来。

郑　霞　（在女监窗口泣呼）邵林姐早产了，是个女儿，是个漂亮的女儿！

龙　伢　邵林姐！她还好嘛？

郑　霞　她又晕过去了！怎么办？孩子怎么办哪？

许志烨　郑霞，先给邵林清洗刑伤，孩子我们大家来照顾！（转头）快找找孩子可用的东西，一会放风给女监送去。

难友甲　我这有罐奶粉，是父亲日前来劝降送的。

［众难友纷纷拿出衣物、炒米糖等。

范文华　（脱下衣裳，畏缩上前）给、给孩子扯几块尿布……

龙　伢　（一把抢过扔去）呸，脏东西，谁要！

许志烨　监狱东西奇缺，多一件也是好的。（捡起衣裳将东西包好）

［范文华感激地看着许志烨。

［"放风啦！放风啦！"看守边叫边过来打开门锁。

龙　伢　（抢过包袱）我去送！

许志烨　等等，我们先将看守引开，你再去。

范文华　（顿时领会，即向大门冲去，边跑边喊）我要出去！放我出去……

［众看守大喊：站住——随即追去阻拦。

许志烨　（微微一愣，即刻反应）龙伢，快！

［龙伢急忙奔出，刚到女监门口就被徐用发现。

徐　用　（掏出手枪）站住！站住——

［就在龙伢将包裹递进女监时，枪响了，龙伢应声倒下。

［众人拥去，许志烨抱起龙伢。

许志烨　龙伢！龙伢！！

龙　伢　（笑）许伯伯，我把东西送、送进去了……（望着被看守押在一旁的范文华，挣扎喊出）范、范书记，你、你要是像邵林姐一样，龙伢情愿为你……（咽气）

众　人　龙伢——

［整座监狱霎时沸腾了："不准虐待政治犯！惩办杀人凶手！"

徐　用　（威胁大喊）吵啥吵，打死个把政治犯有什么稀罕！再吵，我就饿你们三天，看你们吵个鸟去！

许志烨　（怀抱龙伢，悲愤宣告）政治犯也是人，你们无端滥杀，我们全体绝食抗议！

众　人　（响应）我们绝食抗议……

杨　兴　（堆着笑脸）诸位诸位，他是不该开枪，不过龙伢违反监规在先，如今人已经死了，怎么处置我们好商量嘛。

许志烨　无需商量，三个条件！一、惩办杀人凶手；二、为龙伢召开追悼会；三、请医生为邵林疗伤、为婴儿提供营养食品！

杨　兴　（阴阴一笑）这条件也太离谱啦！你以为这里是疗养院？再说，上峰也绝不会同意。

许志烨　(凛然)好,那就试试看吧!

［造型,收光。

五　拯救

［三天后,中美合作所监房内外。

［舞台一角,杨兴正在和徐远居通电话,徐用站立一旁。

杨　兴　报告处座,三天了,该用的办法都用尽了,就是没人出来吃饭。

徐远居　(画外音)你给我听好,如果饿死一个重要政治犯,你就提头来见!

杨　兴　(扔下话筒)听见没?处座发火啦!

徐　用　要我说啊,都饿死了才好!

杨　兴　(一巴掌将徐用抽得转了个圈)好个屁!都是你个饭桶,给老子惹这么大麻烦!去,把大米饭、红烧肉放到每个监房门口。

徐　用　是!(欲走)

杨　兴　回来!给范文华专送一份好酒好菜,让他大口吃、大口喝,给大家做个榜样。

徐　用　(啪的一个立正)卑职明白!(收光)

［黑暗中传来嚷嚷声:开饭喽,大米饭,红烧肉,开饭喽……

［梆敲三更,灯静静亮起:装着大米饭、红烧肉的木桶排放着,牢房门虽然敞开,没有一个人出来领饭。

［男监房内，大都躺着、靠着，已饿得气息奄奄。

［范文华盯着自己面前单独放着的菜和酒，轻叹一声。

许志烨　（沉声道）你是他们的人，无需参加我们的绝食行动。

范文华　我没资格参加。我是在为龙伢守灵……我一直在想，龙伢最后没有说完的那句话，他、他想说啥？

许志烨　他想说（一字一句）你要是像邵林一样，龙伢情愿为你再死一回！

范文华　（哽噎）他常说，邵林像他娘，我，像他爹……（捂脸饮泣）

许志烨　可你出卖了他心中的母亲！

范文华　不，不是出卖，是绝望！

许志烨　（火了）绝望，你就可以置同志生命于不顾！绝望，你就可以把所有责任都推到一位孕妇身上！

范文华　我也不明白，起初坐在老虎凳上，心底踏实，准备就死，可当知道刘国定他……顿时两眼发黑，满脑子都是完了，全完了！

许志烨　在你心中，刘国定就是党？

范文华　他在我最悲惨的时候，像父亲一样教我学步，扶我前行，引我走向光明。难道我不该信任他、追崇他？

许志烨　龙伢才 15 岁，为送婴儿衣物，坦然牺牲；邵林为了你，以自己和孩子两条性命独当酷刑！因为他们信任的是党，追崇的是党的最高目标！迷信崇拜个人，绝不是真正的信仰！

范文华　不要与我谈信仰！这是刘国定的口头禅，我已经听腻了。

许志烨　他根本就没有信仰！贪污组织经费、购买私宅、包养女人、花天酒地、极尽享乐！

范文华　你也知道？

许志烨 我是重庆市委副书记，当然知道！可悲的是，因我处置不力，留下祸患，酿成了重庆地下党这场惨痛灾难！

（唱）接举报，刘国定，贪污腐化，
却因他，是领导，处置繁杂。
组织上，委派我，取证谈话，
恨只恨，我不该，轻信于他。
他痛哭流涕说冤枉，
他信誓旦旦把毒誓发，
我心生犹疑再查证，
想不到，他叛变最先将我抓。
百位党员遭逮捕，
组织被毁似天塌。
受尽酷刑我能扛，
扛不住，天大的悔恨心中压。
我自杀未成痛反省，
在监狱，重建组织、将自身罪孽亲洗刷！
文华哪，你若还有痛悔心，
莫向深渊再坠滑；
你若还有天良在，
守住同志生命闸；
你若还有光明梦，
速归队、重携手、将信仰之根深扎心底再吐芽！

范文华 （唱）听他彻心彻腑一番话，
动我蒙尘蒙垢一颗心。
怎奈是，大错铸成回头晚，

欲归难归叹沉沦。(白)晚了,一切都晚了……

[突然,传来轻轻的敲击声,陈岗翻身从秘密通道中取出一张纸条。

陈　岗　老许,是邵林写给特支的报告。

[许志烨阅后递给范文华看;另一光区显现邵林。

邵　林　刘国定贪腐叛变,使党遭受重创,建议狱中特支组织全体党员总结教训,报告给党!尽力团结狱中党员,坚守理想,坚定立场,将党的损失降到最低!

(唱)狱中境况实严峻,

尤为老范苦悬心。

他动摇非因怕身死,

只为信仰扎错根。

邻水县,游击纵队虽保全,

县属党员还有数十名。

他至今沉默不开口,

可鉴良知尚未泯。

建议组织伸援手,

帮助他,重拾信仰重做人!(隐去)

[范文华看罢,将纸条塞进嘴里,忍泣吞下,随即挣扎摇晃着站起身来,将放在自己面前的酒菜用力抛出门去。

陈　岗　(递上《挺进报》)给。

范文华　狱中《挺进报》!给……我?

陈　岗　悄悄看,看完销毁。

范文华　(激动地将挺进报拥在胸前)哎!

[一道黎明的曙光照进监狱,天亮了。

[喇叭中传来杨兴的通报声：各位注意了，各位注意了，现经上峰批准，同意大家提出的三个条件，请各位先行进食，先行进食！

[霎时一片欢腾，难友们不顾看守森严，挣扎着、搀扶着涌出各自监房，互相祝贺、紧紧拥抱。

[邵林在同室难友的搀扶下，微笑地倚在女监门口。

郑　霞　（抱着邵林的女儿大声宣布）她是邵林的女儿，我们的监狱之花！

[众难友呼唤着"监狱之花"，似捧着珍宝般于手中一一传递，当传到范文华时，郑霞冲上前一把抱过孩子。

郑　霞　范文华，你不配！

[范文华伸开的双手尴尬地停在半空，随即萎缩着、颤抖着，独自蹒跚着向监狱深处走去。

杨　兴　（发现范文华的异常举动，立即命令两名看守）给我盯住他！

[收光。

六　较量

[紧接上场：刑讯室、男监房、女监房，根据剧情需要，可先后分区域显现或全景显现。

[刑讯室灯亮：范文华站着，徐远居在他面前踱着方步。

徐远居　范文华、范书记，说吧：这份狱中《挺进报》是谁交给你的？

范文华　……

徐远居　据我的情报，狱中共党正在与游击纵队联系，试图越狱。这《挺进报》上“游击纵队炸毁敌人军火库安全撤离”的消息，是通过这条线送进来的吧？

范文华　（干脆地）不知道！

徐远居　呵，进来时间不长，骨气见长啊。你怎么就不想想，他们连孩子都不让你沾手，为什么会将《挺进报》交给你？

范文华　《挺进报》，只有可靠的党员才能看到。

徐远居　你可靠么？那是共党想借我的手来处决你！

［范文华浑身一颤，沉默了。

徐远居　来呀，把刑讯室门窗全部打开，48套刑具给我轮番上，也让他睁开眼睛看看，共党会不会出面救他这个可靠党员！

行刑队　是！（收光）

［男监房灯亮：众人听着传来的行刑声，焦虑不安。

难友甲　唉，范文华躲进监房看报，被看守盯上怎么会不察觉！

难友乙　关键是他会不会出卖陈岗和老许！

贺国成　他本来就是软骨头！

陈　岗　是我操之过急，不该将《挺进报》交给他。

许志烨　给他《挺进报》，让他看到胜利曙光，坚定必胜信念，这是狱中特支的决定。来，我们商量下……（收光）

［在范文华的受刑声中，女监房灯亮：众难友表情各异。

难友丙　嗨，都用上电刑啦！

难友丁　他这条命怕是熬不过今夜了！

郑　霞　（恨恨地）活该！叫他出卖邵林姐！

邵　林　（制止地）郑霞！

郑　霞　看到监狱之花跟着我们受罪，我就恨死他了！邵林姐，你不恨他？

邵　林　恨！恨他害苦了我的孩子；恨他辜负了大家信任；更恨我自己！

郑　霞　恨自己？

邵　林　他出身贫苦，工作勤恳，并非怕死之人。我与他共事多年，却没有及时纠正他的盲目追崇！

郑　霞　像他这种人，还不如死了干净！

众　人　（七嘴八舌）就是！让他去！他该死！死了好赎罪……

邵　林　同志们，范文华初始受刑昏死三回，他扛住了；游击纵队与县属党员的秘密，他守住了；狱中绝食，他参加了。他是犯了大错！错将理想信仰全都依附刘国定一人。刘国定叛变，他失魂落魄，看不见组织力量，混沌了是非判断，迷失了前行方向。龙伢牺牲，惊他天良；绝食胜利，止他彷徨；此时此刻，风急浪高，推一把，他可能再度动摇，拉一把，党就能减少损伤。面临选择，组织为上；个人恩怨，且放一旁；想办法、伸援手、救急难、鉴肝胆，我们与敌人针锋相对、较量一场心理战！

众　人　邵林姐！（聚拢造型，收光）

［刑讯室灯亮：范文华铁索锒铛、衣衫褴褛、血迹斑斑。

范文华　（唱）肌肤裂，筋骨碎，神智昏乱，

恍惚中，万象生，迷茫四观。

刘国定，笑森森，似在召唤，

蓦地里，见龙伢，血迹斑斑。

曾以为，党已毁，志酥骨软，

绝食中，又见组织抱成团！

此心本已成灰烬，

《挺进报》，催亮我点点星火盼复燃……（晕死）

［男监房灯亮：陈岗、贺国成等围着许志烨。

众难友 老许……

许志烨 大家不要再争，就这样决定了！陈岗，我如果回不来，你们一定要将狱中党员总结重庆地下党惨痛教训的八条意见，报告给党，引以为戒！

陈 岗 放心，只要我们有一个人冲出去，一定会将狱中八条报告给党！老许，这里需要你，还是由我出面吧！

许志烨 陈岗同志！

（唱）事已燃眉需决断，

由我出面可安然。

挺进报，消息来源我知晓，

练笔迹，你我相同谁能勘。

此处刑具皆尝遍，

要我口供比登天难。

救老范更为救同志，

艰危中，相扶挽，共度生死关！

［传来一阵泼水声，刑讯室灯亮：范文华醒来。

［两特务同时举起两把烧得通红的烙铁，逼住范文华。

徐远居 范文华，我最后再问你一遍：《挺进报》是谁交给你的？武装越狱是谁在组织联系？（范文华沉默）你不要再存幻想，共党绝不会救一个被他们唾弃的叛徒！

范文华 （被叛徒两个字击倒，喃喃地）叛徒？叛徒……

［突然传来孩子的大哭声。

［所有的人皆望向女监房。

范文华　（痛楚地）孩子……

［女监房灯亮。

邵　林　（亲吻拍哄着孩子，哼唱自编的摇篮曲）

（唱）风儿清，月儿明，星光闪闪，

莫哭泣，莫害怕，我的心肝。

待到那，太阳出来鸟儿唱，

娘带儿，去看那红枫舞青山！

范文华　（唱）孩子将我心痛剜，

歌声分明意深含。

许志烨　（唱）我为邵林深深赞，

委婉苦心震儿男。

陈　岗　（唱）听歌声——

贺国成　（叠唱）听歌声——

郑　霞　（叠唱）听歌声——

徐远居　（叠唱）听歌声——

范文华　（叠唱）听歌声——

陈　岗　（唱）似见红旗漫山卷，

贺国成　（唱）更盼曙光照青山。

郑　霞　（唱）止不住眼儿热、心儿酸；

徐远居　（唱）他们绕的是什么弯？

范文华　（唱）有泪心底流，

抱愧更羞惭！

邵　林　（唱）风儿清，月儿明，星光朗朗，

稳稳睡，快快长，莫要彷徨。

待到那，花儿齐放鸟儿唱，

莫忘了，传佳讯告慰儿亲娘！

众　人　（合唱）亲娘、我苦难的亲娘！

告慰您五千年沧桑，

报答您五千年滋养，

我们愿，赴汤蹈火、粉身碎骨、誓守忠良！

范文华　（在歌声中挣扎站起，大喊）徐远居，你打死我吧！二十年后，老子投胎为人，重新做条好汉！

［徐远居一挥手，两把烙铁同时向范文华刺去。

许志烨　（大喊）住手——（大静场）《挺进报》是我写的，也是我交给他的！

徐远居　哦，请问，这《挺进报》上的消息，你是从哪里来的？

许志烨　重庆《中央日报》。

徐远居　你不用给我打哈哈，我们的报纸绝不会刊登共匪消息。

许志烨　六天前《中央日报》第三版，标题就是：《共匪炸我军火库，经国军猛烈反击，逃之夭夭》。

徐远居　那只能说明共匪猖獗！

许志烨　那是说明游击纵队频繁出击，炸毁了你们军火库！

徐远居　国军猛烈反击，他们早已逃之夭夭！

许志烨　逃之夭夭么就是安全撤离喽！

徐远居　你？

许志烨　你们报上的消息，只要反着看，真相便一目了然！

徐远居　（怒吼）许志烨！

许志烨　（讥嘲地）还需要核对笔迹么？

徐远居　（冷酷地）说真的，我恨不能一梭子崩了你！可我知道，轻信刘国定是你一生的惨痛！我要让你生不如死！来呀，给他戴上重拷，关进地牢，不准放风不准见阳光，让他好好忏悔，直到化成一具白骨！

[行刑队一拥而上，架住许志烨。

范文华 （哽噎呼唤）老许，你不该救我这没用之人……

许志烨 （挣扎回首）老范、同志！

范文华 （一振）同志？

许志烨 不要轻信表象，不要盲目追崇，贪污毁信仰，腐化出叛徒，一定要将我们的惨痛教训报告给党！

范文华 （爆发地）老许——（冲上前与许志烨紧紧相拥）

[收光。

七　重生

[七个月后的春节，中美合作所监狱。

[喇叭里传来杨兴的通报声：各位注意了，接上峰通知，蒋委员长正式宣布引退，由副总统代行职权。国共两党就释放政治犯问题正在谈判，为显示诚意，放风一天！

[霎时一片欢呼，灯亮：众难友敲着搪瓷杯和破脸盆从各监房冲出。

[三位难友一路翻上，一人跃上两人肩头，各自拉开手中对联。

女　念 （上联）洞中才数月，

男　念　（下联）世上已千年，

众　合　（横批）万象更新！

［又一组三人翻出，如上造型，各自拉开手中对联。

女　念　（上联）两个天窗出气，

男　念　（下联）一扇风门伸头，

众　合　（横批）乐在其中！

［众人放声大笑，这时，传来一声领唱：哎勒哟嗨——随即女难友们腰缠各色花被单冲上，跳起了欢快的“秧歌舞”。

郑　霞　（领唱）正月里来是新春，

赶上了猪羊出呀了门。

猪呀、羊呀，送到哪里去？

众　合　送给咱英勇的解放军！

嗨呀梅翠花嗨呀海棠花……

送给咱英勇的解放军！

［贺国成领着一群难友，翻跃上场，瞬间迭起高高的罗汉；贺国成在最高处展开一幅红被单，上书：新春在望，佳节快乐！

众　人　（齐声欢呼）新春在望，佳节快乐！

［范文华忙着给大家端水送茶，脸上挂着难得的笑容。

［邵林在难友的搀扶下，抱着孩子，走出女监，众人纷纷招呼。

郑　霞　（欢呼）邵林姐——（上前抱过孩子）我们的监狱之花今天真漂亮！

［众人引逗孩子，孩子发出清亮的笑声。

［范文华端着一碗水，恭恭敬敬送到邵林面前。

邵　林　（接过，警惕望向四周，轻声问）游击纵队联系上了？

范文华　（低声）与秘密联络站已经接线，武装越狱时间等待回信。

邵　林　（悄递纸条）这是根据大家讨论整理的八条意见，只要有一个人活着出去，立即报告给党！

范文华　放心！

郑　霞　（抱着孩子过来）监狱之花，你还不认识这位范伯伯吧，来，要范伯伯抱抱！

范文华　我？（看到邵林含笑鼓励的目光，使劲在衣襟上擦了擦双手，郑重地接过孩子）监狱之花，孩子哪——（一个飞跪至台前）

［全场收光，唯余一道追光罩着范文华。

范文华　（抱紧孩子，想亲又不敢，颤颤地摸了摸孩子的小脸，孩子发出银铃般的笑声）好孩子，对不起！（起唱）对不起哪——

（范文华紧紧搂着襁褓，第一次深深恸哭了）

（唱）都说是，男儿有泪不轻弹，

抱孩子，怎禁得，思绪万千、万千思绪、我泪洒胸膛！

悔的是，错将一人信作党，

亦步亦趋成愚盲；

更绝望，叛徒竟是领路人，

瞬间天塌心志殇。

害得你，尚在娘胎受酷刑，

早产狱中命险丧。

纵然痛恨刘国定，

我实为帮凶罪难偿。

自卑自弃难坚守，

想不到监狱特支、党的组织在身旁。

痛省教训重励志，

讨论八条醒愚盲。

血泊之中睁望眼，
更见同志情义长。
我愧难当，痛难当，悔难当，
若得慷慨赴刑场，
喊一声，万岁中国共产党，
死也含笑赴泉乡。
孩子哪、好孩子——
筹谋越狱有希望，
盼你冲出这牢房。
伯伯的教训莫轻忘，
逢歧路、祛迷障、铸信仰、热血化作凯歌扬！

[远远传来隆隆的炮声，范文华抱着孩子终于挺立起来，造型收光。

八　涅槃

[隆隆的炮声越来越近，预示着重庆即将解放。

[黎明前的黑暗中，徐远居定定地望着长天，一声悲叹。

[张贵领着全副武装的行刑队跑步上，站定。

张　贵　报告，行刑队准备完毕，请处座训示！

徐远居　总裁密令：凡中美合作所囚犯，提前分批密裁！行动程序如下：

一、重要政治犯先行枪决，地点后山；

二、挖埋尸坑三个，每个一丈宽，两丈深；

三、对击毙尸体连续拍照两次，以作存档；

四、行动完毕，每人核发奖金一万；

五、其余囚犯，就地灭杀，工具：机枪、冲锋枪、火焰喷射器。

杨　兴　报告，本监所有9岁、6岁、2岁、1岁少儿4名，如何处置？

徐远居　（冷酷地）全部执行，一个不留！

［黑暗中传来杨兴的喊话声：各位注意了，各位注意了，凡念到名字者，马上转移！许志烨、邵林、范文华、陈岗、贺国成、齐亮、蒋可然、杨虞堂、徐也速、袁尊一、吴奉贵、黄楠材、陈以文、何忠发、周成铭、石文钧、张文瑞、张泽浩、张远志、盛超群……

［随着喊声和持续传来的镣铐声，灯光亮起。

［许志烨与邵林等众难友肃立着。

邵　林　（轻声对许志烨）敌人屠杀提前，游击纵队来不及赶到了！

许志烨　已转告其他同志，组织强行突围！

［邵林怀中孩子突然大哭。

众难友　孩子！

邵　林　好孩子，不哭、不怕。娘知道，你从没见过天高地阔、山清水秀，今天娘就带你去看一眼！（亲着孩子）孩子永远离不开母亲，就像我们，永远离不开——（轻声吐出）党！（猛一仰首，高呼）同志们！永别了！

（唱）生死通途坦然走，
　　梦怀宏愿舍命求。
　　洒将热血壮沃土，
　　催绽百花漫九州。

许志烨　（唱）笑看山河胜锦绣，

我等到此有何求。

但得红旗漫天卷，

留取豪情贯神州。

范文华 （唱）前路坎坷跟党走，

经风历雨知所求。

誓言如磐终身守，

血的教训记心头。

众难友 （合唱）誓言如磐终身守，

八条谏言带血留——

[合诵：防止领导腐化，警惕干部堕落，关注党员作风，加强党内教育，重视信仰磨砺，不要迷信崇拜，切勿轻视敌人，严惩叛徒特务！

邵　林 （唱）愿红旗——

许志烨 （唱）愿红旗——

范文华 （唱）愿红旗——

众难友 （合唱）涤尘染、除污垢、固本色、飘扬千秋！

[密集的机枪扫射声骤然响起，火光烁烁，烈焰熊熊，众人在“中国共产党万岁”“新中国万岁”的口号声中纷纷倒下。

[蓦地，一座肃穆的群体塑像，挺起在弥漫的硝烟中。

[没有音乐，唯有字幕：大屠杀三天后，重庆解放，共收敛死难者遗骸321具。35人突围逃生并将“狱中八条”报告给了党！叛徒刘国定被人民政府审判枪决。

[剧终。

新编民间故事剧

妈祖前传

人　物　林默娘　渔村女，后被奉为海神妈祖

小默娘　12 岁

林　愿　都巡检，林默娘之父

林洪毅　林默娘之兄

阿　婆　林家老仆人

江　浩　朝廷巡检

僮　儿　江浩随侍书童

观　音　天上的神仙

翠　嫂　失去丈夫的疯女人

老船长　印度商船船长

拉　瓦　年轻的印度船员

渔民、渔女、渔童、兵丁、众仙女、众船员，可互相兼任

序

［漆黑的舞台静默无声：突然，一道闪电划过，随即一声炸雷。

［悲壮苍凉的喊唱声突起：啊——

（唱）千古走海千古怨哪——千古怨哪！

浪尖汹汹似刀尖哪——似刀尖哪！

人在刀上走哪，嗨哟！

命在生死间哪！嗨哟嗨哟，嗨——

［喊唱声中，电闪雷鸣，狂风呼啸，隐约可见一艘朝廷官船正在漫天海浪中沉浮飘摇。

［都巡检林愿和儿子林洪毅正指挥着士兵们奋力挣扎。突然，主桅杆断裂，发出令人恐怖的巨大声响，整艘船顿时像一片树叶般倾斜旋转起来。众人发出绝望呼号。

林洪毅 （被卷入海涛，挣扎大喊）阿爸——

林　愿 儿哪——（忍看儿子沉没，仰天大吼）苍天哪！我林愿身为朝廷巡检，一生漂泊海上，葬身大海死而无怨。可这一船生灵无辜，求苍天保佑他们平安回家——

众　人 （齐齐跪倒，向天嘶喊）苍天开恩哪——

［一波巨浪铺天盖地而来，瞬间将一切吞没。

一　初心宏愿

［海边：无数招魂幡在海风中隐隐飘摇。

［凄惨的嘶吼声："风来啦，雨来啦，孩他爸，回家啦……"疯女人跌跌撞撞，边喊边跑。一幼儿哭喊着追下："阿妈！阿妈——"

［一身红衣的小默娘面对大海，呆呆伫立，不说不哭也不动。

［阿婆搀着林愿跌跌撞撞赶来。

阿　婆　默娘，默娘！你站在这里已经一天一夜，不吃不喝，怎么得了哇！

林　愿　默儿，随阿爸回家吧。

阿　婆　默娘，你阿爸抱着桅杆，在海上漂了两天两夜，这才死里逃生，你就不要再惹他伤心了，啊！

林　愿　儿哪，阿爸要你回家，你听见没有？

阿　婆　默娘，你就开口说句话吧！

林　愿　（猛一跺脚）不要再等了，你阿哥他、他回不来了！

小默娘　（一颤惊觉，终于发问）阿哥他、不回家了？

林　愿　（痛楚地）他、已经葬身海底！

小默娘　不……

林　愿　（果断地）他已经死了！

小默娘　不，阿哥不会死！他不会死！（一声痛呼）阿哥——（放声大哭）（唱）阿哥阿哥你在哪里？

你为何不管小阿妹！

我在海边将你等，

等得浪儿也喊累。

阿哥阿哥我放声喊，

喊我阿哥把家回！（哭喊）阿哥，回家吧！阿哥，小妹等你回家——（阿婆抱住小默娘哀泣）

林　愿　（老泪滚滚）龙王爷，你睁开眼睛看看吧，渔家百姓惨哪！

阿　婆　（跪倒）龙王爷，求你管管海上风暴，保佑我们渔家吧！

小默娘　（抹泪发问）阿爸，大海里真有龙王爷么？

林　愿　这……

小默娘　龙王爷为啥不保佑我们？

林　愿　这……

小默娘　难道我们千年万年只能被大海欺负吗？

林　愿　是！

小默娘　这天底下谁能战胜大海？

林　愿　除非是先知先觉的神灵！

小默娘　我要做先知先觉的神灵！

林　愿　不，人是做不到的。

小默娘　我要做到！我一定要做到！

林　愿　我的傻孩儿哪！

（唱）千古走海千古怨，

浪涛万叠似刀尖。

渔家活命靠大海，

明知凶险奈何天。

大海变幻神把控，

风暴来去天掌权。
海上人命如蝼蚁，
哪有神灵降人间？

小默娘　（唱）天不降神人做神，
世上总有办法寻。
阿爸呀，您天天住在海边上，
定识得，海流海象海路径。
您常常驾船出海去，
定知晓，天象水象风象因。
求您教儿……

林　愿　（接唱）求教阿爸万不能！

小默娘　阿爸！

林　愿　阿爸教你阿哥许多航海本领，可他、他还是葬身大海！

小默娘　女儿不怕！

林　愿　阿爸我怕！你阿哥已经没了，阿爸决不让你再去涉险！

［传来疯女人的嘶喊声：风来啦，雨来啦，孩他爸，回家啦……

小默娘　阿爸，女儿不愿听见这样的喊声，不愿看见这许多白幡，更不愿自己也变成这样的女人！阿爸，女儿求您了！（跪）

阿　婆　老爷，默娘的脾气您是知道的，您就先答应了吧！

林　愿　（凄楚而喊）不，我决不答应！

小默娘　（缓缓站起）女儿知道，阿爸疼爱女儿、怜惜女儿，可是……（哽咽着突然转身，冲上海边礁石，面对大海凄厉地连声呼唤）阿哥，回家吧！阿哥，回家吧……

林　愿　默儿！

小默娘　(不顾一切地继续嘶喊)回家吧！回家吧……

[喊声在整个天地间反复回荡。

林　愿　(心都被喊碎了,再不能忍受,一声高呼)林默娘!

[霎时,一切全部静止。

林　愿　(一字一句地)阿爸——带你出海!

小默娘　阿爸！我的好阿爸——(哭喊着扑进林愿胸怀)

[切光:黑暗中一盏林字黄灯笼蓦地亮起,闪烁着向大海深处飘去。

[幽幽伴唱:一帆风雨一叶舟,

一身敢负万家愁。

历经九死终不悔,

化作红灯海天留。

二　海上罹难

[瑰丽的大海一望无际,碧蓝的海面微波荡漾。

[天边,灰白的云涛像一把打开的折扇,这是台风欲来的先兆。

[海面上,渔民们唱着高亢的渔歌,祈盼神灵赐下丰硕的收成。

[渔歌:嗨哟来——

风波平哟撒开网啰,嘿哟嘿哟!

起网先求海龙王啰,嘿哟嘿哟!

肥鱼大虾快进舱哪，嘿！嘿！

渔家好过活哟——嗨嗨哟！

[女声独唱：依哟来——

[歌声吸引了所有渔民的目光。

[标有林字的黄色灯笼远远飘来。有人喊：默娘——

[幽远的答应声：哎——

[已经长大成人的林默娘摇着小船破浪而来：但见她红衣舒展，红带飞扬，灯笼高挂，身姿飘然。

默　娘　（唱）颠簸海上年复年，

观测风云在浪涛尖。

阿爸教我逾十载，

尚有疑难心中悬。

风暴来去能预料，

时辰变幻常算偏。

昨日发出风暴警，

却不见，渔船归航我心似煎。

明知渔家恋鱼汛，

但恐风暴来势险。

拼尽全力嘶声喊（喊）风暴就要来啦，快回家吧！风暴就要来啦，快回家吧——（没人理睬，急得直跺脚）

强阻拦，我冒险冲进渔网间。（摇船进网）

[众渔民见状，纷纷指责。

渔民甲　默娘，你不要命啦！

渔民乙　你挂住我的渔网啦！

渔民丙　鱼虾都被你吓跑啦！

渔民丁　你还让不让我们活命哪？

默　娘　各位大叔大伯，风暴就要来了，快快回港避风吧！

渔民甲　你昨天就说：风暴要来风暴要来，可这海上风平浪静，哪有风暴影子嘛！

默　娘　风暴确实要来了呀！

渔民乙　那你告诉我们，这风暴什么时候、什么时辰、什么时刻来？

默　娘　默娘惭愧！默娘知道风暴要来，却说不准什么时刻来，请各位赶紧回港避一避吧！

渔民丁　眼下鱼汛正旺，岂能白白放弃！

渔民丙　是啊，你靠着你爸吃皇粮，我们可是靠着打鱼过日子！

渔民甲　默娘，你成天风里来雨里去，海上救人无数，大叔敬佩你，可这风暴归神仙管，你就莫操心啦。

渔民丙　对呀，女人就该操心做饭养娃。默娘，赶快找个男人嫁啦！

（众人起哄大笑，散开干活）

默　娘　（顿觉羞愤）你们？嗐！

（唱）苦心相劝成笑谈，

说破嘴唇亦枉然。

不识风暴真面目，

自怨自责更羞惭……（转舵欲走，仰首望天）呀！

似听得，风暴怒吼在耳畔，

似看见，渔村又添招魂幡。

我岂能见死不救！

我怎可袖手旁观！

今日宁将众怒犯，

我也要，拽船回港保平安。（急喊）大叔大伯，赶快收网吧，默娘以性命担保，风暴就要到啦——

渔民甲 我说林默娘，我们凭啥相信你啊！？

众　人 （七嘴八舌）是啊是啊，你又不是天上派来的神仙！

默　娘 （再忍不住了，大吼）我是神仙！我就是天上派来的神仙！请你们相信我，赶快回港！我——求你们啦！（大跪）

［众人面面相觑，不知怎么办才好。

［此刻，天突然变了颜色，黑云由远处翻滚而来，狂风呼啸，排浪涌起，有人惊恐大叫：风暴来啦，风暴来啦——

［渔民们惊惶得四下散开，隐去。

［海面已是一派惊涛骇浪，一束追光罩着跪在船头的默娘。

默　娘 （凝眸向天）风暴哪风暴，你来得正好！今天我定要紧紧追踪、细细辨察你的真实面貌！（以下需设计形体舞蹈）

（唱）蹈海踏波追风暴——

浪汹汹、翻雪莲，水烈烈、逐雷电，我偏爱这：大海咆哮、狂风怒号、云水翻卷、苍穹涨裂天地摇！

冲浪尖，一派苍茫收眼底；

沉浪谷，看万刃水剑插云霄。

孤舟一叶奋扬起，

乘风破浪测狂飙。

展眼望，风圈边缘浪峰高；

凝神看，风圈内环水似蛟。

直惊诧，风圈中心无风浪，

这诡谲的平静、多少人上当把命抛！

［风浪呼啸又起，孤舟飞旋失控。一排巨浪压来，默娘翻身入水；

船裂人翻入海涛，

浪似鞭抽裂皮膏。

痴心哪顾万象险，

拼将一死测风潮……（在浪涛间挣扎观望）

但见风催浪加速，

风漩浪蛟起狂飙。

暗涌实为真杀手，

撕裂船体命难逃。

风疾浪涌相比照，

来去时速终知晓。

从今后，能将风暴预前报，

回家去，笑笑笑、笑慰我的家乡父老！（力竭晕眩，挣扎喃喃）我要回家！我要……回家……（昏迷）

［女声领唱：昏沉沉，身随浪漂，

似真似幻，魂飞九霄！

［歌声中，风静了，浪静了，大海变幻成一片云海。

［歌声悠扬：天门层层荡漾开，

仙子飘飘迎客来。

［云海之上，观音遥遥显现，将手中的柳枝轻轻招扬。

［云海之间，仙女们披云戴雾，一层一层迎来，极尽素艳。

［云海之中，默娘缓缓站起，木然伫立。

观　音　林默娘，尔为众生，历尽劫难，特赐羽帔，度尔成仙。从此生死无羁、安享富贵！（众仙女蓦地展开一件百鸟羽帔，金光四射，披与默娘身上，簇拥起舞）

众仙女　（唱）百鸟织成羽衣帔，

汲尽天光聚华彩。

从此登仙界，

生死置度外。

人情世故皆忘却，

凡俗艰辛全抛开。

身逍遥、心自在，

笑览风云去复来……

［默娘随着歌舞，飘然旋转，渐至兴奋，纵情欢乐。

［歌舞正酣，突然，疯女人凄厉的喊声传来：风来啦，雨来啦，孩他爸，回家啦——

［音乐骤变，众仙女霎时变成骷髅脸，向默娘围拢来。

［默娘惊恐不安地挣扎旋转，羽帔落地，终于清醒。

默　娘　哎呀，我该回家了！（转身欲走）

观　音　林默娘！

默　娘　（忙捡起羽帔，双手捧上）谢菩萨恩赐，默娘奉还羽帔！

观　音　凡人为求长生富贵，拼死争斗，忙碌终生。你既得之亦是天缘，难道你不愿长生不老、尽享富贵吗？

默　娘　菩萨慈悲，默娘愿意长生不老、尽享富贵。

观　音　既然愿意，那就留下吧。

默　娘　默娘再求菩萨慈悲。

观　音　你，还要求什么？

默　娘　求菩萨，恩赐默娘亲人都能长生不老！求菩萨，恩赐天下之人都能尽享富贵！

观　音　为亲人求情，情怀可悯，这天下之人与你何干？

默　娘　菩萨呀！

（唱）女娲造人只一双，

渐次繁衍漫四方。

血脉相传千万代，

我只是，生命往复来世上。

倘若追溯到源头，

世人当属一个娘！

同娘的子孙同忧患，

同娘的儿女理当同把幸福享。

菩萨呀，遂我心愿我留下，

若不然，我愿与世人同把苦难来承当！

观　音　（感动慨叹）好将他事作己事，能尽人心即佛心！来呀，赐林默娘红灯一盏，通行海上，救助海难！

［仙女捧出一盏红灯，交与默娘。

［默娘高举红灯，霎时红光漫天。

观　音　红灯引慈航，送尔回人间！（挥动柳枝，云烟四起，一派苍茫）

［伴唱：一帆风雨一叶舟，

一身敢负万家愁。

历经九死终不悔，

化作红灯海天留。

［伴唱声中，举着红灯的默娘，轻盈飞起，飘然而去。

三　情深缘浅

［黑暗中，标有林字的黄灯笼悠悠亮起。

［林愿和阿婆的哭唤声："默娘，你醒醒！你快醒醒啊！""默儿，阿爸在等你回来哪……"

［林家门外，众渔民跪了一地。

［朝廷巡按江浩带着僮儿，怒气冲冲地追责众人。

江　浩　你们！你们这些堂堂男子汉，竟将一个弱女子扔在风暴之中，只顾自己逃命！

众渔民　巡按大人，饶命啊！

僮　儿　哼！要不是我家大人眼睛尖，看见海上漂着林小姐，她呀，早就没命啦！我家大人当时就急得眼泪哗哗……

江　浩　嗯？

僮　儿　啊？哦，我家大人当时就急得笑不出来啦！

江　浩　林小姐若有三长两短，你们死罪难逃！

渔民甲　大人，不是我们不救，她说，她是天上派来的神仙！

众渔民　是啊，是啊！

渔民甲　我们大家都以为神仙是不会死的，所以才顾着自己逃命。

众渔民　是啊，是啊！

渔民乙　（惊讶大喊）看！你们快看哪！

［那盏挂着的黄色灯笼突然变成了红色，闪闪发光。

［传来阿婆惊喜的喊声：默娘醒了！老爷，默娘她醒了！

默娘！

［默娘虚弱的呼唤声：阿婆，阿爸！

林　愿　（疾步而出）默儿醒了！默儿她醒过来了！（喜极哽噎）

渔民甲　（兴奋地直蹦起来）默娘是神仙，她就是天上派来的神仙！我们家乡出神仙啦！

众渔民　（一声欢呼，四散奔去，边奔边喊）我们家乡出神仙啦！我们家乡出神仙啦……

林　愿　哎哎，她不是……

江　浩　林大人，由他们去吧。

林　愿　江大人，默儿海上遇难，得你相救，恩人在上，请受老夫一拜！

江　浩　（忙扶住）林大人，在下先有一求！

林　愿　（不知所以）求我？

江　浩　两年前，在下搭乘商船赴京赶考，不想遇上风暴，失足落海，危急万分，正是林小姐赶来相救，方得活命。林大人哪！

（唱）赴京赶考遇风暴，

船倾人翻入海潮。

眼看性命已难保，

蓦地里，一根红绸当空抛。

红绸救我脱危难，

惊魂稍定回首瞧。

但见她，凝眸冲我一微笑，

返身救人又入风涛。

当时未及问姓名，

匆匆赴考中头鳌。

奉旨海上来巡察，
苦心暗将恩人找。
无意救起林小姐，
也是天缘安排巧。
大人哪，求缘莫若撞缘好，（示意僮儿奉上红绸）
救命红绸架鹊桥。

林　愿　（慌乱）这、这婚姻大事还需从长计议。

江　浩　莫非林小姐已经许配人家？

林　愿　尚未许配。

僮　儿　莫非是嫌我家大人配不上你家女儿！

林　愿　不不……

僮　儿　这不是那不是，到底为啥，你讲啊！

江　浩　（喝止）僮儿！

林　愿　大人，小女默娘生性倔强，凡事皆要自作主张……

江　浩　大人放心，在下绝不强人所难，只是皇命在身，不能久留。这红绸劳烦转交林小姐，请她定夺。

僮　儿　（将红绸塞给林愿）告诉你，我家大人江浩，乃官宦门第富二代，如今又是天子门生，我要是个女子，非他不嫁！

江　浩　僮儿不得放肆！林大人，您尽管与小姐慢慢商议，在下回船上恭候佳音！

［收光，林愿与阿婆的画外音：

林愿：默儿，江巡按与你相互救命，这姻缘，或许真是上天安排。

阿婆：默娘，巡按大人仪表堂堂，长得可俊啦。你看，那官船上的灯亮着，他就在灯下坐等你的回音哪！

［一红一黄两盏灯笼遥相辉映。

［红灯下，默娘静倚窗前；黄灯旁，江浩焦虑踱步。

默　娘　（展开手中红绸，见有字，念出）情知所起，一往情深！

江　浩　（慨叹复念）情知所起，一往情深哪！

默、江　（合唱）一句话，似涟漪荡漾绽温馨，

江　浩　（唱）激起久久梦怀情，

默　娘　（唱）触动沉沉女儿心。

十数年，海上救难忙奔命，

从未想，婚姻大事忽降临。

依稀记得他救我，

声声呼唤透真情……

江　浩　（唱）透真情，遥望红灯诉真心：

想江浩，十年寒窗自律深，

儿女私情从不问，

偏为你，九曲回肠难自禁。

默　娘　（唱）难自禁，理不清，

当时情景如梦境。

江　浩　（唱）如梦境，救你出海无气息，

一夜苦守到天明。

默　娘　（唱）到天明，魂魄飞荡似小船，

归入港湾好安宁。

江　浩　（唱）好安宁，你就靠一靠，

默　娘　（唱）靠一靠，更想停一停。

江　浩　（唱）停一停，不让你再受风波惊，

默　娘　（唱）风波惊，更怜老父长忧心。

江　浩　(唱)长忧心,一生蹈海无休止,

默　娘　(唱)无休止,何日才得风浪平?

江　浩　(唱)风浪平,唯借红绸结秦晋,

默　娘　(唱)结秦晋,总有牵挂梦中萦。

江　浩　(唱)梦中萦,待佳音,

默　娘　(唱)我是心问口来口问心!

阿　婆　(端茶上)默娘,还不睡哪?

默　娘　阿婆,您说,默娘……该不该嫁?

阿　婆　男大当婚,女大当嫁,应该、应该!(抹泪)

默　娘　阿婆?

阿　婆　阿婆就是怕你嫁去京城,以后想见也难了。

默　娘　默娘舍不下您、舍不下阿爸。

阿　婆　我们更舍不下你!方才,众乡邻硬把你阿爸拽去,商量着要给你好好办场婚礼哪。

默　娘　婚礼?

阿　婆　是啊。大家说啦,这些年你在海上奔波救人,受尽辛苦,渔家无有财宝可谢,只有豪气相送。这回出嫁,花轿抬你、绕道海边,摆开排场,天为凭、海作证,拜堂成亲!

默　娘　天为凭、海作证,拜堂成亲?

阿　婆　可不能让巡按大人小看了我们渔家女儿!

默　娘　渔家女儿么——(沉默有顷)阿婆,帮我梳头上妆吧。

阿　婆　哎,这个阿婆在行。

默　娘　阿婆,您看见那官船上的船帆了么?

阿　婆　看见了。

默　娘　您就照着那帆儿的模样,给我梳一个“帆儿髻”吧。

阿　婆　帆儿髻？好、好！

［阿婆拔下默娘的发簪，长长的黑发顿时飘散开来。

［女声独唱幽然而起：

风敛容哟浪含羞，

新娘初上头。

发髻挽成船帆样，

千丝万缕从今收。

［歌声中，阿婆为默娘梳理着长发，渐渐隐去。

江　浩　（坐立不宁）唉！这天怎么还不亮哟？

（唱）此生度过多少夜，

为什么，今夜长长不天明？

想默娘、思默娘，

一段奇缘天促成；

知默娘、怜默娘，

情由缘起莫违心；

惜默娘、恋默娘，

盼天早早传佳音。

眼望海波暗求恳，

你怀抱日头快升腾。（叹）唉！

等等等，提笔作画等天亮，

用心画出心上人……

僮　儿　（打着哈欠上）哎哟大人，你一夜没睡觉啊！

江　浩　哎，你说林小姐她、她会答应嫁给我么？

僮　儿　大人又年轻、又英俊，做着大官还又多情，林小姐答应不答应我不知道……

江　浩　废话！

僮　儿　我要是林小姐哪——

江　浩　怎样？

僮　儿　立马跟你私奔！

江　浩　当真？

僮　儿　当然真的啦！

江　浩　呵呵！

僮　儿　哈哈！

江　浩　好小子，待本大人娶了林小姐，重重有赏！

僮　儿　大人就把这画儿赏了我吧。（看画）呀，这不是林小姐吗！

江　浩　（得意地）好看么？

僮　儿　好看，真好看！

（念）弯弯的眉毛丹凤眼，

微微的笑容甜津津。

红纱袄，红褶裙，

珊瑚簪儿压云鬓。咦！

这脸庞儿为啥不涂粉红抹成金？

江　浩　（一把抢过）你懂个啥？

僮　儿　我咋不懂！庙里的菩萨脸才是金色哒。

江　浩　本大人就是要将她当作菩萨，一辈子供在心里！

僮　儿　错！老婆应当供在家里，不是供在心里的好哦！

［突然，鞭炮轰响，鼓乐齐鸣。僮儿急出船舱眺望。

僮　儿　啊呀大人，新娘子的花轿抬出来啦！

江　浩　啊？林大人哪，你怎么不通报一声就发花轿？来人！来人哪！快与我换上新装！（两兵丁奉新装上，僮儿手忙脚乱地

帮江浩换装）

江　浩　（在欢快的音乐声中边换装边唱）

急急忙忙换新装，

僮　儿　（唱）慌慌张张做新郎。

江　浩　（唱）紧催僮儿快快快，

僮　儿　（唱）手忙脚乱汗珠淌。

江　浩　（唱）欢天喜地去接新娘，（欲走）

僮　儿　站住！

（唱）帽儿歪歪，有损你巡按威仪貌堂堂！

江　浩　哎呀，你倒是快点帮我整整哪！

［两人正忙乱着，阿婆跌跌撞撞喊上。

阿　婆　大人！大人——（几欲摔倒，僮儿急扶）

江　浩　阿婆？

阿　婆　（气喘吁吁）默娘她、她要出嫁啦！

江　浩　（含笑）本官已经知道……

阿　婆　可她、她要嫁的不是你啊！

江　浩　那是当然……啊？你说什么！

阿　婆　她要嫁的不是你！

江　浩　啊！（呆住）

僮　儿　（急了）喂喂喂，你不要胡说八道！

阿　婆　快、快去海边……她、她……（接不上气来）

僮　儿　（忙着摇撼江浩）大人！大人！

阿　婆　大人快去……（晕眩欲倒）

僮　儿　（又忙着扶住阿婆）喂！喂！

江　浩　（猛省）默娘——（喊着奔下）

僮　儿　（扶着阿婆）天，这人全有毛病啊！

四　拒婚嫁海

［大海边，水波无垠，朝霞漫天：隐约传来锣鼓与喜乐声。

［江浩内唱：闻听阿婆一声报——（冲上）

江　浩　（唱）似霹雳、如雷暴，震得我迷迷瞪瞪魂出窍。

恍惚只觉人颠倒，

踉跄好似步尖刀。

想不明、猜不透，

默娘此举为哪条？

倘若不愿嫁江浩，

为何今日上花轿？

倘若情愿嫁江浩，

何须阿婆把话捎？

看那边，送亲阵仗非虚假，

越思越想越蹊跷。

追追追，三步并作两步追，

跑跑跑，两步腾作一步跑，

冲上前去拦花轿，

我定要，问缘由、揭谜团、响锣亮鼓当面敲！（下）

［一声高亢的领唱骤然响起：嗨哟啰喂——

［送亲仪仗在众人的喊唱声中出现。

众　人　（喊唱）大海扬波颂天恩啰，嗨哟嗨！

渔家妹子护众生啰，嗨哟嗨！

妹子出嫁心难舍啰，嗨哟嗨！

一步两徊送至亲啰，嗨嗨哟——

［轿夫们抬轿的步伐很奇特，冲一步退两步。这种轿步在现今的妈祖祭祀活动中依然可见。

［正热闹间，传来一声大喊：站住——

［江浩衣衫不整，气吼吼地冲到花轿前，傲然伫立。

［众人慌忙住轿，望向林愿。

林　愿　（深深一揖）大人，小女今日出嫁，未及禀告，还望见谅！

江　浩　（不理林愿）请林小姐下轿相见！

林　愿　大人，小女心有所属，不能再嫁，还望见谅！！

江　浩　（依旧坚持）请林默娘下轿相见！！

林　愿　大人……

江　浩　默娘下轿！

默　娘　（轿内声）阿爸，请众人暂退。

［林愿引众人退去；默娘蒙着盖头红缓步下轿。

［两人无言相对，唯有浪涛声声，汹涌澎湃。

江　浩　（良久，终于开口）江浩，谢默娘曾经救命之恩！

默　娘　（一颤）……默娘，亦谢大人救命之恩！

江　浩　情知所起，莫非情浅缘浅？

默　娘　情之皈依，莫问情深缘深！

江　浩　人若有情，天奈何人！

默　娘　人若执念，人即是天！

江　浩　（镇定住自己）你……不愿嫁给我？

默　娘　……是！

江　浩　我……配不上你？

默　娘　（困难地）……是！

江　浩　（强忍痛楚）难道你……已有心上之人？

默　娘　（艰涩地）……是！

江　浩　好！好！林默娘，你既嫌本官配不上你，那我倒要看一看，今天你要嫁的他——究竟是高官？是皇帝？还是美貌情郎！

默　娘　（唱）一句话，冲得我，泪欲奔涌，（扯去盖头红）大人哪！

面对面，心对心，坦呈情衷。

你可见，新发髻，似船帆高耸，

你可知，海丈夫，它伴我终生！

江　浩　（大惊）海丈夫？你要嫁、嫁给大海！

默　娘　（唱）默娘选海做郎君，

一生守海在闺中。

默娘选海做郎君，

一生巡海把平安送。

默娘一生嫁与海，

聚心志、免分神、告白天地从一而终！

江　浩　默娘，万万不可、万万不可哪——默娘！

（唱）任你嫁谁我能忍，

嫁与大海万不能。

它疯狂霎时夺人命，

它暴怒顷刻山河沉。

它是魔鬼不是人，

你怎可与它共依存？

默娘哪，嫁人亦可救海难，

你何苦为它陪葬一生！

默　娘　大人，默娘想问你几句话。

江　浩　你尽管问来。

默　娘　默娘问你：若是默娘嫁入你家，结为夫妻，你还能放纵默娘，浪迹海上，观测气象，预警风暴么？

江　浩　这……

默　娘　默娘再问：若是默娘嫁入你家，为人儿媳，公公婆婆还能让默娘抛头露面，千里驾舟，救人于海难么？

江　浩　这……

默　娘　纵使公婆宽容，你也见谅，那世俗白眼、同僚蔑视、亲眷嘲笑、乡邻非议——你在人前如何做人？你在朝廷又怎样为官哪！

江　浩　我……

默　娘　身为女子，于丈夫不能夜夜相守在室内；于公婆不能日日尽孝在堂前；于儿女不能时时哺育在怀中！试问：这样的妻，哪一位丈夫能够坦然相容？大人哪！

（唱）默娘生在大海边，

亲眼见，众生苦难比海深。

一场风暴家家哭，

满街孝服件件新。

默娘流过多少泪，

自焚心香问天庭：

为什么，海上苦难无人管？

为什么，任凭汪洋吞生灵？
问天不见天回应，
默娘发愿济苍生。
气象海象苦研学，
历尽生死方有成。
我若婚嫁入夫门，
家规妇德羁绊深。
数载心血需放弃，
一生志愿要抛干净！
大人呀、我的恩人哪——
今日梳就船帆髻，
当众告白女儿心：
嫁海只为不嫁人，
争一个，自由自在女儿身！

江　浩　（哽咽而呼）好！好！好哇——
（唱）莫怪江浩痴恋深，
实欣慰，今生没有看错人。
往日心中存爱怜，
此刻爱怜生崇敬。
我为百姓深深拜，
拜谢你，女儿壮怀神圣情！（欲跪）

默　娘　（忙扶）大人！

江　浩　默娘，江浩心有一问。

默　娘　大人请讲。

江　浩　倘若无有大海、无有风暴，倘若你只是一位平凡女子，可愿……

默　娘　（制止）大人！

江　浩　（失望地）有缘相识，无缘相别，难道你连一个愿字都不肯恩赐么？

默　娘　（颤抖施礼）默娘愿……愿大人一生安好！

江　浩　（仰天一叹，取出那张画递给默娘）江浩明白了，你是我永远供在心里的金面菩萨！（深施一礼，疾步而去）

默　娘　（恍惚喃喃）大人……

林　愿　默儿！

默　娘　（惊觉）啊？

林　愿　要追，还来得及！

默　娘　不！

林　愿　你……不后悔？

默　娘　女儿……不悔！

林　愿　你……（哽噎）真的想好了？

默　娘　阿爸？

林　愿　（抹泪）阿爸总觉得对不住你……

默　娘　（深情地）阿爸！是您平日教诲，是阿哥他……默娘情愿！

林　愿　阿爸明白，可阿爸我——

默　娘　阿爸！（双手捧上盖头红）

林　愿　（颤颤接过，将它缓缓盖在女儿头上，沉声喊出）嫁海拜堂——

［顿时，山呼海应，回响久久：嫁海拜堂，嫁海拜堂——

［伴唱：一帆风雨一叶舟，

一身敢负万家愁。

历经九死终不悔，

化作红灯海天留。

［伴唱声中，林愿高呼：一拜天地！二拜大海！三拜乡亲——

［伴唱声中，默娘跪拜乡亲，众乡亲感泣回拜。

［远处，江浩含泪眺望，深深拜揖。

五　神名远播

［三年后：蓝天晴空万里，海面碧波如绸。

［隐约可见：插有国旗的印度、日本、朝鲜、西班牙、阿拉伯等国的商船，满载货物，准备启航回国。

［一群姑嫂，剪影婀娜，正在织补渔网。

姑嫂们　（唱）织网哟，织网哟——

渔网一张鱼满舱哟，

换衣换粮好过活哟，

渔家心欢畅，哟依哟！

织网哟，织网哟——

天赐神姑来保佑哟，

千里走海心宽放哟，

渔家谢上苍，哟依哟……

［好——随着一声叫好，各国船员举着酒瓶一拥而上。

［姑嫂们羞得四下散去。

［各国船员互相敬酒，意趣盎然。

日本船员　（乘着酒兴，挥舞酒瓶，拉开嗓门唱起拉网小调）依呀嗨——

（歌舞）兰索兰、索兰、索兰、索兰、索兰，嗨嗨！

聆听哪海哭声声在歌唱呀在歌唱，

勇敢的渔民爱海洋爱海洋，呀萨嘿！

爱你呀，萨诺多宽秀，

哦，多宽秀！多宽秀——

［年轻的印度船员拉瓦已是半醉，挥舞酒瓶冲到歌舞群中疯吼。

拉　瓦　不许唱，不许跳，回家！我要回家！我要回家——（众人试图阻拦却拦不住，只得扭住了他）放开我，我要回家……

老船长　送他回船上醒酒！

拉　瓦　船长，我心爱的姑娘在家望眼欲穿，我要回家！

老船长　我的妻儿也在家望眼欲穿。

拉　瓦　我们在海上漂泊了半年，货已满舱，为什么还不走？

老船长　在等一位神仙姑娘的旨意。

拉　瓦　什么神仙姑娘！等了她三天，她就是不理不睬！

众船员　（议论纷纷）是啊，这要等到哪年哪月……总要有个准信吧……她到底是真神还是假神……

老船长　混账！我们有上帝，中国有神仙，都要一样虔诚敬重！

拉　瓦　好！那我们就去找她、问她、求她，拜她，走——

［众船员立即呼应，簇拥着拉瓦前往。

阿　婆　（迎头拦住）喂喂喂，你们想干啥？

拉　瓦　我们要回家，去求神姑旨意。

阿　婆　这里没有神姑，只有我的默娘。

拉　瓦　神姑也罢默娘也好，我不信可船长们信，没她的旨意，我们就回不了家。

众　人　（七嘴八舌）我信、我也信……婆婆，你就让我们见见神姑吧。

阿　婆　我说不让见就是不让见！

拉　瓦　（一把推开阿婆）我们走——

老船长　站住！（带其他两位船长上，施礼）尊敬的婆婆，此地神姑知天识海，救苦救难，神名早已远播海上。我们离家已过半年，只想求得神旨，平安归去，以慰亲人。

阿　婆　我懂我懂！可默娘她病啦……

众　人　（哄笑）啥？神姑也会生病！天方奇谈、天方奇谈哪！哈哈哈……

拉　瓦　就算神姑有病，我们不要她起帆、不要她推桨、只要她动动嘴巴说上一句，海象平安，可以启航！

众　人　就是就是，找神姑去——（人群涌动）

阿　婆　（大吼一声）谁敢！不要她起帆，不要她推桨，只要她动动嘴巴！你们可知道，就是这动动嘴巴，默娘她要受多少罪哪？

（唱）晨起测潮去海峡，

夜来观天在高崖。

顶风冒雨从不歇，

披星戴月不着家。

风里滚，浪里爬，

方得预警准时发。

到如今，老爷病重命正悬，

她日夜不眠守床榻。

三天水米未咽下，

头晕目眩人将垮。

求你们，让她尽孝三两天，

将心比心放过她！（哽噎欲跪）

老船长　（忙扶）婆婆，我们不知道她父亲病重，更不知道预警风暴，她要受这许多苦难，还请婆婆宽恕。

众　人　（施礼）请婆婆宽恕！

阿　婆　要不，你们再等等吧。

老船长　（与其他两位船长低声商议）……

拉　瓦　我不等了，我要回家。纵然海上有十个风暴，我也要回家！

众　人　船长？

老船长　好，祸福由命，生死在天！（与众船长同呼）启航——

众　人　（兴奋蹦起）噢，回家喽！

拉　瓦　（喊唱）回家喽喂——（众合）回家回家！

（领唱）为了心上的姑娘！

为了挚爱的爹娘！（众合）回家回家！

拉　瓦　（领唱）热恋如阴间一样牢固，

挚爱如死亡一样坚强。（众合）回家回家！

众水不能熄灭，

洪流无法阻挡。

上帝以爱的烈焰，

让我们蔑视死亡！（此段译自《圣经》）

众　人　（合唱）启航启航，为了心上的姑娘！

回家回家，为了挚爱的爹娘！回家喽——

［众人唱着跳着散去。

［远处的各色国旗渐渐隐没于碧海尽头。

［阿婆深深祝祷拜揖。

六　圣情无疆

［林家祖屋外：一块突兀的“风动石”上有一高高灯柱，灯柱下斜倚着一串尚未升起的红灯。

［祖屋内：神态憔悴的默娘倚在林愿床前，悄悄抹泪。

阿　婆　（端粥碗上）默娘，你都三天没吃东西了，老爷病成这样，你要是再病倒……

默　娘　阿婆，阿爸向来安康无恙，怎么一病就如此沉重？

阿　婆　老爷早就身子欠安，每次送你出门，他就乐乐呵呵；你一走，他就瘫倒榻上；远远听见你回家的脚步，他又撑去门前迎你……

林　愿　默儿……

默　娘　阿爸！阿爸，您为了不让女儿忧心分神，有病竟自忍着，可女儿因此陷于不孝，心中何堪……（哽咽）

林　愿　（颤颤为默娘抹泪）默儿，阿爸没有忍着，只、只要一看见你，阿爸就高兴，就神气、就、就……（咳喘）

默　娘　阿爸！从今以后，女儿守着您，伺候您，天天让您看见女儿。

林　愿　好、好，你就陪阿爸说说话，两天，哦不，一天、一天阿爸就心满意足了。

默　娘　（忍泣含笑）阿爸想听啥？哦，前几日女儿在海上遇见江巡按了。

林　愿　江大人？

默　娘　江大人说，过些天来探望您，陪您喝酒。还说……

林　愿　说啥？

默　娘　他还说，要在这里建一座府邸，以后可以常来常往。

林　愿　哦哦，好人哪！以后阿爸不在，默儿也有人照顾了！

默　娘　哎呀爸……

［突然，狂风陡起，敲窗拍门。隐隐传来疯女人凄厉的呼喊声：风来啦，雨来啦，孩他爸，回家啦——

［默娘与林愿同时大惊：默娘条件反射般向门口冲去；林愿挣扎欲起却又沉重地瘫倒床边；

默　娘　（急返身）阿爸——

林　愿　（喘息着）默儿，去、快去……

默　娘　哎。阿婆，照看好阿爸，我去去就来！（冲出门，见水天一色乌云翻滚）啊呀，不好！

（唱）云压海面浪自高，

暗涌翻卷兜底掏。

十年罕见的大风暴，

奔腾袭来天地摇。

港湾不见只船回，

定在海上迷航道。

急忙忙，冲上崖顶挂红灯……（风狂路滑，摔倒翻滚挣扎而上，终于艰难地升起红灯）

一线生机，穿云破雾、将危船引召。

［老人、妇女与孩童们默默地从四面涌来，远远跪倒。

默　娘　（唱）见乡邻，四面跪倒，

默娘我，心如刀绞。

怕只怕，灯光微弱难远照，

一场浩劫今难逃。

救人还需出海去……（一阵晕眩）

头晕目眩身子飘。

阿　婆　（冲出门来）默娘，老爷、老爷他不好了！

默　娘　阿爸——（欲回门，狂风又起，站定）天哪！

（唱）一边是，老父病危需照料，

一边是，海上涉险命百条，

一边是，父母妻子苦悬望，

一边是，大海怒吼风咆哮。

心为阿爸苦苦牵，

情为众生紧紧绕。

怎忍见，海底葬冤魂，

海畔添疯嫂。

户户祭亡灵，

家家哭声高。

老母绝望，妻子无靠，

人少生气，村多空巢！

默娘哪——

此生宏愿早已定，

拼性命，我也要出海走一遭！（喊）阿婆，取红灯来！

阿　婆　默娘，你这身子哪里还能出海救人！

默　娘　能救一人算一人，能救一命是一命！

阿　婆　你阿爸病成这样，你竟然不管不顾！你、你这不孝之女——（举掌欲抽，终是不忍）你、你敢出海，我就死在你面前！

默　娘　（扑通跪下）阿婆，默娘不孝，求您照看阿爸……

林　愿　（内唤）默儿！（踉跄出门）默儿……

默　娘　阿爸！

林　愿　默儿，皆因阿爸患病，才耽误你提前勘察预警。你要出海，阿爸不拦你，可你、你怎么扛得住这滔天风暴哪？

默　娘　阿爸放心！女儿知道，风暴中心存有一片安宁之境，只要将船队带入其中，再察风暴走势：乘暗涌、驭浪峰、借涛力，绕风圈，定能安全抵达港湾！

林　愿　好，好哇——我林家生养了一位不孝之女！却为百姓抚育了一位大孝之人哪……（晕眩欲倒，被阿婆扶住）

默　娘　阿爸……

林　愿　（嘱咐阿婆）速将红灯红衫取来！

阿　婆　哎。（抹泪进屋）

林　愿　默儿，还记得你十岁那年，发下的初心宏愿么？

［父女俩相依远望，在无字歌的哼鸣声中画外音响起：

小默娘　阿爸，这天底下谁能战胜大海？

林　愿　除非是先知先觉的神灵！

小默娘　我要做先知先觉的神灵！

林　愿　不，人是做不到的。

小默娘　我要做到！我一定要做到！

［哼鸣声中，阿婆捧上红灯红衫，默娘披上红衫，接过红灯，一步步退开，决然转身离去。

林　愿　（欲唤无声）默……（跌倒）

阿　婆　（大叫）老爷！

默　娘　（惊回身）阿爸——（一个飞跪，直扑到林愿跟前，哽咽搀扶）

林　愿　（喘息含笑）默儿，阿爸老、老了，该走了，只是阿爸有、有一个心愿，还望默儿答应。

默　娘　女儿答应，女儿答应！

林　愿　为人生死，本属寻常，你千万不要为阿爸披麻戴孝！

默　娘　阿爸？

林　愿　（回光返照般挺起身来）阿爸喜欢默儿永远着这一身红装！

（唱）红衣红衫红褶裙，

似一团红火暖人心。

红花红钗红绸巾，

似一盏红灯耀眼明。

海上行船多凶险，

天地苍茫人孤零。

多想见，红火艳艳悬碧海，

红灯烁烁指航程。

默儿呀，我的好女儿——

盼你是烈烈不息一团火，

愿你是闪闪不灭一盏灯。

一身鲜红永不褪，

给海上，送一线生的希望红的光明！

默　娘　（唱）阿爸阿爸我的好父亲，

女儿恭敬领严命。

从此红衣不离身，

从此红灯齐天明。

权将一片孝父心，

孝敬天下走海人！

若得海上风波靖，

我披麻戴孝、赶赴泉台、跪向阿爸再尽女儿孝道心！

林　愿　我的好默儿，阿爸等、等……（咽气）

阿　婆　（惨呼）老爷——（众乡亲闻声围拢来，默默掩去林愿）

默　娘　（浑然不觉，恍惚着走向台前，远望喃喃）阿爸！女儿要出海了，您来送送女儿吧……哦不，您还在生病呢！您在家好好养息，女儿听您的话，永远穿这一身红衣，永远永远……

阿　婆　默娘？

众　人　默娘！

［默娘无反应。一个孩子蹒跚来到默娘身边，牵住默娘的衣角。

小　孩　神姑阿妈！

默　娘　（浑身一颤，缓缓回身，望着孩子）……

小　孩　我要——阿爸！

默　娘　阿爸？（惊觉）阿爸——（一把将孩子搂入怀中，失声痛哭）

小　孩　（忙用小手替默娘擦眼泪）神姑阿妈乖，不哭、不哭！

默　娘　（更是哭得气绝声噎）……

小　孩　（慌了）神姑阿妈，我不找阿爸、我不找了……

默　娘　（哽咽着）好孩子，神姑阿妈一定帮你找回阿爸！（抹去眼泪，站起身来，一阵晕眩）

阿　婆　（急扶）默娘！

［一阵狂风呼啸而来，挂着红灯串的柱子蓦地断裂倒塌。

一老者　天哪，海上行船看不见红灯，他们回不来了呀！

［众人哭夫唤子，乱作一团；

一老者　神姑救命哪！（跪下）

众　人　（齐齐跪下，念经般）神姑救命！神姑救命！神姑救命……

阿　婆　（急得一把将默娘推进屋去，转身大喊）起来，你们都起来！什么神姑？这里没有神姑！她就是默娘！阿婆我向天保证：默娘就是一个平凡女人，是和我一样的女人哪——

默　娘　（从屋内举着火把出来，迅速点燃屋子）……

阿　婆　默娘，你疯啦！

默　娘　（向众人朗声道）大家不要着急，这把大火轰轰烈烈，胜过灯光百倍千倍，海上行船一定能循着火光，找到归来之路！

众　人　（感泣拜伏）神姑——

阿　婆　（绝望泣呼）她不是神姑——

默　娘　阿婆，我只是做了一件自己喜欢做的事情，如果大家愿意将这样的人称作神姑，那我林默娘就是神姑！备船，出海——

［伴唱突起：一帆风雨一叶舟，

一身敢负万家愁。

历经九死终不悔，

化作红灯海天留。

［伴唱声中，灯光转换：怒云狂涛之间，一盏红灯飘然而去。

尾声

[狂风怒号，浪涛翻卷，天地一片混沌。

[男子充满苍凉的呼号声。

千古走海千古怨哪——千古怨哪！

浪尖汹汹似刀尖哪——似刀尖哪！

人在刀上走哪，嗨哟！

命在生死间哪——

[中国渔船、印度商船等早已乱作一团：有人祈祷、有人哭泣、有人呕吐，也有人挣扎着寻找航行方向。

[天边，一团火光渐渐升起，初时隐隐约约，渐至猛猛烈烈；

[船民们欢呼起来：快看，火！火哪——

[伴唱：**火光烈烈照天明，**

大海茫茫见归程。

[一排巨浪打来，一位中国渔民和印度船员拉瓦被卷入大海：他们在海浪中呼号着、挣扎着，渐渐力竭。

[一盏红灯飘然出现。

[两人大喊：神姑！神姑——

[伴唱：**红灯闪闪红绸飞……**

[两根长长的红绸自天上抛下，两人努力抓住，旋转翻腾，猛然间红绸一紧，拎起两人凌空飞去。

[伴唱继续：**风波浪里有救星！**

[大海苍茫，一片漆黑，唯有那一盏红灯闪亮着，颠簸着；突然风卷海浪，滔天而起，红灯剧烈地摇晃着，渐渐隐没……

[伴唱：啊——啊——

一帆风雨一叶舟，
一身敢负万家愁。
历经九死终不悔，
化作红灯海天留。

[伴唱声中：风静了，浪静了，碧蓝的海面晶莹剔透。

[江浩冲上大呼：默娘——

[人们的随呼声：林小姐——林默娘——神仙姑姑——

[最后合成共同的呼唤：妈祖娘娘——

[霎时白云翻腾涌起：观音前导，仙女簇拥，妈祖娘娘从白云深处缓缓而来，深深拜揖。

[剧终。

新编历史故事剧

肃穆夫人

人　物　窦　姑　初为昭仪,后封肃穆夫人,出场时 16 岁

孟　婵　皇后,出场时 19 岁

刘　青　初为婕妤,后封元贞皇后,出场时 17 岁

赵　煦　北宋皇帝,20 岁

杨太后　新帝之母,50 余岁

王公公　后宫总管

云　儿　窦姑侍女

霞　儿　孟婵侍女

扇　儿　刘青侍女

窦　璘　窦姑之父

罗　氏　窦姑之母

窦　质　窦姑之弟

窦姑姐姐与亲眷等;太监、侍卫、宫女、巫师、宋军、金兵等

序　沁水送别

［北宋元祐年间，山西泽州窦庄外沁水河畔。

［宣旨声：奉天承运，皇帝诏曰，闻翊麾校尉窦璘之幼女窦姑，丽质聪慧、贤德温良，特诏入宫，仰恩待封——

［在一片万岁、万万岁的呼声中灯大亮：瑞雪飘扬，锣鼓欢腾，唢呐喧天，北方特有的欢送仪式隆重而热烈。

［窦姑的父母、姐弟等排列恭送，依依不舍。

窦　璘　窦儿，为父奉旨驻扎边关，不能送你入宫，此去若得封赐，尔当谨守规制，好自为之！

罗　氏　（摘下玉镯给窦姑戴上）窦儿，这玉镯洁白柔润，纤毫不染，是娘陪嫁之物，想家的时候，见它如见娘亲……（哽噎抹泪）

窦　质　姐姐，你啥时回家早点告诉小弟，我代爹娘到沁水桥头等你。

窦　姑　弟弟，姐姐，侍奉爹娘，窦姑拜托了。

窦　璘　窦儿，朝廷冗杂，党争激烈，此番选你入宫，为父亦觉突然。千万记住：我窦氏一族安危皆系于你一身哪！

窦　姑　（深深拜揖）女儿记下了！

王公公　起驾——

［在窦姑与家人的依依惜别中，伴唱声起：

沁水弯弯亘古淌，
清波粼粼自绵长。

千洄百绕奔腾去，
一脉相牵是故乡。

一　深夜受辱

[画外音：圣旨下——经殿前遴选，仰高太后生前慈谕，封孟氏为正宫皇后；窦氏为正二品昭仪；刘氏为正四品婕妤——

[灯亮：青轩宫中。

刘　青　（怒声嚷嚷）皇上一向最宠爱我，只封了个四品婕妤，那孟婵本是太子妃，封皇后也就罢了。可那窦姑不过是个乡下贱人，竟成了二品昭仪，凭什么？凭什么嘛！

扇　儿　娘娘息怒！皇上或许有难言之隐？

刘　青　有啥难言之隐，分明是那个死鬼高太后作祟！

扇　儿　（吓一跳）娘娘，高太后已经仙逝……

刘　青　就是她临死下的懿旨，皇上才不得不照办！

扇　儿　既如此，娘娘出头之日也不远啦。

刘　青　嗯。（命一旁宫女）去，把那个二品昭仪叫来伺候本娘娘。

两宫女　是。（下）

扇　儿　娘娘，这恐怕有违宫中礼数……

刘　青　什么礼数？我就是咽不下这口气！

[窦姑唱上：近深夜，刘婕妤，命人召唤，

急整妆，忙移步，惶惑不安。（见礼）姐姐！

刘　青　哦哟我的窦姑妹妹，你看你呀！

（唱）星眸闪闪好慈善，
姿容靓丽气若兰。
仪态端庄胜皇后，
屈居人下，我实实为你心不甘。

窦　姑　（唱）姐姐笑言谬夸赞，
窦姑惶恐倍羞惭。
本是陋质乡村女，
不当处，还望指点莫嫌烦。

刘　青　好呀，既然是陋质村女，指点一二也是应该。哦哟，本娘娘这脚丫儿痛痒难熬，你就给捶捏捶捏吧。（斜靠榻上）

扇　儿　娘娘，还是奴婢来吧。

刘　青　一边待着去！

窦　姑　姐姐既是指点，妹妹承教了。（上前侍奉）

刘　青　（猛地一脚踹开窦姑）要死啊，你捏疼我啦！

窦　姑　姐姐息怒，是窦姑手下失了分寸。

刘　青　扇儿，你来躺着，让她给你捶捏，等有了分寸再侍候本娘娘。

扇　儿　（忙跪）奴婢不敢。

刘　青　有什么不敢！不过是揣摩练习，妹妹你说对吧？

窦　姑　……是。

［扇儿在刘婕妤的横目威视下，战战兢兢斜倚靠榻；窦姑深深吸了口气，强自上前为其捶捏。

［王公公引皇帝赵煦上，正要通报，被赵煦制止。

赵　煦　（步至窦姑身后）好呀，朕的堂堂二品昭仪，竟然侍奉奴婢！

众　人　（忙跪）皇上！

赵　煦　（爱怜地扶起刘青）青儿，又是你在作怪吧！

刘　青　（乘势倚在皇帝怀里）人家是在教她伺候皇上的本事嘛。

赵　煦　（扶刘青一起坐下，冷冷地）窦姑，你可知罪？

窦　姑　这……

刘　青　你哑巴啦！

赵　煦　讲！

窦　姑　（强掩委屈）回禀皇上！

（唱）臣妾懵懂进宫内，
　　莽撞无知犯禁规。
　　不该深夜出宫闱，
　　不该习教忘尊卑。
　　常言道，在家从父母，
　　入宫奉君威。
　　姐姐年长当敬畏，
　　亦步亦趋不能违。
　　若有差池臣妾领，
　　闭门思过改前非。
　　姐姐呀，有容乃大求和美，
　　还望原谅我这一回。

赵　煦　（若有所思）有容乃大……

刘　青　你这是在教导皇上呀！

窦　姑　（惶恐）不……

赵　煦　退吧。

窦　姑　是。（垂首退下）

刘　青　皇上，就这么放过她啦？

赵　煦　你还要朕怎样？

刘　青　皇上，青儿跟您这么些年，只封了个婕妤，臣妾委屈嘛！（哭）

［王公公知趣地引宫女们下。

赵　煦　好啦，这是太后遗愿，朕不能不遵。

刘　青　太后殁了，您是皇上，这天底下的事就该您说了算！

赵　煦　哼，朝中旧党倚仗皇后势力，专权跋扈，处处掣肘，朕不过是个摆设罢了！

刘　青　那就先废了皇后！

赵　煦　你……（一阵咳嗽）

刘　青　（娇柔安抚）都是青儿不好，青儿不该胡说，呶呶呶，皇上打青儿两下出出气吧。

赵　煦　青儿，你的好朕都记着哪！

（唱）自幼儿，朕被太后拘管紧，

常年受训少亲情。

多亏有你知心婢，

偷闲背人送欢欣。

封你为后是朕愿，

怎奈太后执意行。

到如今，朝政犹在旧党手，

皇后一族掌权柄。

窦姑在朝无根绊，

封昭仪，新旧两党暂摆平。

你且忍一忍、等一等，

终有日，朕要将孟氏旧党一扫清！

刘　青　皇上，青儿听话，青儿只要皇上开心嘛……

［两人相拥，收光。

二　公主夭折

［夜，皇后宫中：灯光幽暗，香烟缭绕。

［巫师绕着婴儿摇篮念念有词，作术祷告。

［孟皇后紧张不安，悄悄抹泪。

霞　儿　（匆匆上）娘娘，刘婕妤听说小公主病势沉重，特来探望。

孟皇后　本宫说过，谁也不见！

霞　儿　是。

孟皇后　（喊住）霞儿，就说本宫已陪公主歇息，请她明日再来。

霞　儿　霞儿明白。（下）

孟皇后　（压抑而呼）天哪，帮帮本宫，救救我的孩子吧！

（唱）小女染病半月久，

张榜遍将名医求。

谁料看罢皆束手，

眼见她，气息奄奄命难留。

无奈偷偷行巫道，

哪顾得，宫规森森要杀头。

纵然涉险犯死罪，

为救女儿，我早将性命一旁丢。

霞　儿　（慌张奔上）娘娘不好了，窦昭仪闯宫而来，奴婢拦也拦不住啊！

［话音未落，窦姑带着云儿疾步上。

孟皇后　（气急）窦昭仪，你……

窦　姑　（顾不上答话，指着巫师命云儿）快，将他从侧门送出！

云　儿　是！（将披风兜住巫师，强行拽下）

孟皇后　你想干什么？

窦　姑　（舒了口气，施礼）窦姑失礼，请娘娘见谅。

孟皇后　你竟在本宫这里强行霸道！

窦　姑　娘娘，自汉皇后宫因巫术一案牵累冤死数万人，历朝历代都严令禁止巫道进入皇宫……

孟皇后　你尽可以去向皇上禀报！

窦　姑　娘娘为救公主，不惜以身试法，但恐消息泄露，祸起萧墙哪！

孟皇后　（警惕）你是怎么知道的？

窦　姑　事出紧急，王公公遣人送来口信……

霞　儿　（在摇篮边整理襁褓，惊叫）娘娘，小公主她、她……

孟皇后　（扑到摇篮前颤颤试探，婴儿已无气息，瘫倒恸呼）孩子——

窦　姑　（忙上前搀扶）娘娘……

孟皇后　（一巴掌扇去，失态哭喊）都是你来催命，害死了我的孩子！

［内呼声：皇上驾到——

［刘婕妤冲上，王公公引皇帝随后上；众人跪迎。

孟皇后　皇上，公主她……（哭得说不出话来）

赵　煦　（一把抱过女儿，伤心呼唤）公主！朕的孩子……（转而怒目）方才刘婕妤来报，说你母女正在安憩，怎就片刻殁了？

孟皇后　（哽噎）皇上，公主本已略安，谁知病情突然转危……

赵　煦　太医何在？

孟皇后　这……未及传唤。

赵　煦　（大怒）当值太医，不在此守候？王公公！

王公公　在。

赵　煦　速将今日当值太医，乱棍杖杀！

王公公　遵旨！（下）

刘　青　（从摇篮翻出道符大叫）皇上快看，有人在公主枕下暗藏巫符，公主是被诅咒而亡！

赵　煦　（接过巫符，逼向皇后）你，竟敢行此邪道，害死公主！

孟皇后　皇上，天下娘亲，有谁会害死亲生女儿哪！

赵　煦　这巫符从何而来？

孟皇后　臣妾……不知。

赵　煦　来人！（侍卫应声上）将这宫中所有奴才，拖出去严刑勘问！

［众侍卫上前押缚，宫女们喊冤求救乱作一团。

窦　姑　皇上——（跪步趋前）臣妾领罪！

赵　煦　窦昭仪？

窦　姑　道符是臣妾悄悄放置公主枕下。

赵　煦　你？你可知这是株连九族的灭门大罪！

窦　姑　（颤抖地）皇上容禀！

（唱）臣妾来自僻壤地，
乡村缺药少良医。
但凡幼儿患疾病，
家家请巫将鬼驱。
公主病势如山倒，
皇后日夜长悲啼。
窦姑深悯小公主，
暗将道符压枕底。
急切未能细思量，

只想着，死马权当活马医。

未料闯下塌天祸，

都怪臣妾太痴愚。

皇上哪，天大死罪一人顶，

牵累九族，窦姑纵死也难安息。（伏地哀泣）

赵、刘、孟　（合唱）一番话，起疑虑……

赵　煦　（唱）她为何生死不顾惜？

刘　青　（叠唱）她分明作态护皇后，

孟皇后　（叠唱）她为我顶罪是何意？

赵　煦　（唱）她是真懵懂还是假痴愚？

刘　青　（唱）深恨她，阻挠皇上除后计；

孟皇后　（唱）怎忍心，见她罹难不救急。

赵　煦　（唱）莫不是，她与皇后沆瀣一气……

孟、刘　（同时）皇上！？

赵　煦　（唱）真相隐隐需洞悉。

清除旧党不容缓，

行巫事发正良机。

朕必须，推波助澜巧筹谋，

废皇后、杀逆臣、夺回权柄、掌控大局！（大喊）来呀，将窦氏打入冷宫，朕要亲自勘问！

[众侍卫一声答应，架起窦姑，切光。

三　冷宫委曲

［冷宫内，斜晖射入高窗，光束似剑，阴森迷离。

［衣发凌乱的窦姑，手抚玉镯，低低饮泣。

［窦璘画外音：千万记住，我窦氏一族安危皆系于你一身哪！

窦　姑　（颤呼）爹、娘，女儿不孝，怕是要连累你们了！可窦姑实在不忍心看着刚刚失去女儿的皇后，再遭大罪哪！

（唱）唤声爹，哭声娘，泪落连连，

儿不孝，惹祸灾，一命已悬。

辜负了，爹教养，娘亲疼爱，

更揪心，怕牵累，合族蒙冤。

爹娘哪，窦姑自打进宫内，

步步恰似临深渊。

一言一行常检点，

一步一挪不敢偏。

听闻多少宫斗事，

深深藏在心里边。

儿只想，能似玉镯尘不染，

却不料，总有污泥死缠粘。

儿不能，是非不分辨，

儿不会，迎奉只从权，

儿不信，善恶天混淆，

儿不忍，见死不救援！

皇后丧女已可怜，

又怎忍，合宫姐妹惨遭酷刑煎。

贸然领罪未远虑，

爹娘啊，原谅儿、闯下大祸在一瞬间！（愔愔而泣）

［赵煦远立静观有顷，默默走来，递上一方手帕。

窦　姑　皇上？（欲跪）

赵　煦　（扶住）好啦，在此无需多礼，朕与你毕竟还算夫妻吧。

窦　姑　夫妻？

赵　煦　朕在后宫有许多女人，除了皇后与青儿，朕还从未亲近过她人。

窦　姑　窦姑明白。

赵　煦　明白？

窦　姑　皇上心有所属。

赵　煦　错！皇后桀骜，于朕却从不违逆，青儿直率，待朕一片真情。然朕心所属朝堂，皇后也罢，青儿也好，都是朕的臣子！

窦　姑　是。

赵　煦　若论朝堂政事，皇后懵懂，青儿任性，皆非朕所看重，唯有你！

窦　姑　我？

赵　煦　受青儿凌辱不卑不亢，为皇后解难顶罪担当。朕，没有看错吧！

窦　姑　皇上！

赵　煦　朕今日来，只想问你几句话，不知可否坦诚相见？

窦　姑　臣妾理当据实回禀。

赵　煦　好！朕问你：皇后密请巫师，你是怎么知道的？

窦　姑　这……

赵　煦　朕要去皇后宫中捉拿巫师，你又是怎么知道的？

窦　姑　这……

赵　煦　你与皇后非亲非故，为什么要冒死袒护于她？

窦　姑　这——

赵　煦　朕就知道，你是一问三不说！

窦　姑　皇上哪！

（唱）非是臣妾不应对，

这三问，句句恰似刀剑飞。

倘若不慎酿血案，

冤魂一去再难追。

赵　煦　（唱）朕意与你不相悖，

勘查真相明是非。

你谦谨善良多敏慧，

当知朕心莫相违。

窦　姑　（唱）窦姑当众已认罪，

求皇上，莫将无辜再牵累。

娘娘丧女心已碎，

您不护她更有谁？

赵　煦　（唱）皇宫行巫是大罪，

历朝严禁设法规。

纵使皇后亦难恕，

朕岂能，容她恣意损皇威！

窦　姑　呀！

（唱）他为何不念夫妻情？

苦将皇后一命追！

常道宫廷深似海，

切莫要，无意再将波澜推。（白）皇上圣明，可否容臣妾冒犯一问？

赵　煦　恕尔无罪。

窦　姑　皇后密请巫师入宫，皇上可有干证？

赵　煦　自有宫人密报。

窦　姑　若是有人诬告，皇上也信么？

赵　煦　朕自能辨察。

窦　姑　倘若真是皇后所为，臣妾无上敬佩！

赵　煦　敬佩？

窦　姑　敬佩她舐犊之心，敬佩她怜女之情，更敬佩她，为保皇上血脉不惜己命，冒死作为！此心此情，纵使宫规不容、王法不容、天下不容，皇上，您也该宽恕包容哪——（大跪）

赵　煦　这……

王公公　（疾上）禀皇上，宰相章惇来报：皇上欲召回新党臣僚蔡卞、黄履和张商英等人，皆被孟国丈率一众旧党尽数驳回，还说……

赵　煦　讲！

王公公　还说驱逐新党乃高太后治国大策，如今太后尸骨未寒，皇上即翻脸召聚新党，是为大不忠大不孝也！

赵　煦　（挥退王公公，转向窦姑沉郁逼问）你听到了么？（爆发大喊）你听到了嘛！朕是皇上，可朕的国丈领着朝廷旧党处处与朕作对，朕要改旧制不允，朕要设新制不允，朕要召回亲信大臣不允，甚至朕要给自己的亲生母亲追封赐号，他们都敢对抗！这帮贼臣逆党，若不斩尽杀绝，朕还做什么皇上！

窦　姑　皇上……

赵　煦　你！你若不肯指证皇后密行巫道，咒杀公主，那就是与皇后同谋连坐，满门抄斩！（一阵剧烈咳嗽，瘫倒椅上）

窦　姑　（唱）霎时才明了——

后宫前廷、盘根错节、明争暗斗、风急浪高！

眼见得，皇后一族已难保，

窦氏满门罪难逃。

喂呀爹娘哪！

女儿面临路两条，

怎样走？怎样选？如何将祸消？（见皇帝咳嗽，又心生不忍，递上方才皇帝送的手帕）

赵　煦　（一把拽住窦姑之手，喘息着恳求）窦姑，帮、帮帮我，朕要夺回权柄，可朕也害怕尸骨横陈，血流成河……

窦　姑　（接唱）顿然间，似觉开窍，

强梳捋，混沌心潮。

听他言，为争皇权动杀伐，

揣他意，也恐鲜血漫当朝。

生死夹缝需试探，

救人救己行险招。

既然大势难阻挡，

顺势而为，要将那一线生机苦苦淘！

赵　煦　窦姑？

窦　姑　皇上废除皇后，剪除旧党，为何一定要臣妾指证？

赵　煦　密行巫道、咒杀公主，本就是株连九族大罪，你若指证，即可名正言顺当堂废后，国丈定会聚集旧党对抗，朕便乘势一并剪除。

窦　姑　皇上可任意指派一位宫人举证。

赵　煦　你本二品昭仪，与朝廷旧党新党皆无瓜葛，由你指证，众臣自当心服口服。不然……朕唯有策动禁军，血拼一场了！

窦　姑　这……若要臣妾指证皇后，需允我苛求三条。

赵　煦　你说。

窦　姑　皇后获罪，自当废黜，再无影响朝政之力，求皇上留她性命！

赵　煦　好，朕赐她去瑶华观，远离皇宫，自生自灭。

窦　姑　皇后一族，百条性命，求皇上慈悲为怀，放其一条生路！

赵　煦　这……

窦　姑　皇上说过，不愿看到尸骨横陈，血流成河！

赵　煦　……准！

窦　姑　这三么——恳求皇上，贬臣妾为宫人，随侍皇后一生一世！

赵　煦　（大惊）你既指证皇后，她对你定然恨之入骨，怎可再随侍左右？

窦　姑　皇上哪！臣妾为皇上指证皇后，实乃违心之举，皇上因朝政废黜皇后亦非出自本心。窦姑此举，是为自己赎罪，更是为皇上还债！

赵　煦　这？

窦　姑　皇上若不答应，窦姑宁愿就死伏罪！

赵　煦　（略一沉吟，大喊）来人！

王公公　（上）皇上？

赵　煦　着中书省拟旨：封窦姑之父窦璘为正四品忠武将军；窦姑之

母罗氏为从四品淑人；窦姑之弟窦质为正七品翊卫郎，三班奉职。

王公公　遵旨。

窦　姑　（伏地长拜）谢皇上……（失声恸泣）

四　道观恩怨

［黑暗中的宣旨声：皇后孟氏，违逆禁规，密行巫道，咒杀公主，旨令褫夺后位，戴罪修行。孟氏一族，迁徙岭南，无旨不得回返——

［飘雪隐隐中，孟氏一族披枷戴锁，押缚过场。

［灯亮：三年后，瑶华观外，大雪纷飞，孟婵独立雪中，遥望远方。

孟　婵　三年了，父亲、母亲，你们安好否？女儿不孝，害了孟氏一族哪！

（唱）遭责贬，来道观，凄苦迷惘，

三年来，皇上他，弃绝糟糠。

最痛心，合族亲人遭流放，

今生恐难见爹娘。

深怨皇上无情意，

更恨窦姑丧天良。

殿前假意做担当，

背地举证歹毒藏。

可叹她攀缘未得逞，

落得个，随侍废后好下场。

冷眼旁观天报应，

任由霞儿将她伤。

爹娘啊，你们受苦受难在蛮荒地，

儿要她，一分一厘加倍偿！

霞　儿　（拖拽窦姑上，喝骂）贱人，没看见大雪封路嘛，你是存心要娘娘滑倒呀！告诉你，这园中的雪不扫干净，休想吃饭！

窦　姑　是。（忙举帚用力扫雪，不慎扫到霞儿鞋面）

霞　儿　（一把推倒窦姑）你眼睛瞎啦！

窦　姑　是窦姑不小心……

霞　儿　你以为娘娘好欺负，本姑娘也好欺负嘛！

孟　婵　（有些不忍）霞儿！

霞　儿　（高声）娘娘您忘啦，是谁害您到这般地步？是谁害娘娘一家惨遭流放？她就是个没脸没皮的阴毒贱人！

孟　婵　哼，跻身党争，攀缘邀宠，不过如此下场，活该报应。

霞　儿　什么报应？她举证有功，一家老小鸡犬升天，我看她就是皇上派来监管咱们的。

窦　姑　不，不是皇上……

孟　婵　（冷冷地）皇上用完的棋子，随手也就扔了！霞儿，我们走吧。

［霞儿啐了窦姑一口，随孟婵下。

窦　姑　（拄着帚柄缓缓爬起，突然笑了）呵呵，霞儿说得对，一家老小安享尊荣，窦姑还有何求？我的家、我的亲人哪！

（唱）记得往年瑞雪降，

正是团聚好时光。
与弟弟、打雪仗，
伴姐姐、绣红装，
娘包饺儿我擀面，
爹爹他，含笑坐在炕中央。
夜来满村爆竹响，
姐弟们，蹦蹦跳跳、推推嚷嚷、呼朋唤友笑声朗。
离家倍觉亲情贵，
更体谅，皇后孤苦怨恨长。
愿苍天、多怜悯，
援手皇后脱灾殃。
愿飞雪，飘飘荡荡、飞飞扬扬、急急切切，
将我这，万千思念载向沁水旁……

[幽远伴唱：沁水弯弯亘古淌，
清波粼粼自绵长。
千洄百绕奔腾去，
一脉相牵是故乡……

扇　儿　（喊上）皇后娘娘驾到——

[身着皇后素装的刘青上。

窦　姑　（惊觉，忙跪伏）窦姑不知娘娘驾到……

刘　青　起来吧，本宫刚巧路过这里，来与你说几句话。

窦　姑　是你？刘、刘娘娘！

刘　青　没想到吧，本宫终于登上后位啦！咱俩好歹姐妹一场，说什么也要来让你见识见识本宫这一身荣耀吧。（特意转了一圈以示盛装）

窦　姑　（惊讶）娘娘新封皇后，为何、为何如此素雅妆扮？

刘　青　（向往地）是啊，本宫多想盛装艳服，母仪天下！（轻描淡写地）可惜，皇上驾崩了。

窦　姑　什么？皇上他、他……

刘　青　皇上本就体弱多病，走了也好，省得活受罪。

窦　姑　你？

刘　青　人死如灯灭。如今新皇已然登基，朝中军国大事，皆由杨太后一人执掌，本宫这元贞皇后么，就是她赏赐的。

窦　姑　（重新施礼）窦姑恭贺姐姐！

刘　青　（一把扶住）难得你还能叫本宫一声姐姐，我的窦姑妹妹哪！

（唱）青儿一生孤苦命，

无爹无娘无人亲。

自小为奴入宫禁，

幸遇皇上忒多情。

宠爱由着我任性，

犯错从不究原因。

青儿执念当皇后，

只为着，名正言顺不让她人占他身。

算来伴驾三年整，

侍寝唯有我一人。

好惬意，好欢欣，

私情密怜遂我心。

虽说是，赐令皇后守皇陵，

一生一世伴亡灵。

青儿乐意无怨言，

与妹妹，今日道别说一声：

当初得罪莫记恨，

拉拉手，喜怒哀乐我们从此两清！

窦　姑　（伤感）太后竟要皇后您一生侍奉亡灵……

刘　青　好啦，本宫这就要去了，妹妹记着为我多多祈福哈！（转身离去）

窦　姑　（望着刘青背影凄呼）姐姐——珍重！

刘　青　（回首冲窦姑一笑，挥挥手，掩面疾奔而下）……

窦　姑　（哀痛地）青儿……

［宣旨声：太后懿旨，宣废后孟氏、宫人窦氏即刻回宫——

五　忍辱负重

［延福宫中，杨太后正位就座，孟婵盈盈参拜。

孟　婵　罪人孟婵，拜见太后。

杨太后　哀家既已召你回宫，不用一口一个罪人啦。

孟　婵　谢太后！

杨太后　哀家已与皇儿议定，不日将为你正名后位，召返孟氏一族。

孟　婵　太后大恩哪……（伏地饮泣）

杨太后　听说你被废黜，是宫人窦姑所为？

孟　婵　（切齿）臣妾恨她入骨！

杨太后　依你看，她为人品性如何？

孟　婵　为讨好臣妾，当众顶罪，为攀附先皇，背后下刀，翻覆小人也！

杨太后　若是哀家劝你与她尽弃前嫌？

孟　婵　不！臣妾绝不与这等小人握手言和！

杨太后　哦……哀家乏了，你也去歇息吧。

孟　婵　臣妾告退。（下）

杨太后　（望着孟婵背影若有所思）看来，这本难念的经还需哀家来念了！

（唱）奉天命，立新君，固我权柄，

最忧虑，满朝中，新党成群。

明恭顺，暗抗拒，阻滞朝政，

为皇儿，我必须，重聚旧臣。

扶孟氏，正后位，实出无奈，

只为着，召旧党，依附归心。

废后案，是新旧两党分水岭，

欲翻转，推浪还需浪不惊。

诸事早已谋划定……（唤）王公公！

王公公　在。

杨太后　传窦姑来见！

王公公　（向外高声）传宫人窦姑觐见哪——

杨太后　（接唱）解铃还须系铃人！

窦　姑　（上）宫人窦姑拜见太后千岁！

杨太后　（单刀直入）你在道观侍奉皇后三载，可知她为人品性如何？

窦　姑　温婉贤淑，心地善良。

杨太后　哦？哀家听说，她让你受了不少罪！

窦　姑　窦姑本为赎罪而去，纵使受罪，也是罪有应得。

杨太后　（厉声）既然知道有罪，为何明知故犯？

窦　姑　这……

杨太后　可是有人胁迫于你？

窦　姑　这……

杨太后　只要你指认所作所为是受他人胁迫，哀家便恕尔死罪！

窦　姑　这——

杨太后　讲！

窦　姑　往事如烟散去，窦姑早已忘却！既然在世为人，就该独自承受为人处事的一切因果！

杨太后　（唱）暗赞一声好人品，

　　　　　　更兼风骨侠义心。

窦　姑　（唱）猜不透，暗思忖，

　　　　　　她步步逼问是何因？

杨太后　（唱）看起来，坦诚相告是上策，

　　　　　　需设法，晓之以理动之情。（白）起来说话吧。

窦　姑　（唱）莫非她，有心开释皇后罪？

杨太后　（唱）哀家有话你仔细听。

　　　　　　皇后蒙冤三年整，

　　　　　　一族亲人骨肉分。

　　　　　　皇儿有意施仁政，

　　　　　　未知你，可否援手助圣君？

窦　姑　（唱）果然是，天降喜讯，

　　　　　　为皇后，倍觉欢欣。

　　　　　　太后呀，尊崇圣意是本分，

　　　　　　窦姑自当奉旨行。

杨太后　（唱）君要你，释旧恨，

窦　姑　（唱）窦姑无恨唯感恩。

杨太后　（唱）君要你，辩沉冤，

窦　姑　（唱）维护皇后理该应。

杨太后　（唱）君要你，招承诬告在前廷！

窦　姑　招承诬告？

杨太后　招承诬告！

窦　姑　（唱）霎时哑口、天旋地晕！

杨太后　（唱）当众招承！

窦　姑　（唱）覆雨翻云！

杨太后　（唱）当堂画供！

窦　姑　（唱）自污自身！

杨太后　（唱）若是哀家……恳求你，

窦　姑　（唱）出尔反尔，我、我、我成了什么人！

杨太后　这么说，你是不愿奉旨而行！

窦　姑　前番，为止宫廷杀戮，为救皇后性命，窦姑违心依从！

杨太后　今番，为振朝廷大局，为助新皇掌政，更当理直气壮！

窦　姑　理直气壮？

杨太后　如今朝廷大臣，多为先皇拔擢，岂肯为新皇用命？旧党大臣多被驱逐在外，心怀怨愤，若召回复用，必对新皇感恩戴德，尽忠效命！

窦　姑　尽忠也罢，效命也罢，与窦姑何干哪？

杨太后　问得好！皇上大政、朝廷大争、天下大势，与哀家何干？可哀家是朝廷之女、后宫之女，更是一个不惜为皇儿操碎心的母亲！

窦　姑　窦姑明白……

杨太后　你明白什么！皇上大政关乎家国安稳，朝廷大争势必叫天下臣民无所适从！哀家本以为你是一个聪明智慧、仁心阔达、识大体、顾大局、懂道义、明事理的硬朗女子，不想竟为顾惜自己声名、优柔寡断、畏缩不前、鼠目寸光、小家败气！王公公——

王公公　（端一锦盘上）太后。

杨太后　这是一道圣谕，一条白绫！哀家不想逼迫于你，只要你面对它们好好思量吧！（拂袖而下）

王公公　（将锦盘搁置窦姑面前）窦宫人……

窦　姑　（顾自喃喃）当初，皇后确实密行巫道，窦姑依从先皇，也算得实话实说，可如今……

王公公　世事皆小，人命为大，熬过去就好了……（边下边吁叹）唉，这白绫真是忙活，昨夜，它送刘娘娘去陪伴先皇了。

窦　姑　（惊觉）青儿？姐姐——（愤将盘中圣谕一把扔去，抽出白绫，悲从中来）姐姐，你尚未走远，窦姑即刻就到！

（唱）我与你，非知交，性情相悖，

曾恨你，无忌惮，滥施淫威。

到如今，深羡你，敢作敢为，

远胜我，唯唯诺诺、懵懵懂懂、谨小慎微。（猛地将手中白绫挥扬开去）

白绫翻飞心相随，

这一生，总该痛痛快快我要尽兴一回。

白绫哪，纯纯净净你好凄美，

飘飘闪闪荡银辉。

风卷轻纱扑面盖，呀！
好一似，盖头红蒙着新娘将郎窥……（透过白绫张望）
但见风摇灯影碎，
堂前红烛尽成灰。
千丝万缕无系处……（扯下白绫）
空留一曲女儿悲。
悲更悲，此身为女难自主，
悲更悲，嫁入皇宫做帝妃。
悲更悲，不懂朝政困朝政，
悲更悲，修德反成德行亏。
白绫哪，多想随你翩翩飞——
飞飞飞，飞出人间是与非。
飞飞飞，飞向故乡沁河水，
飞飞飞，飞到家中报春晖……（想象回到家中的欢乐）
为爹香茗奉一杯，
为娘腰背轻轻捶；
与姐姐，窗下私语情怀醉，
拽小弟，村前村后、大路小巷、弯弯曲曲、沟沟坎坎、就这么奔呀跑呀兜呀转呀、我要仔仔细细看一回！
想过乐过已无泪，
白绫抛向梁上垂。
告别人世翩然去，
权当作，登上秋千我荡一回！（无意中一脚踩到地上的圣谕）圣谕！（捡起，展念）着泽州府公告，窦璘之女窦姑，诬告皇后，畏罪自裁，旨令窦氏一族皇赐封号，一概籍没，流放岭南！天哪——

(唱)原以为，一了百了，

不承想，满族悲摧。

窦姑身死无所谓，

哪堪家族皆遭罪。

爹娘呀——

女儿未能尽孝道，

怎忍心，你们老来再受儿牵累……罢呀！

当初是，举证皇后德已毁，

到如今，自辱自污，自贱自卑，一毁到底、心口永悖。

[窦姑一步一步挪至台前，艰难下跪。

[宣旨声：后宫窦氏，淑婉贤达，亲躬两朝，保辅守制，特封翊德保顺肃穆夫人，擢其父窦璘为正三品左屯卫大将军；其母罗氏为从三品郡夫人；其弟窦质为五品翊卫大夫——

[窦姑放声大笑：哈哈哈……

[孟婵着皇后盛装隐隐闪现。

孟皇后　窦姑，窦夫人，好手段呀！本宫因你获救，倍感耻辱。去瑶华观好好修行吧，今生今世，本宫再不想见到你这种无耻小人！

窦　姑　(喃喃自语)无耻小人么——(掩面恸泣)

六　魂归何处

[二十年后，战鼓突起，硝烟滚滚，宋字大旗与金字大旗对峙

飘扬。

[两军厮杀，宋字大旗蓦地折断，颓然飘落。

[血色朦胧中，徽钦二帝及后宫嫔妃等在金兵押送下，无声过场。

[孟婵内唱：金兵杀来，掳去二帝，天塌地崩——（在霞儿扶持下踉跄奔上）

孟　婵　（唱）惊惊颤颤、凄凄惨惨、国破家园空！

霞　儿　娘娘，要不是您又遭责贬，关在冷宫，怕也被一起掳去金邦了！

孟　婵　（唱）所幸孟氏陷党争，

两度遭贬困冷宫。

躲开刀剑杀戮场，

放生全仗王公公。

他叫我，速来道观避战祸，

细诉了，窦姑一生满腹苦衷。

我本是，连遭责贬心已冷，

闻详情，万千郁结闷在胸。

踏山路、绕荆棘、过荒冢……

[灯大亮：瑶华观外，衰草丛生、枯树独立，残门紧闭。

满目苍凉泪朦胧。

窦姑呀，生死见一面，

求你骂、求你打，不求你宽容！（跪倒门前）

霞　儿　（敲门）窦夫人，开门哪，我家娘娘前来探望。

孟　婵　不是探望，是来领罪！

霞　儿　（继续敲门）窦夫人，我家娘娘是、是来领罪。（依旧悄无

声息）

孟　婵　霞儿，你过来。

霞　儿　娘娘？

孟　婵　听着，我说一句打，你便抽我一掌。

霞　儿　抽皇后娘娘！不不……

孟　婵　（怒喝）我早已不是皇后，可还是你的主子！

霞　儿　（怯声）是。

孟　婵　（高声）当年，先皇抓捕巫师，谋划废后，你闻讯不顾生死，冲进宫来替我掩饰，为我担当，可我不识好歹，当挨一掌！

霞　儿　（颤抖举掌）我、我……

孟　婵　打！

霞　儿　（泣呼）娘娘！

孟　婵　（狠抽自己一掌）三年随侍道观，我恨你入骨，暗使霞儿百般折磨于你，当挨二掌！（再抽自己一掌）你被逼无奈，当堂画供，招承诬告，将我解救。可我不仅当众羞辱于你，还将你赶至道观二十年！整整二十年哪，你背负羞辱、承受唾骂、青灯之下熬尽凄苦、黄卷之中阅尽悲凉，我真该死哪……（猛抽自己）

霞　儿　（扑上前抱住孟婵）娘娘，是奴婢该死，奴婢该死呀！（主仆二人抱头恸哭）

［门，悄无声息开了，满头白发、病入膏肓的窦姑倚门而立。

［孟婵与霞儿望着窦姑，惊呆了。

孟　婵　你！是窦、夫人？

窦　姑　（楚楚一笑，强自揖礼）娘娘……（摇晃欲倒）

孟　婵　（大呼一声）窦姑——（冲上前一把搂住）是我害了你，都是

我的罪过呀！（泣不成声）

窦　姑　（稳住精神）娘娘不必自责，窦姑还当谢你。

孟　婵　谢我？

窦　姑　若无娘娘起落沉浮，窦姑一家哪得安享尊荣。

孟　婵　不不，那不是我的本意……

窦　姑　娘娘哪！

（唱）后宫女子无本意，

随波逐流凭天机。

前廷将相若和睦，

哪来后宫风浪疾。

皇家若有真情义，

怎会几番废黜妻。

身在后宫难由己，

保全家人是唯一。（摘下手镯）你看！

俺娘临行赠玉镯，

廿余载，随身佩戴慰乡思。

再苦再难有它伴，

心魂永向玉中栖。

娘娘呀，你休自责、莫歉意，

窦姑我，此生祸福、天定相依。

孟　婵　（接过玉镯细观）真是洁白柔润，纤毫不染！

窦　姑　呀，娘娘所说与俺娘亲所说一般无二！（跪）娘娘，窦姑有一不情之求！

孟　婵　（慌忙搀扶）窦姑？

窦　姑　（执意不起）娘娘，窦姑此生恐难再回家乡，若有机缘，还请

娘娘将此玉镯交给俺娘，就说、说窦姑想、想家乡、想爹娘……（哽噎）

孟　婵　（扶起窦姑）窦姑，你能回去，一定能回去……

［云儿一身村妇打扮，仓皇奔上。

云　儿　夫人！夫人——

窦　姑　云儿？

云　儿　夫人……（抱住窦姑放声大哭）

窦　姑　你不在家侍奉俺爹娘，跑回来干啥？

云　儿　夫人，云儿奉命回窦庄侍奉二老。不想金兵杀来，十村九毁。老爷本赋闲在家，终是忍耐不住，率领村民抗金，战死在沁水河旁；老夫人闻讯，点火烧起祖屋，她、她自焚身亡了……

窦　姑　爹！娘——（晕倒）

［众人慌忙施救。

［一阵马蹄声，王公公带两位军士疾上。

王公公　娘娘！

孟　婵　王公公！

王公公　窦夫人她？

孟　婵　（抹泪）爹娘双亡，她这身子，怕是经受不起了。

［天，纷纷扬扬飘起了雪花。

王公公　快将夫人扶进屋去。（众人扶昏迷的窦姑进屋）娘娘请留步。

孟　婵　（回身）我正奇怪，公公放我出宫后去了哪里？为何又来此地？

王公公　回禀娘娘，老奴逃命出宫，实为投奔九王子康亲王。

孟　婵　康王赵构？

王公公　不错，正是康王赵构。娘娘哪！

（唱）二帝被掳景况惨，

康王他，恰在磁州扎营盘。

逃过劫难乃天意，

帝王家，尚存一脉可把江山安。

只叹康王非嫡子，

多年失宠，无人臣服号令难。

现有勤王兵数万，

大将军，正是你父门生他姓韩。

老奴奉旨接你返，

尊为太后将懿旨传，

扶持康王登帝位，

一统军心，收拾这残破河山。

孟　婵　（唱）礼谢康王青眼看，

皇后已死不复还。

王公公　（唱）娘娘二度遭责贬，

康王他，立誓为您把案翻。

孟　婵　（唱）最是无情帝王家，

翻覆屈辱心早寒。

王公公　（唱）太后尊贵天下敬，

孟　婵　（唱）不做棋子任人玩。

王公公　（唱）二帝被掳待拯救，

孟　婵　（唱）帝王与我已无关！

王公公　（唱）娘娘哪——

孟　婵　（唱）公公哪——

王公公　（唱）康王将你盼！

孟　婵　（唱）我意请你传！

王公公　（唱）速回銮驾……

孟　婵　（唱）我伴窦姑……

王公公　（唱）……救急救难！

孟　婵　（唱）……共了残生在道观！

王公公　（跪）娘娘，老奴求您啦！

孟　婵　我，心意已决！

王公公　（泣呼）娘娘——恕老奴无礼了，来呀，有请娘娘！

［二军士上前羁押孟婵。

窦　姑　（内呼）且慢——（踉跄上）王公公！当年，是您传来密信，窦姑方能赶在皇上之前，放走巫师，争得回旋；之后，您又常常暗中维护窦姑，可见心地慈善，请受窦姑一礼！

王公公　（忙扶）窦夫人，老奴无能，只愿你好他好、朝廷好、天下好啊！

窦　姑　公公一生，长居宫内，可曾见过一个好字？不说窦姑屡受逼迫，翻覆为人；不说刘娘娘生受恩宠，死伴亡灵；就说皇后娘娘，女儿夭丧之际，一族险遭亡命；太后复她后位，又因党争再贬冷宫。到如今，山河颠覆，天下危难，又要后宫女子生死担承，您叫我们怎么不心寒！怎么不悲怆！怎么不怨恨哪！

孟　婵　（泪流满面）窦姑妹妹——

窦　姑　姐姐——（相拥而泣）姐姐，窦姑好恨哪！

（唱）后宫冷，一入后宫无真情；

后宫怨，一生不得见家人；
后宫悲，姐妹搏杀争爱宠；
后宫恨，生若蝼蚁死若尘。
谨守残命无所求，
只求那，亲人因我享安宁。
到如今，到如今——
爹娘双亡家园毁，
方知晓，恨中有恨更深沉。
常恨朝廷乱纷争，
常怨后宫绝人伦，
谁料大厦一旦倾，
恰似高树断了根。
国亡家何在？
家毁人何存？
向谁寄魂魄？
何处托归心？
姐姐呀，千般怨万般恨，
怎比这，国亡家毁怨恨深。
窦姑爹娘已丧命，
可怜还有众乡亲。
刀剑之下盼拯救，
恨只恨，窦姑无能上疆场、还报家乡养育恩……（一口鲜血喷出）

孟　婵　妹妹……

窦　姑　（无力地摘下玉镯）姐姐！

（唱）玉镯是我不死的魂，

魂飞万里怕沉沦。

若得国定天下安，

求姐姐，送它回乡、埋入黄土、永伴慈亲享太平！

［幽远伴唱：沁水弯弯亘古淌，

清波粼粼自绵长。

千洄百绕奔腾去，

一脉相牵是故乡……

［伴唱中，隐隐出现当初欢送窦姑进宫的场面。

窦　姑　（恍惚向前）爹、娘，你们放心，姐姐定会送我回转家乡……（倚身枯树，咽气）

孟　婵　（迷惘远望，静静地）王公公，我们、走吧……

［全剧终。

新编历史故事剧

长平遗恨

时　间　公元前260年春至秋

地　点　邯郸、长平

人　物　赵　括　24岁，赵国上将军

赵　母　45岁，赵括之母

殷　姑　19岁，赵括之妻

张　弋　40岁，廉颇属下副将

赵　王　23岁，赵国国君

蔺相如　60余岁，赵国名相，病退在家

贾　昌　50余岁，赵国上大夫

平原君　50余岁，赵国相国

赵国大臣、赵军将士、侍卫、探马等

一

［字幕（画外音）：公元前260年，历经五百余年战国纷争，华夏一统已成大势所趋。面对强秦，赵国大将廉颇避其锋芒坚守不战。赵王怒撤廉颇，任用只会纸上谈兵的赵括为将，以致四十万赵军全军覆没，加速了秦国一统天下的进程，留下了惨痛的千古遗训……

［悠远苍凉的歌声：

云聚云散了多少帝王梦，
潮来潮去了多少逐浪人。
长平白骨今犹在，
四十万将士铸遗恨、千古难平！

［伴唱声中灯亮：赵国都城邯郸，宫殿上，平原君、贾昌及众大臣侍立两旁，赵王端坐在位。

［击鼓声声，侍卫甲疾上。

侍卫甲 报——老相国蔺相如求见大王！

贾　昌 大王，他定然是为赵括替换廉颇为上将军一事而来。

赵　王 孤王就烦他唠叨，让他回府好生养病，不见。

侍卫乙 报——蔺相如执意求见大王！

赵　王 平原君，现今相国是你，去告诉他，国中大事不用他操心。

平原君 大王，蔺相如一向耿直不驯，臣怕……

侍卫丙 报——蔺相如泣血叩首，强行闯殿！

蔺相如 （踉跄奔上，扑地而跪）大王，恕老臣闯殿死罪！

赵　王 （几分不忍）唉，你病势不轻，何必再为国事操劳？

蔺相如 臣听闻大王旨令赵括为将，前往长平替换廉颇抗击秦国大军？

赵　王 不错。

蔺相如 大王万万不可哪！

（唱）廉将军，守长平，为国效命，

两年来，费斡旋，步步为营。

迫使那，二十万秦军寸地难进，

方保得，赵国安稳享太平。

赵　王 （唱）他守长平两年整，

不战不退不用兵。

眼见国库将耗尽，

却无有，一份捷报慰国君。

平原君 （唱）临阵换将实无奈，

贾　昌 （唱）廉颇不听君王令。

平原君 （唱）小赵括，自幼熟读兵书策，

贾　昌 （唱）更何况，他先父是一战成名的马服君。

蔺相如 （猛地挺起身来）尔等大错也——

（唱）时闻赵括发议论，

胸中藏卧百万兵。

布阵常在酒宴上，

打仗只作游嬉行。

他从未经实战，

他从未见血腥，

他从未披胄甲，

他从未入军营。

大王哪，四十万大军四十万条命，

万不可，交与赵括夸夸其谈人！

赵　王　（挥退众臣）蔺相国！

蔺相如　老臣已非相国，不敢领命。

赵　王　你总是违拗本王！也罢，今日君臣敞开肺腑，不拘礼节，说些心里话吧。我问你：廉颇照此固守长平，还需要守多少年？

蔺相如　这……

赵　王　朝廷国库空虚、百姓无粮饱腹，赵国还能坚持多少年？

蔺相如　这……

赵　王　依孤王看，廉颇并非老朽怯战，他是倚仗四十万军坐享半壁江山！

蔺相如　不，廉将军绝无此心！

赵　王　（紧逼）那他为甚不体恤朝廷艰难、不顾念百姓困苦、不听从孤王诏令出战？四十万军实为赵国兵力一半！孤王供吃供住供兵器，他分明是坐享其成！

蔺相如　大王！

赵　王　与秦军打一仗，纵然死伤过半，与他廉颇何干？那是孤王的兵孤王的军队，他竟敢不受君命、只守不战、假作慈悲、笼络军心、怎不叫孤王疑虑再三！

蔺相如　大王哪！秦军强悍难敌，倘若贸然开战，我军纵死伤过半也未必能胜。退一万步说，即使换将，也不能换赵括哪！

赵　王　好，你给孤王举荐一名能够胜任统帅的上将军！

蔺相如　这?

赵　王　赵括熟读兵书,不仅能顺着依序道来,还能倒着背诵如流,令孤王惊诧不已。何况他父马服君也从未上过沙场,却能旗开得胜、一战成名!

蔺相如　正是赵括之父马服君,留下临终遗命……

［外报:赵括之母赵夫人求见——

赵　王　快快有请!

赵　母　(内唱)为括儿,心急如焚、金殿面君——(疾步上,跪)妾身赵氏叩见大王。

赵　王　赵夫人免礼。方才正与蔺相国说起马服君之遗命……

赵　母　大王,先夫马服君确有遗命交代:赵国若用赵括为将,必招致败国败军——

(唱)求大王,免括儿,出任上将军!

非是遗命皆应验,
实为君上忧国运。
括儿熟览兵书策,
自幼痴迷当将军。
儿父长年司训教,
却道他,敏慧有余少胸襟。
若要成将才,
先做小卒兵,
披甲上战阵,
沙场经血拼。
方能够,知彼此、识敌情、惜将士、懂帅领。
大王哪——

古来知子莫如父，

原谅括儿难负重任尚年轻。

蔺相如　大王，赵夫人言之有理哪！

赵　王　嘿嘿、呵呵、哈哈……

蔺、母　大王？

赵　王　请问夫人，这世上可有不希望儿子聪慧强干、出人头地、成为国家栋梁之材的父亲么？

赵　母　这……

赵　王　再问夫人，马服君留下遗命乃一家之私，夫人为何四处张扬，唯恐天下不知？

赵　母　这……

赵　王　沙场乃为死地，赵括是赵家独子，马服君也好，夫人也罢，是想借遗命阻止赵括去沙场涉险！

赵　母　大王，妾身纵然爱子如命，亦懂得国事重于家事之理！

赵　王　这就对了嘛！如今国难危急，夫人当勉励赵括勇担重任！

赵　母　括儿只是多读了几本兵书，四十万大军交与他，一旦战败……

赵　王　夫人放心！纵使战败，孤王绝不罪责赵家。更何况秦国上下皆纷纷传说：打仗不惧老廉颇，率军只怕小赵括！

蔺相如　大王，这是秦国诱使我王换将的离间之计！

赵　王　孤王便将计就计，再为赵国成就一位名扬四海的马服君！

赵　母　（低叹）天——

蔺相如　（痛呼）大王——（一口鲜血喷出）

［切光；追光雕出赵王、平原君、贾昌。

平原君　大王真的相信赵括能打赢秦军？

贾　昌　不打，赵国终将不战自败；打，赵国或有五分胜算！

赵　王　廉颇率数十万大军在外，不听孤王诏令，天长日久，难免忧患！

平原君　廉颇在军中威望极高，只怕赵括……

贾　昌　怕个甚？只要有权他就有威望！

赵　王　（果决地）明日一早，尔等随孤王去长亭为赵括壮行！

平、贾　喏！

二

［邯郸城外：长亭隐隐，鼓声隆隆，号角阵阵。

［远处隐约可见：赵军鲜亮的旗帜迎风飘扬。

［近处将士列队，士卒们牵着六匹驮满书简的骏马伫立。

赵　括　（内唱）征鼓隆、号角响、拜别君王——

众将士　（齐礼）参见上将军！

六兵卒　（齐声）六驮兵简，待命出征！

赵　括　（内声）尔等先行！

众　人　喏！（下）

赵　括　（甲胄威武、意气昂然、扬鞭催马上）

（唱）旌旗卷、军威壮、百官相送、百姓景仰、

赵括我尽揽这举世风光！

自幼深怀报国志，

苦研兵书在寒窗。

今日成就将军梦，

抑不住，满心欢悦笑声朗，哈哈哈……

皆道那，二十万秦军势强悍，

怎敌我，六驮兵简、谋略深藏。

易经易理化百策，

卦义卦阵隐万象。

先声夺人攻为上，

定叫那，秦军溃败防不胜防。

挥鞭催马——回首望，

为甚不见妻与娘？

罢罢罢，但等长平传捷报，

教她们，刮目相看赫赫威仪赵家郎！

殷　姑　（唤上）夫郎！夫郎——

赵　括　（不下马，得意地）殷姑，你看俺这身甲胄威武否？

殷　姑　殷姑情愿夫郎布衣青衫，安守家中。

赵　括　难道你不想为夫出人头地、封侯拜将，建功立业、光宗耀祖？

殷　姑　为妻只想与夫郎不离不弃，白首偕老。夫郎哪——

（唱）妻与你，新婚三月情愫密，

怎忍霎时两别离。

婆母未能拦住你，

遥望送行泪眼迷。

殷姑明知劝阻难，

总盼苍天赐转机。

夫郎哪，沙场向为死亡地，

此刻回头还来得及。

求你随俺归家去，

可怜妻，已有你血脉两月余……

赵　括　（兴奋）我有儿子了？我有儿子啦！殷姑，你在家好好等着，我要上沙场、我要立战功、我要让儿子为有我这个父亲骄傲自豪——

［一声大喝：逆子，你给我下得马来——

［看见迎面而来的母亲，赵括急忙翻身下马：娘！

赵　母　赵括，上将军！你妻苦苦哀求，你却得意忘形，马都不下！

赵　括　娘，儿急于出征，不敢有违王命。

赵　母　呵呵，竟然学会以王命要挟为娘了。

赵　括　儿不敢。

赵　母　你有甚不敢？这些年来，你在邯郸城中结交权贵、斡旋官场、卖弄学问，为娘苦苦相劝，你可曾听过一句？

赵　括　娘，为甚您总是小看孩儿？难道儿在娘眼中就如此不堪么？

赵　母　你！

赵　括　如今儿已是上将军！倘若成功，家门荣耀；倘若失败，儿必定战死沙场！

赵　母　住口！出征之人，最忌失败二字，岂可轻言？

赵　括　非儿轻言，是父亲临终所言！

赵　母　括儿！你是赵家独子，父母珍爱，胜若心肝！你父曾说：我们的括儿勤勉好学、知书达理、孝敬爹娘，这样的好孩儿，天下父母求之不得！

赵　括　那他为何留下这般遗命？娘还到处张扬，巴不得儿子败国败军！

赵　母　（唱）一句话，呛得俺，苦泪强忍，他哪知，父母心，怜儿至深。

怕的是，儿浮躁，生性好胜，

更怕他，少历练，误国误军。

怎奈是，王命下，大势已成，

俺岂能，阻拦他，为国效命。

括儿哪——

领军征战险万分，

爹娘哪得不担心。

纵使言行过分处，

皆都是，为国忧虑为儿示警！

一方护颈连夜绣，（取出护颈，赵括接过，展念）遗命示警，切莫轻心，三思举步，踏实方行——

字字句句你要深扎在心！

娘要你，戴它上沙场，

娘要你，常看常自省；

娘要你，戒骄戒浮躁，

娘要你，步步踏实、踏实步步稳稳行！

娘与殷姑在家等，

等你捷报，慰国慰民慰亲人！

赵　括　娘您放心！孩儿不敢说百战百胜，但就邯郸城内、朝堂之上，论兵策、议战阵，孩儿从无敌手！

赵　母　你……

张　弋　（喊上）上将军、上将军——

赵　括　何事大呼小叫？

张　弋　你是上将军赵括？

赵　括　你是何人？竟敢直呼本将大名！

张　弋　俺是廉将军麾下副将张弋！（不屑打量）就你这毛头小儿，凭甚本事敢当上将军？

赵　括　（拔剑）大王恩赐王剑在此！

张　弋　（亦拔剑）三军之将，靠的是真本事！俺这把剑只敬廉将军，想让俺服你，看剑！

赵　括　（架剑）张弋，廉颇固守长平两年，寸功未建，分明怯敌。

张　弋　你懂个甚？廉将军那叫稳扎稳打！

赵　括　战场瞬息万变，生死决于一线。孙子曰，不可胜，守也。可胜，攻也。秦国不会不战而败，赵国焉能不攻而胜！廉颇貌似固防，实乃耗国力、负君心、穷百姓，终将败国败军也……

张　弋　啰里啰唆，俺听不懂，剑来！（过招，眼看赵括难敌）

赵　母　（冲上前）张将军——将军哪！括儿年少为将，实乃王命难违。张将军既是廉将军麾下，定具忠肝义胆，还望尽力扶持括儿，勉为其难。赵氏一门就此拜托！（跪，般姑随跪，赵括故作不见）

张　弋　（慌了）哇呀！快起、快起！唉，俺又闯祸了！

（唱）她一声拜托动肝肠，

张弋顿时愧难当。

怪俺赌气忒莽撞，

廉将军严命全忘光。（取出一卷图，单腿跪）夫人！

这一卷，长平石城守势图，

廉将军，两年心血图内藏。

他要俺面呈赵将军，

遇绝境，依图退守可保大军免祸殃！

赵　母　（接过举起）赵氏一门谢过廉将军！括儿，快快收好。

赵　括　娘，儿是去攻战，不是去退守！

赵　母　廉将军一片高情厚义，你也不收？

赵　括　（不屑收起）娘，时辰不早，儿该走了。

殷　姑　夫郎……

赵　括　殷姑、娘，珍重！（上马绝尘而去）

张　弋　哎，等等，等等俺——（追下）

殷　姑　娘，您昨日阻拦于他，今日为甚又勉励于他？

赵　母　天与不取，反受其咎；时至不迎，反受其殃。大势拦不住，唯愿儿平安（含泪向天）上苍保佑！

三

［探马过场：报——长平一战取胜，秦军溃败十里！

［探马过场：报——长平二战取胜，秦军溃败二十里！

［探马过场：报——长平三战取胜，秦军溃败三十里！

［赵王颁旨声：上将赵括，不负王命，三战三胜，击败秦军。特旨上大夫贾昌，前往长平，犒劳三军！

［赵括营帐前：将士们举盾挥刀，步伐整齐，歌舞雄壮。

［歌曰：将士烈兮，横我刀枪。

王师威兮，固我国疆。

抗强秦兮，拼死一战，

长歌壮兮，凯旋归乡……

［贾昌与赵括哈哈大笑上，将士们躬身齐退。

贾　昌　好！营垒规整、士气昂扬、步调划一，战歌铿锵。上将军真乃治军有方，难怪三战三捷，少年英雄哪！

赵　括　大人谬赞也。不过这仗打得真叫痛快，我军到处，秦军望风而逃。

贾　昌　上将军如今已是名动赵国，朝廷子弟尽皆仿效，熟记兵书、倒背兵法，高谈阔论，蔚然成风哪。

赵　括　若非大王信任、大人扶持，赵括安有今日！

贾　昌　呵呵，今日么老夫还给你带来一样重礼！有请赵夫人——

［赵母与殷姑疾上：括儿！夫郎！

赵　括　娘、殷姑！

贾　昌　赵夫人为上将军忧心不已，每日派人来朝中打探消息。老夫车马顺道接她们过来，也好亲眼一睹上将军赫赫荣耀、凛凛威风！

赵　括　大人恩义，赵括铭记！

贾　昌　好啦，老夫急于回朝复命，尔等一家团聚，好好庆贺。

赵　括　娘，请入营帐稍歇，儿送大人一程即回。

母、殷　恭送大人！

［赵括送贾昌下。

［婆媳步入营帐，兴奋不已。

［营帐中，挂有地图、甲胄及散堆着的兵书兵简等。

赵　母　（唱）第一回步入儿营帐，

殷　姑　（唱）第一回观演舞刀枪。

赵　母　（唱）第一回欣喜儿成长，

殷　姑　（唱）第一回同沐他荣光。

赵　母　（唱）第一回为儿心宽放，

殷　姑　（唱）第一回崇仰他威风凛凛、神采奕奕……

赵　母　说谁哪？

殷　姑　（接唱）哎呀俺、俺的夫郎！（害羞背身）

赵　母　都要做娘的人了，害臊个甚？

殷　姑　娘……娘快看呐！这是他上阵穿的甲胄，好不神气也！呀，他怎么还似家中一般，兵书兵简散乱堆放。（忙整理兵简）

赵　母　（唱）信步细察帐中景，

一物一什皆觉亲。

括儿气息扑面来，

似春风轻拂倍温馨。

他三战三胜传捷报，

俺舒心舒怀喜泪盈。

不枉儿，数载读书狠，

不枉俺，长年拘管勤。

唤一声他爹悄声禀，

咱儿他，已是国家栋梁前程似锦！（瞥见殷姑从案脚捡起一样东西欲藏）殷姑，捡着啥宝贝啦？

殷　姑　（有些慌乱）娘，是您绣的护颈。

赵　母　（取过皱巴巴的护颈）他竟将护颈扔在这案脚之下？（又捡起一卷图纸）廉将军送的守势图，他也扔在一边！（失望地）他，到底还是将娘的话当作了耳边风！

殷　姑　娘，殷姑有句话一直不敢说。

赵　母　你是想说？

殷　姑　娘在家中时常拘管于他，他对娘又敬又畏。如今，他率三军沙场拼命，生死之间，理当多加褒奖才好。娘哪——

（唱）俺本不愿他率军出征，

怕的是，沙场凶险命难存。

不料三战传捷报，

击败秦军扬威名。

君王嘉赏百姓颂，

皆赞他，足智多谋是战神。

殷姑将他敬，

凛凛冠三军。

殷姑将他信，

战战能打赢。

殷姑将他亲，

深深一世情。

盼只盼，腹中娇儿像他爹，

将来成才耀门庭。

娘呀娘，求您莫再严教训，

夫郎他，已是威名赫赫上将军！

赵　母　傻孩子！娘巴不得他战战取胜、仗仗打赢，儿能成为名副其实的上将军，娘高兴哪！可娘心里总是不安，为他疑虑、为他担心、为他害怕——殷姑，娘只有他一个儿子哪……（哽咽）

殷　姑　娘——（晕眩）

赵　母　（忙扶）殷姑！咋啦？

殷　姑　嗯……（作呕）

赵　母　你呀！有身子的人了，娘怕一路车马劳顿，不让你来你偏要

来。快去后帐歇息片刻。（扶殷姑入后帐）

［上将军！上将军——张弋带着众将官喊上。

张　弋　人哪？

赵　括　（疾步上）何事嘈嘈？

张　弋　上将军，有军情急报！

赵　括　哦？讲！

将官甲　山民来报：秦军溃败，一路之上却是军容整肃、军威雄壮，不像败军，倒像是故意撤退。

将官乙　信使密报：秦军后援二十万大军正向长平奔来。

张　弋　末将以为，秦军溃败是圈套，但等援军一到，必将合围我军！

赵　括　呵呵，山民来报，山民懂个甚？二十万援军，信使可曾目睹？就算亲眼目睹，秦军现有二十万，加上援军不过四十万，况他长途跋涉疲累不堪，想合围我四十万大军？痴人说梦！

张　弋　上将军，为防万一，我军可依照廉将军守势图退回石城防守。

将官丙　我军三战三胜，将士急盼杀敌建功，怎可轻言撤退？

将官丁　要俺说哈，上将军饱读兵书、深谙兵法，胸中陈兵百万，我等只需听从号令。

张　弋　马屁！他若胸中有兵百万，还要我等作甚？

将官丙　这乃形容，并非真兵。

张　弋　不是真兵，管甚鸟用！

将官丁　你读过兵书么？学过兵法么？就是廉颇也未必有上将军学问高深。

张　弋　（直蹦起来）廉将军是天下名将，谁能比他？

赵　括　（猛拍案）俺——赵括，偏要与他比上一比！

（唱）击案强抑心头恼，

有理不在声气高。

他廉颇，两年未有一捷报，

躲进石城避枪刀。

不问百姓饥与饱，

不顾君王五内焦。

俺虽比他年纪小，

兵法兵策问不倒。

战计战谋、战局战势、战略战策，

俺熟稔在胸有千百条。

三战三捷天佐证，

英雄年少，廉颇已老！

张　弋　（大怒）赵括小儿！你那三战三捷，不过撸了秦军几根毫毛，竟敢小觑俺廉将军！难怪你爹要咒你败国败军！

赵　括　（更怒）你竟敢辱骂上将、扰乱军心！来呀——（侍卫冲上）将这厮拖出去重责三十军杖！

［侍卫架起张弋，张弋挣扎大骂：赵括小儿，俺不服、不服……

［且慢——赵母掀帘而出，殷姑倚在帘内紧张观望。

赵　母　（恭敬一礼）诸位将官请帐外稍候。（众人相觑而退）

赵　括　娘，这是军营，您不该出面！

赵　母　娘明白！可娘都听见了：秦军战力强悍，怎会轻易溃败？山民来报纵然不实，你为甚不派人再去查探？信使密报秦国援军已发，你为甚不屑应对？张将军话糙理不糙，你为甚一句不听？

赵　括　娘，军中大事，你不懂！

赵　母　娘是不懂，所以要问！

赵　括　（无奈）好，儿就与您说道说道。（至地图前）我大军驻扎在三面环山的丹水河畔，唯有一条求生通道，看似绝境，然吴子曰，必死则生，幸生则死！儿有意将大军屯于这方死地，一旦开战，众将士必为求生而以一当十、以十当百、舍命死战！秦军诈败也罢、驰援也罢，何足道哉？俺又管他做甚！

赵　母　你、你怎可蓄意将四十万大军置于死地！括儿哪——

（唱）四十万大军四十万条命，

你说来赛过鸿毛轻。

战场瞬息多变幻，

胜负岂能尽由人。

你要思一思、想一想，

廉颇为何筑石城？

秦兵为何佯败走？

张弋为何劝退军？

不怕一万怕万一，

括儿哪，率军切不可照书搬计、纸上用兵！

赵　括　（唱）娘您从未将儿信，

总作危言耸人听。

赵　母　（唱）为将爱兵胜爱子，

怎能够，先置他们入绝境？

赵　括　（唱）自古善不为将领，

从来慈不可掌兵。

赵　母　（唱）男儿沙场决生死，

痛碎多少慈母心。

赵　括　（唱）五百年征战寻常事，

赵　母　（唱）万千座孤冢葬冤魂。

赵　括　（唱）功成难免白骨堆，

赵　母　（唱）你忍将人命换虚名？

赵　括　（唱）劝娘莫管军中事，

赵　母　（唱）苦心耿耿盼儿听。

赵　括　（唱）儿谋胜仗解国难，

赵　母　（唱）只怕一败国将倾。

赵　括　（唱）爹娘惯咒儿，

赵　母　（唱）父母关切深。

赵　括　（唱）儿是上将军，

赵　母　（唱）俺是你娘亲。

赵　括　（唱）战局儿已定，

赵　母　（唱）劝儿三思行。

赵　括　（唱）娘哪娘——你少操心、少拘管、少教训！

赵　母　（唱）你你你，忘父遗命、忤逆娘亲、不惜将士，俺——

赵　括　（紧接唱）俺与大军共死生！

殷　姑　（急慌冲出）夫郎你、你不能……（晕眩）

母、括　殷姑——

赵　括　张弋！（张弋上）本将容你戴罪立功，速备车马送她们回城！

张　弋　上将军！俺知道你烦我、想支开我，可俺还是要说，廉将军守势图定有道理，求你速率大军退守石城！（单腿而跪）

赵　括　（怒喝）滚——

赵　母　（强抑气恼）你不信张将军，总该相信廉将军……

赵　括　（爆吼）廉将军廉将军，你们眼里还有没有俺这个上将军！

赵　母　（一掌抽去）逆子！这一掌乃为娘最后一次训诫：遗命示警，切莫轻心，三思举步，踏实方行——（掩泣而下）

赵　括　（苦笑）呵呵，不读书者教导读书者，不懂战者训诫懂战者。他们哪里知道，廉颇两年固守，才遭责贬回乡；俺若退守石城，岂非一样下场！为国为己，必须拼死一战！（看地图）凭俺这满腹兵书——

（唱）再将战局细推敲，
　　兵法兵策严对照。
　　破釜沉舟虽险要，
　　以逸待劳士气高。
　　背水一战绝退路，
　　兵家三计使得妙。
　　水源粮道伏兵守，
　　前呼后应布阵巧。
　　再不听左右聒噪，
　　且看俺，计出万全胜券稳操！

［报——探马甲疾上。

探马甲　溃败秦军突然回兵，正向我军包抄合围！

［众将官拥上：上将军？

赵　括　来得好！众将官听令——

探马乙　报——秦二十万援军已到，将我军围困在丹水河峡谷之底！

赵　括　呵呵，本将有意置大军于死地，秦军当真助力。众将官听令——

探马丙　报——秦军分兵偷袭，截我粮道、毁我粮仓、断我退路、军心大乱！

赵　括　你、你再说一遍！

探马丙　秦军分兵偷袭，截我粮道、毁我粮仓、断我退路、军心大乱！

众将官　上将军！

赵　括　（强自镇静）本将自有应对良策，尔等帐外候命！

众将官　喏！（退下）

赵　括　（慌乱嘟囔）分兵偷袭，怎么可能？四十万对四十万，哪里还能分出兵力……（一头扎到兵简中，急切翻阅）

［伴唱：云聚云散了多少学子梦，

潮来潮去了多少空谈人。

长平白骨今犹在，

四十万将士铸遗恨、冤向谁申！

四

［赵国王宫偏殿，四大臣正在高谈阔论。

大臣甲　俺早就预见，赵括不是上将军之才。这会应验了吧，四十万大军被秦军围得水泄不通！

大臣乙　当初举荐上将军，你可是帮了大忙哟。

大臣丙　奇哉怪也，秦军以假溃败设下真圈套，俺都能一眼看穿，赵括咋就上当受骗呢？

大臣丁　那是被马服君临终遗命给诅咒哒！

大臣甲　昨日十万大军驰援长平，惨败而归，大王正愁解围之策。

大臣乙　解围？那赵括饱读兵书，精研战法，他还能被小小秦军困死喽！

大臣丙　就是嘛，四十万对四十万，一对一厮杀也不至于落败。加之赵括满腹谋略，定有奇策突围。咱们哪，就等着看好戏吧！

众　臣　就是就是，看戏看戏！哈哈哈……

［赵王铁青着脸大步而来，贾昌随上。

众　臣　（慌忙拜伏）参见大王！

赵　王　孤王三月前发下诏令，尔等皆已办妥了？

大臣甲　禀大王，臣奉诏全国征兵，怎奈壮丁了了，难以征集。

大臣乙　禀大王，臣奉诏征粮，无奈百姓歉收，尚未完成。

大臣丙　禀大王，臣奉诏督制兵器，各郡大多阳奉阴违。

大臣丁　禀大王……

赵　王　（大怒）一群庸才！

（唱）食君俸禄着锦冠，

碌碌无为尚空谈。

大军被困国有难，

不思解救还笑观。

临危将士四十万，

竟不能，牵动尔一丝一毫寸心肝！

怒火陡起发声喊，来人——将他们！

轰出殿去免孤心烦！（众臣狼狈下）唉，国势危急，满朝文武只知夸夸其谈，竟无任何良策。有心求教蔺相如，奈何孤王屡屡亏负与他……

贾　昌　听闻蔺相如病势沉重，大王何不登门探望？

赵　王　当年父王曾在此殿托孤于他，平原君去请他来此，或能念及父王旧恩，为孤王谋划救国良策。

蔺相如　（内唱）奉诏令、见君王、病沉心痛——（平原君引蔺相如颤颤巍巍上，观望四周）唉！

念及先王老泪涌。（跪）参见大王！

赵　王　（一把扶住）免！

蔺相如　（唱）求大王，速发援兵救长平，

率军者，可请廉颇老英雄。

赵　王　昨日孤王发兵十万驰援，惨败而归！

蔺相如　（唱）十万兵力顶何用，

秦军围困似铁桶。

大王哪，四十万将士命已悬，

一旦被歼国半空。

先王基业从此毁，

赵国忧患将无穷。

莫如倾兵五十万，

势如破竹强进攻。

背水一战若得胜，

我赵国，定能够、逐鹿天下谋一统！

赵　王　这……除了救援长平，卿可有他策赐教孤王？

蔺相如　大王莫非……有意放弃长平？（赵王沉默）啊呀大王，那可是四十万条性命、数十万户家庭、上百万的妻儿老小！怎可放弃？怎忍放弃？怎能放弃哪——（扑地跪倒）大王！

赵　王　（悲怆地）孤王不愿放弃，不忍放弃、不甘放弃！但若发兵五十万救援长平，国内将不剩一兵一卒，他国若乘虚而入，赵国必亡！

蔺相如　长平大军一旦覆灭，秦军势必长驱直入，我国都邯郸危在旦夕！

赵　王　孤王悔不该不听卿谏，铸成大错！如今欲救长平不能，欲保邯郸无计。蔺爱卿、老相国——求你看在父王临终托孤，救救赵国、救救百姓、救救孤王吧——（跪，平原君与贾昌齐跪）

蔺相如　（颤颤挺起）老臣纵有对策，只能保半个赵国！

赵　王　只要保住赵国根基，孤王定当重振庙堂！

蔺相如　臣有三条谏策——

赵　王　孤必条条依从！

蔺相如　一、遣使臣奉厚礼，速向魏、韩、燕、楚、齐五国求援；二、派细作携重金，离间秦国重臣，迫其后院起火、前廷撤兵；三、全国征兵、全民纳粮，同仇敌忾，共抗强秦！

赵　王　好——

蔺相如　请大王亲率众臣，披麻戴孝，先向赵国百姓谢罪！

贾　昌　大胆！

平原君　罪不在大王，罪在赵括哪！

蔺相如　大王之罪，不重实际、崇尚空谈，致朝廷浮夸成风；不纳谏言、不信忠臣，竟以纸上谈兵者统帅大军；放弃长平、将士亡命，百姓衔恨、民心丧尽——

赵　王　百姓衔恨，国势难振；民心丧尽，万事难成！（缓步向前，仰首向天）孤王有罪、孤王无能、孤王有负天下百姓！赵国的四十万将士哪——从今往后，孤将背负你们亡灵，卧薪尝胆、衔耻啖恨、重整家邦！今日，孤王先给你们送行啦——（全身伏地，放声大哭）

［蔺相如、平原君、贾昌等众臣尽皆拜伏，哭成一片。

五

［长平赵营帐前：篝火熊熊，满地兵简散乱。

［赵括执守势图立于篝火之前，一声长叹。

赵　括　廉将军，俺今日才看守势图，晚了，一切都晚了！（将守势图扔进篝火）四十天了，援军不见，将士气馁，数番拼杀，难破重围。父亲哪父亲，难道儿真要应验了你的遗命，败国败军么？天——

（唱）天哪天，你为何，变幻奇诡，

竟叫这，西风烈，滥施淫威。

将士们，遭围困，断粮缺水，

饮马血，啖人肉，军心已灰。

只道是，男儿于家耀门楣，

更当为国挽艰危。

骤然封将喜欲狂，

孰料到底家难归。

四十万将士成新鬼，

赵括哪，你九死也擦不干天下滚滚娘亲泪！（拾起一册兵书颤抚）兵书哪兵书！

自道俺，百卷兵书藏腹内，

但得风云起惊雷。

日日捧你勤研判，

夜夜与你奥秘推。

条条计策严遵守，

步步谋略未逾规。

为什么、为什么——

酿成败局、铸成大错、天意难回？

半生心血因你废，

一世英名被你毁。（猛地抱起地上兵简）

俺与你，同赴火中赎大罪，

免后人，效赵括，再酿千古旷世悲！（欲扑向篝火）

张　弋　（急喊上）上将军——你这是作甚？（抢下兵简）

赵　括　张将军？我娘与殷姑……

张　弋　她们不肯回邯郸，俺就帮着在那山崖之上搭了间草棚住下啦。

赵　括　她们住在山崖之上、草棚之内？

张　弋　你娘说，住在山崖上，能遥望战场、遥望大军、遥望儿子打胜仗！

赵　括　娘——孩儿不孝哪！（跪向山崖方向，颤颤饮泣）

张　弋　男子汉，哭个甚？起来！（一把拽起赵括）

赵　括　（反拽住张弋大喊）你已逃出重围，还回来干啥？回来干啥！

张　弋　嘿，俺绕着周边山道走了好些日子，瞅准秦军深夜换哨，就悄悄溜回来啦！

赵　括　你这是回来找死！

张　弋　大军将亡，俺岂能独生？再说，临死之前，俺还想当回上将军过过瘾哈！（说着猛地摘下赵括头盔）

赵　括　（拔剑）你！

张　弋　赵括小儿，你给俺听好了！黎明时分，俺扮成上将军，率兵马强行突围，秦军必定死死追杀。你即可趁乱遁去，找你娘和媳妇，躲得越远越好！

赵　括　等等，等等，按照兵法，你这是先行李代桃僵之计迷惑秦军，然后再使金蝉脱壳之计……

张　弋　行啦，都这时候了，还背个甚书，赶紧与俺换装！

赵　括　张将军，你为甚要舍命救俺？自从你跟随俺，就像廉颇的影子日日聒噪，俺打心眼里烦你，恨不能让你死在军杖之下！

张　弋　俺也恨哪！恨你个小毛孩，竟成了俺的顶头上司；恨你小觑俺廉大将军；恨你本事不大，懂的兵书还不少！实话说吧，俺是真心羡慕你满肚子的兵书！赵括，上将军哪——

（唱）俺张弋性粗莽人还不坏，

舞刀弄枪有能耐。

沙场滚爬十数载，

打仗经验装满怀。

只恨俺，想与僚属论战策，

口不应心总瞎掰。

想与兵卒说几句，

却似那，茶壶里的饺子它倒不出来。

俺用刀用剑使蛮力，

你说计说策把战阵摆。

倘若是，能说能用两合并，

那才叫，真有本事真将才！

赵　括　张将军、张弋！俺的好兄长哪——

（唱）一番话叫俺愧满腮，

半生茅塞顿时开。

读书致用乃精髓，

纸上谈兵实可哀。

只可叹，俺已没有时间改，

待来世，定当读书做人从头来！

张　弋　好——俺要的就是这句话！俺救你、俺给你时间，趁着年少，你能改！你可以从头再来！

赵　括　兄长？

张　弋　秦军有百战百胜的战将白起，俺赵国有老当益壮的廉将军，往后更要有护国卫家的战神赵括！

赵　括　兄长！俺不配！（大喊）俺不配哪——（扑通跪下，以头撞地）

张　弋　（跪下扶起赵括，动情地）倘能活着冲出去，莫忘你父遗命！莫忘你娘嘱托！莫忘了这里难以逃生的四十万将士兄弟……

赵　括　兄长——（一把抱住张弋放声恸哭）

［战鼓隆隆，杀声四起。

张　弋　秦军开始合围杀来，你快走！

赵　括　赵括今日若走，来世怎得为人！（拔剑）兄长快走，俺为你断后！

张　弋　（拔剑）也罢，咱兄弟同拼死、共求生，杀他个痛快！（两人举剑齐声呐喊）杀——（切光）

［战鼓声、喊杀声、兵器的格斗声交织不断。

［突然，一切归于沉寂。

［显现：身中数箭的赵括、张弋相互扶持挺立。

张　弋　嘿，好兄弟，是条汉子！俺、俺有件事想、求你！

赵　括　兄长？

张　弋　下辈子，记得教、教俺兵书……（倒下）

赵　括　兄长——（哽噎着抚合张弋双目，猛地抽出胸前护颈高高举起，望向长空，一字一句地泣念）遗命示警，切莫轻心，三思举步，踏实方行——娘！儿到底还是辜负了您！辜负了赵国！辜负了四十万将士兄弟！儿、知错了……（骤然倒地）

六

［山崖处：散乱着白发的赵母，扶着树枝做成的拐杖孤零伫立。

赵　母　（似听见什么，猛地一颤）赵括，逆子！一个错字四十万条命，这泼天大罪你百死莫赎、百死莫赎哪！

（唱）百死难赎罪滔天哪——

面对这，血漫河、尸遍野、

魂断魄散、魄散魂断、辨不明身陷地狱哪道关？

暮云暗沉沉，

疾风阴惨惨。

千家倾泣泪，

万户飘白幡。

误国惨痛儿筑就，

败军浩劫儿该担！

儿哪儿——（赵括魂魄飘然而来）

举杖将儿痛追打……

赵　括　（架杖，唱）娘哪——

赵　母　（唱）似闻儿唤心陡颤！

赵　括　（唱）儿罪何须娘责打，

儿已经，自剁肝肠千万段。

赵　母　（唱）痛儿阵亡泪哭干，

欲祭儿魂娘不敢。

赵　括　（唱）儿死不配人祭奠，

娘替儿，祭一祭丹水河畔尸骨山。

赵　母　（唱）娘后悔，营帐生离那一巴掌，

赵　括　（唱）娘训诫，儿至死前才幡然。

赵　母　（唱）娘不知，儿生前为何不听劝？

赵　括　（唱）儿不明，娘为何将父遗命四方传？

赵　母　（唱）为的是，深爱独子在心坎，

幼年宠儿太娇惯。

为的是，你父遗命示凶险，

娘欲免儿生祸端。

为改你骄狂性，

为戒你尚空谈，

为阻你逐名利，

为迫你心意专，

为教你步踏实，

为绝你，借父名、攀权贵、谋将位，娘使尽了手段。

想不到儿命难逆转，

酿就这，泼天惨祸、血海尸山！

赵　括　（苦笑）呵呵……正是娘四处张扬，儿就更想证明自己，更想挣脱遗命摆布，更想做比父亲更大的上将军！

赵　母　赵王不信廉颇、朝臣空谈阔论、秦人施计离间，儿熟稔兵法，难道看不出这风云诡谲、大势汹汹？

赵　括　趁势而动，借势而为，儿才有机会谋成上将军！

赵　母　你！

赵　括　儿活时糊涂，死才明白！面对这尸山血海，儿誓愿万劫不复，永世不再为人！娘，儿拜别了……（深深一拜，大哭而去）

赵　母　（惊觉）括儿？括儿——（饮泣着茫然四望）这这这、这尸山千载难销，这血河万年不断，娘过不去、过不去哪！括儿，娘随你一同赎此大罪——（奔向崖边，纵身欲跳）

殷　姑　（披头散发喊上）娘——

赵　母　（一惊，回头）殷姑？

殷　姑　（眼神恍惚，自言自语）俺下山寻找夫郎，可、可是……（哆嗦地说不下去）

赵　母　好孩子，慢慢说，啊！

殷　姑　夫郎首级被秦军砍下，挂在那旗杆之上——

赵　母　（大颤）哦……为四十万屈死的将士，他、他该受此罚！

殷　姑　（急争辩）不——俺知道，他有错，但他不想犯错；他有罪，但他不想犯罪！娘……（突然止住，异常颤呼）头颅，夫郎的头颅，他在笑、他在冲俺笑哈！

赵　母　（冲上前一把抱住）孩子，你醒醒、你醒醒啊！

殷　姑　嘻嘻，他不乖、他犯浑、他不听话，娘就砍下头颅吓他……

赵　母　（忙安抚）孩子，莫急莫怕，听娘慢慢告诉你：你的夫郎——

（强忍哽噎）他小的时候很乖、很听话、很爱读兵书……

殷　姑　兵书！为甚要读兵书？

赵　母　他想做大将军……

殷　姑　大将军！为甚要做大将军？（猛一把推倒赵母，直蹦起来，歇斯底里大喊）哈哈！俺明白了，读兵书、做将军、打胜仗，让人都变成山，让水都变成血！（疯狂圆场）变啦变啦变啦……（一个趔趄跌倒在地）

赵　母　（嘶喊）殷姑——

殷　姑　（挣扎着昂起头）夫郎，俺害怕变成山、害怕变成血！俺想回家……

赵　母　（爬上前抱起殷姑）孩子，咱回家、咱回家！

殷　姑　（断续地）回家，不打仗！永远不要……（咽气）

赵　母　好！不打仗！永远不要……殷姑？孩子？孩子！（死死搂住，仰天痛呼）老天哪——（造型定格）

［伴唱陡起：云聚云散了多少沧桑梦，

潮来潮去了多少断肠人。

长平白骨今犹在，

纸上谈兵铸遗恨、千古难平！

［伴唱声中：白幡隐隐，遮天蔽日；人影绰绰，深深祭拜；凸显着似雕塑般的婆媳造型，悲凉而沧桑……

［剧终。

新编历史故事剧

吕后母子

人　物（按出场序）

吕　雉　汉朝皇后，太后（出场时约 29 岁）

婆　婆　刘邦年迈之母

审食其　刘家侍从，舍人，后封辟阳侯

刘　盈　吕雉亲生，皇太子，皇帝，史称汉惠帝（出场时约 8 岁）

戚　懿　刘邦爱妃，史称戚夫人（出场时约 29 岁）

张　简　吕雉派在刘盈身边的老太监

冷　月　吕雉贴身侍女

楚兵楚将、宫廷侍卫、太监、宫女、太医等

一

［字幕：楚汉争霸年间，刘邦战败，被楚军追杀。其妻吕雉，在家奉养公婆，抚育幼子，每每冒险，递送衣食，接济刘邦。

［蓦地响起一阵拨浪鼓声，随即传来幼儿清脆的喊声：阿娘，给我！阿娘，给我嘛——

［吕雉温婉的声音：盈儿，阿娘带你去找阿爹，快来追阿娘呀！

［刘盈咯咯地笑呼声：阿娘，给我！阿娘，给我呀——

［拨浪鼓与幼儿的声音渐渐远去。

［突然，战鼓隆隆，硝烟四起，隐约间楚军喊杀过场。

［灯亮：深秋，山野间。

吕　雉　（内唱）携亲人、避战祸、仓皇逃命——

［审食其身背包裹，吕雉村姑打扮，搀扶病重的婆婆踉跄上。

（唱）痛季郎、遭追杀、忧心如焚。

审食其　夫人，楚军就要追来，快走！

吕　雉　食其，你先去追寻刘邦与盈儿，我陪娘……

婆　婆　（喘息）好媳妇，娘这一身病，实在走不动了，你们快逃命去吧！

吕　雉　吕雉绝不弃娘而去！

婆　婆　都是我那不孝儿刘邦，拖累爹娘，还让你遭罪受难，我们刘家亏欠你呵……（晕眩欲倒）

吕　雉　(急扶)娘！吕雉既嫁刘邦，理当与刘家亲人生死与共！

［突然，传来楚兵喊声："反贼刘邦，追！快追啊——"

婆　婆　(挣扎呼唤)刘邦——我儿……(咽气)

［楚兵闻声拥上，团团围住。

吕　雉　(哭唤)娘！娘——

楚　将　哈哈，今儿是刘邦的末日，全家一锅端！来呀，将他们押往阵前！

审食其　将爷，您认错人了，她、她不是刘邦家里的……

楚　将　哦？莫非她是你家里的！

审食其　是、是……

吕　雉　(朗声)将爷，吕雉站不更名坐不改姓，只是，婆婆方才咽气，(哽噎)求将爷允吕雉安葬婆婆！

楚　兵　兵荒马乱，死个老太婆算啥，扔一边喂狼狗吧！

吕　雉　(一巴掌抽去)这一巴掌，是我替你父母教训你这狼狗不如的东西！

(唱)普天下谁不是父母生来父母养，

为儿女怎能够不敬不孝丧天良。

若是你爹娘身亡故，

你忍心，弃之荒野喂狗狼？

楚　将　骂得好！天下父母人人当孝。来呀，以刀挖坑，就地埋葬！

吕　雉　将爷仁慈，吕雉谢过！可怜婆婆一生向善，最怕血光刀刃，求将爷容吕雉双手刨土，安葬婆婆！

［蓦地传来楚兵的狂叫声：反贼刘邦，杀！杀！杀——

［喊杀声远去，一楚兵疾上。

楚　兵　报——刘邦为逃命，将儿子刘盈推下马车，被我抓获！

[传来幼儿的哭喊声：阿娘！阿娘！我要阿娘——

吕　雉　（惨呼）刘邦，你混账！盈儿，我的孩子……（晕倒）

审食其　夫人！（一把抱住）

二

[字幕：公元前 202 年，刘邦称帝，吕雉为皇后，刘盈为太子。

[夜，长乐宫中，红灯高悬，一派喜气。

[吕雉贴身宫女冷月正指挥众宫女调整摆设，安顿果食。

张　简　（匆匆上）冷月。

冷　月　张公公？

张　简　皇后娘娘可在？

冷　月　娘娘亲自下厨，为皇上做最喜爱吃的狗肉呢。

张　简　娘娘贵为皇后，怎可让她亲自下厨！

冷　月　娘娘做事，奴婢怎敢阻拦？

张　简　今儿是娘娘册封皇后的大喜之夜，方才皇上移驾过来，半路闻报戚夫人病重，转道前去探望了。

冷　月　那皇上今夜还来么？

张　简　说是探望片刻，就过来。

冷　月　上天见怜，皇上与皇后分离多年，今夜总算团聚了。

张　简　你赶紧与娘娘梳洗妆扮，准备接驾吧。

冷　月　喏。（张简下，转对宫女）快将皇后冠服备好，莫要误了接驾。

众宫女　喏。（散去）

［吕雉抱暖锅欢悦而上。

吕　雉　（唱）苦尽甘来情缱绻——

冷　月　娘娘……（欲接暖锅）

吕　雉　（避开，将暖锅小心搁置案上，满足地）闻着香味没有？我做的狗肉可是季郎最爱吃的！

冷　月　皇上一会驾到，娘娘赶紧梳妆吧。

吕　雉　（端详抚摸着宫女们奉上的皇后冠袍，百感交集）

（唱）手抚冠袍泪欲悬。

历尽颠沛流离苦，

不枉我，九死一生十余年。（顾盼穿上身的冠服）

从今后，母仪天下第一人，

从今后，阖家欢聚、安享天伦、子孝妻贤！（示意宫女退下，自己对镜上妆）

为季郎，半生素面今妆点……（喜悦端详）呀！

只怕他，惊诧不识旧婵娟。

虽说是，夫妻云梦已久远，（更鼓声声）

更鼓声声，更叫人心捣频烫、意惹情牵……

审食其　（拽着披散发髻、睡眼蒙眬的刘盈匆匆上）娘娘！娘娘！

吕　雉　（惊讶）辟阳侯？

刘　盈　阿娘！（扑到吕雉怀中）

吕　雉　深更半夜，你带盈儿来此作甚？

审食其　娘娘可知，戚夫人称病，皇上半路折回，去她宫中探望？

吕　雉　（一愣）哦？宠爱之人患病，前去探望，理该的。

审食其　戚夫人根本就没病，设酒摆宴、欢歌乐舞，皇上已是半醉了。

吕　雉　(急唤)冷月,随我去戚懿宫中迎回皇上!(欲走又止,轻抚刘盈叹息)唉,他封我为皇后,立盈儿为太子,这就够了,何苦再强求其他呢?

审食其　娘娘心善!可是戚夫人她、她——

(唱)乘着皇上七分醉,

倚怀纠缠泪双垂。

她说皇上年事高,

又责盈儿少帝威。

改立太子刘如意,

皇上他、他竟然应允大势已危!

吕　雉　(险些晕倒)你、你是说皇上答应改立太子?

审食其　改立戚夫人的儿子刘如意为太子!

吕　雉　不!不可能!

审食其　宫人密报,千真万确哪!

吕　雉　(无措地)这、这……啊,盈儿,快随阿娘去求你父皇!

审食其　此刻去求,当着戚夫人,皇上岂肯出尔反尔!

吕　雉　那……(扯下后冠)我将这后位让给戚懿,求皇上保全太子!

审食其　后位既失,太子安得保全?

吕　雉　天!想我吕雉,嫁与刘邦,提心吊胆度日,颠沛流离半生!县衙牢中,母子贫病交加;逃难途中,赤手安葬婆母;羁为人质,刀下忍辱蒙垢!受尽苦痛,尝尽孤凄,好容易熬到一家团聚……(哽噎)

刘　盈　(哭唤)阿娘!

吕　雉　(捧住刘盈脸颊)盈儿,阿娘该怎么办?怎么办哪!

刘　盈　(大哭)阿娘,让如意弟弟当太子吧,盈儿跟阿娘回家!

吕　雉　回家？哪儿才是我们的家呀！家？对，这里就是我们的家！这里就是我的家！我的家决不能让人霸占！（指天发誓）上天哪，谁要想霸占我的家，我就让她变成猪！变成狗！变成畜生——

［一声霹雳炸响，暴雨倾盆，电光闪烁中迁景。

吕　雉　（内唱）散青丝，卸锦衣，死命狂奔——（紧拽刘盈奔上）

为求援，哪顾得，前路泥泞、山道坎坷、暴雨倾盆！

怨刘邦，重色轻情抛妻子，

恨戚懿，妖魅蛊惑君王心。

到如今，天地将倾无指望，

自己的命儿自己挣！（跪地高唤）张良张大人哪！

求您设法保太子，

他本是，皇上长子家国根。

根动国摇民心乱，

大汉安稳全仗您！（叩首，翻跌，再行）

疾步来在周昌府，（扑跪高唤）周昌周大人哪！

长幼有序立储君。

求您护佑谏皇上，

天理昭昭当因循。（叩首，再行，刘盈摔倒）

吕　雉　（搀扶）盈儿！

刘　盈　阿娘，盈儿害怕！

吕　雉　盈儿，我的盈儿……（母子相拥痛泣）

（唱）可怜你，随娘受尽颠簸苦，

无家更无爹可亲。

娘若一朝离去后，

你向谁依傍保性命？

刘　盈　阿娘……

吕　雉　盈儿，来！（挣扎背起刘盈）

（唱）咬牙关，泪雨淋，

为儿求生踉跄行。

商山路险搏命上，（一个趔趄，双双摔倒，拼命搅起刘盈跪倒，泣呼）商山四皓哪，尊敬的四位圣贤，你们秉承天良隐居世外，我把太子托付给你们了！

吕雉我，纵归九泉也谢大恩！（匍匐叩首）

三

［字幕：因大臣反对，商山四皓随佑，刘邦无奈放弃改立太子。七年后，刘邦驾崩，刘盈继位，吕雉为皇太后。

［灯亮，未央宫中，16 岁的皇帝刘盈推开案上奏章，烦躁不安。

刘　盈　唉，皇帝，皇帝，朕这个皇帝徒有虚名，还不如不做！

（唱）母后强势掌内外，

朕好比，风前柳枝任剪裁。

诸事听从倒也罢，

立皇后，她竟将十岁幼女选进来。

几番抗争皆颓败，

对阿娘，又爱又怕怨在怀。

有心立威将境况改，

叹的是，见母后，胆气顿消口难开。

张　简　（上）皇上，戚夫人求见！

刘　盈　这……朕见她行么？母后要是知道了……

张　简　皇上已是一国之君，遇事理该自主决断！

刘　盈　张公公，你是母后派在朕身边的人，朕理当诸事听教！

张　简　皇上错会了。奴才是宫中老人，太后要老奴过来，是怕皇上不明这宫里宫外旧事，随时垂询。

刘　盈　哦，那朕问你，父皇是如何结识戚夫人的？

张　简　那年，项羽战胜，汉军溃败。先皇单枪匹马逃到戚家村，幸遇一位姑娘，将先皇藏入枯井，逃过劫难。当晚，先皇即与姑娘成亲。她就是戚夫人！

刘　盈　按说，母后救父皇不止一回，父皇何以只宠爱戚夫人？

张　简　这个……皇上当问戚夫人。

刘　盈　宣！

张　简　戚夫人见驾——

［戚懿一身素衣，长发披肩，柔弱凄美，袅娜而上。

刘　盈　（呆了呆）呀！

（唱）但见她，青丝凌乱犹沉稳，

一袭素装万种风情。

戚　懿　（跪）罪妾戚懿拜见皇上！

刘　盈　你不在宫中悔过，来此作甚？

戚　懿　皇上容禀！

（唱）罪妾自知命不久，

万死难恕罪孽深。

如意儿年方十三岁，
未解世事难生存。
求皇上，照看护佑亲弟弟，
我纵去黄泉也安心！

刘　盈　你不该媚惑父皇，改立太子，将朕与母后险些逼上绝路！

戚　懿　皇上明鉴，若非先皇偏爱如意，罪妾怎敢提改立太子？

刘　盈　分明是你几次三番哭求父皇，挑起事端！

戚　懿　罪妾是害怕先皇一旦归天，太后把握重权，我母子死无葬身之地！

刘　盈　胡说！母后事夫果决、待儿慈严，岂是你想象中的恶人？

戚　懿　皇上难道没有听说，太后诛杀韩信、彭越两位大将的手段？

刘　盈　这……

戚　懿　如今先皇已去，罪妾难逃一死，可你弟弟如意年幼无知，还求皇上顾念兄弟之情，罪妾便死而无憾了！（连连磕头）

刘　盈　好吧，朕答应你！

［太后驾到——随着喊声，吕雉率审食其一行，疾步上。

刘　盈　（惊讶）母后？

吕　雉　（微笑发问）戚懿，你已离间了我们夫妻，还想再离间我们母子么？

戚　懿　罪妾不敢。只求太后饶恕我儿如意，罪妾甘愿一死！

刘　盈　母后，她既已知罪，就饶其不死吧！

吕　雉　（惊诧）皇儿真是这么想的？

刘　盈　（慌乱地）孩儿见她青丝散乱，楚楚可怜，实在于心不忍……

吕　雉　（决然地）好，母后成全皇儿一片善心。来呀，将这贱人拔去青丝，打入永巷！

刘　盈　（急阻）母后——（扑通跪下）求母后慈悲！

吕　雉　你？站起来！

刘　盈　母后，她毕竟是父皇心爱之人哪！

吕　雉　不错，她是你父皇爱妃，更是将我母子逼上绝路的仇人！

（唱）你忘了，她逼你父皇废弃你，

我母子，哭断肝肠无所依。

你忘了，暴雨倾盆路艰险，

娘背你，一步一跌、求人解难、长跪作揖。

深仇大恨你不记，

还为她，跪下皇上这万金膝！

今日若不与你做规矩，

我母子，迟早被人刀劈雷殛！（白）拉下去！

戚　懿　（挣扎大喊）皇上，求您护佑如意！皇上——（被拖下）

吕　雉　来呀，拟旨，召代王如意进宫！

刘　盈　母后不要……

吕　雉　你不是答应她保护如意么？将如意召进宫来，你不就可以日日守护他了？莫非你还真信了那贱人的话，怀疑起母后了！（怒气冲冲甩袖而去）

［审食其正要跟着吕雉走。

刘　盈　辟阳侯！

审食其　皇上？

刘　盈　速命太医配制最好的生发秘方，送去永巷，给戚夫人疗伤。

审食其　（小心翼翼地）皇上，太后若是知晓……

刘　盈　太后太后，你眼里还有朕么？戚夫人毕竟是父皇爱妃，如意又是我的同胞兄弟，为什么一定要赶尽杀绝？

审食其 皇上,臣有几句话,不知当讲不当讲?

刘　盈 讲!

审食其 皇上,当年戚懿得势,整你母子;如今太后握权,整她母子,不过是天道轮回、上苍报应。依臣看,皇上不必得罪太后,只需用心保护如意。

刘　盈 你!

审食其 臣告退。(下)

刘　盈 (瞪着审食其背影,气极,随指两位宫女大喊)来呀,她、她,都给朕拖出去,乱棍杖杀!(两位宫女被拖下,对着跪了一地的太监和宫女,神经质地嚷嚷)谁再敢与太后通风报信,这就是下场!

四

[字幕:数天后,长乐宫内。

[一桌小宴,吕雉与审食其对饮。

[歌舞伎们轻歌曼舞,一派宁静安乐氛围。

审食其 太后,如今刀戟入库,天下太平,臣敬太后一杯。

吕　雉 你呀,私下里不用太后太后的叫,还是叫夫人听着亲和。

审食其 君臣有别,不敢不遵。

吕　雉 唉,我现在最忧心的还是盈儿,这江山不好坐哪!

审食其 他才 16 岁,有太后调教,会成为好皇帝的。

吕　雉 当皇帝,盈儿太过心慈手软。

审食其　臣听说，日前他发狠杖毙了两位宫女。

吕　雉　这番举动，算是有点皇帝的样子了！

审食其　可臣怎么觉着，他是在向太后示威？

吕　雉　（挥退歌舞伎，取过拨浪鼓，轻叹）为人父母，总想自己的孩子成为人中之杰，永远立于不败之地。

审食其　话虽这么说，只是莫要伤了母子情分！

吕　雉　食其，你对哀家说句实话，盈儿与如意相比，论才华、论聪慧，谁在上？谁在下？

审食其　这，如意略胜一筹。

吕　雉　岂止略胜一筹，是远在盈儿之上，食其哪！

（唱）赵王如意年虽幼，

聪慧果决才华优。

他是榻旁龇牙虎，

皇帝一生的死对头。

叹盈儿，刚毅决断不能够，

滥情比父胜一筹。

私去永巷探戚懿，

还令人，将生发秘方四处求。

哀家倘若轻放手，

猛虎成患谁能收？

到那时，盈儿死无葬身地，

除隐患，做恶人，哀家为他先筹谋。

审食其　臣担忧，你母子因此失和……

吕　雉　（摇了下拨浪鼓）母子总是母子，打断筋骨连着心哪！

［张简扶着刘盈大哭而来。

刘　盈　母后，母后……（泣不成声）

吕　雉　（问张简）又怎么啦？

张　简　禀太后，赵王如意被毒死在寝宫床上！

吕　雉　你……

张　简　（跪）是老奴失于谨慎……

刘　盈　母后怎忍心下此毒手？如意他才 13 岁哪！

吕　雉　（柔声地）盈儿，母后毒死如意，你有干证么？

刘　盈　这宫中除了母后，谁敢？

吕　雉　（凄楚一笑）皇上掌管天下，单凭揣测断案，岂不笑话？张简，速去查明真相，报与皇上裁决！

张　简　喏。（下）

审食其　皇上，太后与臣在此饮酒，并未离开半步，岂能去毒死如意？

刘　盈　干这种事，需要母后亲自动手么？

审食其　太后护佑皇上，竭尽心力，万死不辞，就从孝义上说，皇上也不该当面指摘哪。

刘　盈　（转嫁愤怒）住口！审食其，母后乃一代天后，你却不知贵贱、追踪随影，常在此饮酒贪欢、谄媚邀宠、鼓唇弄舌、秽乱后宫，致使母后声誉受损！来呀，将他绑了，杖毙天牢！（无人应答）

吕　雉　（强忍怒气）盈儿，那些秽言乱语，你也信么？

刘　盈　我……

吕　雉　在你眼中，母后是鲜廉寡耻之人么？

刘　盈　这……

吕　雉　你才坐上皇位，就将前情往事都忘干净了？他是什么人？是刘家是你我母子的大恩人哪！

（唱）你父皇，为争天下离家走，

将双亲幼儿皆抛丢。

我母子，被拘县牢一年久，

他照拂老人、还一日三餐送到牢里头。

战乱中，你奶奶命丧山野外，

刀剑下，他与我双手刨坟十指开裂鲜血流。

你我惨被项羽虏，

他甘愿陪伴作楚囚。

陷囹圄，落魄形同猪与狗，

偏是你，又出天花命难留。

三昼夜，他将你怀中紧紧搂，

背着我，跪向楚将苦苦求。

可记得，那日病愈你醒转，

抱着他，声声唤爹在床头。

刘家欠他恩义厚，

你竟然，不思回报、听信谗言、将恩作仇！

刘　盈　（被往事感动）母后，孩儿知错了。

吕　雉　知错，就该向你审伯伯致歉！

刘　盈　（躬身一揖）食其伯伯，方才冒犯……

审食其　（惶恐扶住）皇上，折煞微臣了！

吕　雉　（大喊）来人！（侍卫应声上）将审食其拿下！（侍卫押住审食其）

刘　盈　母后？

吕　雉　盈儿，现在你可以将他押往天牢杖毙了。

刘　盈　（大惊）母后，您是在责怪孩儿？

吕　雉　恩义是情，恩义是债，今日杖毙他，皇上便可一身轻松！

刘　盈　方才一时莽撞，也是护娘心切，孩儿并非有意恩将仇报！

吕　雉　（挥退侍卫）盈儿你要记住：做人，不可以恩将仇报；做皇帝，必须学会恩将仇报！这是你父皇夺取天下、掌控江山的秘诀之一！

刘　盈　孩儿宁可不做皇帝！

吕　雉　你呀你！于他，做不到恩将仇报，于戚懿，做不到冤冤相报，你真叫娘失望哪！（转对审食其深施一礼）食其，原谅吕雉让你背负虚名多年，如今，天下诽议，人皆指责，我的儿子既不信任你又不敢杀你，真是对不起了！

审食其　食其不过一条贱命，为太后生死无怨！

吕　雉　（端起两杯酒，一杯递与审食其）情也，命也，既然天意作弄，人又何必自苦！你我就不要辜负天下人与盈儿一番美意，来，今日我们就喝了这交杯酒吧……

刘　盈　（一声惨呼）天——（掩面逃去）

［吕雉一阵晕眩，审食其忙扶。

吕　雉　我怎么会有这么个不争气的儿子……

审食其　儿孙自有儿孙福，太后不必操心太甚。

吕　雉　自古以来，皇位四周杀机重重，防不胜防，他如此懦弱无刚，这江山怎么坐得长久哪！

五

［黄昏永巷，戚懿持杵舂米，哀哀而泣。

戚　懿　如意我儿，你在哪里？你还安好么？你可知道，为娘想你，每时每刻都在为你忧心哪！

（唱）子为王，母为虏。

终日舂，薄暮常与死为伍。

相离三千里，

谁当使告汝！

刘　盈　（唱上）满怀愤懑到永巷——

［张简被两侍卫押着，随后上。

刘　盈　（唱）张公公，竟招认，如意是他灌毒亡。

实难信，奴才擅自敢下手，

无奈他，抵死不肯招真相。

疑虑再三难决断，

且看他，怎应对、如意弟弟亲生娘。

戚　懿　（见刘盈，款款拜倒）罪妾戚懿叩见皇上。

刘　盈　（不顾礼节，上前一把拽起戚懿）来，见过这位杀死如意的凶手！

戚　懿　皇上您说什么？我的如意？我的如意儿他、他……

刘　盈　如意进宫才几天，就被他毒死在朕的床上！

戚　懿　（欲哭气噎，强自挣扎）不……（终于哭喊出声）如意我儿，你为什么要进宫？你为什么要进宫哪！娘再三叮嘱于你，不可跨出赵国一步，可你、你怎么就不听话哪……（哭得几欲晕倒）

刘　盈　（于心不忍）夫人节哀，是朕一时疏忽，让这奴才乘隙得手！

戚　懿　（冲上前一把拽住张简）你——究竟是何人迫你害死我儿如意？

刘　盈　讲！

张　简　老奴甘愿一死偿命！

戚　懿　是吕雉，是她，一定是她！（疯了一般哭嚎）吕雉你这个魔鬼，连一个孩子都不放过，我死了定要化作厉鬼，吃尔肉、啃尔骨，将尔碎尸万段！

刘　盈　（被戚懿的疯狂惊呆）……

戚　懿　张公公，求你、求你将真相告诉皇上！

张　简　夫人，老奴只想问一句：当年您为什么要唆使先皇改立太子？

戚　懿　（脱口而出）我儿如意本就是帝王之相！

张　简　皇上，请恕奴才冒犯，皇上哪！

（唱）您心慈手软常懵懂，

却不知，如意聪慧似潜龙。

两龙岂能共天下，

终有日，祸起萧墙、你死我活、后患无穷。

唯有如意先除去，

这江山，方能够，长久在您掌握中！

戚　懿　这话分明是吕雉口吻！

刘　盈　你不必替母后遮掩，说出来，朕为你做主！

张　简　（仰天而叹）太后哪，您为儿子近忧远虑，寝食不安，可他根本就信不过您！罢罢罢，老奴偿命吧！（一头撞向石臼，倒地身亡）

刘　盈　张公公……

戚　懿　（凄惶地）皇上，罪妾一时哀怒，不该逼迫于他，罪妾这就随他一起去见如意……（撞向石臼）

刘　盈　（一把抱住）夫人！

戚　懿　（回首直视刘盈，含泣婉言）皇上，如意去了，罪妾已无生望。

刘　盈　朕心中愧疚，还望夫人珍重！

戚　懿　罪妾明白，皇上绝不敢问罪母亲。

刘　盈　这……

戚　懿　罪妾不忍为难皇上，但有一求，盼皇上怜悯！

刘　盈　你讲。

戚　懿　求皇上恩准，容罪妾见如意儿最后一面……（哀泣）

刘　盈　好，朕答应你！

戚　懿　只怕太后？

刘　盈　（怒喝）朕是皇上！一国之君！

戚　懿　（一拜到地）谢皇上大恩！

六

［长乐宫中：吕雉郁闷地玩弄着拨浪鼓，一声长叹。

吕　雉　唉，盈儿哪盈儿，戚懿求见儿子最后一面，本是人之常情，可你竟敢借此要挟为娘，称病罢朝！娘真想不明白，生死同命的母子，怎么就成了冤家对头？

审食其　（匆匆上）太后。

吕　雉　盈儿病情如何？

审食其　境况堪忧。

吕　雉　太医怎么说？

审食其　他根本不让太医探视，成天倚红偎翠，寻欢作乐，醉生梦死！

吕　雉　他、他这是以命要挟哀家哪！

审食其　依微臣看，太后不如顺从皇上意愿，修复母子亲情。

吕　雉　母子亲情如此不堪一击，哀家要这儿子何用！

审食其　太后！

吕　雉　看来，哀家与戚懿，必须要了断了。

审食其　或是放过她，修复母子亲情；或是杀了她，皇上从此疏离太后！

吕　雉　这……

审食其　太后明察：皇上要挟，实为要权哪！

吕　雉　一应朝廷政务，哀家都交给他了，还要什么权？他就是被戚懿那个妖魅迷住，才与哀家为敌。来人，宣戚懿来见！

审食其　太后？

吕　雉　哀家倒要看看，这女人究竟有什么魔力，既离间我夫妻之情，又离间我母子之心！（示意审食其退下）

［戚懿缓步而来，一身鲜红罪衣，更显妖娆美丽。

戚　懿　（平静施礼）罪妾参见太后。

吕　雉　儿子死了，你还活得挺安稳。

戚　懿　本想见到儿子，便可随他而去。

吕　雉　你以为哀家会让你见他么？

戚　懿　太后不会应允。

吕　雉　你，小觑哀家了。

戚　懿　以太后襟怀，不至为难罪妾，以太后性情，势必与皇上较真！

吕　雉　这？来，坐下。你我共事一夫，好歹也算姐妹，哀家敬你！（举杯戏谑地）小心酒中有毒哦。

戚　懿　（举杯一笑）太后尚未问话，岂肯戚懿就死，谢了！（两人饮尽）

吕、戚　（合唱）从未离得这般近，

　　　　　　暗自打量暗品评。

吕　雉　（唱）她体态妖娆天然媚；

戚　懿　（唱）她双眸深幽似寒冰。

吕　雉　（唱）她欲语还噎惹人怜，

戚　懿　（唱）她不怒自威胜帝君。

吕　雉　（唱）为什么，她占夫夺子多能耐？

戚　懿　（唱）为什么，她远夫疏子少真情？

吕　雉　（唱）为什么，盈儿不将她仇恨？

戚　懿　（唱）为什么，好运偏向她降临？

吕　雉　（唱）杀她如同灭蝼蚁，

戚　懿　（唱）为儿复仇，我盘旋试将机会寻！

吕　雉　哀家有件事一直想不明白，你虽救过先皇，可哀家助他救他，何止十回，为什么他就记不住呢？

戚　懿　太后一定怀疑罪妾从中挑唆吧？

吕　雉　至少，你让他忘了哀家存在！

戚　懿　太后错了，他是借着宠爱罪妾，逃避于您。

吕　雉　逃避我？

戚　懿　太后诛杀韩信、宰割彭越，果决残忍，令先皇敬畏惧怕。

吕　雉　哀家是遵从他的旨意，替他背黑锅！

戚　懿　所以在他心中，太后是干将，不是女人！

吕　雉　女人如干将，正可助他坐稳江山！

戚　懿　女人只需宠爱，干将则要提防！

吕　雉　这个没良心的，难道我还能杀他不成？

戚　懿　太后智慧强悍，洞察细微，他在您面前不得自在。

吕　雉　哀家从不干预他的政事！

戚　懿　政事，是男人的游戏；女人，是游戏累了可以畅饮的美酒。

吕　雉　哼哼，说白了，我陪他游戏，你陪他上床。

戚　懿　呵呵，太后圣明。

吕　雉　（拍案怒喝）那你为何还要贪得无厌，挑唆他改立太子！

戚　懿　因为你嫉恨罪妾，更容不下我儿如意。

吕　雉　你若守制谦让，哀家怎会嫉恨！你若安分守己，哀家怎会想到要如意去死！

戚　懿　你终于承认，是你杀了我儿如意！（一把拽住吕雉）走，你与我同去面见皇上！

吕　雉　（使劲甩开）贱人你听好了，如意不是哀家所杀！

戚　懿　没有你的授意，张公公他敢嘛！

吕　雉　不错，张公公纵然不杀如意，哀家迟早也会动手！

（唱）哀家忌惮如意久，

深为盈儿皇位忧。

夜难安寝食无味，

那一晚，与张简闲聊在宫楼。

絮叨论情义，

感慨诉恩仇。

畅怀说大统，

唯虑江山难千秋。

他听罢未说一句话，

临去深深叩一头。

直到如意被鸩杀，

方明白，他舍命为我解困愁。

戚　懿　（唱）若非你淫威相逼迫，

奴才舍命无缘由。

吕　雉　（唱）哀家曾救他一命，

他报恩自肯命相酬。

戚　懿　（唱）信口编造谁相信，

吕　雉　（唱）杀如意，我非凶手实同谋。

戚　懿　（唱）天降报应不疏漏，

吕　雉　（唱）甘愿霹雳炸当头。

戚　懿　（唱）为儿必复仇，

吕　雉　（唱）为儿敢筹谋。

戚　懿　（唱）我今发毒咒，

吕　雉　（唱）万咒等闲收。

戚　懿　（唱）母子成敌寇，

吕　雉　（唱）血脉永浓稠。

戚　懿　（唱）你必将，身败名裂万世遗臭！

吕　雉　（唱）千古流芳我从不求！

［呼声连续传来：皇上驾到！皇上驾到——

［刘盈衣衫不整，跌跌撞撞冲进来。

刘　盈　（扑倒在地）母后！

吕　雉　快快起来！你身子有恙，想见母后，召唤一声就是。（上前搀扶）

刘　盈　（拒绝）孩儿听说母后召见戚夫人，特来恳求放她一条生路！

戚　懿　（盈盈一拜）劳动皇上病体，罪妾该死了！

刘　盈　夫人休怕，朕赶来就为保你不死！

吕　雉　皇儿好大口气！

刘　盈　母后如果连这点小事都由不得孩儿作主，孩儿还做什么皇帝！

吕　雉　（厉声道）朝廷内外，每日有成百上千的大事小事，你怎么从不与母后争着作主，偏要在这女人身上与我死争滥缠！

刘　盈　这……

戚　懿　皇上，切莫为罪妾与太后为难！您可是坐揽天下、统领群臣、掌管百姓的一国之君哪！

刘　盈　一国之君？不错，朕是一国之君！天下是我的，百姓是我的，女人也是我的！（一把拽住戚夫人）走，随朕回宫！

吕　雉　（大喝）来人！（侍卫冲上）将这贱人拖下去砍了！

刘　盈　（同样大喝）谁敢！

吕　雉　你？真要为她与你亲娘为敌！

戚　懿　皇上，太后为您受了许多苦难，您理该处处孝顺，事事听话！

刘　盈　孝顺？听话？不，朕已经受够了！母后，我的亲娘哪——

（唱）孝顺听话已厌倦，

朕似玩偶任你牵。

一举一动随你愿，

亦步亦趋从你言。

朕有所爱你斩断，

选来个，十岁的皇后伴朕眠。

如意是朕亲兄弟，

眼睁睁死在我身边。

论名分，戚懿也是我的娘，

又何必，斩尽杀绝罪孽添。

母后哪！宫内遍布你眼线，

朕哪有一点自主权？

今日戚懿朕保定，

若不然，朕与你、母子情分不必再言！

戚　懿　（泣呼）皇上圣明！

吕　雉　（大怒）贱人，你害我夫妻陌路！毁我母子亲情！我要将你变成猪！变成狗！变成畜生——

戚　懿　（惊恐地扑向刘盈）皇上！

刘　盈　（一把搂住）走！

吕　雉　（疯了一般）拖下去千刀万剐！千刀万剐——（霎时一声霹雳，电闪雷鸣）砍！砍！砍！啊哈……哈哈哈……

［电闪雷鸣中，戚懿鲜红的衣裙碎片纷纷扬扬从天上飘落下来；

刘　盈　（大静场中，惊恐地望着碎衣片，一声惨呼）啊——（昏倒）

［纷纷扬扬的碎衣片依旧飘落着、飘落着……

七

［未央宫帐幔低垂，隐约可见太医们来回穿梭，神态慌张。

［帐幔外，审食其来回踱步，长吁短叹。

冷　月　（匆匆上）审大人，皇上病情可有好转？（审食其摇头）太后一定要见皇上，怎么办哪？

审食其　皇上下了口谕：死也不见！

冷　月　天道伦常，母子连心，何况太后只有他一个亲生儿子哪！

审食其　皇上本就体弱，又受惊吓，魂魄不稳，再见太后，只怕……

太　医　（紧张冲出帐幔）审大人，臣等回天乏力，大人速请懿旨，早些准备后事，或许还能冲冲邪气。

审食其　这……

冷　月　奴婢这就去禀报太后！（疾下）

［帐幔内传来刘盈的嘶喊声：辟阳侯！辟阳侯——

［宫女们拉开帐幔。

审食其　皇上，臣在。

刘　盈　（喘息着）宣朕旨意：谁敢放母后进宫，立斩！

审食其　皇上？

刘　盈　快宣！

审食其　皇上，太后她……

刘　盈　（捶着床沿）你想抗旨么！

审食其　臣遵旨。（向外颤呼）皇上有旨，谁敢放太后进宫，立斩！

［层递的传旨声：谁敢放太后进宫，立斩——

［刘盈长长地吁了口气，一阵晕眩，瘫倒。

太医们　皇上！（七手八脚地掐脉灌药）

［突然，一阵拨浪鼓声传来，声声脆亮。

刘　盈　（惊觉，恍惚着撑起身子倾听）……

［当年的画外在空中回荡：吕雉温婉的呼声："盈儿，阿娘带你去找阿爹，快来追阿娘呀！"刘盈咯咯地笑着追呼："阿娘，给我！阿娘，给我——"

［灯亮处：吕雉身着当年村姑服饰，手中摇着那只"拨浪鼓"。

刘　盈　阿娘？阿娘！（挣扎着连滚带爬扑去）阿娘——

吕　雉　盈儿——（母子俩终于紧紧抱在一起，哭成一团）

刘、吕　（叠唱）深深倚、紧紧抱——

刘　盈　（唱）娘啊……

吕　雉　（唱）儿哪……

刘　盈　（唱）我放声号啕；

吕　雉　（唱）我泪落襟袍。

刘　盈　（唱）阿娘近年您去哪，
为甚将儿孤单抛？

吕　雉　（唱）儿是阿娘心肝宝，
魂牵梦绕在心梢。

刘　盈　（唱）深宫有个凶太后，
儿怕她畏她无处逃。

吕　雉　（唱）闻言心如刀痛绞，
他魂魄犹在空中飘。

刘　盈　（唱）求娘带儿快回家，
竹篱茅舍乐陶陶。
皇帝让给如意做，
戚夫人，当太后……（昏迷）

吕　雉　（接唱）我怒火中烧！
为什么，你不懂仇恨？
为什么，你滥施温情？
为什么，儿越长大越悖逆？
为什么，娘越尽心越离心？
恨不能，一巴掌，将儿扇醒，

又怎忍，打破这、母子相拥、片刻温馨……

刘　盈　(恍惚地望着吕雉)阿娘，你哭了?(替吕雉擦泪)阿娘，盈儿以为太后就是阿娘，盈儿错了，你才是我的亲阿娘……

吕　雉　(泣难成声)我的……盈儿！

刘　盈　阿娘，太后是阎罗凶煞，你赶紧离开她，离她越远越好……(回光返照般地突然站起来，眼望空处，身护吕雉，紧张大叫)如意，戚夫人，不是我阿娘害死你们，是太后！是太后！朕不许你们伤害我的阿娘，滚！滚开——阿娘快逃！阿娘你快逃……(僵尸倒地)

吕　雉　(呆了呆，一声凄呼)盈儿——(扑上前将刘盈紧紧抱住，哽咽着张嘴嘶嚎，发出的却是瘆人惨笑)呃呃、呵——

八

[字幕：十六年后，长乐宫内外。

[冷月高悬，帐幔飘摇，一派凄清。

审食其　(慌张奔上，压低嗓门呼唤)冷月！冷月！

冷　月　(迎出)审大人?

审食其　太后病体可曾见安?

冷　月　(气愤地)越发沉重了，召唤太医，不见一个人影！

审食其　出大事啦！刘氏诸王群起造反，尽数把持要隘，只等太后咽气，发兵诛杀吕氏九族！

冷　月　天！奴婢去禀报太后。

审食其 此刻报与太后，等于催她性命！

冷 月 可除了太后，谁还能应对如此大祸？

审食其 （踌躇发问）依你之见，太后这病可能大好？

冷 月 （摇首抹泪）怕是难了。

审食其 唉，自皇上西去，太后过分倚重吕氏一族，这是犯了众怒啦！

冷 月 大人，这世上人人可以指责太后，唯大人不该如此。大人哪！

（唱）冷月我，跟随太后十数载，

耳闻眼见心明白。

刘氏子孙多排外，

她不靠吕氏靠谁来？

女子能将皇权掌，

他们是，又恨又恼又嫉猜。

太后处事常无奈，

显赫中，只觉她，步步艰难事事哀。

［传来吕雉颤颤的喊声：冷月，冷月……

［冷月急忙进内，搀扶体弱年迈、霜鬓凌乱的吕雉缓步出来。

吕 雉 （坐定喘息）哀家都听见啦。这祸事早在意料之中，世事轮回，命当如此，无需怨天尤人。冷月，去把哀家的梳妆盒取来。

冷 月 喏。（下）

吕 雉 食其哪，哀家已命人送千两黄金到你府上，快逃命去吧。

审食其 太后！

吕 雉 你跟了我半辈子，好歹都沾边，哀家一旦离去，你性命难保！

审食其 食其说过，跟随太后生死无怨！

吕 雉 哀家不想再欠人命，你就依着早年唤我一声夫人，磕个头去吧。

审食其　（大恸）太后……夫人——（一扑到地，深深叩拜）

吕　雉　（微微一颤，强忍心酸）来世再见吧！

［审食其想说什么，终于未敢，掩面疾下。

冷　月　（取梳妆盒呈上）太后……

吕　雉　冷月，难为你跟哀家十多年，这盒中首饰价值连城，足够你用一辈子了。记住：一定要找个能托付的好男人，去吧。

冷　月　（扑通跪下）太后，奴婢死也不离开您！

吕　雉　傻孩子，哀家此生作孽不少，放你出去，就算替我减一分罪孽吧。

冷　月　太后！

吕　雉　哀家懿旨，从来没有人可以违抗。

冷　月　（哽噎）太后，容奴婢再为您梳妆一回吧。

吕　雉　不用了。哀家今生，自己为自己梳妆只得两回，第一回是赐封皇后的那天晚上，第二回么就是今夜了。

冷　月　哎，奴婢去收拾行装。（抹泪入内）

吕　雉　（打开妆盒，对镜端详低叹）唉，吕雉哪吕雉，你真是老了，面上皱纹，鬓边白发，沉疴缠身，垂死已矣。都说女为悦己者容，今夜梳妆，吕雉我，就算为自己送终吧！

（唱）喘吁吁，篦白发，轻拢慢捻，

密层层，扑脂粉，隐去苍颜。

颤微微，描远黛，自测深浅，

恍惚惚，这一生，似水流年。

只记得，老父指婚嫁刘邦，

从此水火总相煎。

受尽牢狱苦，
历经战祸艰；
楚营为人质，
几度一命悬。
好容易，熬到夫妻能欢聚，
恨戚懿，毁我梦中好家园。
珍爱唯有刘盈儿，
为他敢将天地掀。
未料想，爱极转恨成永诀，
母子惨别十六年。
十六年，思念苦苦埋心底，
痛悔深深从不言。
十六年，后宫宽忍止杀戮，
施政平和于民间。
十六年，人无亲情生何趣，
盼只盼，黄泉相逢、与儿再修母子缘……

[刘盈隐约显现。

吕　雉　盈儿？盈儿……

刘　盈　你，终于知道后悔了？

吕　雉　（脱口而出）哀家不曾后悔！

刘　盈　你！

吕　雉　（第一次慌乱了）哦不，我只是想问问：娘最珍爱的儿子，为什么不能明白娘的一片苦心？

刘　盈　一片苦心！难道就是处处挟制、时时绑缚，不顾儿的爱憎，不念儿的感受，不屑儿的哀恳，非要强迫儿照着你的谋划去活么？

吕　雉　那是娘在教你，教你如何做一个掌管天下的帝王！

刘　盈　掌管天下，就必须杀人？

吕　雉　自从嫁与刘邦，娘才知道：你不杀人，迟早被人所杀！

刘　盈　记得在家的时候，你连鸡都不敢杀。那时，你抱着盈儿安睡，背着盈儿干活，盈儿打心眼里爱戴阿娘……

吕　雉　爱戴？家园？那都被人毁了呀！

刘　盈　那是因为你变了！

吕　雉　大势所迫，岂能不变！

刘　盈　鸩杀如意，残害戚懿，至今不思后悔，刘盈为有你这样的阿娘深感耻辱！（隐去）

吕　雉　（四处奔突寻找）盈儿？盈儿！你回来！（嘶喊）你给我回来——

冷　月　（闻声冲上）太后？

吕　雉　（神志恍惚地一把抓住冷月）盈儿，你不要走！你不要走！阿娘有句心里话要告诉你……

冷　月　（慌乱地）哎，您说。

吕　雉　（弥留状态）盈儿，这些年阿娘总在想：倘若不嫁给刘邦，倘若不跨出家门，倘若不进宫来、倘若不杀、不杀……（气息难续）

冷　月　（摇撼）太后！太后！

吕　雉　阿娘我、我真后悔……

冷　月　（泣不成声）太后……

吕　雉　（挣扎着从怀里掏出拨浪鼓，痴痴凝望）盈儿……

［远处随之响起脆亮的拨浪鼓声。

［空中飘来吕雉温婉的呼声："盈儿，阿娘带你去找阿爹，快

来追阿娘呀!”刘盈咯咯地笑着追呼:“阿娘,给我! 阿娘,给我——”

吕　雉　(回光返照,挺起身来)盈儿,来,快来呀,阿娘抱抱! (似举起孩子般开心转圈)我的盈儿! 阿娘带你回家,我们回家,我们回家喽……(欢笑着突然气噎,缓缓倒地)

冷　月　太后——

[字幕:史载,刘盈死后,吕后代行皇权16年,轻赋减税,从不劳民,为后来的“文景之治”奠定了坚实基础。

[全剧终。

新编历史京剧

成败萧何

人　物　萧　何　当朝丞相

韩　信　初为楚王，后为淮阴侯

刘　邦　汉朝皇帝

吕　雉　皇后

钟离昧　西楚大将

老院公　萧何家院

陈　豨　阳夏侯，曾为韩信属下

内　侍　刘邦心腹宦官

以下人物视剧情可兼任

众大臣　夏侯婴、樊哙、张良、曹参、陈平、周勃等

众诸王　梁王彭越、淮南王英布、燕王卢绾、衡山王吴芮、赵王张耳等

众群角　侍卫、宫女、将士等

序

［苍凉悠远的音乐，凝重的画外音：公元前206年，萧何为辅佐刘邦争夺天下，屡荐韩信不被所用，韩信失望而去。萧何闻讯，策马月下将其追回，并以身家性命再荐，终使刘邦拜韩信为大将军。此后四年，韩信决胜百战，兴汉灭楚，为刘邦奠定一统江山。

［金戈铁马声中：硝烟弥漫，“楚”字大旗猎猎飘扬。

［一座桀骜孤零的拜将台，隐隐显现在云烟奔涌的天地之间。

［轰然而起的战鼓声、喊杀声，“韩”字大旗跃然而起，“楚”字大旗蓦地折断。

［巨大的“汉”字旗缓缓降下，盖去一切。

一

［长乐宫：鼓乐声中，衣甲鲜亮的宫廷侍卫列队站定。

［刘邦内唱：**一统江山，遍神州风云独揽——**

［巨大的“汉”字旗随着唱腔缓缓移开：刘邦、吕雉端坐位中；张良、曹参、陈平、周勃、夏侯婴、陈豨等文武大臣分列两旁；

“斩蛇剑”高高供奉在上。

［震耳欲聋的参拜声：吾皇万岁！万岁！万万岁——

刘　邦　（接唱）率朝中文武百官，

祭神剑、明章典，

人心规范，国泰民安。

大汉朝——

（众合）日辉天灿！

刘　邦　（目扫左右）……？

吕　后　（解意地）陛下祭剑，赐宴群臣，为何不见丞相萧何、楚王韩信？

内　侍　禀娘娘，楚王韩信迟迟未到，萧丞相去宫门外迎候了。

吕　后　这韩信的谱儿摆得也忒大了……

刘　邦　嗯？

吕　后　（微微一愣即改口）陛下，时辰将到，不等了吧！

刘　邦　等！

吕　后　等？

刘　邦　等——

萧　何　（内唱）等到了小韩信我心欢意畅，（捷步欢悦而上）

将相和志相投共事君王。

祭神剑众百官集聚殿堂，

贺圣主扫群雄一统帝邦。

唤韩信随萧何速速前往——

韩　信　（接唱上）算准了时辰我不慌不忙。

内　侍　（喊）萧丞相、楚王殿下见驾——

萧、韩　（齐声参拜）吾皇万岁、万岁、万万岁！

刘　邦　呵呵，朕算定楚王，按时而到，不差分毫！

萧　何　（忙替韩信解释）陛下，楚王一路风尘，千里跋涉……

韩　信　正所谓来得早不如来得巧！

刘　邦　巧？

韩　信　巧！

刘　邦　呵呵呵……

韩　信　哈哈哈……

刘　邦　（不等韩信笑完，故意打断）来呀，赐宴！（乐起，君臣对盏行觞）

吕　后　（举盏）陛下，臣妾恭敬一盏：天下纷争，今得一统，全仗陛下神威！

众　人　（举杯附和）全仗陛下神威——

韩　信　（不屑一笑，又尾随附和，顿显突兀）嘿……陛下神威呵！

刘　邦　（觉察，故意作态摔杯）屁话！（见众人悚然，立缓语气）萧丞相，告诉他们，昨日朕是怎样对你言讲！

萧　何　这……遵旨！昨日陛下对臣言道：论运筹帷幄，决胜千里，陛下不如张良；论统帅百万大军，战必胜，攻必克，陛下不如韩信；论镇国家、抚百姓、供军需、给粮饷，陛下不如、不如……

刘　邦　朕不如萧何！

萧　何　陛下……

刘　邦　往下讲啊！

萧　何　（感动地）陛下与臣推心置腹，纵横盍往，论及国事，痛心疾首：特命臣循秦策，修汉章，规范法典；镇酷吏，宽刑律，抑制豪强；轻徭赋，薄苛税，与民休养；裁庸军，举百废，振兴家邦……

樊　哙　（匆匆喊上）陛下——陛下、娘娘，臣奉旨缉拿西楚败将钟离昧，不想被他逃脱！

刘　邦　逃往何处？

樊　哙　楚都下邳一带！

吕　后　那可是楚王的管辖之地！

刘　邦　楚王听旨！

（唱）速返辖地捕钦犯，

生擒钟离在此番。

韩　信　（唱）来去匆匆千里远，

萧　何　（唱）容楚王，领罢盛宴再回还。

吕　后　（唱）败将在逃人心乱，

韩　信　（唱）不信他还能把天翻。

吕　后　（唱）他为那项羽杀了我多少将与官，

韩　信　（唱）两军前，各为其主打江山。

吕　后　（唱）尔莫非有意纵钦犯，

韩　信　（唱）欲擒故纵也不难。

吕　后　（唱）君命岂容臣违抗，

韩　信　（唱）娘娘何必管得宽。

萧　何　（焦急地沉声喝止）楚王！

（唱）越礼犯上太大胆，

韩　信　（唱）她絮絮叨叨为哪般。

萧　何　（唱）为臣理当守本分，

韩　信　（唱）朝堂上，岂容后宫多事端！（众人惊悚，霎时静场）

刘　邦　（突笑）呵！呵！哈哈哈……萧丞相，这祭剑的时辰——该到了吧！

萧　何　这……

刘　邦　（阴沉地）祭、剑！

萧　何　（机械地）圣旨下——（众人肃然跪伏）芒山斩蛇起义，神剑开国定邦。今，奉剑于长乐宫中，为护汉镇国之宝。凡悖君叛逆、动摇大汉国本者，无论功过大小，凭“斩蛇剑”杀无赦——

［在沉重的锣声中切光。

［唯余三束追光罩定：高悬的斩蛇剑、焦虑的萧何、愤懑的韩信。

二

［萧何、韩信缓缓站起，互相凝视着步步走近。

［灯光随之拉开，已是垂柳古道边了，远处可见旌旗林立，隐隐飘扬。

萧　何　（恨声地）你——你可知道，老夫此刻最想做什么吗？

韩　信　无非是想击韩信一掌！

萧　何　你这倔强的性儿就不能改一改？

韩　信　本王厌烦吕雉张狂！

萧　何　我看你比她有过之而无不及！你看看你，一路行来，三千兵马，胜似仪仗，陛下出行，也不过如此啊！

韩　信　韩信乃领兵之人，如今无有战事，这三千兵马，不过聊以自慰罢了!

萧　何　你这是授人话柄!

韩　信　韩信不怕!

萧　何　你……当年能忍奇耻大辱,如今就不能再忍一忍吗?

韩　信　(唱)想当年咬牙关忍辱胯下,

图远谋酬壮志鸣剑在匣。

承陛下贬齐王夺帅印几惊几诧,

到如今拜将恩尽已报答。

更不屑朝堂上溜须拍马,

回楚地,活他个潇潇洒洒痛痛快快胜过游侠!

陈　豨　(击掌喊上)好——韩将军痛快呀!(施礼)陈豨参见相爷!

萧、韩　陈将军!

陈　豨　将军不愧英雄本色,敢作敢为。哪像俺为这祭剑大典,日日训练规矩,天天操演叩拜,把俺给憋闷得哟……

韩　信　恨不能横枪跃马,再上沙场!

陈　豨　沙场之上,马听俺的,刀听俺的,吼一声杀——那叫一个痛快!

韩　信　痛快杀去,险些丧命哟!

陈　豨　有将军救护陈豨,俺怕他个鸟!

萧　何　(忍不住打断)来呀,送上兵简!

老院公　来了来了!(挑书担上,险些跌倒,韩信急扶)哎哟……人说礼轻意重,咱相爷送的这玩意儿可是意重礼更重哪!

萧　何　韩信哪——

(唱)深知你铁血性儿忒蛮傲,

特备下先秦兵简整一挑。

细研读去伪存真编成册，

传后世激扬千古称英豪。

陈　豨　（唱）韩将军早已是大名载道，

何须这修兵简再把名彪。

韩　信　（唱）剑入鞘马入槽岁华空耗，

谢丞相费苦心慰我寂寥。

萧　何　（唱）寂寥时可在简上摆兵阵，

烦闷处权向笔下过战招。

为臣者修身养性至关重要……

韩　信　（唱）直羡那百姓人自在逍遥！

老院公　嘿嘿，韩将军羡慕老百姓，那老奴与您换换如何？您来扫地煮茶看大门，俺来骑马坐车当将军……

萧　何　（制止地）休要多话，速将兵简送去！

老院公　是喽！（挑担叨叨着下）看见吧：做人甭想图自在，自在你就甭做人！

内喊声　请楚王殿下起驾！

萧　何　王命在身，迟慢不得，快去吧！

陈　豨　韩将军，日后若用得着本将，尽管开口！

韩　信　韩信告辞！（一揖后大步而下）

［内喊声：楚王起驾——

［鼓乐声中，旌旗飘扬，整齐雄壮的马蹄声渐渐远去。

陈　豨　（目送着感慨喝彩）呵，好气派呀！

萧　何　似他这般兵马浩荡，气势张扬，如此下去，只怕……

陈　豨　怕什么？大汉江山都是靠他打下来的，陛下也需让他三分！

［切光，唯余一束追光罩住悚然一惊的萧何。

萧　何　(喃喃道)小韩信哪,你可要好自为之,千万收敛一二,收敛一二哪!

[渐收光。

三

[传来吕后的声音:收敛! 陛下指望韩信自己收敛? 那除非是天做了地,地做了天!

[灯亮:宫苑内,刘邦与吕后并肩而来。

吕　后　自长乐宫祭剑,韩信回楚地已经半年。陛下要他抓捕钟离昧,到现在连钟离昧的影子也没见着;陛下要他罢兵归田,可他依旧磨刀铸剑,操兵练马,声势浩大……(见刘邦不耐烦,恳切地)陛下呀!

(唱)昨夜里闻陛下梦中嘶吼,

　　怒斥韩信存逆谋。

　　臣妾惊恐醒来后,

　　但见陛下冷汗流。

　　再三追问不开口,

　　妾心更比圣心忧。

吕　后　(见刘邦不屑,再劝)陛下!

(唱)天子意气封王侯,

　　九州封去近六州。

　　异姓王七位韩信为首,

若生变大汉江山一朝休！

刘　邦　皇后多虑了。这臣子么就如后宫嫔妃，争风吃醋、顽皮骄纵，朕看着才开心哪！

吕　后　如此放纵，岂非无法无天！

刘　邦　有皇后在，他们敢么?！

吕　后　（暗自一凛）这……韩信之事，还望陛下早作筹谋！

刘　邦　皇后不是背着朕，已经派人监视了么！

吕　后　臣妾该死！（欲跪）

刘　邦　（制止地）好啦！韩信才干，确实令朕既敬且畏，大意不得呀！

内　侍　（匆匆而上）陛下、娘娘！

刘　邦　（急问）楚地情势如何?

内　侍　楚地情势堪忧哇！

（念）韩信他横刀跃马练兵忙，

断杀格斗在山岗。

日演兵阵藏杀气，

夜修兵书到天亮。

出行仪仗声威壮，

百姓们直把楚王当汉皇……

樊　哙　娘娘——（疾上，气喘吁吁）陛下，韩信他、他……

吕　后　急什么？韩信他还能反了不成！

樊　哙　（屏住一口气大叫）他真要反了呀！

刘　邦　（沉着地）讲！

樊　哙　（念）韩信他招兵买马忙操练，练就了精兵强将三十万……

刘、吕　（同时惊呼）三十万！?

樊　哙　(念)三日前,各军统兵十五万,沙场摆开两军团。左阵统帅是韩信,右阵统帅他、他——

刘　邦　(终于沉不住气了)讲!

樊　哙　正是那西楚败将钟离眛,乃朝廷要犯!

［霎时大静场,刘邦沉默片刻,果断地一挥手;

刘　邦　传诏——各路王侯随驾征剿韩信,务必斩杀钦犯钟离眛,以惩逆贼!

［切光,樊哙的宣诏声:汉皇特诏——各路王侯随驾征剿韩信,务必斩杀钦犯钟离眛,以惩逆贼!

萧　何　(内唱)闻特诏惊得我魂飞魄散——(追光中跌扑而上)

眼见得:风云突变、战火陡起、自相残杀、血盈河山!

小韩信虽骄狂岂能真反,

又怎会留钦犯自招祸端。

纵然是兵马动圣旨已颁,

老萧何拼一死力挽狂澜。

遥看那旌旗丛刀光闪闪,

大汉朝此一战生死攸关。

樊　哙　兵发楚地,起驾——

萧　何　啊呀!(唱)

临将绝境阻圣驾,(夹白)紧乌纱、撩蟒袍——

(唱)　赴汤蹈火我、我……我闯他个人仰马又翻!(闯阵)

众呼声　丞相挡道——丞相挡道——

［灯大亮:刘邦盔甲在身,挺坐马上。

萧　何　(一声长呼)陛下——(直扑到刘邦面前)

［刘邦坐骑受惊,长嘶奋蹄;萧何揽住马缰,几番撕扯,几度

险境。

刘　邦　大胆萧何，冲撞兵驾，罪该万死！

萧　何　罪臣斗胆，万死一保！

刘　邦　万死一保？尔，为保韩信！

萧　何　万死一保，臣，为保陛下！

刘　邦　呵呵！你，一个将朽的老儿，刀剑丛中，凭什么保朕哪？

萧　何　凭老臣一颗不死的忠心！

刘　邦　好，朕倒想听一听：你所保何来？

萧　何　老臣斗胆敢有三问！

刘　邦　这一？

萧　何　陛下之兵马与韩信之兵马，哪个强大？

刘　邦　这二……

萧　何　陛下之将领，有胜过韩信的吗？

刘　邦　这……

萧　何　臣这三问：陛下兵不如韩信强，将不如韩信能，若率兵攻之，逼迫韩信开战，岂不是将自己与随驾征剿的各路兵马推到万险之境吗？！

刘　邦　（唱）三诘问问得我心惊胆战，

萧　何　（唱）明知道三诘问为韩信埋下祸端。

刘　邦　（唱）韩信不死天下怎安？

萧　何　（唱）阻血战先解这眼前危难。

刘　邦　（唱）看起来这一仗难操胜券，

萧　何　（唱）罢兵后君臣间再图回旋。

刘　邦　（唱）我这里细思量暗中谋算，

刘　邦　（叠唱）使手段诱萧何入朕机关！

萧　何　（叠唱）保韩信还需要前顾后瞻！

刘　邦　萧丞相！

萧　何　臣在。

刘　邦　朕，亦有三问！

萧　何　陛下请讲！

刘　邦　这乱制越礼、蛊惑民心者？

萧　何　酌情而斩！

刘　邦　不遵圣旨，扩兵屯田者？

萧　何　量刑而斩！

刘　邦　违抗圣命，窝藏钦犯者——

萧　何　啊呀陛下，韩信他是万万不敢窝藏钦犯的呀！

刘　邦　（阴沉地）朕，何以信你？！

萧　何　这这这……（抹一把冷汗）不如陛下率各路王侯以巡狩为名，前往楚地，韩信必来接驾。陛下莫动声色，细加审问，若证据确凿再行处置。这既可让各路王侯诚服，又可免刀兵之灾，请陛下三思！

刘　邦　朕已颁下特诏，岂能更改？

萧　何　陛下特诏……特诏无需更改，只需重新宣诏！

刘　邦　重新宣诏？

萧　何　只要将“各路王侯随驾征剿韩信，务必斩杀钦犯钟离昧”改为“各路王侯随驾征剿，韩信务必斩杀钦犯钟离昧”，陛下以为如何？

刘　邦　好，改得好！改得好啊！丞相先行宣诏，朕随后起驾！

萧　何　遵旨！（聚光）圣旨下——各路王侯随驾征剿，韩信务必斩杀钦犯钟离，以惩逆贼！

［在隆隆的车马行进声中收光。

四

［车马的隆隆声渐渐转换成战鼓的隆隆声和喊杀的助威声。

［朦胧间，韩信与钟离昧正在斗剑，杀得难解难分；霎时，双剑同时刺向对方要害，两人腾跃而退，跌坐在地，相顾之间，发出一阵由衷的欢笑："哈哈哈……"灯大亮：蓝天下营帐旁。

钟离昧　（一声长叹）唉！钟离昧自垓下兵败，万念俱灰。半月前到此叫阵，实指望死在将军剑下，也算英雄下场。不想将军竟然收留在下，思想起来，总觉不安。

韩　信　将军此言差矣，所谓英雄相惜，丈夫本色。更何况论兵布阵，斗枪比剑，韩信终逢敌手，好不痛快人也！

钟离昧　在下担心连累将军……

韩　信　哎，大丈夫祸福敢当，生死敢为，何故作此儿女情态！（抛剑大喊）抱酒来！（两军士捧酒坛上）

［两人豪饮不止。

内报声　萧丞相到——（萧何疾步上，钟离昧欲避，被韩信一把拖住）

韩　信　韩信携故友钟离昧，参见丞相！

萧　何　（一个踉跄，呆愣住）……

韩　信　（大声地）韩信携故友钟离昧，参见丞相！

萧　何　来呀！（军士们应声上）将钟离昧与我绑了！

韩　信　谁敢！

萧　何　韩信你、你真想造反不成？

韩　信　韩信不过收留了一位故友，相爷何必如此大惊小怪！

萧　何　你收留的可是朝廷钦犯！

钟离昧　（欲说明）萧丞相……

萧　何　（喝止）钟离昧！你可知道：似他这般任性妄为、抗旨不遵、窝藏钦犯、悖逆天意，按律满门抄斩，夷灭三族！

韩　信　相爷！

萧　何　陛下率天下诸王即刻就到，若不将钟离昧明典正法，你你你——你死无葬身之地！

钟离昧　（忙跪）丞相，韩将军羁押在下，为的就是斩钟离之头面呈汉皇！

韩　信　将军？

钟离昧　韩将军哪！

（唱）钟离昧本已是家国俱丧，

蒙将军留残生古道热肠。

实庆幸半月来真性狂放，

度过了一生中快乐时光。

为钟离犯不上把命搭上，

酬知己免危难我一力承当！（白）将军保重！（自刎）

韩　信　（一声惨呼）钟离将军——（直扑上前）

［灯光霎时收拢，韩信与钟离昧构成一组造型。

萧　何　（唱）暗敬佩不由我深深一拜，

［造型渐渐隐去。

［内报声：报——汉皇巡驾，已入楚境！

萧　何　啊呀！

（唱）巡驾到止鼎沸还必须抽薪去柴。

［灯光豁然拉开，军士手捧装着钟离眛头颅的锦匣肃立一旁，韩信头缠白布带，无言伫立。

萧　何　（几近恳求）小韩信哪，你——你必须亲手献上钟离头颅，方可消解陛下疑虑，免遭杀身之祸啊！

韩　信　……

萧　何　（焦急）你若执意不献，岂不是枉送他一条性命！

韩　信　……

萧　何　（火起）你莫装糊涂，钟离今日之死——实乃你韩信所害！

韩　信　（一个激愣）我？

萧　何　你若要保他性命，就不该收留于他！既收留于他，就不该让他抛头露面！既知他杀身之祸难免，就该叫他隐姓埋名，遁迹山野！你只图自己一时痛快，鲁莽骄纵，目无王法，实实地害了他呀！

韩　信　相爷呀！将军一生，受人驱使，效命沙场。钟离兵败，实乃英雄末路，韩信功成，是为末路英雄。世事无常，惺惺相惜，不过求几日快活时光罢了！

（唱）半月前，他冒死与韩信叫阵比剑，

从清晨直杀到日落西边。

逢敌手惜英雄我真诚相劝：

不怕死又何妨多活几天！

从此后两心间了无杂念，

览兵书演阵法同乐其间。

醉日月醒弈局赤怀相见，

我二人痛痛快快胜过那活神仙——胜过活神仙！
到如今钟离眛死而无怨，
空留下韩信我谁人比肩。
献头颅保性命你把楚王看贱，
陛下他要杀要剐我决不喊冤！

萧　何　萧何敬佩你们胸襟坦白，侠义肝胆，狂放处事，痛快为人！可如今陛下将到，情势急迫，你纵然千不念万不念——当念萧何！

（唱）我这耿耿的心怀望你深鉴！
保自身更为了保天下平安。
想当年率三军你浴血百战，
立下了赫赫战功威震江山。
到如今诸王侯唯你是瞻，
倘若你一旦受刑典，乱了诸王心，天下动荡，后果不堪。
望将军，明大义把钟离头献，
望将军，为苍生，收傲骨，且吞声，暂低贱，
念萧何惜你爱你这许多年！

［内报声：报——汉皇巡驾，已入城门！

萧　何　（急取锦匣塞给韩信）速速前去，献头接驾！

韩　信　（一把推开）韩信接驾，绝不献头！

萧　何　你、你呵——（急晕而倒）

韩　信　（急扶而唤）相爷！相爷……

内　喊　汉皇驾到——

［刘邦与陈豨等诸王依序而上。

萧　何　（醒转，捧匣几乎瘫倒而跪）陛、陛下……

刘　邦　（疑虑地看着这一幕）这……

萧　何　（缓过神来）陛下，楚王斩钟离眛首级，特来呈献！（侍卫接过锦匣）

刘　邦　（意外地）啊？（有所发现）哦，楚王头缠白带，莫非家人……

韩　信　（倔强地）臣，为故友钟离眛戴孝致哀！

刘　邦　嘟！堂堂大汉楚王，竟为朝廷钦犯吊孝致哀。难道你也不想要这项上之头了？

韩　信　臣蒙陛下盛恩，拜为大将以来，便拎着这项上之头为陛下打江山夺社稷。如今江山一统，陛下不惜臣这人头，臣又何惜！

刘　邦　（噎住）你……

萧　何　（急解释）陛下，楚王是说，为报陛下拜将大恩，项上头颅在所不惜！

陈　豨　陛下，楚王斩钟离眛，乃大功一件，理该封赏！

刘　邦　（冷冷地扫了诸王一眼）依尔之见，朕该如何封赏于他？

韩　信　臣不要封赏。臣只求陛下赐还钟离眛的人头，也好将故友全尸安葬！

刘　邦　（大怒）反了反了！来呀，将韩信拿下……

陈　豨　陛下道韩信反，有何凭证？

刘　邦　韩信身为楚王，出行仪仗，悖制越礼；招兵买马，图谋不轨；窝藏钦犯，意在谋反！

韩　信　呵！呵！呵呵呵……

（唱）韩信为王少忌惮，

只求做人能尽欢。

三千兵卒竟成了仪仗，

图谋不轨岂不是笑谈。

招兵买马为演阵，
收留那钟离眛，实属我大汉一大观：
韩信本是项羽的兵，
诸位多是项羽的官。
陛下你也曾在项羽殿下为臣子，
为什么，钟离眛他偏偏饶恕难？
天下太平皆朋友，
意气相投本自然。
韩信要反我早就反，
何必等到这江山一统天下安！

刘　邦　（怒而拔剑）你……

萧　何　（情急大喊）陛下，萧何愿保韩信无反！（跪）

陈　豨　陈豨愿保！！（跪）

诸　王　臣等愿保！！！（齐跪）

刘　邦　（迅即环视跪臣，缓缓推剑入鞘，突然发出一阵大笑）哈哈哈……韩信自封楚王以来，顽皮骄纵，任性胡为。今日朕不过略施惩戒，稍加训教而已。传朕口谕：摘去兵符，遣散楚军！封韩信为“淮阴侯”，随驾回朝，迁居咸阳——

［一声沉锣，萧何无言长叹；韩信缓缓取下顶冠，渐收光。

五

［凝重的画外音：韩信被贬为淮阴侯的五年里，无兵无权，形

同软禁。天下诸王为他不平，更为自己命运忧心。是年，韩信密友陈豨起兵造反。刘邦连发三道诏令，命韩信随驾征剿，平定叛乱……

［灯光豁然打开：刘邦剧烈颤抖着的背影显现出他的老态和孤独。

内报声 报——淮阴侯韩信称病不能随驾平叛！

内报声 报——淮阴侯卧病不能随驾平叛！

内报声 报——韩信病重不能随驾平叛！

刘　邦 （猛转身，踉跄扶住斩蛇剑）他？他！他竟敢抗旨不遵，称病在家！

（唱）是巧合是要挟还是另藏奸诈？

恨不能扒开胸膛将他的忠心反骨细细盘查！

倘若征驾边关去，

朝中谁能辖制他？

倘若战前把功臣斩，

将帅寒心谁肯舍命去征伐？（远远看见吕雉，恍然）

借皇后除隐患决心痛下……

［吕后匆匆上。

吕　后 陛下，随驾亲征的各路兵马俱已整装待发！

刘　邦 皇后，此番留你监国，定要慎之又慎哪！

（唱）多忧寒……（吕后复念）多忧韩？

少轻信……（吕后复念）少轻信？

你当断则断该杀就杀！（递斩蛇剑）

吕　后 ……陛下是说？

刘　邦 奉剑如奉诏，面剑如面君！

吕　后　臣妾愚昧，万一误判？

刘　邦　为君者万一误判，动摇人心国本！女流之辈万一误判，不过被人骂一句头发长、见识短罢了！

吕　后　臣妾为陛下清除后患，不怕粉身碎骨，还怕什么骂名？臣妾只怕有人出面力保……

刘　邦　哦，那是个聪明老儿，朕自有办法告诫他少管"闲事"！

吕　后　他若一定要管？

刘　邦　皇后正可借他一臂之力！

吕　后　这……臣妾明白了。

刘　邦　当真明白？

吕　后　陛下放心！

刘　邦　唉！朕不如皇后，老喽……

吕　后　陛下？

刘　邦　朕指望打完这一仗，能够做个太平皇帝！

吕　后　为了太平，该打的仗决不要心慈手软，该杀的人决不要留下后患！

［霎时聚光于手执斩蛇剑的吕雉，然后缓缓收去。

［吕后的画外音在悄然而起的古琴声中继续延宕着：该杀的人决不要留下后患！决不要留下后患！决不要留下后患——

［一盏烛灯幽幽亮起：须发苍然的萧何正在抚琴，琴韵突然崩裂，琴声戛然而止。

萧　何　（惊骇站起）韩信危矣！韩信危矣！韩信——危矣……

（唱）琴韵裂，心绪乱，长夜难遣，

叹萧何，敬事君王、慎理朝政、殚精竭虑、苦心周旋！

小韩信为钟离惨遭谪贬，

避嫌疑我暗中保他整五年。

谁料到，谁料陈豨一声反，

将韩信霎时推入了万丈深渊！

陛下动用斩蛇剑，

皇后杀戮可从权。

我独力难挽滔天浪，

不由人心意彷徨进退维艰、进退维艰……

老院公　（匆匆上）相爷，淮阴侯韩信求见！

萧　何　（犹疑）这……夜深风寒，不见了吧……

老院公　（叨叨）就是嘛，都这时候了，什么人不能见？偏来见咱相爷！

萧　何　哦？

老院公　也不想想咱相爷是什么人？伯乐呀！伯乐干嘛？发现千里马呀！发现千里马干嘛？供人使唤呀！使唤完了干嘛？宰了吃肉呀！

萧　何　你在责怪老夫！

老院公　老奴是责怪那马：做马就好好做马呗，做什么千里马呀！既然做了千里马，遇难还赶紧撩蹄子逃命呀！

萧　何　逃命？（思索，下决心）……有请！

老院公　是喽！（暗乐着下）

萧　何　唉，心欲正天，事难由人呵……（至琴前，抚琴长叹）

（唱）叹人生如棋人作弄，

纵横进退不由衷……

韩　信　（接唱而上）争将夺帅拼生死，

皆付世人一笑中！（顽皮一笑）呵呵，相爷位高权重，圣眷正隆，怎么心中感慨与韩信一般哪？

萧　何　（冷冷地）将军有事，可待明日，何必深夜前来？

韩　信　（顽皮调侃）相爷是怕吕后得知，连坐谋反之罪么！

萧　何　（拍案而起）知道利害，为什么任性妄为，抗旨不遵！

韩　信　（顽皮不屑）相爷以为随驾征剿陈豨，就能保住韩信么？以相爷之城府，难道还看不明白陛下心迹么?!

萧　何　（强硬地）为人臣子，不该妄揣圣意！

韩　信　（对抗地）为人君主，就该戏弄臣子？

萧　何　（惊惧地）你——莫非真想与那陈豨合谋造反？

韩　信　（凛然正色）韩信若反，就该殷勤随驾远征，伺机一刀杀了陛下，然后与陈豨登高一呼，谁敢不从?!

萧　何　（惨然一笑）呵呵，上有皇后监国，下有太子继位，漫说天下诸王不会个个臣服于你，就是老夫亦不能容你重开兵燹，谋夺皇位！

韩　信　（纵声大笑）哈哈哈……谋夺皇位？相爷忒看高韩信了！

（唱）韩信我建功业磊落坦荡，

凭本事闯天下最爱沙场。

刀枪间为兄弟你护我挡，

哪像这丹墀下君掖臣藏。

笑皇帝成天介装模作样，

日猜忌夜悬胆防不胜防。

真不如佩长剑四海放浪，

横着睡竖着走我就是我最大的王！（白）恕韩信不恭，告辞！（转身疾走）

萧　何　（大喝一声）站住！（强抑颤抖）你……你已经死到临头，不想与老夫说一句珍重，道一声永诀么？！

韩　信　（蓦地回身，凝视良久，动情而呼）相爷，韩信此刻冒险前来，正是为了与相爷告罪永诀！（跪）

萧　何　（急扶）小韩信哪！你可知道：这些年来，老夫为你日日忧心，夜夜不安呵！

韩　信　韩信明白：相爷赠送兵简，逼杀钟离，都是为了保全韩信，可天意如此，相爷不必再保，就让韩信痛痛快快活几天吧！

萧　何　不，老夫做不到，做不到啊！

（唱）想当年识帅才将你举荐，

将与相成知己神交忘年。

论战局千里风云任抒卷，

话人生两壶烈酒尽畅言。

叹老夫一生万忍守方圆，

唯与你，无拘无束、返老还童，乐在谈笑间！

保韩信本是我自觉自愿，

老萧何啊，老萧何舍不下心底一片自在天！

韩　信　（感动）相爷……

萧　何　你就听老夫一句话：速写一道罪己辞呈，远走高飞，隐居山野！

韩　信　韩信不愿似丧家犬般苟且偷生！

萧　何　吕后一旦动手，老夫不是与她为敌，就是与你为敌。与她为敌就是与朝廷为敌，老夫不敢；与你为敌就是与我自己为敌，老夫何堪！

韩　信　这……

萧　何　你、你真要将老夫往死路上逼么！韩信，老夫求你了！（欲跪）

韩　信　（惊惶急扶）相爷，韩信……从命！

萧　何　（似哭似笑）好，好呵！来，老夫研墨，你写辞呈，立刻就写……

［突然传来画外音：圣旨下——朕于平叛途中，追杀山野猛虎，一箭毙命！特赐虎皮，与丞相保身避寒！

［萧何与韩信顿时呆住；老院公捧虎皮叨叨着上。

老院公　这皇帝老儿还真会做人哪，自己杀老虎吃虎肉，剩一张虎皮还要谋划着给咱相爷保身避寒……

韩　信　（微微一笑）它是在告诫相爷：远离韩信，保全自身！看来，韩信纵是隐居山野，必似这猛虎一般，断难活命了！

萧　何　（惊觉寻觅）圣旨何在？

老院公　只传口谕，无有圣旨！

萧　何　无有圣旨？

老院公　无有圣旨！

萧　何　（放怀大笑）哈！哈！哈哈哈……

韩　信　相爷？

萧　何　（吩咐老院公）尔速去备下快马！

老院公　是喽！（急颠颠下）

萧　何　（一把握住韩信兴奋地）陛下无有诏书，只传口谕，且将“斩蛇剑”留给吕后。这恰恰说明他生怕斩杀功臣，背上忘恩负义之名而教天下人寒心！所以，既不肯亲手杀你，亦不肯落人口柄。如今，你只要赶赴边关驾前，暂无性命之忧！

韩　信　相爷是让韩信投奔陛下？

萧　何　舍此别无他路！

［突然又传来的画外音：皇后口谕，传萧丞相即刻进宫哪——

韩　信　深夜进宫？

萧　何　啊呀，皇后此刻宣召，定有重大变故。你立即出城，快马加鞭，直奔驾前！

韩　信　我……不走了！

萧　何　啊？

韩　信　本将军倒要看看，吕雉如何杀我！

萧　何　韩信！

（唱）你休任性莫桀骜，

速奔边关灾祸消。

韩　信　（唱）灾祸只争迟还早，

贪生怕死非英豪。

萧　何　（唱）驾前生机存一线，

韩　信　（唱）功成死路剩一条。

萧　何　（唱）进退在人谋略巧，

韩　信　（唱）生死在天何必逃。

萧　何　（唱）斩蛇剑下冤难告，

韩　信　（唱）断头台上把名标！

萧　何　（唱）恼恼恼，恼他不听人劝告，

急得萧何五内焦……（夹白）罢呀！

翻脸一改寻常貌，

我昧着心肠下狠招！

萧　何　韩信，投奔驾前，你到底去是不去？

韩　信　摇尾乞怜，求赐活命，韩信不去！

萧　何　你可知道：昨日，老夫可以为汉王而保荐你；今日，老夫亦可为大汉而制裁你！

韩　信　相爷？

萧　何　你违抗圣旨，拒绝出征，袒护叛贼，罪当万死！

韩　信　相爷！

萧　何　陛下不肯担当杀你之罪名，老夫愿与皇后一起担当！

韩　信　韩信愿死在相爷刀下！

萧　何　你……（气得浑身发抖，猛一咬牙）好，你立刻回府将全家三百余口绑了，待老夫进宫，面见皇后，讨下懿旨，一起问斩！

韩　信　（大惊）相爷——

萧　何　你、你、你唯有速速飞马出城，赶往驾前效命，不然休怪老夫狠心！

韩　信　相爷为保韩信一时之命，竟然出此下策……

萧　何　大势当头，别无选择！你走！你走！！（焦灼大喊）你快走啊——

韩　信　（深深盯了萧何一眼，转身离去。猛又回身，凄怆长呼）相爷——

萧　何　（一个摇晃，支撑着不动声色）……

韩　信　……珍、重！（忍泪疾步而下）

萧　何　（猛回身，望着韩信去向喃喃而呼）小韩信！你，千万要快呀……

［收光，唯余那盏烛灯依旧闪烁不定。

六

[一盏烛灯渐渐闪化成无数盏宫灯，隐隐勾勒出一架巨型大钟；吕后正心神不宁地观看歌舞。

[歌曰：龙潜海廓兮凤翔天靖，
扶摇顾盼兮瑞霭纷纭。
兜鍪落处兮红牙歌兴，
日月辉耀兮永享太平。

吕　后　(唱)檀板碎丝弦乱杀机隐隐，
奉天意除韩信势在必行。
明敲山暗震虎立我权柄，
细思量深谋划再三沉吟。
此一举定然要雷疾电迅，
稍不慎祸无穷地塌天倾。
使计谋传萧何为我用命，
成与败须借他一锤定音！

[传报声：萧丞相到——(吕后一挥手，众歌女悄然隐去)

萧　何　(急匆匆奔上，扑倒)萧何见驾娘娘千岁！

吕　后　丞相请起。

萧　何　谢娘娘！

吕　后　丞相请来上座！

萧　何　(惶恐)这、万万不可！

吕　后　丞相多虑了，本宫说可……(厉声)谁敢说不！

萧　何　是、是……(一吓后退，跌坐椅中)

吕　后　萧丞相，本宫能有今日，全仗丞相大恩。今夜特请丞相进宫叙旧，实为心存三谢！

萧　何　三谢？

吕　后　陛下当年造反，我与娇儿被拘死牢，丞相施计援救，本宫方得一家团圆。此为一谢！陛下杀入咸阳，将帅们个个争抢女色，搜罗金钱。唯丞相独自收集先秦律册，为大汉修订九章法典。此为二谢！丞相不辞辛劳，月下追回韩信，百战百胜，一统江山！乃为三谢！请丞相满饮此杯！(与萧何对饮杯中之酒，突然将酒杯猛掷于地，高声断喝)萧何，尔知罪吗!?

萧　何　(又是一吓)娘娘……

吕　后　你月下追回韩信，算得大功一件。可如今韩信已为陛下之逆臣、本宫之心病、江山之大患了！

萧　何　老、老臣糊涂，请娘娘明示！

吕　后　(取出变书，掷于萧何)自己看！

萧　何　(念)淮阴侯府下人乐兆上变：告韩信假造圣旨，勾结禁卫，买通囚犯，于今晚五更杀太子谋反——娘娘，事关重大，容老臣详查！

吕　后　变书在此，铁证如山！

萧　何　一纸变书，不足为凭！

吕　后　陈豨造反，为他鸣冤；命他征剿，竟然装病！据本宫密查：淮阴侯根本无病，日夜在府中修研兵法，操演战阵。仅他收集的先秦兵简就有一百八十多家！

萧　何　哦，那兵简乃是老臣送与他的！

吕　后　来呀，摘去冠冕！(侍卫上前利落地解下萧何冠带)

萧　何　(不知所以)这这这、这是为何？

吕　后　你串通韩信、图谋不轨，蓄意造反！

萧　何　（真正地被吓着了）娘娘冤枉……

吕　后　本宫问你：天下太平，为何还要修研兵法？！

萧　何　这……

吕　后　江山一统，为何还要操演战阵？！

萧　何　这……

吕　后　既然修研兵法、操演战阵，为何不去征剿陈豨，平定叛乱？！

萧　何　这……

吕　后　身为臣子，无病装病，竟忍心让一位年届花甲的君王远征千里，出生入死……那日送行，眼看陛下颤颤巍巍、凄凄惶惶跨上战马，本宫止不住泪流满面，心问苍天：如此臣子，留他何用！留他何用哪！

萧　何　娘娘，老臣不能为陛下分忧解难，乃老臣之罪！只是韩信他，他实实无有谋反之举啊！

吕　后　你与韩信，难脱干系！如今，唯有协助本宫，除掉韩信，才是你清白自己、保全身家性命之根本！

萧　何　皇后！娘娘啊——老臣终于明白了：不论韩信反与不反，你是必除之而后快哪！

吕　后　放肆！

萧　何　天下谁人不知：韩信审时度势，深谙兵法。当初，蒯彻游说时他不反，陛下兵败时他不反，在楚地为王手握重兵时他又不反……为何偏偏要到无权无兵之时再来谋反？就算谋反，杀一个十岁的太子又有何用？似谋反这等机密大事，以韩信之韬略，怎会让一个下人知晓？娘娘啊娘娘——

（唱）想当年困蜀地陛下他一筹莫展，

　　靠韩信，定三秦、破魏赵、夺燕取齐，

灭楚扶汉，一百多战他竟把那乾坤彻底翻！
领弱兵抗强敌拼死血战；
危难中救陛下几次三番。
拒诱劝佐汉王忠心赤胆；
打下了汉王朝一统江山。
明修栈道、暗度陈仓、十面埋伏、背水一战……
成就了他一世英名万古美谈！
怎奈英雄逢末路，
可怜韩信度日难。
老臣我送兵简令他修撰，
权当作修身养性、消磨岁月、苟且残欢！
臣也知，韩信张狂不服管，
论战功，他倨傲三分也当然。
娘娘啊，你慢举刀，且思量，江山万里天地宽，
何必要赶尽杀绝叫天下人心寒，你问心可安！

吕　后　想不到一向克己慎言的丞相，为了韩信，如此咄咄逼人！好吧，既然话都挑明了，本宫愿一吐肺腑，未知丞相可否掏心以待？

萧　何　请娘娘明言。

吕　后　依丞相之见，天下初定，民心厌战，大汉朝还会再打仗么？

萧　何　陈豨谋反，诸王蠢蠢欲动，只怕小战难免！

吕　后　平定叛乱，韩信不肯为陛下所用，将来战事，他肯为本宫所用么？

萧　何　这……难！

吕　后　以韩信之威望，若是登高一呼，天下诸王是追随他的多？还是追随本宫的多？

萧　何　他……（艰涩地）多！

吕　后　(苦苦一笑)丞相应该知道,陛下春秋已高,为了太子,本宫将会有许多冤家对头。韩信不肯为我所用,定会有人用他!如今陛下既有杀他之心,本宫决不能坐失良机!

萧　何　娘娘!

吕　后　丞相当初若不救我母子,就没有我母子的今天!既然有了今天,丞相当为我母子保全明天!

(唱)吕雉初嫁本安分,

从未想,刘邦造反事竟成。

半生受尽颠连苦,

为皇后,更觉一世忧患深!

每见羸弱遭涂炭,

立誓要做人上人。

最惶恐,陛下、丞相百年后,

本宫老太子弱难与那韩信作抗衡。

君王早有灭韩意,

杀戮的罪名却要本宫苦担承。

为人当重生前事,

何必在乎死后名。

错失良机天不佑……(白)丞相,我的恩人!

恳求你再施援手除韩信为我母子安定乾坤!(跪)

萧　何　(忙跪)娘娘一片苦心,老臣能够体谅。只是韩信经老臣举荐,为大汉朝立下盖世奇功,如今要杀他,老臣怎下绝情?怎下杀手?怎样面对自己的良心!娘娘不如赐老臣一死吧!

吕　后　(缓缓站起)本宫知道,杀韩信若一着不慎,必起大乱,所以才求丞相帮助……看来,本宫只有自己动手了!

一侍卫　(喊上)娘娘——启禀娘娘,韩信深夜闯出城门!

吕　后　韩信深夜出城？来人！传本宫懿旨：韩信闯城投奔叛军，各路关卡但见韩信，乱箭射杀……

萧　何　娘娘！韩信并非投奔叛军，而是投奔陛下！

吕　后　（不予理睬）传令南北二军，左右拦截；着禁军骑卫，快马追杀，凡取韩信首级者，本宫赏赐万金！

萧　何　娘娘！如此大动干戈，杀戮功臣，天下震撼，必起大乱啊！

吕　后　你既知必起大乱，何不出马诓韩信进宫，秘密处置！

萧　何　（哀号）娘娘——

吕　后　本宫甘冒天下之大不韪了！

萧　何　（绝望而呼）老臣愿助娘娘！

吕　后　好，本宫令各路兵马，城外待命！记住：天亮之前，本宫一定要见到韩信！（切光）

［钟声震响，冷光下的萧何无奈地仰天发出一声心之哀叹：天……

七

［韩信内唤：天——（唱）天苍苍野莽莽山叠层浪——

［灯光拉开：残山冷月、老树黄叶……韩信单骑而上。

韩　信　（唱）乘月色纵马蹄踏碎了一路银霜。
　　来到这骊山西渭水南极目瞭望，
　　风飒飒浩荡起亘古悲凉……（战马腾跃嘶鸣）
　　好战马不肯去驾前俯仰，
　　秉豪气我与你回转咸阳……（回头而行）呀！

怎忍心再辜负年迈丞相……(犹豫盘旋)唉!

自在一刻是一刻我信马由缰!(缓辔而下)

[萧何内唱:追韩信追得我力竭心衰——(发鬓尽白,仓皇追上)

萧　何　(唱)咬碎了牙根止不住跌跌撞撞,老泪滚滚落尘埃!

十年前月下相追追将才,

十年后月下相追追命来。

骇吕雉心机忒深窄,

怜韩信无辜遭祸灾。

恨苍天不分好与歹,

叹萧何百般无奈为人帮凶把屠刀高抬!

看崖旁云涛如海,

真不如翻身跃下去冥台……(恍惚,又惊觉)呀!

萧何一死有何碍,

谁将这眼前危机排解开?

仰望苍穹乱云盖……(悲怆而呼)大汉朝哪!

我为你背负起这漫天白幡永世悲哀!

[韩信上。两匹马同时一声长嘶,一个大圆场,各怀心思,伫立凝望。

萧　何　(一字一颤,字字泣血)萧何奉皇后懿旨,召淮阴侯入宫受死!

[大静场;韩信突然无声而笑,直笑得浑身乱颤,落下马来……萧何急忙下马,前去搀扶。

韩　信　(一把抓住萧何)十年前举荐韩信,十年来力保韩信,十年后追杀韩信,你,不觉得好笑么?

萧　何　(凄然)人生一梦,十年轮回……

韩　信　你看,天是同样天,月是同样月,人是同样人,马是同样马,来来来,韩信前边跑,萧何后面追,我与你再回到十年之前——

萧　何　（痛心疾首）你、不如杀了萧何吧！

韩　信　你是在逼韩信造反？

萧　何　萧何不敢，将军也不敢！

韩　信　韩信怕过谁来！

萧　何　将军怕的是自己那一怀悲悯心肠！

韩　信　这……

萧　何　因这悲悯，将军痛恨项羽活埋二十万降卒；因这悲悯，将军决胜百战从不滥杀无辜；因这悲悯，将军冒死收留钦犯钟离；因这悲悯，将军不肯随驾征剿陈豨……世人皆道将军甘受胯下之辱乃另有所图，萧何相信：将军那一刻想的是：为此杀一条性命值也不值……

韩　信　（含泪而呼）相爷——韩信得萧何知己，此生足矣！

萧　何　萧何不配！

韩　信　相爷？

萧　何　萧何无义，为人帮凶；萧何无情，追杀知己；萧何无钢，甘受钳制！

韩　信　相爷不必自责，韩信明白……

萧　何　可萧何我不明白呵……（沉缓地）想我萧何来到人世六十余载，饱受战乱，历尽杀伐！将军可还记得长平一战——

韩　信　眼睁睁九十余万将士阵亡。

萧　何　彭城半天——

韩　信　血淋淋十万联军命丧。

萧　何　垓下决战——

韩　信　痛煞煞拼死十余万生灵……

萧　何　山河破碎！

韩　信　百姓罹难！

萧　何　村村萧瑟！

韩　信　家家丧亲……

萧　何　好容易盼到天下一统，萧何我高兴得放声大哭啊——

韩　信　相爷泪流满面，拥住韩信大呼：从今往后，再不要杀伐了！从今往后，可以共享太平了……

萧　何　可如今，萧何欲保韩信，必定再起刀兵；萧何欲安天下，必须追杀韩信！为什么？为什么天地广大，容不下千古一将！君王一统，反变得猜忌无常！丞相权重，竟然保不住知己一条性命……

韩　信　相爷！

萧　何　萧何实乃出尔反尔、为虎作伥、逼杀英雄的千古罪人！（痛泣不已）

韩　信　相爷哪——

（唱）莫自责，休怨怪，

萧何生韩信死、无奈生死见襟怀。

我羞为自身起战祸，

你苦为天下免兵灾。

同怀着悲悯心肠深似海，

齐将这生死荣辱轻抛开。

韩信功成图自在，

何必等到身躯老朽待葬埋。

似闪电一刹横空去，

裹风挟雨到泉台。

再不用屈心箝口听摆布，

再不用人前马后学卖乖。

临别唯有深深拜，

谢相爷知我、荐我、爱我、保我，

鬓发苍苍一霎白。

莫嫌韩信忒无赖，

若相逢，我还要赖上了萧何同登那九天拜将台。

［钟声骤响，黄叶飘落，韩信缓缓退去、退去，猛转身疾走。

萧　何　（急呼）将军——（韩信站住，并不回身）请受萧何一拜！（深深一拜）

韩　信　（一颤后即走）……

萧　何　（泣呼）将军——请受天下苍生一拜！（深深二拜）

韩　信　（顾自再走）……

萧　何　（惨呼）韩将军，萧何良心尚有一拜呀！（拜伏不起）

韩　信　（终于回身，强抑颤抖，深深一拜后绝然而去）……

［萧何起身颤颤欲追，被沉重的宫门关闭声止住。

［画外音：圣旨下——皇后监国，韩信谋反，萧何协力诛杀叛逆有功，加赐五千户，拜为相国！

萧　何　（大静场，木然地一步一步向前挪着、挪着，突然失声而笑渐至纵声大笑）嘿嘿！呵呵！哈哈！哈哈哈……啊、啊、啊——（直笑得瘫倒在地，笑声渐转为撕心裂肺的痛苦哀号声）

［伴唱声起：成也萧何，败也萧何，

成败岂能由萧何！

青史浩荡千古后，

奈何人心说奈何。

［随着纷纷飘落的黄叶，“汉”字大旗缓缓降下……

［全剧终。

大型史诗越剧

八女投江

人　物　冷　云　女,23岁,党员,妇女连指导员

胡秀芝　女,23岁,党员,人称老胡,妇女连连长

赵云霞　女,25岁,抗联战士

黄桂芳　女,20岁,抗联战士

杨贵珍　女,23岁,抗联战士

李凤善　女,20岁,抗联战士

安顺福　女,23岁,党员,抗联被服厂厂长

王小慧　女,13岁,抗联小战士

李大娘　女,50岁,村民

小　芹　女,17岁,李大娘女儿,抗联战士

众战士　人数多少不限,由导演安排

序　抗联之歌

[低沉悲怆的音乐中幕启，字幕：1938 年秋，日军大举入侵我国并在东北展开大扫荡，已经和日寇战斗了七年的东北抗联陷入困境。

[激烈的枪炮声中，火光升腾，硝烟弥漫。

[伴唱：铁岭绝岩山叠嶂，
　　　朔风怒吼雨雪狂。
　　　突封锁，破重围，青山埋忠骨，
　　　逐日寇，复东北，中华不会亡！

一　别子西征

[灯光渐起，黑黝黝的密林中，枪声渐稀，硝烟渐散。

[冷云内唱：战友们，舍性命，浴血奋战气贯长虹——（上）

冷　云　（唱）与日寇，生死搏杀在密林丛。
　　　　消灭鬼子清战场，
　　　　抓紧休憩整军容。（唤）姐妹们——（内应声）有！
　　　　急速转移东山岗，
　　　　待命出击再立功。（内应声）是！

李凤善　（喊着奔上）指导员、指导员，开山屯的李大娘来啦！

［李大娘携女儿小芹背着背篓上。

冷　云　（急迎）大娘！

李大娘　闺女，听见枪炮声，可把大娘给惦记坏啦！

冷　云　大娘，有枪炮声的地方很危险，您千万躲远一点。

李大娘　（一撇嘴）你们都不怕，我个老太婆怕啥？

［几位女战士闻声蜂拥而来。

众　人　（七嘴八舌）大娘、大娘……

杨贵珍　大娘，您还记得我吧？

李大娘　记得记得，一顿要吃三窝头的杨贵珍。

黄桂芳　大娘！

李大娘　呵呵，你是会念诗文的那个、那个……

黄桂芳　我叫黄桂芳。

李大娘　还有那个会跳舞的……

杨贵珍　（一把将李凤善推到李大娘面前，嚷嚷）是她，李凤善。

李凤善　（腼腆地）大娘好！

李大娘　好，好！

［又一群女战士拥来，齐喊：大娘——

［喊声惊觉背篓里的孩子哇哇大哭，众人愣住。

李大娘　瞧我这脑筋！小芹，快把孩子抱给指导员。

［小芹急忙从背篓中抱出哭闹的孩子，递给冷云。

冷　云　（接过，惊喜）呵，三个月不见，长这么大了！大娘，辛苦你了！

杨贵珍　（一把抢过孩子）我抱！我抱！呀，他笑了，快看，他笑啦——

（唱）粉嘟嘟的脸上泪痕挂，

一笑好似开山花。

黄桂芳 （抢过，唱）你看他，小嘴吸吮想吃奶，

李凤善 （抢过，唱）他明明咿呀想说话。

黄桂芳 （抢过，唱）我们的山鹰我们的太阳，（举起孩子）

李凤善 （抢过，唱）我们宝贝你别吓着他。

黄桂芳 （端详，唱）快看他，眉清目秀像亲娘，

黄贵珍 （唱）分明是，团圆脸蛋像他爸……

［众人顿时沉默，责怪地望向黄贵珍。

黄贵珍 （尴尬地将孩子递给冷云）指导员，我……

［冷云接过孩子紧紧贴着他的小脸，众人默默散去。

李大娘 闺女，想哭就痛痛快快哭，不丢人！（抹泪）

冷　云 大娘……（失声恸泣）

李大娘 （接过孩子）他爹是为杀鬼子死的，大娘一定拉扯大他，将来杀鬼子替他爹报仇！

冷　云 嗯。（抹干泪，从兜里掏出一只棉袜）大娘，这是我抽空给宝宝做的棉袜……（比试）呀，太小了！

李大娘 孩子长得快，这些大娘都会做，你就专心杀鬼子吧！

小　芹 （总算插上话了）指导员，我要跟你们一起杀鬼子！

李大娘 （被提醒）闺女，大娘今日赶来，就是要把小芹交给你们抗联。

冷　云 大娘，小芹还小哪。

李大娘 小啥？都十七啦，你这当指导员的也不过刚满二十三！

冷　云 可您只有她一个闺女……

李大娘 指导员，凭良心说我是舍不得，可眼下鬼子扫荡，逢着闺女

媳妇没有不糟蹋的，我这做娘的心里害怕哪！

（唱）怕只怕，鬼子扫荡似凶煞，

挨户搜查如篦发。

怕只怕，到头难逃虎狼爪，

清白闺女被糟蹋。

怕只怕，纵有护犊杀贼心，

却无力量保护她。

与其受辱丢性命，

还不如，参加抗联把敌杀。

宁愿死在战场上，

当得起，轰轰烈烈、堂堂正正、清清白白！

小　芹　指导员，你就收下我吧！

冷　云　好，收下！

李大娘　小芹，好好听指导员的话，不许给娘丢脸！

小　芹　是！

李凤善　（喊上）指导员、指导员……（欲言又止）

冷　云　大娘，这里不能久待。凤善，你替我送送大娘。

［冷云依依不舍地亲别孩子，目送李凤善、小芹与李大娘下。

［一副男人打扮的胡秀芝押着被绑的赵云霞上。

冷　云　赵云霞？老胡，你绑她干啥？

胡秀芝　这娘们乘着打扫战场，偷偷逃跑，被我发现，抓了回来。

冷　云　云霞，你刚参加抗联，打仗也很勇敢，为什么不说一声就走？

赵云霞　（垂首无语）……

胡秀芝　哑巴啦？问你话哪！

杨贵珍　那还有啥说的，怕死呗！（众人纷纷表示不屑）

［李凤善与小芹疾上。

李凤善 （递信）连长、指导员，团部送来紧急命令！

胡秀芝 （拆看）妈的，鬼子盯上咱们主力纵队了！

冷　云 （接看后果断地）老胡，集合吧！

胡秀芝 （大喊）全体集合——

［霎时，一面军旗迎风展开，隐约可见整齐的队列。

冷　云 同志们！我们的主力纵队被几万日伪军咬住了。上级命令：三支队和我们妇女连共同掩护，阻击敌寇！

胡秀芝 大家给我听好啦！

（唱）团部传来紧急令，

纵队西进遇敌军。

要我们，坚持阻击一昼夜，

力保主力安全行。（唤）一排长！（内应声）有！

你率部直上青峰岭，

居高临下占地形。（内应：是！）二排长！（内应）有！

你领兵穿插到右翼，

配合一排打策应。（内应：是！）三排长！（内应）有！

你带人布下石雷阵，

先轰他娘个鬼哭狼嚎天地昏！（内应声：是！）

冷　云 同志们——

（唱）石雷炸响是号令，

火力交叉稳准狠。

人在阵地在，

决不让敌寇越过青峰岭！（下命令）出发！

［渐行渐远的猎猎军旗与抗联军歌声。

李凤善　（着急地指赵云霞）指导员，她怎么办啊？

杨贵珍　留着是祸害，一枪崩了算啦！

冷　云　云霞，你、愿意跟我们走吗？

赵云霞　（惊恐地摇头）……

胡秀芝　我们的兵力布局她一清二楚，这娘们不能留！

冷　云　（一字一句地）战场逃兵，军法无情！

［胡秀芝、杨贵珍哗地同时拉开枪栓。

赵云霞　（嘶喊）不要杀我！指导员，我已经有两个月身孕了！

冷　云　（惊讶）你？

赵云霞　我丈夫被鬼子杀了，这是他留在世上的唯一血脉！我要回家生下这孩子，把他交给我的婆婆！指导员……（扑通跪下）

冷　云　（缓步上前扶起，解开绳索，沉声道）你，走吧！

赵云霞　（泪眼婆娑）指导员，等我生下孩子……

胡秀芝　（大喝）啰唆啥，快走！

赵云霞　（无言抹泪，缓步离去）……

冷　云　站住！

赵云霞　（一颤站住）……

冷　云　（拔出自己的手枪塞到她手中）路上危险，带着防身。（转喊）李凤善，把我和连长的干粮留给她！老胡，我们走！（说罢大步离去）

［李凤善与杨贵珍搁下干粮，随胡秀芝疾步追赶冷云而去。

赵云霞　（将手枪拥至胸前，哽噎轻唤）指导员……谢谢！

（唱）一声谢，止不住，热泪滚滚，

满心里，恰好似，乱麻纷纷。

痛丈夫，遭残杀，投奔抗联，
上战场，誓报这，深仇血恨。
未料此身已有孕，
悲喜交集乱心神。
非是云霞怕战死，
只求孩子得生存。
我要活，为丈夫留下一脉根，
我要活，为婆婆呈上小孙孙。
我要活哪——
活着回来再上阵，（轻唤）指导员、姐妹们！
赵云霞，誓与你们，同仇敌忾、并肩沙场共死生！

［赵云霞擦干眼泪，没走几步，草丛中突然扑出一个女孩，踉跄着跌倒在她脚边。

赵云霞　（忙扶起呼唤）小妹妹，你醒醒，你醒醒啊！

王小慧　（无力地）饿、我饿……

［赵云霞忙取出干粮，喂食小慧。

王小慧　（缓过神来，打量赵云霞）你、你是抗联的姐姐？（兴奋地）我可找到你们了！

赵云霞　（警惕地）你是谁？找抗联干什么？

王小慧　（小身子一挺，行了个不太像的军礼）我叫王小慧，今年十三岁，找抗联，杀鬼子！

赵云霞　（微微一笑）人还没枪高，就想杀鬼子？

王小慧　（死活纠缠）想，就是想杀鬼子！姐姐，我要参加抗联，我一定要参加抗联！好姐姐，收下我，求你了，收下我吧！

赵云霞　好，等你长大些，姐姐一定收你。

王小慧　啊？

赵云霞　告诉我，你家住在哪里？姐姐送你回家找爹娘！

王小慧　（颤抖地）回家找爹娘？不，小慧没有家，小慧没有爹娘……

赵云霞　小慧？

王小慧　姐姐——（扑入赵云霞怀中）

（唱）抱紧姐姐哭号啕，

好似投进娘怀抱。

天杀的鬼子进山屯，

机枪对着众人扫。

杀死爹娘和姐夫，

刺刀尖，挑起弟弟往火里抛。

姐姐当众被糟蹋，

喊一声：小慧报仇！她、她扑通就往井里跳。

我跑跑跑，跑出屯子进深山，

跑上山岗下山坳。

不知跑了多少路，

要找抗联把仇报！

姐姐啊，亲人死绝已无家，

小慧我，一定要把血债讨！

赵云霞　（一把抱紧小慧）小慧！

［突然，远处传来一阵炸雷，随即响起密集的枪声。

王小慧　（惊喜地）是抗联在杀鬼子！姐姐，快，我们赶上去！

赵云霞　（苦涩但却是坚定地）好，姐姐带你去！

［两人手牵手，迎着枪声奔去。

二　血染青峰

［伴唱：枪声烈，硝烟滚，
　　　昼夜苦战抗敌军。
　　　女儿壮志撼山岳，
　　　鲜血浸染青峰岭。

［伴唱声中，激烈的枪炮声、闪烁的火光里，隐约可见：
已经残破的军旗依旧迎风飘扬。
冷云、胡秀芝和战友们奋勇作战的身影。
有的战士倒下了，立即有人补冲上去。

李凤善　（奔上来大喊）报告，阻击任务已经完成，团部命令：立即撤退！

冷　云　好！老胡，你带一排、二排撤退，我带三排掩护！

胡秀芝　你带娘们先撤，我掩护！

冷　云　你……

［话音未落，一排炮弹射来，腾起冲天火光，一切归于寂静。

［硝烟渐渐散去，但见军旗伏地，尸骨横陈，场面惨烈。

冷　云　（从军旗一角挣扎而出，踉跄站定，大喊）老胡！老胡——（没有人答应，只有山间的回声久久不散。目巡惨景，悲愤难抑）

胡秀芝　（奔上）冷云？

冷　云　老胡？

胡秀芝　哈哈，你还活着！（大喊）老娘们快来，指导员在这哪！

［黄桂芳、李凤善、小芹搀扶着右胳膊受伤的杨贵珍拥上。

众　人　指导员！

冷　云　（激动不已）桂芳！凤善！小芹！贵珍……（向她们身后张望）

胡秀芝　（沙哑着嗓门）不用看，就这几个了……

冷　云　（哽噎地）活着就好！活着就好——

众　人　（一声泣唤）指导员——（众姐妹一拥而上，紧紧抱在了一起）

冷　云　（唱）劫后重逢未想到，
又悲又喜热泪抛。

李凤善　（唱）热泪抛，多少姐妹去不返，
魂魄葬在这青山坳。

杨贵珍　（唱）青山坳，自家的山岭自家的土，
廿年后再生命一条。

小　芹　（唱）命一条，再举刀，
杀尽鬼子把仇报。

黄桂芳　（唱）把仇报，青山到处埋忠骨，
长风为我仰天笑。

胡秀芝　（唱）仰天笑，赞一声好娘们，
青史把名标！

冷　云　（唱）痛战友，一个个怒目圆睁犹未倒；

李凤善　（唱）唤姐妹，你们相伴安息一路走好。

黄桂芳　（唱）不洒悲泪送英魂；

小　芹　（唱）不用哭声悼同胞。

杨贵珍　（唱）紧紧握住手中枪；

胡秀芝　（唱）烈烈誓将家国保。

冷　云　（唱）一面战旗轻轻收，

众　人　（合唱）仇恨烈火熊熊烧。

胡秀芝　（唱）血债定要血来偿，

冷　云　（唱）到来日——

众　人　（合唱）再上青峰、告慰姐妹、送上捷报！

冷　云　（唱）轻轻问声战友好……（敬军礼，众人随敬）

［肃穆间，突然传来王小慧的哭喊声：姐姐、姐姐——

［李凤善和黄桂芳迎去，与王小慧搀扶出重伤的赵云霞。

［冷云与胡秀芝几乎同时喊出：赵云霞？！

冷　云　凤善，快给云霞包扎止血！

赵云霞　不、不用了！指导员、连长，我、归队了……

胡秀芝　（吼）你回来干啥？你该回家生孩子！

赵云霞　（微微一笑）我、和丈夫约好了，到他那里再、再生孩子。

杨贵珍　云霞姐！（大哭，又捂住嘴强忍）

赵云霞　她、她是我在路上遇见的小妹妹，一家亲人都被鬼子杀了，咱抗联就、就收下她吧！

王小慧　姐姐！

赵云霞　（挣扎地举起手枪）指导员，给你，留着杀、杀鬼子……（咽气）

冷　云　云霞……

王小慧　（哭喊）姐姐——

冷　云　（擦干眼泪，坚定地）姐妹们，你们的血不会白流！

［冷云举起手枪，向天射击，众人随之鸣枪。

［枪声，在天地间震荡回旋。

三　风雨密林

［伴唱：含泪掩埋众战友，
　　　再找纵队迷方向。
　　　雁儿孤零盼归巢，
　　　密林深处悲歌壮。

［秋雨淅沥，寒风萧瑟，低低的由远渐近的抗联军歌声传来：
　　　铁岭绝岩山叠嶂，
　　　朔风怒吼雨雪狂。
　　　突封锁，破重围，青山埋忠骨，
　　　逐日寇，复东北，中华不会亡！

［歌声中，隐约可见：众姐妹互相搀扶着艰难前行。

［杨贵珍摇晃着晕倒在地；王小慧去扶，亦一头栽倒，众人忙救护。

冷　云　老胡，两天没吃东西了，杨贵珍伤口感染，小慧发着高烧，急需休整治疗哪。

胡秀芝　（观看四周地形）李凤善，那山崖旁遮风挡雨，你带大家先去休息。

李凤善　是。

冷　云　老胡，我带小芹去找些山果和草药。

胡秀芝　好，我去周边探查主力纵队消息。

冷　云　（见胡秀芝要走，喊住）老胡，万一遇上鬼子，千万不要莽撞！

胡秀芝　（一笑）老娘们就是叨叨！（大步而去）

冷　云　小芹，我们走！

［面光亮起：深山密林中。

［内唱声：屠刀下逃出我安顺福哪——（背着背篓，踉跄跌上）

安顺福　（唱）满怀惨痛把部队找。

穿山越岭无踪迹，

绝望中，我拼死探寻吼歌调。（起调）哎哟来——

金达莱花开迎风摇，

妹妹找哥双泪抛。

转过一山又一山，

哥哥你在哪条道？

［冷云冲出喊：安顺福、安厂长！

安顺福　冷云？冷云——我可撞上你们了！（又是笑又是抹泪）

冷　云　（唤）小芹，快出来，是纵队被服厂的安厂长。

小　芹　（直蹦出来）安厂长！（兴奋地）指导员，我们找到纵队啦！

冷　云　（强抑激动）安厂长，纵队首长和同志们都好么？

安顺福　（神色黯然）我……也在找纵队。

冷　云　（焦急）怎么？被服厂出事了！

安顺福　纵队紧急转移，我背着被服厂这架唯一的缝纫机，舍不得扔，掉了队，就藏在老乡的地窖里，没想到（悲怆起调）没想到哇——

（唱）汉奸告发鬼子到，

挨家挨户施残暴。

狼狗咬、柴油浇，

活活残杀命数条！

我被大娘锁地窖，

用肩顶、用手刨，冲出房门将恩人找。

但只见，打麦场上无活人，

具具尸身皆烧焦；

依稀认出李大娘，

怀儿内，还将她半岁的孙儿死死抱……

冷　云　（一个寒战，紧张地问）你藏在哪个屯子哪一家？

安顺福　开山屯李大娘家。

冷　云　（一阵晕眩）……

小　芹　（一声惨呼）娘——（扑进冷云怀中大哭）

安顺福　这？

冷　云　（抱紧小芹，强抑悲痛）她是李大娘的女儿小芹。

安顺福　（难过）小芹，是我给开山屯招来灾难！安顺福不报此仇誓不为人！

冷　云　（一字一句）记住恩义，记住仇恨，这血债定要一笔一笔讨回来！

小　芹　（突然想起，惊恐地）指导员，宝宝！你的宝宝……

冷　云　（一把捂住小芹的嘴）我们没有时间悲伤，战友们饥寒交迫，急待疗伤，赶紧找山果草药！

安顺福　我这里还有些干馍。

冷　云　太好了！小芹，你带这些山果和安厂长速回营地。

小　芹　指导员……

冷　云　你看，那崖上长着草药，我采好就回去。你们快走，先让大家热热乎乎吃上一顿。

小　芹　嗯。（擦干眼泪，与安顺福下）

冷　云　（浑身发软，欲走难行，颤颤地掏出那只小棉袜，悲从中来又赶紧捂住自己的嘴，深深饮泣）宝宝，我的宝宝呵！

（唱）轻抚这，小棉袜，悲泪涌淌，

多少情，多少爱，袜中深藏。

战场上，倥偬间，无暇坐定，

一针针，一线线，总是匆忙。

儿呀儿，你尚未出世父牺牲，

落地三天就离开娘。

长长牵挂藏心底，

寸寸缠在儿身上。

密密针线纳爱怜，

暖暖棉袜，盼儿护脚将百病防。

想不到，棉袜还未做成双，

儿与娘，已成永别隔阴阳。

儿呀儿，原谅娘、血火征战在沙场，

依依不舍将你托给李大娘……（猛省，悲唤）大娘！李大娘——（一把抹去眼泪）冷云哪冷云！

你忘了，多少百姓遭残杀，

你忘了，多少战友枪下亡；

你忘了，多少血仇尚未报，

你忘了，姐妹命悬待疗伤。

悲泪强收起，

惨痛埋胸膛，

私情暂压下，

国仇待报偿。

舍生忘死从兹去，

为天下儿、为世间娘，杀尽敌寇把太平享！

[冷云藏好小棉袜，咬牙束紧军装，抓住山藤向崖上攀去。

[伴唱：为天下儿、为世间娘，

舍生忘死从兹去、血洒疆场！

四　山花烂漫

[灯亮，山崖旁的休整营地：篝火正旺。

[李凤善给王小慧冷敷降温；杨贵珍斜靠一边。

王小慧　姐姐，指导员怎么还不回来？

李凤善　小慧，你再睡一会儿，做个好梦，她就回来啦。

王小慧　指导员会不会遇上鬼子？

李凤善　放心吧！指导员……哎，你咋就不担心连长遇上鬼子哪？

王小慧　连长像个男人，好凶，小慧怕她，鬼子就更怕她啦。

黄桂芳　（端来一碗热水，接话）莫说你啦，姐妹们都怕她，动不动就娘们娘们的，好像她就不是个娘们！（众笑）

李凤善　说实话，这打仗还真得像个爷们！

黄桂芳　打仗归打仗，和姐妹们在一起，总得有点女人味吧！（边说边扶起杨贵珍）贵珍，来，喝口热水吧！

杨贵珍　（推开）……

黄桂芳　我知道你饿，等指导员回来就有东西吃了，先喝口水垫着，啊！

杨贵珍 （虚弱地）桂芳，求、求你了，给我一枪送我上路吧！

黄桂芳 你又胡说！

李凤善 贵珍，好好养伤，不要胡思乱想。

王小慧 姐姐，指导员去找草药了，回来一定能治好你的伤！

杨贵珍 （摇头）伤就是好了，这手、手也废了啊……（一阵晕眩）

［众人慌得直叫：贵珍、姐姐、贵珍……

［正乱间，安顺福与小芹上。

安顺福 李凤善！

李凤善 哎呀，安厂长！你咋来啦？

安顺福 （顾不得寒暄）她怎么啦？

李凤善 伤口感染，加上两天没吃东西……

安顺福 （从背篓里掏出干馍）快，将这干馍用热水化了喂她。（黄桂芳接过干馍，掰入碗中，喂杨贵珍）来，这是开山屯……（顿了顿，不安地看了小芹一眼）大家都吃一点吧。

小　芹 （手捧干馍颤抖地）这、是俺娘做的？

安顺福 嗯，大娘将干馍和我一起锁进了地窖。

小　芹 （一声惨呼）娘——（跪地恸泣）

安顺福 （拦住欲上前的众人）她娘，还有指导员的宝宝，都被鬼子杀了！

小　芹 （一抹眼泪）娘，宝宝！小芹定要杀尽鬼子，为你们报仇！

［杨贵珍默默地看着听着。

安顺福 这仇一定要报。眼下最要紧的是找到主力纵队。

黄桂芳 可这又是伤又是病的，只怕找到纵队也赶不上啊。

［杨贵珍挣扎起来，踉跄着向山崖边冲去。

黄桂芳 贵珍，你要干什么？！

杨贵珍 （死命抵抗众人的拖拽，嚷嚷）放开我，放开我——

冷　云 （疾步上，一声喝令）放开她！（众人愣住。将草药递给小芹）安厂长、小芹，你们去熬药汤，给小慧服下。（小芹与安顺福下。大步走近杨贵珍，干脆利落地扯下她的绷带，将嚼碎的草药敷上绑好）

杨贵珍 （颤声）指导员，你就让我去吧，我不能再拖累大家了呀，指导员！

（唱）眼瞅右膀已作废，

开枪不能刀难挥。

伤口感染成累赘，

吃饭还多一张嘴。

纵是找到大部队，

难不成，人家打仗我作陪。

活着不能杀鬼子，

宁愿一死免拖累。

冷　云 （不理睬杨贵珍，唤）王小慧！

王小慧 到！

冷　云 那天我给你们上文化课，学的是哪两个字？

王小慧 嗯，日月齐明的明，大字扛天的天。

冷　云 不错。那天我出的题目是：到明天！大家还记得自己的答案么？

王小慧 记得记得，我记得可清楚啦！

（唱）到明天，清清水、蓝蓝天，

小慧我，上学堂，把书念，

学好本领做医生，

要保乡亲身康健。

黄桂芳 （唱）到明天，春花烂漫靖硝烟，

桂芳我，著书立说在乡间。

回忆录中记岁月，

姐妹们个个都在书里面。

李凤善 （唱）到明天，我要成立歌舞团，

山山水水都走遍。

纵情唱，使劲跳，

歌舞升平万万年。

王小慧 贵珍姐，还有你哪！

杨贵珍 我……

冷　云 怎么，不好意思说啦？那我就替你说吧！

（唱）那一天，你急急吼吼一开言，

哄堂笑倒一大片。

你说道，打跑鬼子到明天，

找个粗汉好耕田。

生下娃娃一大堆，

乐乐呵呵赛神仙。

王小慧 指导员，你的话也笑倒我们一大片哪！你说，到明天，等我的宝宝长大……（李凤善急忙阻止小慧，众人顿时沉默）

冷　云 （沉缓地说出）我的宝宝走了，小芹的娘走了……我们姐妹，谁家没有亲人离去？抗战七年，多少战友再也没有回来！我们杀敌，是为死难亲人报仇，更是为了替他们好好活下去，狠狠杀鬼子！狠狠地打出一个美好的明天！

（唱）强压悲痛昂起首，

姐妹们，谁没有血泪痛史在心头。
枪炮炸碎家国梦，
舍生忘死为报仇。
贵珍哪，生命诚可贵，
岂能轻易丢。
纵然伤右臂，
杀敌仗左手。
拼死不为死，
只为将来求。
到明天，家国安宁重梳妆，
美姑娘出嫁莫怕羞；
到明天，男耕女织喜相伴，
儿孙满堂绕左右；
到明天，从艺从业任挑选，
人人平等乐春秋。
到明天，我们肩并肩手拉手，
故地重来祭战友，
含笑抹干眼中泪，
道一声，战友哪——你们的鲜血未白流！

［胡秀芝抱着一大捧山花奔上。

胡秀芝 （兴奋大喊）老娘们，主力纵队有消息啦！

［众人惊诧，静场。

胡秀芝 主力纵队正向西挺进！我们只要加快脚步，翻过这座山，明天就能撵上他们！

众　人 （欢呼顿起）嗷！回家喽！回家喽——

李凤善　(唱)回家啰喂——

长腰鼓,敲起来;(众人做敲鼓状)敲呀敲起来!

美歌舞,蹦起来;(众合)蹦呀蹦起来!

[李凤善跳起明快的朝鲜族舞蹈。

[胡秀芝兴奋地将满把山花向众人撒去,众人抢接,互相插花祝福。

黄桂芳　(唱)孤飞的鸟儿把家归,

山花恣意满头戴。

王小慧　(唱)首长向我问声好,

赞一声小鬼乐开怀。

李凤善　(唱)抱一抱,好战友,

黄桂芳　(唱)任教热泪挂满腮;

李凤善　(唱)妇女连,重组建,

王小慧　(唱)打得鬼子滚下海。

众　人　(合唱)你庆功,我喝彩,

胡秀芝　(唱)老娘们,叽叽喳喳戏一台!

安顺福　(唱)回家啰喂——

姑娘们快把军装脱下来,

众　人　啊?

安顺福　(唱)缝补一新回娘家,个个叫人爱!

[众人一声欢呼,将安顺福抬了起来。

[冷云拥着杨贵珍,看着、笑着,不易察觉地抹去眼泪。

[造型,收光。

五　生死姐妹

［溪水边，晨雾缭绕，隐约可见众姐妹嬉水欢闹的身影。

［安顺福抱着一堆缝补整洁的军装上，张望欢悦的众姐妹。

安顺福　（感叹）唉，要是总这样，那该多好啊！

（唱）主力纵队传消息，

姐妹们恰似换了人。

鬓边篦去硝烟迹，

水畔洗净战火痕。

我这里，残破军装连夜补，

安厂长，需保障、我的姐妹齐齐整整回家门。（喊）姐妹们，快过来，穿上军装回家啰！

［众姐妹欢呼着拥上：她们穿着家居衬衣，虽然多为土布且花色各异，但款式合体，充分显露出窈窕可人的女儿姿态。

［众人争抢着、嚷嚷着："这件是我的""那件是你的"……

王小慧　（拎起最后一件，喊）指导员，指导员——

冷　云　（亦是一身合体布衫上，笑）你们呀，叽叽喳喳赛过小山雀啦！

王小慧　（瞪大眼睛）哇，指导员，你真好看！

黄桂芳　（拉腔拉调地）关关雎鸠，在河之洲，窈窕淑女，君子好逑……

李凤善　（夸张地弯下腰）哎哟，我的牙、我的牙——

王小慧　（满地找）在哪？在哪呀？

小　芹　她那牙都酸到肚子里去啦！

黄桂芳　好啊，李凤善！

［黄桂芳佯怒着追打李凤善，李凤善踏着舞步轻盈地在姐妹间穿梭躲闪，旋即飘下，众人起哄追下。

冷　云　安厂长，谢谢你，熬了一夜。

安顺福　啥话！后勤保障，我就是干这个的。（边说边为冷云套上军装）

胡秀芝　（提着望远镜大步上）冷云！

安顺福　（迎上）这后半夜你跑哪里去了？快把衣裳脱给我。

胡秀芝　（一愣）干啥？

安顺福　给你缝两针呀，瞧这破洞……

胡秀芝　我说老娘们，现在是打仗，不是出嫁！

安顺福　（有些尴尬）你！

冷　云　（微微一笑）她就这脾性。

安顺福　你呀，整一个男人婆！（下）

胡秀芝　冷云，有情况！

冷　云　（接过望远镜看去）不好，主力纵队正在抢渡乌斯浑河，三面鬼子尾随其后，已成合围之势。

胡秀芝　鬼子加上伪军，足有两三千！

冷　云　问题是纵队还没有发现敌情！

胡秀芝　送信已经来不及了！

冷　云　眼下只有一个办法！

胡秀芝　背后发动突袭！

冷　云　牵制鬼子兵力！

胡秀芝　枪声报警纵队！

冷　云　争取渡河时间！

胡秀芝　干！（转身欲走）

冷　云　老胡！（胡秀芝站住，艰涩地）我们、只有八个人！

胡秀芝　管不了这许多了！（再走）

冷　云　胡连长！！……这是饥饿病残的八个女人！

胡秀芝　战场上没有女人！（三走）

冷　云　（大喊）胡秀芝！！！……想想办法，能保住一个算一个！这仗一旦打响，姐妹们就是生离死别哪！

胡秀芝　（一颤站定）……

［众人闻声，悄悄围来，远远观望。

胡秀芝　（从兜里掏出那只小棉袜）这是你昨夜换军装拉下的，收好吧。

冷　云　（接过，动情地）秀芝，你我搭档三年，别人都说你不像女人，可我最清楚，你貌似粗粝，出口话狠，其实心思缜密，杀敌英勇，爱兵胜己……

胡秀芝　怎么，给我写悼词啊！

冷　云　你！好，今生就此别过！（扭身欲走）

胡秀芝　（急唤）冷云！我的好搭档！（起调）好战友哪——

（唱）深谢你，三年搭档情意厚，

深敬你，身先士卒杀敌寇。

深感你，细心照料众战友，

深为你，夫亡子丧痛心头。

秀芝我，家人早丧鬼子手，

十六岁，刀枪之下做娼囚。

慰安营中遭蹂躏，

清白身心蒙污垢。

为脱苦难结伴逃，

数十位姐妹死在了鬼子机枪口。

我逃出一命奔抗联，

从此后，将女子温婉一笔勾。

忘却女儿情，

只记血海仇。

藏起女儿怯，

杀敌嘶声吼。

自绝女儿愿，

比肩汉子沙场走。

若问秀芝何所求？

战场生，战场死，杀出个，太平世界——

让后辈女儿清清白白、秀秀美美活个够！

［众人拥上，动情呼唤：连长！

胡秀芝 （感动地望着大家，第一次深情唤出）姐妹们！

众　人 （齐应）到！（迅速站列成队）

胡秀芝 我们的主力纵队正在渡河，还没发现已经被几千日伪军死死盯上了。我们现在走开，也许可以活命，但主力纵队的千百位战友就可能丧命，是走还是打，大家发句话！

众　人 （异口同声）打！

胡秀芝 好！冷云、小芹，你们潜至敌军左翼；安顺福、黄桂芳，你们潜至敌军右翼，我和李凤善咬住敌军尾翼。听我枪响，一齐开火！

［杨贵珍与王小慧急叫：还有我哪！

冷　云 杨贵珍，王小慧就交给你了，带她走！

杨贵珍 我不走！

王小慧 我也不走！

冷　云 这是命令！

杨贵珍 连长，指导员，姐妹们，我杨贵珍爹娘早丧，从小乞讨，活着像猫狗，死了没人收。那年染上瘟疫，是抗联为我治病，是抗联将我收留，是抗联给了我姐妹和亲人！亲人哪——要活一起活，要死一起死！（拔出手榴弹，小慧随之拔出，两人同声）为保抗联，我们先行，誓与鬼子，同归于尽！

冷　云 贵珍、小慧！（上前一把拥住杨贵珍与王小慧）

（唱）好姐妹，紧相拥，

说不清是喜还是痛。

小慧你才十三岁，

本该念书在学堂中。

众姐妹，皆是青春好年华，

本当待嫁欢情浓。

怎奈战火来势汹，

国破家亡惊好梦。

血泪间，挺起一代女娇凤，

尸骨中，铸就一辈真英雄！

能与你们成姐妹，

是我的骄傲与光荣。

人间结伴走，

黄泉好庆功。

生死等闲去，

来世再相逢。

到那时，姐妹同驾七彩云，

俯瞰天下，家家安宁、人人欢笑、高歌一曲平安颂！

胡秀芝 （拔枪下令）同志们，各就各位，准备战斗！

［众人散开，一声枪响，随之枪声激烈：火光熊熊，硝烟弥漫。

［悲壮的军歌声：

铁岭绝岩山叠嶂，

朔风怒吼雨雪狂。

突封锁，破重围，青山埋忠骨，

逐日寇，复东北，中华不会亡！

［歌声中隐约可见三组造型：冷云、小芹、王小慧一组：正在射击；安顺福、黄桂芳一组：挥臂投弹；胡秀芝、李凤善一组：胡秀芝双枪射击，李凤善用轻机枪扫射，杨贵珍在一边用左手推送子弹。

［灯大亮。

小　芹　指导员，子弹打光了！

李凤善　连长，我们被鬼子包围了！

王小慧　（兴奋地蹦起来）快看，主力纵队过河啦！

［一声枪响，王小慧肩部中弹。

冷　云　小慧！

［传来军队皮靴沉重的踏步声。

［三组姐妹步步后退，渐渐靠拢。

［越来越近、越来越响的军靴声。

［姐妹们转身奔去，迎面一阵巨浪涌起，涛声轰然。

［军靴声突然静止。

［姐妹们猛然转身，怒视敌阵。

［胡秀芝拔出最后一颗手榴弹，众人随之拔出。

冷　云　（唤）安顺福！

安顺福　到！（捧上军旗）

［冷云接过，猛地展开，一片火红。

冷　云　（低沉庄重地宣誓）我，冷云！

胡秀芝　我，胡秀芝！

杨贵珍　杨贵珍！

李凤善　李凤善！

黄桂芳　黄桂芳！

小　芹　李小芹！

安顺福　安顺福！

王小慧　王小慧！

［随着报名声，众人围拢军旗。

胡秀芝　姐妹们，宁死不当俘虏！

众　人　（低声齐吼）宁死不当俘虏！

冷　云　（从心底里迸出）战友们，永别了！姐妹们，再见！

众　人　（齐声大吼）再见——（将手榴弹一起扔去）

［一声巨大的爆炸声，红光闪耀，浓烟滚滚，遮天蔽地！

［浓烟渐渐散去，黎明的晨曦从乌斯浑河升起。

［静静的水波之上，八位女战士的倩影影影绰绰，笑视人间。

［悠远的女声独唱：

生死等闲去，
来世再相逢。
姐妹同驾七彩云，
俯瞰人间，家家安宁、人人欢笑、高歌一曲平安颂！

［剧终。

（与黄嫣合作）

沪 剧

一号机密

人　物　陈达炜　中共党员

韩慧芳　陈达炜之妻，中共党员

韩慧苓　韩慧芳孪生妹妹

小　红　五岁，陈达炜与韩慧芳之女

赵　强　中共特科“红队”队长

张　卫　中共特科“红队”队员

贾　宗　中共中央秘书处书记，被捕后叛变

姜　艳　女，中统特务

王太太、伊娃夫人　女房东

中共党员、工人、学生、巡捕、国民党特务等

序　夜色浦江

［1931 年春夏之交，夜色深沉，静谧苍茫。

［突然，凄厉的警车声呼啸而过；密集的枪声随之响起，隐约可见大批党员纷纷倒在血泊之中。

［急促的电报击键声（同时出字幕）：龙潭密报，十万火急！中共中央政治局候补委员、中央特科负责人顾顺章在武汉被捕叛变，地下党数百人牺牲；恽代英、蔡和森遇难，上海、上海，十万火急！十万火急——

［灯亮：上海，中央特科的同志们无语肃立。

赵　强　同志们，党中央遇到了前所未有的特大危机，我们中央特科必须不惜一切代价，保卫党中央！总务一科——

一科长　到！

赵　强　你们负责中央一百二十个机关机构，二十四小时内撤离上海。情报二科——

二科长　到！

赵　强　你们负责监视敌情，随时报告恩来同志。保卫三科——

三科长　到！

赵　强　你们负责追踪制裁叛徒！

众　人　是！（三科人员分头奔下）

［张卫引陈达炜、韩慧芳疾上。

张　卫　陈达炜、韩慧芳同志到了！

赵　强　达炜！

陈达炜　赵强！

赵　强　慧芳！

陈达炜　顾顺章叛变，中央机关领导都由他负责联络保卫，情势危急哪！

赵　强　恩来同志正在召开紧急会议，布置应对之策。

陈达炜　我们的任务是？

赵　强　他担心你刚从敌人监狱出来，刑伤未愈……

陈达炜　请转告恩来同志，放心！

韩慧芳　赵强同志，你就安排任务吧。

赵　强　人员机构正在撤离，还有二十箱文件无法带走！

韩慧芳　你是说中央文库，我们党的“一号机密”！

赵　强　对！一号机密是我党所有绝密文件，决不能落入敌人手中！恩来要我转达中央决定：你们夫妻，乔装富商，隐居上海，不要参加任何社会活动，全力守护“一号机密”！

陈、韩　请组织放心！

赵　强　张卫同志是我们特科神枪手，随我暂留上海追查叛徒、协助你们转移“一号机密”。

贾　宗　（喊上）达炜、慧芳——

陈、韩　贾宗书记！

贾　宗　慧芳同志，这是组织临时凑的两根金条先应急。以后你每月三号去交通站领取经费。

韩慧芳　明白。

贾　宗　达炜同志，中央撤离上海，局势更加严酷，万一文库危险……

陈达炜　（从张卫腰间抽出手榴弹）立刻销毁！

贾　宗　好——哦，这是恩来同志给你的亲笔信。

［陈达炜展阅，周恩来画外音：风雨如磐，共克艰难，守卫文库，重任如山：险夷不变应尝胆，道义争担敢息肩！

陈达炜　（复念）险夷不变应尝胆，道义争担敢息肩！

韩慧芳　人在文库在，守尽风雨唱凯旋！（造型收光）

［伴唱：险夷不变应尝胆，

道义争担不息肩。

人在文库在，

守尽风雨唱凯旋。

［伴唱声中，隐约可见黄包车上堆着皮箱，在赵强和张伟等的警惕护卫中过场。

一　紧急搬家

［两周后的下午，警车呼啸。

［上海租界的洋房内：摇篮旁的桌上放着陈达炜与韩慧芳的结婚照。

韩慧芳　（唱）腥风血雨压危城，

党内叛徒贻害深。

达炜外出探消息，

焦虑盼他回家门。（孩子哭，忙摇哄）

［陈达炜疾步上，警惕四顾，进门扯下胡须等妆扮。

陈达炜　慧芳，贾宗书记被捕了！为防万一，我们准备搬家。

韩慧芳　他是中央秘书处书记，党的领导……

陈达炜　为保文库安全，不可心存侥幸！

韩慧芳　今天是去交通站的日子，等我请示组织再做决定吧。

陈达炜　不能去！万一贾宗有变——

韩慧芳　达炜，组织需要知道我们去向，我们需要组织帮助，与党的联络线不能断！

陈达炜　那好，我去！

韩慧芳　（戏嘲）老党员也不懂规矩啦？单线联络可是铁纪哦！（递药）趁热先把药喝了。

陈达炜　我……唉。（喝药）

韩慧芳　（利索乔装）放心，我是老交通员了！按照规定，下午三点我要是没回来，你就带着文库和孩子立刻搬家。（说着要走）

陈达炜　慧芳，我和孩子……等你回来！

韩慧芳　（唱）蓦地心一动，

　　有泪暗奔涌。

陈达炜　（唱）长年笑对刀剑丛，

　　为什么，今日忽觉扎心痛？

韩慧芳　（唱）明知此去有风险，

　　怕他担忧故从容。

陈达炜　（唱）生死同命夫妻情，

韩慧芳　（唱）全都在，平平淡淡话语中。（白）达炜！

　　莫忘了，孩子喂奶防呛噎，

　　不够可将米汤添。

　　莫忘了，衣袄都在阁楼间，

夏换薄衫冬换棉。

莫忘了，你两次被捕受酷刑，

落下肺疾已经年。

春夏交替常发病，

药汤记得自己煎……

陈达炜 打住打住！不就是去趟联络站嘛，不就是三点钟回来嘛，怎么搞得像是一去不返——（刹住，尴尬地笑）嘿……

韩慧芳 （解嘲）欢喜叨叨，女人咯通病！

陈达炜 快去快回！

韩慧芳 好，等我回来烧夜饭！（向门外走去）

陈达炜 慧芳——记住，守卫文库，重任如山！

韩慧芳 忘不了——悠悠万事、唯此为大！

［陈达炜目送慧芳下；时钟敲响一点，孩子哭闹。

陈达炜 （哄孩子）小红不哭，妈妈一会就回来。（孩子仍哭）饿了是哦？来来来，爸爸喂你吃。（取奶瓶喂，孩子仍哭，无奈抱起孩子）不哭不哭，爸爸抱你跳舞。（边说边转起舞步，孩子依旧号啕）哦哟尿布湿忒哉！（手忙脚乱换好尿布，钟声敲响两点）呀——

（唱）两声钟响暗惊心，

分分秒秒急煞人。

贾宗知晓联络站，

他若有变险象生。

慧芳哪，你千万仔细多谨慎，

一看二探三敲门。

倘若发现可疑处，

随机应变你要快脱身。(见照片)

颤抚照片将妻等……(警车呼啸)啊呀!

约好三点已逼近。

冷汗涔涔方寸乱——(欲冲出门)

[慧芳画外音:悠悠万事、唯此为大!

强按捺、且冷静、中央文库胜性命!

看时间,三点还差五分整……(向外张望,三声钟响)

三声钟响,刺骨锥心!(孩子大哭,强撑着抱起孩子取过照片,忍泣)小红,我们带着妈妈……一起搬家!

二　痛失挚爱

[风雨雷电交加之夜;

韩慧芳　(内唱)半月来,困囚牢,受尽酷刑——(被押上)

恨贾宗、成叛徒、联络站、设埋伏、诱我进门落陷阱。

赴刑场,遥望长空风雷滚,

黑云漫卷天地浑。

最忧心,叛徒了然党机密,

中央文库险万分。

达炜哪,想必举家已搬迁,

茫茫世海隐藏深。

孩子未受惊,

珍宝定无损,

我含笑九泉去，

静待曙光耀黎明！

贾　宗　（追上）慧芳，你我同志一场，我特地赶来再劝你一句……

韩慧芳　贾宗，无耻叛徒！

贾　宗　你应该去骂顾顺章！他出卖党中央、出卖同志，出卖了我！

韩慧芳　贪生怕死，一丘之貉！

贾　宗　好啦，党都要亡了，你守的中央文库就是一堆废纸！

韩慧芳　一堆废纸？那你何必挖空心思，非要得到它！

贾　宗　我得到它能够保命，你放弃它也能保命，我们可以两厢成全！

韩慧芳　你应该知道，我们党的所有经历，中央文库记载得一清二楚，包括你这个叛徒，也将在春秋大笔之下遗臭万年！（坚定前行）

贾　宗　你——（气急败坏）我一定会找到文库、找到文库！（隐去）

［陈达炜怀抱孩子显现。

陈达炜　慧芳，你在哪里？你还……好么？

（唱）秘密搬迁藏珍宝，

望穿长天、等你归来一宵宵。

明知希望已缥缈，

舍不下、舍不下亲人，相濡以沫、暮暮朝朝！

韩慧芳　（唱）似闻达炜声声唤——

陈达炜　（唱）似见慧芳隐隐到——

韩、陈　（叠唱）心相通，神相交，风送细语入心梢。

韩慧芳　（唱）最痛孩子尚幼小，

她哭闹你要多抱抱。

陈达炜 （唱）她正安睡我怀抱，

梦中还在甜甜笑。

韩慧芳 （唱）代我亲亲小宝宝，

告诉她，妈妈永远和她在一道。

陈达炜 （唱）欲营救，怎奈搬家仓促间，

与党失联无倚靠。

韩慧芳 （唱）红船正逢激浪口，

莫再为我把心操。

陈达炜 （唱）实难忘，当初结缘在上海，

韩慧芳 （唱）同为家国求正道。

陈达炜 （唱）实难忘，冒死奔走去厂矿，

韩慧芳 （唱）夫妻携领罢工潮。

陈达炜 （唱）实难忘，志士同仁共建党，

韩慧芳 （唱）定要这，神州世代红旗飘！

陈达炜 （唱）使命在心中，

韩慧芳 （唱）夙愿比天高。

陈达炜 （唱）相携赴危难，

韩慧芳 （唱）生死皆可抛。

陈达炜 （唱）从此后，夜夜盼你归影来，

韩慧芳 （唱）我魂魄伴你守护珍宝！

［韩慧芳决然离去。

［一阵枪响，陈达炜晃了晃，强自挺立：慧芳——

三　妻妹援手

［一月后：上海租界石库门住宅区。

王太太　（上）唉，迭个世道啊，真是乱七八糟！

（唱）一歇歇，工人罢工呼啦啦，

一歇歇，学生游行闹喳喳。

一歇歇，那边枪杀共产党，

一歇歇，警车乱窜把人抓。

稳当还是租界里，

我坐收房租过日脚。

逢人先带三分笑，

收铜钿，一分一厘不许差。

韩慧苓　（内唱）一路奔波到上海——

王太太　（敲门喊）张先生、张先生，我是房东王太太，侬开门呀！

韩慧苓　（寻上）请问这里是张先生家吗？

王太太　哦哟，侬是张太太！

韩慧苓　（背唱）她为何叫我张太太？

王太太　我嘞那屋里向看到过侬咯照片，张太太比照片还要年轻漂亮。

韩慧苓　（背唱）与姐姐本是双胞胎

王太太　张先生自从搬来此地，一个人带小毛头，苦煞忒来。

韩慧苓　（背唱）难道姐姐不在家？

王太太　张先生讲侬回老家照顾生病咯娘，看来侬娘毛病一定好啦！

韩慧苓　（背唱）自幼双亲早亡故……

王太太　好啦好啦，我明朝再来收房租。（大喊）张先生，侬太太回来啦！张太太，明朝会哈！（笑下）

韩慧苓　（唱）不祥预感心中埋。

陈达炜　（抱孩子开门，恍惚一愣）慧……哦，快进来。（警惕关门）

韩慧苓　（看孩子）她就是小红吧？

陈达炜　刚哄睡着。（将孩子放入摇篮）我给你的信收到了？

韩慧苓　你信中说姐姐有急事，我就赶来了。我姐姐人呢？

陈达炜　一路劳累，先喝杯茶歇歇。

韩慧苓　姐姐她……

陈达炜　慧苓，你知道你姐姐是做什么的？

韩慧苓　当然知道，我姐姐是共产党！那时候呀，她带着我上街游行、支持工潮、撒传单、递情报，真热闹、真痛快！后来她被追捕，安顿好我就断了音讯。三年前她突然来信，还夹着一张结婚照。（指桌上照片）就是这张！姐夫，我姐姐不在家？

陈达炜　你姐姐……

韩慧苓　我姐姐到底怎么啦？

陈达炜　她……

韩慧苓　你倒是快讲呀！

陈达炜　她……牺牲了。

韩慧苓　（惊愣、哭唤）姐姐——

陈达炜　（忙制止）慧苓！

（唱）莫号啕，休哭泣，你且收泪，

　　听我与你说仔细。

党内叛徒设圈套，

你姐姐，前去联络中奸计。

她坚贞不屈遭枪杀，

却不知，遗体被抛何方地。

她是你，深敬深爱好姐姐，

更是我，难分难舍好贤妻……（以咳嗽强掩饮泣）

韩慧苓　（唱）见姐夫暗掩伤心泪，

倒叫我，不敢号啕强忍悲凄。

我失姐姐他失妻，

一样的伤痛绞心肺……

陈达炜　（唱）你姐姐，常常与我提起你，

说你重情又重义。

倘若遭逢急难事，

不妨与你共商议。

韩慧苓　（唱）我早向姐姐表心意，

志愿同道担大义。

如今姐姐慷慨去，

报仇雪恨、我要前赴后继！

陈达炜　（唱）她坦诚直率敞心扉，

我欲吐真话却犹疑。

韩慧苓　（唱）姐夫呀，从此慧苓跟定你，

指派任务你莫客气。

陈达炜　（唱）守护文库需谨慎，

她性格外向不适宜。

韩慧苓　（唱）这真是急中风碰着慢郎中，

陈达炜　（唱）急难时刻，偏是无人将她替。

韩慧苓　啊呀，你倒是快讲呀！

陈达炜　我……

韩慧苓　你写信叫我来，到底想要我做啥？

陈达炜　想要你……

韩慧苓　好吧，等你想好了再讲！（拎起包欲走）

陈达炜　（急了）想要你扮作小红的妈妈！

韩慧苓　（大惊）你说什么？

陈达炜　（艰涩地）自从你姐姐牺牲后，敌人到处在搜捕一个带着孩子的单身男子……

韩慧苓　你？害怕了！你怕被捕！你怕坐牢！你怕去死！

陈达炜　慧苓，你听我说……

韩慧苓　我不要听！想不到我姐姐竟找了你这样一个懦夫！（返身就走）

［警车呼啸，摇篮里的孩子惊吓大哭。

韩慧苓　（忙回身抱起）哦，小红不哭、小红不哭！

陈达炜　（见状下决心）慧苓，形势危急，你要走就带着小红一起走。

韩慧苓　你想抛弃孩子！

陈达炜　我想无牵无挂完成你姐姐留下的使命！

［激烈的敲门声夹着蛮横的喊话：查户口！查户口啦！

陈达炜　（急关照）慧苓，我现在改名叫张德强！记住，张德强！（整顿情绪开门，三个华捕踏进门来）

华捕乙　你叫张德强？一家几口哪？

陈达炜　（谦恭地）一家三口，一个孩子，两个大人。

华捕甲　（盯住韩慧苓）喂，侬老公是做啥咯？结婚几年啦？

韩慧苓 （情绪化地脱口而出）不晓得……

［两华捕立刻举枪抵住陈达炜。

陈达炜 （急中生智，大呼）慧芳——我答应！答应马上与你离婚！

韩慧苓 （一震惊觉，顺势哭喊）我要孩子，我要带孩子一起走！

陈达炜 你敢——（扑上前抢孩子，韩慧苓不放，孩子大哭，乱成一团）

王太太 （冲上）哎哟，小夫妻吵啥吵啦？有闲话好好交讲呀！

［拉扯间，慧苓挂包落地，滚出一串银元。

陈达炜 （立即应变，捡起包和银元）王太太，就是为了几个铜钿……

韩慧苓 （亦装委屈）王太太，侬来评评理，我娘给我的私房钱，一进门就给他全部搜光了……（干脆大哭）

陈达炜 王太太，我是怕女人瞎用钞票。再讲，侬对我小囡照顾有加，先付五个月房钿谢谢侬。（递钱）

王太太 （惊喜接过）哎哟，一记头交嘎许多啊，老勿好意思咯！（取出零头塞给华捕乙）这家张先生是做生意的，规规矩矩本本分分……

华捕丙 喂，是迭个女人自家讲不晓得——

王太太 （忙塞钱给丙）气头浪厢的闲话，不作数咯。

华捕甲 不管作数不作数，先带到巡捕房问问清爽，走！

韩慧苓 （瞥见照片，机智取过，砸向华捕）走就走，这日脚我不过了！

王太太 （截住照片）哎哟，张太太侬拍结婚照咯辰光笑得开心来！（轮番给三个华捕看）侬看、侬看呀，伊拉两个人多少般配！

陈达炜 （趁机塞钱给华捕甲）清官难断家务事，难为情哈。

华捕甲 好啦王太太，要是有带孩子的单身男人来租房，你要马上报告！

王太太 一定、一定。（送三位华捕下）

［陈达炜长长舒了口气，关上门。

陈达炜　莽撞闯祸还能沉着应变，你姐姐没有看错你！

韩慧苓　你说姐姐留有使命，所以我才帮你！

陈达炜　（轻叹）你们姐妹，长得太像了！

韩慧苓　（低声）为了姐姐和孩子，我——留下。

陈达炜　（感动地）谢谢……（两人背身抹泪）

四　申城风云

［一月后，浦江外滩。

［姜艳挽着化装的贾宗上。

姜　艳　（轻蔑地）我说贾书记，每次出来都化装成这样，讨厌！

贾　宗　跟你说过多少次了，不要叫我书记！

姜　艳　放心，有我中统特派员姜艳保驾，共党杀不了你！

贾　宗　你懂什么？

姜　艳　我们局长说啦，没有找到共党一号机密之前，你不能死。

贾　宗　这么说，找到“一号机密”我就该死？

姜　艳　该死该活，要看侬对党国还有多少用场！

贾　宗　你！

姜　艳　好啦，做正事。我在你身后50米，发现可疑之人给个信号。

贾　宗　（冲姜艳背影啐了一口）我呸！就你这种货色也配与我理论？想我贾宗当初满怀革命梦想，来到上海读书求学！

（唱）交学友，闹学潮，激情浪漫，

梦想着，英雄人生多精彩。

谁料革命太艰难，

看不到，曙光何时为我开。

顾顺章叛变我更绝望，

意欲抽身避祸灾。

可恨中统不放手，

找不到“一号机密”要制裁。

无奈搏命求立功，

盼的是，早脱党派之争离上海。

［张卫拉黄包车上，车上的赵强戴着墨镜，一副白相人打扮。

赵　强　（唱）追踪叛徒一月久，

几回拔枪未下手。

皆因文库失踪迹，

需借他，循丝觅迹先与达炜接上头。（遥盯贾宗）

［陈达炜戴着压低的礼帽上。

陈达炜　（唱）与党联系中断后，

漂泊无定似孤舟。

沧海茫茫盼灯塔，

暗自寻找到码头。

［韩慧苓抱小红上。

韩慧苓　（唱）自从来上海，

寂寞家中囚。

姐夫他，神秘不知在做啥，

还不准我踏出家门口。

今早不见他人影，

小红发烧又咳嗽。

看罢医生欲回转，

恰遇见，游行队伍雄赳赳。

热血激荡跟着走，

一路行来被冲散、惆怅漫心头。

［突然，几个学生冲来将大把传单撒向人群，警笛骤响；慧苓怀中的孩子惊得哇哇大哭。

［顿时，陈达炜、赵强、贾宗的目光全部射向韩慧苓。

陈赵贾 （合唱）闻声惊回望——

陈达炜 （唱）慧苓为何来江旁？

忙向四周察情况；

赵　强 （唱）凝眸细打量，

她容貌恰似韩慧芳；

贾　宗 （唱）白日见鬼心一荡，

莫非死人又还阳？

陈达炜 （唱）欲唤蓦见阴影晃，

形迹诡谲危机藏；

赵　强 （唱）试探接头移步往，

眼观六路暗提防；

贾　宗 （唱）是人是鬼先抓捕，

急发信号将帽扬。

［贾宗挥帽，姜艳等特务拔枪冲来；韩慧苓忙着拍哄孩子未察。

陈、赵 （同呼）贾宗！

（合唱）猛见特务包抄来，

情况危急急万状。

陈达炜 (唱)挺身向前救亲人,

赵　强 (唱)冒死掩护我先下手为强!(拔枪大呼)贾宗看枪——

[陈达炜与贾宗暗呼:赵强!姜艳等特务转身向赵强扑去。

[此刻,打着横幅标语的游行队伍冲来,他们手挽手喊:"打倒日本帝国主义!""还我东三省……"

[赵强与张卫一个暗示,同时向天鸣枪,随即跃身跳入黄浦江。

[特务们冲上前向江中开枪,游行队伍顿时大乱。

[陈达炜趁机拽韩慧苓隐入人群。

贾　宗 (大喊)追!快追——

五　心之殿堂

[当日深夜:陈家,灯光幽暗,窗帘密垂。

[韩慧苓为摇篮中睡着的小红掖紧被子。

韩慧苓 唉!小红呀小红,今朝我俩差点闯大祸!回到家里,你爸爸没有责怪一句,可他不吭不哈,真比骂人还要难过。我姐姐怎么会看上这样的男人!

(唱)国事家事全不管,

躲在房内求自安。

夜夜毛笔不离手,

哪像革命老党员?

我带来银元已用尽，

眼看家中粮米断。

却发现，他藏有两根足金条，

还成天装穷将我瞒。

越思越想越愤懑……（传来陈达炜咳嗽声）

为姐姐，强忍不屑去照看。（隐）

［灯亮：陈达炜强忍咳嗽抄写文件。

陈达炜　（唱）阵阵呛咳难忍受，

怕吵醒家人强掩口。（闷咳）

二十箱文件目标大，

难藏难迁难护守。

下决心压缩至几箱，

夜夜誊抄在阁楼。

厚重文件两万多，

依序目录新编修。

一笔一画挥毫写，

一字一句不遗漏……（呛咳）

猛觉晕眩天地转，（跌倒，一打照片随之散落）

似有血腥冲上喉。（挣扎捡照片细看）

一张张遗照音容在，

一个个俱是牺牲好战友。

战友哪，纵不能刑场并肩走，

怎能让你们鲜血白白流。（挣扎站起，执笔）

虚汗涔涔手战栗，

咬牙强抑笔颤抖。

只要尚存一口气，

定要将，烈士功绩在党史留！（取白毛巾咬在口中，艰难抄写）

韩慧苓　（端粥上）姐夫！

陈达炜　（忙掩盖文件）唔……（一阵猛咳，颓然坐倒）

韩慧苓　（冲进门，见毛巾上鲜血，大惊）血！

陈达炜　（无力微笑）老毛病，歇歇就好了。

韩慧苓　这病不能再拖，走，我陪你去医院！（强拽）

陈达炜　（挣脱）慧苓！我们看不起病……

韩慧苓　你还要装穷！（打开抽屉，取出金条）

陈达炜　慧苓，这金条不能用！

韩慧苓　为啥不能用？那天我打扫房间，发现金条，满心悲哀！你成天躲在家中也罢，你装富叫穷也罢！可你、你竟然忍心让小红每天只喝米汤！这金条，生不带来、死不带去，只看不用，就是粪土！（狠狠摔去）

陈达炜　（忙接住）慧苓，这是党的组织经费！

韩慧苓　组织经费就该用在刀口上！孩子需要奶粉、你需要治病！可你每月竟花 30 银元租这豪宅，貌似装富，实则怕死！

陈达炜　怕死？

韩慧苓　你怕面对敌人才藏身豪宅，还不让我出门。人面前不是点头哈腰就是拍马屁，革命骨气荡然无存！说句不好听的话，你就是被敌人吓破胆的懦夫！

陈达炜　你！你知道今天闯了多大祸吗？

韩慧苓　我闯祸我承担，无非一死，我不怕！

陈达炜　（压抑地）慧苓！今日遇险，为了掩护你，赵强他们跳入浦江，生死不明。本可以联系上的组织彻底断线！这后果你承担得起嘛！不识大局、不知进退，看似热情、实则浅薄！

韩慧苓 好！都是我的错，我走！

陈达炜 站住！想知道你姐姐最后一句嘱托么？

韩慧苓 姐姐？

陈达炜 悠悠万事，唯此为大！

韩慧苓 悠悠万事，唯此为大？她是说？

陈达炜 我和她共同担负的使命，也是她未能完成的使命，更是我必须替她坚守的使命！或许一年、两年、十年，组织失联，没有经费，为完成使命，这金条只能用作租房，我和孩子，无权使用一分一毫！

韩慧苓 到底是什么使命？为啥不能告诉我？

陈达炜 因为这是党的绝密，因为你还不是党员！慧苓哪——

（唱）我知你，怀热血，性情刚强，
我信你，轻生死，敢拼敢闯。
遵党纪，原谅我，暂瞒细节，
严守护，还需你，合力相帮。
这家中，“一号机密”深隐藏，
两万件，中央文库二十箱。
我党历史它鉴证，
我党誓愿它知详；
经验教训它记载，
似警钟长鸣悲而慷。
人在文库在，
守待凯歌扬。

哪怕是，忍辱负重、吃菜咽糠、默默无闻、身形俱亡，

志愿为党守大业，何惧一生孤独、就地埋葬！

韩慧苓 一生孤独、就地埋葬！你是说，这里也许就是守护人的墓地？

陈达炜 （唱）亘古千万代，

众生如烟海。

几人青史得记载？

一己生命若尘埃。

看天下，身之坟墓到处在，

这心之殿堂，唯我独享、装满未来！

韩慧苓 （被感染）心之殿堂，装满未来……

陈达炜 慧苓，为保文库安全，今后出门一定要乔装改扮。

韩慧苓 我不会！

陈达炜 我教你。

韩慧苓 哎……（传来孩子哭声）呀，小红醒了。（奔下）

［聚光：韩慧苓摇着摇篮，凝望陈达炜咬着毛巾、伏案抄写的剪影。

韩慧苓 （唱）忍看他，孤灯下，寂寞身影，

好一似，浦江浪，激荡我心。

总以为，闹革命，轰轰烈烈，

舒壮志，洒热血，敢打敢拼。

自从踏进这家门，

看不惯，他颓靡畏缩自囚禁。

看不惯，他人前装富假奉迎，

看不惯，他麻木冷血少亲情。

今日里，他心之殿堂豁然开，
装满未来见胸襟。
方知晓，他为何拼命不惜命，
苦撑苦熬度光阴。
“一号机密”虽未见，
已知文库重千钧。
姐姐为它慷慨去，
姐夫为它寂寞生。
慧苓哪，从今后——
羞将浮浅作热忱，
更戒闹猛当斗争。
你需守寂寞，
你要学沉静，
你当担责任，
你要付一生。
前程漫漫修道远，
千里万里、坚忍踏实、方能够默默远行！

六　真情深处

［四年后的秋晚，法租界新搬迁的陈家内外。

［灯亮：五岁的小红在玩“跳房子”游戏。

小　红　（唱）爸爸在家写字忙，

妈妈又烧山芋汤。

小红我，肚皮饿得咕咕叫，

自家门口白相相。

看到有人走过来，

我就朝屋里喊一声。

［房东伊娃夫人拎一盒梨膏糖上。

伊　娃　小红！

小　红　伊娃阿姨好！（冲屋内喊）妈妈，伊娃阿姨来啦。

伊　娃　小红，你爸爸的病好些了么？

小　红　（摇头，模仿咳嗽状）……

韩慧苓　（迎出，举止老练沉稳）是伊娃夫人，请进来坐吧。

伊　娃　不啦。吃好晚饭出来走走。听小红讲，她爸爸的病……您还是要带他去医院看一看才好。

韩慧苓　不怕夫人见笑，为了给他治病，生意停做不算，连家具都变卖了。

伊　娃　哦，我带了一盒梨膏糖，据说化痰止咳，疗效很显著。

韩慧苓　夫人太客气了，您将这独门独户的房子免费给我们住，已经感谢不尽了！

伊　娃　您不也是免费教我孩子讲中国话嘛。你们中国人说得好：远亲不如近邻。

韩慧苓　谢谢夫人！

伊　娃　不要客气，Thank You，拜拜！

韩慧苓　再会！（含笑目送伊娃，拉小红进屋）

小　红　妈妈，我要吃糖。

韩慧苓　小红乖，这是给你爸爸吃的。来，妈妈陪你去吃山芋汤。

小　红　我不要天天吃山芋汤，我要吃糖。（抢过梨膏糖就要拆）

［韩慧苓一把夺回，小红哇地大哭起来。

陈达炜　（闻声上）小红？

小　红　（哭着嚷嚷）爸爸，小红肚皮饿，小红要吃糖——

陈达炜　（一把搂紧女儿）好，吃糖吃糖。

韩慧苓　这是伊娃夫人送的梨膏糖……

陈达炜　慧苓，梨膏糖治不好我的病。

韩慧苓　总比你啃生萝卜止咳要好。你夜夜咳嗽，咳得小红困不着，咳得我心里都痛，再这样下去你还要不要命啦！

陈达炜　慧苓，孩子要紧，让她吃吧……（一阵巨咳）

小　红　（慌得直拍父亲）爸爸、爸爸！我晓得了，梨膏糖不是糖是药！小红不要吃药！

陈达炜　（哽噎）小红，将来，爸爸一定给你买老多老多糖……

小　红　好！妈妈，小红乖，小红去吃山芋汤喽！（下）

陈达炜　小红——（抢过梨膏糖追下）

韩慧苓　（对照片唤）姐姐——组织经费已经用光，家中三餐难以维系，慧苓能够坚持，可达炜需要治病，小红正在长身体，更何况我……我该怎么办？怎么办哪——

（唱）达炜他，病势沉重常吐血，

誊抄文件不停息。

小楷字字耗精力，

他右手僵直近残废。

诚心帮忙不能够，

那内容于我是绝密。

四年来，朝夕相处扮夫妻，

不知不觉已难分离。

他昏晕桌案几多次，

我守候床边勤护理。

他坚韧从无悲苦意，

我深愁密怜压心底。

情愫渐萌不敢讲，

昏迷中，他还声声呼唤姐姐你！（深泣）

陈达炜 （静上）慧苓……

韩慧苓 （忙擦泪）小红呢？

陈达炜 我哄她吃了梨膏糖，她连呼十几遍好吃好吃，还问我：爸爸，到将来还要等几天？我……（背身忍泣）

韩慧苓 （心痛地）达炜，都怪我四年前闯祸，至今联系不上组织，倘若你和小红……我！对不起、对不起——（失声恸泣）

陈达炜 （动情扶住慧苓双肩）慧苓，是我让你和孩子跟着受苦，只怕我今生今世难以回报……（慧苓急捂他口，两人对视，慌忙分开）

陈、韩 （合唱）蓦然间，神思乱——

（叠唱）陈：我暗自懊恼；韩：我暗自心跳。

陈达炜 （唱）怪我贸然欠冷静，

韩慧苓 （唱）莫非我心绪他知晓？

陈达炜 （唱）四年来，假扮夫妻人亲近，

韩慧苓 （唱）四年来，真假恍惚渐混淆。

陈达炜 （唱）自问自省自警诫，

韩慧苓 （唱）自醉自品自缠绕。

陈达炜 （唱）想起慧芳犹惊觉，

韩慧苓　（唱）满腹心事，早向姐姐暗禀告。

陈达炜　（唱）踌躇试与她把底交，

韩慧苓　（唱）婉转试将他心门敲。（唤）达炜，你看这窗帘！

日日深垂无人挑，

夜夜密封似囚牢。

何不遣风吹拂开，

任教流辉来天霄。

陈达炜　（唱）她话中深意深明了，

这窘境还是第一遭。

进退两难把话绕，

你可听见，小红在将妈妈叫？

韩慧苓　（唱）叫妈妈、想妈妈，

更应该，为她再将亲情找！

陈达炜　（唱）小红幸有你照料，

养育之恩比天高。

达炜命似烛将烬，

切莫要，心存旁骛自添烦恼！

韩慧苓　你……（强忍）哦，我去热碗山芋汤来。（抹泪疾下）

陈达炜　（望着慧苓背影一阵干咳，凝望照片）慧芳你都听见了对么？我让你妹妹伤心了！可我这病——怎好拖累于她？倘若我一旦离去，她就可能一生一世无法与党取得联系，只能独自坚守，不可外出、不能交友、生活困苦，寂寞到死！她还不是党员，我有什么权力要求她这样做？我有什么权力哪！慧芳，我该怎么办？怎么办……（呛咳着打开箱盖，见手榴弹，取出沉思）

韩慧苓 （端碗上，见状大惊）达炜，你想干啥？

陈达炜 我，想求你一件事！

韩慧苓 求我？

陈达炜 在我临去之际，求你将我与中央文库一起炸毁！

韩慧苓 炸毁？

陈达炜 它与我同归于尽，你便可远走高飞！

韩慧苓 达炜，我一直想问：守护文库危机四伏，与党失联寂寞煎熬，你为什么还要苦苦坚守？

陈达炜 因为党的信任、因为我的承诺！

韩慧苓 党已撤离上海，谁来管你承诺？

陈达炜 我——我的初心、我的诚心、我的信心！中央文库，是党从无到有的艰难史迹，是千万同志牺牲的浓烈血祭，更是我梦望将来的心之皈依！

韩慧苓 （激动地）你怕我独自守护、耗尽岁华、困顿一生，寂寞到死！竟要炸毁它放我远走高飞——达炜哪！

（唱）一句话，开心扉，

解语何必明言叙。

你看这，灯光一霎流辉起，

陋室温馨漫春意。

你看这，身之墓地一天喜，

心灵殿堂任我飞。

感知己，慰深意，

天缘任凭天绾系。

慧苓今生无所求，

唯有默默深谢你。

四年磨砺经风雨，

身畔长绕精神气。

更敬佩，选定信念舍命守，

永生永世不言弃。

达炜呀，莫再为我存顾虑，

盼只盼，入党为党守机密，我矢志不移！

陈达炜 （对照片）慧芳你听见了么？我愿意介绍慧苓入党，你也一定愿意！今天我们特事特办：我领誓，你监誓，书证函、存文库，将来组织接纳慧苓可做依据！（从箱内抽出一面党旗，用力挥展开）

韩慧苓 党旗！

陈达炜 这是我党建党初期的党旗：斧头劈开革命路，镰刀收获新天地！

韩慧苓 （接诵）不惜生命度经纬，敢教鲜血铸本色！

［伴唱骤起：险夷不变应尝胆，

道义争担不息肩。

人在文库在，

守尽风雨唱凯旋。

［伴唱声中，陈达炜与韩慧苓举起右拳，完成宣誓。

陈达炜 慧苓同志！

韩慧苓 达炜同志！（两人紧紧握手）

陈达炜 慧苓，你来看——（一把拽她到箱前，念）《红四军近况》《叛徒之记载》《国民党各地特务组织一览表》《秘密交通要诀》……

韩慧苓 （接念）《明密码电报书》《红卅六军给中央的工作报告》《党

内暗号单》……

陈达炜 （取出一沓照片）这是李大钊、彭湃、罗亦农、恽代英烈士的照片和遗墨，你看，彭湃同志绝笔——

韩慧苓 为子子孙孙争得幸福，献出生命在所不惜！恽代英狱中诗——

陈达炜 （激情吟诵）浪迹江湖忆旧游，
故人生死各千秋。
已摈忧患寻常事，
留得豪情作楚囚——（一阵猛咳，吐血晕眩）

韩慧苓 达炜！达炜！

陈达炜 （困难地）慧苓，你把《党内暗号单》中的纸条给我。

韩慧苓 （取过，念）天皇皇、地皇皇，我家有个夜哭郎！这？

陈达炜 这是在危急情况下，寻找组织的联络暗号。记住，明天中午我还不回来，你立刻带着文库和小红搬家转移。（挣扎欲走）

韩慧苓 （一把拽住）我去！

陈达炜 不，这暗号叛徒贾宗知道，只要贴出去……

韩慧苓 那就更应该我去！

陈达炜 慧苓，我是将朽之人，拼着走这步险棋，如果能联系上组织，死也心安了！

韩慧苓 达炜，你相信我么？

陈达炜 信！

韩慧苓 好！（取过手榴弹递给陈达炜）如果我没回来，是搬家还是炸毁你决定！如果我回来了，不管能否联系上组织，你我一定要好好活下去，共同守到天荒地老！（喊）小红！小

红——(小红上)

小　红　妈妈!

韩慧苓　(命令地)小红,爸爸又发病了,你守着爸爸,我去请医生!(转身就走)

陈达炜　慧苓,出门、乔装改扮……(昏迷)

小　红　(哭唤)爸爸、爸爸——

[韩慧苓依恋地望了一眼,掩面而去。

七　绝境求生

[偏僻的马路:贾宗神态阴鸷上,四特务随后。

姜　艳　(追上)报告贾站长,南京密报:红军长征,到达陕北,中共特科再度潜回上海,寻找一号机密。

贾　宗　好,我这心病也该了结了。

姜　艳　可我们追查了四年,毫无踪迹。

贾　宗　陈达炜长期蛰伏,踪迹难觅。如今有人来找,定会露出马脚。(命令四特务)你们分头查探,发现可疑之人立刻抓捕。

四特务　是。(分头而去)

贾　宗　你跟着我,保持距离。

姜　艳　是。(下)

贾　宗　唉,贾宗我从儒雅学子、热血青年、中共领导乃至叛徒特务,皆为大势所趋,身不由己。走到今日,也只能死心塌地了!

(唱)受训中统建功勋,

抓获田汉阳翰笙。

国民党升我为站长，

共产党，追杀我下制裁令。

势成水火铁了心，

我力捕共党泄怨愤！（发现贴条，大笑）好！好！

党内暗号有规定，

情况危急，倒贴三张将组织寻。

倘若不是陈达炜，

我也要，顺藤摸瓜、一网打尽。（张望着下）

［一副流氓打扮的赵强携张卫上。

赵　强　（唱）四年前，浦江脱险赴征程，

随红军，会师陕北初安定。

恩来授命回上海，

寻找达炜、交接文库、制裁叛徒任务紧。

正欲为党除祸害，

却又见，三张贴条我又喜又惊。（与张卫隐下）

贾　宗　（唤上）老妈妈，老妈妈——

［化妆成捡破烂老婆婆的韩慧苓蹒跚而上。

韩慧苓　先生，你是在叫我？

贾　宗　老妈妈，我看你这边贴三张，那边贴三张，有用么？

韩慧苓　（警惕敷衍）嗨！我那小孙子夜夜哭闹，有用没用，心诚就好！

贾　宗　对对对，心诚就好。（凑近）我是中央特科的，受命于恩来……

韩慧苓　（机敏嚷嚷）恩来恩来，老太婆我呀，就望恩从天上来！

贾　宗　（试探）达炜同志好么？

韩慧苓　（脱口而出）达炜！（忙掩饰）哦哟，你这位先生灵咯，晓得我的孙子叫大卫！啊呀，小孩阿猫阿狗随便叫叫，好养活，可我那个儿子就是不听闲话，非要叫啥大卫，难听煞了。

贾　宗　（不耐烦）同志！目前情况危急……

姜　艳　（伺机冲上）报告书记同志，狗特务追踪过来了。

贾　宗　好，我们带这位同志一起转移！（拽慧苓走）

赵　强　（晃上）慢！喂，老太婆，我看你一把年纪，天天在这里捡破烂作孽巴拉，我家里有废报纸废票据，通通送拨你。

贾　宗　你是什么人？

赵　强　哪能，想跟阿拉青帮杜先生抢市面啊，弹开！老太婆，跟我走！

韩慧苓　这……

赵　强　不想要啊？告诉你，我是懒得搬，那可是整整二十箱哪！

韩慧苓　二十箱！

（唱）文库原是二十箱，

　　是巧合？还是玄机暗藏？

贾　宗　（唱）眼看鱼儿要上钩，

　　此人为何来作梗？

赵　强　（唱）她冒险贴条寻找党，

　　似像非像韩慧芳。

姜　艳　（唱）欲将中统牌子亮，

　　贾宗暗示来阻挡。

韩慧苓　（唱）谁是敌？谁是友？

赵　强　（唱）只怕她，一时难以分清爽；

贾　宗　(唱)总觉她面熟陌生，

姜　艳　(唱)贾宗在搞啥名堂？

韩慧芩　(唱)机会难得需试探，

赵　强　(唱)如何叫她不上当？

四　人　(合唱)怎么办？怎么办——

赵　强　(唱)我必须、惩叛徒、保她无恙；

贾　宗　(唱)我必须、诱骗她、长线暗放；

姜　艳　(唱)我必须、观风向、伺机收网。

韩慧芩　(唱)一边是，同志声声暖心房，

一边是，话中点出二十箱。

一边是，恩来达炜皆知晓，

一边是，神态焦虑似相帮。

谁真谁假难判断……

贾　宗　老妈妈，我送你回家！

赵　强　老太婆，快跟我走！

韩慧芩　(唱)谨慎再把糊涂装！(白)先生，二十箱我老太婆实在搬不动，等我回家叫儿子来帮忙。(欲走)

贾　宗　站住！(拔枪直指赵强)我代表中共，处决你这个狗特务！

赵　强　神气啥？你有枪我也有枪！(故意拔枪把玩)

姜　艳　(瞄准赵强)把枪放下！

赵　强　(大喝)叛徒贾宗——(张卫闻声，开枪击毙贾宗；赵强顺势一枪击毙姜艳；警笛四起)

赵　强　快，跟我走！

韩慧芩　你是？

赵　强　险夷不变应尝胆，道义争担敢息肩！

韩慧苓　人在文库在，守尽风雨唱凯旋！（警笛声与枪声逼近）

赵　强　张卫，你带她走！我掩护！

张　卫　队长！

赵　强　快走——（举枪向敌人迎去）

［在激烈的枪声中切光。

八　最后时刻

［凄厉的警笛夹杂着警车的呼啸声，持续不断。

［昏睡的陈达炜惊觉。

陈达炜　（问守在一旁的小红）小红，妈妈还没回来？

小　红　嗯。

陈达炜　（急看时间，决断）小红，你听爸爸说，你现在去弄堂口，如果看到陌生人找爸爸，你就喊天要下雨啦；如果见到妈妈回来，你就喊太阳出来啦！记住没有？

小　红　记住了，如果看到陌生人找爸爸，就喊天要下雨啦；如果见到妈妈回来，就喊太阳出来啦！

陈达炜　好孩子，一定要看清楚妈妈身后有没有坏人跟着！

小　红　嗯，小红知道啦。（奔下）

［警车声声呼啸；

［陈达炜挣扎起来，打开壁橱，颤颤抚摸六只箱子；

陈达炜　（唱）轻轻抚，静静思，面对危境，

算时间，更担忧，涉险慧苓。

眼见得，时辰到，分秒告警，
倘生变，再转移，力不从心。
打开备用手榴弹，
揭开暗藏柴油瓶。
遣走小红防牵连，
同归于尽我一人……（晕）
神思恍惚喘息难，
忙向桌案身靠定。
眼前隐隐过往事，
心中耿耿未了情。
思绪恍恍人将去，
欲等难等盼慧苓——（显现行进中的韩慧苓）

韩慧苓 （唱）达炜你要等一等哪——（转赋子板）
等我回家报喜讯。
我已经找到组织找到党，
欲哭又笑泪淋淋。
赵强引敌绕道去，
嘱我先向你报信。
叛徒贾宗已制裁，
文库交接障碍清。
红军五次反围剿，
长征几陷生死境。
每每念及文库安，
恩来他为你深悬心。
得知姐姐牺牲后，

他噙泪无语叹息频。
嘱托赵强来上海，
肺疾良药带三瓶。

陈达炜　（唱）临危遗言难面诉，
心意相通寄慧苓：
倘若找到党组织，
文库自有接应人。
倘若依然无音讯，
你定要守护守护再等等。
天阴总有云开日，
长夜熬尽见光明。
达炜临去深拜托，
幼女劳你抚养成。
莫迁就、莫娇宠，
要她善良品格正。
要她记住好娘亲，
要她做个为国为民有用人。

韩慧苓　（唱）达炜你要等一等，
等我慧苓回家门。
从今你呀莫忧心，
风雨已过天将晴。
累年顽疾虽凶险，
奉上良药能治病。
莫负组织牵挂情，
切记同志关爱心。

修身养性勤调理，
煎汤熬药有慧苓。
四载时光匆匆过，
一生情愿悄悄定。
不求浪漫非怜悯，
只为经霜历雪情。
生命可贵莫放弃，
相伴渴望相和鸣。

陈达炜 （唱）似见慧苓双泪盈，
此刻难抑深深情。
四年来，朝夕相处长相伴，
人非草木早知情。
当初是，情况紧急邀你来，
只为求助脱险境。
后果从未仔细想，
平常更是少关心。
记得那一次我吐血昏迷三天整，
你守候床边不离身。
我夜半惊觉神恍惚，
拉住你，声声呼唤慧芳名。
从此后，我自责自疚自回避，
你不声不响不点明。
多少险夷并肩闯，
多少难关默契行。
多少困苦同支撑，

多少心酸各自吞。
小红全靠你抚养大，
她喊你一声妈妈我一揪心。
对不起啊对不起，对不起我的好慧苓，
这世上，难说难诉最是男儿歉疚情。
今日你代我冒死去联系，
倘有长短我怎安心？
盼啊盼、等啊等，
一分一秒长似岁月煎熬深。
愿你找到党，
愿你寻到根，
愿你脱险境，
愿你长安顺。
慧苓哪，只盼你踏上新征程，
达炜我，化作长风伴你行……（晕眩）

韩慧苓　（唱）达炜你千万千万等一等，
莫叫生命即飘零。
你挺过监狱残酷刑，
守过长年苦清贫。
扛过亡妻惨烈痛，
熬过敌人遍搜寻。
千辛万苦都尝遍，
定能坚持到天明。
文库需你来交接，
小红要你慈父亲。

恩来盼你去延安，

慧苓求你再等等。

等我喜讯当面诉，

等我喜宴醉酩酊。

等我喜悦描愿景，

等红旗指处寰宇清。

革命成功，

迎接黎明。

文库珍宝，

世代传承。

你要守住性命将我等——（在警车呼啸中隐去，陈达炜被警车声惊醒）

陈达炜 （唱）警车呼啸阵阵紧，

不见慧苓回家门。

生命将尽不能等，

拉开弹弦——

［传来小红的喊声：爸爸，太阳出来啦——

［伴唱：太阳出来天地明！

陈达炜 （唱）慧苓已平安，

顿时解心悬。

手中弹弦松，

泪落青衫悲更欢。

隐约慧芳含笑来，

分明红旗漫天卷。

一号机密呈交党，

从容归去无遗憾。

忽闻宣告声回荡——

周恩来 （画外音）春秋之笔，言实史信，中央文库，当归将来我们之天下！

陈达炜 当归将来我们之天下——（以生命的最后力量爆发大笑）呵呵、哈哈、哈哈哈……

（轻唱）实有幸，默默守护，我是其中一员！

［伴唱骤起：险夷不变应尝胆，

道义争担不息肩。

人在文库在，

守尽风雨唱凯旋。

［伴唱声中：陈达炜造型定格。

［韩慧苓牵小红奔上，小红向天高唤：爸爸，太阳出来啦——

韩慧苓 （一把搂紧小红，望向远方）他和中央文库永世同存！

［画外音：文库安全交接，陈达炜病逝上海；我党无价之宝“一号机密”至今完好保存在中央档案馆。

［剧终。

（与黄嬿合作）

苏剧现代戏

国鼎魂

人　物　潘达于　18 至 102 岁，原名丁素珍，改名潘达于

新　娘　丁素珍之幻影

潘祖念　潘达于的公公

潘家裕　潘达于的丈夫，潘祖念的儿子

大　毛　潘达于的养子

林　本　潘府管家

张　妈　潘府女佣

贾大帅　军阀，苏州驻防都督

松　田　苏州日军驻防司令

白　正　松田的翻译官，国民党中统特工

杨连长　解放军连长

徐干事　解放军文化干事

潘府女佣及男仆；军阀兵丁；日本官兵；国军官兵；解放军战士

序

［字幕：西周青铜大鼎，被古代视作传国重器，政权象征。现藏于北京的大盂鼎、上海的大克鼎、台北的毛公鼎并称为“海内三宝、国之重器”。大盂鼎和大克鼎上所刻铭文，是研究西周乃至华夏历史的重要文献。它们最终惊现于世，历尽了人间沧桑……

［主题曲：春长秋消情不改，

一生寂寞谁解怀。

心魂熔铸双鼎中，

沧桑深处回望来。

［2007 年夏，苏州潘府：白发苍苍的潘达于伫立遥望。

［越来越近的呼唤声：潘达于，潘达于——

潘达于 是谁在叫我？

［蒙着盖头红的新娘飘然而至。

新　娘 是我，我是丁素珍！

潘达于 丁素珍？很久很久以前，我就改名叫潘达于了。

新　娘 同一个人，两个名字罢了。没想到你竟能活到一百零二岁！

潘达于 命再长，也长不过这座府邸呀！

新　娘 这府邸，可算苏州的豪门大院了！

潘达于 那是，三落五进的大宅院，楼上楼下上百间房哪！

新　娘 你捐献给国家的大盂鼎、大克鼎，如今换十座府邸也绰绰有余。

潘达于 人哪，来在世上，啥都想要，可临到走时，啥都带不走。

新　娘 人家来到世上，好歹享受一番亲情，可你，刚进洞房丈夫就……

潘达于 （制止）嘘！你听，我丈夫家裕在跟我讲话哩……

［潘家裕画外音：国、要像个国，方能配得鸿宝重器；家、需是个家，才能守护无价珍宝……

［伴唱：心魂熔铸双鼎中，

沧桑深处回望来！

［潘达于渐渐隐去；新娘缓缓步入下一场景……

一　新婚遭劫

［1923年秋，潘府，红灯高挂，喜乐悠扬。

［潘祖念端坐厅上，管家林本侍立在侧。

［张妈与喜婆等恭引蒙着盖头红的新娘，缓缓而来。

丁素珍 （拜伏）媳妇丁素珍拜见公公。

潘祖念 你……可知道你丈夫潘家裕去上海读大学，回到家中一病不起？

丁素珍 知道。

潘祖念 你父临终，虽有婚约，此刻你若反悔，潘家绝不怪你。

丁素珍 媳妇生于医家，自能为家裕把脉调养，他，会好的。

潘祖念 你才十八岁，我儿他、倘若不治……

丁素珍　公公还是祝福素珍吧。

潘祖念　好。张妈，领少夫人去新房吧。

张　妈　是。

众喜娘　少夫人，请。

［张妈等引丁素珍下；潘祖念目送新娘，仰天长吁。

潘祖念　苍天，你既赐我佳媳，当保佑我儿转危为安哪！

（唱）喜乐声声凝期盼，

但愿我儿病体安。

虽说是，百年鼎盛输林家，

偏只有，香火一脉子嗣单。

我已是，风烛残年人老朽，

厌倦宦海早辞官。

最忧心，千古双鼎比山重，

深藏秘守需人传。

倘若儿命不长久，

这家族重任谁能担？（抹泪）

林　本　老爷放心，少夫人深得岐黄家学，定能使少爷安然康复！

［画外音：苏州都督贾大帅到——

［军阀兵丁簇拥着贾大帅闯了进来。

贾大帅　呵呵，想不到这潘家府邸，比本帅的大帅府还要大嘛！

潘祖念　老朽不知大帅驾临，有失远迎。

贾大帅　苏州贵潘的儿子在本帅地界大婚，本帅不能不到。

潘祖念　有劳大帅费心，小儿大婚实乃迫不得已。

贾大帅　早就听说，你家古董太多，阴气太重，子孙不得长寿！

潘祖念　你！

贾大帅　本帅今日来，有要事相商，顺便也为你家扫扫阴气。

潘祖念　（领会）林本，速取字画古籍，奉送大帅。

贾大帅　慢，本帅听闻你家藏有一双宝鼎？

潘祖念　宝鼎！

贾大帅　鼎上刻有铭文，乃立国安民之道！本帅转战南北，正需一双宝鼎压阵！

潘祖念　大帅英明，只是府中无有宝鼎哪。

贾大帅　哦，你不知道？那你的儿子一定知道！来呀——

众兵士　有！

贾大帅　守住新房，看住新郎，本帅要问话！

众兵士　是！（冲向新房）

潘祖念　大帅，我儿病重，求你放过他……

贾大帅　只要问出宝鼎，本帅立马放人！（甩袖而去）

［一片哭喊声传来，潘祖念晕眩欲倒，林本急扶。

丁素珍　（内）家裕，家裕——（被兵士推出）

张　妈　少夫人！（扶住）

丁素珍　（强抑慌乱）公公，府中可有一双宝鼎？

潘祖念　宝鼎？

丁素珍　若有宝鼎，恳请公公速用宝鼎，换回家裕！

潘祖念　你不要听信他们胡言乱语。

丁素珍　公公，家裕重病在身，危在旦夕！

潘祖念　（切齿）贾贼！强盗！

丁素珍　（急了）公公，家裕是我一生依靠的丈夫！

潘祖念　（哽噎大吼）他也是我的儿子，唯一的儿子！

丁素珍　公公——

（唱）素珍亲娘病亡久，

自幼儿，随父邻街开诊楼。

家裕体弱常求治，

数年玩伴意相投。

冲喜成婚盼他好，

岂能够，惜鼎害他性命丢。

公公哪——为保潘家一脉根，

以鼎换命莫滞留。（跪求）

潘祖念 军阀暴戾，抢劫民财，这是什么世道啊！家裕我儿……（昏晕）

林　本 老爷！

丁素珍 公公！（把脉，对林本）公公急火攻心，快送医院。

林　本 那少爷？

丁素珍 少爷有我看护！（向新房冲去）

兵　士 站住！不许进去！

丁素珍 （机敏地）放我进去，我要见大帅。（冲下）

二　护鼎自戕

［新房灯亮：潘家裕孱弱地倚靠在床，贾大帅笑脸相向。

贾大帅 潘家裕，你也说府中无鼎，那本帅只能拿你的小命赌赌运气喽！

潘家裕 大帅为国守土尽责，要那东西何用？

贾大帅 老实告诉你吧，我听说那东西价值连城！

潘家裕 大帅如此作为，就不怕国法？

贾大帅 国法？书呆子！在这地界上，本帅就是国法！

［传来丁素珍的喊声——

丁素珍 放我进去！放我进去！我要见我的丈夫！家裕、家裕——

贾大帅 放她进来。

丁素珍 （冲上）家裕！

潘家裕 素珍！

贾大帅 （拦住）呵呵，小娘子长得倒蛮标致。

丁素珍 大帅，他重病在身，您就放了他吧。

贾大帅 好说，只要交出宝鼎……

潘家裕 （挣扎大喊）潘府之事与她无关！

贾大帅 看来你们真是情投意合一对。好，本帅去和潘老先生谈谈，这一对宝贝和那一双宝鼎，要哪个随他挑！来呀，看住他们！（下）

士　兵 是！

潘家裕 素珍，潘府在劫难逃，你赶紧离开这里！

丁素珍 我既嫁入潘府，这里就是我的家！

潘家裕 尚未完婚，你还不算潘家人！

丁素珍 两情相系，纵死也要在一起！

潘家裕 你！快走！

丁素珍 不！

潘家裕 快走！

丁素珍 不！

潘家裕 好，等我一头撞死在这里，你再走吧！（挣扎欲起）

丁素珍　家裕，你若一定要走，素珍绝不偷生。今夜是你我新婚之夜，你理应先揭盖头红，再唤一声妻，黄泉路上也好比肩同行。（哽噎）

潘家裕　素珍——我的素珍哪！

（唱）莫伤心，莫哭泣，

家裕有话你听仔细。

数年深情埋心底，

梦中与你早结缡。

怎奈旧疾如山倒，

病入膏肓无药医。

此番被困作人质，

生望已绝痛相惜。

放不下，老父年迈失所倚，

更忧心，家族零落遭人欺。

虽说是，生逢乱世厌苟活，

对不起呀，未曾圆房我的妻！

丁素珍　（唱）一声妻，泪奔涌，

求夫君，为妻揭去盖头红。

潘家裕　（唱）一声求，锥心痛，

我岂能，负你终生一场空。

丁素珍　（唱）恳求夫君揭盖头，

莫教两情无所终。

潘家裕　（唱）此刻险境如山崩，

你快快远飞脱牢笼！

丁素珍　夫君，你我早有誓言：天塌地崩，生死与共！今生今世，为妻这盖头红——只为你一人而开!

(唱)自揭开,盖头红,盈盈一拜,

深噙泪,羞含笑,向郎告白:

妻为你,生与死,置之度外,

妻伴你,祸还福,共同担待。

妻求你,莫言弃,守住心脉,

妻与你,偕连理,无谓形骸。

圆心更胜圆洞房,

同床不能可同埋。

但得冲破生死关,

妻为你调理祛病灾。

倘若天意绝人路,

妻陪你,一路呢哝到泉台!(两人紧紧拥抱)

潘家裕 素珍,有你,我真想好好活下去!

丁素珍 一定要活下去!你我两条命在此,公公他定会设法解救。

潘家裕 解救?不交宝鼎,谈何解救。

丁素珍 那府中到底有没有一双宝鼎?

潘家裕 这……好多年了,世人传说,一双宝鼎乃绝世珍宝,家裕不以为然。直到去上海读大学念国文才知道,大盂鼎、大克鼎和毛公鼎实为"海内三宝",国之重器!

丁素珍 既是国之重器,那就交给大帅,转呈国家……

潘家裕 哼!横行霸道,逼夺宝器,他眼中哪有国家二字!

(唱)自从清廷一朝垮,

横行霸道数军阀。

争权夺利山河破,

频起兵燹互残杀。

我也曾，求学上海图报国，

怎奈是，政党群起主义杂。

运动社、协进会、国民党、共产党，

究竟谁能救中华？

深陷绝望无期盼，

心病身疾两交加。

叹只叹，鸿宝重器沉世海，

家难成家、国不像国也配不上它！

［林本冲进门来；贾大帅随后跟进。

林　本　我要见少爷，我要见少爷！

潘家裕　林叔……

林　本　少爷，你还好么？

贾大帅　怎么样，我说他没事就没事！宝鼎呢？

林　本　老爷正在医院抢救。

潘家裕　林叔，我父亲他……

林　本　老爷说了，愿将潘府宅邸悉数奉送大帅，只求少爷平安！

潘家裕　林叔你糊涂啊！潘府乃祖传宝宅，岂能为家裕一人断送！

丁素珍　大帅，潘府若有宝鼎，定在府中收藏。如今既将府邸奉送，那就证明确实无鼎哪。

贾大帅　你懂什么，本帅身负国家重任，奉命明早开拔，要这府邸何用！

丁素珍　潘府无鼎，你就是杀了我们，也变不出宝鼎哪！

贾大帅　好！本帅就当着潘老爷子的面，将你们一刀一刀剁了，我就不信问不出宝鼎！来人，去医院将那老不死的给我绑回来！

众兵丁　是！（欲冲下）

潘家裕　（急喊）站住！大帅，你为何咬定一双宝鼎藏在潘府？

贾大帅　无风不起浪，本帅就拿你俩的性命赌上一把！

潘家裕　大帅一定要赌，潘家裕自当奉陪！

贾大帅　（剑抵潘家裕胸口）讲，宝鼎到底在哪？

潘家裕　（凄楚一笑）要鼎没有，要命一条！（猛地冲向剑锋，双手助力扎入自己胸膛）

［丁素珍一声惨呼扑去：夫哪——（切光）

［潘家裕临终的画外音响起：素珍！你要记住：国，要像个国，方能配得鸿宝重器；家，需是个家，才能守护无价珍宝……

［黑暗中，突然传来张妈惊恐的喊声：不好了，少夫人上吊啦！

［仆人们嘈杂的呼唤声：少夫人！少夫人……

三　以鼎更名

［攀古楼密室。

潘祖念　（手捧灵牌，颤颤抚摸）家裕我儿，你我父子虽曾立下严誓，以命保鼎。可你年华正好，怎么忍心抛下我这鳏寡老父。老天，该死的是我，是我啊！

林　本　老爷节哀！少爷走了，少夫人好歹救下来了。

潘祖念　林本，你为府中管家，深得潘家信任，这府中所有密藏都由你一手打理，如今家裕走了，我已老朽，素珍她……

林　本　老爷放心，少夫人肯为少爷不惜一死，当可托付。

潘祖念　可她万念俱灰，只想一死了之。

林　本　老爷定能劝她好好活下去。

张　妈　禀老爷，少夫人在外等候。

林　本　请少夫人进来。

张　妈　少夫人请。

［戴孝的丁素珍，木然而上。

潘祖念　（愠怒地）丁素珍，你可知错？

丁素珍　……（默默跪下）

潘祖念　你想让我潘府背上逼人殉葬的骂名？

丁素珍　……

潘祖念　林本，取一箱金银、一箱古籍，送她回去，任她改嫁！（一阵剧烈呛咳，终使丁素珍从木然中惊觉）

丁素珍　公公莫要生气，媳妇知错了。

潘祖念　你还知道认错？

丁素珍　媳妇原想，家裕多病，需要照护，我应该随他而去。

潘祖念　这不是家裕心愿！

丁素珍　媳妇明白，家裕要我替他恪尽孝道，待公公百年之后，媳妇再去陪他，求公公留下媳妇吧。（伏地抽噎）

潘祖念　（上前搀起素珍）好孩子，老朽没有看错你。起来。你不畏生死，情深义重，当得起家裕临终托付。

丁素珍　临终托付？

潘祖念　国，要像个国，方能配得鸿宝重器；家，需是个家，才能守护无价珍宝！

丁素珍　公公，你是说？

潘祖念　林本！

林　本　是。（打开密室）少夫人，请！

丁素珍　（惊呼）宝鼎?!（迷惘巡顾）

［潘祖念画外音：我潘氏一族，人称苏州“贵潘”，传家二百余年，计三十五名子孙金榜题名，有官至宰相者，载誉朝野；有军机大臣者，深受皇宠。左宗棠为报家祖救命之恩，亲赠宝鼎。“海内三宝”除毛公鼎去向不明，潘府所藏大盂鼎、大克鼎，乃国家至宝，觊觎者众。祖宗特制家训：一双宝鼎，胜过性命！人在鼎在，天地鉴证！

丁素珍　（惊觉悲愤）公公藏匿双鼎，死守财宝，儿子临危，竟然不救！似这般重物轻人的长辈，素珍不屑孝敬，我情愿随家裕而去！

潘祖念　丁素珍！家裕他早知府中有鼎！

丁素珍　（惊诧回身）……

潘祖念　为救他性命，老夫宁愿奉送整座府邸。他明白，送出府邸就是交出宝鼎，他——他竟然自戕明志，以死保鼎！

丁素珍　为保双鼎，不惜性命？为什么？这到底是为什么——

潘祖念　问得好！你还记得爹娘么？

丁素珍　当然记得！

潘祖念　还记得爷爷奶奶么？

丁素珍　记得！

潘祖念　还记得爷爷奶奶的爹娘么？

丁素珍　……

潘祖念　我告诉你，这双宝鼎历时三千年，上下数百代！多少英雄豪杰，多少平民百姓，他们在哪里？他们怎样安邦？他们如何治国？他们与我们有什么渊源？你，知道吗？

丁素珍 （摇头）……

潘祖念 可它们知道，它们记得——

（唱）一双宝鼎呈万象，

三千年历史铸辉煌。

青铜彝器它为首，

浩瀚珍藏它是王。

铭文中，可见亘古尊法度，

刻字间，能观礼仪镇庙堂。

华夏煌煌它记载，

文脉隐隐它弘扬。

子孙因它识根底，

国家因它渊源长。

叹的是，百年争战时局乱，

它只能，销声匿迹深隐藏。

素珍哪——你思一思，想一想，掂一掂，量一量，

为国守财、为家守信，你说应当不应当？！

丁素珍 （唱）他字字道来悲而慷，

我再思再想泪盈眶。

其间深意还迷惘，

却敬他，父子为鼎作担当！

潘祖念 （唱）老朽心怀已敞亮，

生死由你自丈量。

乱世护宝多凶险，

人各有志我不勉强。

丁素珍　（唱）问公公，密藏宝鼎在潘府，

何年何月见天光？

潘祖念　（唱）政清吏明久盼望，

难逢盛世徒悲伤。

丁素珍　（唱）问公公，媳妇身后谁护鼎？

人命哪得百年长。

潘祖念　（唱）触及心病老泪淌，

唯有仰天叩上苍。

丁素珍　（唱）问公公……

潘祖念　（唱）莫再问，一句话儿记心上，

宝鼎只配献明堂。

若是万般皆绝望，

就让它，沉湖底，埋地下，永伴地老共天荒！

丁素珍　（唱）公公心志已明了，

夫君遗愿妻承当。

守鼎好似守丈夫，

此生甘愿为鼎殇。

素珍在世无所求，

只为着，公公信托、家裕情深，我愿一生来报偿！

潘祖念　好！说得好，从今往后，你就是我潘家的后代！我的女儿潘大盂！

丁素珍　潘大盂？

潘祖念　以我潘氏家族“宝藏第一”之大盂鼎为名！

丁素珍　公公，潘府对外坚称无有大鼎！素珍若改名大盂，只怕……

潘祖念 怕遭猜疑？

丁素珍 不如按此谐音，改名达于，豁达之达，于归之于！

潘祖念 “之子于归，宜其室家”，好，改得好！

丁素珍 （朗声）女儿潘达于给父亲大人叩安！（大礼叩拜）

潘祖念 达于，我的女儿——（踉跄扑跪至潘达于面前）

［随起伴唱：春长秋消情不改，

一生寂寞谁解怀？

心魂熔铸双鼎中，

沧桑深处回望来！

［潘祖念和潘达于渐隐的同时，新娘缓步而出。

新　娘 公公不久去世了。我，丁素珍，也死了！不，丁素珍一直活在潘达于心里！我与她时常窃窃私语、相怼相劝，共度寂寥。（四顾轻叹）这潘府好大好大，这夜好深好深！十四年过去了，为承祖业，潘达于从远亲中过继了一个孩儿，取名大毛。

大　毛 （显现）姆妈，给我！姆妈，快把小鼎给我！

新　娘 如今大毛已经七岁了，这是潘达于嫁入潘府以来最快活的七年！大盂鼎、大克鼎是她的双宝，唯有毛公鼎不知去向，如今这孩子取名大毛，便是她的第三宝。

［大毛奔上，举着一只小鼎，开心玩赏。

新　娘 大毛，来！

大　毛 姆妈。

新　娘 大毛，告诉姆妈，你要这个鼎做啥？

大　毛 我要把它养大，养得好大好大！

新　娘 养大了做啥？

大　毛　送给姆妈好烧饭！

新　娘　（开心大笑）哈哈……大毛，过来，听姆妈告诉你啥叫青铜大鼎？

［突然，恐怖的飞机俯冲声呼啸而来，炸弹轰然，火光熊熊。

新　娘　大毛！

大　毛　姆妈——

［惊恐纷乱的画外音：日本鬼子来啦！日本鬼子来啦……

四　日寇逼鼎

［深夜，潘府：隐约可见几个伙计的身影在内间挖掘。

［潘达于正在关照林本。

潘达于　林叔，这张双鼎照片是老爷留下的，和宝鼎一起埋在地下，埋好鼎上面铺好方砖，摆上家具，千万不能露出一丝痕迹！

林　本　夫人放心！（潘达于下。迎向伙计）你们忙了一夜，辛苦了！夫人关照，这些金条，够你们吃用开销一辈子。

三伙计　谢谢夫人！

林　本　你们都是潘府最信得过的人，也知道这双宝鼎是老爷少爷用命保下来的，夫人再三叮嘱千万不要走漏消息！

伙计一　林叔，转告夫人，放心！

三伙计　请夫人放心！

［清晨，潘府后花园：大毛捧着小鼎正在玩耍。

大　毛　（念）姆妈送我小宝贝，

圆圆肚皮三条腿。(见林本疲惫捶腰而来)爷爷,你怎么啦?

林　本　哦,老毛病了,不要紧。

大　毛　爷爷,姆妈说这个宝贝年纪有三千岁呢。

林　本　那你要藏好,不要被贼偷了去。

大　毛　对,我要把它藏起来,啥人啊寻不着!(蹦下)

张　妈　(拎着菜篮慌张上)吓煞人!吓煞人哉!林管家,我早起买菜,看见街上到处都是死人!

林　本　这些日本人凭啥来中国杀人。

张　妈　对街铜剑楼、静补斋收藏的古董,全被小日本抢光了!

林　本　(切齿)真是一批强盗!

张　妈　过云楼的张小姐,被他们当众糟蹋……她爹前去阻拦,被一刀劈断颈骨,骷髅头滚得老老远……

林　本　(喝止)张妈!这些事记在心里,不要惊吓了夫人。

张　妈　作孽,真是作孽啦……(自言自语下)

林　本　(回头见潘达于)夫人?

潘达于　林叔,忙了一夜,辛苦了。

林　本　夫人,您还是带大毛到乡下去躲躲吧,苏州有名的藏家都……

潘达于　我都听说了,思来想去,还是你带少爷去乡下。

林　本　夫人不可,日寇残暴,你不能冒此凶险!

潘达于　一双宝鼎藏在府中,我怎能放心得下?

林　本　夫人!

潘达于　林叔,你是潘府老人,待我胜似亲人,潘府将来只有指望大毛了,你一定要好好抚育,悉心教养,达于在此拜托了!

（欲跪）

林　本　（急扶）夫人……

潘达于　林叔，达于当年临危受命，其实懵懂，多亏你悉心开导，研读典藏，探究史迹。如今我与宝鼎已是神脉交汇、心魂相通！林叔哪——

（唱）当初保鼎只为情，
深谢你，点拨指教到如今。
十四载，家藏古籍研读遍，
神交双鼎成知音。
爱它沉沉骨骼硬，
敬它默默精气存，
痛它深深蒙苦难，
悲它幽幽、难逢盛世见光明！
识鼎更知珍爱重，
保鼎恰似保性命。
日寇残暴已提防，
深埋宝鼎在后厅。
大毛托你来教养，
达于我矢志守住这——
历代根、传世魂、先祖命、家裕情、生生死死一诺千金！

林　本　夫人！林本替老爷拜谢！（大恸扑跪）

潘达于　（急扶）林叔……

［内喊：夫人，日本鬼子冲进来了——

［大门被撞开，一群日本兵冲进来，将潘府众人团团围住。

［白正内声：太君，请——

［松田带着翻译白正踏进园内。

白　正　这位是潘夫人？此乃苏州日军驻防司令松田将军。将军听说潘府藏有一双稀世宝鼎，特来观赏。

潘达于　（故作糊涂）宝鼎？是男是女，长啥样子？

白　正　（呵斥）你少给我装蒜！中国人谁不知道宝鼎不是人！

潘达于　你是中国人？

白　正　呃，在下白正。

潘达于　既是中国人就该明白，叫宝鼎、宝珍、宝玉、宝根的人多了去了。

白　正　潘夫人机敏聪慧，当识大局，眼下人命总比宝鼎要紧！

潘达于　我明白！苏州的收藏世家，都被抢光烧光杀光了！

白　正　只要交出宝鼎，我保你阖府平安。

潘达于　可惜潘府没有宝鼎。

松　田　八嘎！（拔刀直抵潘达于）不交宝鼎，死拉死拉！

大　毛　（吓得惊叫）姆妈！

白　正　（拽过大毛）快说，你家宝鼎藏在哪里？不然你姆妈就没命了！

大　毛　（望着潘达于）姆妈，是不是那个圆圆肚皮三条腿的东西？

松　田　哟西，小孩，宝鼎的藏在哪里？

大　毛　藏在……

［潘达于和林本同时惊呼：大毛——被日本兵用枪抵住。

松　田　小孩，交出宝鼎，我们大大的朋友。

大　毛　那是姆妈送给我的，就借给你玩一天，明天你要还我的。（奔下）

松　田　（疑惑地向白正）嗯？

白　正　他说是他姆妈送给他的。

大　毛　宝鼎来了，宝鼎来了。（捧小鼎上）这是我的鼎，借给你玩，你不要杀姆妈！

松　田　（气得摔掉小鼎，一把拎住大毛）我要大鼎！大鼎！

大　毛　（挣扎）我的鼎，我的鼎！（猛咬松田手，返身去捡小鼎，松田挥刀劈去，大毛倒在血泊中）

潘达于　（疯了一般扑去）大毛——

松　田　大鼎的交出来！

潘达于　（拽住松田嘶吼）你还我孩儿！还我孩儿——

［松田一脚踢翻潘达于，举刀欲劈，白正急忙拦阻。

白　正　慢！太君，要是潘夫人不在，宝鼎怕是永远找不到了！

松　田　她的不交，哪里去找？

白　正　太君，她若真的藏匿宝鼎，留她性命就是留住宝鼎，留住宝鼎就是留下机会，留下机会就是留出时间，留出时间就是……

松　田　你的慢慢讲。

白　正　一双宝鼎，重逾半吨，只要皇军守住府门，在下便可随时带人搜查潘府。一年年，一月月，里里外外兜底翻，还怕搜不出宝鼎！

松　田　哟西哟西。

白　正　来啊，将潘府团团围住，不得进出，若有违者，格杀勿论！

日本兵　嗨！

［日本兵将府邸戒严围困。

［潘达于幽远凄惨的呼声：大毛、大毛——

［新娘显现，凄怆四顾。

新　娘　从那以后，年复一年，日本鬼子常来潘府搜查，都未发现双鼎。潘达于丧夫又失子，被困府中，担惊受怕，历尽苦难……

［随着空旷的呼唤声“大毛！大毛——”潘达于似幽灵般飘上。

新　娘　她时而清醒时而恍惚，整日整夜在园中游荡……（渐隐）

［舞台正中，一束追光罩着那只小鼎。

潘达于　（扑向小鼎，捧起）大毛，大毛！半夜三更，你躲在这里干啥？不哭不哭，妈妈抱你睡觉，乖哦！（将小鼎拥在怀内拍哄）

（唱）轻轻拍，轻轻摇，娘的小宝宝，

快闭上，小眼睛，听娘唱歌谣：

摇啊摇，摇到外婆桥，

外婆叫我好宝宝，

糖一包，果一包，

还有汤团和年糕。（突然惊恐万状）啊呀！血——（抛开小鼎）

只见鲜血突突冒，（又急急扑去，一把抱起）

大毛你、你在哪里摔的跤？

心急慌忙扯布条，（从怀里抽出盖头红）

娘来为你把伤口包！（看见盖头红又呆了）盖头红！家裕？家裕——（呼唤声渐渐延宕成新娘的呼唤：家裕——）

［另一光区：新娘呼唤着奔向桥上的潘家裕：“家裕！”潘家裕一把拥住新娘：“素珍！”两人恰似儿伴，欢悦起舞。

［潘达于沉浸在回忆中。

潘达于　（唱）身轻轻，步俏俏，

欢聚常在院中桥。

七岁大，八岁小，

你摘花插在我辫梢。

要我当你新嫁娘，

顺势还搂我的腰。

逗得我，咯咯笑，

乘机将你痒痒挠。

你躲闪，又告饶，

冷不防，一把将我来推倒……（恍惚跌倒，幻觉消失）

是真是梦将手指咬，

痛得我，珠泪滚滚无声哀号！（白）家裕，你为何一走了之？我十八岁嫁你，未曾圆房你就走了；二十岁时公公病危，我日夜看护，他还是走了；抱来大毛才半岁，我逗他笑陪他哭喂他吃看他长，母子相依整整七年！可他也走了。为什么你们都要走，为什么偏要我来守？这潘府空寂寂，冷清清，凄惶惶，战兢兢，我守不动，守不住，我再也不想守了！家裕，你等我，我这就来，我跟你们一起走——（蓦见小鼎）宝鼎！你是家裕，你是公公，你是大毛，我若走了，谁来守你们，护你们，陪伴你们啊？（绝望恸泣着捶地，突然又有新发现）蚂蚁！

（唱）又只见，蚂蚁成群筑归巢，

拱破坚土把洞掏。（神经质地）啊呀，不好！

宝鼎埋在土底下，

怎经得，长年虫啃蚂蚁刨。

急忙忙，穿越花径一道道，

拨开柳枝一条条，

奔过门槛一重重，（慌乱绊倒，察看）

但只见，埋宝之地静悄悄。

石砖平整无松动，

灰垢层层蛛网绕。（恍然）我真是糊涂了！宝鼎乃青铜浇铸，蚂蚁岂能啃得动哦！（长长地舒了口气，风声骤起，秋色满园，秋叶飘零，怆然四顾）

却原来秋风起、光阴又老，

年来岁去日月销。

庭院苍凉草木森，

自数落叶度寂寥。（一片一片捡拾落叶）

一叶两叶芽蕾小，

三叶四叶向阳娇，

五叶六叶枝头笑，

七叶八叶鸳鸯交，

九叶十叶秋风扫，

绿意竟似红颜消！

恨只恨——军阀无道，逼死家裕；

日寇残暴，砍杀大毛。

潘府凋零，达于无靠，

一双宝鼎，谁能传交？

问天问地问神灵，

神灵也无声无息，我泪长抛……（哽噎伫立）

林　本　（蹒跚上）夫人，天亮了，回房去吧。

潘达于　我才出来，怎么又叫我进去？

林　本　你在这园子里，寻寻觅觅已经十二年了。

潘达于　十二年？我记得大毛刚刚……

林　本　大毛是民国二十六年走的，现在已经是民国三十八年了。

潘达于　那门口的日本鬼子？

林　本　老早打回东洋老家了。

潘达于　回去了？投降了？终于不打仗了！

［远处传来炮声。

林　本　日本人走了，国民党共产党又打起来了。你听，这是共产党解放军打过长江来了。

潘达于　怎么还打仗？这仗要打到何年何月哟？（叹息着下）

林　本　（望着潘达于背影慨叹）唉，夫人年纪大了，我林本也老了，眼看潘府凋零，护鼎无人，老爷哪，这可如何是好哇？

五　义捐宝鼎

［潘府客厅。

张　妈　（慌张奔上）林管家，林管家——

林　本　张妈？

张　妈　他们又来啦！

林　本　谁来了？

张　妈　喏，来了，来了！

［白正着便装上，随从扛两个箱子跟上。

林　本　这位先生是？

白　正　林管家，不认识在下了？

林　本　哦，是日本鬼子的翻译官白先生……

白　正　当年白正受上峰指令，潜伏日军。如今，我乃国民党特派专员。

林　本　当年若非您相助，我家夫人只怕性命难保。

白　正　林管家，潘夫人她？

林　本　张妈，去请夫人。

张　妈　哦，好。（下）

林　本　白先生，请客厅用茶。

［张妈内声：有请夫人——

［双鬓斑白的潘达于从容走上。

白　正　潘夫人，多年不见，你见老了！

潘达于　（莞尔）白先生，你也满脸沧桑。

白　正　（示意随从打开箱盖）见笑了。潘夫人，长江沿线战事吃紧，白某不能耽搁太久，这一箱黄金、一箱美钞，请夫人笑纳。

潘达于　白先生突然来访，又送厚礼，莫非？

白　正　潘夫人，白某知道，你府中能见之财早被日寇搜刮干净，近日夫人全靠典卖首饰维持生计。

潘达于　物价飞涨，家家如此。

白　正　这些黄金美钞，可保夫人一世衣食无忧。

潘达于　看来你是有求于我？

白　正　白某奔走多年，终将“海内三宝”之一的毛公鼎收归国库。

潘达于　不知哪家国库？

白　正　蒋总裁，哦，不，蒋总统……

潘达于　就是那个把国家治理得千疮百孔、打仗不断的蒋总统？

白　正　呃，你我今日不谈国事！

潘达于　你我也谈不上家事吧？林本，送客！

白　正　潘夫人，白正奉总统旨令，高价收购大盂鼎、大克鼎同归国库！

潘达于　白先生忘了，当年你带人搜府，不下八年，皆是空手而归。

白　正　潘夫人，若非白正带人搜府，只怕宝鼎早已落入日寇之手。

潘达于　你为何认定潘府有鼎？

白　正　白正研读史籍多年，早就痴迷海内三宝，为此身藏宝鼎拓片，苦苦探究踪迹十多年，夫人！

（唱）自从双鼎入潘府，
从未出过潘府门。
丁素珍改名潘达于，
这达于二字已露真。

潘达于　（唱）捕风捉影何必信，
强权逼取你知情。
害得我，夫君幼子皆丧命，
宝鼎哪曾现过形？

白　正　（唱）家族珍藏舍命护，
白正敬你仗义人。

潘达于　（唱）日寇面前蒙相助，
想你亦有天良心。

白　正　（唱）国宝理当归国有，
岂容外夷强占吞。

潘达于　（唱）此话当得一声赞，

白　正　（唱）护宝你我本同心。

潘达于　(唱)你为总统敛财宝，

白　正　(唱)我为国家尽本分。

潘达于　(唱)可惜府中无双鼎，

白　正　(唱)夫人可容我来搜寻？

潘达于　(唱)府邸早被你彻查，

白　正　(唱)瞒日寇，我有意绕开深院后厅！

潘达于　(紧张)后厅？

白　正　那间后厅，堆满杂物、遍结蛛网，当为最佳藏宝之处！

潘达于　你我曾经共同护宝，今日为何苦苦相逼？

白　正　潘夫人，国事纷乱，你孤身一人，还能守几年？

潘达于　先祖之命，不敢不遵。

白　正　我是一片好心，百年之后，你无子嗣传鼎哪！

潘达于　家国不宁，纵有子嗣又能奈何？

白　正　若要宝鼎安宁，唯有交给党国！

潘达于　你们已然溃败，哪里还有国！(枪声逼近)

一士兵　(冲上)报告，共军打进苏州城了！

潘达于　白先生，念你恩义！林本，打开后门，放他逃命去吧。

白　正　慢！我今日定要将一双宝鼎带走！来呀，速去后厅，取出宝鼎！

潘达于　慢！私家宅邸，岂容擅闯！

白　正　执行命令！

[林本带众仆人冲上阻拦，被士兵强行推开，冲入内府。

林　本　不能进去，不能进去……

潘达于　(大怒)白正！

(唱)方才念你天良存，

转眼更比强盗狠。
难怪党国无国运，
难怪尔朝失民心。
天意昭昭不可违，
劝尔赶紧去逃命！

士　兵　报告！（手持相框疾上）双鼎已经取出。

白　正　（狂喜）好，速速运往台湾！

林　本　（率家丁堵住通道）谁敢！

众家丁　谁敢！

潘达于　（唱）人在鼎在——

众　人　（合唱）人在鼎在！

潘达于　（唱）除非你，灭绝潘府、踏碎我身！

［门外传来军队整齐的跑步声，画外音：一排守住巷口！二排搜索残敌！三排保护百姓——

白　正　潘夫人，叫他们让开！

潘达于　休想！

［士兵持枪推搡，与林本等扭在一处。枪响，一串子弹射向天空。

白　正　（急喊）不要开枪！

［解放军已循枪声冲了进来："不许动！"

［众人呆立，解放军迅速上前缴械。

［白正突然返身向宝鼎冲去，被两位解放军战士拧住双臂。

白　正　（挣扎大喊）宝鼎、我的宝鼎！本想将你们带往台湾，三鼎团聚，以振党国颓靡之气……

潘达于　白正！这鼎上铭文写得明白：以殷为鉴，敬德保民，方能久安！你难道不懂么！

白　正　我懂！党国也懂，就是做不到！做不到哇……只可惜三鼎永远不能团聚了！

潘达于　只要家国安宁，终有团聚的一天！

白　正　好！好——

杨连长　押下去！（白正被押下）

徐干事　（观鼎惊呼）大盂鼎、大克鼎！这是绝世国宝哪！

杨连长　绝世国宝！来人——

潘达于　站住！（不怒自威）此处无事了，你们请回吧！

徐干事　夫人放心！我们是中国人民解放军，凡文物古籍，百姓私产，必当全力保护、秋毫无犯！

杨连长　同志们，速将府邸打扫干净，一双宝鼎，抬进房内安置！

解放军　是！（众人小心翼翼将一双宝鼎抬入房内）

杨连长　夫人（敬礼）。向左转，跑步走！

［潘达于惊讶地疾步追望，渐聚光。

［聚光下的潘达于，转身缓缓走向台前。

潘达于　几十年了，从未见过这样的军队、这样的兵！莫非，这国家真要安宁了？这世道，真要变了？（国歌音乐骤然响起……）

［国歌音乐声中，潘达于沉步走去，新娘缓缓而来。

新　娘　（迷惘四顾渐至欣喜）春秋往复，光阴如梭，这世道真的变了！这国家真的安宁了！林本、张妈，还有潘府的家人们，个个分到了田分到了房，潘达于为他们高兴，强行安顿他们回老家安享天伦。偌大府邸，潘达于孤身一人，年复一年守着一双宝鼎，日日顾盼，夜夜抚摩，常常落泪。没有人知道她究竟在想什么？更没有人知道她心里是怎样的难过，怎样的挣扎，怎样的下定了最后决心。

［潘家裕的画外音：国、要像个国，方能配得鸿宝重器；家、需是个家，才能守护无价珍宝。

［灯亮：白发苍苍的潘达于在潘家裕的画外音中缓步而来。

潘达于　家裕，你盼望的国我见到了；公公，您期待的明堂我见到了！你们可以安心了……（哽噎）

新　娘　潘达于，你究竟想说什么？

潘达于　一双宝鼎……（强抑颤抖）捐献国家！

新　娘　你要捐献宝鼎！

潘达于　我老了，守不动了。家国既安，宝鼎理当呈于明堂！列祖列宗，你们一定会答应的，你们不会怪罪我吧？

新　娘　一双宝鼎是你的情、你的命！倘若捐献，你还有什么？你这一生还有什么哪！（渐隐）

潘达于　我这一生？我这一生么——

（唱）一生寂寞守双鼎，

一生倨傲度光阴。

一生护鼎命中定，

一生盼鼎见光明。

想当初，守鼎只为守亲情，

哪知世道苦难深。

家国飘摇烽烟滚，

山河破碎战祸频。

军阀无道夫殒命，

日寇残暴儿丧生。

历尽乱世方知晓，

国运文脉紧依存。

我守呀守、盼呀盼——

终盼来，半世烽火靖，

百年干戈平。

国已像国梦望圆，

宝鼎呈祥当归宁。

今日捐宝，气闲心定。

一生坎坷，风淡云清。

无怨无悔，去也欢欣。

唯望后辈，莫负先人——（深情呼唤）宝鼎！我的宝鼎哪——（随着呼声，一双宝鼎赫然显现）

我与宝鼎共夙愿，

家国昌盛、百姓安宁、福祉满人间！

［伴唱声起：春长秋消情不改，

一生寂寞谁解怀？

心魂熔铸双鼎中，

沧桑深处回望来！

［满头白发的潘达于，依依不舍地回望双鼎、回望人间……

［剧终。

（与张裕合作）

烟海尘歌

李莉剧作选（下）

上海市剧本创作中心
海上风·艺术文丛

YANHAI CHENGE
LILI JUZUO XUAN

夏 萍 主编
李 莉 著

上海人民出版社

目录（下）

大型上党梆子现代戏

太行娘亲

人　物　赵　氏　寒柳村村民
梨　花　赵氏的儿媳妇
赵根旺　赵氏的儿子
王营长　八路军营长
张　伯　寒柳村党支部书记
田　婶　寒柳村村民，中共党员
福、禄、寿、喜……　寒柳村青年

岗村少佐　日军少佐
贾队长　伪军头目
寒柳村村民、八路军战士、日军、伪军等

序 幕

[1941年秋，太行山麓，断崖岭。

[一群八路军医护人员和伤病员在转移途中，被日军包围。

[密集的机枪扫射中，纷纷中弹的战士们，努力掩护着怀抱婴儿的洪医生，先后倒在血泊中。

[寂静中，一身影潜上，凄怆四顾。

[突然，一阵清亮的婴儿啼哭声传来，身影循声扒开尸体，抱起婴儿紧拥在怀。

[伴唱突起：寒柳根根苦哎，

土疙瘩里埋。

长出了那个嫩茎茎，

孩儿呀，全靠娘亲奶。

寒柳根根深哎，

土疙瘩里埋。

苦不死那个芽芯芯，

孩儿呀，只要有娘在……

一　铁蛋满月

［寒柳村赵家门前，桌椅摆开：一声“开席喽”，顿时闹腾起来。

［福、禄、寿、喜等青年，推着赵根旺上，灌他酒。

福　（念）根旺娘，一心想抱小孙孙，

禄　（念）逼着你，二十不到就娶亲。

寿　（念）三年来，梨花肚皮无动静，

喜　（念）都说是，你咯汉子太无能。（赵根旺羞窘）

福　（念）终盼到梨花肚皮挺，

禄　（念）扬眉吐气称了心。

寿　（念）根旺你，闷声不响真有种，

喜　（念）咱这辈，当爹你可是第一名！

［众哄笑，赵根旺憨笑着把一大碗酒喝下。

田　婶　你们这些没心没肺的愣小子，一高兴就不把鬼子当回事啦！

［福禄寿喜七嘴八舌：“田婶，只要有八路军，咱怕甚！”“那鬼子再凶，俺们也要养儿子！”“养大儿子打鬼子……”

根　旺　要俺说，鬼子不让咱安生，咱偏要好好过日子！

众　人　对！好好过日子！喝酒！哎，酒没了，根旺娘——

赵　氏　（内应）来啦来啦！（拎酒上，一副精明干练的模样）

（唱）孙儿满月我笑笑笑……哈哈——（猛地憋住）

众　人　咋啦？

赵　氏　(接唱)睡也笑、醒也笑、进屋笑、出门笑，把气笑岔！

谢乡邻，贺喜捧场来我家。

三代单传到根旺，

为儿娶来小梨花。

却不料，圆房三载不结瓜，

急得我，恨不能倒头喊她妈。

终盼来，天降麒麟续香火，

粉嘟嘟、嫩生生、圆滚滚、他就是我那心肝宝贝铁蛋娃！

众　人　铁蛋？好名字！

赵　氏　(接唱)娃儿全靠娘亲奶，

补养媳妇是第一关。

福禄寿喜　(唱)穷得叮当响，

填饱肚子已艰难。

赵　氏　(唱)催奶秘方俺家有，

小米汤，一顿灌她三大碗。

福禄寿喜　哈哈哈……

田　婶　(唱)穷人家生娃穷打算，

最要紧母子保平安。

赵　氏　(唱)睡觉俺睁一只眼，

提防娃娃把身翻。

打个喷嚏忙添袄，

咳嗽一声防呛痰。

防蚊叮、防虫咬、防热防冷、防病防痛、防跌防撞，

为铁蛋，俺不吃不睡心也欢！

田　婶　根旺娘，快把你那宝贝孙子抱出来让大家伙儿瞧瞧！

众　人　是啊、是啊！

赵　氏　好！好！梨花、梨花——

［梨花内应："哎——"

赵　氏　你给俺走稳喽，踏正喽，抱紧了铁蛋出来吧！

梨　花　（内应）娘，您不是说，铁蛋小，不能出门，不能吹风，不能……

赵　氏　铁蛋都满月啦，难不成你还抱着他在屋里待一辈子？

梨　花　娘，你是说，俺和铁蛋可以出门了？

赵　氏　哦哟！真是坐月子坐傻喽，快出来吧！

［梨花抱铁蛋喜滋滋上，对着赵氏恭恭敬敬喊：娘！

［赵氏得意地抱过铁蛋。

［众人围观称赞："天庭饱满，地阁方圆"；"像根旺"；"像梨花"。

赵　氏　根旺，抱好孩子，让你媳妇吃点东西！

根　旺　哎！（接过铁蛋）

赵　氏　（忙着招呼）如今日子不好过，家家都穷，仗着乡里乡亲帮衬，才凑齐这些白水酒、野菜饼，大家伙就紧着乐呵吧！

［根旺猛亲铁蛋，弄疼了孩子，大哭。

赵　氏　（转身抢过孩子）哦哦，铁蛋不哭，奶奶抱！你这爹是咋当的？

根　旺　娘，你总得让俺学着当爹吧！

赵　氏　你就慢慢跟娘学！（瞥见张伯走来）哟，张伯，你咋才来？再晚几步这满月酒就没你的份儿啦。

众　人　（起哄）罚酒罚酒……

张　伯　你们还有心思闹腾！那断崖岭上，几十号八路军伤病员都被鬼子杀害了！

［众人顿时沉默。

田　婶　这血债不会白欠着，总有一天让鬼子偿还！

赵　氏　张伯，这仇八路军一定会报的！可这日子也是要过的。咱太行山人就像这漫山寒柳，管它咯雷闪电砸冰雹，照样苦不死，开得闹！再说咱村拢共才二十几户人家，要钱没钱，要粮没粮，那鬼子根本不稀罕来……

［突然，几声枪响。

张　伯　不好，鬼子来了！

赵　氏　啊？呸呸！我这乌鸦嘴……

［伪军贾队长带着日本鬼子冲上，众人惊恐。

贾队长　大家听好了，皇军有令……（被婴儿突发哭声打断）他娘的，号丧哪！再哭我就打死他！（拔枪）

岗　村　（制止）嗯！（踱到梨花面前，盯着襁褓看，梨花紧张地抱紧襁褓）

赵　氏　（假笑着端酒迎上）太君，今天是俺孙儿满月，你也来喝一碗！

岗　村　他的满月？

赵　氏　是啊是啊，俺家三代单传，好不容易才得了这一个孙子！

岗　村　吆西，我离开家时，孩子也刚满月……

赵　氏　哟，那你还待在这里干甚？赶紧回家带孩子呀！

岗　村　你的不懂，我是军人。

赵　氏　军人就不是人啦！

贾队长　你敢冲撞太君！

岗　村　嗯！（贾队长忙哈腰退开，对赵氏）你们村的人都在这里？

赵　氏　都在这里。寒柳村就俺家生了个大胖小子，这才东拼西凑，让乡里乡亲来热闹热闹。

岗　村　吆西！（一挥手）

贾队长　来呀，把青壮年全部带走！

［日伪军一拥而上，押住福禄寿喜和赵根旺等。

张　伯　（阻拦）你们不能胡乱抓人！

贾队长　老不死的你少管闲事，皇军是让他们去修仓库！滚，带走！

［众人顿时哭嚷一片，赵氏和梨花等欲冲上前。

［张伯与田婶暗暗拦住众人。

二　奶养铁牛

［傍晚，赵氏家中：梨花抱铁蛋倚门远望。

梨　花　（唱）好好一顿满月酒，

根旺被抓喜变忧。

梨花我，病重被弃荒山沟，

是婆婆，善心救治来收留。

好容易盼得小铁蛋，

欢喜日子才开头。

恨鬼子强把人抓走，

一天喜变作万重仇！

盼八路，救根旺，

一家人平安重聚首。

[田婶抱孩子、张伯拎一小米袋同上。

田　婶　梨花。

梨　花　田婶、张伯！（焦急地）俺家根旺可有消息？

张　伯　已传信给八路军，他们一定能救回根旺！

梨　花　好、好，俺就指望八路军了！

张　伯　梨花，你娘呢？

梨　花　俺娘一早就去后山换小米了。

张　伯　天这么晚，也该回来了。

田　婶　梨花，这孩子两天没吃上奶，灌上米汤全吐了，你给喂口奶吧。

梨　花　哎。快进屋吧。（梨花、田婶和张伯进屋）

赵　氏　（内唱）魂飞魄散、一路狂奔逃出后山坳——（踉跄跌进门来）

梨　花　（惊呼）娘！

田　婶　（扶住赵氏）根旺娘？

赵　氏　（唱）见亲人，忍不住，放声号啕。（怕惊吓孩子，捂嘴痛泣）

张　伯　根旺娘，你慢慢说。

赵　氏　（唱）换小米才将后山进，

鬼子突然来包抄。

村民被困打麦场，

俺藏进柴垛偷眼瞧。

只见那，鬼子专查小孩儿，

逼他们，将八路寄养的孩子交。

大伙冷眼来相对，

无有一人肯承招。

鬼子们，气急败坏施残暴，

竟将那，小孩儿一个一个用刺刀挑！

众人悲愤一声吼，

赤手空拳对屠刀。

鬼子恶煞竟用机枪扫，

几十条性命霎时抛。

最揪心，肠断头碎小娃儿，

尸身伴着血泊漂……

晕眩似闻铁蛋哭，

惊痛中，跌跌撞撞往家逃。

逃逃逃，跑跑跑，

这惨景，一生一世、晃在眼前、刻在心梢！

田　婶　天杀的鬼子！

张　伯　又是一笔血债！

赵　氏　（猛惊觉）铁蛋？铁蛋！（转身抱起炕上孩子）我的铁蛋……（发现怀中不是铁蛋）这、这是谁家的孩子？

梨　花　是田婶送来讨口奶吃的。

张　伯　她婶，你去门口看着点。（田婶下）

赵　氏　（狐疑地）这是干甚？

张　伯　根旺娘，要是八路军在，后山坳就不会遭此惨祸了。

赵　氏　要是八路军在，早和鬼子拼上了！

张　伯　根旺娘，你还记得八路军王营长吗？

赵　氏　咋不记得，他老婆是部队上的医生，梨花怀铁蛋见了红，还是她帮着看病，才保住了胎。

梨　花　张伯，您是说洪医生吧，她还好吗？

张　伯　她……她被鬼子打死了，这孩子就是她用命护下的独苗苗。

梨　花　（一把抱过孩子，失声痛泣）洪医生……

赵　氏　（顿时明白）你、你是想让俺家奶养这个孩子？

张　伯　咱寒柳村二十几户人家，只有梨花刚生了孩子……

赵　氏　这，这要是让鬼子知道……

张　伯　你放心，这孩子的身份只有我和田婶知道。

赵　氏　可、可俺家梨花奶水不足……

张　伯　米汤奶水掺着喂，我隔三岔五还会送来。

赵　氏　俺家梨花胆小怕事……

梨　花　娘，俺不怕！洪医生救过咱，咱也要为她保下这条根！

赵　氏　你懂个甚！

张　伯　根旺娘！

（唱）我知你，后山坳惨状亲眼见，

惊魂未定痛心间。

怎奈是，孩子幼小亲娘丧，

无人奶养命难全。

赵　氏　（唱）心中也将孩子怜，

寄养在此命更悬。

鬼子炮楼路不远，

说不准啥时就到家门前。

张　伯　（唱）村头暗设瞭望哨，

掩护还有村党员。

赵　氏　（唱）鬼子偷袭难预料，

大难来时谁周全？

张　伯　（唱）但遇敌情藏崖洞，

八路军定会来救援！

赵　氏　（唱）远水怎把近火救，

你快找别人家奶养孩子莫迟延。

张　伯　（唱）你见死不救心怎安？

赵　氏　（唱）你何苦将俺硬牵连？

张　伯　（唱）觍下老脸我恳求你，

赵　氏　（唱）俺不能让铁蛋冒风险。

张　伯　（唱）若有风险我承担，

赵　氏　（唱）难不成，你还能为俺把孙儿添！

张　伯　你！（气得一把抱过孩子就走，孩子大哭，梨花忙抢过孩子）

梨　花　娘，这孩子要是没奶喂，可就活不成了！

赵　氏　咱家甚时候轮到你做主啦！

张　伯　（大火）根旺娘！你当真不明是非、不识好歹、不懂恩义吗？

（唱）八路军，敢为百姓把命献，

恩情大义高过天。

王营长，带兵杀敌在前线，

洪医生，身怀六甲、为救梨花甘冒险。

若非她，及时抢救母子俩，

你今日哪得孙儿添？

八路军与咱共血脉，

为他们，奶养孩子死也不冤！

赵　氏　啊呸！

（唱）你乌鸦嘴巴收着点，

八路军恩情我记心间。

想赵家，三代单传香火稀，

先夫早逝留遗言。

传宗接代比天大，

毒誓立在祖坟前。

根旺生死难预料，

铁蛋他，就是赵家头顶的天！

俺半条老命何惧死，

求求你，莫让赵家断香烟。（扑通跪地叩头）

梨　花　（突然惊叫）娘你快看，这孩子咋浑身直抽哪？

［田婶闻声冲进门来。

张　伯　（慌乱抱过孩子）我抱他去看医生！

田　婶　这兵荒马乱的，哪里去找医生？

张　伯　他要有个三长两短，咋对得起洪医生和王营长啊！

梨　花　娘！

赵　氏　（抢过孩子以额贴小脸）不好，这孩子浑身滚烫，定是受了惊寒。梨花，快去拔桶井水，泡湿毛巾，敷在孩子头上。

梨　花　哎。（疾下）

赵　氏　张伯，你去找萝卜、生姜、葱胡须，和着红糖煮开了喂孩子。（张伯欲下）等等，这孩子你们是从哪儿抱来的？

田　婶　断崖岭上。

赵　氏　叫甚名字？（田婶与张伯摇头）孩子活命，得像牛一样结实，就叫他铁牛吧。

田、张　（惊喜同唤）铁牛！

赵　氏　话可说在前头，等铁牛病好，你们赶紧给我抱走！（一把解下铁牛身上的红肚兜）看好孩子，俺去去就来。（匆匆下）

田　婶　你去哪？

赵　氏　断崖岭，给孩子叫魂！

［田婶和张伯面面相觑；梨花拿毛巾上。

［聚光：梨花、田婶、张伯忙着照料孩子。

［同时天幕灯亮：可见赵氏在山崖上的剪影。

赵　氏　（挥动红肚兜，走两步，回首喊一声）铁牛，跟奶奶回家！铁牛，跟奶奶回家！铁牛回家喽……

［在重复不断的呼唤声中，伴唱声起，逐渐强烈。

（唱）寒柳根根苦哎，

土疙瘩里埋。

长出了那个嫩茎茎，

孩儿呀，全靠娘亲奶。

三　鬼子扫荡

［半月后，鬼子开始大扫荡。

［枪声激烈，硝烟弥漫，王营长带着部队阻击日军。

［山崖上，百姓们在田婶指挥下，有序撤入深山。

张　伯　（疾步上）王营长！王营长！

王营长　（迎上）老支书！乡亲们可都安全撤离？

张　伯　全部撤入深山。走，跟我上山去看铁牛。

王营长　铁牛？

张　伯　就是你的儿子，根旺娘给他取名铁牛。

王营长　王铁牛，这名字好！

张　伯　走啊！

王营长　不了，上级命令我部，完成掩护乡亲们的阻击任务，立即绕道敌人后方，炸毁军火库，解救被抓劳工！

张　伯　解救劳工？

王营长　鬼子为防泄密，军火库一旦修好，劳工全部活埋！

张　伯　什么？活埋？狗日的！

王营长　任务紧迫，代我向根旺娘致谢！

张　伯　哎！（两人握手道别）

［两天后的山洞中：梨花安抚着两个孩子，赵氏面壁，念念有词。

赵　氏　（念）上苍有灵，降下神旨，

天兵天将，齐杀鬼子。

神助八路，打仗能赢，

祖宗保佑，平安无事……

梨　花　娘，你念叨甚哩？

赵　氏　求祖宗保佑铁蛋。

梨　花　还有铁牛哩。

赵　氏　他不是赵家子孙。

梨　花　娘，您为他治病救命，俺喂奶养他，将来呀，他和铁蛋两个争着喊你奶奶，叫俺娘，多热闹多快活呀！

赵　氏　甚？你还真想奶下去啊！张伯迟早要抱他走的！

梨　花　唉，要是抱走，俺心里还真舍不下呢。

［梨花抱起铁牛喂奶，赵氏硬把铁蛋塞给梨花。

赵　氏　你都两天没吃没喝了，哪有奶水喂饱俩娃？你给俺先奶

铁蛋！

梨　花　娘，铁蛋铁牛俺都一样心疼！

赵　氏　不能一样！俺告诉你：这俩孩子哭了，你先哄铁蛋；困了，你先抱铁蛋；饿了，你先奶铁蛋！记住了，老祖宗看着哪！

梨　花　娘，自打梨花进门，从不与娘顶嘴，可今天，俺总觉得娘不明白祖宗心里的想头，娘哪！

（唱）铁蛋是你也是俺的命，

铁牛无娘更要亲。

赵家多个小孙孙，

祖宗准保也开心。

赵　氏　（唱）祖宗心思你懂个啥，

自古规矩格外清。

血脉有别不能混，

铁牛终是外姓人。

梨　花　（唱）姓不相同命相同，

俺与婆婆，胜过母女血脉亲！

赵　氏　（唱）我问你，这奶水只够喂一个，

奶铁牛还是奶亲生？

梨　花　（唱）两个孩子俺都奶，

赵　氏　（唱）你到底奶谁莫打诨！

梨　花　（唱）这话太无情，

赵　氏　（唱）无情见真情。

梨　花　（唱）俺不说，

赵　氏　（唱）快回应！

梨　花　（唱）你逼俺！

赵　氏　（唱）你敢顶——

梨　花　（唱）俺先奶铁牛……

赵　氏　我！（举起巴掌欲抽，终是不忍下手）

（唱）恨不能，扇醒你这缺心眼的人！

梨　花　婆婆，俺的娘亲哪——

（唱）若是没有洪医生，

铁蛋怎能安然生？

若是没有八路军，

谁救根旺回家门？

铁牛已无亲娘在，

保他就是报恩情。

只要鬼子能杀尽，

俺保证，为赵家生养子孙一大群。

赵　氏　（搂住梨花一声长叹）唉，这些话娘都懂，可就是……一想起后山坳那些被鬼子挑在刺刀尖上的孩子，娘做梦都怕呀！（抹泪）

梨　花　娘，俺也害怕，才盼着八路军赶紧打败鬼子哪！（给铁蛋喂奶，铁蛋紧哭）

赵　氏　（抱过铁蛋团团转）咋办？咋办？你没吃没喝没有奶，俺的铁蛋可咋活命哦！

梨　花　娘，俺出去偷偷找些野果……（站起，一阵晕眩，瘫倒）

赵　氏　梨花？梨花！你可不能倒，你给俺撑起来！

张　伯　（警惕地上）根旺娘！

赵　氏　张伯！梨花她、她……

张　伯　（忙给梨花喂水，见梨花醒转，递上粮袋）根旺娘，大伙惦着你们断水断粮，早就想送过来了，只是鬼子正在搜山……

赵　氏　啊！那八路军呢？

张　伯　八路军阻击鬼子，保护咱们安全转移，又赶去救根旺他们了。

赵　氏　救根旺？

张　伯　根旺他们修的是秘密军火库。一旦修好，鬼子就将劳工全部活埋！

赵　氏　活埋？俺的根旺……

梨　花　娘您不用担心，八路军一定能救回根旺他们！

赵　氏　可，可八路军不在，万一鬼子搜到这山洞……

张　伯　放心，田婶带大伙藏在西山崖洞，这东山窟狭小，更隐蔽，只要不出声，鬼子不会发现。

［传来鬼子搜山的吆喝声和枪声。

［铁蛋惊醒大哭，铁牛也随之大哭，赵氏与梨花顿时慌得手忙脚乱。

［传来贾队长的喊声：太君，东山上有人！

［梨花忙奶孩子，再换另一个孩子。

［鬼子的脚步声和吆喝声越来越近。

赵　氏　（六神无主）咋办？这可咋办哪！

张　伯　我去把鬼子引开！（拔出手枪欲走）

赵　氏　（拽住）张伯！你是咱村的主心骨，不能为了救俺一家……

张　伯　救护百姓，是我本分，救护铁牛，是我的任务！

赵　氏　任务？

张　伯　鬼子大扫荡，八路军有一批孩子无法随部队行动，只能分散在各村秘密奶养。咱村就铁牛一个，不能有半点闪失！

赵　氏　那，我去！

张　伯　不！让你担惊受怕，我已心中有愧，再说两个孩子，梨花一个人照看不过来！

赵　氏　张伯！

张　伯　根旺娘！王营长带部队去救根旺他们，生死难料！你一定要照护好铁牛，看好孩子，不说还情，莫道报恩，只为亲人，安心杀敌！根旺娘！你就为咱寒柳村——做一回担当、长一回志气、争一回脸面吧！（说罢推开赵氏，冲了出去）

［远处山崖上，张伯奔跑开枪，鬼子嚎叫：在那里，追、快追——

［渐渐远去的枪声和脚步声。

［赵氏与梨花紧张地向洞外张望。

［张伯出现在山崖顶上，在一阵密集的枪声中，张伯中弹倒下悬崖。

赵　氏　（失声痛呼）张伯——（又强自吞声饮泣）

四　追夺铁牛

［两天后，鬼子扫荡结束。

［寒柳村外山坡下，张伯坟冢前：王营长头缠绷带，带着战士们和被救回的根旺及福禄寿喜等默立致哀；田婶与乡亲们肃立于后。

［赵氏手举招魂幡，哭唤而来：张伯，随俺回家吧！张伯，回

家啦！张伯，回家啦……

［众人默默让开，赵氏将招魂幡插在坟头，扑地跪下。

赵　氏　张伯，你为保护俺家老小，被鬼子打落山崖，可怜尸骨都没能找回来……（恸哭）张伯！你是俺心中的英雄好汉！（紧抹一把泪）俺不哭，俺要笑着给你送行！（大笑，继而大颤终至泣不成声）

田　婶　（搀起赵氏）根旺娘，八路军会给张伯报仇的！

根　旺　娘，俺要跟王营长打鬼子去！

众　人　对，打鬼子！

田　婶　军火库被炸，劳工们被救回，鬼子一定会来报复！

福禄寿喜　与其等鬼子来杀，不如先去杀鬼子！

根　旺　娘？

赵　氏　好，娘答应你！可你也要答应娘，见子弹就躲，见鬼子就杀！

根　旺　娘，你就在家等儿子的好消息吧！

（唱）根旺本是独生子，

从小被娘护家中。

心底虽有英雄梦，

娘说向西俺不往东。

被抓劳工险活埋，

八路军，冒死救命恩无穷。

张伯大义舍命去，

俺堂堂男儿再不能趴着做鳖虫。

投八路、杀鬼子，

报仇雪恨不稀松。

娘啊，等俺打跑小鬼子，

回家来，你就为儿披花红！

赵　氏　好、好啊！娘和梨花、铁蛋、铁牛一起等你回家！

王营长　大娘！

赵　氏　王营长，见着铁牛了？

田　婶　哪儿呀！村里房子被小鬼子烧了，王营长带伤指挥队伍抢修，一天一夜没合眼，这会儿又要出发啦。

赵　氏　根旺你傻呀！赶紧去接梨花下山，让王营长看看孩子！

根　旺　哎。（奔下）

赵　氏　王营长，幸亏有你们，根旺才捡回性命。你和张伯一样，是俺心中救苦救难的英雄好汉，不说谢了，俺就给你磕个头吧！（欲跪）

王营长　（急忙扶住）大娘！你为铁牛治病，为他担惊受怕，又为安葬张伯忙前忙后，还送独子根旺参军杀敌，您才是咱们的英雄娘亲哪——敬礼，出发！（王营长带领部队，根旺，福禄寿喜下）

赵　氏　（愣住，喃喃）英雄娘亲……

田　婶　根旺娘，我去接乡亲们下山，你也回吧。（边说边下）

赵　氏　（恍惚）英雄娘亲？唉……（缓缓走到坟前抚着墓碑）张伯，你听见了吗？王营长叫俺英雄娘亲……不知咋了，他这一叫，叫得俺这心里头呀七上八下猫抓一样，俺知道俺配不上！你、王营长、洪医生还有那些杀鬼子的好汉，那才叫英雄哪！（摘下坟边寒柳）你是知道的，俺就像这寒柳，长在石头缝山旮旯里，根苦性了倔，就是个顾家养娃的悍婆娘，哪能当得起英雄啊！

（唱）赵氏我，从不知，大名叫啥，

六岁时，爹娘丧，无人牵挂。
饱一顿，饿一顿，四处讨饭，
迷糊中，被领进，山村赵家。
十五岁，就圆房，生养四儿，
死了仨，只留下，根旺独芽。
丈夫病亡剩孤寡，
里里外外我当家。
从未出村十里外，
一门心思求孙娃。
不料鬼子赛凶煞，
好日子从此抓了瞎。
生怕铁蛋遭祸害，
才不肯奶养铁牛他。
细想想，你不顾生死为的啥？
再问问，八路军为谁把敌杀？
更难忘惨烈后山坳，
众人拼死斗凶煞，
昂首挺胸对屠刀，
只为护佑八路的娃。
那日俺还犯糊涂，
今朝方知理不差：
谁能真心帮百姓，
百姓就真心护卫他！
张伯哪，俺脸皮薄来怕认错，
只向你悄悄把誓发：

从此后，铁牛就是亲骨肉，

俺当不起英雄，就当个正经奶奶胜亲娘哪！

［梨花抱着铁蛋跌跌撞撞奔上。

梨　花　娘！娘——

赵　氏　慢点，小心摔着了。

梨　花　王营长、王营长把铁牛抱走啦！

赵　氏　啊！为甚？

梨　花　俺随根旺追上队伍，王营长一见铁牛，二话不说，一把就抱走了。

赵　氏　你没问他，要把铁牛抱哪儿去？

梨　花　问啦，他没答话，抱紧铁牛，拔腿就走啦。

赵　氏　你呀！看好铁蛋，娘去追他！

梨　花　娘，这是给铁牛留的奶，您给带上。

赵　氏　好！（接过奶罐，疾下）

赵　氏　（内唱）急忙忙、撵队伍、大步迈——（随唱腔迁景）

（唱上）一路走，一路想，一路疑猜。

是怕俺，将铁牛亏待？

还是他，怜儿不舍难分开？（被绊踉跄，回看）

石头你也敢作怪，（一脚踢去，疼得直转圈）哎哟！

想起铁牛急在怀。（圆场追赶）

不觉踏进后山坳，

猛然间，王营长想啥我已明白。（传来孩子哭声）

是铁牛，声声啼哭要吃奶，（白）王营长你个傻呆！

饿坏了孩子，看俺与你死扯活掰！

［王营长与根旺抱着哭闹的孩子上。

王营长　赵根旺，你快让他莫哭，这部队的行踪全要让他暴露了。

根　旺　营长，俺喂他米汤，他就是不吃。

王营长　（抱过孩子，慌乱拍哄）不哭、不哭……

根　旺　要不，俺送他回寒柳村？

王营长　不行……

赵　氏　（直蹦出来抢过孩子，连珠炮似的大喊）咋个不行！铁牛不哭，奶奶抱。王营长，你是能奶孩子？还是想饿死孩子？你是舍不得儿？还是信不过俺？你这样怠慢他，对得起他死去的亲娘？对得起奶他的梨花？对得起俺这个亲他的奶奶吗？！

根　旺　（欲阻）娘！

王营长　大娘，对不起！这孩子，我一定要抱走！

赵　氏　抱走！往哪里抱？

王营长　送他到后勤部队……

赵　氏　后勤部队就不打仗啦？

王营长　这……

赵　氏　鬼子扫荡，瞅见后勤部队就能绕着走？

王营长　这……

赵　氏　你不想想，为甚八路军都愿意把孩子交给咱老百姓抚养？

王营长　这……

赵　氏　因为他们心疼孩子，相信咱老百姓更心疼孩子！

王营长　大娘，我不能……

赵　氏　甚能不能的！我告诉你王营长，别说你是个当官的，俺就不敢收拾你，要是铁牛有个三长两短，我、我就把你当亲儿子往死里揍！

王营长　（被深深感动）……

（唱）声声责怨话滚烫，

句句护犊胜亲娘。

泪强忍，话难藏，

面对亲人诉衷肠。（白）大娘！

这世上，哪有亲爹不疼儿，

更痛儿幼丧亲娘。

适才上级来通报，

后山坳，屠村惨案警钟敲响。

再不能，将儿由你来抚养，

牵累铁蛋招祸殃；

再不能，将儿留在你村上，

风险任由百姓扛；

再不能，为护孩儿拼生死，

让乡亲们，鲜血再度染山梁！

娘哪，我的亲娘——

百姓的儿子当为百姓想，

还望娘见谅！

赵　氏　（唱）一声亲娘我热泪淌，

为娘有话你记心上：

百姓的儿子为百姓想，

百姓的儿子理当百姓养。

可怜铁牛未满月，

这肉团团，怎禁得颠颠簸簸风雨狂。

倘若再找别家奶，

怎及得，怀中已经喂熟的娘。
娘育儿、不怕苦，
娘养儿、甘愿忙，
娘有儿、腰杆硬，
娘护儿、胆气壮，
纵有霹雳当头炸，
炸不尽，天下百姓护犊的娘！
王营长！亲人哪——
一家人莫说两家话，
生死祸福，咱们一起担当！

王营长　娘……

赵　氏　（命令）根旺，你跟着王营长打鬼子！娘抱铁牛回家！（说完抱着铁牛大踏步走去）

[伴唱声起：寒柳根根苦哎，
土疙瘩里埋，
长出了那个嫩茎茎，
孩儿呀，全靠娘亲奶……

五　太行娘亲

[数天后，寒柳村头。

[突然，枪声打破拂晓的宁静：日军包围了寒柳村。

[村民们四下奔逃上，最后都被鬼子逼到舞台中区。

［岗村少佐拄刀默立枯井边。

贾队长 大家听好了，岗村太君说啦：皇军大扫荡战果辉煌，八路残部逃进深山，扔下一批小崽子藏在各村。皇军为扫清八路余孽，挨村挨户搜查，你们只要交出八路崽子，就是大大的良民！

［众人沉默。

贾队长 （向岗村）太君，他们就是茅坑里的石头，又臭又硬，不如统统死拉死拉！

岗　村 嗯？

贾队长 上回在后山坳，山田太君就是这么干的。

岗　村 杀了一个村，还有十个村、百个村、千个村……

贾队长 那就统统杀光！

岗　村 八嘎！统统杀光，皇军要这荒山荒地有什么用？

士　兵 （上）报告，搜查到两个小孩！

［梨花怀抱两婴儿，惊惶地被押上；村民们一阵骚动。

贾队长 太君，上回我们抓劳工，正好碰上她家小崽子满月，今天突然变成两个，其中一个一定是八路崽子！

岗　村 （踱到梨花面前）你的不要害怕，皇军大大的仁慈，与你们的“大东亚共荣”，孩子，你的留下一个，还有一个交给皇军。

梨　花 不，他俩都是俺的孩子！

贾队长 你的孩子？谁能证明？

田　婶 我能证明！

众村民 我们证明！

岗　村 哼哼！欺骗皇军！（指枯井）他们三个，统统的埋入枯井！

［鬼子将梨花母子架往枯井，众人愤怒前冲，鬼子举枪抵住，一步步将众人逼至侧幕旁，境况危急。

赵　氏　（喊上）太君——啊呀太君，俺才去邻村换小米，你就来啦！（一把拽过梨花）梨花，上回铁蛋满月，太君来过咱家，还说他儿子也刚巧满月哪。

岗　村　吆西，你的三代单传，得了一个孙子。

赵　氏　吆西吆西，太君你真是好记性！俺呀，活着就是为了这个孙子！

岗　村　一个孙子？

赵　氏　一个！

田　婶　（冲出）根旺娘，你不要睁着眼睛说瞎话！

赵　氏　（冲田婶）一个就是一个，天地良心，俺要是欺骗皇军，全村人都不得好死！（田婶惊觉，被鬼子用枪逼回）

岗　村　你的大大的良民！好，把你的那个孙子抱回去。

赵　氏　太君，这俩孩子，一个是俺亲孙子，还有一个是俺抱养的孙子！

岗　村　你的戏弄皇军！

赵　氏　太君，你就是借俺十个胆俺也不敢哪！

岗　村　你的说下去！

赵　氏　那天，俺为媳妇催奶去换小米，一脚踏进后山坳……

岗　村　后山坳！

赵　氏　只见那尸横遍野、血流成溪，吓得俺当场昏晕过去！迷迷糊糊听见啼哭，扒开尸堆一看，就见一个孩子满身是血、奄奄一息，俺立马就跪下啦！

岗　村　跪下？

赵　氏　你想啊，这孩子大难不死，定是菩萨慈悲，叫俺救他！俺怎敢违抗菩萨、俺怎敢不积阴德、俺怎敢不将他抱回家来呀！

贾队长 太君，这小孩一定是漏网的八路崽子，杀了他！

赵　氏 呸！小孩子有什么错，有本事你去杀八路！

贾队长 杀八路崽子就是杀八路！

赵　氏 你个狗汉奸！杀杀杀，杀得百姓见皇军就怕，见八路就亲，太君，他这是在祸害皇军呀！太君哪——

（唱）俺看你面相好福气，

有儿有女定有妻。

怎会生就狼狗心？

怎敢不将阴德积？

杀男好比杀自己，

杀女恰似杀贤妻。

杀老人就是杀父母，

杀孩子更要断祖基，

杀光天下老百姓，

谁种粮？谁耕地？谁为皇军供吃的？

杀光天下老百姓，

谁织棉？谁裁布？谁为皇军做寒衣？

杀光天下老百姓，

谁造房？谁修路？谁为皇军出劳力？

杀光天下老百姓，

谁迎奉？谁拥戴？东亚共荣成空屁。

太君你来评评理，

他害百姓就是害皇军，罪大恶极！

贾队长 （急了拔枪）我毙了你——

岗　村 （制止）你说得很有道理！只要你交出八路小孩，皇军的不杀村民。

赵　氏　（暗舒口气）太君，八路也好，皇军也罢，这孩子啥都不明白，你就放他一条生路吧！

岗　村　八路炸我仓库、杀我士兵，照你们中国规矩，这叫父债子还、血债血偿！

赵　氏　哟，敢情太君打不过八路，就拿孩子来撒气呀！

岗　村　八路不敢迎战皇军，怕死逃进深山，将大批孩子扔给老百姓。我的捕杀孩子，打击八路，不要你们替他们受罪！

赵　氏　太君，这不叫受罪，叫喜欢！

岗　村　喜欢？

赵　氏　对呀！咱老百姓哪，只要见了孩子就喜欢！不管男的、女的、大的、小的、病的、残的，都会抱回家来，养着、护着、爱着、宠着。呶呶呶，哪天你要是被八路打死了，你那孩子俺来养，准保把他养成白白胖胖、壮壮实实、健健康康的中国小子！

岗　村　八嘎！（以刀逼向赵氏）交出孩子，全村活命，不交，全村死拉死拉！

赵　氏　（步步后退）好、我交，我交还不行吗！

［田婶与众乡民涌动嚷嚷。

田　婶　不能交！

众村民　不交！

岗　村　（大吼）机枪——（鬼子唰地拉开枪栓）

赵　氏　（大喊）住手！俺家的事，要你们吵吵个甚！皇军愣说他是八路的孩子，就算他是八路的孩子，难不成为了一个孩子，赔上咱全村人的性命？再说了，八路军天好地好，他能保咱传宗接代？再再说了，皇军真要杀了八路孩子，八路自会找他们算账报仇！再再再说了，俺虽糊涂，也知一人做事一人当，一人闯祸一人扛！太君哪，俺糊涂你不能糊涂，俺犯傻你不是傻瓜，俺犯浑你不是混蛋！来来来——（一把抢过梨花怀中的铁蛋）这就算是八路的孩子，只要你眼不眨、神不乱、手不抖、心不颤，你就剁、你就剐、你就挑、你就杀——

梨　花　（挣扎脱口喊出）我的孩子——

岗　村　（狐疑）嗯？

赵　氏　（冲上前一巴掌抽向梨花）你是疯啦还是傻啦！

（唱）骂一声媳妇你——你睁大眼，

亲儿在你怀抱间。

咱不能将太君骗，

咱不能把良心偏！

梨　花　（唱）他他他——他也吃过俺的奶，

一口奶，就是亲生血脉连。

连心连肝摘去难，娘啊——

容俺再看他一眼！

赵　氏　（唱）你曾为他将娘劝，

恩报恩来冤报冤。

皇军不是中国人，

中国的情义在咱自己心里边！

梨　花　（唱）情义分明刻心坎，

难舍最是亲……亲奶缘。

梨花甘愿替他死，

怎忍他，小小一命去黄泉。

赵　氏　（唱）娃儿性命俺亏欠，

护他自有娘周全。

怀中亲儿——你要好抚养，

赵家还待你续香烟。

梨　花　（叠唱）抱紧铁牛把头点，

赵　氏　（叠唱）抱紧铁蛋泪强咽。

梨　花　（叠唱）孙儿是她肝胆胆，

赵　氏　（叠唱）亲儿是她心尖尖。

赵、梨　（合唱）一样的伤哪一样的痛，

咬牙关，莫让亲人痛再添……

［两人抱紧孩子，强抑颤抖，一步一步退开。

［铁蛋突然大哭，梨花顿时失控地冲上前喊出：铁——

赵　氏　（一把捂住梨花的嘴）

（唱）记住了，他一条命，

可保全村不牵连！

梨　花　（含泪点头）娘，俺懂！

［岗村不耐烦地一挥手，贾队长夺过铁蛋，冲向井边。

赵　氏　慢着！（抱过铁蛋）太君你来看，他的小嘴，他的眼睛，他的脸蛋可像你儿子？

岗　村　你！

赵　氏　你要是他亲爹——

岗　村　（嘶吼）我是军人！

赵　氏　俺不懂军人，俺只知道，是你把一条命给活活埋了！孩子，你睁开眼睛，好好看看这个没心、没肺、没肝、没肠的畜生军人！（冲岗村爆发地）是你杀了他！是你杀了他——

（唱）骂一声小鬼子我把悲声放，

哭天哭地我哭你娘！

她怀胎十月非容易，

一寸一寸将你养。

盼你娶妻多生子，

盼你孝敬双高堂。

谁知你把良心丧，

不敬老父不孝娘。

抛妻别子来中国，

凶残赛过杀人狂。

你叫俺，怎共荣？怎和善？怎低头？怎相让？

只能报仇枪对枪！

哪天你死在枪口下，

我哭你娘，空欢喜、空期盼、白白养儿一大场！（大笑）哈哈……孩子，咱们走！（抱着铁蛋决然转身跃入枯井）

梨　花　娘——（扑向井边，切光）

［赵氏画外音：铁蛋，这井底下黑，不怕，奶奶抱着你呢，铁蛋不哭、不怕，奶奶会一直抱着咱铁蛋、陪着咱铁蛋……（灯渐亮）

［沙土飞扬，鬼子填土的剪影阴森恐怖。

［铁蛋嘤嘤哭泣，赵氏遮护孩子。

赵　氏　（唱）尘土飞下痛难挡，

抱紧孙儿泪行行。

孙儿啊，求天求神盼你降，

疼你亲你才二月长。

不料今日先送你，

俺怎能，剜去心肝活世上……（飞土纷扬直下，孩子哭

泣，忙做遮挡）

孙儿呀，你莫哭泣莫害怕，

奶奶抱你入梦乡。

一梦回到咱村庄，

漫山寒柳花怒放。

见铁牛，拜爹娘，

还有你弟弟妹妹一大帮。

全村老少尽涌来，

夸咱是，小小英雄出太行。

你抱紧奶奶话响亮：

咱太行人，生死敢把信义偿！（赵氏喘息着、挣扎着高高托起铁蛋，渐渐推成铜铸般剪影）

［伴唱陡起：寒柳根根深哎，

土疙瘩里埋。

苦不死那个芽芯芯，

孩儿呀，只要有娘在——

［大静场：梨花抱着铁牛，从舞台深处缓缓走来。

［字幕：抗战期间，太行娘亲们冒着风险，不惜生命，保护奶养了数百位八路军的子女……

［一声清亮的童声蓦地喊出："娘亲——"顿时，引出童声的集体呼喊："娘亲——"久久回荡的呼喊声中，蓝天深邃，寒柳绚烂。

［剧终。

（与张裕合作）

上党梆子当代戏

沁岭花开

人　物　李山花　沁岭村村民，寡妇
张智龙　沁岭村第一书记
牛太行　沁岭村老村长
许大壮　沁岭村村民
赵　响　李山花的儿子，10 岁，初时耳聪却哑
三　婶　沁岭村妇委会老主任
柳　叶　沁岭村村民
大　武　沁岭村村民
小　齐　沁岭村村民
群　角　沁岭村的男女老少等

一

［主题曲：一串串连翘花哟漫山山地开，
妹的那个心思哟凭谁猜？
只要穷圪梁梁能改变，
哥敢种花妹敢摘。

［2014年，中央提出“精准扶贫”第二年。

［太行山沁水地区，一个偏僻山坳里的沁岭村。村口：贫瘠嶙峋的山岭间，一条新修的公路蜿蜒通向远方。

老　汉　沁岭村通路了！

三　婶　沁岭村通路啦！

老　汉　上山，再不会累死驴！

三　婶　下山，再不会摔死人！

女　声　山货能运出去了！

男　声　姑娘肯嫁进来啦！

众　声　（齐呼）通——路——啦——

［霎时，众人拥上，捶响大锣，打起腰鼓，一派欢腾。

［老村长牛太行疾上。

牛太行　（大喊）停停停，都给俺站停喽——

众　人　（止喧）牛村长，咋嘞？

牛太行　鼓要敲对时候，锣要响在当口。县上领导没到，你们瞎折腾，不怕砸破了锣鼓？

众　人　不怕！

牛太行　这锣鼓可是县上借来哒，砸破了赔不起！

众　人　咱是贫困村，不用赔！

牛太行　贫困村就能耍赖？

大　武　村长，你还没看明白，贫困村好啊！

小　齐　就是就是！咱费心费力，开山死了人，这路修了十年也没修成！

大　武　如今上头来了个"精准扶贫"，这路就通上啦！

三　婶　就是嘛，贫困村好，贫困户更好，娃娃上学，老人看病，修房垒墙上面全包啦！

牛太行　你们是说，贫困帽下好乘凉，摘不得？

众　人　摘不得！

牛太行　那上面派来的第一书记张智龙，好不好？

众　人　好——

牛太行　他就是专门来帮咱村摘贫困帽的！

大　武　只要贫困帽不摘，咱喜欢的张书记就走不了。

小　齐　就是就是，张书记在，这上头的好政策咱就能踏实享用。

许大壮　（瓮声瓮气地）第一书记三年一届，谁也留不住。

牛太行　瞧瞧，咱许大壮，性子黏里巴叽，说话一针见血哈。

柳　叶　（举手机喊上）村长——县上领导已经到山崖口啦！

牛太行　（提高嗓门）大家伙听好了，一会儿我说起——你们就敲起来、跳起来，记住：脚步踏整齐，锣鼓敲整齐，才能代表咱人心齐！

众　人　好咪——

许大壮　村长，李山花的丈夫当年修路被山石砸死，今天得叫上她……

三　婶　李山花？不能叫！

众　人　不能叫！

李山花　（内声）俺，来啦——

［内唱：李山花，一身孝，不请自到！（操长凳上）

（唱）学一个，美猴王、大闹天宫，降龙伏妖！（将长凳往路中央一摆，盘腿坐上）

牛太行　（强笑迎上）嘿，山花，今儿咱村通路庆典，县上领导要来……

李山花　（大声号哭）啊呀俺的夫哪——

（唱）你修路被砸死得早，

　　今日通路，妻来为你把魂招。

三　婶　山花，就算给三婶个面子，有话咱以后再说。

李山花　（唱）你少来糊弄弯弯绕，

　　贫困户，俺家为啥轮不着？

牛太行　山花！

李山花　（唱）你三番五次来劝导，

　　这遭过了等下遭。

　　谁知回回放空炮，

　　骗得俺，受贫受穷到今朝！

牛太行　（忍耐地）山花，俺跟你说过多少遍了，贫困户是要精准识别、民主推选、张榜公示的！可每回村里投票，你家票数从来就没超过一巴掌，俺也不能违背民意哪！

李山花　（唱）说到民意谁不懂，

　　你就甭吹选得公。

可怜我儿是哑巴，
治病费钱家底空。
今日里，面见县长自举荐，
争当个贫困户，俺也要享受光荣！

许大壮 山花，你闹来闹去，这贫困户就更选不上啦。

李山花 怕甚！这世道俺算看透了，软的怕硬的，硬的怕拼命的，今天俺就是来拼命哒！

柳　叶 村长，县领导快到啦！

牛太行 （焦急）山花，为咱沁岭村的脸面，牛太行今天得罪啦！（示意）

［大武、小齐上前架起李山花，山花挣脱，一屁股坐地撒泼。

李山花 （大喊）抢人啦！杀人啦！（入调）啊呀救命哪——

张智龙 （唱上）闻呼号，疾步赶来问根苗！

众　人 张书记！

李山花 （夸张地扑上前哭喊）张书记，救命、救命哪！

［众人有的不屑，有的偷笑。

张智龙 山花，今天通路，我上门去请，你家又是铁将军把门哪。

李山花 哟，张大书记还真是贴心贴肺呀！您来这两年，上俺家回回都吃闭门羹，看来是俺有眼不识泰山啦。

张智龙 山花……

李山花 都说您能搞定县上，搞定村里，您也想搞定俺吧？（厉声）告诉你，门也没有！今天要不落实俺的贫困户，俺就死在这里！

张智龙 嚯，这么严重！你拉扯儿子赵响熬了十年，舍得撇下他？

李山花 十年了，俺也熬够了，正想为儿子找个后爸。要不，你来候选？啊哈哈哈……

[随着一声“啊”的干吼，山花十岁的儿子赵响手持柴刀，冲开山花和张智龙，恶狠狠地猛砍长凳。

李山花 （大喝）赵响，你干甚！

[赵响望着母亲，猛扔下柴刀，一抹眼泪，干号着奔下。

李山花 赵响——（急追）

[张智龙忙追下，牛太行无奈地一声高吼：起——

[顿时，锣鼓敲响，任是牛太行拼命指挥，依旧难以整齐。

二

[后山荒野，夜幕低垂，山花失魂落魄地喊上：赵响——

李山花 赵响，你在哪里啊？天黑啦，你这小兔崽子，就不怕山上有狼吃了你！赵响、儿哪——

（唱）一声声，狠命唤，我儿赵响，

山路险，山涧深，夜风冰凉。

儿哪儿，你莫要，乱躲乱藏，

快回家，娘与你，热饭煮汤。（寻唤）赵响——

儿不应、风回荡，

漫山连翘枝影晃。

想当年，夫妻研制连翘茶，

共度两年好时光。

谁料想，炸山石下夫惨死，

婆婆哀恸一命亡。

忍泪生下遗腹子，

偏又是，能听能看的哑巴郎。

含辛茹苦拉扯大，

母子相依十年长。

倘若儿有长与短，

娘只有，追上儿，一家团聚到泉乡！（唤下）赵响——

［灯亮：山花家中，摆设简陋，却有一块黑板挂在墙上。黑板顶端醒目地写着：要争馍馍要争气！

［张智龙正给一脸怒气的赵响按摩脚踝。

张智龙 好了，我保证明天你就活蹦乱跳啦。（赵响扭头不理）呵，还生气哪？（取过桌上馍馍，倒碗开水）饿了吧，给！

赵　响 （饿坏了，闷头就吃）……

张智龙 （环顾房内）唉！

（唱）家徒四壁空寂寂，

孤寡度日失所依。

她家贫困早知晓，

多次上门她门紧闭。

乡邻对她多恶评，

村委提她常叹息。

我循踪觅迹访根底，

方知她，初始积怨因儿起……

李山花 （显现，唱）我儿他，耳聪目慧口难语，

争强好胜赛倔驴。

同学嘲笑他听见，

挥拳干仗还脚踢。

四邻八舍来论理，
俺操起长凳村头立。
骂遍同学骂家长，
哑儿可怜不容欺。

张智龙 （唱）更有那，爱慕美色单身汉，
故意撩拨她发急。

李山花 （唱）护儿更为护自己，
撕破脸面成泼皮。

张智龙 （唱）她有文化人俏丽，
岂甘自贱不珍惜？

李山花 （唱）破罐破摔人见怕，
浑身芒刺谁敢敌。

张智龙 （唱）这心结如何能打开？
系铃解铃费思虑。

李山花 呀！（唱）遥见家中灯辉闪，
定是我儿回家里。（奔去）

张智龙 （转见黑板上的字，念）要争馍馍要争气——（恍然）
（唱）争馍馍是为争利益，
她分明不甘守贫瘠。
要争气，争骨气、争心气、争志气，
可见她心藏火苗未曾熄。

赵　响 （突然趴在桌上呜咽着哭了）……

张智龙 赵响，咋啦？没吃饱？脚又疼啦？（为他擦泪、按摩）
［山花愣冲冲奔来门前，见张智龙身影，忙避一旁。

张智龙 赵响，你妈这么晚还没回来，我去找找，你先睡吧。

赵　响　(一把拖住)……

张智龙　她一定是去找你了,要不我背你一起去找?

赵　响　(立马退缩,使劲摇头)……

张智龙　山上黑灯瞎火,你就不担心妈妈也崴了脚?

赵　响　(气呼呼地比画手势,见张智龙不明白,扑到黑板前,用力写下三个大字)我恨她!

李、张　(同呼)我恨她——

李、张　(合唱)三个字!

张智龙　(唱)触目惊心!(山花叠唱)如刀扎心!

李山花　(唱)亲儿竟将亲娘恨,

张智龙　(唱)孩子已懂要自尊。

李山花　(唱)冲进门去将儿训——(欲冲又止)

张智龙　(唱)强抑心痛话温存。(白)赵响,叔叔知道,你是恨妈妈骂人、丢人对么?(赵响恨恨点头)孩子,你不该恨你妈妈!(赵响不屑)十年前,你爸爸和奶奶相继去世,你妈妈绝了生望,一心求死,不吃不喝,奄奄一息。医生看了摇摇头说:不行了,准备后事吧,只可惜她已经怀上了孩子。谁知医生这话刚说完,你妈妈就睁开了眼睛……(赵响惊诧地"啊"了一声)你妈妈她是为了腹中的你,才想活、才愿意活、才活过来的呀!赵响,好孩子哪——

(唱)她爱你胜过爱自己的命,

　　她为你守寡到如今。

　　她为你不惜效猛虎,

　　她为你宁可丢尽人。(白)孩子哪!

　　若不是你常闯祸,

她怎会与乡邻结怨深？

若不是家中太贫困，

她怎会，为一钱一厘闹不停？

若不是村里欠文明，

她怎会，拒人千里、紧锁一片凄苦心？

［赵响一声干号，扑进张智龙怀里放声大哭；

李山花　（唱）他句句话儿似刀刃，

字字切痛旧伤痕。

十年强撑怕怜悯，（轻唤）张书记！

你不该，搅痛俺，深埋久藏自傲心。（掩泣）

张智龙　（接唱）孩子哪，要争馍馍要争气，

妈妈的话你要记在心。

要努力、要发奋，要上进，

要为妈妈分艰辛。

李山花　（一把抹干眼泪，唤）赵响！

［赵响瘸着腿奔出，扑上前紧紧抱住母亲。

［张智龙与山花远远相望，无语对视……

［女声独唱：一串串连翘花哟漫山山地开，

妹的那个心思哟凭谁猜？

三

［合唱随起：只要穷圪梁梁能改变，

哥敢种花妹敢摘！

［简陋厂房外，“沁岭连翘加工厂”门牌十分醒目。

［村民们抬筐提篮，进进出出地忙乱着。

［牛太行叼着烟袋和许大壮蹲在一角。

牛太行　大壮，你算算，年底咱村人均可能分到三千？

许大壮　村长，这话您得去问会计，俺只是个临时记账员。

牛太行　会计进城高就，怕是回不来喽。你呀，好好干，争取当会计。

许大壮　嘿，俺一定争取。村长哪！

（唱）张书记搞来资金五十万，

厂房设备已建全。

连翘茶一季可产一万斤，

连翘果两轮可收三千担。

只要销售能完成，

人均三千稳如山。

牛太行　（唱）急的是，制茶工艺不过关，

万斤茶只怕成空谈。

［三婶带着柳叶、大武、小齐等端着碎茶疾上。

三　婶　（接唱）茶叶又成茶粉末，

牛太行　（唱）咋个整？咋个办？眼看投资要玩儿完！

三　婶　张书记上省城找办法，咋还不回来？

柳　叶　制茶是门技术，选叶、摘叶、晾叶、火候温度、翻炒力度，哪个不过关都制不出好茶。

小　齐　就是就是。

大　武　能够制茶的连翘叶，还有半月可摘，看来只好等明年喽。

三　婶　明年张书记任满走人，咱就更干不成啦。

许大壮 （嘟哝）这事得找李山花！

众　人 李山花？

许大壮 十年前，她和丈夫就炒出连翘茶了。

大　武 可这十年，没见她炒茶嘛。

许大壮 没人把灶掌火，她又不肯求人，一个人咋炒嘛？

柳　叶 这不有茶厂了吗，咱可以当她下手啊！

小　齐 就是就是。

许大壮 算了吧，大伙不选她当贫困户，都成冤家了。

三　婶 要说哪，咱们对她关心是少了点。

大　武 关心？多看她一眼就开骂，谁敢哪！

柳　叶 还不是你、你们，一看见她眼睛就带色！

［众人七嘴八舌争执。

牛太行 停停停，都给俺站停喽——

众　人 咋啦？

牛太行 最近，咋就没听见山花闹腾咪？

三　婶 对呀，过去三天两头闹，如今不闹还真怪啦。

牛太行 哈、哈哈……（见众人莫名，神秘地）她是被张书记镇住喽！

众　人 张书记？

牛太行 （卖关子）你们先说说，张书记这人咋样？

三　婶 要说他呀！

（唱）自从来咱山窝窝，

　　同甘共苦啃馍馍。

柳　叶 （唱）新官不放三把火，

　　实事做了一大箩。

大　武 （唱）人畜合用一塘水，

他带头打井在山坡。

小　齐　（唱）盖大棚、种蔬菜，

建起羊圈把羊崽捉。

三　婶　（唱）山深路险难运货，

他引资修路通了车。

许大壮　（唱）他是书记他该做！

众　人　许大壮——

（唱）你良心歪在胳肢窝！

牛太行　好啦好啦！言归正传，你们说，张书记要是去请李山花？

众　人　啊？

牛太行　成不成？

众　人　不成！

牛太行　你们这群笨娃，看走眼喽！自从那天，张书记帮李山花找回儿子赵响，她呀——

（唱）不声不响变了样，

不吭不哈像娇娘。

说话轻悄悄，

走路步方方。

鬓发齐整整，

眉眼亮堂堂。

见了张书记，

远远闪一旁。

你们猜猜看，

她有啥心事怀内藏？

三　婶　这还用说，她喜欢张书记呗。

许大壮　（直蹦起来）你胡说！

柳　叶　哟哟哟，你急个甚！

三　婶　这女人哪，十年不变一朝大变，那就一定是喜欢上男人了。

大　武　做大梦吧！张书记农大毕业，又在省城坐机关，他能看上李山花那种、那种——

小　齐　母老虎！

牛太行　屁话！甚母老虎？李山花是咱沁岭村顶顶漂亮一枝花！她丈夫去世后，你们这些小子心里不亮堂，搞得她防人就像防贼！

三　婶　村长，你是想说？

牛太行　山花要是喜欢张书记，那张书记讲话她一定喜欢听，对不？

众　人　对呀！

许大壮　（嚷嚷）不对！山花是俺的帮扶对象……

牛太行　那你讲话，山花可曾听过一句？

三　婶　大壮，你追了十年，人家山花根本就看不上你！

牛太行　俺宣布：从今往后，许大壮帮扶李山花，改由张书记帮扶李山花！

［众人恶作剧般一声欢呼，许大壮气馁懊丧，瘫坐在地。

四

［山上，连翘花盛开期已过，绿叶丛中犹见三两朵黄花点缀。

［李山花手提篮筐，缓步而来。

李山花 （唱）黄花谢，绿叶浓，漫山春讯，

整十年，未采摘，连翘叶青。

怕回忆，怕期盼，心似枯井，

想不明，又为何，神魂不宁？

莫不是，因儿一句“我恨她”，

山花有意改性情？

莫不是，张书记一番劝儿语，

刨开淤泥现水清，

清水突突抑不住，

绕心穿肠、穿肠绕心，它满满当当要将出路寻？

［远远传来柳叶的喊声：张书记回来啦！张书记回来啦——

［山花神情一振，穿梭在连翘丛中张望。

李山花 （唱）遥见他，步履快似风一阵，

乡邻们，众星拱月将他迎。

七嘴八舌似争论，

定为制茶困境深。

有意相帮口难开，

架不住，他眼神犀利能看透心。

俺与他，井水河水两不犯，

他与俺，飞鸟土鳖天地分。

为什么，见他身影不敢近？

为什么，听他劝导心跳频？

为什么，上山又将连翘采？

为什么，总想替他把重担分？

莫非俺犯了啥毛病？

这病也来得太莫名！

咋个整……怕个甚，俺将它——

密密藏、美美想、悠悠品，一辈子不告诉别的人！

［山花麻利地采摘连翘叶，许大壮悄悄来到她身后。

李山花 （头也不抬）许大壮，你给俺滚远点！

许大壮 山花，俺等了你十年，你咋就这么不待见俺？

李山花 黏里巴叽，石磙子碾不出半个响屁，俺懒得瞧！

许大壮 村长说了，要俺好好干，争取当会计。

李山花 哟，许大会计！你就是当县长，俺也不稀罕！

许大壮 你不稀罕俺稀罕，以后你要是归张书记帮扶……

李山花 好啊，张书记知书达理、善解人意、能说会干、潇洒英俊，比你强多啦！

许大壮 你！你要是让他给帮扶走了……

李山花 呸！你以为俺是牲口？谁喂俺口吃的，俺就让谁牵着走？

许大壮 （扑通跪地）山花，你就让俺一辈子对你好吧！

李山花 （大火）屁话！当年俺被人欺负，跟人干仗，求你帮忙，你只会抖着身子说：忍忍、忍忍！许大壮，你就不是条汉子！

许大壮 （腾地跳起来）俺是汉子！俺就是汉子——（疯了一般冲上前，拦腰抱住山花）

李山花 （挣扎大喊）放开！你放开——

［“大壮——”张智龙突然出现，许大壮立刻蔫了。

许大壮 张、张书记……哦，你们帮扶、你们帮扶。（欲走）

张智龙 站住——你该向她道歉！

许大壮 （迟疑地）山花，俺不是欺负……是、是要你！

李山花 （一把推倒许大壮，怒喊）滚——

许大壮　（爬起来）俺滚，俺滚了还要你！（说罢一溜烟跑了）

张智龙　山花，我看大壮是真心想和你过日子……

李山花　你也滚——（委屈地哭出声来）

［张智龙默默提起篮筐，采摘连翘叶。

［山花渐渐止哭，上前抢过篮筐，顾自采摘连翘叶。

张智龙　山花，制茶厂需要你，我想请你出山，帮帮大家。

李山花　哼，现在想起俺啦？选贫困户咋就想不起俺咪！

张智龙　山花！当个贫困户就这么重要吗？

李山花　你当官、你拿工资、你要政绩，三年一过，你披红挂彩回城里享大福，你咋会知道，这贫困像座大山，压死人！

张智龙　我明白！

李山花　你明白个甚？

张智龙　我家也在贫困村！

李山花　哟，那该恭喜你，这辈子再不用回贫困村啦！

张智龙　我想……回去！

李山花　回、回去？

张智龙　只怕……没能力改变家乡，辜负了养我供我的老父亲，对不起凑钱助我读完农大的众乡亲！

李山花　错！俺要是你，拼着命也要报答对俺有恩的好人！

张智龙　报答好人？当年你高中毕业回村，乡亲们敲锣打鼓；后来你结婚成家，乡亲们张灯结彩；你丈夫婆婆去世，乡亲们帮着安葬……

李山花　那都十年前的事了！

张智龙　是啊，这十年来，沁岭村家家贫困，人人怕穷，心思散乱，风气不正。为一钱一厘争红眼睛，为一得一失扯破面皮，不念恩德、不重乡情、不纯朴、不厚道、不善良、不自尊、不……

李山花 打住！俺沁岭村人没你说的这么歹毒！

张智龙 那你为甚吵闹？为甚抱怨？为甚舍下自尊，破罐破摔？为甚守着炒茶本领，眼看沁岭村人受穷受贫？你……

李山花 张智龙！你少来指桑骂槐。就算俺有点点错，你就不犯错？

张智龙 我有错！错在对你了解不够，错在秉持公正不够，错在此时此刻才明白，你有知恩图报、盼着家乡好的善良之心！山花哪——

（唱）我知你，丈夫惨死痛难当，
怨恨修路起祸殃。
我知你，为儿治病穷奔走，
掏空家底少人帮。
我知你，怜爱赵响常护短，
得罪四邻苦果尝。
我知你，怕受欺负筑心墙，
一身铠甲将人防。
我知你，聪明能干更好强，
貌似无情心善良。
山花哪，莫对往事抱怨望，
莫将炒茶手艺藏。
莫叫贫困困梦想，
更莫让，儿辈们再把苦难继续扛。
面对贫困这座山，
顶一顶、扛一扛，你要帮一帮，
莫错过，这千年变革好时光——免教后悔长！

李山花　（唱）听他掏心掏腑坦诚话，

动俺蒙尘蒙垢怨怼心。

寂寂情怀久冰冷，

忽觉正气暖暖升。

是期盼、是信任，

是感激、是酸辛……

五味杂陈痛难辨，

强作笑语掩泪盈。（白）张大书记，俺问你三件事，你要是答得俺满意，俺就跟着你干。

张智龙　你讲。

李山花　若是制茶成功，俺可能当选贫困户？

张智龙　如果制茶成功，沁岭村就没有贫困户啦！

李山花　也对。俺再问你，这沁岭村真的能变好么？

张智龙　如果制茶成功……

李山花　又来了！俺问的是人心，这人心能变好么？

张智龙　能，一定能变好！

李山花　俺不信！前些年，苍蝇乱飞、老虎瞎蹦，有钱买路、无钱诈富，人心都搞坏了。这两年上面一抓，干净多了，可人心还能变好么？

张智龙　山花，你扪心自问，你想变好么？你能变好么？你希望大家都变好吗？不错，要改变人心确实很难，那就一点一点来，三年、十年、百年，我就不信，这世上人心会永远自甘堕落！

李山花　你！

张智龙　好了，第三件事我来替你说！十年没炒茶了，手艺生疏了，现代制茶设备又不熟悉，心里没底对吗？（取出通知）省里为扶贫，免费举办一周制茶培训班，这是通知，给！

李山花 （将通知一把打落）你算个甚？想要俺咋样就咋样，俺不去！

张智龙 （一笑）你去培训，赵响我来照看，放心。（说罢转身离去）

［山花愣愣地望着张智龙背影……

［女声独唱：一串串连翘花哟漫山山地开，
妹的那个心思哟凭谁猜？
只要穷圪梁梁能改变，
哥敢种花妹敢摘……

［歌声中，山花颤颤捡起那张通知，紧紧捂在了胸前。

五

［景同第三场，明显整顿过了，各种摆设严谨规范。

［村民们着统一制服，女人们端着小簸箕挑拣连翘叶，男人们忙着将成品茶装箱。

众　人 （唱）采茶忙哟炒茶忙，
沁岭茶飘十里香。

众　女 （唱）男女老少上山岗，
采来连翘装满筐。

众　男 （唱）严挑细选分品相，
质量保证不欺诳。

众　女 （唱）要讲奇事有一桩……（互相咬耳朵）

众　男 （唱）说来听听又何妨。

众　女　(唱)李山花,省城回来变了样,

做总监、教技术,本事还真强。

众　男　(唱)早年咱就看好她,

众　女　(唱)马后炮不嫌臊得慌。

众　男　(唱)都怪她——嘿嘿,都怪咱惹虎又怕虎,

众　女　(唱)也烦她说话赛刀枪。

柳　叶　(唱)如今办厂她奋力,

众　人　(唱)刀子嘴、豆腐心,咱就多体谅。

［牛太行叼烟斗上,许大壮随上。

牛太行　你们呀,手不停嘴还不停,当心总监扣奖金!

众　女　哟,村长也怕她?

牛太行　谁让咱茶厂就她懂技术咪!谁让她制成了连翘茶,网上网下卖得红红火火来!俺这不叫怕,叫——伯乐敬重千里马!

［众人哄笑;突然,大家敛声屏息蹑手蹑脚窜入车间。

［李山花挑着满担连翘叶走来。

李山花　(冲牛太行)张书记说过多少回了,不许在厂区抽烟!许大壮、牛太行违规抽烟,扣奖金十块。记账上!(说罢径入车间)

［牛太行苦笑着灭掉烟斗,听车间里传来李山花的呵斥声——

李山花　大武,刚采的连翘叶要赶紧晾晒,小齐你睁开眼看看清楚,二等品混入一等品,你就不怕烂心烂肺烂肚肠?柳叶咋不穿工作服?张书记的话都当耳边风啦!

［许大壮在一旁听着发呆。

牛太行　大壮、大壮!

许大壮　（惊觉）啊？

牛太行　（兴奋地）你再算算，年底咱村人均三千稳当了没？

许大壮　眼下连翘茶销路旺，等青翘果、黄翘果丰收，张书记再搞来一套烘干设备，加速成品，准超三千！

牛太行　甚？准超三千！老天爷，咱沁岭村祖祖辈辈窝在山里守贫守穷，俺不甘心，俺努力了一辈子，没想到终于要发啦，哈哈……

［村长——！三婶喊着奔上。

三　婶　不好啦！有人向县上举报，张书记利用职权、勾引寡妇，拆散村民婚姻！

牛太行　啊？

三　婶　县上来人找张书记谈话，听说真要查实，那就得处分换岗！

牛太行　坏了、坏了！咱这茶厂才上正道，要添置设备、要融资贷款、要扩大生产……来人哪！（众人拥上）跟俺去保张书记，走——

李山花　站住！

众　人　咋啦？

李山花　（盯住许大壮）许大壮！你为啥举报张书记！

许大壮　俺没、没……

李山花　说自己是条汉子，这都不敢认？

许大壮　是、是那天县上来人，俺就顺嘴叨叨了几句……

牛太行　（大怒）你这告黑状的王八犊子！你想毁了咱沁岭村哪！

三　婶　人壮你糊涂啊，咱沁岭村从祖辈起，不兴告黑状！

大　武　（一把拽住大壮）你想坏了大伙财路！

小　齐　揍他揍他……（与大武等人拥上，摁倒许大壮）

张智龙　(喊上)住手——(扶起许大壮)

众　人　张书记?

张智龙　县上来人谈话了解情况,你们这是干啥?

许大壮　张、张书记,俺没告黑状,俺就是向县上人说了几句心里话。

柳　叶　好啊,你就把心里话讲出来,让大伙评评是不是告黑状!

众　人　讲啊!

许大壮　(畏缩)俺、俺……

张智龙　乡亲们,沁岭村正在发展当口,不能自乱人心!大壮哪——

(唱)心里话,当众说,说错何妨,

人与人,本应该,敞亮胸膛。

有错改错是自信,

无错戒错为自强。

沁岭村脱贫已有望,

更需要,除隔膜、祛猜忌、

多坦诚、互相帮、人心齐才能奔小康!

李、许　(合唱)一番话,听得俺——

许大壮　(叠唱)心中晃荡,

李山花　(叠唱)心中滚烫!

许大壮　(唱)俺是活得太窝囊,

李山花　(唱)自信还当先自强。

许大壮　(唱)想说话舌尖抖得慌,

李山花　(唱)多少话奔涌出心房。(白)张书记,你说过,人心能变好的对吗?

张智龙　对!

李山花　你说过,希望大家都往好里变?

张智龙 说过！

李山花 牛村长、三婶、众位乡邻，俺知道大家背地都骂俺母老虎，俺也从不肯与大家说心里话，今天，俺想说几句，行么？

［大静场；突然，牛太行带头鼓掌，随即掌声一片。

李山花 （感动哽噎）自从俺丈夫死在炸山石下，俺恨俺怨，恨为啥偏偏死的是俺丈夫？怨俺的命为甚这般苦？又防着人欺负孤儿寡母，心中多疑多猜，眼中不见好人。逢事不顺，就吵就骂，吵过骂过，更不开心。这段时间和大家一起制茶，一声笑、一句夸，俺心里都会高兴老半天，俺觉得活着有滋味了。大壮，俺是看不上你，但凡你有骨气、有志气、有眼见，怎会看不见俺心里的想头？看不见张书记的好？看不见咱沁岭村正在慢慢改变？大壮哪——

（唱）好容易，盼来扶贫政策好，

好容易，人心聚起火苗苗。

好容易，茶香漫溢穷山坳，

好容易，贫苦帽子有望抛。

山花纵是名声歹，

也指望，舒心的日子节节高！

俺愿一改旧脾性，

俺愿儿子赞声好，

俺愿活得有滋味，

俺愿在人前直起腰。

大壮呀，俺的愿望你知多少？

凭甚与你把身心交！

你将黑状告，

是非全混淆；

你将黑状告，

人心乱了套；

你将黑状告，

脱贫路更遥。

大壮哪，谢你十年对俺好，

更愿你，挺直身骨、做条汉子，莫教人小瞧！

牛太行 说得好！山花，俺给你道歉，你没选上贫困户，是俺没尽到责任！

三　婶 山花，你骂过俺孙子，俺一直不待见你，三婶以后改！

大　武 嘿，山花，你好看，俺喜欢和你扯吧，可从来也没想要欺负你！

小　齐 就是就是！

众　人 （拥上）山花……

许大壮 （大吼一声）老少爷们——（众人惊诧）山花敢说心里话，俺也敢把心里话敞亮了说！张书记，你是好人，可俺等山花等了十年，俺不怕再等她十年！你要敢和俺抢，俺就敢告你告你，直到把你告走！

李山花 许大壮你混账！

许大壮 县上人说了，第一书记不准搞扶贫对象，他喜欢你就是犯错！

李山花 （脱口而出）他没喜欢俺，是俺……唉！（又羞又怒，一跺脚直冲了出去）

张智龙 大壮你……嗐！山花、山花——（追去）

许大壮 哎、哎——（追下）

［众人面面相觑，随即会心大笑。

六

［沁岭山顶，连翘丛生，李山花跌跌撞撞奔来。

李山花 （唱）一路奔，一路怨，气急败坏，
说不清，恼还羞，癫上山来。
才感激，乡邻们，话如春暖，
恨大壮，当众人，把心结挑开。

张智龙 （追上，唱）山花冲动出意外，
莫非她当真动情怀？
村里流言曾传闻，
却未细想往深处猜。

许大壮 （跟上，唱）追山花追了十长载，
她见我就像见狼豺。
张书记，才整几天就夺爱，
暗跟随，要将谜底掰扯开。（隐身）

李山花 （唱）当初想好情深埋，
一辈子不向人告白。
自作自受自甘愿，
怎料风波拔地来。

张智龙 （唱）一时情惑人常有，
需待她自量自剪裁。

沁岭村，谋发展，正逢关隘，

再不能，波澜迭起人心摇摆。

［山风陡起，张智龙与山花一个寒战。

张、李 （合唱）山风陡起拂人面，

冰凉彻骨清心脉。

张、李 （叠唱）我与她（俺与他）相交时未久，

李山花 （唱）是依赖？是感激？还是真情爱？

张智龙 （唱）同目标，共夙愿，盼她想明白。

李山花 （唱）乱麻千结难梳捋，

深悔当众失常态。

张智龙 （唱）心结莫使快刀斩，

开解还需巧铺排。

李山花 （唱）不怕人说好与歹，

怕他低瞧头难抬。

张智龙 （唱）她聪慧敏感怕伤害，

相劝还需绕着来。

许大壮 （唱）他两人，磨磨蹭蹭好奇怪，

这戏咋就不开台？

张智龙 （唱）欲进费踌躇，

李山花 （唱）想退苦徘徊，

张智龙 （唱）开言防急率，

李山花 （唱）今日俺认栽。

张智龙 （唱）车到山前必有路，

李山花 （唱）纵使想绕也绕不开！

［两人蓦地相见；许大壮隐在一旁。

李山花　（板着脸）追俺上山，你想干啥？

张智龙　我、有几件大事想与你商量。

李山花　俺不配！（许大壮偷笑）

张智龙　赵响他、有希望开口说话！

李山花　甚？

张智龙　我在网上，将赵响的情况和他过去的病历，发给了全国六家专科医院，这两天回复全来了（从包中取出回单）你看，省城医院答应给他会诊治疗。

李山花　（激动地）赵响有希望治好？俺的儿子有希望开口说话！

许大壮　（旁白）这马屁拍得精准，俺咋就没想到呢？

张智龙　抽空你带赵响去省城，第一疗程需要三个月。

李山花　三个月？

张智龙　我已经联系好了，你带赵响住在省农大，治疗费我先付了，等年底分红，你再还我。

李山花　（热泪盈眶）你！为甚对俺这么好？

许大壮　（旁白）完了……

张智龙　因为有两件大事要求你帮忙。

李山花　求俺帮忙？

张智龙　省农大为扶贫，设立了对口科研站，我已经申请连翘研发项目，你与赵响再带上柳叶，边治疗边学习边协助研发……

李山花　等等等等，甚叫连翘研发项目？

张智龙　山花哪！

（唱）连翘浑身都是宝，

　　一年三季收成高。

　　黄花绿叶能制茶，

果实根茎可入药。
微寒解毒散瘀肿，
清热祛湿防感冒。
若能据此深开发，
洗面奶、洗涤剂，
面膜面霜洁牙膏。
系列产品一旦成，
沁岭村，连翘集团领风骚！

李、许 （合唱）他说得俺心怦怦跳，

许大壮 （旁唱）能有这样好？

李山花 （唱）仿佛见目标！

许大壮 （旁唱）俺不信！

李山花 （唱）将信将疑心旌摇。（白）你说的都是真的？

张智龙 人都说，看见了才相信，要我说，只有相信了，你才能看见！

李山花 只有相信了，才能看见！

张智龙 （从包中取出一张大图，迎风展开）你来看——

李山花 （念）沁岭村十年规划！

张智龙 山花，来！（引山花奔向山顶，豪情指点）两年来，我跑遍这里的山山水水。你看，南坡向阳，开发果园；北坡阴寒，种植松柏；东山温润，牧牛牧羊；溪流边盖学校；绿荫下建民宿。十年、十年后的沁岭村，教学、生产、旅游，各成体系互为支撑，远景不可估量哪！（将图递给山花）给！

李山花 给、给俺？

张智龙 村委会托你带去省农大，请专家研究论证后，再行上报。

李山花 （慎重接过）……哎！

许大壮　（直蹦出来）张智龙！

张智龙　大壮？

许大壮　俺明白俺为甚败了，俺比不过你！山花，你等着，俺追他！俺一定追上他！（一抹眼，奔下）

张智龙　大壮——（追去）

李山花　（捧着规划图喃喃自语）只有相信了，才能看见！只有相信了，你才能看见——（哽噎）

（唱）手捧着，规划图，热泪难掩，

迎山风，展望眼，立驻山巅。

十年梦，十年景，十年不远，

俺相信，俺看见，家乡明天！

想山花，痛失丈夫经巨变，

众乡邻，也曾关照在起先。

奈何贫困似魔障，

麻木人心隔山渊。

自从扶贫开始后，

春风潜入不觉间。

笑意渐上众人脸，

暖语常送到耳边。

这远景规划若实现，

沁岭村，改天换地十年间！

山花呀，你已是——

折腾整十年，

浑噩整十年，

空耗整十年，

白活整十年，

想今生，还有几个整十年！

张书记，倾心倾力为山乡，

俺怎能，自顾自怜不扬鞭。

他志怀志向在高远，

俺有情有义当成全。

连翘在山泉归海，

相逢相知各凭缘。

目标在心往前奔，

从今后，学知识、学做事、山花要争人尊严！

［传来众人呼喊声：山花，茶叶要出锅啦——

李山花　来啦——（奔去）

七

［一年后的春节。

［广播中响起牛太行的声音：村民同志们，村民同志们，新年到，传喜报，咱沁岭村通过上级验收，脱贫摘帽啦！

［霎时鞭炮炸响，村民们喊着拥上：摘帽啦！过大年喽——

大　武　（念）年前分红发了钱，（众合）三千、三千；

小　齐　（念）一张张红票子晃晕了眼，（众合）晃晕眼。

柳　叶　（念）以往没钱怕过年，

众　人　（念）今年可劲儿花大钱——

大　武　（念）你请我请吃大宴，

众　人　（念）名烟名酒撑台面。

小　齐　（念）今朝莫想明朝事，

众　人　（念）开心就得醉翻天。

三　婶　（念）媳妇尚未娶进门，

众　人　（念）彩礼两万还差点。

一村民　（念）往年欠下人情债，

众　人　（念）红包还情长足了脸。

小　齐　（念）斗完地主搓麻将，

大　武　（念）掷罢色子再划拳。

众　人　（念）昏天黑地赌半月，

小　齐　（念）赌光三千还欠两千。

众　人　（念）过年、过年——

（唱）咱又过回了贫困线……

[众人嘻嘻哈哈，七倒八歪，广播又响。

牛太行　村民同志们、村民同志们！大年已经过啦，明天咱村开大会，张书记三年任满，咱得好好欢送！（众人应和：欢送——）再有，为了实现村远景规划，扩大再生产，欢送会也是集资会，请大家伙带上多余钱款积极参加——

[村民们醉眼蒙眬，摸摸口袋，互相询问。

众　人　钱？钱！没钱啦——

大　武　不、不怕！今年是 2015 年，全面脱贫要到 2020 年，靠着上头好政策，咱还能舒舒坦坦、快快活活——

众　人　（唱）再乐五年！（造型定格）

许大壮　（喊着奔上）村长！村长——

牛太行　（迎上）慌里慌张的干甚？

许大壮　张书记不见啦！行李也带走了。

牛太行　甚？明天要开欢送会，他？一定是省城有急事，快打电话问问。

许大壮　问过了，说张书记已经辞去公职。

三　婶　辞去公职！难道他犯错误啦？

牛太行　许大壮，又是你小子告的黑状？

许大壮　村长，你咋老眼光看人？俺跟张书记学了一年，早进步啦！

众　人　村长，快追啊！

牛太行　（果断地）大壮，你赶紧去找山花；我带人先去拦住他！走——（众人分头冲下）

［转景，张智龙内唱：一步三回泪盈眶——（拖着行李箱上）

张智龙　（唱）沁岭村，渐行渐远渐苍茫。

三年实践在此地，

恩情永记感念长。

怕道别、怕不舍，怕失望，

忧思深藏回家乡。

［牛太行、大武、三婶、柳叶、小齐等喊上：张书记——

牛太行　（气喘吁吁）俺说智、智龙哪，你咋不招呼一声就走人？

三　婶　智龙，丢了公职不怕，跟三婶回沁岭村，咱大伙敬你供你！

张智龙　三婶，您误会啦，我是自愿辞去公职。

大　武　不可能！俺这辈子的伟大梦想，就是吃公家饭！

小　齐　就是就是！

牛太行　智龙，你要走，也等开完了欢送会再走。

柳　叶　准备欢送会，俺跟山花姐忙了整整两天！

三　婶　嗨，山花咋还不来哪？山花？山花！

众　人　山花——

李山花 （内声）俺，来啦——

（内唱）李山花，来迟了，莫急莫恼……（操长凳上）

学一个，审判官、不吵不闹、不躁不骄！（将长凳往中央一摆，盘腿坐上。众人又看呆了）

唤一声，张智龙，你且听好，

山乡人，性耿直，不擅絮叨。

俺只问，三件事，你要如实相告，

便由你，飞翔去，海阔天高。

张智龙 （苦苦一笑）山花，一定要当众问么？

李山花 一定！

张智龙 好吧！

李山花 三年任职，成绩圆满，你该风风光光回省城，为甚突然辞职？

张智龙 我想、回家乡。

李山花 回家乡早一天晚一天要紧么？

张智龙 这……

李山花 你明知道欢送会是为你而开，你却不打招呼、不告而别！你这是扇大伙的脸，伤大伙的心，你对咱沁岭村有这么大仇嘛？

牛太行 （制止）山花！智龙哪，你帮咱脱贫致富，帮咱规划远景，你对咱沁岭村有大恩哪！俺寻思，一定是俺做错了甚，让你伤心、让你失望了！俺这就给你赔不是……

张智龙 （忙扶住）村长，是智龙有愧哪！我家也在贫困村，靠着父亲与村里人凑钱才读完农大。毕业后，我不愿再回家乡。直到三年前父亲临终，他拉着我的手说：儿子，为了让你念大学，咱欠家乡人的恩情哪！你要能回来给咱家乡出把力，爹死也安心了……（哽噎）可我缺少自信，没敢答应！自从来到沁岭村，大家包容我、支持我、鞭策我，帮我实践、赋我责任、教我自信！众位乡亲哪——

（唱）高情厚意刻心上，

点点滴滴永难忘。

忘不了，三婶为我补衣裳，

柳叶为我煎药汤。

小齐捧来野菜饺，

大武为我修板床。

忘不了，嘘寒问暖牛村长，

领我踏遍荒山岗。

忘不了，山花力挺制茶厂，

抱团脱贫速启航。

一千多个日与夜哪，

汗水相和淌、困苦并肩扛、悲欢共品尝！

明白了，贫困难改情醇厚，

求变更见心善良。

明白了，高山厚土天地广，

历练何必拘一方；

明白了，父老乡亲期盼重，

辞职明志回家乡。

三年实践三年情，

不辞而别怕感伤。

何况心中存遗憾，

沁岭村，人心未齐、我歉疚深长！

李山花 俺听明白了，你是看见咱沁岭村人心不齐的病根，又不愿在欢送会上说破了伤情分，就想一走了之！

牛太行 智龙，咱沁岭村哪，习惯了受穷，习惯了光屁股过日子，习惯了靠山扶墙走路，这毛病咱慢慢改！

李山花 慢不得！张书记，你在沁岭村播下种子、播下梦想，你就该直话直说：这种子该怎样发芽？这梦想该如何实现？因为，沁岭村人敬重你相信你；更因为，沁岭村人舍不下你对俺们的三年好……（说不下去了）

张智龙 好，我说！我讲——三年扶贫，终于摘帽，我兴奋、我自豪，我以为大功告成！想不到，年前分红，说好投资谋发展，说好扩大再生产，结果呢？过大年、送彩礼、还人情、大吃大喝、大醉大赌，村里麻将就摆了十几桌！劝说不听，强阻不行，致使大伙刚脱贫又返贫。我痛心陋习难改，我明白改非朝夕！可教训已在，若要前行必当记取：有了墙，人会靠着；没了墙，人才能站住了、站直了、站挺了！贫困帽只有自己想摘、自己能摘，自己敢摘，才能彻底摘除！

李山花 说得好！张智龙、张大书记哪——

（唱）深深一躬心激荡，

山花由衷感佩长。

记住了，做人应当像个人，

活着要活出人模样。

记住了，腰杆还需自己挺，

倚墙靠墙难久长。

记住了，自尊自信追梦想，

还当众心自图强。

莫道俺们无志向，

梦里已将远景装。

莫道山村陋习久，

人心向善可改良。

莫道山花已委顿，

但得春雨定向阳。

莫道穷乡起步慢，

恰已是，一石激起千重浪，曲曲折折、坎坎坷坷、涓涓细流，它终要奔腾入海洋！

张书记哪，沁岭村锣鼓已奏响，

人心向上、不屈不挠、它响彻太行！

牛太行 （大吼）沁岭村的老少爷们，起——

[霎时锣鼓喧天，腰鼓队踏着激昂的鼓点，整齐闪现。

[鼓声激荡，红绸飞扬，似宣告、是自信、是图强！

[突然，一声孩童的大喊声传来：妈妈——

[许大壮拽着赵响奔上，大静场。

许大壮 （指着张智龙）赵响，敢不敢叫他……

赵　响 （望着母亲）妈，俺可不可以叫他爸？

李山花 （心情复杂但又不动声色）叫、张书记！

赵　响 （望着张智龙，张了张嘴，突然喊出）书记爸爸——（直扑进张智龙怀中紧紧相拥）

[伴唱：一串串连翘花哟漫山山地开，

妹的那个心思哟凭谁猜？

只要穷圪梁梁能改变，

哥敢种花妹敢摘！

[漫山遍野的连翘花勃勃开放，全场造型定格。

[剧终。

（与张裕合作）

京剧现代戏

红色特工

人　物　李剑飞　中共党员，后潜伏南京中统

叶　华　李剑飞妻，中共党员

胡兆雄　李剑飞大学老师，后任中共上海沪西区委书记

龙　克　中共党员，中央特科交通员

李　芸　李剑飞女儿、交通员

江溢海　国民党中统主任

张　来　中统总干事，江溢海的副手

报务员　中统女报务员

另有中央特科队员、红军战士；特务、军警、巡捕等

序

［沉重的电报击键声（字幕）：20世纪初的中国，军阀混战，山河破碎，民不聊生。一批批有志青年，于愤懑中求索强国救国之道。

［上海，江边码头，汽笛声中起伴唱：

军阀混战硝烟里，

华夏羸弱漫疮痍。

［少年李剑飞、江溢海，单腿跪于行李箱旁。

李剑飞 学子李剑飞！

江溢海 学子江溢海！

合　念 痛山河破碎、家国式微、苍生苦难！

江溢海 愿往西洋，学成归来，实业强国！

李剑飞 愿往北平，学成医道，救治民生！

［伴唱继续：血气方刚少年意——

李剑飞 （取出盘缠）溢海，你飘零海外，举目无亲，这些钱你带上以备急需。

江溢海 不，你家境贫寒，去北平求学更是不易。

李剑飞 在自家国土，总有前行之路。

江溢海 （接钱）溢海若得出人头地，定当报偿兄长恩义！

李剑飞 今日一别，千里万里，愿你我不忘夙志、永记校训——

合　诵 为国植贤，为民培德，奋发读书，勿忘救国！

江溢海　珍重！

李剑飞　珍重！（两人长揖作别）

［伴唱：一声珍重，孰料再聚成劲敌！

一

［1927年春末，北平，李剑飞与叶华家。

［叶华焦急向外张望。

叶　华　（唱）夜幕深，沉雷滚，焦急等待，

剑飞他，却为何，还不归来。

近日里，军阀混战局势险，

同志们，探消息，约好到此把会开。

与剑飞成婚近十载，

从未似今夜这般焦虑萦怀。

［李剑飞唤“叶华”与龙克匆匆进门。

叶　华　龙克、剑飞！（张望）兆雄老师呢？

李剑飞　他向上级组织汇报情况，随后就到。

龙　克　（一拳捶桌）北洋军阀肆意抓捕共产党人，就不怕国共联手灭了他们？

李剑飞　若无国民党默许，他们敢么？

龙　克　陈独秀和汪精卫刚刚发布了“联合宣言”，谁敢冒天下之大不韪？

李剑飞　国民党在上海暗中驱逐共产党，压迫工人纠察队，居心

叵测！

龙　克　你这是危言耸听！

李剑飞　你这是书生意气！

叶　华　你们呀，奔走一天还不嫌累？来，先喝口热茶，等兆雄老师来了再好好商议。

［一声炸雷，暴雨倾盆。隐约传来密集枪声。

［胡兆雄踉跄进门。

众　人　兆雄老师——

胡兆雄　国民党在上海发动政变，捕杀中共党员与群众数千人！

［众人大惊。

胡兆雄　我们情报来得太晚，敌人已经动手！组织要求：凡公开身份的党员与机构，马上撤离北平。龙克，你去1号联络站，我去2号。剑飞你去3号联络站，那里有我们二十几位同志急需撤离！你一定要赶在敌人之前通知他们——

［舞台瞬间打开；警车呼啸；李剑飞、胡兆雄、龙克等穿插前行。

李剑飞　（唱）腥风血雨从天降——

心神惨然步踉跄。

十年来，求学北平怀梦想，

五四学潮见明光。

夫妻立誓加入党，

盼的是，国共联手、北伐胜利、革命前途迎辉煌！

怎料瞬间杀戮起，

为救同志、舍命奔往。

［警车灯来回横扫，他们腾挪交错，巧妙避开。

胡兆雄　（唱）避开道道搜索网，

龙　克　（唱）穿过森森警车旁。

胡兆雄　（唱）分分秒秒——

龙　克　（唱）秒秒分分——

胡、龙　（合）紧系同志们生死存亡！

叶　华　（唱）犹恐剑飞遇险况，

疾步尾随暗提防。

李剑飞　（唱）天风天雨天泪淌，

难涤我，块垒在胸痛难当。

险路更盼明方向——

［数道警灯唰地亮起，罩住不远处一排被绑缚的中共党员；李剑飞见状不顾一切向前冲去，被赶来的叶华一把拖住。

［枪响，党员们倒在血泊中。

［伴唱：鲜血染河山！

［暗转灯亮：李剑飞抱头恸泣。

胡兆雄　剑飞……你已经尽力了。

李剑飞　眼睁睁二十多条性命，说没就没了。我恨，恨我为什么迟到一步！

胡兆雄　情报若能早到半天，只要半天，我们百分之八十的组织和同志，何至于被破坏被残杀！

李剑飞　情报！为什么我们的情报不能早到一步？

胡兆雄　我党致力于精诚合作，尚未建立完整的情报网！

李剑飞　完了，全都完了！（颓然坐地）

胡兆雄　剑飞，你站起来！

李剑飞　（腾地跳起）组织大部被毁，同志多数被杀，与其苟活，不如

拼他个鱼死网破！（欲走）

胡兆雄 站住——剑飞，你相信革命会成功么？

李剑飞 早晚一定成功！

胡兆雄 同志们尸骨成山、血流成河，你能忘记吗？

李剑飞 刻骨铭心！

胡兆雄 他们留下未遂宏愿、未竟大业，你敢辜负吗？

李剑飞 我……（哽噎）不敢辜负、不忍辜负、绝不辜负！

胡兆雄 此番杀戮，牺牲惨烈。可是党中央还在上海，全国有万千同志苦苦坚守，他们就像遍撒大地的红花种子，总有昂首怒放的一天。我们必须保护好我党的红花种子！

李剑飞 红花种子？

胡兆雄 剑飞哪——

（唱）先烈撒下红花种，
岂忍霜雪竟摧残。
汲取教训为防范，
党中央，组建特科、选派骨干赴龙潭。
红色特工党授命，
你速往上海把重任担。
剑飞呀，与虎谋皮凭孤胆，
深入敌巢，步步踏在那生死关。
要谨慎、休莽撞，
获取情报排万难！

李剑飞 红色特工！去上海？

胡兆雄 你的同学江溢海留学归来，现已成为专事捕杀共产党的中统头目。你可凭借他的关系，打进中统，获取情报。

李剑飞　（惊诧）江溢海？他怎会……

胡兆雄　你到上海，速与顾顺章同志取得联系，接受组织密训。

李剑飞　顾顺章？

胡兆雄　他是中央委员，特科负责人。接头暗号：他问——你会玩杂耍？你答：我会变戏法！

李剑飞　玩杂耍？变戏法！

胡兆雄　你的家人由我和龙克护送去上海。

李剑飞　您也去上海？

胡兆雄　上海沪西区委书记胡兆雄，与李剑飞同志并肩战斗——

李剑飞　是！（唱）千斤重担筑期盼，

扫尽阴霾斗志燃。

龙潭深处亮利剑，

定叫那，遍地种子春色还。

以命相守以血灌，

护它红遍好河山！

二

［电报击键声（字幕）：李剑飞经过一年密训后打入中统。但面对曾为同窗好友的劲敌江溢海，变数难料、危机重重……

［上海市区，中统临时办公点；江溢海正接电话。

江溢海　是、是，我江溢海对党国一片忠心，剿灭中共绝不手软！请先生相信，属下的三江实业社乃经营失败，绝非贪污所致……是，是！

张　来　（拿文档上）主任……

江溢海　哼，又有小人举报，说我贪污实业社巨款。张来，你给我查清楚到底是谁在搞鬼！

张　来　报告主任，李剑飞的情况已经查明。

江溢海　讲！

张　来　李剑飞，毕业于燕京大学，娶妻叶华。父早亡，母瘫痪。长女李芸、幼子李翔随父母生活。特长：擅绘画、精书法，文笔干练，文章极佳。自考入我局培训班，各门功课名冠第一。

江溢海　我身边就缺这样的人才哪！

张　来　为剿灭共党，主任广揽英才。但以属下之见，此人不宜录用。

江溢海　哦？

张　来　他曾参加过五四学潮，自我党"四一二"清党后，突然离开北平，举家搬来上海，其中疑点……

江溢海　凡进中统者，皆需甄别。你只管安排他来见我。

张　来　是。（下）

江溢海　（玩赏杯中红酒）剑飞兄，你我一别，十载有余，当年可谓少年意气家国襟怀，如今你到底是红酒还是白酒？我必须亲自品鉴！

（唱）江溢海，留洋博士名空冠，

回国来，几番挣扎无靠山。

幸得党国聚乡党，

殷勤攀附当上官。

执掌中统人敬畏，

生杀大权随意玩。

剑飞兄，才华横溢人精干，

我正需，左臂右膀固地盘。

未知同窗与我可同道？

尚有疑点待查勘。

［内声：江主任有请李先生——

李剑飞 （唱上）肩负重任闯龙潭，

受密训，中统内幕已洞观。

试借三江实业社，

击他软肋、突破险关。

江溢海 （背身而诵）今日一别，千里万里，愿你我不忘夙志、永记校训！

李剑飞 为国植贤，为民培德，

江溢海
李剑飞 （合）奋发读书，勿忘救国！

江溢海 （转身急迎）剑飞兄——码头一别，杳然十载！

李剑飞 蓦地相逢，旧景重现！

江溢海 若非你临别慨赠盘缠，溢海焉有今日？来来来，坐下说。

李剑飞 （观察四周）看光景，学成归来，你是宏图大展哪！

江溢海 （骄傲地）十年辛苦，终上正途，如今能为党国固本清源，不枉人生一世！

李剑飞 呵呵，什么正途？人哪，都是棋盘上任人摆布的棋子！

江溢海 哦？以你之见，反政府、闹学潮，跟着中共才是正途？

李剑飞 （唱）霎时间楚汉分界——

江溢海 （叠唱）布阵其间——

李剑飞　（唱）劲敌在眼前，

江溢海　（叠唱）眼前非少年。

李剑飞　（唱）兵来将挡慎应变，

江溢海　（唱）我炮打隔子将他分量掂！（白）呵呵，剑飞兄，既来投奔中统，想必你是笃信党国？

李剑飞　不信！

江溢海　那是信三民主义？

李剑飞　不信！

江溢海　莫非你信的是共产主义？

李剑飞　唉，说来惭愧，当年闹学潮，我信无政府主义；后来闹北伐，我又信三民主义；俄国闹十月革命，我又信过共产主义。不想信来信去，被一场清党杀戮彻底闹醒，面对尸骨成山、血流成河，我呀——

（唱）再不信，空谈国事呼口号，

再不信，翻覆政坛有至交。

再不信，争权夺利存良善，

我只信，攒钱养家自在逍遥。

江溢海　（唱）千年变幻是王道，

血写历史非今朝。

李剑飞　（唱）杀戮的场面你可见到，

母唤子哭，怨愤直冲九云霄。

江溢海　（唱）妇人之仁难成器，

更不该，为那世俗烟火折信条。

李剑飞　（唱）烟火之中守慎独，

静观世态戏江湖。

江溢海　（唱）男儿有志当万里，

李剑飞　（唱）现实严酷胆气销。

江溢海　（唱）当前国家需勇士，

李剑飞　（唱）自古勇士隐尔曹。

江溢海　（唱）国民盼英雄，

李剑飞　（唱）英雄待浪淘。

江溢海　（唱）你不该颓废随风倒，

李剑飞　（唱）我自在心中有目标！

江溢海　（唱）当年意气今何在？

李剑飞　（唱）再不愿、做棋子、任人摆布任人敲！

江溢海　既然如此，你就不该投考中统。

李剑飞　我来，一是看中待遇丰厚；二是看中你我兄弟情谊；这三么，是看中你办的三江实业社！

江溢海　情报灵通，用心不浅哪！

李剑飞　培训班中，非议如潮哈！

江溢海　唉，自开业以来，亏得是一塌糊涂。下属举报，上峰监查，实业社已成了我的心病！

李剑飞　买空卖空，终非正道。以我之见，当以你所学之长，专营无线电。

江溢海　哦，说来听听。

李剑飞　无线电乃新兴产业，国内空白，不论各党各派各财团，今后将成必需装备，更何况由你中统操办，百赢百利哪——

（唱）实业社经营无线电，

它定能滚滚聚财源。

江博士，海外进货有人脉，

辗转销售指掌间。
中统生意遍天下，
生杀予夺谁敢言。
毛估估，一年盈利能超百万——

江溢海 （惊喜）超百万！

李剑飞 （接唱）你发大财，我也赚些个小铜钱！

江溢海 好，三江实业社就交给你操办！只要能挣大钱——

李剑飞 中统上下，任你掌玩！

江溢海 中统人际盘根错节，要想玩转——

李剑飞 必须有钱！

江溢海 关键是怎么玩钱？

李剑飞 不在其位不谋其政！

江溢海 你我兄弟，说说何妨？

李剑飞 要是说错——

江溢海 权当笑谈！

李剑飞 好！剑飞以为玩钱首要——（念）笼络各部常打点，兄弟们卖命多发钱。上峰下属皆摆平，人生得意好周旋。

江溢海 嗯。

李剑飞 次为暗设内控——

江溢海 内控？

李剑飞 （念）属下各人各心眼，互相监督防内奸。定时汇报多奖赏，玩转中统指掌间。

江溢海 哦。这三？

李剑飞 这三么……

江溢海 你快讲啊！

李剑飞　在各部安插秘密眼线——

江溢海　你是说……(指上面)

李剑飞　(念)总务党务中组部，财务宣传交际部，插眼线不知不觉，察风向不倚不偏；辨忠奸生杀在握，防共党渗透其间！

江溢海　大胆——设想大胆、布局大胆、管控大胆，好个大胆的李剑飞！冠文才、具武略、通经济、擅斡旋，我的秘书非你莫属哈！

李剑飞　谢谢主任！

张　来　(唤上)主任——(见李剑飞欲言又止)

江溢海　李秘书，自己人，讲！

张　来　报告主任，上峰来电，请主任……

江溢海　张来、张总干事，没看我正忙，你处理就行啦。

张　来　加急密电，必须持有党国高级密码本……

江溢海　麻烦！(李剑飞暗中关注；江溢海执密电入内)

张　来　哼！这中统就你一人持有高级密码本，我想要这麻烦还不配哪！(转脸)李剑飞、李秘书，一来就得主任的青睐，不简单哪！

李剑飞　日后还请多关照，张干事……

张　来　(强调)张总、总干事！

李剑飞　哦，张总、总干事……

江溢海　(急出)张来，上峰密电，发现中共沪西区委书记胡兆雄的行踪！(李剑飞大惊……江溢海察觉)张来，速带人前往抓捕！李秘书留在这里替我接听电话。张来，走！(疾步出门)

李剑飞　(唱)惊闻恩师、命悬一线！

急传消息救危难——(冲向电话又止)

江滢海，怎可能不加防范？

留下我，布网设局意昭然。

恩师他，是我心中灯一盏，

苦难中，救助我几次三番。

为救他，何惧龙潭浪千丈，

危局中，防他监听设机关。

暗语告由龙克转，

抢时间，险中求胜将情报传！（镇定拨通电话，故意高声）喂，龙老板嘛，我要的那幅字画裱好了哦？对啊，老同学急着要，麻烦你尽快送到指定地点。好，谢谢侬！

江滢海　（踱进门来）李秘书，打电话可真会找时机哪。

李剑飞　嘿，假公济私么，自然要见缝插针啰。

江滢海　（轻笑）我这里进出电话都有监听。

李剑飞　早知道就不占这个便宜咯！

江滢海　（突然地）你认识胡兆雄！

李剑飞　胡兆雄？

江滢海　（紧逼）方才听见抓捕他，你瞬间面露惊诧！

李剑飞　你这双眼睛真毒哈！

江滢海　讲！

李剑飞　不错！我惊诧，清党至今，共党还未斩尽杀绝；我惊诧，第一次看到你杀机凛然；我更惊诧，我的学弟好友，怎会陡然变态、瞬间翻脸。告辞！

［两特务出现门口，枪指李剑飞。

江滢海　嘿，中统之门好进不好出哪！（电话铃炸响，接）讲！

［张来画外音：报告主任，胡兆雄没逃跑，他拒捕，被我一枪

毙了！

江溢海　毙了？混蛋！我要的是活口——

特　务　（奔上）报告主任，有人送来一幅李剑飞要的字画。

江溢海　（唰地打开）高山流水……（李剑飞强抑悲痛，大步走去）剑飞兄、李秘书，恭喜哪，你已通过中统甄别！

李剑飞　对不起，你变脸的速度我跟不上！

江溢海　小弟也是职责所在。这样吧，明天带上你的夫人儿女，随我到南京赴任。

李剑飞　这……老母长年卧病在床，需要贱内照顾。

江溢海　那就让你太太留在上海照顾令堂，你带上一双儿女！

李剑飞　一双儿女，押为人质？

江溢海　嘿，你想谋职赚钱，我要绝对安全，各取所需嘛！来呀，用我的车送李秘书回家——

三

［夜，李剑飞家。

李　芸　（警惕退上，轻呼）妈、妈——

叶　华　（上）芸儿，情报送到了？可曾提防尾巴？

李　芸　妈您太小看人，这已经是我第八回送情报啦！

叶　华　嗯，我家芸儿已经是成熟的交通员了。

李　芸　爸回来了？我去找他！

叶　华　（阻拦）他睡了，别去打扰。

李　芸　弟弟和奶奶也睡了?

叶　华　嗯……(掩饰难过)

李　芸　(觉察)妈您怎么啦?

叶　华　今天是你的生日,妈都忘了给你买蛋糕……

李　芸　呀,我也忘了。那就等弟弟7岁生日,罚您买两个蛋糕!

叶　华　好!厨房有点心,你吃了快去睡吧。

李　芸　哎。妈您也早点睡,晚安!(下)

叶　华　(望着女儿背影)芸儿,你爸爸竟要带着你和弟弟去做人质!妈不愿让你们去、不敢让你们去。可你们的爸爸,他不听我劝、不容我辩、关上房门、不理不睬。剑飞!剑飞哪——

(唱)自成婚,同甘苦,和睦相敬,

第一回,争红脸,隔断房门。

非是妻、不明理、固执任性,

龙潭内,犬牙密布,凶险万分!

你为党冒死赴险境,

为妻备酒壮尔行。

芸儿翔儿尚年幼,

懵懂不知保自身。

更兼敌特多残忍,

稍有不慎,你父子三人命难存。

倒不如,咬牙先将行装整,

一家人,同赴危难共死生!(抹泪下)

李剑飞　(拎行李箱,沉郁步上)

(唱)祭恩师、怨龙克、贻误报警,

满怀忧愤深闭门。

怕妻闻讯痛泪滚，

更怕她，怜子柔肠揉碎我心。

眼看天色已将晓，

终须道别、面对亲人。

叶　华　(拎箱上)剑飞，我想好啦，为完成组织任务、获取中统信任，孩子们必须去！

李剑飞　(感动)叶华！

叶　华　我和你们一起去！

李剑飞　你！(强忍)你就忍心让娘独自留在家中？

叶　华　你去问问娘：她可舍得孙子孙女去做人质？

李剑飞　娘身体有病，不能让她担心！

叶　华　你就不怕我担心？

李剑飞　你留在家里负责情报中转，这是组织决定。

叶　华　我去向组织请求！(欲出门)

李剑飞　叶华！你也是老党员了，怎能为一己私情、自家安危、不顾大局、任性胡为！

叶　华　(委屈爆发)李剑飞！你我成婚至今，多少回面临危难、出生入死、命悬一线，我皱过眉？拦过你？说过一句气馁话么？那中统是龙潭、是虎穴、是魔窟，是一着不慎满盘皆输、一步走错粉身碎骨的绝境！芸儿翔儿，未谙人事，但出差错，谁能逃生！到那时，人难见、尸难收、娘闻讯、定气绝，你你你，你叫我孤零一人，如何面对哪——(恸泣)

李剑飞　(唱)一番话，痛彻骨，泪涌双眸，

有多少，肺腑语，哽噎在喉。(白)叶华妻哪——

剑飞我，并非是，钢铁铸就，

怜子泪，强吞咽，怕你担忧。
我与你一样疼儿女，
我与你一般情难丢。
我与你一路相伴走，
只为两心共索求。
亲眼见，倒下无数好战友，
血成长河，百浪千涛、时刻痛击在你我心头！
使命不敢忘，
柔情强自收。
悲泪藏心底，
砺剑战敌酋。
芸儿她传送情报已能够，
护翔儿我当细筹谋。
你在家，情报中转经你手，
千斤重担压肩头。
一门忠诚默默守，
直守到那红花灿烂开遍神州！

叶　华　剑飞——（扑向丈夫）

李　芸　（冲出）妈——您放心，我和爸爸一定会保护好弟弟！

［敲门暗号响起。

李剑飞　是龙克！（李芸急开门）

龙　克　剑飞……

李剑飞　（冲上前一把拽住龙克，恨声）你我单线联系，我已电话报警，为什么、为什么你不通知兆雄老师转移，任由敌人围剿枪杀！

龙　克　兆雄老师他——放弃求生，甘愿舍命，只为保护你我！

李剑飞　保护你我？

龙　克　我接到你来电，立即打电话报警。不料老师大怒，说你能从中统打出电话，分明是敌人圈套，他若一走，你我必定暴露！他要我迅速堵漏洞、紧急送字幅，还让我转告于你——

［远处枪声响起，胡兆雄捂伤口显现。

胡兆雄　（一字一句）不要忘了我们被毁的组织、被杀的同志！记住，你要保护的不是一个人，而是我们的党、我们遍地待放的红花种子！

［胡兆雄的身影缓缓倒下间，叶华恸泣，众人低声复念——

众　人　我们的党，我们遍地待放的红花种子！

李剑飞　老师重托，绝不辜负！

龙　克　潜伏上海，随时接应！

李　芸　我随爸爸，奔赴南京！

叶　华　驻守家中，等候情报！

四

［电报击键声（字幕）：李剑飞成功破译多份绝密情报送达党中央，使苏区红军在敌人的“围剿”中，主动出击、胜利突围。

［军号嘹亮，枪声密集，显现红军战士高举红旗杀出重围的剪影。

［红旗飘扬之下，阴影中的江溢海紧张接电话。

［怒斥的画外音：江溢海！我们围剿苏区，第一次失败，第二次又失败。共党对我军事部署、战略布局了如指掌！中统有人密告：说你身边潜伏泄密内奸。给你三天时间，查不出内奸，你就自裁吧！

［江溢海擦了把冷汗，拔枪拍桌。

江溢海 都他娘给我听好喽——上峰怀疑我处有泄密内奸，今凡自查自首者，既往不咎；互查揭发者，重赏！知情不报者，杀！

灯柱甲 （闪亮）报告，他两次夜游花船，貌似与人秘密接头！

江溢海 证据？

灯柱甲 我几次跟踪，都被他刻意甩开。（灯暗）

灯柱乙 （闪亮）报告，他有内奸嫌疑！

江溢海 证据？

灯柱乙 他最近买了一套别墅房，这钱一定是贩卖情报所得。（灯暗）

灯柱丙 （闪亮）嘿，主任，我看见他把手提箱悄悄放在您桌子下面……

江溢海 （大怒）滚！一群饭桶——

张　来 （闪现）报告主任，据我监察，李剑飞内奸嫌疑最大。

江溢海 （没好气地）证据！

张　来 他是您的机要秘书，能接触绝密情报的只有他！

江溢海 没有高级密码本，他就是拿到情报，也无法破译。

张　来 密码本您一直随身携带，可有一夜，您锁进了保险箱派他看守！

江溢海 不错。

张　来 我发现他试图打开保险箱！

江溢海　（暗惊）哦？可曾打开？

张　来　那倒没看见。后来他请我喝酒，我醉了大半夜。

江溢海　他趁你醉酒开了保险箱？

张　来　很有可能，捕杀共党他借口逃避；严刑审问他从不卖力。他女儿常回上海，他本人行踪诡秘，凡此种种，大有嫌疑！

江溢海　（沉吟）李剑飞是内奸？可这一年多来他跟着我——

（唱）忠心耿耿够肝胆，

出谋划策为高参。

官场忧患他排解，

内控布局他发端。

暗中为我敛巨财，

风月场，保驾护航尽我欢——（转念）

亲信更需严查证，

排除嫌疑我才心安！（白）张来！等会排查李剑飞，你就这么说……（耳语）

张　来　绝！真是绝哪！这就叫假戏真做、兵不厌诈！主任放心，我一定设法诈出真相！（下）

［李剑飞提箱上，瞥见张来背影。

李剑飞　主任，这一箱金条，是商会王会长——

江溢海　他儿子的买命钱！没人知道吧？

李剑飞　也不是第一回了，我办事——

江溢海　我放心！

李剑飞　听党部眼线传来消息说，上峰怀疑您身边有内奸？

江溢海　正在查！

李剑飞　（试探）是查向共党泄密的内奸，还是查向上峰告密的内奸？

江溢海 泄密内奸首先要拿到我贴身携带的密码本，我思来想去，唯有你的嫌疑最大！

李剑飞 呵呵，是张来举报？

江溢海 你也可以举报他！

李剑飞 算啦，哪天他要是谋上了中统主任——

江溢海 嗯？

李剑飞 弟兄们背地里都叫他二主任！说他能力最强、威望最高，跟踪、抓捕、审讯一把好手，尤其是擅开各类保险箱。

江溢海 你可是我的机要秘书，想取密码本，不会太难。

李剑飞 在我的记忆中，密码本您日夜随身携带，只脱身过一回！

江溢海 哪一回？

李剑飞 那一夜您夜游花船——

江溢海 我将密码本锁进保险箱，派你看守了整整一夜！

李剑飞 （唱）他分明，起疑心，话中有话，

江溢海 （唱）那一夜，足够他，窃取偷拿。

李剑飞 （唱）那一夜，成功拍下密码本，

破译密电似天塌。

紧急通知周恩来，

待抓捕，人去楼空只剩下半杯热香茶。

江溢海 （唱）深恐上峰动国法，

隐瞒真相全靠他。

我似过河的泥菩萨，

那一夜未敢彻底来调查。

李剑飞 （唱）谨慎防他藏诡诈，

江溢海 （唱）细回想，确有疑点待深挖！（白）我问你，那一夜可曾有

人来过我的办公室？

李剑飞　报务员送来一封加急密电。

江溢海　你就没拆开看看？

李剑飞　没有密码本，拆它何用？

江溢海　整整一夜，你要想打开保险箱——

李剑飞　（唱）深恐误事责任大，

主任您不在人急煞。

无奈之际张来到……

江溢海　他开了保险箱？

李剑飞　都知道，这保险箱——

（接唱）绝不能私自打开它！

江溢海　（高喝）张来——

张　来　（冲上）报告主任，那天晚上属下是和他在一起，他用酒将我……

江溢海　将他灌醉，你便窃取了密码本！

李剑飞　（冷不防地）二主任！

张　来　干嘛？（自知失口）你——

李剑飞　想当主任慢慢来，我不会挡你的升迁之道！

张　来　我的升迁之道，你挡得了么！

李剑飞　请问，你平时开一个保险箱需要多少时间？

张　来　不消三分钟。

李剑飞　办公室并无酒菜，那一夜我们吃的酒菜从何而来？

张　来　是你回后院家中，取来三瓶白酒、两盘热菜。

李剑飞　从这里到后院来回要五分钟，炒两盘热菜要一刻钟，请问：这二十分钟时间，你在干什么？

张　来　我在……（突然意识到不对）李剑飞，你敢陷害我！告诉你，凭着对党国的一片忠心，我是绝对不会偷开这保险箱！

李剑飞　我说你偷开了吗！

张　来　这……

江溢海　（唱）张来他，吞吞吐吐有蹊跷，

张　来　（唱）李剑飞，弯弯绕绕话里藏刀。

李剑飞　（唱）他们是，一个阴狠一个残暴，

江溢海　（唱）我察言观色冷眼瞧——

张　来　（唱）他是共党有预兆，

李剑飞　（唱）他跟踪监视非一朝。

张　来　（唱）他帮衬了主任就挡了我的道，

李剑飞　（唱）他血债累累胜恶魈。

张　来　（唱）定要踢开这绊脚石，

李剑飞　（唱）必须拔去这祸根苗。

江溢海　（唱）张来他，觊觎主任非共党，

李剑飞　（唱）江溢海，多疑是把双刃刀。

江溢海　（唱）李剑飞，若是内奸我杀无赦，

张　来　（唱）两虎相斗，我趁机拱火一箭双雕！

江溢海　（唱）兵不厌诈探真假，

李剑飞　（唱）我见缝插针，借之以盾化之以矛！

张　来　哈哈！李剑飞，你以为那天晚上我真的醉了？报告主任，李剑飞偷开保险箱、窃取密码本是我亲眼所见！

［众特务闻声冲上，枪逼李剑飞。

李剑飞　呵呵……张来！你既亲眼所见，为什么不告发、不抓捕、不杀我？

张　来　这？

李剑飞　你不杀我就是包庇内奸！不抓捕我就是害主任贻误战机！不告发我就是坐实了主任的渎职死罪，故意放跑共党首要周恩来！

张　来　你——诬陷挑唆！

李剑飞　我问你：那一夜你逼我回家取酒，是也不是！那一夜除我回家取酒炒菜，我俩都在一起，是也不是！那一夜你借着醉意自吹自擂，藐视上峰，糟践主任，是也不是！

张　来　（慌了）我、我那都是醉话！

李剑飞　确是醉话！你说江溢海攀附同乡、贿赂上峰才坐上主任的宝座！你说凭真才实干，不提拔你是上峰瞎了眼睛；你还说：主任的密码本不值钱，你手上的"密码本"才价值连城！只要一出手——便可在中统反转乾坤、倒海翻江！

［张来紧张中不自觉地急捂胸口，江溢海一挥手，特务从他内侧口袋搜出一本小册子。

江溢海　（接过翻看）张来，好你个张来，敢记我的黑账！

张　来　主任——

江溢海　喏，还有密报上峰的具体日期！

李剑飞　难怪周恩来一跑，上峰马上知道。要不是您让我用一箱金条上下打点摆平，慢说主任之职难保，就是性命也要被他害了！

张　来　姓李的，你就是共党内奸！

江溢海　哼哼！共党也罢、内奸也罢，谁想让我江溢海倒海翻江，我先让他没海沉江——

张　来　主任，是你说假戏真做、兵不厌诈——

江溢海 我说过么?

张　来 你?好你个江溢海!敢拿我张来当猴耍!我早就看不惯你!贪污腐化、行贿受贿、欺诈下属、蒙蔽上峰!我说弟兄们,承蒙大家叫我一声二主任,走,跟我去向上峰告他——

[江溢海不等他说完,立即开枪击毙张来。

江溢海 (轻松地)拖出去埋了。(目送特务们拖下张来)李秘书!

李剑飞 在。

江溢海 给上峰写报告,就说泄密内奸张来畏惧国法,自尽身亡!

李剑飞 他——真是泄密内奸?

江溢海 有他在这里倒海翻江,我还能安心查泄密内奸?

李剑飞 对,攘外必先安内!

江溢海 还是你了解我!(拎起提箱拍了拍)剑飞兄,人不可信,还是钱最可靠哪!哈哈哈……(提箱而去)

李剑飞 (向天喃喃)兆雄老师,杀害你的凶手张来被除!剑飞如愿了……

五

[傍晚,李剑飞办公室:李芸兴冲冲上。

李　芸 (唱)情报安全送上海,

急向爸爸报喜来。

打胜仗,也有我一份功劳在,

抑不住欢悦满心怀。(唤)爸!爸——

李剑飞　（故意大声）芸儿回来啦？

李　芸　回来啦！

李剑飞　奶奶和妈妈一切可好？

李　芸　好极啦！妈妈说南京的板鸭就是香，下回多带些回家！

李剑飞　没问题！（父女俩会意一笑）你弟弟呢？

李　芸　我刚回来就去学校接他，他和同学又打架了，还说你是——

李剑飞　大坏蛋！

李　芸　我真想告诉他，爸爸是……

李剑飞　嘘！弟弟还小，他越这样越安全！

李　芸　我懂。爸，这是妈新织的围巾，说你颈椎不好，初暖乍寒，必须当心！

李剑飞　（接过围巾会意）初暖乍寒！

李　芸　（悄声）爸，妈让我告诉你：红军两次反围剿胜利，情报作用巨大，毛泽东同志夸奖说：龙潭英杰为反围剿胜利立了大功！

李剑飞　（高兴得与女儿对击一掌，同声轻呼）胜利——

李　芸　我去陪弟弟做功课，你早点回来哦。（下）

李剑飞　（展开围巾，动情抚叹）叶华，我们胜利了！一切都值了！只是你独自留在上海，照顾病中老母还要冒险传递情报，真为你担心哪！

叶　华　（显现）剑飞，我也日夜为你担心！

李、叶　（合唱）担心你——

李剑飞　（唱）一朝不慎陷危境，

叶　华　（唱）一刻疏忽大祸临。

李剑飞　（唱）送情报你要多谨慎，

叶　华　(唱)探敌情你需倍留神。

李剑飞　(唱)互为亲人多珍重,

叶　华　(唱)最忧孩儿泪沾襟。

李剑飞　(唱)原谅我,不能为你分忧患,

叶　华　(唱)原谅我,为人妻母情难禁。

李剑飞　(唱)想恩师、念龙克——

叶　华　(唱)多少好战友,

李剑飞　(唱)生死相伴行;

叶　华　(唱)慷慨洒热血,

李剑飞　(唱)为求主义真。

叶　华　(唱)心豁朗、意坚定,

李剑飞　(唱)默默坚守待春晓——

合　唱　你要放宽心!

[突然,尖锐的警笛声骤响,夹杂着急促的脚步声。

[江溢海画外音:接中央党部紧急命令:中统站所有人员两天内不得外出,全体待命!

[李剑飞惊觉,向外张望;李芸拎饭盒上。

李　芸　爸,全体待命,你又要值班了,我给你炒两热菜送来。

李剑飞　芸儿,事发突然,定有情况,你去请江溢海,就说……(耳语)

李　芸　芸儿明白!(下)

[李剑飞迅速摆开酒菜,又将酒洒在衣上。

江溢海　(进门)嚯,好香的酒!独自享用,不够意思哈。(端杯欲饮)

李剑飞　(摁住)今天是孩子生日,本想兄弟们聚聚,听说全体待命,哪儿还敢请你。

江溢海　还早呢,48小时内不会有事,喝!

李剑飞 （再摁）既是党部下令，主任慎饮，没准就是要案——

江溢海 要案，惊天要案！

李剑飞 惊天要案？

江溢海 嘘，绝密！我哪，兴奋难耐长夜，正好借你的酒、畅饮畅聊，等待决胜时刻！（举杯饮尽）

李剑飞 （唱）紧张诧异强遮掩，

是何要案能惊天？

借助杯酒探真相，

防他觉察我要巧周旋。（白）好，难得兄弟欢聚，喝！

江溢海 来，为党国即将大获全胜干杯！（一饮而尽）

李剑飞 你呀，吹吧。什么全胜，就咱中统泄密内奸，还没查完哪！（两人对饮）

江溢海 不用查！再等48小时，也就两天两夜，只要武汉那人到南京与蒋总裁一见面，中共彻底完蛋，泄密内奸还能向谁去泄密哈。

李剑飞 哦，难怪你兴奋难耐，这下你就稳当主任啦！

江溢海 稳当主任？小看人嘛！这回我还想弄个国部级干干！

李剑飞 国部级？

江溢海 只待上峰指令一到，我将亲自率部出击，血洗上海共党中央——

李剑飞 （手一颤，酒杯打翻）……

江溢海 （起疑）嗯？

李剑飞 （自拧一把）我——不是在做梦吧？

江溢海 （阴鸷般尖笑）咯咯……就算你是泄密内奸，也没用啦！

李剑飞 （诚恳地）溢海，兄弟之间，就不能说几句心里话？

江溢海 自从进了中统，我从来不说心里话。此刻胜利在望，我还真想一吐为快！来，边喝边聊。（自饮）

李剑飞 溢海，我一直想知道，当年背负校训、立志实业救国的学子，怎么会喜欢上杀人的行当？

江溢海 哈哈……你以为杀人容易吗？头一回杀人，我惊恐忧惧，连着三天我只有喝醉了才敢睡觉。（大口灌酒，已有醉意）

李剑飞 可如今说起血洗共党中央，至少要杀千百号人吧？你怎么就能做到眼不眨、心不跳、神不改，就像——

江溢海 嗜血如命的刽子手？

李剑飞 佩服！

江溢海 想当初我学成归来，堂堂大博士哪，为找工作，四处乞求、受尽白眼。回到家乡，穷困潦倒，留洋博士竟成四乡笑谈。当我执掌中统再回家乡，上至省府下至村吏，夹道恭迎极尽媚态。因为我，江氏一族荣耀乡里；因为我，三亲六眷丰衣足食；因为我，祖宅坟地全他娘修得富丽堂皇！这一切都是党国给哒。我仇恨中共，他们要毁掉党国就是毁掉我的一切！（醉态欲倒）

李剑飞 （故作醉态搀扶）人哪，不重学识重表皮，悲哀哪！

江溢海 （瞪着醉眼）错、大错特错！人活着就是为了这张皮！

（唱）执掌中统着官皮，

光宗耀祖为脸皮。

站稳脚跟需地皮，

穿衣戴冠就是那遮羞皮。

不重博士重表皮，

皆因权利裹金皮。

有钱能美皮，

有权可画皮，

有为当争皮，

有志要厚皮。

我为党国壮面皮，

就等赏我国部级——最高级的上等皮！

李剑飞　（探江溢海额头）你没喝多吧？

江溢海　等、等我灭了共党中央——

李剑飞　做梦！等你灭了共党中央，最有功的是谁？是那个面见蒋总裁的人——国部级属于他，不是你！

江溢海　嘻嘻，党国不会信任那种人，一个玩杂耍的共党高层叛徒！

李剑飞　玩杂耍？

江溢海　中共太穷。上戏台玩杂耍，嗨，钞票赚得莫佬佬！（自饮）

李剑飞　（醉态夺杯）不、不能再喝啦！再喝就要耽误正事！

江溢海　多少年了，今日总算与你一、一吐为快，喝！

李剑飞　好，舍命陪君子，喝！（两人开怀大饮，江溢海醉倒。急速思索旁白）中央高层会杂耍的只有顾顺章！不！他是中央特科领导，又是密训我的导师！不可能！我一定要查证到底！

江溢海　（摇晃站起）这、这酒喝得真、真痛快……（哇地大吐欲倒，李剑飞忙搀扶）

报务员　（上）报……（被呕吐物熏得闪在一边）

李剑飞　（一个激凛，故意大喊）芸儿！

李　芸　（应声上）哎，来啦——

李剑飞　泡杯浓茶，给你江叔叔醒、醒酒！（两人扶江溢海入内，踉跄出）

报务员　李秘书，这是武汉发给主任的密电！

李剑飞　（醉态可掬、似不在乎）好，我交、交给主任！

报务员　辛苦李秘书！（下）

李剑飞　（紧张思索）此刻武汉发来密电，定与叛徒要案有关！（急欲拆看电报又止）且慢——

（唱）是圈套，是陷阱，还是试探？

休莽撞，需防备，谨慎思量。

此刻拆密电，

危机在身旁。

万一被发现，

情报谁送党中央……（犹疑至果决）

魔剑已悬顶，

事关党存亡。

叛徒须查证，

岂容再彷徨。

争分夺秒破密电——（从内袋取出密码本对照破译）

［李芸内声：江叔叔，您喝口热茶！

李剑飞　（抹汗，唱）卧榻虎狼紧提防——（白）芸儿，好好照顾你江叔叔！

［李芸内声：知道了，您就放心吧！

李剑飞　（急速念电文）因飞机故障，改乘舰船于明日深夜，将共匪中央委员顾顺章押抵南京。天——真是顾顺章！上海所有中央机关及我党领导人皆由他负责联络！不好——

（念）灭顶大祸从天降，

浩劫骤临党中央。

人头滚滚坠上海，

鲜血滔滔漫浦江。

天塌地陷全不顾，送情报——（欲冲出门）

李　芸　（上）爸！

李剑飞　（低声）芸儿，出大事了！顾顺章叛变，情报必须立刻送达党中央！

李　芸　（冲向电话）快打电话！

李剑飞　电话有监听！在党中央撤离之前，不能惊动敌人！

李　芸　可前院后院都有看守，我们出不去哪！

李剑飞　我早就留意观察，后院有条泄水渠沟，就从那里出去。

李　芸　我去！（欲走）

李剑飞　慢！你与上级单线联系，这情报层层转递来不及了！我必须今晚亲自向恩来同志报告！

李　芸　你一走，他们很快就会发现……

李剑飞　你设法帮我拖延时间！天一亮，你照常买菜做饭，带弟弟在办公楼前玩耍。有人问起，就说我夜里陪主任喝醉，在家睡觉。

李　芸　爸你疯了？留下弟弟，他就没命啦！

李剑飞　（痛苦）不单是他，还有你！

李　芸　（坚决地）我不怕死，弟弟你一定要带走！

李剑飞　（焦灼地）芸儿！

李　芸　爸——弟弟是妈妈的心尖、奶奶的命根！芸儿答应过她们，就是死也要保护好弟弟。爸，弟弟已经睡着，你就背上他一起走！芸儿求你了，爸——（恸泣跪倒）

［李剑飞颤颤扶起女儿，替她擦去眼泪。

李剑飞 芸儿，时间紧迫，情况危急！这一路之上，敌特关卡重重，爸若带你弟弟，他们很快就会发现。到那时前有关卡、后有追兵、围剿堵截、难有生机。一旦贻误情报，党中央危险！同志们危险！成百上千人头就要落地！芸儿，好孩子——（一把将女儿紧搂怀中）爸爸绝不会放弃救你们的一线生机！（咬牙猛地推开女儿，冲出门去）

李　芸 爸……

［李剑飞内唱；咬牙关、别亲人、强忍悲泪——舞台瞬间打开，探照灯穿插照射。

李剑飞 （唱上）穿夜色、避鬼魅、赴汤蹈火、疾步如飞！

［仿佛听到一双儿女的呼唤：爸爸——

（唱）似听得，一双儿女声声唤，

痛如钢刀心头锥。（踉跄绊倒，惊觉）

似又见，枪口之下鲜血淌，

红花丛中白骨堆。（挣扎跃起）

怎能够、怎能够哪——

让惊天要案、再酿亘古旷世悲！（疾行）

绕过路障与暗哨，

避开敌特几迂回。（隐隐传来浦江钟声）呀！

浦江钟声传耳畔，

声声逼人声声催。

这情报紧系着，组织存亡、同志安危——

纵万死，也要送达党中央、冲破壁垒、突出重围！

［尖锐的警笛声骤然响起：龙克拉黄包车疾上，李剑飞登车而去。

［江溢海指挥特务摩托队轰鸣而来；至此，空间交错穿插。

江溢海　行动一队二队全城搜捕共党，机动三队立即抓捕李剑飞所有家眷。

［飞驰的车队间，中央特科队员腾挪跃上。

队　员　报告恩来同志：中央机关、中央秘密电台安全撤离！

［疾驰的车队间，中央特科队员穿行翻上。

队　员　报告：陈赓、聂荣臻、瞿秋白、邓小平、李克农、陈云、叶剑英同志安全撤离！

［密集的车队间，中央特科队员矮步穿插跃起。

队　员　报告：中共江苏省委机关、共产国际远东局机关安全撤离！

［车队声戛然而止，所有人霎时隐去。

［江溢海气喘吁吁站定；警察、巡捕、特务喊着冲上：报——

警　察　中共机关，人去楼空！

巡　捕　周恩来，没抓着！

特　务　李剑飞老婆老娘不见踪影！

江溢海　滚——（低吼）李剑飞！李剑飞——（李剑飞显现）我江溢海待你不薄，为什么背叛我！

李剑飞　你背叛校训，背叛良知！毁我组织、杀我同志！

江溢海　为党国利益，天经地义！

李剑飞　为一党私欲，祸国殃民！

江溢海　你们中共就知道蛊惑民心！

李剑飞　践踏民心者必被历史所践踏！

江溢海　信仰不同，总该有兄弟情义！

李剑飞　情义高贵，早被你屠戮殆尽！

江溢海　好，我就将你那一双儿女千刀万剐了！

李剑飞　你那党国必先千刀万剐了你！

江溢海 你想恐吓我!

李剑飞 我在提醒你——贪赃枉法,淫乱渎职;蒙骗上峰,冤杀下级;泄露机密,使围剿红军失利;密码失控,致周恩来安全逃逸!这桩桩件件一旦披露报端,你——必死无疑!

江溢海 (暴怒)李剑飞你——(强忍)娘希匹,算你狠!(镇定回身,高声下令)顾顺章情报有误,致共党中央逃脱;李芸李翔年幼无知,就地释放——(隐去)

李剑飞 哈哈哈……

[伴唱:一身千人面,
　　踏浪龙潭间。

李剑飞 (接唱)胸中有誓深于海,
　　心底筑梦高过天。
　　多少牺牲多少愿,
　　愿遍地红花、壮美河山、千载万年!

[红花怒放,红旗漫卷:胡兆雄、龙克与李剑飞并肩而来敬礼定格。

[电报击键声(字幕):中国共产党早期红色特工,为我党立下特殊功勋。毛泽东曾说:革命胜利了,应该给我们这些情报战线的无名英雄们发一个大大的奖章。他们的名字无人知晓,他们的功绩永世长存!

[剧终。

(与张裕合作)

现代京剧

双枪惠娘

人　物　陈惠娘　韩鹏之妻,华蓥山游击队员,后任司令

韩　鹏　惠娘之夫,华蓥山游击队司令,入狱后装疯

韩　威　惠娘与韩鹏之子,大学生,华蓥山游击队秘密交通员

江雪琴　华蓥山游击队新任政委

赵　亮　华蓥山游击队双枪队长

雷　虎　华蓥山游击队大刀队长

秋　嫂　华蓥山游击队员

山　妹　华蓥山游击队员

孙二嫂　重庆中共地下党磁器口联络站负责人

徐守成　国民党连长

杨尽兴　白公馆看守长

游击队员、国民党官兵、白公馆看守、百姓等

序

［字幕：1947年冬，重庆通向华蓥山的必经之道。

［一连串的爆炸声传来，远处火光熊熊，硝烟弥漫。

［严厉的画外音：双枪老太婆炸我军火库，逃往华蓥山，命各部封锁要道，凡中年女子一律扣押，严加盘查。

［画外音中，国民党连长徐守成率兵冲上，众士兵驾起机枪，封锁道口，严阵以待。

［喜乐阵阵，一排迎亲队伍抬花轿上，被士兵们拦住。

雷　虎　（媒婆装扮，向徐守成塞红包）哟，长官辛苦哈！这双枪老太婆还没抓到？

徐守成　（接过红包）哼哼，贿赂长官，定然有鬼，给我仔细搜查花轿！

雷　虎　（阻拦）长官，哎哟长官……（士兵持枪上前逼住）

［轿内传出娇俏声：不是说，只查中年女子吗？

徐守成　双枪老太婆神出鬼没，变化多端，下轿检查！

［扮作新娘的陈惠娘蒙着盖头红，缓步下轿，身姿曼妙。

［徐守成垂涎打量；雷虎暗中拔枪。

惠　娘　（娇媚地）长官，您看我——像双枪老太婆嘛？

徐守成　（定神）嘿嘿，我仔细瞧瞧……（扯下惠娘的盖头红）

陈惠娘　（一脚踢倒徐守成，拔出双枪大喝）双枪老太婆在此！（边喊边抬手两枪，击毙不远处的两个机枪手）

［众人开打，国民党官兵被游击队员控制。

惠　娘　打扫战场，回华蓥山！

众　人　是！（分头下）

惠　娘　（拾起盖头红摩挲沉吟）韩鹏，当初惠娘我为你戴上盖头红，一晃十八年过去了！记得十八年前的那天……

［远远的呼唤声：惠娘，上轿啦——

一

［在“上轿啦——”的回荡声中，粗犷的山歌声响起：

有情有义不怕癫，

结交就要结百年。

妹儿跟着哥哥走，

脑壳落地心也甜。

［歌声中灯亮：华蓥山游击队驻地。

［游击队员们围着篝火，边喝喜酒边吼唱，已是半醉。

雷　虎　嗨，今儿是我兄弟韩司令的大喜日子，唱啥子脑壳落地嘛，得吼几句喜庆辣火哒！（吼唱）太阳出来辣焦焦，情妹妹出来薅海椒，情哥哥看见心不忍哪——

赵　亮　雷虎，这里是游击队，不是土匪窝！

雷　虎　怎么的赵亮，你这双枪队长，还管不着我这大刀队长吧！

赵　亮　你仗着拉来一帮土匪，当上大刀队长，更要严加管束。

［雷虎的几位弟兄被激怒，腾地站起来逼向赵亮。

雷　虎　土匪怎么了？韩司令不嫌弃，跟我拜把子认兄弟！不服，就

比试比试！（大刀队随之拔刀）

赵　亮　（拔枪）好，那就比试比试！（双枪队随之拔枪）

［双方对峙，气氛紧张；韩鹏着简装喜服疾上。

韩　鹏　（大喝）赵亮、雷虎！

赵、雷　（急收刀枪）韩司令！

韩　鹏　赵亮，游击队刚刚组建，成员身份不同，都是被军阀逼得活不下去的劳苦大众！

雷　虎　瞧瞧、瞧瞧，这才是共产党的样子！

韩　鹏　雷虎，都是脑袋系在裤腰带上的兄弟，这命，得留着打军阀！

雷　虎　嘿，我跟他闹着玩……

队　员　（喊着奔来）韩司令——不好啦！我们正准备送新娘下山，不想她冲出洞房，直奔山崖！

众　人　啥？

韩　鹏　惠娘——（冲下，众人随下）

［另一光区灯亮，惠娘拽着盖头红叉腰站在山崖旁，韩鹏追来。

惠　娘　韩鹏，你给我站住！你要再敢上前一步，我就立马跳下去！

韩　鹏　惠娘，你这富家小姐的脾性能不能改一改？

惠　娘　好个忘恩负义的家伙！你从小在我家当放牛娃，是我赖着爹娘让你陪我念书，陪我上大学。没想大学刚毕业你就跑得无影无踪。如今我追上山来嫁你，你竟要赶我走，你可知道哇！

（唱）为找你，失魂落魄似犯傻，

风餐露宿不着家。

娘亲心疼老爹骂，

惠娘我，就认准你这个放牛娃。

得知你在华蓥山，

悄悄儿，雇顶小轿把自己嫁。

谁知你，洞房绝情赶我走，

倒不如，纵身一跃下山崖。（委屈哭泣）

韩　鹏　好啦，你闹够了没有？闹够了就赶紧下山！

惠　娘　啥？你还是不肯留我！

韩　鹏　不留！

惠　娘　好，你别拦我，我这就跳下去！（偷望韩鹏）我跳啦！我跳——

韩　鹏　行啦，你那点小计谋，还是我教的。

惠　娘　不错，那年我娘给我缠小脚，是你教我一哭二闹三上吊，嘿，这招果然灵验，成就了我一双大脚。

韩　鹏　那是你娘心疼你！

惠　娘　难道你不心疼我？

韩　鹏　就你这样，谁敢心疼呀？

惠　娘　（仰天慨叹）唉！想我惠娘，自小桀骜不驯，爹不敢管，娘不舍得管。唯有我的韩鹏哥哥，入我青眼，刻我心尖，言听计从，生死肯捐！（蒙上盖头红，决然走向断崖）

韩　鹏　（见惠娘真要跳，急冲上前，拦腰抱住）惠娘！

惠　娘　（一把扯下盖头红）答应留我啦！

韩　鹏　（触电般松手）你……唉，惠娘啊！

（唱）非是我，忘前盟，将你抛闪，

受委派，建武装，秘密上山。

刀对刀，枪对枪，生死难料，

论什么，婚与嫁，你赶紧回还。

惠　娘　（唱）在学校，你行踪诡秘将我瞒，

闹学潮，你是中共早风传。

天塌地陷我不管，

生死偏要将你缠。

韩　鹏　（唱）你休要自作多情无忌惮，

惹恼我一怒把脸翻！

惠　娘　（唱）翻就翻，只要你脸皮能翻转，

我欢欢实实奔下山！（白）我就在这坐等你翻脸！

韩　鹏　你！（暗自一声长叹）唉……

（唱）硬生生，出言狠，将她驱赶，

句句痛，字字难，强抑心酸。

我与她，青梅竹马情义绾，

虽是主仆两心拴。

曾为济贫同肝胆，

也因时事共忧烦。

我秘密入党受委派，

组建武装进深山。

生怕她，小姐脾性难拘管，

更怕我，连累她一生涉险不平安。

似海深情忍痛断，

怎禁得，她软磨硬缠、我外强中干！

惠　娘　（突然惊叫）哎呀，狼、狼——（喊着扑向韩鹏）

韩　鹏　（忙拔枪掩护）不怕……

惠　娘　（一把抱住）不是那个狼，是这个郎！

韩　鹏　你呀！（想挣脱，却无力挣脱）

惠　娘　（赖在他怀里）韩鹏哥，我知道你在想啥，咱俩约法三章可好？

韩　鹏　你说。

惠　娘　从今往后我一定听你的，你让我向东，我绝不向西！

韩　鹏　嗯，这二呢？

惠　娘　你生我生，你死我死……

韩　鹏　（一把捂住她嘴）不许胡说！

惠　娘　嘿，我就知道你心疼我！韩鹏哥，你教我打双枪、布兵阵，三十天我若不及格，不用你说，我立马走人！

韩　鹏　一言既出？

惠　娘　驷马难追！（唰地将盖头红一撕两半，系在韩鹏的双枪上）从今往后，这盖头红系定双枪、护定双枪、跟定双枪——

韩　鹏　好，明天早起，先学双枪。

惠　娘　什么明天，走，现在就学！（一把拽住韩鹏下）

［雷虎与游击队员们拥上，望着枪声传来的方向。

雷　虎　啊呀额滴娘哎，咱这位司令夫人——（众赞喝）有种！

二

［字幕：1948 年秋，华蓥山通往游击队驻地的山路上；

韩　威　（兴奋上）华蓥山！日思夜想的华蓥山，韩威我回来啦！

（唱）十八年前，父母在山结姻缘，

韩威在山长成年。

父亲牺牲我尚幼，

妈妈她，背着我，与敌周旋在山间。

为上大学去重庆，

秘密兼任交通员。

此番越过封锁线，

送江姐上山我喜开颜。（唤）江姐，过了这道弯就到游击队驻地啦，我们快走吧！

江　姐　（唱上）步步挪来心如煎，

强作从容泪暗悬。

本以为夫妻能相会，

却见那，老彭他头颅高挂城头边。

敌人暗中设陷阱，

犹恐韩威冲向前。

咬牙忍泪瞒真相，

老彭哪，且待我完成使命为你报仇冤！

［远处传来山歌声：

有情有义不怕癫，

结交就要结百年。

妹儿跟着哥哥走，

脑壳落地心也甜。

［韩威与江姐顺歌声望去。

［灯亮：崖上松树旁，双鬓苍然的惠娘，颤颤抚摸松杆上依稀可见的刀刻“鹏”字；

惠　娘　韩鹏，十六年了！自你走后，思念痛楚，从不轻言。唯有这双枪上的盖头红随身相伴、生死不离。今日江姐上山，老彭牺牲，将心比心，我这心里头难受哇……

韩　威　（喊）妈妈！江姐来啦！

惠　娘　（忙笑脸相迎）呵，江雪琴同志！

江　姐　（疾步迎上）司令员！

惠　娘　（握着江姐手，高声关照）韩威，快去准备饭菜给江姐接风！（韩威应声离去）唉，真是不巧，彭政委执行任务未归，我替他……

江　姐　司令员，不必了……

惠　娘　（敏锐地）你，进过县城了？

江　姐　没，只是路过……

惠　娘　路过么——那城墙之上？

江　姐　（晃了晃，忍泪避开）司令员，请给我安排工作吧。

惠　娘　（沉缓地）我让韩威带你来这里，是想让你痛痛快快大哭一场！

江　姐　我……

惠　娘　同命相怜、同仇敌忾！在这里把眼泪流干净了，以后就是一腔热血，战斗到死，再不许见半滴眼泪！

江　姐　司令员！

惠　娘　为老彭、为华蓥山所有死难烈士，值得一哭！

江　姐　姐姐——（扑向惠娘，放声大哭）

惠　娘　（轻抚江姐，哽噎起唱）

　　心有血泪你尽情淌，

　　我与你，一样的命哪一样的伤！

　　他们是华蓥山上男儿汉，

更是你我好夫郎。

泪能流尽伤难愈，

长长哀痛心内藏。（疼爱地为江姐抹泪）

谁叫咱俩眼光好，

选丈夫，将性命双双系家邦。

同志们，为老彭复仇怒火旺，

血债誓要血来偿。

来来来，我与你率队下山岗，

抢头颅，与敌人拼死战一场。（拽江姐欲走）

江　姐　（挣脱）司令员，敌人在那里设下了重重埋伏。一旦陷入，全军覆没！

惠　娘　同志们为老彭报仇，纵当万死，心甘情愿！

江　姐　司令员哪——

（唱）率队杀敌是我愿，

为亲人，恨不能立马报仇冤。

老彭牺牲酿惨痛，

怎忍让，同志们再陷敌人伏击圈。

盼的是，壮大游击队，

伺机将敌歼。

合力迎解放，

星火得燎原！到那时——

惠　娘　（接唱）到那时，鲜花丛中祭英烈，

我与你，同酹清酒、告慰夫君、喜泪痛洒报凯旋！

江　姐　司令员！

惠　娘　好妹子，方才是我多虑了。华蓥山游击队江政委，你当之

无愧！

江　姐　司令员用心良苦、婉转劝慰，我明白！

惠　娘　你比十六年前的我强多了……

江　姐　十六年前，为牵制追剿红军的数万敌军，韩司令员率游击队两千人马、四路出击、冒险开战，苦苦坚守了三天三夜……

惠　娘　那一战，游击队两千人只活下来不足两百人！

江　姐　韩司令员身负重伤、陷入重围、抵死不降、跳下山崖！

惠　娘　生不见人死不见尸。当时我真想抱着孩子随他而去，可游击队偏偏在此刻炸了锅……

三

［灯亮：白雪茫茫的华蓥山上，密密麻麻的矮树干一根根沿着山势排列，每一根上刻着一位牺牲者的名字，一眼望去，惊心动魄。

［雷虎带大刀队横刀伫立，赵亮带双枪队持枪相向。

雷　虎　赵亮，你要是再不让路，休怪我雷虎刀下无情！

赵　亮　你想拉队伍干土匪，此路不通！

雷　虎　韩司令已战死，你管不着！

赵　亮　韩司令与你结拜兄弟，他尸骨未寒，你竟敢背叛革命！

雷　虎　占山为王，劫富济贫，照样闹革命！

赵　亮　强行霸道，抢劫为生，你那是祸国殃民！

雷　虎　呦嘿，听你口气，往后这游击队司令就是你喽。兄弟们，你们服不服啊？

大刀队　不服！

赵　亮　双枪队！

双枪队　有！

赵　亮　把他们的刀给我下了！

双枪队　是！

［双方一拥而上，争枪夺刀，乱成一团。

［突然，一阵婴儿的急哭声传来，所有人皆似定住了一般望去。

［惠娘一身重孝，怀抱孩子，木然穿过人群，跪向树干碑丛。

惠　娘　韩鹏，三天了，崖底的沟沟坎坎我都找遍了，你在哪里呀？这里刻着名字的每一根树干，就是你兄弟的一条命！我不让他们刻上你的名字，我不让你死！为了孩子，我要你活过来——（猛地托起孩子，孩子大哭）

［众人伤心，各自收起刀枪。

雷　虎　（瓮声瓮气地）弟妹，跟我走吧，我照顾你们娘俩一辈子！

赵　亮　嫂子，留在华蓥山，为司令员报仇！

雷　虎　他们孤儿寡母，就该好好养护，安生度日。

赵　亮　你要他们在土匪窝里安生度日？

雷　虎　你！

惠　娘　（擦干泪痕）雷大哥，你一定要带你的人走？

雷　虎　一定要走！

赵　亮　不能放他走！嫂子哪！

（唱）游击队，死伤大半元气伤，

怎容他，分裂队伍雪上加霜。

雷　虎　（唱）上山结拜为兄弟，
　　　　　兄弟不在我去他娘！
惠　娘　（唱）看他去意已难挡，
　　　　　人不愿留怎相强？
雷　虎　（唱）实实地，放心不下她母子俩；
惠　娘　（唱）韩鹏不在无依傍。
赵　亮　（唱）党的队伍不能散；
雷　虎　（唱）扯回老巢重开张。
惠　娘　（唱）束手无策更慌乱，
赵　亮　（唱）暗将子弹推上膛。
雷　虎　（唱）握紧刀把冷眼望；
赵　亮　（唱）拼将一死醒愚盲。
惠　娘　（唱）他们是，剑拔弩张不相让，
　　　　　只恐火拼在当场。
　　　　　韩鹏哪，你呕心沥血建武装，
　　　　　我岂能，让你心血付汪洋。
　　　　　狠下心来壮胆量，
　　　　　马到悬崖我紧勒缰！（白）雷大哥，兄弟一场，生死之交，你既然要走，那就当着兄弟们、当着这一千八百灵位放句话：三天三夜，你英勇杀敌，冲锋在前，为啥今日一定要走？
雷　虎　我，还有我的弟兄们信不过他！（指赵亮）
赵　亮　骄纵蛮横、不听指挥，你信过谁！
雷　虎　我就信韩司令这样的共产党！
惠　娘　他也是共产党！（指赵亮）

雷　虎　他防我们就像防贼，跟踪监管、冷眼相看，他不是真的共产党！

赵　亮　你！

雷　虎　真共产党，得有远见、有气度、有让弟兄们拧成一股绳的威望！

惠　娘　你是说我也没远见、没气度、没威望？

雷　虎　婆娘家家，要那些干啥子嘛。

惠　娘　婆娘也罢，汉子也罢，危难之际，撒手而去就是怂包！赵亮，取十支步枪、百发子弹，一袋干粮，送他们走！

赵　亮　嫂子！我们已将弹尽粮绝，他们一走，剩下多是伤残，再送弹药粮食，你这是要毁了游击队哪！来人，将雷虎绑了！（两队人马刀枪相向）

惠　娘　谁敢！

赵　亮　（急吼）陈惠娘！这是党的队伍，作为党员，我就是死也不能看着它被人败亡！

雷　虎　行啦嫂子，你不是共产党，说话没人听！

惠　娘　（向天慨叹）韩鹏哪韩鹏，你曾几次三番劝我入党，可我总说：打仗杀敌，入什么党嘛。如今看来是我错了！今天我若是一名共产党员——

（唱）他怎会，失信任，临危思变，

又怎会，互猜忌，兄弟相煎。

有多少，牺牲战友待收殓，

有多少，伤残队员需救援。

有多少，丧儿的父母倚门望，

有多少，寡妻孤儿泪涟涟。

要为战友护家眷，

要给亲人报仇冤。

要屯粮草谋长远，

要秣马厉兵在山间。

一桩桩、一件件，

百废待举在眼前。

赵亮哪，雷虎要走又何妨，

当相信，过命的兄弟打断筋骨心相连。

待到那，漫山红旗迎风卷，

请他来赴庆功筵，

看一看、辨一辨、敬一敬——

咱华蓥山有的是真党员！

雷　虎　好——我雷虎就等那一天，告辞！（领着一帮兄弟拔腿就走）

赵　亮　（厉声）站住！（众人诧异站定）枪弹干粮，拿了再走。

雷　虎　你？

［一阵枪响，秋嫂奔上。

秋　嫂　报告，敌人一个团围上山来！

雷　虎　他娘的，跟他们拼了！

赵　亮　一个团的兵力，不能蛮干！

惠　娘　（果断地）韩司令说过，敌强我闪、敌进我退！赵亮，你带双枪队掩护伤员撤进深山；我带一支队将敌人引到绝崖岭！

赵　亮　嫂子！

惠　娘　（拔出双枪）大敌当前，谁敢抗命，休怪我双枪无情！出发——

雷　虎　（急叫）还有我哪！（见惠娘微微颔首）兄弟们，跟上——

四

［紧接上场，深山密林中：远处激烈的枪声渐渐零落。

［惠娘内唱：一夜拼杀在绝崖岭——（血染衣衫，踉跄奔上）

惠　娘　（唱）陷重围、弹药尽、拔刀冲杀头颅滚、不知突围有几人？

（回身眺望）舍不下，好战友，横尸崖顶，

更痛心，游击队，几遭沉沦。

两千战士多阵亡，

剩余残部困密林。

缺衣断粮无弹药，

士气低迷少精魂。

我强作豪情在人前，

背地怅惘盼救星。

歧路盼指引，

绝境盼生存，

人心盼凝聚，

队伍盼领军。

韩鹏哪，往常相随成依赖，

到今日，今日里该去何方将你寻？

赵、雷　（唱）当向何方寻……

［合唱声中，显现奔走张望的赵亮及满身血迹的雷虎。

雷　虎　（念）杀出重围——

赵　亮　（念）撤入深山——

雷、赵　（合念）心急如焚！

雷　虎　（念）弟妹失踪迹——

赵　亮　（念）嫂子无音讯——

雷、赵　（合念）深山密林向何方寻？（密集的枪声传来）

三　人　（同呼）枪声！

［三人在不同光区中的形体动作和造型。

惠　娘　（念）敌人步步追得紧，（双枪还击）

雷　虎　（念）分明是弟妹双枪在就近。

赵　亮　（念）循枪声、急奔行，

雷　虎　（念）定要救她脱险境！

惠　娘　（念）绕山岩，穿荆棘——与敌周旋；（行走开枪）

赵　亮　（念）跃沟涧，攀古藤——直奔枪声；（形体）

雷　虎　（念）顺山势，跌扑翻滚——救亲人。（形体）

［三人终于遥遥看见，激动地互相示意靠拢。

［一阵乱枪，惠娘左腿中弹倒地。

［赵亮、雷虎冲上前架起惠娘隐入岩石后。

雷、赵　弟妹！嫂子！

惠　娘　（忍痛一笑）雷大哥，你还活着！

雷　虎　死不了！

赵　亮　嫂子，部队已安全撤入深山。雷虎，你带她走，我掩护！

惠　娘　你们快走！带着我，谁也走不成！

赵　亮　（吼）雷虎，我命令你，带她走！

雷　虎　哟嘿，这就扮上司令啦！

惠　娘　雷虎！你不信赵亮不信我，但你说过信共产党！

雷　虎　不错，共产党信我，我就信共产党！

惠　娘　赵亮，游击队如今少的就是共产党。你速去重庆联系组织，惠娘若能闯过今日生死关，请求入党！

赵　亮　嫂子放心，我已派人前往重庆。（枪声又起）

雷　虎　（张望）狗崽子们围上来了！

惠　娘　你们快走，我掩护！

雷　虎　我跟他们拼了！（欲冲）

惠　娘　雷虎！为了韩司令，为了这么多死难弟兄，你和赵亮必须扛着他们的命，报仇雪恨，坚持到底！（欲夺赵亮腰间手榴弹，雷赵阻挡，三人争抢）

惠　娘　住手！（枪抵自己太阳穴）手榴弹给我！

雷、赵　弟妹！嫂子！

惠　娘　执行命令！

雷　虎　好，你想让小韩威父母双亡，那就开枪，（低吼）开枪啊——

惠　娘　（一愣）威儿，我的孩子……（晕眩，雷虎急扶，赵亮疾走）

雷　虎　（急唤）赵亮！

赵　亮　（站定，一字一句）雷虎！我信你、我信你会留在华蓥山！队伍不能散，军心不能散！赵亮拜托了！（奔去）

［激烈的枪声渐渐远去，雷虎架着惠娘朝相反方向撤离，惠娘惊觉挣脱，返身欲援赵亮；一声巨响，硝烟滚滚。

惠　娘　（痛呼）赵亮——

雷　虎　（单腿跪地）——好兄弟！

五

［字幕：1949 年春，华蓥山游击队司令部。

［一面党旗挂在正中，秋嫂细细抚平旗角，见韩威在一旁发呆。

秋　嫂　韩威，今天是你入党的大喜日子，发啥子呆嘛？

韩　威　秋嫂，您刚才说，十五年前赵亮叔叔牺牲后，妈妈和雷伯伯领着游击队孤军作战，吃尽苦头？

秋　嫂　是啊，敌人封锁上山通道，联系组织困难，游击队就像没娘的孩子，吃野菜啃树皮，日子苦，心里头更苦。

韩　威　秋嫂，我一直想不明白，妈妈是富家小姐，为啥甘愿跟我爸一起吃苦闹革命？

秋　嫂　这个该去问你妈呀。

韩　威　我不敢，她也从不提我爸，我都觉得她已经忘了我爸……

雷　虎　瞎扯——（大步上）

韩　威　雷伯伯。

雷　虎　当年你妈爱你爸，吵着闹着非要嫁上山来！

韩　威　你是说，我妈是因为爱……

雷　虎　那时你妈就是个娇妹儿，后来眼看你爸和这么多人惨死，这天大的爱就变成天大的恨啦！

（唱）沉甸甸，千条性命扛肩上，

　　炽烈烈，万丈怒火燃胸膛。

要报仇、要雪恨，

要为那亲人战友把血债偿！

烈士碑前授红旗，

你妈入党把司令当。

从此后，她沉默寡言变了样，

运筹帷幄在疆场。

游击队，似尖刀插在敌心脏，（白）双枪老太婆！

大名一亮，敌人胆战心慌！

韩　威　嘿，我就羡慕我妈那一手双枪，百发百中。

秋　嫂　那就让她教你呀。

韩　威　她不同意，说全国就要解放，让我学好本事，建设新中国。

雷　虎　有远见！不瞒你小子，当年咱老雷就服你爸，现在，哈哈……

秋　嫂　（张望）你妈去迎江政委，怎么还不回来？

韩　威　江姐是我的入党介绍人，她一定会赶回来的。

山　妹　（匆匆上）不好了，江政委她、她被敌人抓去了！

秋、韩、雷　（大惊）江政委？江姐！

山　妹　司令员已赶往重庆营救江姐。命一支队、二支队随即出发！

雷　虎　集合队伍，出发——

六

［字幕：两月后，磁器口，地下党联络站。

［鑫记杂货铺招牌高挂，联络员孙二嫂站在门口招揽生意。

孙二嫂　嗨，本小店物品齐全、货真价实，随意挑选，买三送一、买五送二、买七送三、买十送四，走过路过不要错过——

［惠娘富家太太打扮上，雷虎紧随；秋嫂与山妹装作卖货的小贩两边散开，警戒瞭望。

惠　娘　（唱）敌人诡谲改行踪，

营救江姐未成功。

乔装来见李书记，

筹谋劫狱待命中。

孙二嫂　（热情迎上）哟，东家奶奶，什么风把您给吹来啦？

惠　娘　家里闷得慌，出来走走。

孙二嫂　（机警张望，凑近耳语）组织同意劫狱救人，但要等里面送出监狱地形图，方可计划行动。

惠　娘　李书记什么时候到？

［杨尽兴内喊：疯子！快走！

孙二嫂　（闻声警惕，故作高声）东家奶奶，您先到里间坐，一会儿李老板来送货，我再请您。

［杨尽兴带着甲、乙看守押疯子韩鹏上。

［一顶油腻脏破的草帽，盖住了韩鹏机敏的目光。

杨尽兴　站住！孙二嫂，这位眼生，哪来的贵客啊？

孙二嫂　哟，杨长官哪！这是我东家奶奶。东家奶奶，这位就是我常向您说起的白公馆杨长官，承蒙他看顾，我这小店发了不少财。

杨尽兴　东家奶奶？

惠　娘　幸会，看赏！

［雷虎递上钱袋，同时分给两看守；

杨尽兴　（掂了掂）呵呵，今儿运气不错，谢了嘿。

孙二嫂　杨长官，真是不巧，您要的货还没送到，要不过了晌午您再来？

杨尽兴　急啥？成天守着犯人，我都快成犯人啦。（关照看守）你们和疯子在这里等着，老子去市面上转转。

孙二嫂　我正要去街口迎迎送货的李老板，陪您走一段。

杨尽兴　好咧。

孙二嫂　东家奶奶？

惠　娘　去吧。（目送两人下）雷虎，看好铺子。（边说边进里屋）

［垂首蹲在一边的韩鹏听到雷虎二字，直跳起来。

韩　鹏　（脱口而出）雷虎？（见雷虎和看守同时望向自己，忙蹦蹦跳跳掩饰叫喊）哈哈，打雷打虎，打虎打雷，咚咚锵、咚咚锵……

［惠娘闻声，隔窗警惕察看。

看守甲　（一枪托砸去）喊啥子喊，一边蹲着去。

雷　虎　（递烟给看守乙）他是？

看　守　他啊？疯子！当年陪绑刑场，枪一响，吓得屎尿拉了一裤裆，疯了十好几年了。

惠　娘　（内喊）雷虎！

雷　虎　来啦。（顺手将一包烟都塞给看守，进屋）

韩　鹏　（难抑激动）她？是她，一定是她！

（唱）一声雷虎音未改，

动肺腑、震心脉，十六年尘封记忆炸裂开！

惠　娘　（在屋内紧张观望）雷虎，你看？

雷　虎　是个疯子。

惠　娘　你再仔细看看！

［韩鹏踉跄起身，蹒跚几步，如醉如痴地向惠娘望去。

看　守　疯子，你干啥？

韩　鹏　（警觉）我、我肚子疼，水、喝水……

看　守　喂，给疯子倒碗茶来。

［雷虎在惠娘示意下，端茶送给韩鹏：两人对视的一霎间，雷虎大惊，失声喊出：韩——

看　守　喊啥子？

雷　虎　长官，他、他好像得了寒症？

看　守　（一脚踹去）刚才还好好的，这会子你装啥病哪！

雷　虎　（冲进门来）他、他还活着！

惠　娘　他他他、他还活着——

韩、惠　（叠唱）思念亲情十六载，

蓦相逢，心底热血沸腾开。

惠　娘　（唱）十六年你受了多少罪，

到如今留下这鬓发苍苍、形容枯槁、嶙峋体骸。

韩　鹏　（唱）山上家中可安好？

惠　娘　（唱）悲泪难抑夺眶来！

韩　鹏　（唱）威儿想必已长大？

惠　娘　（唱）直想扑进亲人怀！

韩　鹏　（叠唱）曾经唤妻千百遍……

惠　娘　（叠唱）曾经唤夫千百遍……

惠　娘　（唱）山崖绝顶——

韩　鹏　（唱）黑牢深处——

惠、韩　（合唱）——泪满腮！

韩　鹏　（唱）恨不能，近一点、看一眼……

惠　娘　（唱）哪怕是、靠一靠、挨一挨！

看　守　喂，疯子，看啥哪？过来给老子点烟！

韩　鹏　（警觉，唱）草帽藏有情报在，

惠　娘　（警觉，唱）需防四周有狼豺。

韩　鹏　（唱）我必须，疯言疯语疯掩盖，

强抑真情怀！（上前点烟并向看守苦苦哀求讨烟，看守示意跪下，韩鹏跪地，看守将抽剩的半支烟扔到地上，韩鹏爬去捡起，满足地吸了起来）

惠　娘　（惊呼）天——

（唱）霎时间，心仡英雄倒尘埃！

痛心他，精魂已散竟痴呆。

怎忍他，受尽凌辱猥琐态，

猪狗不如伺狼豺。

人丧尊严莫如死——（颤抖拔枪，见盖头红）

盖头红，千斤重、万斤沉、压得我颤颤抖抖枪难抬！

［雷虎大惊，上前夺枪，撞翻桌椅，发出一声轰响。

两看守　（惊恐举枪）什么人？出来！（端枪向里屋一步一步逼去）

［雷虎抢过惠娘双枪掩藏；惠娘急忙擦泪整妆。

［杨尽兴拎烟酒走来。

杨尽兴　什么情况？

看守甲　报告，里面有声音！

［杨尽兴拔枪，带着两看守向屋内逼去。

［秋嫂、三妹暗暗拔枪靠拢。

韩　鹏　（见情况危急，故意冲上前将杨尽兴撞倒在地，指着枪惊恐万状地疯吼）枪，开枪！开枪！乒乓、乒乓，逃、逃啊——（边

喊边撒腿就跑)

杨尽兴　你给我回来!(两看守追下)

雷　虎　(上)长官,出啥事啦?

杨尽兴　没事,疯子胡闹,这里面?

雷　虎　里面盘货,打翻了货架。

杨尽兴　打翻了货架?你起开!(举枪欲进门)

惠　娘　(缓步出门)有什么事吗?

杨尽兴　是东家奶奶啊,没什么,疯子看见举枪就犯病。

两看守　走!(押韩鹏上,杨尽兴正要发作)

孙二嫂　(疾上)杨长官、杨长官——您要的货已经备好啦!

杨尽兴　好,给我带上。来呀,把疯子带回去好好收拾!

韩　鹏　(疯态地)嘿,好收拾、收拾好、好看好看……(边说边扯下杨尽兴军帽,将自己的草帽扣到他头上)

杨尽兴　(大怒,扯下草帽扔地,使劲踹韩鹏)疯子!臭疯子——

[雷虎欲冲上去,惠娘强抑颤抖,暗暗拦住。

惠　娘　(拉长声调)杨长官,您是贵人,何苦为难一个疯子哪?

[聚光,幽远的山歌:

有情有义不怕癫,
结交就要结百年,
妹儿跟着哥哥走,
脑壳落地心也甜!

[歌声中,惠娘缓缓拾起草帽走向韩鹏,欲将草帽给他戴上;韩鹏死死盯了惠娘一眼,猛将草帽打落在地;杨尽兴带人拖走韩鹏;

雷　虎　(悄声)我去把韩司令抢回来!

惠　娘　（低喝）站住！这秘密联络站决不能暴露。（说着捡起草帽，颤颤抚摸，突然发现了什么，急忙进屋）

［孙二嫂警惕观察四周，跟进屋来。

惠　娘　（从草帽中取出情报）监狱地形图！

孙二嫂　终于送出来了！有这张图，组织劫狱就有希望了！

惠　娘　（震惊）这图……是他？

孙二嫂　监狱内线被敌人捕杀殆尽，这位同志半月前才秘密启用。

惠　娘　（急切）他是谁？从哪里来？

孙二嫂　我不清楚。只知道十多年前，他被老乡从山涧中救起，养伤时被抓。因身份不明，便假装疯癫隐藏了下来。

惠　娘　假装疯癫——（瘫坐椅上呆了）

孙二嫂　司令员？

［雷虎拽孙二嫂，默默摇头，拉其避开；

惠　娘　（喃喃）假装疯癫？假装疯癫！韩鹏啊韩鹏，你自尊要强、秉性刚烈、临危跳崖、宁死不屈，可如今你低三下四、甘受凌辱、贱若蝼蚁、污若蝇蛆，背负奇耻大辱十六年！（哽噎）惠娘我纵然拼作万死，也要将你救出牢门！（提枪欲冲，见地形图又止）监狱地形图……他忍辱负重、生不如死、隐伏牢中，是为营救狱中数百同志生命！我岂能只顾一己之私、一人之情、冲动莽撞、冒险行事、打乱计划、有损大局？（狠狠抹去眼泪）韩鹏哪！惠娘已非当年之惠娘，绝不能让你十六载坚守毁于一旦！曙光在即、守护同志、营救生命、你我同心！盼解放、盼胜利、盼团聚、盼新中国！我等、我等、我等——

（唱）等到举国同欢庆，

　　我与你，两半盖头重合并、永世相守、共享晚晴！

七

［黑暗中，隐约传来隆隆炮声。

［惠娘画外音：同志们，重庆即将解放！为营救狱中同志，立刻奔赴歌乐山，出发——

［灯亮：行进中的游击队员们，不断变换队形，有序急速奔袭。

队　员　（喊上）司令员！司令员——（惠娘迎上）川东特委急电！

惠　娘　念！

队　员　敌人设定厂矿、学校、医院、桥梁等五百余处目标，将于明日凌晨炸毁山城。命华蓥山游击纵队连夜赶赴重庆，配合地下党保护人民，迎接解放！

惠　娘　（一把抢过急电）赶赴重庆，保护人民——

秋　嫂　司令员，那渣滓洞、白公馆还打不打？

众　人　同志们还救不救？

雷　虎　韩司令一定要救！

韩　威　妈！

惠　娘　韩威，告诫过你多少次了，面对大局，没有私情！

韩　威　好！陈司令员，狱中的江政委，还有同志们，受尽苦难坚贞不屈，他们是我党精华，不能不救！

惠　娘　你！

众　人　司令员！

惠　娘　（强忍痛楚）游击纵队是党的队伍，必须听党指挥！

雷　虎　那就兵分两路……

惠　娘　分散兵力，劫狱难以成功，重庆也难保全！

雷　虎　重庆有解放大军！

惠　娘　他们不熟悉城里情况，五百多处爆炸目标，难以及时准确排除！

韩　威　监狱中有三百余条性命！

惠　娘　山城中有一百一十万百姓！同志们哪——

（唱）城里民众百余万，
面临生死危急关。
敌人爆炸若得逞，
多少百姓将蒙难。
狱中同志但知晓，
定将生死一肩担。
共产党不惜舍性命，
为的是，尽保天下百姓安！

［远处突然响起密集枪声，熊熊大火染红了半边天。

山　妹　司令员——（冲上）敌人屠杀提前，监狱已成一片火海！

惠　娘　什么？

山　妹　敌人包围监狱，用机枪、火焰枪密集扫射，同志们都、都……

惠　娘　韩鹏——（晕眩）

韩　威　爸——（疯了一般冲去）

惠　娘　（强自镇定）雷虎，你带双枪队直奔监狱，搜索抢救幸存同志！

雷　虎　是！（率队奔下）

惠　娘　一支队、二支队、三支队，跑步前进，赶赴重庆！

众　人　是！（奔下）

惠　娘　（冲往大火方向，凝望大颤）韩鹏哪……（抹泪疾追队伍而去）

八

［数天后，华蓥山上，景同第三场，树碑丛前。

［韩威、雷虎等率众人捧鲜花献祭烈士。

［众人隐去，显现一身白衣的惠娘，正坐在韩鹏树碑前缝合盖头红，身旁放着行装。

惠　娘　（深情呢哝）韩鹏，解放了，重庆安全，百姓安全！这护定双枪的盖头红也该团圆了……（哽噎）等我赶到歌乐山时，只见断壁残垣、一片焦土，尸骨成炭！你、江姐，还有狱中的同志们都牺牲了……组织告诉我：你有机会逃脱，可你为了越狱大局，就像十六年前一样，忍辱负重、坚守到底、一步不退！而我、也像十六年前一样，再也、再也等不到你——回来！

（唱）半生念想泪无尽，

一世深缠情有根。

今日缝合盖头红，

一针针、一线线、针针线线、尽是惠娘一片情、

是惠娘百年不变团聚心……（饮泣着将盖头红颤颤盖于韩鹏树碑上，怅然四顾）韩鹏，这里埋葬的是跟着你上山举义的一千八百兄弟，为掩护红军突围，以弱胜强、热血流尽。我知道，你放不下他们，放不下他们的亲人——

到如今，得解放，心却难定，
你遗愿未了妻最明。
惠娘替你去安抚，
遍访山岭与荒村。
惠娘替你去探望，
拜谢父老好乡亲。
惠娘替你去告慰，
千里万里不辞艰辛——
一家一家去告诉，
至亲因何献此身。
一家一家去告诉，
烈士英名万古存。
一家一家去告诉，
他们是，垫石铺路、新中国的有功臣！

［惠娘毅然整装准备出发。

［光影霎时雕出：鲜花环绕的烈士群像。

［陡然又回荡起那首山歌：

有情有义不怕癫，
结交就要结百年。
妹儿跟着哥哥走，
脑壳落地心也甜。

［剧终。

（与王丽芳合作）

苏剧现代戏

太湖人家

人　物　淑　芳　36 岁,周轶之妻

周　轶　42 岁,进步乡绅

陶　英　28 岁,新四军战士,成司令员之妻

莲　妹　14 岁,周轶和淑芳的女儿

王　建　50 岁,周村伪保长,中共地下党员

赵　财　39 岁,伪保安队长

另有男女村民、船夫、脚夫、伪保安队员等

序　幕

［静谧朦胧的光影中，江南美景渐渐展现。幽美纯净的歌声：

上有呀天堂，下呀有苏杭。

杭州西湖，苏州么有山塘，

哎呀，两处好地方，

哎呀哎哎呀，哎呀，两处好风光……

［突然，飞机轰鸣、炸弹呼啸，美景被大火与硝烟吞没。

［字幕：1942 年，日军疯狂扫荡江南。为避敌锋芒，新四军大步北迁，以游击战与敌周旋。抗日战争进入相持阶段。

一

［春夏之交：太湖边的周村。

［周家内外：青瓦白墙，依竹傍水，典型的江南人家。

王　建　（敲锣喊上）周村百姓听好啦，皇军有令，凡通共通新四军者，一家有罪，九家举发，若不举发，十家连坐死罪哪——

莲　妹　（从墙角翻出，得意地）嘿！

（唱）躲开妈妈严拘管，

“青抗会”相约贴传单。

莫道同伴年纪小，

抗日救国不怕难。（取出一张传单欲贴）

王　建　（回首看见，喊）莲妹哪，偷偷摸摸做啥？

莲　妹　（忙将传单塞进袖笼）王、王保长。

王　建　十四岁的大姑娘啦，还翻墙头，看哪个婆家敢要你哦！

莲　妹　不要你管！（欲走）

王　建　（拦住）我说周家小姐，周老爷留洋博学、德高望重，你娘更是出了名的贤淑娘子，怎会教出你这样的女儿？

莲　妹　我怎么啦？总比当鬼子走狗好！

王　建　唷，到上海去读了三年洋学堂，就敢顶撞长辈！

［伪保安队长赵财带人匆匆上。

赵　财　王保长，村里又发现“青抗会”传单！

王　建　嘿，一群小鬼头弄白相，有啥要紧嘛。

赵　财　青年抗敌同志会，这名号吓死人！皇军说啦，不管大人小孩，宣传抗日就要抓起来死拉死拉！

［莲妹顿时紧张，转身往家溜，不慎袖中传单飘落。

赵　财　（喊）传单！抓住她！

［两伪兵上前押住莲妹，莲妹挣扎大喊：妈！妈——

［淑芳内唱：女儿声声急唤娘——

淑　芳　（唱上）轻移碎步出门墙。（见状一愣）

莲妹何时离书房？

她被羁押为哪桩？

怕见枪口黑森森，

强赔笑脸压惊惶。（谦谦一礼）王保长，赵队长，小女有错理该教训，看在老爷薄面，请移步厅堂说话。

王　建　周老爷是知名乡绅，皇军都高看三分，这点面子赵队长还能不给！（拽赵进屋，伪兵押莲妹跟进）

淑　芳　（敬茶）赵队长、王保长，莲妹从小任性，怪我教养不当，今日冒犯，还求两位宽谅。

王　建　都是乡里乡亲，好说、好说。

赵　财　啥个好说，抗拒皇军、宣传抗日，那是死罪！

淑　芳　（大惊）啊？死、死罪！不会的，孩子年纪小，她不敢、不敢的呀！

赵　财　（扬起传单）看见吧，“青抗会”就是人小胆大！带走——

淑　芳　（急得扑通跪下）赵队长！

莲　妹　（急叫）妈！

淑　芳　老爷和我就这一个女儿，求你饶过她吧！

王　建　（忙扶）周夫人请起！都怪我，不该开这么大玩笑！

淑、赵　玩笑？

王　建　我是想教训教训莲妹——

（唱）她见我冲我常顶撞，

不尊长辈太骄狂。

这传单贴在外墙上，

我扯下正欲看端详。

她一把抢去还笑骂，（莲妹惊讶）

气得我腿颤手冰凉。

恰巧来了赵队长，

教训她，顺势借他两杆枪。

不想玩笑有点大，

惊了您二位、还望见谅！

赵　财　这传单真是你从墙上揭下的？

王　建　是啊！（淑芳长吁口气，摇晃欲倒）

莲　妹　（忙扶）妈——

［周轶内唱：疾步匆匆回家转——（怀抱婴儿，身后跟着脚夫抬一副担架上，进门一愣）

周　轶　（唱）踏进门来后退难。（笑迎）

王保长哟赵队长，

贵客登门为哪般？

王　建　（抢着迎上）周老爷，你总算回来啦，我和赵队长特来拜望！

赵　财　（疑惑）你这是？

周　轶　二位在此，正好报告。这位女子生孩子大出血，昏迷不醒，只得抬回家来护理调养。（对脚夫）快抬进房去！

赵　财　慢！周老爷，这女子叫啥名字？哪里来的？是你什么人？

周　轶　（不安地看了淑芳一眼）这……

赵　财　皇军有令，生人进村必须盘查。

周　轶　她叫英姑，在苏州城里雅、雅春楼——

赵　财　接客卖身？

周　轶　献艺唱曲！

赵　财　是你女人？

周　轶　算我外宅！

赵　财　何时收拢？

周　轶　两年有余！

淑　芳　呵……（颤抖地抓紧莲妹）

莲　妹　（愤怒大喊）爸，你竟瞒着我们做出这种丑事！不要面孔！

周　铁　（乘势大吼）谁叫你娘生不出儿子？难道要我周家绝后嘛！

［淑芳如遭雷击，瘫倒。

莲　妹　（哭唤）妈！妈——

周　铁　快、快请医生……

［王建、赵财各怀心思地看着一家乱局。

二

［夜，周家卧房内外：莲妹端空药碗上。

莲　妹　（唱）妈妈在房中昏昏睡，
爸爸他，被保长叫去不见回。
留下药材命我煎，
喂那女人解病危。
捏她鼻子强灌下，
这脏碗，再难洗净层层灰。（将药碗扔地上，狠踩几脚）
怜妈妈、恨爸爸，（白）不赶走那女人！
我就不叫周莲妹！（怒冲冲下）

［更鼓声中，追光亮起：照见衣架上的一幅盖头红与一根白绫带。

［淑芳缩在一角呆呆自语：盖头红，白绫带，难道真是我的命么？

淑　芳　（轻唱）盖头红，白绫带，诡谲异彩，
红似血、白似泪，盈满心怀。

想淑芳，三岁已无亲人在，
过往事，全凭族婆做安排。
她为我缠绑小脚，
她教我绣工剪裁。
她陪我吟诗作赋，
她告诉我，夫是天地、妻是尘埃！
出嫁时，她为我蒙上盖头红，
又将白绫箱中塞。（拽下白绫）
说道娘家无归路，
若想归时唯有白绫带！
实庆幸，嫁得夫君好人品，
有情有义有高才。
恩爱和睦十六载，
难不成，今日里，归路已近躲不开？（饮泣）

莲　妹　（端药上，敲门）妈！

淑　芳　（一惊，白绫落地，忙擦泪开门）莲妹。

莲　妹　该喝药啦。

淑　芳　那边……她喝过药了？

莲　妹　妈，你还关心那种女人！

淑　芳　以后她就是你、二妈……

莲　妹　做梦！等她醒来就赶她走！

淑　芳　她为你爸生了儿子，是周家的功臣。

莲　妹　她是功臣？你算啥？难道因为生了我一个女儿，就是罪人啦？

淑　芳　不孝有三，无后为大。

莲　妹　妈！都什么年代啦？你还这么想不开！

淑　芳　你哟！被你爸送去读了几年洋学堂，哪还像个姑娘家？

莲　妹　（发现地上白绫）妈，这是什么？你想干啥？

淑　芳　（慌乱）哦，方才翻箱子……

莲　妹　翻箱子？

淑　芳　莲妹，你来！（拉她至衣箱旁，取出衣衫）这几件新衣衫，妈还没穿过，晾晾晒晒，英姑就能穿了。这是你小时候穿的，妈舍不得扔，正好给你弟弟穿……

莲　妹　妈，你能不能有点骨气？那贱女人占了我爸，你还处处为她着想！

淑　芳　莲妹，你还小，不懂世道艰难！她靠唱曲度日，一定很苦，能找到你爸这样的好男人……

莲　妹　好男人？好男人现在变坏啦！他瞒着你在外娶小，还敢带回家来。日后他们相好，他们抱儿子亲热，你还要服侍，你受得了么？你甘心么？

淑　芳　（喃喃）我能受、我甘心……

莲　妹　妈你醒醒吧！要是我，还不如去死——（抹泪冲出门去）

淑　芳　莲妹——（掩门）妈不是骗你，妈是在骗自己呀！（扑向盖头红）夫君，十六年恩爱情深，你叫我怎么忍受？怎么甘心……（抱紧盖头红失声哭泣）

（唱）骗人骗己心难骗，

　　女儿话狠似刀尖。

　　说不清的痛，

　　喊不出的冤。

　　夫哪夫——你是为妻地与天，

妻敬你信你如圣贤。

我也曾自愧学问浅，

你赞贤德可比肩。

我也曾自叹未生儿，

你道男女都不嫌。

我也曾劝你娶房妾，

你发誓，共我白首到天年。

从此淑芳无他念，

为你生死皆甘愿。

谁料霎时天地倾，

你竟无一句是真言！

［盖头红从淑芳手中滑落，她缓缓取过白绫。

白绫带，白惨惨，

归路恍惚在眼前……（捧着白绫走向舞台深处）

［周轶的画外音：谁叫你娘生不出儿子？难道要我周家绝后吗？

淑　芳　（一个寒战）夫君？夫君说得对呀！十六年了，是我没能生下儿子，是我没为他早点娶妾，是我让周家绝后！他在外娶妾是怕我伤心，他抱儿子回家是要我高兴，他做得对！是我有错、是我有罪、是我不贤哪——

（唱）知错认错气消尽，

口服心服怨也平。

周家有后当庆幸，

只要他愉悦我欢欣。

从此后，为他烧饭洗衣裳，

为她叠被铺枕巾。

换洗尿布哄孩子，

桩桩件件我照应。

但等儿子抚养大，

我安安心心去见周家先人！

［传来婴儿急哭声。

淑　芳　孩子？宝贝！不哭不哭，大妈我来啦——（踉踉跄跄迎着孩子的哭声奔去）

三

［三天后，周家内外；

［远远的锣声与喊声：各家各户听好啦，皇军有令：为防通共通匪，实行计口配粮，50 岁以上者，不得食用大米，青壮年每人每日限供半升——

［周轶心事重重、疾步上。

周　轶　（唱）前夜去见王保长，

方知他是中共地下党。

新四军，几经围剿脱险境，

又遭封锁已断粮。

连日奔忙暗筹措，

怎奈鬼子严控防。

中途绕道回家转，

实牵挂，英姑母子可安康？

莲　妹　（冲出，阴阳怪气）哟，周老爷回来啦！

周　轶　（急问）莲妹，英姑她……

莲　妹　周老爷在问谁？我们家没这个人！

周　轶　（无奈）那你妈……

莲　妹　（爆发）你还记得妈？她差一点就没命了！

周　轶　什么？

莲　妹　你若不将那个下贱女人赶走，我和妈同你一刀两断！（扭身就走）

周　轶　莲妹——（追去）

［厢房内灯亮：陶英醒转。

陶　英　（唱）昏昏梦觉挣扎起，

头晕目眩身难移……

犹记得，那天部队刚扎营，

突遭日军强偷袭。

丈夫他，率部血战陷危境，

偏是我难产人昏迷。

不知因何到此地？

不知他突围可顺利？

不知部队去何方？

不知……（突然惊觉）孩子！我的孩子？

不见孩子心焦急！（挣扎寻找）

周　轶　（踏进门来）快躺下！你身子虚弱，不可逞强。

陶　英　周先生！我的孩子呢？

周　轶　孩子由我夫人淑芳照看，你尽可放心。（掩门）记住，你不叫陶英，叫英姑；不是新四军成司令的夫人，是苏州雅春楼的卖唱女，两年前被我收为二房，你该叫我夫君！

陶　英　夫君？

周　轶　成司令将妻子托付于我，我必须保你母子安全！

陶　英　司令他？

周　轶　成司令无恙，只是部队伤亡不轻，又断了粮，这几天我正为此奔走。

陶　英　谢谢周先生！

周　轶　呵呵，要说谢，我该谢谢成司令哪！

陶　英　不用谢他。年前你被鬼子扣在华庄，是新四军救了你！

周　轶　新四军救了我的人，成司令救了我的心！

（唱）自从留学回故乡，

忍看这，家国破碎哀叹长。

济世无能承祖业，

惨淡经营小钱庄。

新四军救我到部队，

心底里，还看不上这群泥腿帮。

成司令邀我对弈局，

几番长谈忘时光。

说古今、道中外、论国策、举民意，

他纵横捭阖慨而慷。

惊诧贵党聚高才，

信服中共挽危亡。

从此后，周轶再不叹国殇，

新四军、共产党，我心甘情愿尽力相帮！

［门外传来“哐啷——”一声，两人一惊。

淑　芳　（内声）莲妹，你在做啥？

莲　妹　（内声）一只懒猫赖在鸡窝里不肯出来，我在赶猫！滚滚滚，你给我滚开——

周　铁　（尴尬）我女儿……有口无心，你不要在意。

陶　英　（一笑）看来，她们是误会了我的身份。

周　铁　为安全计，只能委屈你了。

陶　英　周先生难道连自己的妻女都不相信么？

周　铁　我家淑芳深居简出，贤惠柔弱，受传统教化，只求举案齐眉，生死相托……

陶　英　（急了）我去和她说明身份！

周　铁　（拦住）不能说！

陶　英　周先生，她受传统教化，与你生死相托，一旦误会不解，只恐心生绝望！

周　铁　淑芳心地善良却十分胆小，但遇生人，说话脸红，要她说谎，难上加难！最近我筹粮在外，倘若日伪军上门盘查，淑芳她绝难藏掖！

陶　英　你可替她想过？一个心中只有你的纤弱女子，被辜负、受欺骗、遭背叛，那是要出大事的！（欲走）

［蓦地，锣声与吆喝声传来：皇军有令，凡通共通新四军者，一家有罪，九家举发，若不举发，十家死罪哪——

周　铁　你身份一旦泄露，我一家死罪不算，还要连累十家灭门！

陶　英　这……

周　铁　局势险恶，暂且忍耐，等你养好身子……（轻轻的敲门声）谁？

淑　芳　英姑该喝药了。

周　铁　（开门，接过药碗）我来吧。

淑　芳　哎。（转身要走）

陶　英　淑芳——（淑芳站住）姐姐，英姑初来乍到，当与姐姐见礼。

淑　芳　（忙转身）妹妹身子虚弱，千万不要——

周　铁　尊卑有序，理所应当。

淑　芳　哦。请夫君上座，我和妹妹与夫君见礼。（欲跪）

陶　英　（一把扶住）姐姐，他是你的夫君、我的救命恩人，情义相通，亲疏不同，他是我永远敬重的先生！

淑　芳　（唱）她双眸清澈见真诚，

周　铁　（唱）她安抚淑芳深用心。

陶　英　（唱）她眉宇之间透哀怨，

三　人　（合唱）隐情在怀难说明。

陶　英　（唱）见她无语心不忍，
　　　　　　同为女子抱不平。

周　铁　（唱）犹恐陶英刚烈性，
　　　　　　为护淑芳莽撞行。

淑　芳　（唱）服侍她已三天整，
　　　　　　昏迷中她常露喊杀声。
　　　　　　心存疑虑不敢问，
　　　　　　她不像姑苏卖唱人。

周　铁　淑芳！
　　　　（唱）钱庄生意正吃紧，
　　　　　　出门之前再叮咛。
　　　　　　英姑母子是周家命，
　　　　　　诸事你要多照应。

陶　英　(背唱)此言太过分，

淑　芳　(背唱)含笑忍酸辛。(白)夫君放心！

　　　　自古男主外，

　　　　家事莫挂心。

　　　　妹妹通情理，

　　　　妻是明白人。

周　轶　英姑！

　　(唱)生意场上多险峻，

　　　　你要体谅守安宁。

　　　　家中事有淑芳在，

　　　　莲妹话冲休要听。

　　　　按时服药少出门，

　　　　免遇强贼是非生。

　　　　避祸可进芦苇荡，

　　　　危急救援有同仁。(陶英点头)

　　　　记住了，一家十户生死共，

　　　　你母子平安、我生意方可——速见成！

陶　英　英姑明白！

淑　芳　夫君保重！

周　轶　告辞！

　　[周轶大踏步出门，淑芳与陶英目送。

四

［半月后，周家院中。

［莲妹正在逗摇篮中的孩子。

莲　妹　喂，小毛头你笑笑呀！听不懂我的话？那我给你唱曲好哦：上有呀天堂，下呀有苏杭，杭州西湖——

［屋内的淑芳随之哼唱：苏州么有山塘，哎呀，两处好地方……

莲　妹　（嚷嚷）妈，你还会唱曲？

淑　芳　（内声）自从来到周家，再没唱过，只会哼哼啦。

莲　妹　怕啥？我来起调，你跟着大声唱！

淑　芳　（内声）你小声点，不要吓坏孩子。

莲　妹　妈，小毛头好好玩，咱把那女人赶走，小毛头留下！

淑　芳　（内声）又来了！等你爸回来……

莲　妹　那就趁我爸还没回来，赶她走！（边说边抱起孩子进屋）

陶　英　（内唱）半遮颜面绕村走——（包头巾上）

探察路径与河流。

丈夫他，率部辗转杀敌寇，

陶英我，日夜悬望深担忧。

多想并肩上战场，

多想合家能聚首。

身渐康复心不定，

为早日归队暗筹谋。（孩子啼哭，忙进门）姐姐！

淑　芳　（抱孩子出）妹妹，月子里出门，当心受寒！快，孩子饿啦！

陶　英　（接过孩子）就在门口走走，让姐姐担心了。

淑　芳　姐姐担心，他在外面更担心！

陶　英　妹妹明白，我这就去喂孩子。（抱孩子进厢房）

［莲妹拎包袱上，径直向门外走去；

淑　芳　莲妹！你做啥？

莲　妹　去学堂。

淑　芳　洋学堂不是关了吗？

莲　妹　我去……鲁艺！

淑　芳　鲁、艺？那是什么学堂？在哪个镇、哪个乡？

莲　妹　不知道！

淑　芳　（急）不知道就敢出门！外面世道这么乱，你要出点事，娘怎么向你爸交代？

莲　妹　妈！这家待不下去了，她不走，我走！

淑　芳　（忙捂她嘴）轻点！为了娘，你就忍忍好么？

莲　妹　就因为忍忍忍，爸才敢做出这种不要脸的事！（决绝而去）

淑　芳　（追喊）莲妹——（绊倒）

莲　妹　（急回）妈——

淑　芳　（哽噎）莲妹，都怪娘没出息！你要是个男孩多好……

莲　妹　（一把抱住，哭出声来）妈！

［陶英出门，咳了一声，母女俩赶紧收声抹泪。

陶　英　莲妹，如果我离开这家，你还要去鲁艺么？

莲　妹　去！

陶　英　好，有志气！鲁迅艺术学院华中分院，就在盐城。

莲　妹　（惊讶）你、竟然知道鲁艺？

陶　英　那是共产党办的学校。

莲　妹　（更惊）你还知道共产党？

陶　英　鲁艺设有文学、戏剧、音乐、美术四大系。师生们边学习边抗日，你想去我可以帮忙。

莲　妹　（惊叹打量）呀——

（唱）她句句话儿合我意，

又惊又喜又好奇。

陶　英　（唱）救命恩义尚未报，

怎忍心，她母女为我常悲凄。

有心透消息，

分寸需仔细。

微火炖茶慢慢浓，

灯芯欲挑缓缓提。

淑　芳　（唱）她究竟是谁啥来历？

说话常出惊人语。

半月来，敬我恰似亲姐姐，

真诚攀谈无芥蒂。

体贴劝慰通情理，

委婉开导含深意。

她哪像卑怯卖唱女，

重重疑云心头聚。（小心探问）英姑，你怎会知道鲁艺在哪里？怎会知道共产党？怎会——

莲　妹　喔唷妈哎！（推淑芳进房门）你先歇着，等我问完你再问。喂，英姑，你知道鲁艺是因为你喜欢唱曲么？（房内淑芳细听）

陶　英　我不会唱曲。

莲　妹　卖唱的不会唱曲？谁信哪！

陶　英　你到底想问什么？

莲　妹　之前我不认你小妈，现在觉得你不像小妈。你有品、有貌、有见识，怎么肯嫁给我爸做小？

陶　英　莲妹，你妈妈也是这么想的？（房内淑芳紧张）

莲　妹　她就是这么想，也不敢这么讲！

陶　英　你很了解她？

莲　妹　当然啦！要说我妈妈，她是这世上最好最好的——（起调）好妈妈！

（唱）她温顺贤惠最听话，

她善良不敢把鸡杀。

她尽心竭力侍奉爸，

只可叹，她活着只为守自家。

她不懂国将亡，

她同情民被杀，

她心中恨强暴，

面对强暴又害怕。

可怜她背地流过多少泪，

还强装笑脸将你养在家！

淑　芳　（冲出门来，颤抖地）莲妹你——你可知道：自古以来，男子尽忠报国，女子安生守家，天经地义！这都是命哪……（哽噎）

陶　英　（扶淑芳坐下）莲妹，我真小看你了！说出话来句句伤人！

莲　妹　我是替我妈急！她就像喜欢笼子的鸟，放她飞都不肯飞！

陶　英　（沉缓地）中国女子，自古困顿，羁绊累累，因袭重重。要说做人，谁愿甘守牢笼？谁肯尽失自由？谁不向往海阔天空？莲妹哪——

（唱）笼中鸟儿古来悲，
满怀梦望诉向谁。
羽翼久缚功能退，
纵使放飞也难作为。
你若有心开笼门，
需让她，见天见地见春晖。
慢慢走、缓缓跃、渐渐飞，
终有日，振翅冲天她敢驮惊雷！

莲　妹　英姑，你的话，我听不太懂……

［陶英看了一眼沉思的淑芳，拽莲妹进屋。

淑　芳　（自语）她说的话，都是我曾经有过想过梦过的心里话呀——

（唱）心里话，藏在心，
身为女子，循规蹈矩是古训。
当初缠脚钻心痛，
想拆不敢泪雨淋。
嫁入夫家身安定，
望天却羡飞鸟行。
梦中也曾展双翼，
海阔天高纵性情。
惊觉来，三从四德忙背诵，
自诫自拘慌乱心。
英姑哪，我梦中有梦你怎知？

你话中有话我爱听。

怎奈是，笼门哪有心门重，

何来胆量自飞腾？

［赵财带人闯进院来。

赵　财　来呀，将她家英姑母子带走！

淑　芳　（急拦）赵队长，你这是做啥？（陶英、莲妹闻声出）

赵　财　皇军有令，搜查抓捕一对年轻母子！

淑　芳　年轻母子？

赵　财　皇军说啦，新四军成司令的太太，生孩子难产，没能带走，她就藏在附近四乡八村！

［淑芳闻言大惊，软倒莲妹身上。

淑、陶　（叠唱）霎时心里明——（淑）她就是——（陶）我就是——

淑　芳　（唱）成司令太太！（陶）他们要抓的人！

淑　芳　（唱）腿酥身软站不稳，

陶　英　（唱）面对危急需冷静。

莲　妹　（唱）眼前啥情况？

赵　财　（唱）怀疑更加深。

淑　芳　（唱）恨无地缝可钻进，

陶　英　（唱）恐她失态露真情。

淑　芳　（唱）猛想起，夫君关照在临行——

陶　英　（唱）陶英生死早看轻——

淑　芳　（唱）英姑母子是周家命！

陶　英　（唱）决不能连累好乡亲！

淑　芳　（唱）保她就是保周家——

莲　妹　（唱）莫非她——

赵　财　（唱）真是皇军要抓的人？

陶　英　（唱）护她我当暂隐忍，

淑　芳　（唱）保她我该怎样行？

陶　英　（唱）岂忍心，她一家遭殃，

淑　芳　（唱）岂忍心，她母子丧命。

陶　英　（唱）试向绝境觅生路——

淑　芳　（唱）咬牙关，横下心来拼一拼！（白）赵、赵队长！你说她是成、成司令太太？（莲妹恍然）

赵　财　本队长不敢妄断，只管抓人押送皇军。

陶　英　赵队长，皇军那点赏钱你也好意思要？不如等我家老爷回来……

淑　芳　（颤声呵斥）住嘴！我在，有你说话的份么！（强自镇定）赵队长，她要是成司令太太，皇军一定会杀了她对么？

赵　财　不错！

淑　芳　太好了！

莲　妹　妈——

淑　芳　可惜——她不过是个下贱的卖唱女！

陶　英　（机敏地）姐姐嘴下留情，我是为谋生卖唱。

赵　财　好哇！本队长无暇去雅春楼，今儿正好听你唱上一曲！（淑芳莲妹暗惊）

陶　英　两年前，我就向老爷发过誓：既入周家，再不唱曲！

赵　财　周老爷不在，唱唱何妨。

陶　英　人若悖誓，必遭雷劈！

赵　财　你不会唱！

陶　英　我不想唱！

赵　财　我看你就不像卖唱女！来呀，将她押送皇军！

淑　芳　等等！英姑，看在老爷面上，你就唱一曲吧！

陶　英　姐姐，淫词艳曲，有失老爷体面！

淑　芳　那就唱家乡小调。

陶　英　家乡小调？

淑　芳　（提词）上有天堂，下有苏杭，杭州有西湖，苏州有山塘！

陶　英　（会意）可我久未开口，只怕……

淑　芳　不怕！姐姐起调，你就跟着唱！（颤抖着张嘴，却发不出声）

莲　妹　（急）妈？

［淑芳咬牙，深深呼了口气，终于唱出声来：

上有呀天堂，下呀有苏杭。
杭州西湖，苏州么有山塘，
哎呀，两处好地方，
哎呀哎哎呀，哎呀，两处好风光……

［初时歌声细弱颤抖，渐渐清亮稳定；莲妹跟着唱，陶英跟着哼，三人眼中都盈起了泪花，歌越唱越好，心越唱越近。

一伪兵　（奔上）报告，皇军已到村口！

赵　财　快、迎接——（急下）

淑　芳　（顿时瘫坐，颤问）你、真是？（陶英点头）

莲　妹　妈，好样的！

王　建　（敲锣喊上）周村百姓听好啦，男女老少全部到打谷场集合，皇军要挨家挨户点名清查——（闪进院门）陶英同志！

陶　英　（一愣）王建同志？是你！

王　建　鬼子进村，情况危急！我在这后门河湾备好一条小船，你母子快去芦苇荡暂避！（说着又敲响大锣，喊着出门而去）

［陶英抱过孩子，欲走又停；

莲　妹　（急）快走啊！

陶　英　不！我母子一走，鬼子发现，绝不会放过你们！

莲　妹　不怕！你走、快走！（推陶英）

淑　芳　（反而沉静了）莲妹，我们跟她一起走！

莲　妹　（顿生敬佩）——哎！

陶　英　走——（三人疾下）

五

［太湖上，水波荡漾，芦苇丛生。

陶　英　（内唱）驾小舟、绕险湾、冲出河道——

［陶英与莲妹奋力摇橹上，淑芳抱孩子静立船头。

乘风破浪脱笼牢。

她母女无端受牵累，

我满怀歉疚难言表。

更敬淑芳暗救护，

引唱一曲胆略高。

但得脱险平安后，

姐妹定可成知交。

莲　妹　英姑——

陶　英　注意观察四周情况！

莲　妹　我就问你一句话！你是共产党，王保长是共产党，我爸是不是共产党？

陶　英　不是。

莲　妹　（大叫）你骗人！他不是共产党怎么会救你这个共产党？

陶　英　嘘！你和你妈不是共产党，为啥救我？

莲　妹　这……

淑　芳　你是说，他在帮共产党做事？

陶　英　鬼子连续围剿清乡，新四军断药断粮，他冒着生命危险，暗中奔走，四方筹措，送往苏区。他是知名乡绅，更是中华男儿、抗日英雄！

淑　芳　呵……（摇晃）

莲　妹　妈，站稳啦！

［隐约传来突突的机器船声。

陶　英　鬼子巡逻艇！不要出声，快摇！

淑　芳　（喃喃）知名乡绅、中华男儿、抗日英雄！天——

（唱）霎时百感绞五内，

　　魂魄飘闪失依皈。

　　心结乱麻强梳理，

　　越理越觉自可悲。

　　总以为，嫁得夫君和为贵，

　　从不过问他作为。

　　总以为，同床共枕天作配，

　　夫妻合心更有谁。

　　想不到，他心刻在我心儿内，

　　我心只在他心外围！

　　半生沉梦今梦碎，

咿呀声中惊望回。
望英姑，敬英姑，
傲然独立胜须眉；
看英姑，羡英姑，
夫妻同志相伴随。
想英姑，比英姑，
望天的鸟儿，欲腾长空将彩云追！

［船已靠拢芦苇荡，巡逻艇的突突声越加清晰。

莲　妹　（跃进芦苇荡，低声）妈，你在想啥？快呀！

［淑芳惊觉，忙将孩子递给莲妹，正欲弯腰下船，突然，村子那边传来密集的枪声，随即亮起熊熊火光。

淑　芳　（惊得直起身大呼）火！他们放火烧村子啦——

［陶英急扑上前护住淑芳，同时机枪响起，陶英中枪，她拼力将淑芳一把推进芦苇荡，小船却反弹着飘荡开去。

淑　芳　（惊呼）英姑！英姑——（伸手欲拉却够不着）

莲　妹　（急哭）英姑——

陶　英　（含笑做了个噤声动作）莲妹，记得去鲁艺！

［巡逻艇轰鸣声，夹杂着吆喝声：那边有条船，快追、快快——

陶　英　（轻声地）姐姐，孩子还没见过他爸，拜托了！（挣扎着拼命摇橹离开）

［机枪疯狂的扫射声响起。

［望着远去的陶英，莲妹抱着孩子无声饮泣，淑芳呆滞。

六

［王建敲锣喊上：捷报、捷报！皇军清剿同乐、严灶、华芦村、沈家店，捣毁新四军据点村 21 个，抓捕乱民 560 人，击毙 480 人。皇军捷报——

［被焚烧后的周家：紧闭房门前的凳上搁着饭菜，周轶焦灼踱步。

王　建　（进院）周先生！她，还是不肯开门？

周　轶　唉，陶英为了救她……她心里难过，我们周家对不起成司令！

王　建　周村被杀 23 人，陶英和他们的遗体都在打谷场，鬼子下令，暴尸三天！

周　轶　这仇，新四军一定会报！

王　建　现在最要紧的是将三船粮食运出去！

周　轶　鬼子撤了，可保安队一半在打谷场，一半在河道巡逻，粮船出不去哪！

王　建　那就设法引开巡逻队！

周　轶　要快，新四军急等粮食！

王　建　我来想办法。你带家人先去湖边，船夫已在等候。（下）

周　轶　（敲门）淑芳开门哪！你都一天没吃东西了，出来吃一口吧！英姑走了，你难过我更难过，是我没保护好英姑，是我辜负了成司令，是我对不起你！淑芳哪！

（唱）周轶伤痛更愧疚，

鲜血和泪心底流。

对不起，托付妻子肝胆友，

辜负了，英姑临危来相投。

也怪我离家时日久，

累你独自担烦忧。

淑芳哪，英姑舍命将你救，

生死恩义记心头。

留下孩儿在襁褓，

更需你，悉心照料勤护佑。

你开开门就吃一口，

周轶我，愿跪在门前将妻求！

［门开了，淑芳发丝散乱，神色憔悴地默默伫立。

周　轶　淑芳！吃口饭吧。（淑芳没反应）淑芳，难过你就痛痛快快哭一场，不要闷坏了身子。淑芳？淑芳——（急了，大喊）莲妹，快把孩子抱来！（从莲妹手里接过孩子）淑芳，孩子、孩子要你！

淑　芳　（缓缓接过孩子，突然抱紧，孩子大哭，惊觉痛呼）孩子，对不起、对不起、对不起呀——（跪倒在地，放声恸哭）

（唱）孩子孩子对不起，

我累你，尚在襁褓失所依。

你哭你娘已听不见，

你见娘只能到梦里。

我恨天恨地恨自己，

为什么，临要下船呼声疾。

到如今，她尸身还在谷场上，

风吹日晒怎安息。

孩子哪，只要我有一口气，

决不让，你娘魂魄无归栖！

［周轶示意莲妹抱过孩子，自己上前搀扶淑芳。

淑　芳　（轻轻挣脱）夫君，你、相信为妻么？

周　轶　淑芳！

淑　芳　若是相信为妻，请带莲妹和孩子先行一步。

周　轶　你？要去收殓英姑！

淑　芳　（惨笑）难道你还不想告诉我她叫陶英么？

周　轶　淑芳，不是我想瞒你，我是怕……

淑　芳　怕我胆小、怕我露真、怕我给你“生意”带来危险？

周　轶　淑芳，你变了！过去你从不这样与我说话。

淑　芳　为妻再说一遍：你若相信我，请带莲妹和孩子先行一步！

周　轶　（真急了）淑芳！鬼子下令，暴尸三天。打谷场现有保安队看守，你一向深居简出，性情柔善，此刻前去，除了备受凌辱，你可以做什么？你又能做成什么！

淑　芳　为妻再说最后一遍：你若相信我，请带莲妹和孩子先行一步！

周　轶　（无奈）好，我先送莲妹去湖边，你千万等我回来再商量。莲妹，走——（拽莲妹下，又回头）淑芳，你要记住：孩子离不开你！莲妹离不开你！我、更离不开你！（疾下）

淑　芳　（目送，眷恋地）夫君……（切光）

［保安队巡逻剪影过场。

［灯亮，湖边：周轶与背着孩子的莲妹悄上；船夫闪出。

周　铁　莲妹，你随他先去粮船等候，我去接你妈。

莲　妹　爸，我看出来了，妈不会跟你走。

周　铁　我回家再劝，她实在不听，我就陪她一起去！

莲　妹　爸！妈变了，是陶英姑姑她……

周　铁　莲妹，记住陶英！记住一定要把孩子交给成司令后再去鲁艺！

莲　妹　莲妹记住了！（去而复回）爸，你要保护好妈……（抹泪）

周　铁　嗯，去吧。（目送女儿随船夫下）

王　建　（匆匆上）周先生，淑芳去打谷场了，我没能拦住。她这样抱恨前去，情绪激愤，定会与保安队发生冲突！

周　铁　发生冲突？

王　建　发生冲突！

周　铁　如果、如果冲突一旦闹大？

王　建　（会意）河道巡逻队定会赶去增援打谷场！

周　铁　好！那就借力合力、顺势而为——（在两人的耳语中收光迁景）

淑　芳　（内唱）满怀悲愤踉跄行——（着素装、裹披风从舞台深处奔来）

周　铁　（叠唱）满怀忧心疾步行——

淑　芳　（唱）为陶英，第一回、抛头露面、生死不顾我铁了心！

周　铁　（唱）淑芳哪，你孤身如何闯险境？

［至此，两人时而并行，时而交错，时而造型。

淑　芳　（唱）深痛夫君不信任，

何况自卑常自禁。

但有陶英做引领，

淑芳不敢不前行！

周　铁　（唱）你半生谨守闺中训，

般勤持家奉夫君。

怕只怕，打谷场上枪口下，

你惊慌失措难对应。

淑、周　（合唱）自行自问自沉吟，

往事历历涌上心。

淑　芳　（唱）今生本当守安分，

谁知突然来陶英。

周　铁　（唱）你误会周轶背前盟，

险些一命付白绫。

淑　芳　（唱）我强作笑颜侍奉她，

只为周家育后人。

周　铁　（唱）危难之际现真相，

淑　芳　（唱）件件明了件件惊。

周　铁　（唱）你自愧不及王保长，

淑　芳　（唱）身负屈辱心坚贞。

周　铁　（唱）你自愧不及小莲妹，

淑　芳　（唱）向往鲁艺眼界新。

周　铁　（唱）我暗中资助新四军，

淑　芳　（唱）更自愧未察未解枕边人！

周、淑　（叠唱）淑芳哪——夫君哪——

周　铁　（唱）瞒真相免你担风险，

淑　芳　（唱）最伤心，亲人不被亲人信！

若非陶英暗开导，

淑芳卑怯更沉沦。

若非陶英启愚蒙，

淑芳还是懵懂人。

若非陶英舍性命，

淑芳我，哪得自警自省追夙因。

夫君哪，你将真相瞒得紧，

照料陶英我未尽心。

深藏疑虑隔肺腑，

姐妹未及叙真情。

如今她已去无影，

我悔尽今生悔来生！（泣隐）

周　铁　（唱）忆往事，自愧深，

周铁枉为开明人。

我不该嫌妻守因循，

我不该与妻不信任，

我不该对妻瞒真情，

我不该，怜妻羸弱不交心。

自愧更将陶英敬，

她恰似春风润物细无声。

短暂时光共相处，

竟教妻，寻常旧貌焕然新——

为陶英、殓遗骸，

为陶英、筑新坟，

她甘冒生死为陶英，

实向往，自蹈浴火求新生——她渴盼新生！

淑芳哪——

你意霎时解，

我心豁然明。

同奔打谷场，

相伴不孤零。

你闹场、我设局、你声东、我击西，

夫妻合力布疑云。

引开河道巡逻队，

掩护粮船早早送达新四军！（隐）

［淑芳细步移来。

淑　芳　（唱）极目望、美江南、烟遮雾障，

风悲泣、鸟哀鸣、水廓天苍。

猛又见，残垣里、鲜血流淌，

好家乡、遭蹂躏、痛碎肝肠。

含悲泪，崎岖小桥颤颤过……（绊倒，大惊）哎呀！

一双母子尸横躺。

那幼儿被焚似焦炭，

小手还死死抱住娘！

天哪天——

人对人，怎下这惨绝刀枪！

蒙眼不敢看……（奔逃。一阵风来，站定）

风过处，似觉陶英来身旁……（回身缓缓行）

她问我：若是人人皆逃遁，

谁保百姓好家乡？

若是人人不抵抗，

谁保家国不败亡？

若是人人都怕死，

谁保天下母子免祸殃！

终明白，陶英、夫君、王保长，

他们为何敢当生死聚一堂！（解下披风，裹住孩子颤颤抱起）

孩子孩子你莫怕，

我是你亲人你的娘。

娘抱你，胸中烈火滚滚烫，

仇满腔、恨满腔，放胆直奔打谷场！

七

［打谷场：保安队没精打采，赵财直打哈欠。

队员甲 队长，快两天了，那边死人都要臭啦！

队员乙 赶紧叫人来收尸吧。

队员丙 扣着别家死人，要倒八辈子霉！

队员丁 队长，放一马算啦！咱保安队都是近乡近邻……

赵　财 近乡近邻能保你不掉脑袋？近乡近邻能保你全家平安？谁胆敢违抗皇军，就跟那边死人一块儿躺着去！（手指处，众人望去一声惊呼：噫——）

［淑芳抱孩子静静站立。

赵　财 哟嘿，足不出户的周娘子，怎么敢到这里来？

淑　芳　我，来接英姑妹妹回家。

赵　财　周老爷为啥不来？他人在哪里？

淑　芳　他回不来，说是新四军……

赵　财　新四军！他是新四军？

淑　芳　（紧张）不不不，赵队长、是新四军——

赵　财　（惊跳）胡说！

［众队员哄笑：赵队长是新四军，哈哈……

赵　财　都给我闭嘴！周娘子你胆子不小，竟敢来这里捣乱！

淑　芳　（重复）我来接英姑妹妹回家！

赵　财　（举枪逼去）你少跟我装疯卖傻！说：皇军召集训话，你们为什么逃跑？英姑是不是成司令太太？周轶是不是共产党？

众队员　（作势）说——（淑芳一吓，抱紧孩子）

赵　财　等等，这孩子——是英姑的儿子！

淑　芳　不……

赵　财　八成是成司令的种！来呀，给我夺下孩子，送去皇军领赏！

［众队员哄上抢夺，淑芳挣扎间孩子落地；所有人一见全傻了。

淑　芳　（凄厉嘶吼）孩子、我的孩子——

赵　财　疯子！她是疯子！快轰她走——（众队员用枪逼住淑芳）

淑　芳　（干脆放纵）哈哈哈……疯子、疯子、全都是疯子——

（唱）你疯他疯我也疯，

疯子疯子都是人。

是人上有老爹娘，

爹娘下有众子孙。

子孙任由鬼屠宰，

助纣为虐他不是人！

爹娘暴尸不让敛，

丧尽天良他不是人！啊呀阎王爷哪——

不是人当绝后代，

不是人该刀劈身，

不是人要下油锅，

不是人，你快将他打下地狱十八层！

赵　财　疯婆娘，信不信我一枪崩了你！

淑　芳　（抱起孩子，疾步圆场，逐一逼问）你的孩子！你的孩子！你的孩子……（众人惊散）老天爷！这世道孩子都不能活，做爹娘的还有什么活头哪——（冲向赵财一把揪住）还我孩子！还我英姑！还我命来——

［赵财又怒又怕，向天连开两枪。

淑　芳　（吓得蒙住眼睛乱喊）杀人啦！杀人啦——

［四周顿起锣声与众百姓的呼应声：不好了，打谷场杀人啦！杀人啦——

［巡逻队冲上。

巡逻队员　报告队长，巡逻队听到枪声，赶来增援！

赵　财　来得正好，快、快去拦住百姓！

［周轶领着一群扛着锄头、铁铲及篮筐的村民涌上；巡逻队枪逼村民退入侧幕。

周　轶　（不顾一切冲出）淑芳——

淑　芳　夫君……（软倒周轶怀中）

周　轶　淑芳！淑芳！

淑　芳　英姑她……

周　铁　放心！来人哪——（村民上）快将夫人送回家去，请医生诊看！（村民扶淑芳下）赵队长，夫人受惊冒犯，还请见谅！

赵　财　周老爷，你带乡民赶来，想造反？

周　铁　赵队长误会了。我来，一是天气炎热，尸骸将腐，让乡民们赶紧殓葬；二是皇军早已撤走，弟兄们连日辛苦，特备酒菜送来，请大家喝酒解乏！

［保安队纷纷收枪嚷嚷：吃酒、吃酒……

赵　财　站住——姓周的，你敢来涣散军心！

周　铁　赵队长！皇军烧也烧了、杀也杀了，弟兄们站也站了、守也守了，三天已去两天，何必较真？再说皇军向来倡导东亚共荣，你只要松松口、抬抬手，既体恤下属，又恩泽乡邻，上可对祖宗，下可积阴德。你这份忠心与苦心，皇军一定赞赏有加！

赵　财　皇军有令，谁敢收尸，就跟那边死人一块儿躺着去！

周　铁　赵队长，事已至此，众怒难犯，一旦冲突，两败俱伤，皇军未必欢心，百姓世代记恨——

赵　财　（枪抵周铁）我看你就是新四军共产党！

［远处突然传来枪声；一保安队员冲上。

队　员　报、报告队长，皇军发现有粮船冲出河道，驶向芦苇荡！

赵　财　什么？

队　员　皇军说，要是放走粮船，就让您——

赵　财　说！

队　员　就让您与那边死人一块儿躺着去！

赵　财　妈的！快、快追粮船——（奔下，保安队忙跟着追去）

［在周铁的微笑中切光。

［远处，王保长敲锣大喊：太湖来潮好行船，一帆风顺喽——

尾　声

［幽美纯净的歌声：

上有呀天堂，下呀有苏杭。

杭州西湖，苏州么有山塘，

哎呀，两处好地方，

哎呀哎哎呀，哎呀，两处好风光……

［朦胧的晨曦中，江南美景渐渐展现：淑芳周铁并肩立于船头。

周　铁　淑芳，你去新四军想做什么？

淑　芳　我想——开个小茶馆，像王保长那样送情报、传消息、保护同志。

周　铁　好！

淑　芳　我想——把英姑的孩子接来，抚养长大！

周　铁　好！

淑　芳　我想——

周　逸　好好好！你呀，真是大变样喽！

淑　芳　变得不好么？

周　逸　人万变而心不离其宗，好！

［小船迎着初升朝阳缓缓驶去。

［剧终。

（与王丽芳合作）

苏剧当代戏

绣　娘

人　物　成秀英　绣娘,21～51 岁

姚振清　成秀英丈夫,25～55 岁

姚　遥　成秀英与姚振清的儿子,22 岁

姚　母　姚振清的母亲,46～76 岁

杨笑才　太湖镇环保干事至副镇长,26～56 岁

姜　嫂　绣娘

小　马　太湖镇刺绣协会干事

绣娘、工人、镇民,游客等若干,可兼

序　幕

［20世纪90年代初的夏末黎明：夜色中，芦苇隐隐，水波粼粼；远处闪烁着星星点点的灯光。

［太湖边山角村下，湖石砌成的小码头畔，斜横着几根竹篙。

［成秀英挎蓝布包上，丈夫姚振清追上。

姚振清　秀英，你去学刺绣我高兴，可咱俩结婚才三个月，你这一去就要三年。家里开着电池厂，啥都不缺，妈就盼着抱孙子……

成秀英　振清！

姚振清　我知道，你从小爱刺绣，等了三年，终于盼到刺绣大家杨老师收你为徒。你看，这里不通公路，摇船来去要一整天，还是等厂里空下来我送你去吧。

成秀英　杨老师一生专研刺绣，开创了"缤纹"绣法。如今卧病在床，我去边学习边照顾老师，哪里还等得起呀！

［突然，手电光束乱晃，传来由远及近的呼唤：振清、秀英——

成秀英　（慌乱）呀，是妈追来了！

姚振清　（顽皮地）不怕，对付妈我有一套！（将秀英推进芦苇丛）

姚　母　（疾上）振清，秀英哪？

姚振清　（故意责怪）妈呀，你怎么才来？我拦不住，她走啦！

姚　母　瞎三话四，船还没来，她能走到哪里去？

姚振清 她自己租了条小船，等我赶到，船已经摇出十丈远啦。你听——

姚　母 听啥？

姚振清 （模仿秀英喊声）喂——告诉妈，等我学成回来，给她生一堆孙子！

姚　母 （抱怨）你哟，就知道宠老婆！我们村的女子，从小都会绣花绣鸟绣嫁衣，还用跑出去学刺绣？你就不怕她学飞喽！

姚振清 （一把搂住母亲）妈您放心，家里电池厂一年要赚20万，她哪里舍得飞嘛？再说了，绣针在她手里，绣线在我心里，千里万里牵得不要忒牢哦……（搂着姚母缓缓离去）

成秀英 （望着母子背影）振清，你宠我懂我，秀英与你做夫妻真好福气哪！

（唱）久盼学艺成痴梦，

你伴我，数回求师去登门。

老师虽说未首肯，

念我心诚赠绣品。（取出绣品抚看）

方识山外有青山，

更知绣境高无垠。

今得老师收为徒，

立誓苦学、精研绣艺我甘付一生！

［主题曲：绣针在我手，

绣线系你心。

千针万线绣真情，

密密穿古今。

［伴唱中，远处星星点点灯光提亮，显现在帐中刺绣的众绣

娘剪影。

一

[七年后的夏日,太湖镇电池厂大门口。

[几个拿着扁担的工人守在门旁,姚振清叉腰训话。

姚振清 你们给我好好守牢大门,谁敢来强行关厂,就给我狠狠打出去!

[工人们七嘴八舌:"镇上来人,谁敢打呀?""打伤人,是要坐牢监的!""镇上污染厂关的关,迁的迁,只怕顶不住啊……"

姚振清 (眼睛一瞪)好啊,不想要饭碗,现在就散伙!

[姚母喊着"振清——"上。

姚　母 振清啊,秀英去外省卖绣品已经七天啦,一点音信也没有,宝贝孙子哭天哭地要姆妈,你快点想想办法啊!

姚振清 (冒火)急有啥用!我不让秀英去,你偏要她去卖绣品、赚钞票!

姚　母 我是怕电池厂迟早要关,她不学着赚钞票,往后日子怎么过?

姚振清 (烦躁)好了好了,我托朋友去找她,你先回家照看孙子!(哄推母亲下,转身)我再讲一遍,保牢电池厂就是保牢大家饭碗头,只要大家寻着饭碗头,我就宣布关厂——

[幕内一声高喝:好——锣鼓声轰然而起,环保干事杨笑才带着锣鼓队捧着"环保模范"锦旗上。

杨笑才　姚厂长配合环保规划，主动宣布关厂，杨笑才特来送锦旗表彰。

姚振清　杨笑才、杨干事，你少来捣糨糊！来啊，摆开阵势！（工人们举扁担怒目相对）

杨笑才　（故意挨个看去）哟嗨，都是强劳力嘛！

姚振清　告诉你，强劳力要吃饭，抡扁担不吃素，不相信你上来试试！

杨笑才　好——镇政府规划的绣品一条街，一期工程已经启动，缺的就是强劳力，大家只要愿意，明天就上岗！

［工人们立刻甩掉扁担，围向杨笑才纷纷发问："真的？""一月给多少钱？""工期几年？""管吃管住么？""我去我去！"……

姚振清　（大火）杨笑才——你敢挖我墙脚！我……（举扁担）

杨笑才　（击掌，有人捧上一瓶浑水）这是刚刚从太湖里打上来的水，你只要向大家保证，从今往后你、你老娘、你儿子就吃这水过日脚，电池厂你就开下去！

姚振清　（软了下来）你想害我一家门啊？如今太湖水污染严重，哪能好吃！

杨笑才　原来你都知道！振清哪——

（唱）乡镇企业发展快，

废水废气污染大。

眼看浊浪接天起，

更痛浑水少鱼虾。

强令关厂实无奈，

谋生路，镇上已有新规划。

建设绣品一条街，

发扬苏绣顶呱呱。

富民增收无污染，

为的是，子孙后代、青山绿水好安家！

姚振清 这个么……你让我再想想。

杨笑才 你已经想了三个月啦！

姚振清 秀英出去卖绣品，等她回来——

［秀英一脸憔悴地踉跄喊上：振清——振清——（哽咽）

姚振清 （忙扶）秀英！出啥事啦？不哭不哭，慢慢讲慢慢讲。

［杨笑才示意众人退去。

成秀英 我背出去满满一筐绣品，骗光了、全被骗光了呀——

（唱）背负绣品满筐载，

两年心血熬出来。

摊头摆开众围观，

多人赞赏少人买。

有一位老板大气派，

细细品鉴话和蔼。

赞我绣工好，

夸我人实在。

绣品全包揽，

还把高价开。

当场交易付现金，

我感激恨不能将他拜。

兴冲冲返家买车票，

才知晓——（抖抖地从怀里掏出一沓钱）

全是假币他将我害……（恸泣）

姚振清 （怒骂）断命骗子！（抢过假币扔去，秀英扑去一张张捡起）秀英？

成秀英 （捧着假币）我要留着它，我要记住它——

（唱）记住了，逐利人心歹，

作恶因贪财。

记住了，害人不可为，

防人莫懈怠。

记住了，秀英难辨世人态，

从此后，驻绣坊、攻绣艺、我谨守绣斋！

杨笑才 （大声）姚振清哪姚振清，你哪能好意思让家主婆一个人去外地卖绣品？你根本就不配做男人！秀英，我还没讨娘子，你跟我走……

姚振清 （大怒）滚开！从今往后卖绣品、做生意、赚钞票我来，秀英你就安心在家刺绣！

杨笑才 奈么好哉，一个在家刺绣，一个去卖绣品，这电池厂——

姚振清 （咬咬牙憋出一声吼）关——

［杨笑才一击掌，顿时锣鼓喧天。

二

［在持续不断的锣鼓声中转景：傍晚的山角村，姚家内外。

［视力不好的姚母几乎是伏在绣绷上刺绣；姜嫂带着众绣娘敲锣打鼓捧着奖状、红花与电饭煲上。

姜　嫂 （咋呼）姚家姆妈、姚家姆妈——

姚　母　（揉着眼睛）嗨，老了眼睛看不清爽，是姜嫂啊！

姜　嫂　秀英哪？

姚　母　日绣夜绣忙煞，正陪着我咯宝贝孙子困觉。

姜　嫂　姚家姆妈哎，侬真是娶了个好媳妇哪——

（念）镇上举办大奖赛，

秀英的绣品真叫崭。

头挑状元第一名，

侬迭个婆婆脸上不要忒光彩。

平日少见她出门，

领奖不见她上台。

红花奖状电饭煲，姐妹们——

（众合唱）敲锣打鼓、送上门来！

姜　嫂　（冲屋内大喊）秀英！快起来领奖——

姚　母　（阻拦）哦哟不好意思，让伊困忒一歇。我领、我帮伊领，改天再让伊去谢大家！

姜　嫂　谢么不要谢啦。现在上头政策好，我们姐妹抱团开绣坊，想请秀英来讲讲课、帮帮忙。

姚　母　好咯好咯，等伊起来我忒伊讲。再会！再会哦！（送走客人，一声叹息）唉，锣鼓敲得山海响，伊还笃定困觉，讲伊么怕动气，不讲伊么实在不像闲话——

（唱）自她受骗回家转，

一根筋别牢不转弯。

常疑世人多变坏，

闷头刺绣少攀谈。

振清为她包家务，

我双眼半瞎相帮难。

好在她绣品能赚钱，

装糊涂只求合家安。

姚振清　（挑着担拎着鸡兴冲冲喊上）妈——快来帮我杀鸡。

姚　母　（心疼地）不过年不过节，杀鸡做啥？

姚振清　秀英拜师学艺三年，回来苦练三年，这趟拿了大奖，杀只鸡炖锅汤慰劳慰劳她。

姚　母　唉，自从关了电池厂，家里家外全靠你一个人忙，只怪妈这双眼睛看不清爽，帮不上你。

姚振清　那你还做啥个刺绣！

姚　母　从小做惯啦，现在只好摸着绣绣粗花头，帮你赚点零用钿。

姚振清　妈您放心，我这一身力气，还怕没钞票赚……（边说边搀母亲下）

［蛙声四起，灯光渐亮，显现：躲在蚊帐中刺绣的秀英；在厨房里喝酒的姚振清。

成、姚　（合唱）吃罢夜饭——

成秀英　（唱）躲进蚊帐忙刺绣，

姚振清　（唱）独自咪点小老酒。

成秀英　（唱）镇上大奖愧领受，

姚振清　（唱）老婆得奖我乐悠悠。

成秀英　（唱）再将老师绣品看，

姚振清　（唱）断命蚊子吵不休。（拍打蚊子）

成秀英　（唱）越看越觉差距远，

姚振清　（唱）三杯落肚酒上头。

姚、成　（叠唱）深深思、痴痴想——

姚振清 （唱）端茶送水我找借口……（倒茶送茶）

成秀英 （唱）绣艺境界我还未参透……（沉思）

姚振清 （殷勤地）秀英，来，吃杯茶。

成秀英 （神往地）老师讲：刺绣是众生艺术。绣为艺，纳天地神韵，人为术，融世俗生灵！这话中深意，我为什么总也想不透呢？

姚振清 （故意大声）喔唷，这断命蚊子赶也赶不走！（使劲挥扇）

成秀英 （扑哧一笑）你就是只赶不走的大蚊子！

姚振清 （靠近黏糊）嘿，夜深了。妈想添个孙女，咱俩再加把劲……

成秀英 （娇嗔地）去去去，计划生育你懂哦！（将姚振清推出帐外）

［姚振清落寞地回到厨房，连灌闷酒。

姚振清 唉！（唱）人都夸我老婆好，

谁知我心里多烦恼。

自从关停电池厂，

家中万事全承包。

姚厂长变成家主婆，

整日就忙买汰烧。

当众自觉无面子，

回家来，慰老娘、哄妻子、点头又哈腰。

一肚皮委屈难言告，

借酒发发闷牢骚……（醉倒，撞翻椅子）

成秀英 （惊觉冲进厨房）振清？振清！你怎么醉成这副样子？（费劲搀扶）

姚振清 （挣扎）没、没醉！哎，你讲，做男人最、最最重要的是啥？

成秀英 振清？

姚振清　嘿嘿，面子，你懂吗？男人要是没了面子，他、他就不算男人！

成秀英　振清，来，喝口热茶。

姚振清　（一把推开，拍着胸脯）我，姚振清、姚厂长，以前在厂里对人呼来喝去，如今在家里被人喝去呼来。早上地里挑水浇菜、上午家里洗衣烧饭、下午上山撸草拾柴、晚上还要被老婆赶出帐外。我、我窝囊、我没用、我坍台、我还算个男人嘛——（呜咽不止）

成秀英　（唱）第一回听他醉话讲，

第一回见他热泪淌。（心疼地绞毛巾替丈夫擦拭）

想秀英，谨慎与人少交往，

唯与他，心贴心儿合衷肠。

他对我常体谅，

他护我关痛痒。

他帮我持家务，

他为我，乐乐呵呵甘愿忙。

他也是堂堂男子汉，

我却从未替他想。

秀英哪，刺绣虽是心中爱，

哪及他，深藏情爱似海洋。

钻研绣艺再紧要，

愿为他，舒心畅意、腾出时光。（忙着收拾碗筷等）

姚振清　（踉跄上前，一把抓住秀英双手）你这双手千金万贵，不好做这些粗活，要是皮肤变毛糙了，就会刮伤绣品，你心痛，我更心痛！我来！我来——（说着抢过满盆碗筷，踉跄走向

厨台）

成秀英　（含泪上前搂住丈夫）振清……

［歌声悠远：绣针在我手，

绣线系你心。

千针万线绣真情，

密密穿古今。

三

［歌声持续中，音乐节奏渐趋明快；十八年后的初春。

［太湖镇绣品一条街：绣品展销两旺，游客纷至沓来，绣娘们手执刺绣团扇，身着刺绣旗袍，歌舞展示。

（歌曰）小小太湖镇呀绣品一条街，

精美绣艺传呀么传千载。

绣针为笔透神韵，

绣线为墨扬华彩。

啊呀，鉴赏凭客来……

［刺绣协会干事小马与姚振清佩扩音器带游客拥上。

小　马　游客们，这就是我们太湖镇绣品一条街！

姚振清　（嚷嚷）大家不要小看这一条街！

小　马　（念）四百绣坊街上排，

姚振清　（念）八千绣娘有能耐。

小　马　（念）单面双面三异绣，

姚振清　（念）精细雅洁筑品牌。

小　马　（念）绣品千万件，

姚振清　（念）件件都精彩。

小　马　（念）动物有灵性，

姚振清　（念）人物皆帅呆。

小　马　（念）齐针乱针接针滚针虚实针，

姚振清　（念）几十种针法绣品中埋。

小　马　（念）谁能分辨谁就是——

姚振清　（唱）石骨铁硬、货真价实的高端人才！

［众人哄笑，散开去挑选绣品。

［杨笑才呱唧呱唧鼓掌上。

杨笑才　振清，你来噻咯！难怪从不肯开口求人的秀英，强力推荐你出来搞绣品营销。

姚振清　有啥办法？一家老小要吃饭，儿子在读清华美院，花销年年看涨。

杨笑才　少来哭穷！你老婆秀英是刺绣大师，一幅绣品值好几万！

姚振清　杨副镇长，你是一升官就官僚哪！我家秀英，日里绣夜里绣，绣了剪剪了绣，三年都不出成品啦。

杨笑才　大师嘛，慢工出精品，你急个啥？

姚振清　我哪能不急啊，我的杨副镇长——

（唱）改革发展形势好，

绣品交易多热闹。

百姓日脚红火火，

钞票赚得满捞捞。

偏是秀英脾气怪，

不出绣品还调兴高。
说什么，防蝇防蚊防铜臭，
门窗必须关关牢。
为求专研新针法，
拒人千里免干扰。
亲朋好友得罪光，
她还悠哉悠哉（夹白）学画画、学外语、学设计！
最近又迷上学电脑。

杨笑才 那是你儿子姚遥的功劳，他们母子在电脑上互开网课交流学习。

姚振清 （不屑）那小子懂个啥？

杨笑才 看来你这老子不如小子！刺绣要传承发展，这绣品一条街迟早都是年轻人的天下。等姚遥毕业回来开绣坊……

姚振清 （惊跳）啥，他要回来做刺绣？

杨笑才 （省悟）奈么好哉，泄露高级机密！

姚振清 姚遥你个糊涂蛋，老爸供你读大学、盼你成大才！你却偏要回来做刺绣。这、肯定是他妈的主意，哼！（怒下）

［杨笑才急招手，两位绣娘围拢来：杨笑才窃窃叮嘱，两人点头。

［转景：秀英大师坊内，墙上挂着各式浪涛样稿，凌乱剪残的绣品随处可见。秀英手执蓝白丝线比对琢磨，叹息连连。

成秀英 （抚摩老师绣品）老师呀老师，自从您去世后，无人可以请教。这太湖浪绣娘皆可绣成，但这水透光、光蕴色、色幻神，用哪些针法才能绣成精韵通灵的绝活呢？唉——

（唱）甘将绣坊作囚笼，

不问春夏与秋冬。

太湖水波绣来易，

偏是水韵总迷蒙。

丝线配色上千种，

成品依旧欠灵动。

莫不是，有啥关窍未领悟？

还是我绣功技已穷。（恼怒地又要剪绣品）

［姚母带拎着大包小包礼品的姜嫂上。

姚　母　秀英啊，姜嫂有事求你，我就带伊过来啦。

姜　嫂　（扔下礼品，扑到绣样前惊呼）哎哟，不愧大师呀，绣出来的浪头像要扑过来淹死人！（赔笑）秀英大师，我们姐妹坊接了上千条领带的生意，客户要求在领带上绣几朵浪花，想请您帮忙……

成秀英　（皱眉）抱歉，我没空。

姜　嫂　知道你忙。你只要挂个名，人家给的工钱就好翻两番！

成秀英　（冷冷地）这种事你去找别人，我不会做。

姚　母　（打圆场）秀英，小绣坊不容易，你就看我面子，帮帮她们。

成秀英　妈，要我挂名帮她们赚钞票，那是坑蒙拐骗、糟蹋苏绣艺术……

姜　嫂　（直跳起来）啥个坑蒙拐骗！啥个断命艺术，不就是赚钱吃饭的手艺嘛！又不让你白做。你要几成？两成？三成？好，算你四成！

成秀英　（越听越火，终于忍耐不住）出去！请你出去——

姜　嫂　出去就出去！你有啥了不起，不过多拿几个奖就神气活现！告诉你个独头，今朝你跳太湖，明朝我照样赚钞票吃饭——

（一把拎起礼品骂骂咧咧下）

姚　母　（气得发晕）你、你，三亲六眷、邻舍隔壁你都替我得罪光啦！

成秀英　（缓和地）妈，做人不能光为了钞票……

姚　母　做人也不能没有钞票！你把自己关在绣坊，绣了剪、剪了绣，一家人家都要被你剪光啦。要不是振清上蹿下跳搞营销卖绣品，我孙子的学费都交不起！

姚振清　（大步上，接话）妈，她负责钻研绣艺，我负责姚遥学费，这是老早就讲好的。

姚　母　你哟，我哪能养着你这个儿子！

姚振清　（逼向秀英）我赚钞票、我供姚遥读书，我是伊的爷，你为啥背着我要他回来开绣坊？

姚　母　（惊）啊？她让我孙子回来做这种女人生活？

成秀英　（急解释）不，是姚遥他……

姚　母　（怒）你拖累我儿子也就算了，还想害我宝贝孙子！你真想败掉我姚家啊？

成秀英　妈——

姚　母　不要喊我妈！我姚家养不起你这个不肯赚钱咯败家精——

三　人　（合唱）一句骂——

姚　母　（唱）骂完神气爽；

姚振清　（唱）听罢心惶惶；

成秀英　（唱）委屈泪盈眶。

姚　母　（唱）早想与她做规矩；

姚振清　（唱）生怕将她自尊伤；

成秀英　（唱）婆婆责骂羞难当。

姚　母　（唱）往日振清宠惯她，

姚振清　（唱）她不该，拖儿回来办绣坊；

成秀英　（唱）他哪知，遥儿前程自主张。

姚振清　（唱）夫妻好歹可商量，

事关遥儿不能让。

姚　母　（唱）趁热打铁上笼头，

要她服软少逞强。

成秀英　（唱）有话不知从何讲，

只觉胸闷头晕胀。

怪我不赚钱，

怪我性乖张，

怪我得罪人，

怪我长年守绣坊。

千怪万怪我不计较，

只在意，块垒在心无人可商量。

谁知我，绣艺三年难突破，

谁与我，深探细究解迷惘？（取过老师绣品）

老师呀，上天入地欲求教，

你今在何方？（抹泪向外奔去，有绣娘身影闪过追下）

［姚振清与姚母登时呆住，静场。

姚振清　妈——你怎么可以骂她败家精！

姚　母　我、我那是一时头上的气话。

姚振清　啊呀不好，她刚才拿了老师的绣品！

姚　母　是啊。

姚振清　她说上天入地要去求教老师！

姚　母　对呀。

姚振清　她哭哭啼啼冲出门去！

姚　母　她、她——奈么不好哉，媳妇、我的媳妇哪——（欲追）

姚振清　（一把拖住）她那犟脾气你我劝不回来。快，去找杨副镇长！

［杨副镇长——两人匆忙喊下。

四

［傍晚的太湖、芦苇丛边。

［秀英内唱：心烦意乱，一路踉跄——

成秀英　（上唱）不知不觉来到太湖边！

但见水波逐势起，

更叹浪花随风迁。

痴迷绣艺难精进，

孤寂中，苦苦徘徊、困顿难言……

［突然，歌声悠远传来：

绣针在我手，

绣线系你心。

千针万线绣真情，

亘古传到今。

［歌声中，一排古装绣女持绣绷、作刺绣，衣袂飘飘、踏波而过。

成秀英　呀！（唱）似真似幻古景现，

美妙将人魂魄牵。（忘情地踏入水波追随）

数辈绣娘续心血，

成就这，千年瑰宝在人间。

秀英但求继前贤，

懒与世人多周旋。

我心只为守我愿，

排纷扰、苦专研、步步攀缘向山巅……

蓦地古景飘隐去，

阵阵晚风将浪涛掀。

夕阳辉照氤氲起，

万象奇幻到眼前——

波淌金、水潋滟，

鱼儿跃、珠花溅，

光融色化胜轻烟，

色动光闪若飘仙。

霎时浮想联翩涌……（兴奋地掬水向天）

循水走针、以光引线，绣一幅美美与共美画卷！

［锣声、呼喊声骤然响起：不好啦！秀英投太湖啦，快救人哪——

［众绣娘奔上，姜嫂冲在最前，二话不说跳入水中去拽秀英，众人纷纷帮忙拉她们上来。

［众绣娘七嘴八舌：秀英老师，您是苏绣的宝贝，我们都想跟您学刺绣哪，您千万保重！姜嫂是刀子嘴豆腐心，您可不要当真啊……

姜　嫂　（一把握住秀英）秀英，是我不好，我不该胡说八道。你骂死我打死我都好，要是你——（哽噎）

成秀英　（忙解释）姜嫂，我没有怪你……

姜　嫂　我是怪我自己！我儿子肾脏生毛病，急等钱用。我求来求去、问来问去，都说只有你挂名最能赚钱，我就昏了头……你、你要有个三长两短，我也不活啦——（号啕大哭）

成秀英　（被感动）姜嫂，我……我挂名、我帮你们一起绣领带！

姜　嫂　秀英？秀英——（抱住秀英又哭又笑，众人情不自禁鼓掌）

杨笑才　（鼓掌现身）好，高潮戏结束，让秀英歇歇，大家散了吧。（众人散去）唉，早晓得冰山嘎容易炀忒，烧迭能大一盆火做啥？

成秀英　（恍然）是你故意说我要投湖，叫大家来救我？

杨笑才　是你婆婆一路哭喊，惊动了大家。

成秀英　我婆婆？

杨笑才　你婆婆嘴硬心软，一哭一喊，绣娘们抛下手头生活赶来，姜嫂更是不要命地跳湖救你。

成秀英　（愧疚地）真没想到……

杨笑才　我也没有想到，镇上成立大师工作室，你不冷不热；组建绣娘工作坊，你不顾不帮；请你评鉴绣品，你拒不参加；邀你授课传艺，你一口回绝。你心中没有大家，可大家心中有你——

成秀英　（激动起来）那是因为我看不惯！

杨笑才　看不惯？

成秀英　自从你分管镇上刺绣，将绣品搞成了大批量生产的商品，良莠参差不齐、真假鱼龙混杂……

杨笑才　哎哎哎，凡事一分为二，批量生产也是为大家多赚点钱！

成秀英　（火了）钱钱钱！因为钱视诚信为粪土；因为钱视善良为痴傻；因为钱互相倾轧、粗制滥造、坑蒙拐骗；因为钱——

杨笑才　（也火了）钱钱钱！没钱你有饭吃么？没钱你有衣穿么？没

钱，你的绣布、绣线、绣针从哪里来？

成秀英　这……

杨笑才　你要钻研绣艺绝活，我支持！你要排除干扰，我理解！可你也该问问自己：像姜嫂这样的困难户有多少，你能帮上几个？

成秀英　我？

杨笑才　你可知道，如今的太湖镇，刺绣年收益达300亿，上千人有了就业岗位，数百家庭脱贫致富！

成秀英　（震惊）300亿、上千人、数百家庭——

杨笑才　秀英，我就直说了吧！自从那年上当受骗，你就心存余悸，只要提到钱，你就想到骗；只要谈合作，你就疑是坑。拒人千里、处事冷漠，怎能成就活灵活现的绣艺上品？秀英哪——

（唱）绣品根在老百姓，
　　质朴鲜活动人心。
　　绣艺贵在拔神韵，
　　豁达方可通灵性。
　　你何妨，信人信己开胸襟，
　　试与大家携手行。
　　钻绣艺、同切磋，
　　做绣品、共提升。
　　苏绣发展图精进，
　　更需精进一批人！
　　宝塔尖顶风光好，
　　莫忘了，垒砖添瓦、含辛茹苦是芸芸众生！

成秀英　（唱）一番话，醍醐灌顶！

惊觉秀英懵懂人。

总以为，闭门自持守正道，

世间浑浊我独清。

偏忘了，不近太湖水，

怎辨浊与清；

不入太湖流，

怎知浅与深；

不爱太湖浪，

怎绣神与灵？（画外音）刺绣是众生艺术。绣为艺，纳天地神韵，人为术，融世俗生灵——

老师教诲今参领，

天高水阔涤亮心。

从此后，愿蹈太湖学弄潮，

试与姐妹同研究、共探讨、并肩行！

杨笑才　喂！你在想啥？

成秀英　我在想，大师贵精进，绣娘重传承，精进促传承、传承助精进，方得比翼双飞！

杨笑才　哦哟，今朝总算铁树开花哉！

成秀英　（不好意思地）我还想，能否由镇上牵头成立大师绣艺研究会，专门探讨攻克绣艺难题？

杨笑才　好——（鼓掌，引发一片掌声）

五

［在持续不断的掌声中，秀英内唤：姐妹们好——众人回应：秀英老师好——

［秀英内声：今天我们主要介绍绣备，绣引、针法、绣要、绣品、绣德、绣节、绣通八章概要……

［隐约中，五彩缤纷的绣线在绣娘们手中扬起层层虹霓、团团斑斓。

众　人　（舞唱）绣针在我手，

绣线系你心。

勤学苦练求艺精，

密密姐妹情……

［姚振清急匆匆喊上：杨副镇长、杨副镇长——

杨笑才　（迎上）轻点，人家都在上课，你哭天喊地发啥个疯？

姚振清　（喘着粗气）喂，上课重要还是按合同交货重要？人家客户排着队来催单，再不交货，就要赔钱啦！

杨笑才　（扫一眼催货单）这件事么你去和秀英商量……

姚振清　（急嚷）你不知道哇！自从那次太湖边回来，她就像变了个人。过去她从不讲课，现在免费教学；过去她不肯参加绣品质检，现在比纪检书记还厉害；过去她是独头，现在是绣娘们的大众闺蜜。整天练什么劈丝辨色、补色套色、针法针艺、藏针隐线！啥人想占她一节课时，没得商量！

［众绣娘下课，闻声围拢来叽叽喳喳：哟，这么多订单啊；生意不要忒好哦；我看看、我看看……

姚振清 绣娘同志们、绣娘同志们，帮帮忙赶订单、开开夜车来噻哦？

众绣娘 不来噻！

一绣娘 夜里赶工，白天听课打瞌睡，秀英老师要骂的！

姚振清 我付双倍的加班费，来噻哦？

众绣娘 不来噻！

一绣娘 我们只听秀英老师分派！

众绣娘 对！

［秀英夹讲义上，步履轻盈，沉稳自信。

杨笑才 嘿，秀英老师……

成秀英 杨副镇长，振清，经过培训，大家技艺提高很快。我想——

姚振清 （不满接话）——订单作废，绣品一条街关门大吉！

成秀英 （宽容一笑）放心！我看过订单，总共二十七单，完成十单，还剩十七单。姐妹们，我们培训班开始上实践课，大家去领订单，明天就订单讲课，边讲边做，学习赶工赚钱三不误！

［众绣娘一声欢呼拥着姚振清散去。

杨笑才 秀英，谢谢你！

成秀英 （有些羞赧）我只是学着做点我应该做的事。

杨笑才 我在培训班听了几堂课，你对学员要求是不是太过苛刻？

成秀英 这些绣娘来自各绣坊，技艺、心思各不相同，若要合作大型绣品，必须严格训练！

杨笑才 （狡黠一笑）你有大计划？

成秀英 我想、想绣一幅巨幅绣品，可以挂在镇上展览馆、省里博物馆，甚至可以、可以挂到更大的会堂！

杨笑才　（抚掌大笑）不谋而合呀！为迎接国庆，镇政府正在筹划。

成秀英　这种巨幅绣品，需要几十位同等水准的绣娘在同一架绣绷上同时开绣……

杨笑才　你讲，需要镇上做什么？

成秀英　这几期培训班，我已经选中一批绣娘共同研习。目前最关键的是图案设计，我们镇上缺少这样的人才哪！

［远远一声：妈——姚遥背着双肩包喊着奔上。

姚　遥　（立正）妈，儿子姚遥前来报到！

杨笑才　喏，人才来啦！

成秀英　（激动地拉着儿子）半年考察收获如何？

姚　遥　我和同学们去了敦煌，又去考察了湖南湘绣、广东粤绣、四川蜀绣，大开眼界哈——

（唱）地大物博循古迹，
胜过书斋几学期。
联想苏绣溯远景，
同学们，一路畅谈尽痴迷。
志愿开办设计坊，
为传统文化添创意。
深研经典绣，
踏实打功底；
探索时尚绣，
力争双比翼。
莫嫌后生心气大，
扎根江南、面向国际、边学边干将新路开辟！

成秀英　好！妈赞成你办绣艺设计坊，只是你爸和奶奶……

姚　遥　（顽皮地）不怕，对付他们我有一套。

杨笑才　那你准备哪能对付我啊？

姚　遥　（取出图纸）这是您要的巨幅绣品设计稿，也是我的“投名状”！

［杨笑才与成秀英接过展看、颔首；小马喊着“杨副镇长——”奔上。

小　马　有三家客户来提绣品，发货部门说：未经质检不能提货。客户不愿再等，非要提走。两边吵得一天世界……

杨笑才　（对秀英）绣品质检你是内行，走，一起去帮忙把关！

小　马　不行啊！姚经理讲，他负责的绣品，质检把关，老婆必须回避！

杨笑才　这不是救急嘛！

成秀英　有杨副镇长在，还怕我徇私舞弊？走吧！

六

［姚振清内唱：客户提货、提出了隐秘大毛病——（气吼吼上）

姚振清　（唱）满心恼怒怨秀英。

为赶交货图快捷，

绣品中，机绣打底先铺几层。

再上六道人工绣，

任是神仙也难分明。

偏是她，一眼看穿揭真相，

当众发威不留情。
害得我，罚款停职挨处分，
半生面皮丢干净。
她不怜，工期紧，
她不顾，夫妻情，
她不懂，护家人，
她不解，男人颜面胜性命。
越思越想越怨恨，
枉我宠她大半生。（白）成秀英哪——
你敢做，铁面无私大英雄，
我也敢，从此不让你进家门！

［灯亮：镇上姚家，姚母迎出。

姚　母　哦哟，你总算回来啦。姚遥要回来吃夜饭，太湖银鱼、白鱼、白虾都准备好了，就等你掌勺！

姚振清　（冲进房间，将秀英的衣物一件件扔出来）……

姚　母　你这是发啥个毛病？

姚　遥　（喊上）爸——（秀英随上）

姚　母　（激动地）姚遥！

姚　遥　奶奶！

成秀英　（看着满地衣服）振清！你这是做啥？（姚母见状忙拉孙子避下）

姚振清　做啥？你眼中没我这个丈夫，这日脚不过了！

成秀英　你应该知道，用机绣打底，以人工绣遮盖，迟早要穿帮……

姚振清　（嚷嚷）穿帮穿帮，啥人看出来啦？还不是你眼睛歹毒！

成秀英　（忍住气）振清，就算别人看不出，你也不该……

姚振清　对！我不该为交货工期挖空心思；我不该为镇上的经济效益动足脑筋；我不该找了个无情无义的家主婆——（从衣服中哗地抖出一沓假币，秀英忙弯腰去捡）当年假币，你还留着它干啥！

成秀英　（一字一句地）留着它，是为提醒我，防骗防上当，护德护绣品！

姚振清　就是因为它，让你变得六亲不认、薄情寡义！

成秀英　振清！刚才质检，我想为你遮掩、为你开脱、为你说好话！因为你是我可以信赖、可以托付、可以相帮的丈夫！可当我看着那些假冒绣品，这心里头的火哪——

（唱）火冒三丈，岂止是为假绣品，

难求难舍一个真。

夫妻相合三十年，

深信你，处事做人好品行。

想不到，当年受骗旧伤痕，

重被撕裂，竟是我的最亲人！

振清呀，假品急需真补救，

莫为怄气误时辰。

绣工深浅可考量，

决不能，以假充真昧良心！

姚振清　（大火）好！我昧良心！我不诚信！我坑蒙拐骗！我被罚款停职脸面丢尽，你开心！你畅快！你满意了吧——（姚遥扶姚母上）

姚　遥　爸，这件事就是你做得不对！

姚　母　振清！你消消火平平气，姆妈是老辈子绣娘，老法头里做绣娘最讲究做人，钞票可以计较，就是不作兴骗人！

姚振清　(绝望)想不到我在太湖镇丢面子，家里人也不给面子！好啊，你们都是好人，就我是坏人！我走，我走——

七

[景同序幕：当年姚振清送秀英去学刺绣之地，老码头人迹稀少，横着几根陈旧的竹篙。

[秀英捧着离婚协议书，焦虑烦躁，疾步而来。

成秀英　(唱)振清怨怒闹离婚，

一纸协议重千斤。

思前虑后扪心问，

和睦夫妻，怎成陌路人？

有心约他来此地，

恍惚又见旧时景。

夫妻一梦三十载，

恰似这，老码头、斑斑驳驳印迹深……

[远处，姚遥摇着小船载着父亲缓缓而来。

姚　遥　(唱)强哄老爸游太湖——

姚振清　(唱)满目浪涛翻愁闷。

姚　遥　(唱)答应妈妈巧安排，

姚振清　(唱)思来想去伤透心。

姚　遥　(唱)盼他们，旧地重温旧时情，

姚振清　(唱)猛见岸上狠心人!(喊)快,往回摇,往回摇——

姚　遥　(急呼)爸,你还是个男人嘛?明明错了不认错,还要闹离婚!

姚振清　你个小赤佬懂啥?等签好离婚协议,我就远走他乡不回来了!

姚　遥　你这是破罐破摔!

姚振清　摔破了才好另起炉灶!

姚　遥　你敢另起炉灶,我、我就跳湖——

姚振清　你老爸不会游泳,你可是浪里穿条鱼,跳啊!

姚　遥　(喊)妈——老爸交给你啦!(抱起船桨一个猛子扎入水中)

[小船滴溜溜打转,姚振清紧张扶住船沿:哎哎——

[秀英取过岸边一根竹篙伸向姚振清。

成秀英　上来吧。

姚振清　(抓牢,桀骜地)你少来冒充好人!(秀英将竹篙一推,姚振清坐倒船上直声嚷嚷)你想谋害亲夫啊!

成秀英　(扬起协议书)既要离婚,哪来亲夫?

姚振清　好,今朝我就死在这条船上!

成秀英　(扔下竹篙,转身就走)……

姚振清　(慌了)喂喂,没有签字,我俩还是夫妻——

姚、成　(叠唱)一声夫妻,旧地往事涌上心!

成秀英　(唱)当年他送我——

姚振清　(叠唱)当年我送她——

姚、成　(合唱)步步难舍依恋情。(秀英缓缓捡起竹篙)

姚振清　(唱)她为我偷洒离别泪,

成秀英　(唱)他为我哄转老娘亲。(将竹篙伸向姚振清)

姚振清　（抓牢，唱）她为我备好三年冬夏衣，

成秀英　（缓拉，唱）他为我无怨无悔厂关停。

姚振清　（靠近，唱）蓦见她两鬓已染霜，

成秀英　（凝望，唱）他双颊竟添沧桑痕。

姚振清　（唱）我作天作地作个啥？

成秀英　（唱）不由泪暗盈。

姚振清　（跳上岸，见秀英收竹篙，习惯地一把抓住她双手）你这双手千金万贵，不好做这些粗活，要是皮肤变毛糙了，就会……

成秀英　（一颤，抽回手，背身哽噎）振清，对不起！

（唱）这双手被你珍惜三十年，

精心呵护一万九百天。

冷水烫水不让碰，

粗活重活不沾边。

你舍弃多少男儿梦，

我绣艺全仗你成全。

从未当面谢一声，

今日里，深深谢我丈夫贤！

姚振清　你记得！你全都记得！你摸着良心说，你对我可有半点成全？

（唱）莫以为大师名气响，

还不是，丈夫背后做铺垫。

太湖镇，牺牲一辈英雄汉，

才成就，你们一代绣娘名声显！

成秀英　好！你也摸着良心告诉我，堂堂一辈英雄汉，为什么甘愿迁就、甘做铺垫、甘当幕后英雄？

姚振清 为了赚钱、为了生活、为了老婆成大师，老公面子也光彩！

成秀英 就这些？

姚振清 你也太小看人啦！谁不知道苏绣珍贵、进取艰难、传承重要！

成秀英 既珍贵，怎能粗制滥造？既艰难，怎能离心离德？既重要，更不可弄虚作假！

姚振清 （抱怨地）喂！你到底是纪委书记还是我老婆？

成秀英 我是秀英！是你送去学习、是你娇宠呵护、是你支撑扶持了半辈子的老婆成秀英——要说成全，只要你开口，我可以不做大师；要说包容，你纵有千错万错，我也决然不离不弃！

姚振清 秀英……

成秀英 当初结婚，你看上我的真，我看上你的诚，真诚是我俩的根、我俩的本！也是绣艺的根本哪！为保苏绣声誉、为保绣品质量、绣娘们正在合力补做订单！她们放下自己手中绣活，没有推诿、没有算计、没有抱怨，没有合眼，已经三天三夜！振清哪——

（唱）绣娘们聚起精气神，

返工场上飞绣针。

秀英曾怨世道险，

磨砺中，人心向善始坚信。

我知你，为赶订单出下策，

我知你，为保收益操碎心，

我知你，作假并非重私利，

我知你，也曾自责难安宁。

秀英胆敢揭真相，

皆因夫妻相知深。

我信你，人实诚、心质朴、情怀正，

绝不肯，让祖祖辈辈，勤勤恳恳、辛辛苦苦、代代传承的

苏绣蒙灰尘！

振清呀亲人哪——

揭真相为求警钟鸣，

护绣品，实为护正道、护人品、护众生一片善良心。

［远远传来众人的呼喊声：秀英——

［几条小船划来，载着杨副镇长、姜嫂、姚遥、小马与绣娘们。

［姚振清慌忙抢过离婚协议书藏在背后。

［众人跳上岸来。

成秀英 （急切地）你们怎么都来啦？绣品返工……

小　马 报告，经过大家奋战，保质保量全部完工！

姜　嫂 （嚷嚷）姚振清，都老头老太了，哪能还好意思闹离婚！

姚振清 瞎三话四，啥人要离婚，造谣嘛！

姜　嫂 告诉你，想要离婚，我们不同意。姐妹们对不对啊？

众　人 对呀！

姚振清 好唻好唻，反正都是我错，我走我走！

秀　英 你到哪里去？

姚振清 此地不留爷，自有留爷处；到处不留爷——

姜　嫂 留留留，我们留！（众人）我们留——

（唱）叫声振清你听好，（众人和）你听好！

这件事要怪我们姐妹淘。

机绣点子你提出，

众　人 （唱）姐妹们加工把秘密保。

姜　嫂　（唱）幸亏秀英敲警钟，

护绣品必须走正道。（众人和）走正道！

姜　嫂　（唱）你独揽责任咱羞愧，

众　人　（唱）同去镇上把态表。

姜　嫂　（唱）你做营销——

众　人　（唱）苏绣质量我们包！

姚振清　（被感动）我……（猛地将手中离婚协议书撕碎，向天扬去）

杨笑才　（抚掌）好！云开雾散，好事连连！我，代表镇政府宣布——（响亮的手机铃声，秀英去一旁接电话）为迎接国庆，集合全镇力量，绣一巨幅山水江南，以表我们全体绣娘——（瞥见姚遥，一顿）以表我们全体绣娘和绣郎的心意！

众　人　（笑呼）好——

成秀英　（兴奋地）姐妹们，姐妹们——刚刚接到通知，我们大家一起探讨创建的新针法，终于、终于……（哽噎）

众　人　（焦急地）哎呀你快讲啊！

成秀英　（大声宣布）荣获国家专利——

［众人“嗷”的一声欢呼，激动地互相拥抱祝福。

尾　声

［太湖畔：天高地阔，青山隐隐、绿水粼粼，花色烁烁、一派美不胜收的江南景象。

［众绣娘围绕一张张绣绷，在主旋律音乐中，翩翩起舞，飞针

走线;群舞丛中,秀英现身:全神贯注、行针沉稳流畅。

[渐渐地,数十张绣绷合成一张巨大的绣绷,众绣娘环绕四周,刺绣越来越快。

[巨大的绣绷缓缓升起,一幅"山水江南"苏绣赫然醒目。

[主题曲:**绣针在我手,**

绣线系你心。

千针万线绣真情,

密密穿古今。

[歌声中,姚振清与姚遥搀着姚母远远走来,秀英迎上前。小马正要举起喇叭,被杨笑才一把摁住,端起相机咔嚓一声,舞台全部定格为一张照片。

[字幕:苏绣《江暖水鸭图》《鱼跃戏水》《春早江南》先后入挂于北京人民大会堂;《缠绕》《荷韵》《四美图》被大英博物馆永久收藏;苏绣多次作为国礼赠送外宾。

[剧终。

(与王丽芳合作)

越剧当代戏

山海情深

人　物　蒋大海　上海援黔扶贫干部,正阳县副县长

蒋　蔚　上海某服装公司设计师,青年志愿者,蒋大海之女

应　花　留守苗女,竹编能手

龙阿婆　目盲,应花的婆婆,竹编老艺人

石　叶　留守苗女,竹编能手

尼　瑶　苗岭寨妇委会主任

滕　娲　离婚苗女,精神恍惚

梁　宝　滕娲之子

马镇长　翠山镇镇长

另有苗女甲乙丙丁、出外打工的丈夫们、老少男女寨民等

序

[在钢琴与芦笙的交汇乐曲中,大屏相继出现上海现代化城市风貌与贵州山乡的建设景象。

[伴唱:托出个太阳挂天上哟,
　　　抱起个月亮回家乡啰。
　　　山海有情筑脊梁,
　　　火红的日子咱开创啰嗨——

[大屏跃出海报"上海非遗竹编艺术展"。竹编女包、桌椅、茶具、灯罩、小动物等相继展示,最终定格在一条竹编短裙上。

[蒋蔚凝视屏幕上的竹编短裙,打电话。

蒋　蔚　喂,王总,我是蒋蔚。对,蒋蔚。竹编工艺太神奇了!我想去贵州采风,为公司研发竹编服饰系列。好,谢谢王总。(关手机)

(唱)竹编艺品绽上海,
　　丝缠篾绕谁剪裁。
　　莫道沧桑湮古韵,
　　自有后人拂尘来。(手机铃响,接)喂!

蒋大海　(显现)小蔚,我——

蒋　蔚　(愤然)蒋大海,我告诉过你,两年前我就没有你这个父亲了!

蒋大海 小蔚，我知道你怨我，不想见我。告诉你，我已经向组织申请继续留在贵州扶贫。相信时间会让我们冷静下来。

蒋　蔚 （打断）好啦！你追求政绩，我追求梦想，我们两不相干！（挂断手机）

一

［贵州，苗岭寨。

［山峦起伏，竹影摇曳：苗家传统新米节正入高潮，男男女女们盛装苗服，歌舞热烈。

［一声高亢的歌声响起：哎啰咪——

女人们 （唱）阿哥巧巧山前过，

阿妹心心嫁给哥。

哥砍竹来妹编竹，

编个竹篓囚哥哥！哎啰咪——

［蒋蔚疾上，在人群中寻找呼唤。

蒋　蔚 应花姐！应花姐——

男人们 （一拥而上，拽住蒋蔚踏舞）

（唱）汉家妹子赛仙娥，

阿哥与你来唱和。

不爱烟你就抽抽我，

喜欢茶你就泡泡我……

［蒋蔚惊慌欲逃，众人围截。

尼　瑶　(大喝)好啦！自家闹闹也就罢了。看，把蒋姑娘吓得脸都白了！

石　叶　(大笑)妹子怕啥，都是女子唛！

［扮成男子的苗女们摘下头帕，笑得前仰后合。

应　花　蒋妹妹，今天是我们苗家的新米节，一个欢庆的日子。她们扮成男人自己哄自己玩。

蒋　蔚　啊？你们为啥要扮成男人？

石　叶　妹子哎，寨子中的汉子们都出山打工去啦，我们这些留守的三八妇女们，总不能和那些六一儿童、重阳老头玩耍。婆娘们，对不对呀！

众　人　(应和)对啊——

滕　娲　(披头散发追一名小朋友上)梁宝，你到哪里去啊？梁宝！

(唱)嗨啰喂——

我个心肝梁宝宝，

去到山外躲猫猫。

莫以为妈妈找不到，嘿嘿，咦——哈哈——

妈在家给你做米糕……梁宝！梁宝——(喊着追下)

众　人　滕娲——

应　花　滕娲的病越发重了。

蒋　蔚　应花姐，滕娲这病？

应　花　她丈夫出山打工，跟别的女人跑了。儿子梁宝也出山打工去了，她才变成这个样子。

蒋　蔚　那赶紧叫梁宝回来呀！

应　花　回来？她家脱贫，全靠梁宝在外挣钱。

蒋　蔚　回来也可以挣钱！这苗岭寨漫山遍野长满优质楠竹，是竹编的天然良材，只要你这位曾经的竹编社社长发号令，我保证……

应　花　蒋妹妹，苗岭寨竹编社早已解散，你还是回上海吧！（疾下）

［众人黯然随下。

蒋　蔚　奇怪！为什么一提到竹编社她们就避开我？

（唱）一月前，志愿报名离上海，
竹编远景装满怀。
原以为，只要重建竹编社，
竹艺新花定能开。
既为公司创品牌，
更添收益助苗寨。
未料想，应花闻讯躲得快，
众人更是不理睬。
我几次三番讲道理，
竟无一人应和来。
她们是，嬉闹全无忧患态，
比丈夫，谁挣钱多谁就嗨。
怒其不争难作为——
忽听得，风送竹簧、如泣如诉来天外……（循声而去）

［迁景：苗女们围坐篝火旁，眼神凄迷，与歌舞时判若两人，竹簧凄婉，歌声幽怨。

女人们　（唱）我想有一个家咪，一个圆满满的家。
娘亲儿嘞儿亲爸，夜夜有个他。
谁知你出山去咪，扑进热闹闹的繁华。
娘盼儿嘞儿盼爸，夜夜梦个他……

石　叶　应花，你怎么半天不说话？不想搞竹编社你就讲，我石叶替你挡着。

苗女乙　人家蒋妹妹也是一片好心。我在网上看见，城里人喜欢竹艺品。

尼　瑶　应花，我与你商量过多少次，你总是举棋不定。莫非怕你婆婆？

石　叶　她婆婆就是个瞎眼老糊涂！

尼　瑶　石叶！

石　叶　怎么啦？这么好的媳妇，她婆婆想打就打、想骂就骂！尼瑶，你这个妇委会主任也不管管！

尼　瑶　我想管，可应花不让我管！

应　花　好了，不要吵了！大家还是说说，我们的竹编社为什么会解散？

石　叶　那还用说，东西卖不出去喽。

［众人七嘴八舌："是我们的竹编太土""没人要""做竹编太辛苦""劳心劳力，还卖不出好价钱""是啊"……

尼　瑶　好啦，你们说的都有理。应花，你到底是怎么想的？

应　花　竹编欠时尚，没销路，都是困难。可我们最大的困难是缺劳力，大家身边没有男人，心气都散了呀！

（唱）竹编最需楠竹料，

一根楠竹，比三层楼房还要高。

纵使我们能砍断，

无力搬运出山坳。

更苦开料擗磨煮，

道道工序费辛劳。

姐妹们，养老抚幼忙耕种，

独撑门面守寂寥。

盼的是山外寄钱来，

怕的是丈夫跟人跑。

情烦意燥人懈怠，

哪还有，攻坚克难心气豪？

苗女丁 应花说得对，家里没有男人，干什么都没劲！

苗女甲 要不是照看公公婆婆，我早就奔男人去了。

尼　瑶 其实男人也想家，要是在家能挣钱，他们肯定回来！

滕　娲 （自语）山外有漂亮女子，回不来、回不来喽！

石　叶 滕娲，你就不能说句吉祥话！

应　花 她是病人！

石　叶 这还不是守活寡守出来的病！

应　花 她是有病。可我们姐妹，谁心里没有病哪？

石　叶 说实话，我男人要是回来，天天养着他供着他我心甘情愿！

尼　瑶 可他们要是不出山挣钱，一家老小受穷受贫不说，孩子们的学费又向哪个去要……（哽噎）

滕　娲 （腾地站起来，宣誓般）为了挣钱，我愿意活寡，我愿意活寡！

众　人 滕娲——（哭作一团）

蒋　蔚 （显现，唱）背地闻听真心话，

我哭我笑泪涟涟。

哭的是，岁岁守家女子苦，

笑的是，心心相知在今天。（唤）姐妹们哪！

想登山岭总有路，

向往大海莫怕颠。

蒋蔚愿与众姐妹，
共图自强创竹编。
纵使前行路坎坷，
强似望夫盼子年复年。
只要在家能致富，
男人们，何苦出山去挣钱！（取出图纸）姐妹们！我这里有竹编发展规划设计稿，大家一起来看看，提提建议！

［众人初时犹豫，待应花接过规划，又拥上前争看。

［伴唱幽幽：我想有一个家味，一个圆满满的家。
娘亲儿嘞儿亲爸，夜夜有个他。

［伴唱声中，众人围着规划探讨争论，渐渐推成剪影。

二

［清晨：山路上，蒋大海与马镇长正在实地考察。

蒋大海 马镇长，你看，根据规划，吉他产业园、果蔬园、制茶厂已经全部完工！接下来，在建的竹制家具、竹品工艺、竹食药、竹纤维等竹业综合开发园的工作，一定要抓紧！（马镇长无语）马镇长，你对开发本地竹资源好像信心不足？

马镇长 蒋副县长，县委决定打造“一根竹了吃到底”产业链，我双手赞成。眼下缺的是人，我们劳力匮乏哪！

蒋大海 是啊。前几年为了快速脱贫，我们动员大批劳力外出打工，如今要搞建设却发现劳力严重不足！

（唱）算数字，全县大半已脱贫，

看实际，似有问题隐藏深。

多少家人难团聚，

多少村成空巢村。

多少建设需推进，

多少产业待招人。

这局面一时难扭转，

更需要，细细探究把对策寻。

马镇长 （苦笑）蒋副县长，难啊。就说苗岭寨竹编社吧，如今靠着好政策，营销、运输、资金、技术，我们都可以想办法帮忙，但她们没有劳力，干不起来哪。

蒋大海 马镇长，这问题我想过。我们先设法组合各村劳力，帮她们将竹子运出深山。办好竹编社，关键还是培训提高，让她们打开眼界……

马镇长 我们已经收到扶贫办培训通知，正在落实中。

蒋大海 太好了。走，我们再到前面去看看。（两人下）

蒋　蔚 （内）应花姐——

应　花 （内）哎——

［应花与蒋蔚欢悦而来。

应　花 （唱）迎着日头上山岗，

蒋　蔚 （唱）完成规划心欢畅。

应　花 （唱）众家姐妹共商量，

蒋　蔚 （唱）三天三夜聚一堂。

应　花 （唱）定下了，寨委会集体把方向，

蒋　蔚　（唱）定下了，人人入股同担当。

应　花　（唱）定下了，产品升级成系列，

蒋　蔚　（唱）定下了，营销主打在电商。

应　花　（唱）找领导，一路追寻马镇长，

蒋　蔚　（唱）解急难，还需政府帮大忙。

［手机铃响，应花接电话。

应　花　喂，根强，是我呀。啊？你要回来过中秋节！好，我不说。到时候给妈来个大大的惊喜！

蒋　蔚　（黯然）中秋节！

应　花　（喜悦）还有三天，我家根强就回来了！（察觉）蒋妹妹，你有心事？

蒋　蔚　（掩饰）哦，我在想，你待婆婆这么好，为什么她还对你这样凶狠？

［应花语塞。

蒋　蔚　等一会见到马镇长，我来说……

应　花　千万不要！

蒋　蔚　应花姐！

应　花　蒋妹妹，应花自小父母双亡，是婆婆慈悲收留。婆婆年轻守寡，她的独生子根强与我，全靠她竹编手艺养活。她送我上学、教我竹艺、年复一年日夜劳作，生生熬瞎了一双眼睛。她是我婆婆更是我的亲娘！

蒋　蔚　亲娘？亲娘为啥对你这样狠？

应　花　那年根强回家探亲，婆婆要我跟他一起出山打工，我放不下竹编社更担心婆婆在家无人照看，一口回绝，想不到婆婆她——

（唱）急晕病倒三天整，

病好恰似换了人。

提起竹编就失态，

非打即骂常莫名。

我也曾委屈怨难忍，

欲往山外将丈夫寻。

未料那年中秋夜，

她跌落山沟险丧命。

昏迷被人送医院，

抢救及时才回生。

方知晓，她半夜常去山崖口，

盼儿唤儿泪淋淋。

她为思儿藏心病，

我未曾体察自责深。

从此后，百般委屈我忍受，

盼只盼，亲儿回家、长伴左右、抚慰娘心！

蒋　蔚　应花姐，对不起……

应　花　不，要说对不起的应该是我们！你为帮我们竹编社，远离上海、远离爸爸妈妈……

蒋　蔚　（突然激动）我没有爸爸妈妈！

应　花　（惊诧）蒋妹妹？

蒋　蔚　两年前，妈妈遭遇车祸，弥留之际只盼见爸爸一面，可他不接电话不见人影，眼看妈妈抱憾而去，我发誓再也不认他这个父亲！

应　花　你就没有问问他是什么原因？

蒋　蔚　还用问吗？他眼里没有家庭、没有亲情，只有乌纱帽、只有政绩！

［传来马镇长的惊呼声“蒋副县长——”

［蒋大海踉跄跌上，马镇长、应花、蒋蔚同时上前。

［马镇长扶住蒋大海；蒋蔚见状大惊，躲闪一边。

应　花　（惊讶）蒋副县长！你没摔伤吧？

蒋大海　呵呵，鞋带断了，自己绊了自己一跤。

马镇长　（埋怨）每天三万步，这鞋早就该换了。

蒋大海　应花，不好意思，让你看见我这狼狈样。

应　花　蒋副县长，真是太巧了！我们来找马镇长，正好遇上你，那就请你一起看看我们的规划书。（给马镇长、蒋大海各一份阅看）

马镇长　开发竹编艺品系列……

蒋大海　马镇长，这规划与我们的设想不谋而合呀！

［应花招手示意蒋蔚过来，蒋蔚不肯。

蒋大海　应花，这竹编服装——

应　花　蒋副县长，我给你介绍一下，这是我们的——

蒋大海　小蔚？

蒋　蔚　（冷峻地）我叫蒋蔚！上海来的青年志愿者，研究光大竹编是我的义务。请蒋副县长给予支持！

蒋大海　小蔚！

蒋　蔚　再说一遍，我叫蒋蔚！

［马镇长示意应花，两人悄悄退下。

蒋大海　你听我解释……

蒋　蔚　工作以外，一概不听！

蒋大海　（无奈）好——就谈工作！这规划有亮点，但要实施还需……

蒋　蔚　少打官腔，行不行给句话！

蒋大海　（苦笑）我是说，眼前最关键的还是缺劳力！

蒋　蔚　缺劳力？拉男人去打工，留女子守空巢，这不是你最重要最自豪的“政绩”吗？

蒋大海　小蔚！哦，蒋蔚同志——山区贫困，难有出路！要是男人们不出去打工挣钱，一家人愁吃愁穿，愁老人治病、愁孩子上学，你让他们怎么能够安下心来搞家乡建设？

蒋　蔚　农耕荒芜、老人孤寂、学校少有生源、家庭妻离子散，这就是你想要的结果？

蒋大海　变革巨大，必有阵痛，这是代价！

蒋　蔚　代价？我们家已经为你付出代价！如今苗岭寨滕娲疯了，是代价！应花婆婆变态，是代价！众姐妹心病难解，是代价！你不觉得这代价太沉重了嘛！

蒋大海　经济要发展，社会要进步……

蒋　蔚　经济要发展，社会要进步，决不能以家庭残破为代价！

蒋大海　说得好！这正是我留下继续扶贫的心愿！

（唱）当年扶贫来僻壤，

实惊诧，贫穷深深困山乡。

情怀悲悯解急难，

穷尽心力把办法想。

曾欣慰，推荐打工门路广，

曾自豪，脱贫数字年年长。

却未料，家庭空巢成现象，

现象深处隐患藏。
变革阵痛初感受，
前行缺憾压胸膛。
小蔚哪，你看山泉奔大海，
千回百折总跌宕；
更似那，呱呱坠地新生儿，
一病二痛也寻常。
与其多牢骚，
莫如细思量；
与其怀忌愤，
莫如作担当。
扶贫大业实悲壮，
我甘愿、身体力行、鞠躬尽瘁、探索前行觅良方！

马镇长 蒋副县长——（喊上，应花随上）蒋副县长，刚接到电话，鹧鸪岭发生山体滑坡！

蒋大海 （急问）可有人员伤亡？

马镇长 没有伤亡，只倒塌了两间民房。

蒋大海 马镇长，走，去鹧鸪岭！（要走，又转过身）应花，我们会马上通知镇扶贫办，抓紧落实培训计划！

马镇长 你是说上海竹编培训班？

蒋大海 对！组织竹编社成员去上海培训，越快越好。应花、蒋蔚，告诉大家安心去上海培训，家里的老人孩子，我们会派专人照顾。（对马镇长）我们走！（两人匆匆奔下）

蒋　蔚 （望着父亲背影百感交集）又到中秋节了……妈妈，我想你，我想……家！

[悠远的伴唱声起：

我想有一个家咪，一个圆满满的家。

娘亲儿嘞儿亲爸，夜夜有个他……

三

[大屏上解放日报、文汇报、新民晚报等相继迭现，画外音：为助力中国非物质文化遗产传承光大，上海举办竹编研修班，第一批苗族学员抵达上海。

[以舞蹈显现：苗女们认真听课；做电脑笔记；研讨竹编；游览上海等；最终定格在东方明珠塔前的集体合影。

[灯亮，"苗岭寨竹编合作社"招牌十分醒目。

[院内，挂着带有苗家风情的竹编衣裙。

[众苗女手中竹丝翻飞，赶制订单。

石　叶　（奔上）姐妹们快来看哪！这款新编的竹丝旗袍总算完工了。今天应花和蒋蔚又去签订合同，一定会给我们带来更多订单。

[众人欢呼。

石　叶　（唱）上海培训开眼界，

设计营销观念改。

更有梦想在心头，

竹编女，登上国际大舞台。

苗女甲　（唱）学习实践才明白，

竹编历史咱承载。

苗女乙　(唱)边学边做边挣钱，

苗女也能成干才。

苗女丙　(唱)赶制订单人忙坏，

偏有喜悦满心怀。

苗女丁　(唱)往日懒散今能耐，

自己想想都奇怪。

众　人　(合唱)竹丝飞绽七彩梦，

勤劳挣得幸福来！

尼　瑶　(举计算器奔上)姐妹们——算出来啦！这批订单完工交货，扣去成本我们每人能挣——三千块！

众　人　三千块?!(欢腾)

苗女甲　从今往后，扬眉吐气！

苗女乙　从今往后，腰杆绷直！

苗女丙　从今往后，自己当家！

苗女丁　从今往后，连买包卫生纸都要向老公讨钱的日子一去不复返啦！

石　叶　最最要紧的是，在家就能挣大钱，我们要叫老公回家，给我们打工！

众　人　对，给我们打工！

［众人大笑。天空滚起闷雷。

尼　瑶　要下雨了。快，把东西收一下。

众　人　哎。

蒋　蔚　(内唱)一声闷雷炸头顶——(冲上，直奔竹编衣裙)

应　花　(追上)蒋蔚——

［蒋蔚情绪激动地拽起竹编衣裙。

蒋　蔚　（唱）这衣裙、竹丝柔度、未达指标，

商洽无果、全部退货，咱一片心血成废品！

［众人顿时炸锅。

尼　瑶　什么？废品？全部退货？

众　人　全部退货！

石　叶　（嚷嚷）城里人懂不懂！竹编衣裙就是亮个时尚，又不让她们穿着干农活！

苗女甲　这么好的衣裙，哪能说不要就不要了！

苗女乙　他们不要，我们自己拿到集市去卖！

苗女丙　辛苦了多少日子，全白费了？

众　人　全白费了！

尼　瑶　蒋妹妹，这批衣裙是我们的梦想、我们的勇气、我们的指望哪！

蒋　蔚　（含泪）我知道、我明白……

尼　瑶　那你想想办法，我们便宜点卖成不成啊？

蒋　蔚　不！我们不能砸自己的品牌，这批衣裙……必须销毁！

石　叶　你疯啦——

尼　瑶　你舍得销毁？

众　人　不能销毁！

蒋　蔚　你们心痛，我更心痛……

石　叶　（不管不顾）你来看！她手上的血泡！这手上的老茧！还有她手上的指甲一个一个都翻了起来！十指连心哪，这痛你懂吗！（有人低泣）

蒋　蔚　（哽噎）对不起——对不起……

石　叶　竹编质量是你把关，如今全成废品，你究竟安的什么心——

应　花　（高声）真心苦心天良心！（众人愣住）蒋妹妹，请受苗家一礼！

（唱）深谢你，千里迢迢来苗岭，
为重振竹编苦用心；
深谢你，绘就将来美愿景，
聚起苗寨姐妹心；
深谢你，废寝忘食忙设计，
时尚服饰诱人心；
深谢你，筹资营销一身兼，
分文不取感人心；
姐妹们，一时性急你莫怪，
皆因为，自家人、吐尽肺腑心贴心！

蒋　蔚　应花姐——（抱住应花恸泣，众人羞愧）

应　花　姐妹们哪——

（唱）我们在上海受培训，
可记得，老师谆谆常叮咛。
若不能，严防死守质量关，
大浪淘沙难生存。
若不能，赢得市场好口碑，
产品滞销害自身。
若不能，狠下心来毁次品，
算什么，有信有义苗家人！
好在交货有余日，
加班加点我们从头拼！

蒋　蔚　姐妹们,竹丝柔化存在问题,是我忽略了竹子生长的地域、气候、土质不同,没有调整竹丝的加工工艺。

石　叶　那就赶紧调整吧!

蒋　蔚　靠我们自己从头开始摸索试验,赶不上交货时限。

尼　瑶　那怎么办?

蒋　蔚　只有请经验丰富的竹编艺人来指导把关。

尼　瑶　经验丰富——

[所有人的目光霎时射向应花。

尼　瑶　应花,我们苗岭寨只有你婆婆是竹编高手。

石　叶　事到如今,竹编社生死就看这一招啦!

众　人　应花——

应　花　(咬牙)好,我去请!我去求!要是我婆婆不管不问,我就是抬,也要把她抬到竹编社来!(疾奔而去)

蒋　蔚　(追阻)应花姐!你就是抬来婆婆,她不肯开口也没用哪!

应　花　(恍然)对。你快给蒋副县长打电话,请他过来帮忙劝说婆婆。

蒋　蔚　蒋副县长?蒋大海!他能劝动你婆婆?

应　花　他是我婆婆的救命恩人!

蒋　蔚　啊?

应　花　两年前的中秋夜,我婆婆跌下山沟,就是他救了我婆婆一命。

蒋　蔚　什么?

应　花　当时婆婆昏迷不醒,蒋副县长翻下山沟,失落手机,无法联系救援。他背着我婆婆走了三小时才送到医院……

蒋　蔚　(失态)你为什么不早说!

应　花　他不让我说。我婆婆她至今还蒙在鼓里，要是她知道蒋县长就是救命恩人，一定会……（欢快跑下）

［一声炸雷，暴雨倾盆。

蒋　蔚　（压抑低吼）天——（霎时聚光）

（唱）闻真相，翻惊涛，沉沉往事终明了，

痛得人，心魂如绞；悔得人，泪雨滔滔。

两年前，中秋夜，妈妈遭车祸，

危难中，盼爸爸，心似烈火烧。

我拨打手机百余遍，

他不接电话一整宵。

眼看妈妈抱憾去，

恰似天塌地也倒。

若不是，上海领导苦劝慰，

我真想，去天朝地府将妈妈找！（恸哭，颤抖着边取出手机边喃喃）给他打电话——喂！（隐去）

蒋大海　（内唱）接电话，心急火燎、顶风冒雨奔上苗岭道——（上）

竹编社，初战失利人心摇。

事关扶贫大方略，

更忧女儿、话语哽噎情绪糟。

蒋　蔚　（唱上）挥泪迎上苗岭道，

盼他快来怕他到。

痛当初，妈妈灵前怒斥他，

父女从此两绝交！

蒋大海　（唱）血脉亲情怎割断，

思念时刻挂心梢。

蒋　蔚　（唱）救婆婆真相今方晓，

他为何不将实情告？

蒋大海　（唱）亏欠家人自责深，

怕只怕，开口难抑悲号啕。

蒋　蔚　（唱）来苗寨，渐行渐看渐理解，

自问自省自烦恼。

蒋大海　（唱）盼听一声爸爸叫，

女儿永远是我心中宝！

两　人　（合唱）蓦抬头——

蒋大海　（唱）苗寨已到，（蒋蔚叠唱）我急忙闪逃！

蒋大海　（叠唱）她从小性桀骜，

蒋　蔚　（叠唱）他向来严苛教；

蒋大海　（叠唱）她自愿助苗寨，

蒋　蔚　（叠唱）他鬓白人苍老。

蒋大海　（叠唱）知她藏夙愿，

蒋　蔚　（叠唱）知他有目标。

蒋大海　（唱）她志在竹编我助力，

蒋　蔚　（唱）往事难追，默默敬他在今朝！（见父亲走向寨内，欲追又止，喃喃复诵）变革必有阵痛，前行需要代价！

（接唱）代价二字渐渐懂，

阵痛需疗深深明。

来苗岭，本为公司研新品，

到如今，栉风沐雨立初心。

誓将竹编深开发，

联手姐妹共创新。

为妈妈，痛责父亲是我错，

怎奈以往积怨深。

父女亲情隔膜久，

一声爸爸，千回在心却难出唇……（掩泣）

滕　娲　（挥着砍刀上）砍竹子……砍竹子……

蒋　蔚　（哽噎泣呼）爸——

滕　娲　（见状忙上前安慰）梁宝！不要哭，不要哭，妈知道你想爸爸了。来，拿上砍刀，你砍竹，妈编竹。等挣了大钱，你爸爸就能回家了！

蒋　蔚　（接过竹刀，泪眼模糊）滕娲……

滕　娲　（哼唱）我想有一个家咪，一个圆满满的家。

娘亲儿嘞儿亲爸，夜夜有个他……

四

［龙阿婆内声：放我下来！放我下来——随着喊声，龙阿婆挣扎着被众人用竹榻抬上。

应　花　妈，您当心、您当心啊。妈，竹编社就要到了。

龙阿婆　我不去！我不去！啊呀——不得了啦，欺负瞎眼老太婆啦！停下快停下！再不停我就要跳啦！（作跳状）

应　花　（忙扶）妈！

龙阿婆　（甩开）少来装腔作势！我儿子出去打工挣钱，养你在家享福，你竟敢作践他老娘！

应　花　妈——竹编社的竹丝柔化出了大问题，求您帮帮我们吧！

龙阿婆　要我帮你，除非苗岭开裂水倒流！

应　花　妈，您就是不肯帮应花，您也帮帮苗家众姐妹吧。

龙阿婆　哎哟，你以为我不晓得，你是竹编社长，帮成了，你脸上长光！

应　花　妈，您要是帮竹编社渡过难关，我情愿不当这个社长。

龙阿婆　当真？

应　花　当真，当真！妈，我们这就去竹编社。凭您的经验，那些竹编制品您只要摸一摸、看一看……

龙阿婆　（一把推去）啊呸！

（唱）明知道我两眼盲，

偏要我，睁眼看，你蛇蝎心肠！

应　花　（急求）妈，我错了，您回家再教训媳妇！

龙阿婆　（唱）你休想做人面面光，

偏要你臭名臭张扬。

人人喊打人人骂，

将你轰出苗寨乡。

应　花　（哽噎）妈，应花不会离开您，应花不会离开苗寨，婆婆！（起调）我的亲娘哪——

（唱）若非您，收留我，孤零幼童，

小应花，早已是，葬身荒冢。

若非您，好抚养，疼爱娇宠，

我怎能，与根强，成家圆梦。

是您救我一条命，

大恩大义刻在胸。

是您给我一个家，

骨肉情，点点滴滴早已融入血脉中。

记得儿时您教竹编，

双手翻飞快如风。

眼花缭乱我未看懂，

却将那，竹编好梦心底种。

只因苗寨多困窘，

根强离家去打工。

只盼姐妹少心痛，

应花立誓，光大竹编、为咱家乡拔贫穷！

婆婆呀，亲娘哪——

您打我骂我皆无用，

应花我，根在苗岭、心系亲娘，愿一生敬奉！（跪）

［蒋大海上，示意轿夫等在旁边。

龙阿婆 （唱）她声声亲娘唤得痛，

字字直往心底捅。

恶婆婆，为啥做来这样难……（欲扶又止）

不达目的我绝不把口松！

蒋大海 呵，你们这是唱的哪出戏呀？

应　花 （如见救星）蒋副县长！

蒋大海 （示意应花起来）阿婆，您老精神好哎！

龙阿婆 县长大人，你来得正好，这个不讲道理的媳妇，自己闯了祸，竟逼我老太婆去担待！

蒋大海 早就听说您媳妇不孝。只要您老同意，我让根强回来办离婚。

龙阿婆 啥？离婚？你算哪门子父母官，一跑来就想拆了我这份人家！

蒋大海　不想拆？好！应花，你婆婆烦你，你就不要在这里了！

龙阿婆　县长，你可不能让她……（欲言又止）

蒋大海　阿婆，我让她先回家去。（示意应花悄悄留下）

龙阿婆　哎，回家！回家……哎呀县长大人哪——

蒋大海　阿婆，您就让我自在一些，叫我大海吧。

龙阿婆　大海？

蒋大海　哎！

龙阿婆　你上次来苗寨讲话，句句实在，老太婆爱听。

蒋大海　阿婆要是愿意，就让老姐妹们抬上您，我们一起山里走走，唠唠您最爱听的话。

龙阿婆　好，好！

蒋大海　老姐妹们！

轿　夫　哎！

蒋大海　抬稳喽！

轿　夫　好嘞！

［轿夫抬起竹榻，舞步伴行，应花悄悄跟随。

龙阿婆　（唱）这真是，烧香不知向谁拜，
恰好来了尊活菩萨。

蒋大海　（唱）竹编社盼她救急难，
欲劝先把家常拉。

应　花　（唱）唯恐婆婆脾气怪，
暗提防，莫让恩人台难下。

龙阿婆　（唱）苗岭地无三尺平，
你们一步一脚要稳扎。

蒋大海　（唱）路已修至山寨口，

再过两月通到家。

龙阿婆　(唱)咦呀嗨,风中咋有琴弦响?

蒋大海　(唱)吉他厂建在苗山洼。

龙阿婆　(唱)哎哟喂,啥物撞着我头帕?

蒋大海　(唱)新开竹篾挂满架。

龙阿婆　(唱)大海吔——

蒋大海　哎——

龙阿婆　(唱)轰隆隆啥声震天响?

蒋大海　(唱)竹业园打桩忙开发。阿婆哎——

龙阿婆　哎——

蒋大海　(唱)眼前已到楠竹林,

龙阿婆　(唱)常在梦中牵记它。大海吔——

蒋大海　哎——

龙阿婆　(唱)林中哪来咯咯哒?

蒋大海　(唱)竹林鸡,市场欢迎效益佳。阿婆哎——

龙阿婆　(不高兴地)唔!

蒋大海　(唱)可听见流水哗啦啦?

龙阿婆　(唱)难不成,林中还将河塘挖?

蒋大海　(唱)竹沥塘水鱼鲜美——

龙阿婆　(唱)糊涂官,你竟将竹林滥糟蹋!

[应花见婆婆发火,欲冲出相劝,被蒋大海的笑声止住。

蒋大海　(大笑)哈哈……阿婆,看来您老心里还是舍不下这片楠竹林!

龙阿婆　楠竹可是求都求不到的竹编良材!

蒋大海　竹编社眼看就要垮了,这楠竹留着没有用啦!

龙阿婆 你——（省悟）呵呵，你故意引我到竹林，是要我帮竹编社吧？

蒋大海 阿婆，真是什么都瞒不过您啊。

龙阿婆 好，要我帮竹编社可以，老太婆心有一求！（扑地跪下）

蒋大海 （忙搀扶）阿婆？您心中有话尽管说！

龙阿婆 （挣开）县长，你权大力大，只要你将应花赶出我家、赶出苗寨，万事好商量！

蒋大海 阿婆，家里没有媳妇，谁照顾您啊？

龙阿婆 我自己能活！

蒋大海 那根强他……

龙阿婆 我的儿子我说了算！

蒋大海 （扶起）好好好，阿婆，您慢慢讲。只要您老说得对，大海一定帮忙！

龙阿婆 大海！（起调）我的父母官哪——

（唱）阿婆我，命定在，苗岭山岗，

一辈子，辛酸苦，自品自尝。

崖陡峭，土稀薄，种些粗粮，

遇灾害，眨眼间，全部冲光。

丈夫命丧山洪里，

根强应花待抚养。

政府救急难救贫，

好在我是竹编匠。

日编夜编熬瞎眼，

幸亏应花，继承手艺来支撑。

总算盼来政策好，

儿子出山打工忙。

怕只怕，穷山恶水难改变，

怕只怕，脱贫返贫更绝望。

怕只怕，应花编竹也熬瞎眼，

更痛她，长守活寡苦难当。

我也曾劝她去山外，

我也曾求她奔夫郎。

苦劝苦求她不听，

咬牙关，逼她走、强作恶婆我泪往心底淌。

县长哪，天下父母皆一样，

怎忍心，好媳妇、苦守孤老、有夫难聚、天各一方！

应　花　（冲出）妈——应花不会离开您！应花是您的眼睛，是您的心肝！

龙阿婆　好媳妇！（婆媳相拥哭作一团）

蒋大海　（唱）霎时泪从心底来，

面对着，好百姓，愧疚满怀。

空巢现象虽察觉，

总道解决需等待。

自慰脱贫有成绩，

今方知，美好生活刚起点、岂容懈怠。

阿婆哪，大海心中有亏欠，

奋力要将现状改。

打造本地竹资源，

系列研发门已开。

竹艺竹品竹家具，

竹布竹食竹药材。

一根竹子吃到底，

县委已有方案在。

筑巢引凤游子归，

要使那，居家打工成常态。

好日子，越过越火越精彩，

阿婆哪，您儿子定能回到您身边来！

龙阿婆 我儿真能回来？

蒋大海 能回来！

龙阿婆 在家打工真能赚钱？

蒋大海 只要努力！

龙阿婆 祖传竹编真能发扬光大？

蒋大海 万事俱备，就欠您这把东风！

龙阿婆 你的话能信？

应　花 妈，我信！我信家乡会越变越好；我信蒋蔚的一片诚心！我信蒋副县长大恩不言——

蒋大海 （制止）应花！感恩个人改变不了社会！感恩社会才是希望所在！

龙阿婆 （激动地）对呀！两年前有人救我性命，不肯留下名字。我们是遇上好社会啦。

尼　瑶 （与众姐妹手持砍竹刀奔上）蒋副县长——

蒋大海 哦嚯，好大的阵仗啊！

尼　瑶 蒋副县长，姐妹们商量决定，竹编社一定要搞下去！技术问题交给应花和蒋蔚，砍竹子，我们来！

众　人 对，我们来！

应　花　我们苗家祖先经历过千般苦难、万里迁徙，我们什么困难都不怕！

众　人　对！不怕！

石　叶　努力就会有回报，男人归家是迟早，女人也能挺直腰！

蒋大海　说得好！

龙阿婆　（感动地）应花，走，带妈去竹编社！

蒋大海　阿婆，我代竹编社谢谢您！

尼　瑶　姐妹们，砍竹子去！

应　花　哎啰喂——

［合唱：托出个太阳挂天上哟，

抱起个月亮回家乡啰。

山海有情筑脊梁，

火红的日子咱开创啰嗨——

五

［合唱渐收中灯亮：蒋蔚在电脑前操作，马镇长在旁观看。

马镇长　蒋蔚，这部宣传片，县委要求将我们新建的产业全部推送出去！

蒋　蔚　马镇长，我都编辑进去了，你看！

马镇长　吉他产业园、果蔬园、学校、竹编社、竹制品研发基地……哎呀！真是太好了！

（唱）山乡建设大巨变，

不枉艰辛又一载。
新兴企业筑凤巢，
急盼游子多归来。
为此特地去上海，
方听说，他父女心结源何在。
深愧以往少关怀，
与应花，系铃解铃悄安排。

蒋　蔚　（拔出 U 盘递上）马镇长，宣传片做好了！

马镇长　（接过）蒋蔚，谢谢你！这部宣传片发出去，相信许多在外打工的游子都会想家回家。

蒋　蔚　马镇长，您去县委送审宣传片，劳驾把这双鞋一起送去吧。

马镇长　你呦！自从见他断过一次鞋带，就买了这双新鞋，几次想送又不送，难道当面叫一声爸爸有这样难吗？

应　花　（喊上）马镇长——

蒋　蔚　应花姐。

应　花　（神秘地）马镇长，他来啦！

蒋　蔚　谁来啦？

蒋大海　（匆匆喊上）马镇长——（蒋蔚忙闪一旁）马镇长，县委急等审看宣传片，应花说出了大问题，非要我来当面商议。

马镇长　（递 U 盘）宣传片做好啦。大问题是，我去上海找梁宝……

蒋大海　他还是不愿回来？

马镇长　他说要攒够了给妈妈治病的钱，才肯回来。

蒋大海　这孩子心思太重！（说着拨通手机）梁宝啊，我是蒋大海。对，马镇长都跟我说了。嗯嗯……（马镇长与应花悄悄退出）梁宝，你是吉他高手，吉他厂需要你这样的人才。更重要的是医生说了，只要你妈妈想念的亲人陪在身边，再加以治疗，病情就会好转……你不用愁治病的钱，镇里县里都会帮你。嗯，你先回来看看，如果还想走，我们照样欢送。好、好！（关手机回身）马镇长……（见蒋蔚一愣）小蔚？

蒋　蔚　（苦笑）想不到蒋副县长关心人还真是体贴周到！假如你对家庭、对妻子有这一份关心……（哽噎欲走）

蒋大海　小蔚，不要走！我有错，你想说想骂……

蒋　蔚　我是想说、我是想骂，可失去的亲情能够骂回来么？

蒋大海　不，你从来没有失去亲情！过去、今天、将来我都是你——

蒋　蔚　好啦！将来我不期盼、今天我不奢望、过去我却记得清清爽爽！

（唱）你在部队见面少，

转业回来又当领导。

住家就似住宾馆，

家务全由妈承包。

我读书，你从不管，

家长会，你从不到。

我毕业工作难寻找，

求你帮忙，你竟是一副官腔调。

说什么，公权不可谋私利，

人当有志莫倚靠。

我咬牙数次去应考，

奔波中，泪水背人独自抛。

你扶贫三年谋政绩，

妈妈去世人不到。

虽说是我错怪你，

更因为，渴盼亲情才不依不饶……（恸哭）

蒋大海 小蔚，我……（忍泣）有许多心里话想与你讲。我早年参军，长守边哨，冰天雪地，只要想起家……（强忍哽咽）我不知道该怎样告诉你心中的感激与温暖？如今你已长大明理，我想问你也是问自己……如果、我说的是如果，你的竹编社正在运行中，你设计的系列服饰正在制作中，苗岭寨姐妹们的生活正在艰难改善中，你会因为一时顾家而放弃这一切么？

蒋　蔚 我——

［手机铃响，蒋大海接电话。

蒋大海 喂。是，宣传片已经完成。好，我马上赶到。小蔚，有空再聊。马镇长——县委急待审片，我们走。（两人匆下）

应　花 （急上）蒋妹妹，我都听见了，你不会放弃我们的对么？

蒋　蔚 应花姐，他是在告诉我：扶贫工作正在运行，致富规划正在实施，百姓生活正在改善！过去他不曾放弃，今天他不会放弃，将来他也一定会坚持到底！

应　花 好妹妹，我明白！是我们的贫困，拖累了许多扶贫干部。可是应花想告诉你——

（唱）也许他，不是你知冷知热好父亲，

却是位，百姓眼中好心人。

他来扶贫三年整，

走村访寨察民情。

学成一口苗家话，

地道就是苗家音。

抗灾抢险救人命，

他受伤从不吭一声。
难想象，夫妻永诀未赶上，
这痛楚，你可曾将心比心！
妹子呀，扶贫扶百姓，
百姓懂感恩。
大义义高远，
大情情更深。
恳求你，莫记恨、休抱怨、弃前嫌、开胸襟，
去叫一声大情大义的好父亲！

蒋　蔚　（向往地）父亲！爸爸——

［蒋大海画外音：好！这部宣传片拍得情真意切！县委决定，以正阳县政府名义，将宣传片发到我县每一位外出打工人员的手机微信，一个都不能少！

［幕后：父母盼你，孩子要你，女人想你，家乡建设需要你，回家吧！

［女子们的深情呼唤：回家吧——

［霎时响起男子们的欢呼声：回家喽——

［灯亮，苗岭寨风雨桥畔，一头站着盛装的众家苗女，一头站着急盼回家的苗族男子们。

女人们　（喊唱）哎啰咪——（起舞）
（唱）阿妹站齐寨门口，
手捧大碗拦门酒。
阿哥真想娶阿妹，
不喝干来不罢休。

男人们　（唱）阿妹站在寨门口，

手捧大碗拦门酒。

阿哥就想要阿妹，

一道一道往前走。

女人们　（唱）一碗香香啥子酒？

男人们　（唱）回家团圆合欢酒；（饮酒）

女人们　（唱）二碗纯纯啥子酒？

男人们　（唱）奉养爹娘孝敬酒；（饮酒）

女人们　（唱）三碗清清啥子酒？

男人们　（唱）念书明理教子酒；（饮酒）

女人们　（唱）四碗满满啥子酒？

男人们　（唱）在家打工哄妹酒；（饮酒）

女人们　（唱）五碗烈烈啥子酒？

男人们　（唱）不采野花忠贞酒；（饮酒）

女人们　（唱）六碗明明啥子酒？

男人们　（唱）挣钱交给婆娘酒；（饮酒）

女人们　（唱）奖你七碗聪明酒，

再来八碗勤劳酒。

男人们　（唱）九碗十碗醉心酒，

再喝两碗酒上头——

根　强　（冲上，跪倒）妈——

龙阿婆　根强！

［根强、应花拥龙阿婆下。

［男人们冲上前，各自拥住自己的女人下。

［唯余滕娲独自蹒跚自语：砍竹子、砍竹子……

梁　宝　（背吉他冲上）妈——梁宝回来了！

滕　娲　（茫然）……

梁　宝　妈，您儿子梁宝回来了！妈——

［滕娲依旧漫无目的寻找：梁宝！梁宝——

［梁宝忍泣拨响琴弦：

我想有一个家咪，一个圆满满的家。

娘亲儿嘞儿亲爸，夜夜有个他……

［滕娲木然地继续寻找，梁宝扑上前一把抱住母亲泣唤：妈——

［滕娲一颤，仰天嘶吼：

我想有一个家咪，一个圆满满的家。

娘亲儿嘞儿亲爸，夜夜有个他……（隐去）

［深夜的风雨桥畔只留下蒋大海与蒋蔚。

蒋　蔚　（感慨）今夜天上的月亮，真圆——

蒋大海　（亦感慨）看着大家团圆，真好——

蒋　蔚　真想痛哭痛骂一场……

蒋大海　哭吧、骂吧，我听着！

蒋　蔚　我想哭的是妈妈，她没能看到今天；我想骂的是我自己——

蒋大海　我也一直在骂我自己！骂自己，没能力轻松做好工作；骂自己，顾了这头丢了那头；骂自己，辜负了你妈妈对不起你……

蒋　蔚　这些话你为啥不早说？我一直以为，你就是迷恋官场、贪图政绩！

蒋大海　过去，我曾回避谈政绩，总觉得那是对官场的贬义词。可当我踏踏实实站在这片土地上，面向黄土、背负青天，才真正明白，政绩不是报告、不是口号、不是表彰，更不是履历表上的升迁筹码！它是村村寨寨门前的那条路、那座桥、那家医院、那所学校！是家家富足丰满的口袋、是户户团聚幸福的笑脸、是男女老少安定美好的生活——

蒋　蔚　（颤呼）爸！（蒋大海一愣。取出鞋，一声高呼）爸爸——（直扑向蒋大海怀中，父女泣泪相拥）

［“我想有一个家”的旋律哼鸣声，动人肺腑。

尾声

［上海国际艺术节——竹编服饰展的横幅硕大醒目。

［苗女们穿着蒋蔚设计、自己编制的服饰，身姿妙曼、缓步而来。竹编的龙凤、天安门、古城墙、东方明珠等造型，巧妙地融汇在她们充满民族风情的服饰中。

［伴唱：托出个太阳挂天上哟，

抱起个月亮回家乡啰。

山海有情筑脊梁，

火红的日子咱开创啰嗨——

［蒋大海、蒋蔚、应花、龙阿婆与众人一起跳起欢快的芦笙舞。

［剧终。

（与章楚吟合作）

新编历史故事剧

千秋妇好

人　物　妇　好　商朝女将军、武丁王后

武　丁　商朝第 22 代君王

熊　豸　羌方国大将，战俘

止　妪　妇好干娘，熊豸母亲

雀　儿　妇好亲兵

羽　儿　妇好亲兵

傅　说　冢宰，即丞相

大祭司　朝廷巫师

武　将　望枭、望鹏、马钺、牛戈

另有龙虎凤部首领、族人、祭司、文臣、兵卒、战俘等(可兼)

序

[公元前 1251 年，商王武丁即位。此时的商王朝经九世之乱，国家羸弱，兵祸不断。

[战鼓声隆，刀戈声烈，“商”旗残破飘摇；“鬼”方大旗逼近，杀声四起：取商王武丁人头！取商王武丁人头！杀——

[武丁退上；敌兵追来，举戈齐刺。

[突然，一只金色玄鸟从天而降，横翅将敌军尽皆扫去。

[亘古歌声响起：

你痴我痴，同怀何以？

我知你知，生死不移。

[大玄鸟在歌声中蹁跹飞翔，金光绚烂四射。

[一位美丽的白衣姑娘在金光绚烂处执戈现身。

武　丁　神女？神女——（扑跪）武丁求教恩人高姓大名！

[远远传来一声呼唤：妇好——

[白衣姑娘一声答应：哎——旋即冲武丁莞尔一笑，飘然而去。

武　丁　妇好！妇好！

[武丁惊梦而醒，丞相傅说忙上前搀扶。

傅　说　大王！

武　丁　（急嘱）丞相，孤王又梦见她了！妇好，去找妇好，一定要找到她！

一

［山野坡岭，春意盎然：一群流浪的部落族人手持镞箭长戈，唱着歌上山打猎，且行且舞。

众族人　（唱）高高山岗，风吹如鼓，
赳赳猛虎，围猎在途。
高高山岗，日之将出，
赳赳猛虎，我有刀镞。

［突然传来阵阵虎啸。

众族人　虎——

族人甲　（念）张牙舞爪大黑虎！

族人乙　（念）向着坡上两人扑。

族人丙　（念）年长的倒在山崖旁，

族人丁　（念）年轻的龇牙咧嘴——（众合）斗虎！

［虎啸再起，震动山岗。

妇　好　（唱上）猛虎啸，震山岳，策马飞奔，
救危难，掷长矛，虎口夺人。（扬矛掷去，一声虎嚎）

众族人　（欢呼）中啦中啦——首领威武！妇好威武！

妇　好　（接唱）遭战祸，失领地，八荒浪迹，
率部族，凭刀戈，乱世求生。

［止姬扶傅说上，武丁急切冲上。

武　丁　神女？你就是神女妇好！

妇　好　你！见过我？

武　丁　一年前，我被鬼方国兵甲围困，性命危急。你——恰似玄鸟从天而降，杀入敌阵，救我重生！

妇　好　哦，你就是那个被打得丢盔弃甲的呆子武丁！

傅　说　姑娘不得无礼，他乃商朝大王！

妇　好　他是大王，与我何干？

傅　说　大王自与姑娘别过，为胁迫属臣寻找姑娘，茶不思饭不想，不言不语整整三月……

妇　好　呀，大王装哑巴，好玩、好玩哈！（大笑，众人随之起哄）

武　丁　（单腿而跪，朗声）苦寻半载，终得相见，武丁求妇好为妻！（众人惊愣）

妇　好　（恼怒）呔，好你个呆子！我两次救你性命，你不思报答也罢，竟敢戏弄于我！来呀，将他扔到后山喂虎！

众族人　好嘞——（架起武丁就走，众人拥下）

傅　说　（追去）放下大王、快放下——

武　丁　（内声急叫）好儿！好儿——

妇　好　（大惊，唱）一声好儿触心惊！（白）放他过来！

武　丁　（冲上）武丁此心可对天地，若然不信，愿向好儿剖腹掏心！（拔出护身小刀刺向自己，被妇好一把握住，动弹不得）

妇　好　（唱）你可知，唤我好儿唯娘亲！

武　丁　（唱）梦中似闻她教引，

妇　好　（唱）痛爹娘，早因战祸命归阴。（哽噎）

武　丁　（唱）你痛爹娘，王痛臣民，

护家保国共此心。

武丁娶你为王后，

合力征战求安宁。

妇　好　妇好不想做王后，不想征战。只想有一方领地让族人栖身，有一个痴心汉子相守，有一群儿女娃娃围绕膝头。

武　丁　天下方国二十余家，杀伐离乱已近百年。领地朝夕沦丧，男子被迫征战，爹娘死于刀下，儿女沦为奴隶，谁可安生？唯有一统天下方国，使我大商处处皆为平安领地，家家皆可娃娃成群！

妇　好　一统方国，何以做到？

武　丁　以杀止杀，以战平战！

妇　好　征战悲苦，何为尽头？

武　丁　今日征战是为明日不征战，今日杀戮是为明日再无杀戮！

妇　好　（复念）今日征战是为明日不征战，今日杀戮是为明日再无杀戮！

武　丁　武丁求娶好儿，一为缘分天定；二为心底仰慕；三为合力征伐还天下苍生太平！耿耿此心，盼通达、盼悲悯、盼好儿成全——（跪）

妇　好　（唱）声声盼，激起我豪情万丈，
似烈火，簇簇燃烧在胸膛。
敬他一片雄心壮，
爱他一副痴心肠。
愿随他，以战平战，
愿与他，生死共当。
愿天下，和睦同享……

武　丁　（一把拽倒妇好，将一支玄鸟玉簪插入妇好发髻）武丁之心，以此玄鸟为凭！

妇　好　（以手抚之，顽皮腻笑）插歪了，呆子……

止　姬　（喊上）喂喂喂——

（接唱）儿定亲怎能够不拜干娘！

［妇好与武丁对视一笑，双双揖礼：干娘！

止　姬　告诉你武丁，若敢欺负俺干女儿，干娘不依！

武　丁　喏！

妇　好　（撒娇）干娘——

二

［殷都祭场：商王大婚，火焰熊熊，士兵肃立。

［大祭司带领众祭司及群臣，对着祭鼎庄严叩拜，朗声祷告：

高天苍苍，厚土芒芒，

商王求娶，人道和祥。

春送好女，秋结子房，

铸立铜钺，国祚无疆——

［士兵们艰难地抬上一柄沉重的青铜钺，立于祭鼎之旁。

［鼓声骤起，火焰明灭；众祭司猛然转身，戴着象征各类自然神的面具，手舞足蹈，越舞越快，身上铜铃发出古朴震响。

［武丁着大红喜服，疾步上又站定。

武　丁　（唱）天遂愿，迎好儿，心急——步稳，

［妇好在止姬等的搀扶下，盛装缓步而出。

妇　好　（唱）美滋滋，做新娘，心儿直扑腾。

武、妇　（叠唱）从此后——两人一双影，生死并肩行！

［武丁牵手妇好，同登祭台。

［众臣同呼：贺喜大王、贺喜王后！

［报——望鹏喊上。

望　鹏　启禀大王，土方国、鬼方国趁我王大婚，发兵滋扰边境。

武　丁　（果断地）马钺牛戈，速率大军，前往御敌！

马、牛　喏！（下）

［报——望枭喊上。

望　枭　羌方国大军冲破边关，攻下我大商两座城邑！

［众臣哗然：三面合围，腹背受敌，如何是好？

望　枭　望枭请战！

望　鹏　望鹏请战！

众武将　臣、请战！

武　丁　诸方国趁我大婚来犯，岂能轻饶！来呀，整顿兵马，孤王亲率大军征伐！

傅　说　（急阻）诸方国来势凶猛，大王切不可以身犯险！

武　丁　敌势嚣张，孤王亲征，方能安定军心！

傅　说　我王登基未久，此刻贸然前往，国中一旦生变，谁人能决？

武　丁　我若不往，一旦兵败，国破城毁，大王何存？

［夫王哪——妇好一声高呼，掀去大婚外裙，露出红色劲装。

妇　好　妇好愿代夫王出征抗敌！

［众人面面相觑。

望　枭　嘿嘿，从没听说过女人领兵打仗！

望　鹏　王后，砍人头可不是采桑纺麻！

望　枭　（举起手中长刀）这杀敌的长刀王后拎得动么？

［妇好不屑一笑，顺手拔起祭坛上的青铜钺，向望枭手中长刀砍去，长刀瞬间断成两截，全场震惊。

妇　好　请大王准妇好出征！

武　丁　（唱）她声声催征胆气豪，
　　　　我犹疑不忍五内焦。
　　　　盼她一举解国难，
　　　　怕她此去风险高。

傅　说　（唱）王后功力深领教，
　　　　恳请大王下圣诏。

望　鹏　（唱）女子率军惹人笑，
　　　　大商定被人小瞧。

望　枭　（唱）要俺心服沙场见，
　　　　光有蛮力算个鸟。

妇　好　（唱）小觑人、好气恼，
　　　　女子出征多阻挠。
　　　　不服可将战策考——

武　丁　倘若王后考败——

妇　好　（唱）从此居家守窝巢！

武　丁　好——丞相！

傅　说　（唱）峡谷中，遇强敌，如何是好？

妇　好　（唱）封蛇头，扎蛇尾，居中斩腰。

望　鹏　（唱）敌众我寡怎取胜？

妇　好　（唱）力逮头狼出奇招。

望　枭　（唱）攻城何法最高妙？

妇　好　（唱）里应外合使计巧。

武　丁　（唱）安定军心用何道？

妇　好　（唱）似女子纺麻，细细搓、柔柔捋、根根顺、密密拧、

合筋合骨、耐折耐磨、经风经雨它又坚又牢！

［众人一声高喝：好——

武　丁　孤王口诏——（众跪）王后实为将帅之才，特封护国大将军，王师远征，大将军代王镇守殷都！

众　人　大王？

武　丁　怎么，你们都昏头了嘛！今日是王后大喜……

妇　好　哎呀夫王哪！国势危急，大喜何来？众军赴战，大喜何堪？夫王出征，大喜安在？你、分明是信不过妇好！（嘟嘴生气）

武　丁　好儿，我……

大祭司　大王，神灵在上，天意为高！

武　丁　对对对，请大祭司快快卜问天意。

大祭司　（举起龟壳）方才已然行卦，天意在此——（众人匍匐）妇好领军征战，胜！

［众人欢腾：王后出征，大商胜！王后出征，大商胜……

妇　好　（靠近武丁）嗨，我赢了！呆子——（得意一笑，疾步而去）

武　丁　（喃喃向前）好儿，武丁实实地放心不下你呀……

［舞台后区：商字大旗与兵马隐隐过场。

［武丁沮丧跌坐在地，大祭司率人围拢做法，散开间，已脱去外衣的武丁盘腿端坐。

武　丁　敢问天意，王后安好否？

大祭司　好，王后胜了巴方国！

武　丁　她……可曾受伤？

大祭司　无碍，王后灭了鬼方国！

武　丁　王后现在何处？

大祭司　正与羌方国激战！

武　丁　整整八年了，她为大商东征西讨，百战百胜，从未停歇。

大祭司　八年来，大王专心整顿朝纲，大商气象已成。

武　丁　孤王——对不起她！

大祭司　大王赐她富庶领地，立她幼儿祖庚为太子，为她日日卜卦、夜夜祈祷，心中当安。

武　丁　（腾地站起）孤王发誓，一旦太平，与她相守，永世不离！

三

［深夜，苍茫辽阔的古战场：残尸横陈，一派惨相。

［远处：巡夜士兵执戟过场。

［亲兵雀儿提灯笼前引，羽儿随披着战袍的妇好缓步而来。

妇　好　唉，这夜怎么就越过越长了呀！（一群老鸦聒噪惊飞）

（唱）夜色沉，战场寂，老鸦惊飞，

苍茫间，萤火闪，尸骨成堆。

八年来，频征战，荡南扫北，

血溅甲，刀卷刃，何止千回。

忆当初，战敌酋，热血腾沸，

为什么，近年来，面对尸山心渐灰？

想夫王，念干娘，思儿垂泪，

恨不能，早回家，暖巢依偎。（不慎一绊）

羽　儿　娘娘小心!

妇　好　呀——

（唱）见老兵,肢断骨裂望眼怼,

似问我,家中老妻依靠谁?（急闪绊倒,白）他他他——

年纪不过十五岁,

刀劈头颅面目非……（颤颤捧土掩埋）

这世上,谁无爹娘与妻儿,

为何要杀来杀去将刀戈挥?

被杀者,有何罪?

施杀者,欲何为?

千思想,万诘问,

心越乱,情更悲;

以杀止杀、以战平战、到底要将多少人命摧?

夫王!夫王哪——

武　丁　（显现,唱）猛听好儿呼声悲,

似梦似幻似风吹。（呼）好儿?好儿——

妇　好　（唱）聚少离多隔山水,

武　丁　（唱）魂魄时刻将尔追。

妇　好　（唱）最苦衷肠难相诉,

武　丁　（唱）风雨来,鸿雁去,（合唱）百转千回!

妇　好　百转千回,整整八载,哪年哪月才是尽头?

武　丁　好儿威武,纵横天下,诸家方国多已降服!

妇　好　相夫教子,好儿亏欠,幸得夫王里外护持。

武　丁　朝政有序,民生渐安,我的好儿功不可没。

妇　好　大商气象,威势已成,零星方国不打也罢。

武　丁　四方归附，一统在望，岂可半途懈怠！

妇　好　一方才灭，一方又起，人心实难臣服！

武　丁　刀戈指处，马踏人头，谁敢不服！

妇　好　你——心肠变冷了！

武　丁　你——刀锋变钝了！

妇　好　好儿想家……

武　丁　我知道！

妇　好　好儿盼归……

武　丁　我明白！

妇　好　好儿——

武　丁　切记，今日征战是为明日不征战，今日杀戮是为明日再无杀戮！只有杀尽不服者，天下方可太平！（隐去）

妇　好　夫王——

羽　儿　娘娘您在唤谁？

雀　儿　（扑哧一笑）明日就要回家，大王又要奔马八十里来迎娘娘了。

妇　好　回家？你们有家可归么！

雀　儿　雀儿的国和家早就没了，娘娘的家就是雀儿的家。

羽　儿　羽儿是娘娘从杀戮场救下的，家中亲人都被砍头祭神了。

妇　好　战俘砍头献祭，本是上古之规，可……

雀　儿　我听干娘说，战俘和天下人一样，没地种没饭吃才出来抢抢杀杀。

羽　儿　要是有地种，有饭吃，谁还愿意杀来杀去呢！

妇　好　有地种、有饭吃么——（沉思）

［熊豸突然从黑暗中窜出。

熊　豸　妇好，看刀！（挺刀刺中妇好肩胛）

［羽儿拔剑刺中熊豸右臂；士兵们拥来，举戟向熊豸砍去。

妇　好　（忍痛喝止）住手——（雀儿替妇好包扎伤口）

熊　豸　妇好，要杀便杀，今日你若不砍了俺熊豸，来日定要报仇雪恨！

妇　好　报仇雪恨？你羌方国犯我大商几次三番，杀了我多少族人！

熊　豸　不错，俺熊豸就是要杀杀杀——

（唱）杀尽羔羊虎狼壮，
　　杀平异族占八荒。
　　夺来土地比天广，
　　抢得牲畜享不光；
　　家家使唤有奴隶，
　　人人舒心事麻桑。
　　羌族要将太平享，
　　唯有我王杀定四方！

妇　好　长年征战，杀来杀去，安得太平可享？

熊　豸　今日征战是为明日不征战，今日杀戮是为明日再无杀戮！

妇　好　（大惊）你、你再说一遍！

［武丁与熊豸的声音同时混响：今日征战是为明日不征战，今日杀戮是为明日再无杀戮——

妇　好　（如雷击顶）天——为什么？为什么王心人心皆一样：盼无战、盼安乐、盼太平？既是所盼一样，为甚还要杀来杀去……（晕眩）

雀、羽　（同扶）娘娘——

四

［阳光明媚一派静好，傅说宣旨声：王后妇好屡建奇功，征讨收服二十方国，特旨：封战神、享侯爵，赐三千羌方战俘，供王后斩下头颅献祭封地上神，以佑平安！

［天色骤然昏暗，呼声四起：不好啦！天狗吞日！天狗吞日啦——隐约可见慌乱的人群跪拜在地，颤颤求祷。

［灯亮：大祭司率众臣伫立王殿两厢。

武　丁　（怒问）大祭司，究竟何人何事犯忌，乃至神灵震怒，天狗吞日？

大祭司　卦象昭示，有人悖逆神意，招致上天惩戒！

武　丁　望鹏、望枭，随大祭司前往，速将此人砍头献祭，以消天怒！

傅　说　（急呼）大王！天狗已奔西方，天日已复祥和，饶了此人吧！

武　丁　上天示警，百姓恐慌，不杀此人，民心难安！

望　鹏　大王圣明！

望　枭　走啊，大祭司！

傅　说　（扑通跪倒）大王，她、她是王后哪——（大静场）

武　丁　（惊懵）大、大祭司，这到底是怎么回事？

大祭司　大王赐下三千羌方战俘，供王后献祭封地上神。不想王后私自留下他们性命，招致神怒天愤！

众　臣　天意难违，大王圣决——（跪；聚光武丁）

武　丁　（焦虑）我的好儿！你怎么就这般地不懂事哪——

（唱）自古天意不能悖，

从来神威胜王威。

擅留战俘天神怒，

以命消灾，本是孤王定的规。

不杀你，天下汹汹怎面对？

杀了你，似将孤王性命追。

心中滚油沸，

眼前乱星飞。

强自理思绪，

争一个，两全之策解困危！

［灯亮：殿下只剩傅说与大祭司。

武　丁　大祭司，孤王这就去劝说王后，补杀三千战俘！

大祭司　天已震怒，补杀晚矣。

武　丁　王后为大商打天下、平方国，战功累累，当可抵过！

大祭司　可与不可，需问天意。

武　丁　请大祭司快快卜问天意！

大祭司　事涉王后，本司已率众徒虔诚求祷，卜过三卦。

武　丁　怎么讲？

大祭司　天狗遮云蔽日，倏忽向西而去。西为羌方国，灾自羌方来，只要王后率兵杀灭羌方，此灾可解。

傅　说　不错，羌方若灭，大商再无强敌，灾祸自消。

武　丁　羌方乃大商心腹大患！其将士惯于征战、骁勇强悍，王后数次讨伐皆不能全胜，况她刀伤未愈，怎可再事出征！

大祭司　大王不忍，我等何忍？但这天意高悬，谁也不能替代！

武　丁　替代么——敢问大祭司，孤与王后可是夫妻？

大祭司　是。

武　丁　古人云，夫妻结缡，便为一体，她即是我，我就是她！

傅　说　（大惊）大王，羌地正值雨季，道路泥泞，不战犹困，战之更危！

武　丁　（大怒）既知危困，你还要王后去送死吗！

傅、祭　（同呼）大王——

武　丁　（唱）孤王我，稳坐王庭彰天道，

全凭她，出生入死暮与朝。

到如今，满身伤痛还未愈，

孤替她，征伐羌方将灾祸消！

傅　说　大王专宠王后天下尽知，但也不能为她冒险舍命哪！

武　丁　丞相当知，此战既可为王后消灾，又能为大商平定天下！

大祭司　大王胜算几何？

武　丁　羌地雨季，防卫松懈，突发奇兵，占定先机。此战若胜，王后安！大商安！天下安！倘若——丞相、大祭司听诏！（两人同跪）孤王若遭不测，丞相与大祭司可辅佐王后携太子登位临朝！

傅　说　王后断不会答应大王亲征赴险！

武　丁　孤王自能迫使王后听命！望丞相、大祭司成全——（跪）

傅、祭　（拜伏泣呼）大王……（聚光武丁）

武　丁　（缓步向前）好儿，自你征战回来，为罢兵休战与我屡屡争执。我的好儿真是累了、倦了。这最后一仗就让武丁去打吧！（高唤）干娘何在？

止　姬　（显现）大王？

武　丁　有劳干娘速携太子出宫，前去王后封地，以慰王后思儿之心。

止　姬　喏！

五

［妇好封地：凡战俘额头皆刻有黥刺标识。

［清晨，雾霭蒙蒙：隐约可见众战俘排阵踏舞而去，歌曰：

地廓天广，何以同殇，

休憩戈矛，执我农桑……

［止姬循歌声张望，雀儿提食篮上。

雀　儿　干娘，看啥哪？

止　姬　那三千战俘果真还活着？

雀　儿　活得好着哪！管吃管饱管疗伤，上午耕种，下午练操。

止　姬　听宫里人说，天狗吞日是娘娘悖逆天意……

雀　儿　瞎说！娘娘是大玄鸟转世，娘娘就是天意！

止　姬　说得好！你、羽儿还有干娘全仗娘娘救命，娘娘不是凡人！

雀　儿　小太子可好？

止　姬　睡着哪。你这是？

雀　儿　哼！那个战俘刺伤了娘娘，娘娘还命我给他疗伤送饭！

止　姬　竟敢伤俺干女儿！那就该饿死他——（抢过食篮要扔）

雀　儿　不行不行！娘娘说，三千战俘都敬服他，只要他回心转意，耕种操练就可以交给他管束啦。

止　姬　哦，娘娘对他如此上心，他是？

雀　儿　羌方国大将熊豸。

止　姬　（一颤）熊豸——

雀　儿　干娘？

止　姬　不碍事。你去看看小太子醒了没？这饭干娘替你送。

雀　儿　俺最烦看他那张冷脸，干娘你真好！（雀跃而去）

［灯大亮：熊豸遥望远山，困惑吟诵：地廓天广，何以同殇，休憩戈矛，执我农桑？这休憩戈矛……

止　姬　（将食篮重重掷地）休憩戈矛，种地吃饭！

熊　豸　（惊回首）你？

止　姬　（颤呼）豸儿！

熊　豸　娘？娘——您还活着！儿在家为您供奉了八年牌位哪，娘！

止　姬　娘还以为今生今世再也见不到儿了……（哽噎）

熊　豸　娘，俺媳妇子兰可好？当年她身怀六甲，如今——

止　姬　（一巴掌扇去）你还记得子兰！你还记得她腹中胎儿！当年战乱，全家逃出城外，可你，听说大王被困，立刻抛下家人返城救主。我婆媳孤零无靠、途中被掳，为免糟践，双双跳崖！幸得妇好、冒险相救。可怜子兰她、她早已气绝身亡——

（唱）一尸两命骤然丧，

俺心如死灰自悬梁。

气息奄奄被救下，

妇好她，亲自守护奉药汤。

声声干娘不停唤，

唤得俺，魂魄归心房，

唤得俺，热泪滚滚淌，

唤得俺，思亲盼亲、一把将她紧紧搂在了胸膛！

八年相处胜母女，

她成王后更善良。

将奴隶，当人看，

为战俘，罪责扛。

地同耕，饭共享，

还为你，疗刀伤。

你为救羌王抛家小，

到如今，恩将仇报、你还有啥脸认亲娘！（恸泣）

熊　豸　（唱）娘亲责骂愧难当，

妻儿丧命痛断肠。

眼前诸事细掂量，

心头豁然驱迷惘。

难怪奴隶不思乡，

难怪战俘不逃亡。

多少年哪多少代，

不就是，盼着休憩戈矛种禾粮！

战俘奴隶当人看，

熊豸佩服女中豪杰胜儿郎。

妇　好　（急唤上）干娘——

止　妪　娘娘？

妇　好　雀儿好不懂事，竟让干娘送饭，万一被他……

止　妪　豸儿还不跪下！

熊　豸　（跪）熊豸谢娘娘救俺母亲性命！

妇　好　（惊讶）你？你们竟是母子！

止　妪　豸儿伤了娘娘，要杀要剐全凭娘娘！（跪）

妇　好　（急扶）干娘！亲人团聚，大喜呀！他既是您的儿子，也就是我的兄长。（施礼）妇好见过兄长！

熊　豸　（愣住）兄、长？

［娘娘——羽儿、雀儿执剑喊上。

羽　儿　娘娘不好啦！大王率三万兵马，将三千战俘围困山洼！

妇　好　三万兵马？

雀　儿　全副盔甲，来势汹汹！

妇　好　快，牵马——（与羽儿疾下；熊豸突然一把夺过雀儿之剑）

止　姬　你想干啥？

熊　豸　他要敢杀三千战俘兄弟，俺就杀了那鸟大王！（冲出）

止　姬　豸儿——（追赶跌倒）

雀　儿　干娘！

［在武丁的导板中迁景，景同第一场。

武　丁　（内唱）率兵马，赴沙场，生死由天命——（上，傅说与望枭望鹏随上）

放不下、撩不开，好儿她时时刻刻牵痛孤心！
强自颁诏来封地，
一步一回一沉吟。

妇　好　（飞马唤上）大王——（翻身下马施礼）臣迎驾来迟……

武　丁　（一把扶住，触痛妇好刀伤）怎么，伤痛还未痊愈？

妇　好　夫王兵马倾巢而来，是为探伤么？

武　丁　（打岔）听说好儿封地五畜兴旺、一派祥和，过来走走看看！

（唱）展望眼，云绕层峦似仙境，

妇　好　（唱）谢夫王，恩赐封地长沐春。

武　丁　（唱）山上杜鹃红火火，

妇　好　（唱）垄中禾苗绿茵茵。

武　丁　（唱）风摇菜花金灿灿，

妇　好　（唱）鸡犬相闻笑语频。

武　丁　（唱）戈矛林立架田头，

妇　好　（唱）战俘挥汗耕作勤。

武　丁　（唱）她截留神祭太任性，

妇　好　（唱）他定有隐秘藏在心。

武　丁　（唱）愠怒不忍责怪她……

妇　好　（唱）忧患更当替他擎。（亲昵地）哎，呆子！

这地儿，可像你我梦中景？

武　丁　（唱）你竟将梦望做成真！

妇　好　（唱）为你愿将前路探，

武　丁　（唱）得胜归来，定与你筑梦路上并肩行！

妇　好　得胜归来？夫王率三万兵马是要奔赴沙场！

武　丁　不错，孤王要去征伐羌方国！

妇　好　（诧异）夫王，我朝已收服周边方国，唯羌方强悍难敌，几番征伐死伤无数，大商急需休养生息！

武　丁　剿灭羌方悍敌，必须一鼓作气！

妇　好　羌方山林峻险，易守难攻，此刻正逢雨季，道路泥泞难行！

武　丁　孤王心意已决！

妇　好　只怕酿就败局！

望　鹏　难不成大商就你王后能战？

望　枭　我等皆是摆设不成？

妇　好　也罢，臣请代王统帅出征！

武　丁　（咬牙）丞相宣旨——（熊豸冲上又隐）

傅　说　（无奈展读）王后妇好，居功抗命，擅截三千战俘充作亲军，致神灵震怒，上苍示警！令褫夺后位、摘其帅印，囚居封地，无王旨不得擅出一步！（妇好惊呆）

武　丁　丞相，驻兵守护封地！望鹏望枭，拔营出征！

众　人　喏！

妇　好　（猛摘王冠掷地）妇好不在乎王后帅印！夫王！夫王哪——好儿在乎大商兴亡、在乎将士生死、在乎我、我的心上夫郎——（大跪）

妇、武　（背躬叠唱）心裂碎、肠寸断，强抑泪涌！

（武）好儿哪——（妇）夫郎哪——

武　丁　（背唱）你可知，出征为你消灾祸，

妇　好　（背唱）你可知，此去险关千万重。

武　丁　（背唱）你可知，大商宏业在此举，

妇　好　（背唱）你可知，数年征战误桑农。

武、妇　（合唱）为国为你为一统——

妇　好　（背唱）我定要阻止出征，

武　丁　（背唱）我已然果决在胸！（一跺脚，转身就走）

［妇好跃起，一拦、二阻、三挡；武丁大颤不止。

武　丁　（决绝大呼）弓箭手听诏——（一排弓箭手拉弓显现）妇好若再强行阻驾，立将三千战俘全部射杀！

弓箭手　（齐喝）喏喏喏——

妇　好　（颤抖四顾，绝望地）武丁，你、你！无耻——（拔下定情玉簪掷还武丁，抹泪翻身跃马而去）

武　丁　（欲追又止，抚簪长叹）……

傅　说　大王？

武　丁　望枭望鹏，传令出征！

枭、鹏　（齐呼）出征——

熊　豸　（闪出，慨叹）嗐——（向王后方向追去）

六

［妇好封地正殿，两侧列有各式兵器，墙上挂一张硕大牛皮地图。

［熊豸率战俘们黑压压一片跪在阶下。

［雀儿、羽儿守在殿门，焦急相劝。

雀　儿　娘娘旧伤复发，需要静养，尔等快快散去！

熊　豸　不见到娘娘，我等兄弟宁愿跪死阶前！

羽　儿　娘娘说了，她的事与尔无关……

熊　豸　怎说无关？娘娘受伤，是俺所刺，娘娘获罪，是为保全我三千战俘性命！（向内高喊）娘娘——熊豸率三千兄弟，跪请娘娘速砍我等头颅，向神灵赎罪，求大王宽恕！

众战俘　向神灵赎罪，求大王宽恕——

［殿内悄无声无息。

熊　豸　（拔刀）娘娘若不忍心，我等自戕便是！

［众战俘随之拔刀横向颈间。

［一声喝喊：且慢——妇好鬓发零乱，在止妪的扶持下踉跄冲出。

妇　好　把刀放下！（众人横刀不动）熊豸，把刀放下！

止　妪　豸儿！

熊　豸　娘亲莫怪！娘娘为保我等性命，背负抗旨大罪。今日甘愿尽死，以解娘娘困危！

众战俘　我等愿死——

妇　好　（热泪盈眶）承蒙大义，妇好惭愧！八年征战，杀伐四方，妇好曾以此为功，以此为荣！可每当夜深人静，想起死于战乱的爹娘，十多年来泪落不干！将心比心：尔等也有爹娘，也有妻儿，也有亲人在家盼望！妇好再不愿他们似我这般，哭祭亲人，永不泪干！

熊　豸　娘娘将战俘当人看待，奈何败军献祭，上古之规，怎得抗拒？

妇　好　截留战俘，确属抗旨，不事献祭，亦为不恭。妇好曾辗转思虑、苦苦扪心，焚香数夜，卜卦问天：仗要不要打？战俘该不该杀？人是不是应该像人一样活着？冥冥之中，神灵昭示——

（唱）止兵戈，休征战，人莫杀人，

耕田地、事农桑，共图安宁。

纵砍下，三千血染死头颅，

怎胜这，三千壮实活生灵。

神圣也需香火奉，

人若杀绝神何存？

妇好刀下欠人命，

负罪受罚理该应。

兄弟们若是存怜悯，

放下刀剑、祸福共当始于今！

众　人　（感动叩伏）娘娘——

熊　豸　娘娘，从今往后，我等兄弟性命尽属娘娘！但有旨令，万死不辞！

众　人　万死不辞！万死不辞——

［妇好含泪深深揖礼，众人还礼退去；妇好转对地图沉思。

止　姬　娘娘日夜对着地图比画，心中还是挂念大王安危。要俺说，他既无情，您又何苦在意！

妇　好　他不会无情！只是……他这般决绝强横，莫非事出有因？

止　姬　啥因不因的！你为他征战八年，浑身是伤，他竟然夺你——

妇　好　王后帅印都不重要。大王此战若败，三万将士、白白丧命，大商崩坍、前功尽弃！

止　姬　那是他自己造孽！

妇　好　干娘……自从与他结缡，两情相好，体己知心。虽有争执，皆为国事。他宠妇好，真心实意；妇好恋他，生死不移！更何况他是孩儿的父亲！万一有个三长两短，我……干娘——（扑进止姬怀中委屈饮泣）

止　姬　（轻抚）唉，人都说大王宠你，要俺说，你宠他才叫死心塌地！

雀　儿　（疾上）娘娘，望枭将军浑身血污，急来求见！

［妇好心知不好，一阵晕眩又强自抹泪挺起。

望　枭　（冲上）王后——

妇　好　（背立）将军难道忘了，我已被大王褫夺封号，哪来的什么王后？

望　枭　哎呀，都啥时候了！大王被羌方大军困于山坳，几番突围死伤过半！

妇　好　（顿时失态）大王他——可安？

望　枭　危在旦夕！你快发兵，随俺去救大王！

妇　好　（故作镇静）我今属下只有三百亲兵，大王难道不知晓么？

望　枭　大王知晓，才下死令，不准向娘娘求救！本将只能背着大王，杀出重围！

妇　好　为何不向丞相求援？

望　枭　将士们只相信娘娘神力！如今战败气馁，立等娘娘驰援！

妇　好　（大怒）哪来什么神力！将士不肯死战，覆灭败局已定。你回去告诉大王，妇好无能救援，让他好自为之！

望　枭　你——大王宠你如命，你竟见死不救！

妇　好　（一颤强止）来人，送客！

［雀儿、羽儿、熊豸等冲上架住望枭推出。

望　枭　（一路咆哮）妇好——天狗吞日，你是罪人！大王偏要替你赎罪！替你出征！替你送命——

［妇好闻言，踉跄欲追，一口鲜血喷出，晕倒阶前。

止　妪　娘娘？娘娘——（众人拥上，将妇好扶坐椅上）

妇　好　（悠悠醒转）尔等退下吧。

众　人　娘娘！

妇　好　（喝令）退下！（众人无奈退出，挣扎挺起）武丁、夫王哪！你纵使为了好儿，怎能不顾大商前景、一意孤行！如今被围山坳、险象已成！好儿故意赶走望枭回去报信，以激励将士绝地拼杀之心！可眼前只有三百亲兵，如何驰援，如何解救，如何取胜哪——

（唱）闻真相，证疑猜，五内剧震，

赤焰燎，烈火焚，煎肠炙心。

你不该，瞒好儿，深入险境，

你不该，抛妻子，赴死独行。

感念你，明里贬黜暗回护，

更恨我，掷回玉簪断真情。

你若一去永不返，

我终天遗恨诉谁人……（恸泣，抬头见地图）

羌方国，层岭叠嶂路泥泞，

山坳中，深陷大商三万兵。（叫头）妇好哪妇好——

莫再悲泪滚，

莫要散精魂，

莫畏万重险，

莫惜一己身。

振作起，凌云浩气泼天胆，

救夫郎，救将士，筹谋良策，万死一拼！（晕晃）

止　姬　（端碗上）娘娘，这是刚熬的老参汤。您这身子，不能强撑啦！

妇　好　（一口饮尽，高喝）虎部、龙部、凤部首领何在——

［三首领冲上："娘娘——"；熊豸追上。

妇　好　大王被羌方大军困于山坳之中，我等必须日夜兼程，赶往相救！

众首领　娘娘？

妇　好　情势危急，难顾周全。敌众我寡，不可蛮拼。（指地图）龙部收集山上巨石，藏于左侧山岗；虎部采集松油松枝，藏于右侧崖岭。

两首领　喏！

妇　好　凤部随我杀入敌阵，只可败不可胜，将敌诱至峡谷，虎部龙部立即点燃松枝，随巨石一起抛下。趁羌军大乱，三部合力杀入谷底！切记：兵将虽寡，声势要壮，传至大王，率军杀来，四面合围，或能险胜——

熊　豸　俺打了半辈子仗，从未见过这般阵法！

妇　好　当年我与族人围捕狼群，就用这“伏狼阵”！

熊　豸　大王不知阵法，怎会杀来合围？

妇　好　大王与我心意相通，自能明察！

熊　豸　俺这三千战俘，娘娘为何不用？

妇　好　这……羌方与尔同根同族，互相厮杀，你叫我如何忍心？

熊　豸　娘娘若是遇险，你叫弟兄们如何忍心？

妇　好　兄长……

熊　豸　既为兄长就不是外人！

妇　好　也罢，你带一千弟兄，在此守护太子；其余随我赶往羌地。走！

［众人随妇好疾下；熊豸欲追。

止　妪　站住——

熊　豸　娘，封地有丞相派兵守护，王后她分明信不过俺！

止　妪　娘问你，八年前，你曾救过羌王性命？

熊　豸　是。

止　妪　八年来，羌王待你如何？

熊　豸　胜如兄长！

止　妪　好！娘要你速速赶去面见羌王！

熊　豸　面见羌王？

止　妪　兄弟之间，难道不能敞开胸膛、亮亮肺腑吗？

熊　豸　这……

止　妪　再带上你那一千战俘兄弟！

熊　豸　娘？

止　妪　一千张口总比你一张口管用！

熊　豸　（恍然）娘放心，豸儿拜别——（跪）

七

［夜，山坳中的营帐前；商旗残破，望枭在押，众将伫立。

武　丁　望枭，你竟敢违抗孤王严令，擅自去向王后求援——

望　枭　（不屑地）她说啦，既被大王褫夺封号，哪来的什么王后！

武　丁　可她还是孤的王妇！

望　枭　什么王妇，俺看她就是头养不熟的白眼狼！

武　丁　（大怒拔剑）……

众　将　大王——

望　鹏　大王息怒！望枭抗旨有罪，但王后并未发兵救援……

武　丁　尔等糊涂，她属下只得三百亲兵，来救援就是送死！

望　枭　纵然送死，也不能置大王生死不顾！

武　丁　罢了！大战在即，生死难料，留尔性命，厮杀羌敌！都准备去吧。

众　人　喏！（退下）

武　丁　（望空长叹）唉，好儿哪好儿，你明里拒绝望枭求援，只怕得知战局危境，你仍会赶来送命！我大商便永无指望了——

（唱）原指望，能为你，消灾一战，

也是孤，求大统，最后一关。

趁雨季，出奇兵，以为胜算，

未料想，成败局，势难转圜。

好在遗旨安排定，

寄望你，携庚儿，重振万里好河山！

看起来，以战平战非上策，

以杀止杀征服难。

何去何从你决断，

只盼大商能久安。

好儿哪——

千万莫莽撞，

切记休驰援。

殷都需镇守，

国事靠你担。

武丁此生唯一憾，

奈何桥上，不能与你相扶挽。

更悔临别逞凶蛮，

惹你绝情抛玉簪。（取出玉簪）玉簪哪玉簪——

深羡你，八年与她长相伴，

带上你、天道茫茫、生死轮回我永不孤单！

［突然，阵阵厮杀声传来，众将冲上。

马　钺　大王，王后率兵赶来救援！

牛　戈　王后战败，退向峡谷，羌方大军死死追杀！

望　枭　望枭错怪王后！俺去救她回来　（欲走）

武　丁　等等！（急速思索旁白）好儿用兵，向来奇诡，退向峡谷，分明死地——她这是……（恍然）来呀，集合全部兵马，抵死杀去，与王后合围羌军！

众　将　喏！

［在妇好导板中，转峡谷战场。

妇　好　（内唱）引追兵，入峡谷，一声号令——

［霎时，巨石与燃着的松树干滚滚而下，羌兵哀号声震。

妇　好　（上唱）山石滚、火焰烈、杀声震天，传召夫王快出兵！

顾不得，一路奔驰吐血频，

强忍下，旧伤崩裂痛锥心。

咬紧牙关挥戈钺，

救夫王、救大军、愿耗尽一生力千钧！

［妇好率三部首领奋力厮杀，雀儿羽儿先后战死战伤，妇好被羌兵团团围住，情势危急。

［杀——武丁率大军冲来，羌兵逃窜，商军追去。

武　丁　好儿——

妇　好　夫——王！（一头栽下马来）

武　丁　（急扶）好儿！

望　鹏　（喊上）报——大王，羌军退去，谷道打开！

妇　好　夫王，羌军实力未损，只怕卷土再来。快、快撤兵……

望　枭　（喊上）大王——不好了，又一路羌方大军直奔谷道而来！

妇　好　夫王，给我三千将士前去抵挡，你率大军速速撤往殷都……

［天幕处，突然升起一面羌字大旗，随之冒起黑压压一排执戈羌兵。

武　丁　（绝望）来不及了！尔等保护王后，望枭望鹏随孤前往死战！

熊　豸　（在羌兵阵中显现）羌方国大将熊豸在此！

妇　好　熊豸？

熊　豸　（朗声）熊豸奉羌王之命，护送大王、王后返回殷都！

武　丁　什么？

熊　豸　羌王命俺护送大王、王后返回殷都——

［众羌兵以戈击地，齐声喊出：休憩戈矛，执我农桑！休憩戈矛，执我农桑！休憩戈矛，执我农桑……

妇　好　（热泪盈眶，挣扎着颤步走向台前）熊豸，好兄长——（一口鲜血喷出，软倒在地）

［随着武丁一声惨呼：好儿——（霎时聚光，万籁俱静）

妇　好　（倚在武丁怀中，气微地）夫王……

武　丁　好儿，你不该来、不该来哪！

妇　好　夫王在此，好儿怎、怎舍得不来……

武　丁　好儿……（泣难成声）

妇　好　好儿此生嫁与夫王，心愿足矣！只是尚、尚有一愿在心……

武　丁　你说、你说！

妇　好　愿、愿天下，休戈矛、事农桑！

武　丁　我听你的，都听你的！

妇　好　（含笑）好儿一路奔来，累死三匹战马，除了驰援，还想、想讨还我的玉簪……

武　丁　（泪流满面，取出玉簪，颤颤插入妇好发髻）……

妇　好　（轻抚玉簪，顽皮腻笑）你哟！又插歪了，我的呆、呆子……

［伴唱陡起：你痴我痴，同怀何以？

　　　　　我知你知，生死不移！

［歌声中，武丁死死抱住妇好，浑身大颤着哭不出声来。

［歌声中，色彩斑斓的大玄鸟从天而降，缓缓摇动双翅，遮掩去满目疮痍的古战场。

[字幕：经此一战，商朝休兵止戈，走向中兴。

[大玄鸟一声长鸣，扶摇直上九天。

[舞台中央，妇好雕像巍巍伫立。

[剧终。

（与章楚吟合作）

新编历史故事剧

大汉女国医

人　物　义　妁　西汉女医官

义　杉　义妁之弟，后为中郎将

张天佑　义妁之父

崔　弘　太医令

朱　悦　太医丞

刘　彻　汉武帝

太　后　汉武帝之母

伊　邪　匈奴王子

王公公　内侍太监

太医、宫女、内侍、兵卒、百姓、傩面人等（可兼）

序

［汉建元初年：武帝刘彻登基未久。

［黑暗中的宣旨声："皇帝圣旨——太医署太医张天佑，居心不正，擅用药石，致贾美人中毒而亡，旨令枭首示众，流放九族！"随即传来张天佑的呼喊声："冤枉——"

［灯亮：张天佑跪在刑台上，刽子手执刀站立两旁。

［少年义妁、义杉姐弟惨呼奔来："爹爹——"踉跄跪地，遥望刑台。

张天佑 儿哪——为父此心可对天地，贾美人之死定有冤情！

姐弟俩 爹爹……（哭泣）

张天佑 不要哭！为父自幼教尔祖传岐黄，将来有成，设法进宫，查清冤枉，为张家九族昭雪正名！

义　妁 爹爹放心，女儿义妁纵然九死，也要为亲人报仇雪冤！

［内呼声：时辰已到——刽子手举刀。

张天佑 （挣扎大喊）千万记住，要查冤案，先找太医署崔弘崔太医……

［内呼声："斩——"刀落灯灭。

［追光中，姐弟俩相拥哭倒。

［伴唱：从此后，姐弟相伴苦迁徙，

弟习武艺姐学医。

历尽磨难十三载，

终逢大赦返故里。

一

［十三年后，长乐宫太后寝殿，垂帘隔断内外。

［太医署医丞朱悦与众太医伫立外殿，惶恐不安。

朱　悦　（念）太后病症太蹊跷、太蹊跷，

时醒时昏整七朝。

太医甲　（念）但进水米便呛咳，

痰中常见血丝绕。

太医乙　（念）翻遍了，医案库中书千本，

太医丙　（念）汇总了，祖传秘籍百十条。

太医丁　（念）汤药不断往里送，

太医甲　（念）病势不见减分毫。

太医乙　（念）只恐圣上天威怒，

太医丙　（念）我等性命皆难保！

众太医　（唤）啊呀，朱医丞哪——

朱医丞　莫慌莫慌吵——

（唱）张皇榜觅良医，

圣上已然颁急诏！

崔　弘　（疾步上）来了来了……

众太医　（恭敬施礼）崔医令！

崔　弘　有位年轻郎中义妁，揭了皇榜，即刻就到。

太医甲　义妁？就是那个被长安城百姓称作活扁鹊的郎中义妁！

太医乙　什么活扁鹊？无知张狂！

太医丙　就是！咱太医署治不了的病，江湖郎中哪能治得？

太医丁　一个毛头小子，有什么真本事！

朱　悦　吵吵啥？治好了，还是土扁鹊；治不好，就是替罪羊……

崔　弘　（劝止）朱医丞！治好太后之病，实乃我等大幸；倘若治不好，谁又能逃脱圣上天威——

义　妁　（内唱）天威下，揭皇榜，尽掩女儿态！（男装由王公公引上）

十三载，苦煎苦熬、苦学苦练、苦盼苦等，

终得踏进皇宫来。

颠沛流离经生死，

家族沉冤刻心怀。

踏遍深山尝百药，

求师学医未懈怠。

女扮男装隐张姓，

疗治百姓祛病灾。

盼的是，入宫查访旧医案，

为亲人申冤证清白。

爹爹呀，九泉有知当助我，

治愈太后，留驻宫内，只能成功不能败！

朱　悦　（虚张声势）哇，您就是人称活扁鹊的义妁义郎中？

义　妁　晚辈不敢！

朱　悦　莫要谦虚嘛！来来来，诸位同仁，难得扁鹊现世，赶快请教啊！

太医甲　（讥嘲地）想必高深的你也不懂，就请教些浅薄的吧。

（唱）神农百草你识多少？

义　昀　（唱）亲采亲尝踏遍深山坳。

太医乙　（唱）医学医案你阅多少？

义　昀　（唱）学海无涯我初起锚。

太医丙　（唱）舌红苔白是何兆？

义　昀　（唱）风温入肺脉不调。

太医丁　（唱）冷汗淋漓胃痛绞，

义　昀　（唱）足三里施针见奇效。

朱　悦　（故意地唱）世人为啥吃早饭？

众太医　（戏谑夹白）肚皮饿煞哉——啊哈哈哈……

义　昀　（亦大笑）哈哈哈……大人问得妙！

（唱）辰时胃经正当令，

日升为阳体为阴。

阴阳互补重食疗，

盈血气、壮肝胆、免虚胖，早饭实为长寿因。

崔　弘　答得好！老夫亦有一问，病者腹部胀满，昏厥多日，是为何症？

义　昀　大人说的可是太后病症？

崔　弘　不错。

义　昀　可是脉象似弦、又虚又滑？

崔　弘　正是弦脉。

义　昀　可是面目深黄、肌肤瘀斑、舌苔苍厚？

崔　弘　这个嘛——宫中规矩，男女大防，未能面观。

义　昀　医者，自古讲究望闻问切。这望，乃四诊合参之首要，若不能当面望之，如何确诊下药？

朱　悦　不望而能医，方见真本事！

［帘内突然传来太后的呻吟声。

宫　女　（喜呼）太后醒了！太后醒了！

义　妁　（急切高声）太后娘娘，草民义妁祈请入帘望闻切脉！

大宫女　（喝止）太后凤驾之前，岂容越礼放肆！

［内呼声：皇上驾到——众人跪倒齐呼：万岁！万万岁！

刘　彻　（大步上）揭榜之人何在？

义　妁　草民义妁叩见陛下！

大宫女　陛下，他是个疯郎中，不顾礼制，非要面诊太后。

义　妁　（争辩）陛下，太后醒转，正是观望气色、疗治病症的好时机哪！

刘　彻　宫中祖制，岂可违越！

义　妁　太后久治不愈，皆因太医们不得观望神、色、形、态而难以对症下药。陛下，难道祖制比亲娘的性命还重要吗？

王公公　放肆！

刘　彻　（挥手制止）好！朕问你，孝为情、制乃理，一国之君，当循人情还是当遵天理？

义　妁　情为人之天性，天性通纳天理。陛下乃天命之君，护佑娘亲，人情天理皆可通融！

［帘内传来太后颤颤巍巍的声音。

太　后　皇儿——

刘　彻　母后！

太　后　万……不可为哀家废、废了祖制……（急咳）

众宫女　（帘内惊呼）太后！太后又吐血啦！

［义妁急欲冲进帘内，被众人层层拦阻。

义　妁　（退而转呼）陛下、陛下哪——

（唱）太后咯血命危急，

恳求您，暂破祖制救娘亲！

大宫女　纵是三尺男童，不得入觑内宫！

义　妁　（唱）一语惊觉糊涂人，

义妁本是女儿身。

揭真容，内殿进——（犹豫）

露真相，罪欺君！

王公公　来呀，将这疯癫郎中赶出宫去！

义　妁　（唱）怎忍心，见死不救，

更不能，蓄志一朝化灰尘！（猛地摘去冠帽）

众　人　（惊呼）她、她是女子！

义　妁　陛下，欺君之罪，义妁愿领！（说罢，不顾一切冲入帘内）

朱　悦　陛下，义妁不守妇道，女扮男装，行医坐诊已是大罪，此番她擅揭皇榜，扰乱宫廷，欺瞒君王，罪当处死！

太医甲乙　女子行医，罪不可恕！

太医丙丁　胆敢欺君，千刀万剐！

崔　弘　陛下，太后年事已高，凤体羸弱。义妁若能妙手回天，可留她为女医官随侍太后，若无能救治，再杀不迟。

刘　彻　准奏——

［伴唱：义妁妙手救太后，

赐封医官皇宫留。

弟弟擢升中郎将，

伺机为父洗冤仇。

二

［深夜，太医署医案库房内外。

［义杉警惕而上。

义　杉　（唱）深夜潜行四张望，

暗护姐姐来库房。

为查旧案寻医档，

要替爹爹雪冤枉。（向内示意，义妁上）

义　妁　（唱）爹爹遗嘱不敢忘，

追根寻源入宫墙。

也曾询问崔医令，

他沉默寡言不搭腔。

无奈密查旧医档，

但愿早日明真相。（两人隐下）

［库房灯亮，崔弘将一束香插入案上香炉，一声长叹。

崔　弘　唉，天佑兄哪，十三年了，崔弘不敢去坟头祭拜，唯在这少有人迹的医档库中焚香追念！

（唱）十三年，惴惴不安深愧疚，

夜半常为噩梦囚。

虽说冤案有幕后，

那毒药确是我亲手投。

害张家，九族流放七十口，

害得你，血溅刑台痛断头。
原以为旧案化烟去，
不承想，义妁突然向我问根由。
她是谁？她是谁——
莫非后人来寻仇？
未敢搭腔闪避走，（唤）天佑兄哪——
原谅我，大错铸成、覆水难收！

［崔弘吹烛开门，与义妁、义杉迎面撞见。

崔　弘　义妁？

义　妁　（慌忙施礼）崔大人！哦，这是我弟弟义杉。

义　杉　（见礼）崔医令。

崔　弘　你们，夜半更深，来此作甚？

义　妁　夜半更深，莫非崔医令也如义妁一般，来此偷研医书医案？

崔　弘　呵呵，你已是太后随侍医官，尽可白日过来。

义　妁　大人，义妁学识浅薄，想将这宫中所藏医典、医案通览过目以长学问。怎奈诸位太医对我侧目相向，只得悄悄用功，免遭非议。

崔　弘　也对。宫中太医多为医道世家，人人藏有祖传秘籍，若见你翻看他等医案，难免猜忌提防。来，你想看什么，我给你取。

义　妁　谢大人！（随崔弘进库，义杉留在门外）

义　妁　大人，义妁想看《兰室秘藏》《丹台玉案》《瘟疫集注》《饮膳本草》还有《天回遗方》……

崔　弘　（惊）你——要看《天回遗方》？

义　妁　正是。

崔　弘　《天回遗方》乃宫中秘藏孤本，你一民间女子如何知晓？

义　妁　这……

崔　弘　你与朝廷有何瓜葛？

义　妁　我……

崔　弘　揭榜进宫所为何事？

义　妁　大人……

崔　弘　张天佑是你什么人？

义　妁　大人哪——张天佑之女张义妁，恳求崔医令开疑解惑！

崔　弘　（手中竹简哗啦落地）你果然是……

义　妁　爹爹临刑之际说道：要查毒害贾美人冤案，先找崔弘崔大人！

崔　弘　（大颤，唱）怕啥来啥惊魂散，
　　　　　　　冷汗涔涔透衣衫。

义　妁　（唱）爹爹遗言血泪绽，
　　　　　求大人助我查冤案。

崔　弘　（唱）她哪知，是我这双投毒手，
　　　　　将她父送进鬼门关。

义　妁　（唱）他为何，紧搓双手身抖颤，
　　　　　不言不语泪光闪？

崔　弘　（唱）她哪知，盘根错节系死案，
　　　　　天定地设不能翻。

义　妁　（唱）莫非他有难言隐？

崔　弘　（唱）装糊涂免她深纠缠。（夹白）义妁哪！
　　　　　想当年，此案圣裁谁敢问，
　　　　　太医署只能作旁观。
　　　　　好在详情存医档——（取出医档交给义妁）

来龙去脉你可细查勘。

义　妁　(翻开医档,念)贾美人,内虚外燥,低热咯血,久治不愈。特旨太医崔弘、张天佑襄理主治。愈三日,服药亡。查:乃张天佑煎奉汤药用量过度所致——(嚷嚷)不可能、绝无可能!爹爹向来处事严谨,医术精湛,怎会用药过量,害人性命?

崔　弘　老夫也不信,可……

义　妁　(疑问)崔大人也是主治太医,为何爹爹获罪,你却能置身事外?

崔　弘　老夫开方并无差错,是你爹爹亲手煎制的那碗汤药……

义　妁　汤药——莫非有人在汤药里动了手脚?

崔　弘　这……

义　妁　宫规严苛,男女大防,爹爹不可能将汤药直接奉与贾美人。一定还有中间传递之人!她是谁?

崔　弘　他——

义　妁　她大有嫌疑!

崔　弘　他——

义　妁　她到底是谁?

崔　弘　他是皇上!

义　妁　皇上——(愣住)

崔　弘　当年皇上专宠贾美人,时常陪伴病榻。那日皇上从你父手中接过汤药,贾美人服下后沉沉睡去,再未醒转——

义　妁　(瘫坐椅上,颤颤起唱)

(唱)难道说,是爹爹,配错剂量?

难道说,是爹爹,看差药方?

难道说,是爹爹,有所隐瞒?

难道说，是爹爹——(张天佑的画外音：儿哪——为父此心可对天地，贾美人之死定有冤情!)不——

我信爹爹心敞亮，

我信爹爹性纯良。

信爹爹话中有话非虚妄，

信爹爹案底有案蒙冤枉。

爹爹呀，你鲜血犹在儿心头淌，

到如今，逢绝崖、路已断、我该查向何方?(哽噎)

崔　弘　(唱)她声声哽噎泪行行，

点点砸在我心上。

痛彻肺腑不敢讲，

唯有暗中尽力作补偿。

问义妁，你揭榜进宫为哪样?

义　妁　(唱)为张家洗冤查真相；

崔　弘　(唱)问义妁，查明真相欲何为?

义　妁　(唱)血债定要血来偿!

崔　弘　(一颤，唱)问义妁，陈年积案如何查?

义　妁　(唱)精湛医术、扎稳后宫、密查暗访!

崔　弘　不愧天佑之女！老夫总领太医署多年，皇上器重、太后信任，医术颇得众人推崇。你若愿意，老夫有心将平生医学倾囊相授。

义　妁　(诧异)义妁何德何能，敢蒙大人如此看重?

崔　弘　(慨叹)皇宫森严，查案不易。老夫若能助你一臂之力，日后也好去冥府见你爹爹……

义　妁　(凄呼)爹爹——女儿冒险进宫，无依无靠，今得崔大人相

助，定能为你平冤昭雪！大人哪——（一礼）；恩人哪——（二礼）；先生哪——（扑地而拜）

崔　弘　（步步羞愧后退，直至晕眩瘫倒）……

义　妁　先生？先生——（义杉闻声冲进门来，帮着将崔弘扶上座椅。义妁搭脉，崔弘醒转）先生？

崔　弘　唉，老毛病了，歇歇便好。你们先回吧。

义　妁　先生……

崔　弘　回吧！

义　妁　哎。（姐弟俩不放心地出门，又驻足）

崔　弘　（急关门，轻叹）助她查案复仇？崔弘哪崔弘，你疯了不成！（压抑深泣）

［义妁想推门，被义杉拦住，两人疑惑对视。

［伴唱：崔弘失态隐隐泣，

姐姐惊愕弟狐疑。（两人前行）

义　杉　姐姐，我看崔医令不是好人！

义　妁　他是好人！那日疗治太后，是他在皇上面前援手相救。

义　杉　那日救你危难，今日收你为徒，天下哪有这般没来由的好心人！

义　妁　爹爹常说：医者仁心……

义　杉　我不信！自从爹爹惨死，我就发誓：弃医学武，追查旧案，一旦查明，我必灭他满门！

义　妁　弟弟……

［伴唱继续：乱麻一团心头系，

抽丝剥茧待时机。

三

［画外音：皇帝圣诏：霍大将军率军千里奔袭，大破匈奴，俘获伊邪王子，平定大汉边境，居功至伟。着三军铠甲乐舞，迎大将军凯旋！

［长乐宫外，鼓乐隆隆，军士衣甲鲜亮，军舞铿锵。歌曰：

威武冠绝，猋勇纷纭。

长驱六举，快似雷震。

匈奴震怖，民安国靖。

［猛然荡起画外音：报——大将军突发旧伤，复染寒疠，性命垂危！

［霎时静场切光：歌舞隐去，只剩刘彻颤抖的背影。

刘　彻　（颤呼）传太医！

［顿时，呼声层层递进：传太医、传太医、传太医——

［灯大亮：侍卫执戟肃立，众太医匍匐戟下，瑟瑟发抖。

刘　彻　（猛转身，向众太医怒喝）朕长年供养你们，你们却治不好朕的大将军！今日大将军不活，尔等都去陪葬、陪葬——

崔　弘　（从殿内踉跄跌出）陛下——老臣无能，大将军不行了……（见刘彻欲往殿内，急拽）陛下不能去，若是染上寒疠——

刘　彻　（大怒）来呀，先斩了这无能庸医！（两侍卫拔刀上前）

［内声齐呼：太后驾到——

太　后　（内唱）闻义妫，报凶讯，急火燎心——（宫女簇拥，义妫搀扶

太后上）

［众人叩拜："太后康寿无极！"义妁急上前维护崔弘。

刘　彻　（匆匆一礼）母后稍待，儿臣去见大将军！（转身就走）

太　后　（大喝）侍卫护驾——（众侍卫唰地齐阻在刘彻面前）

（唱）休怪哀家动权柄！

刘　彻　（缓缓转过身来）母后莫非又要干政？

太　后　（唱）寒疠凶险，岂容你恣意任性——

刘　彻　十三年前，母后就曾发誓，儿臣纵然恣意任性，绝不干涉！

太　后　（唱）十三年，母后守誓到如今！

刘　彻　好，请母后守誓永年！（说罢，向殿内大步走去）

义　妁　（高呼）陛下——（直冲到刘彻面前）容禀——

（唱）圣君胸中纳万民，

当怜天下慈母心！

寒疠汹汹来势猛，

闻传报，军中已染八百兵。

瘟疫一旦蔓延开，

祸及长安众百姓。

陛下呀，恳请宽宥崔医令，

携同太医，治病救急去军营。

义妁甘愿赴殿内，

试一试疗治大将军。

倘若无有回天力，

是斩首、是陪葬、任由陛下圣裁定！（说罢，戴上面纱直奔殿内而去）

众太医　（感泣而呼）义妁——

太　后　皇儿，被抓来的匈奴王子也染上了寒疠，一定要救活他！哀家还要用他换回和亲公主——你的姐姐、我的金兰儿！

刘　彻　崔医令，朕就将八百将士和那匈奴王子交与太医署，倘再不能救治，杀无赦！

崔　弘　喏！（与众太医离去，又回望，忧心忡忡下）

王公公　（从殿内跌滚而出）陛下、陛下——大将军殁了……

刘　彻　（一声惨呼）大将军——（霎时切光，余追光罩着痛楚的刘彻与被侍卫刀架脖颈、跪在不远处的义妁）

刘　彻　（终于爆发）苍天毁我大汉栋梁、毁我大汉栋梁哪——（掩泣）

义　妁　（轻呼）陛下……

刘　彻　（暴怒）朕恨你、恨你们一众无能庸医！朕要将你们千刀万剐、千刀万剐——

义　妁　身为医官，医道不精，无能救回大将军，义妁死而无怨！

刘　彻　你便九死，也不能抵命与大将军之万一！

义　妁　大将军——（哽噎）过去，义妁只是仰慕你；今日送别，你教义妁明白：何谓一家之私、何谓一国之念、何谓大善大容大襟怀……

刘　彻　告诉朕，大将军他与你说了什么？

义　妁　他说：平定边境，非他一人之功劳；他说：安定百姓，是陛下一世之功业；他说：他不想死，他想活下去，好将一身本事还报于恩养他的大汉百姓——他临去苦苦挣扎的那一刻，义妁死死抓住他的双手，想拽住他、留住他、喊住他、救回他，可他就像一缕轻烟从我的指缝间飘走了，我抓不住他、抓不住他呀——（放声大哭）

刘　彻　（痛极）朕的大将军哪……

义　妁　（唱）大将军，一声叹息魂去远，

空留义妁泪涟涟。

气喘声微几句话，

似透雨涤净我心田。

他不以一己存私念，

他不为一家求恩典。

他伤痕累累无微怨，

他战功赫赫犹自谦。

他还报百姓一句话，

似万把刀剑，扎在医者寸心间。

我愧——愧不能将他性命挽，

我恨——恨苍天不肯假他以天年！

陛下呀，千刀万剐我情愿，

求只求，莫累无辜、大将军方能心安在九泉。

刘　彻　（唱）难得她，不畏生死将朕劝，

声声泣泪还自愆。（义妁渐隐）

大将军临终留遗言，

句句肺腑撼动天。

杀罚并非朕本愿，

为君王，惯使刀剑立威严。

痛失爱将心悲悯，

祭奠他，恩布天下，宽仁为先！（白）传朕口谕：太医署当尽全力救治将士，谨防寒疠传染百姓。疫情但平，各有恩赏！

四

［伴唱：人命个个重千钧，

不畏生死医者心……

［太医们在军营内忙碌救治穿梭的剪影。

［伴唱继续：八百将士得救治，

凶险寒疠渐渐平。

［灯亮：众太医累得七倒八歪的造型。

朱　悦　（念）总算莫有辱圣命，

恨不能，立马上床摆摆平。

太医甲　（念）七天七夜连轴转，

太医乙　（念）撒尿都想闭眼睛。

太医丙　（念）只可叹，匈奴王子病势危，

太医丁　（念）治不好，崔医令难免受重刑。

太医甲　（念）好在圣旨透宽仁，

太医乙　（念）脑袋不至于离脖颈。

太医丙　（念）这一回，全仗义妁使牛劲，

太医丁　（念）咱欠她，天高地厚活命恩——

众太医　（合念）实在难为情！

朱　悦　（唱）记住了，大男莫和小女斗，

斗起来她敢不要命！

［义妁握家传秘籍匆匆而来，众太医突然齐齐站立，深施

一礼。

义　妁　你们这是做啥?

朱　悦　没事没事,就是鞠个躬、行个礼,活动活动身子骨啦。

众太医　对对对,活动活动……(各自甩臂扭腰)

义　妁　(扑哧一笑)各位大人且慢活动,义妁有事商量。

朱　悦　义妁……嘿,义妁姑娘——

众　人　有事尽管说!

义　妁　匈奴王子病势危重,崔大人用尽良方,皆不见疗效。这是我家祖传秘籍,各位也都有吧,可否取来一起汇总研判?

朱　悦　哎哟,我家秘籍归我夫人管控……

太医甲　就是就是,夫人不答应取不出来!

太医乙　我、我去撒泡尿……

太医丙　我也去,我也去……

[众太医七嘴八舌,鸟兽般散去;义妁呆立。

[另一光区灯亮:伊邪王子斜靠病榻,崔弘疲惫地望向义妁。

崔　弘　你呀,要他们的祖传秘籍,那是要他们的命根子!

义　妁　(苦笑)我也是病急乱投医呀。

王　子　(呻吟)水、水……(义妁忙端水喂之,王子喷吐,溅义妁一身)

崔　弘　(焦灼)水米不进、汤药全吐,他这病如何能治?如何能好?

义　妁　(观察闻嗅)先生快看,王子脖颈处红斑累累!(崔弘细观)呕吐之物腥臭酸腐,这征兆当是寒疠加上水土不服。

崔　弘　水土不服?可他并无腹痛腹泻之兆……

义　妁　(兴奋)当年流放,我弟弟也曾患过此疾,吃啥吐啥、不痛不泻、红斑叠起,这是经络性水土不服!

崔　弘　那就将治疗寒疠与水土不服的两副药方合为一方？

义　妁　不错。先生快开方，义妁去煎药。

［崔弘迅速开方，义妁取方疾下。

崔　弘　（望着义妁背影喃喃）义妁哪，那日剑戟之下，你救老夫一命；今日若能治好王子，你又救老夫一难。老夫欠你啊——

（唱）救命解难你心高贵，

相形见绌我更卑微。

深敬你，有情有义有智慧，

心地澄明怀慈悲。

深怕你，查案查冤查真相，

苦将仇人死死追。

深忧你，不知不觉不谨慎，

无端卷入是与非。

宫廷内处处藏阴诡，

权柄下时时有惊雷。

风起无形难防备，

霎时能将人命摧。

想帮你，老夫喉舌已然废，

更何况心底痛负千重罪。

苍天哪，求你赐她双羽翅，

送她远离宫禁地，远走高飞！

［义妁端汤药上欲喂王子。

崔　弘　慢，老夫先以针灸镇定经络，你再喂药，免他呕吐。

［两人配合完成。

义　妁　（舒了口气）只要他安宁睡上一觉，病症当能趋缓。

崔　弘　没想到，流放途中，你还能苦学医药、积累医理。

义　妁　（感叹）十三年哪——（突然地）先生，那日皇上与太后都说，发誓守誓十三年，他们这是……

崔　弘　（暗惊，愠怒地）皇家之事你不要过问！

义　妁　义妁不想过问，也不敢过问。我只是奇怪，贾美人被害，我爹爹惨死，为什么都是十三年？

崔　弘　义妁……

［王子突然呛咳，两人忙上前观望，各执一手诊脉。

崔　弘　浮脉渐沉，

义　妁　气息渐稳。

崔　弘　实脉渐长，

义　妁　心腑渐张。

崔　弘　迟脉渐促，

义　妁　虚寒渐消。

崔　弘　滑脉渐利，

义　妁　吐逆渐止。

崔　弘　弦脉渐挺，

义　妁　挛痛渐舒——（兴奋地跳起来）他在好转、他在好转啦！

崔　弘　快，去叫厨房熬煮热粥，待他醒来即可喂食。

义　妁　哎。（奔下）

崔　弘　（对王子）唉，你我算是过了生死关喽！（将病榻推进内房，扯下脸上面罩，长吁了口气）

义　妁　（提食篮上，摆开酒菜）先生快看，炖豆腐，炒鸡蛋，老白酒！

崔　弘　此刻饮酒？

义　妁　（开心得像孩子一般，笑推崔弘坐下）此刻饮酒，最好不过，这可是我爹爹的私家秘传哈——

(唱)每当拯救一人后，

爹爹他，便叫我姐弟陪饮酒。

一为酒可驱疫毒，

二为解乏润润喉。

三为趁兴说医案，

医药医术医理医道、他总能喋喋不休。

时而他将义妁逗，

时而又将弟弟搂。

一家三口享天伦，

欢声笑语乐悠悠。

往事已去难回首，

实庆幸，能随先生把医道修。

先生哪——您心慈善、品德高、人宽厚，

请满饮此杯谢恩酒……

[崔弘早已如坐针毡，听到此刻再也忍不住了，发出一声悲凉压抑的凄呼：天——！踉踉跄跄奔出门去。

[义妁愣愣地望着远去的崔弘。

[伴唱：一声悲呼万重哀，

风卷疑云日渐开。

世事能辨好与歹，

人心凭谁可剪裁？

五

［山岗荒凉，树丛隐秘：义杉佩剑蹑足而上。

义　杉　（唱）清明日，为爹爹，祭扫坟冢，

与姐姐，相约等候在山垄。

无意瞥见崔医令，

步履凌乱行色匆。

不由疑虑心一动，

蹑步远远暗跟踪。

想不到，他跪在爹爹坟头前，

连连灌酒十数盅……

义　妁　（拎祭品上）义杉。

义　杉　嘘！姐姐，你看——（灯大亮）

义　妁　（惊诧）先生？

崔　弘　（哽噎而呼）天佑兄，十三年了，崔弘无颜见你！今日清明，清我心难，明你冤更难。这不清不明的日子我早就不想过了。怎奈崔家九族两百余口，我狠不下心、抛不开手、绝不了情、开不了口！天佑兄哪——今日来此与你祭一祭、拜一拜、诉一诉、求一求，虽说是我害了你……

义　杉　（拔剑大喊）果然是你！看剑——

义　妁　（急挡，颤颤逼向崔弘）真是你，害死了贾美人？真是你，冤死了我爹爹？真是你……

崔　弘　(痛呼)是我是我都是我——

义　妁　(手中祭品落地,一把拽住崔弘摇撼)为什么为什么为什么——

义　杉　(剑指崔弘)讲!

崔　弘　(醉笑)呵呵、哈哈,来了,到底还是来了! 去了,终究是要去的!

义　妁　崔弘——

崔　弘　崔弘? 若非当初贪生怕死,埋在这里的就是崔弘……

义　妁　我爹爹是替你而死?

崔　弘　你可听说过秘药魂魄散?

义　妁　无色无味,人若服之,状如沉睡而亡。

崔　弘　当年,趁你爹爹煎药之际,我将魂魄散涂于药碗,贾美人服用后沉沉睡去,众人都以为她是病笃而亡。偏你爹爹,看出端倪,不依不饶,上报太后,非要追查。结果,那碗汤药便成了他害死贾美人的罪证!

义　杉　好个阴毒小人! 爹爹,您睁开眼睛看着,孩儿今日为您、为张家报这血海深仇——(执剑腾跃而起,刺向崔弘)

义　妁　(急喊)义杉住手——

[义杉不管不顾,一刺、二刺、三刺;义妁一挡、二挡,直至以身顶住剑锋。

义　杉　(手中之剑哐当落地,颤声)姐姐、姐姐、姐姐哪——

(唱)你忘了,爹爹斩首凄惨状,

你忘了,九族流放痛难当。

你忘了,七十口亲人命皆丧,

你忘了,姐弟相依、苦苦挣扎在蛮荒。

记得那年风雪夜，

我冻饿将死、倚在你胸膛。

你不声不响泪儿淌，

将那枯草抖抖颤颤、颤颤抖抖盖在我身上。

出门你自踏雪去，

归来手捧半袋粮。

熬得米汤将我救，

方知晓，你以身换粮我痛断肝肠……

义　妁　(泪流满面)弟弟——

义　杉　姐姐——(姐弟相拥恸哭)

崔　弘　(唱)止不住老泪滚滚淌，

我罪孽深重九死难偿。

义　妁　(唱)不堪回首十三年，

受尽屈辱心底藏。

崔　弘　(唱)愿将此案从头讲……(又止)

事关天机口难张。

义　杉　(唱)此仇不报我枉为人，

姐姐你莫要再阻挡。

义　妁　(唱)好弟弟，休鲁莽，

千头万绪待思量。

崔妁杉　(叠唱)越思量，(崔)越凄惶，(妁)越彷徨，(杉)越悲怆，

义　杉　(唱)姐姐犹疑为哪桩？

义　妁　(唱)案面看似已清爽，

崔　弘　(唱)案底犹结千丝网。

义　妁　(唱)网眼隐约透真相，

崔　弘　(唱)心底漫悲凉。

义　妁　崔医令,崔大人!十三年来,岁月苍苍,你、过得可好?

崔　弘　还……好。

义　妁　活得可安?

崔　弘　这……

义　妁　你贵为太医令,沉默寡言、谨慎为人。在宫内,你不辞辛苦,为上下殷勤疗病;在宫外,你散财布施,为百姓广开义诊。人都赞你菩萨心肠,医者仁心——

崔　弘　不——那是在赎罪!

义　妁　好!天良未泯、其罪可赎!请你当着我爹爹的冤魂回话:你与贾美人有仇还是有怨?

崔　弘　无仇无怨。

义　妁　无仇无怨,为何要下毒害她?

崔　弘　她……

义　杉　讲!

崔　弘　我——

义　妁　当年贾美人深得皇宠,你与她既无仇怨,竟敢冒死下毒——

(唱)事出怪诞谁相信,

其间定然别有因。

若非幕后隐推手,

你哪来胆量逆天行!

十三年——

你荣任皇宫太医令,

我爹爹含冤在幽冥;

你崔家安乐享天伦,

我九族惨遭流放刑。

你若还存天良心，

当怜我姐弟苦撑苦熬盼到今——

盼大人，告白真相、洗净冤屈、伸张道义，

纵人世沧桑，总还有凛凛正气、天理人情！

崔　弘　（颤呼）天理人情么——只怕……

义　妁　天塌下来有人撑着，人塌下来还有地顶着！

崔　弘　（决绝）好！老夫愿随你撑一撑腰杆，顶一顶苍天！（疾步而去）

义　杉　（执剑欲追，被义妁拦住，急喊）姐姐！

义　妁　（沉静地）昭雪沉冤，不在崔弘在苍天——

［伴唱：看似云开青山现，

入山更有万丈渊。

欲问生死谁主宰？

沧桑默默无一言。

六

［太后宫中，阴冷肃穆：刘彻与太后神态矜持，相对而坐。

太　后　……是你，将伊邪王子放回匈奴？

刘　彻　不错，是儿臣下旨放他回去。

太　后　嗯！匈奴单于病危，两个儿子为争王位虎视眈眈。此刻再送一个儿子回去，三虎恶斗，与我大汉有百利而无一害。

刘　彻　只是不能换回姐姐，母后难圆天伦之情……

太　后　哀家纵然思女情切，也明白身在皇家，当以国事为重！

刘　彻　十三年前，母后已经教训过儿臣了。

太　后　可你，至今还被人情所困，竟要放过张天佑之女张义妁！

刘　彻　母后，这是一桩冤案！义妁为父昭雪沉冤，其情可悯……

太　后　又是情！当年你为情所惑，专宠贾美人，非要立她为后。若非哀家命崔弘杀了她，立陈阿娇为皇后，你能登上帝位么？

刘　彻　如今儿臣已坐稳帝位，再不想瞻前顾后、受人钳制！母后哪——

（唱）崔弘拦驾把悲声放，

以头叩地鲜血淌。

求朕翻覆旧医案，

为义妁一家明冤枉。

太　后　（唱）崔弘沉默十三载，

定然是，义妁逼他才开腔。

刘　彻　（唱）人心最怕负天良，

崔弘诉来泪行行。

太　后　（唱）他生性怯懦易掌控，

张义妁，隐姓欺君、搅弄是非，赐死为上！

刘　彻　（唱）义妁她，悬壶济世有民望，

百姓奉她神一样。

进宫不仅救母后，

还为那，太监宫女疗病忙。

纵使前廷文武臣，

有口皆碑多赞扬。

她是医者仁心悲悯广，
她是岐黄高手秉天良。
她明事理、精医道、肯发奋、懂自强，
她定能为我大汉医史添荣光。
留她翻案虽棘手，
杀她难掩众口论短长。
还望母后细思量，
后宫内，朕不干涉你定主张。

王公公 （奔上）陛下、陛下——中郎将义杉来报，上万灾民欲进长安，与守城禁军冲撞，死伤过百！

刘　彻 朕已传下口谕，放他们进城安置，谁敢抗旨！

王公公 只因灾民集居，突发瘟疫……

刘　彻 什么？突发瘟疫！（边往外走边关照王公公）传户部、兵部、太医署崔医令，速到前殿议事。

太　后 （怅望刘彻背影有顷，沉声）传义妁——

义　妁 （唱上）忧思重重锁在怀，
幕后凶手费疑猜。
崔弘虽将天机透，
半遮半掩不肯说明白。
疑太后……（自否）她和气多慈爱，
岂会心狠似狼豺？（叩拜，白）太后长乐未央！

太　后 起来吧。（单刀直入）听说，你想知道贾美人病死真相？

义　妁 不，义妁只想知道我父张天佑冤死真相！

太　后 （挥手间，大宫女端上白绫后退下）如果哀家告诉你，知真相者必须死！你、还想知道么？

义　妁　义妁苦等真相十三年，纵然九死也要求个明白！

太　后　（苦笑）当年，你父就在这里，也似你这般逼迫哀家追查凶手，求个明白！

义　妁　真凶到底是谁？

太　后　崔弘没有告诉你？

义　妁　他不肯说。

太　后　哀家料他也不敢说。

义　妁　太后！

太　后　不错，当年命崔弘毒死贾美人的是哀家，命崔弘构陷你父亲的是哀家，逼迫皇帝下旨斩杀你父、流放九族的也是哀家！

义　妁　（蓦地呆住，顷刻爆发）真的是你！果然是你——你面慈目善、和蔼可亲，身为太后、人皆恭敬。为什么恶胜毒蝎、狠赛虎狼、任意冤杀、罔顾人命？

太　后　因为哀家是皇帝的亲娘——刘彻、我的彻儿，他是皇家血脉、天之骄子！哀家失宠于先皇，寂寞深宫十数年，彻儿他是我唯一的守望唯一的命根！我不惜一切，要他当太子！要他做皇帝！要他成为我一生的骄傲——可他就是不听话，不听话呀！

（唱）想当年，陈氏一族权势高，

有女长成唤阿娇。

只要擢她为皇后，

她家族，即助我儿立当朝。

实可恨，彻儿被贾氏迷心窍，

我千求万劝皆无效。

没奈何，命崔弘偷偷下毒药，

令贾氏，状如病死免纷扰。
偏是你父察真相，
执意要将凶手找。
彻儿闻讯来吵闹，
无奈贾氏命已夭。
母子们，长夜对峙论利弊，
各退一步两成交。
我发誓不再干朝政，
他应诺立后陈阿娇。
只可叹，你父宁死不改口，
一道圣旨将他送往奈何桥。

义　妁　（凄呼）爹爹——你死得冤！死得惨！死得骨气凛然！太后，义妁不畏死，只求为爹爹昭雪平冤！

太　后　怎样昭雪？如何平冤？难道要哀家昭告天下，酿就冤案，明面凶手是崔弘！幕后凶手是哀家！合谋凶手是皇帝嘛——

义　妁　太后圣明！

太　后　要皇家认罪，你疯了不成！

义　妁　呵呵、哈哈哈……我是疯了！想我爹爹一生救人无数，常说世上最干净、最高贵的就是医者仁心！义妁今日方明白，医者仁心可以救人性命、难救污浊人心！爹爹哪，女儿无能为你昭雪，女儿这就来陪伴与你——（果断取过白绫）

［崔弘跌跌撞撞高呼着冲闯进来。

崔　弘　陛下口谕、陛下口谕——太后，陛下特诏臣和义妁，率太医署前往城外救治百姓，严控瘟疫流行！

太　后　呵呵，是你给陛下出的主意吧？

崔　弘　是。

太　后　你想救她?

崔　弘　是。

太　后　好! 那你就明明白白告诉她,你是怎样做到明知张天佑冤死而缄口不言十三年!

崔　弘　(痛心疾首)太后……

太　后　讲!

崔　弘　老臣猥琐怯懦、老臣贪生怕死……(伏地哀泣)

太　后　怯弱也罢,怕死也罢,不过是为保崔家九族二百人的性命。这人情二字,哀家早就参透了! 传懿旨,速将中郎将义杉押往死牢!

义　妁　(大惊)弟弟?

[内呼声:姐姐、姐姐、姐姐救我——

义　妁　弟弟、弟弟——

太　后　放心! 有他押在牢中,你尽可放心去救治瘟疫,哀家也尽可放心等你回来!

义　妁　(一声惨呼)天——(拖着白绫疾奔而下)

崔　弘　(终于忍无可忍,腾地站起嘶吼)太后,良心! 你的良心哪? 地下有阎王、天上有神明,你狠毒至此、必遭报应、报应啊——

太　后　(从未见过崔弘如此,惊得抖抖颤颤)你、你……(晕倒)

崔　弘　太后? 太后! 来人、来人哪! 太后旧疾复发——(切光)

七

［空旷的天地间，无数戴着傩面的人影摇摆晃动，阴森恐怖。

义　妁　（唱）天苍苍、地茫茫、人鬼难辨——

［义妁拖着长长的白绫，飘忽地穿插在傩面人影之间。

浑噩噩、恍忽忽、心坠深渊。

雾蒙蒙、影憧憧、前路不见，

阴森森、凄惨惨、厉风如鞭。

似看见，爹爹冤魂血泪溅，

似看见，九族流徙荒野间。

似看见，亲人至死难瞑目，

似看见，姐弟濒死在风雪天。

受尽蹂躏咬碎牙，

忍辱负重十三年。

几番求死又顾念，

一门冤屈压在肩……

［儿哪——随着喊声，傩面人高高托起张天佑。

张天佑　为父一生只求活得正直，死得清白！正直为父做到了，唯盼我儿洗冤正名，还父身后清白……（隐去）

义　妁　爹爹——

（接唱）十三年嘱托刻心尖，

十三年活着为鸣冤。

十三年苦学岐黄术，
十三年，悬壶济世候机缘。
终盼来，拨开迷雾明光现，
却不料，一霎时，乌云翻滚蔽青天！
祈盼成泡影，
寄望化云烟。
生已失所求，
死亦无所恋。
徘徊生死关，
爹爹呀，欲相见，女儿无颜到九泉！

［姐姐——随着喊声，傩面人闪开，义杉戴镣冲出。

义　杉　大仇未报，义杉死不瞑目！真凶是谁？他到底是谁？太后为什么要关押我？姐姐，告诉我、你快告诉我——（隐去）

义　妁　弟弟！弟弟——

（接唱）弟弟尚在死牢监，
他是张家独苗一根悬。
从小受尽颠簸苦，
姐为娘，辛勤育他到成年。
岂能由他陷危难，
岂忍张家断香烟。
求太后……太后是罪魁；
求崔弘……崔弘哪有权；
求陛下……他岂肯为小小百姓悖母愿；
走投无路，一阵风将白绫掀。（白）呀——
弟弟他，不知真凶是皇家，

或可侥幸免牵连。

义妁一死永封口，

为他生机留一线……（将白绫一头抛给傩面人，飞旋着缠住自身，跌倒挣扎喘息）

［大将军——随着喊声，刘彻出现在傩面人群中。

刘　彻　苍天毁我大汉栋梁、毁我大汉栋梁哪——

义　妁　（喃喃）陛下……

刘　彻　告诉朕，大将军他与你说了什么？

义　妁　他说：平定边境，非他一人之功劳；他说：安定百姓，是陛下一世之功业；他说：他不想死，他想活下去，好将一身本事还报于恩养他的大汉百姓——（众人霎时隐去；一字一句复念）活下去，好将一身本事还报于恩养之百姓——

［灯大亮：显现满目都是染上瘟疫的穷苦百姓，哀鸿遍野。

［义妁圆场巡视，身形大颤。

（唱）声声苦吟碎心肝，

疫症惨状不忍看。

黄发垂髫气息奄，

芸芸苍生挣扎在生死关。

义妁哪——

当年学医为复仇，

今日落空心气坍。

忽见百姓蒙苦难，

万条命，存亡重似万叠山！

万叠山累累是生灵，

万叠山重重在召唤。

万叠山将我心撑起，

万叠山激荡我肝胆。

万叠山、系大汉，

医者仁心必须担！

暂抛开，家族恨、昭雪愿、复仇心、生死念，

将一身本事、还报百姓、我心方安！

［一阵清风，义妁扬起白绫，由它飘舞而去。

［伴唱：正直襟怀广，

清白天地宽。

忘我救疾难，

生死等闲观。

［伴唱声中，义妁忙着救治百姓。

众太医 （拥上）义妁——

朱　悦 按眼前药方，配制繁复，病人太多，只怕救治不及哪！

义　妁 （掏出秘籍）这是我爹爹留下的祖传秘籍，不知能否参照研判，改良配方？

［众人面面相觑，犹豫不决。

一老妪 （抱婴儿喊着奔上，跪倒）神医，救救我的孙子！他不成了，他快不成了呀——（大哭）

义　妁 （抛下秘籍，接过婴儿）快，给药！（朱悦递过药碗，却难喂进）

众太医 （七嘴八舌）孩子太小，不会喝药，喂不进哪……

老　妪 俺一家人都死光了，就剩下这个孙子，救救他、救救他吧！（叩头不止）

［急切间，义妁猛扯下自己的防疫面纱，嘴对嘴给婴儿灌药。

众太医 （急喊）你不要命啦——（义妁似未听见，顾自喂药）

［伴唱：救人性命敢舍命，

最是人心动人心。

［朱悦感动地取出祖传秘籍，众太医纷纷效仿，将秘籍与义妁的秘籍恭敬放在一处。

［伴唱继续：家传秘籍皆奉上，

危难之际见真情。

［义妁与众太医围拢秘籍，热议救治瘟疫的新配方。

［伴唱继续：精诚配就新药方，

瘟疫渐平百姓康宁……（收光）

［宣旨声：皇帝圣诏——有女义妁，为父平冤。于民间救治百姓，入后庭疗愈太后。长秉医者仁心，数平汹汹瘟疫。其心仁孝、其志可嘉。特封大汉女国医——

［轰然而起的呼声：万岁、万岁、万万岁——

尾声

［伴唱：国医女志在护百姓，

皇宫难羁天地心。

太后疾发归西去，

崔医令，率众面君苦陈情。

救护义杉出死牢，

诚送姐弟脱宫禁……

[伴唱声中灯亮：青山绿水，一望无际。

[众太医列队与义妁、义杉相揖作别。

[伴唱继续：声声珍重泪花隐，

风雨更涤旧阴霖。

[远处，崔弘独自遥遥凝望，深深拜送。

[义妁默默一望后，携义杉向山水深处而去。

医者仁心悬天地，

春秋何必留姓名。

[剧终。

（与章楚吟合作）

闲言絮语（代跋）

这是继《寂寞行吟》和《步步留痕》后的第三部剧作集了。其中绝大部分是近年来的新作。与前两部剧作集的不同之处在于收录的19部作品中，一是现当代戏多，有12部；二是与学子们合作得多，恰巧也有12部。前者是因为大势所趋之必然；后者是因为卸任上海越剧院院长后，有了些许空闲，便自己给自己找来的一件既折腾又烧脑的开心事。

黄嫣，原是上海越剧院二级编剧，两年前病逝；张裕，曾是文汇报的首席记者；王丽芳，曾是广播电台的戏曲记者；章楚吟，上海京剧院的二级编剧。他们不仅文学功底很好，且都是戏曲内行。因为有着共同喜好才走到了一起，也因此而不敢收他们为学生，只认作是与我一起学习商榷、探讨追索的同道学子。他们的专注激情与敏锐理念，成了我不断自省创作的推动力。我们的合作很别致，从选材开始，到下生活采风、推敲提纲、创作剧本、跟随排练、完成演出及后续的不断修改，都必须亲力亲为地全程参与。唯有如此，才能尽快地熟悉舞台、熟悉演员、熟悉剧种，也才能真正体验领悟：戏曲是一门必须靠方方面面精诚合作方能完成的综合艺术。他们对我作品的每每挑剔，常常会让我脸红心跳；而他们写成的剧本，也常常会被我几近推翻了重写。说实在话，这种真诚而坦率的交往既难得也需要极大的勇气和宽容的担当。一个成熟且优秀的戏曲编剧，很难在短期内一蹴而就，除了天赋与勤奋外，唯有初心不改地“热爱”，方能经得起时光的消磨和成败的跌宕。合作中，偶尔也会出现恨铁难以速成钢的疲累乃至不如自己写的闪念，但只要想起曾经一起学习探讨的黄嬿走了，想起大家曾经共同付出的辛勤努力与相互关怀的暖心快乐，就会万分珍惜与他们在一起的这份不俗情义。通过这几年来的携手前行，完成一部戏的剧本创作，对于他们来说，已经不是一件大难事了，但要继续攀登上行，还需付出不懈的努力！

在这本集子中，唯一收入的陈年旧作是京剧《成败萧何》。这一稿的剧本创作过程比较奇特，既未排演过，也未发表过。原因是，当初专家们在研讨该演出剧目时产生了两派意见：一派坚决要求保留萧何的女儿萧静云，说她虽然是虚构人物，却是萧何关怀韩信的情感延伸，也是该剧中的一抹柔情与阳光；一派则坚决要求删除萧静云，认为这部戏中只有她一人属于虚构，没了她就能成为更加严谨的历史剧。为此大家争执不休，吵得面红耳赤。上京也拿不定主意了，左讨论右分析地召开了多次会议。我是急性子，实在耐不住了，便说：不如我再写一稿没有萧静云的剧本，供你们对比着挑选吧。就此才有了收在这本集子中的《成败萧何》。大家反复阅看比较后，觉得没有萧静云，戏是更紧凑了，但从戏剧音乐形象上说缺了一块。因为整部戏中全是男性人物，吕后只能算半个女人。最后还是决定放弃这稿。也巧，正逢中国剧协的曹禺奖剧本评选，顺势就将此版本报了上去，结果获得了曹禺戏曲剧本奖的榜首。这次出版剧本集，不妨收入，也好让它见见“阳光”。两个版本比照着看，或许别有一番体会。

半生军旅，半生写作。时光匆匆，岁月无多。难得有暇在校对剧本中回首感慨过往：师长、同仁、朋友等一一闪现；喜悦、哀伤、困苦等都积淀成了厚厚的生命“财富”。可惜，爱也罢，痴也罢，伤也罢、恨也罢，“财富”永远只是供给蓬勃生命的汲取之物！先人余言“人生自是有情痴，此恨不关风与月”……痴当珍惜！情则珍重！

李莉于 2023 年 3 月 8 日星期三上午

图书在版编目(CIP)数据

烟海尘歌:李莉剧作选/李莉著;夏萍主编.—
上海:上海人民出版社,2023
(海上风艺术文丛)
ISBN 978-7-208-18291-2

Ⅰ.①烟… Ⅱ.①李… ②夏… Ⅲ.①剧本-作品集
-中国-当代 Ⅳ.①I230

中国国家版本馆 CIP 数据核字(2023)第 084514 号

责任编辑 赵蔚华
封面设计 邵 旻

海上风·艺术文丛
烟海尘歌
——李莉剧作选
李 莉 著
夏 萍 主编

出 版 上海人民出版社
(201101 上海市闵行区号景路 159 弄 C 座)
发 行 上海人民出版社发行中心
印 刷 上海商务联西印刷有限公司
开 本 890×1240 1/32
印 张 21.75
插 页 8
字 数 501,000
版 次 2023 年 7 月第 1 版
印 次 2023 年 7 月第 1 次印刷
ISBN 978-7-208-18291-2/J·676
定 价 108.00 元(上下册)